O DIÁRIO DE MIRANDA

"Eu não sabia falar de amor. Ele aceitava me amar em silêncio."

O DIÁRIO DE MIRANDA

"Eu não sabia falar de amor. Ele aceitava me amar em silêncio."

TATIANA AMARAL

1ª EDIÇÃO

PandorgA
2018

Direção Editorial
Silvia Vasconcelos
Produção Editorial
Equipe Editoral Pandorga
Preparação
Martinha Fagundes
Revisão
Martinha Fagundes
Diagramação
Cristiane Saavedra
Capa
Dri K.K.

Texto de acordo com as normas do Novo Acordo Ortográfico da Língua Portuguesa (Decreto Legislativo nº 54, de 1995)

Dados Internacionais de Catalogação na Publicação (CIP)
Ficha elaborada por: Tereza Cristina Barros - CRB-8/7410

Amaral, Tatiana
O Diário de Miranda / Tatiana Amaral
1. edição — São Paulo : PandorgA, 2018.
384 p. ; 16 x 23 cm.

Abaixo do título: "Eu não sabia falar de amor. Ele aceitava me amar em silêncio".

ISBN 978-85-8442-262-3

1. Erotismo na literatura. 2. Romance.

16.11/049-2017 CDD - 869.93

2018
IMPRESSO NO BRASIL
PRINTED IN BRAZIL
DIREITOS CEDIDOS PARA ESTA EDIÇÃO À
EDITORA PANDORGA
RODOVIA RAPOSO TAVARES, KM 22
GRANJA VIANA – COTIA – SP
Tel. (11) 4612-6404
www.editorapandorga.com.br

Para Tatiana Cabral.
As mulheres fortes também sofrem,
também se sentem inseguras e também erram.
A beleza é permanecer forte e seguir em frente,
e isso você faz com maestria.

*“Patrício estendeu a mão para mim,
eu a segurei, e ali depositei a minha vida.”*

PRÓLOGO

Estava escuro e frio lá fora. Elementos que deveriam me fazer morrer de medo, mas que, por ironia da vida, com a ajuda da personalidade persistente que não se permitia ser dobrada, serviam de estímulo. O motorista do táxi me aguardava, enquanto eu continuava hipnotizada olhando aquela fachada ameaçadora.

Era sempre a mesma reação todas as vezes em que resolvia voltar àquele lugar. Eu jurava que seria a última vez, que já havia conseguido tudo o que queria, porém, a necessidade de testar todos os meus limites era muito mais forte do que qualquer drama de consciência. Então eu voltava e voltava e nunca conseguia me livrar daquela casa.

— Senhora? — A voz cansada e abusada também deveria ser um elemento para me fazer fugir dali, daquele carro. Eu não tinha medo. Nunca mais teria. — Tem certeza que é aqui?

Eu tinha certeza. Nunca esqueceria aquele endereço. Abri a bolsa e retirei o dinheiro para pagar a corrida. Ele me olhou pelo retrovisor enquanto me entregava o troco.

— Quer que eu espere?

— Não, obrigada! — Abri a porta com um único pensamento: "A noite seria longa".

Esperei o carro dar partida e desaparecer na rua escura e deserta, mas ali, de pé, defronte à fachada da casa velha e abandonada, eu sabia que era observada e protegida como não seria em nenhum outro lugar.

Sem vacilar em meus saltos altíssimos, caminhei na direção da porta improvisada que separava o mundo real daquele mundo íntimo e particular. Aquele lugar onde eu poderia ser quem quisesse, como quisesse e quando quisesse.

Havia liberdade maior do que esta?

Não. Eu sabia perfeitamente que não.

No entanto, estar ali exigia de mim sacrifícios que muitas vezes me faziam questionar se valia realmente a pena. Eu mentia, enganava uma família que me amava, fingia ser a garotinha que eles criaram, e que, de uma forma ou de outra, seguia suas regras.

Era tudo uma grande mentira. A minha vida era uma mentira, só que isso não me revoltava mais. Eu podia ser tudo. Podia ser a garota que seguia as regras e a garota que não possuía regra alguma.

Como eu conseguia fazer isso tendo um padrinho controlador, obcecado pela filha e que usava de todos os meios lícitos e ilícitos para nos manter sob a sua proteção? Só posso dizer que eu conseguia. O padrinho era esperto, o que ele não imaginava era que, desde pequena, aprendi a observar, estudar a situação e me aproveitar dela.

De nada adiantava ele colocar seguranças para nos seguirem camufladamente quando exigíamos um pouco mais de espaço. Eu sabia onde eles estavam, o que faziam e como convencê-los a fechar os olhos. E sempre conseguia convencê-los, fosse com dinheiro, com ameaças ou com... com o que fosse mais adequado para o momento.

Não posso dizer que não era grata por tudo o que eles fizeram por mim. Eu era grata até demais. Quando minha mãe faleceu, eu me vi sozinha, aos doze anos, em um país distante, sem ninguém a quem recorrer. Ela era empregada da casa dos Middleton, que por um acaso, eram os meus padrinhos. Uma forma de agradecer a eles por tudo que fizeram com ela, quando precisou fugir de um relacionamento abusivo, e continuavam fazendo por mim.

Então minha mãe faleceu e o mais provável era que eles me mandassem de volta para o Brasil, para algum parente distante, ou me deixassem assumir alguma função dentro da casa, como sua empregada. Mas eles não quiseram que fosse assim, e em pouco tempo eu era uma Middleton e morava na casa maior, como irmã de Charlotte, única filha do casal.

Amava meus padrinhos, Charlotte, e até mesmo o Johnny, meu irmão mais novo, também adotivo, acrescentado à nossa família por um acaso da vida e, também, lógico, pelo bom coração dos meus padrinhos, que não conseguiram entregá-lo para adoção quando, aparentemente com uns três anos de idade, porque ninguém fazia ideia de como ele apareceu lá ou de qualquer outro detalhe da sua vida, ele foi encontrado no jardim da casa dos Middleton. Desde então ele faz parte do nosso pequeno e exótico grupo.

Então, justamente por amá-los demais, eu não podia sequer imaginar que um dia pudessem descobrir meus segredos. E me certificava disso. Estudava cada passo para que nada se desviasse do planejado.

Como naquela noite. Ou como em todas as outras antes desta. Eu não vacilava, não piscava sequer.

A porta se abriu para mim sem que eu precisasse fazer qualquer movimento. O segurança negro, alto e forte me deu passagem sem me fazer qualquer pergunta. Continuei caminhando pelo terreno irregular até alcançar a outra porta, e esta sim seria a que me levaria ao meu destino.

Enquanto aguardava que alguém me recebesse, pensei em Charlotte. Sempre pensava nela e na sua forma doce e simples de encarar a vida. Eu queria ser como ela? Não. Jamais quis para mim a vida que ela levava. Charlotte vivia tão fora da realidade que chegava a ser absurda. Embora fosse uma menina forte, boa de verdade, capaz de abrir mão dela mesma para agradar aos pais. Eu sabia que, mesmo quando se rebelava, ela se preocupava com a felicidade dos dois e acabava fazendo todas as suas vontades.

Eu me lembrava do quanto a detestei por um tempo. Ela era a menina rica, que tinha tudo, tão branca que chegava a assustar. Todos os olhos se voltavam para ela, a filha do patrão, a pobrezinha que não podia cair, não podia chorar, não podia ser contrariada. Acima de tudo, eu odiava o fato de a minha mãe amá-la também.

Charlotte sempre teve aquele jeito que fazia com que as pessoas sorrissem e acariciassem seus cabelos, ou que a carregassem no colo. Minha mãe sorria quando Charlotte entrava em nossa pequena casa procurando pela torta de morango, que ela sempre fazia para agradar a garota. Eu detestava. Detestava o fato de ter que agradá-la, de precisar ficar com ela enquanto brincava de chá das cinco, de ter que ouvi-la cantar ou fingir que escrevia um livro.

Eu a detestava.

E esse ódio durou até o dia em que puxei a boneca da sua mão e arranquei seus braços e pernas em um ataque de fúria. Quando finalmente larguei os pedaços da boneca no chão me dei conta de que havia comprometido o trabalho da minha mãe e provavelmente não teríamos mais onde morar ou o que comer. Entrei em desespero, que, orgulhosamente, não demonstrei. Aguardei, vendo aquela menina branca demais ficar com os olhos cheios de lágrimas sem derramá-las. Ela se abaixou, pegou as pernas e os braços da boneca e saiu em direção à casa maior, onde morava.

Lembro que corri para casa e me tranquei no quarto, enquanto aguardava a madrinha entrar esbravejando com a minha mãe, e mandando-a embora. Isso nunca aconteceu. Então pensei que talvez ela tivesse ficado brava e que proibiria a filha de brincar comigo, o que também não aconteceu.

Na manhã seguinte, Charlotte me aguardou para irmos juntas à escola, como sempre fazia. Eu estudava em uma escola de brancos e ricos, uma cortesia do meu padrinho, o patrão da minha mãe. Passei pela madrinha, que sorriu e beijou meu rosto, como sempre fazia, e se certificou de que eu estava realmente aquecida.

O padrinho também não agiu diferente. Ele era mais sério e distante, embora fizesse questão de nos levar em seu carro maravilhoso. Charlotte manteve-se em silêncio enquanto seguíamos pelas ruas de Londres. Quando me vi na frente do colégio, longe dos olhares curiosos, a questionei e descobri que ela não contara nada aos pais. Que mesmo magoada ela não queria que eles brigassem comigo.

Não posso dizer que morri de amores por ela naquele dia, mas posso garantir que Charlotte Middleton ganhou meu respeito, que logo se transformou em amizade para em seguida se transformar em amor. E eu passei a amar Charlotte, como todos amavam.

Por isso eu vivia uma vida secreta. Não queria que ela precisasse sair do seu lindo mundo cor de rosa. Ela merecia um conto de fadas, e como eu não queria aquela vida para mim, ficava de bom grado com a realidade que lhe faltava.

A luz que quase me cegou quando a porta foi aberta já era conhecida. Eu sabia muito bem o que viria em seguida. A mulher que me recebeu também era um rosto conhecido, apesar de eu não saber seu nome, assim como ela não sabia o meu. Entrei, lhe entregando minha bolsa e casaco. Um garçom se aproximou me oferecendo champanhe que obviamente aceitei. A mulher me conduziu à sala maior, onde muitas pessoas da alta sociedade brasileira circulavam.

Ali ninguém escondia os rostos. Não havia motivos para tanto. Podíamos nos reconhecer, saber quem era cada um. O que importava era que nenhuma informação sairia dali. Nada. E não adiantava acreditar que poderia revelar algo para o melhor amigo ou falar de maneira mais aberta. Quem ousasse compartilhar o que acontecia no local, além de ser exposto, também era banido.

E, verdade seja dita: ninguém queria ser exposto. Muito menos banido.

Frequentávamos um clube para o qual éramos convidados, compartilhávamos, ou não, nossos desejos e fantasias mais íntimos, depois voltávamos para casa, como se nada tivesse acontecido.

Já cheguei a encontrar um dos participantes no *shopping*, caminhando com a família, de mãos dadas com a esposa, mesmo depois de ter passado uma parte da noite sendo açoitado por um homem, para em seguida transar com ele. Minha reação? Que reação? Eu não sabia quem ele era. Nunca o tinha visto.

Era o que sempre deveríamos fazer. Seguir como se nada tivesse acontecido.

Percorri com o olhar o longo salão oval, onde as paqueras e acertos aconteciam e vi uma pessoa que sempre estava por lá. Uma "amiga", podemos dizer assim. Era filha de um milionário, dono de uma empreiteira. Caminhei até ela, disposta a saber o que teríamos para aquela noite, apesar de já saber o que queria. Faltava escolher com quem.

— Como vai? Nunca mais te vi por aqui — ela começou. Também não sabia o meu nome. Eu nunca me apresentava.

— O que temos de novo? — Ela sorriu amplamente.

— Vai depender do que você pretende. — Ri um pouco, saboreando a minha bebida. — Quase todos os quartos estão com atividade.

— Com convite aberto? — Ela concordou. — Vou ficar e aguardar o que pode acontecer.

— Você sempre faz isso. Boa sorte! — Ela ia saindo, mas se deteve quando viu um casal entrando. Seus olhos brilharam e o sorriso aumentou. — Eles são novos?

Olhei na direção em que ela olhava e, por um segundo não consegui acreditar no que via. Parece que minhas preces foram atendidas. Seguindo para o bar, sem se sentirem familiarizados com um ambiente até então nada ameaçador, mais parecido com uma boate do que com um clube de sexo, estava o meu tão desejado professor Alex Frankli, acompanhado de uma loira que, embora fosse linda, não parecia se adequar ao ambiente.

Eles olhavam tudo com interesse, como se esperassem por outra coisa. O pote de cristal redondo, estrategicamente colocado sobre o balcão, contendo cocaína da mais alta qualidade, fez com que eles dois trocassem um olhar significativo. Não. Nenhum dos dois estava nada familiarizado com o que tínhamos ali.

Ri, saboreando a vista com a segurança de estar muito bem camuflada pela pouca luz do ambiente. Vi quando uma funcionária que fazia papel de anfitriã se aproximou dos dois. Eles sorriram. Alex visivelmente mais à vontade do que sua acompanhante. A mulher conversou e eu notei que meu professor olhou de uma forma mais quente para a loira ao seu lado. Seus dedos percorreram as costas nuas dela e... meu Deus! Ele era quente. Uma promessa.

— Será que aceitam companhia? — minha "amiga" falou, fazendo-me olhar para ela.

Ela era bonita. Alta, cabelos longos, negros e lisos até a cintura. Os seios empinados não eram de fato naturais, embora fossem lindos e chamativos. Ela era bronzeada, exibindo discretamente no decote do vestido, a marca do biquíni, seu corpo trabalhado era, com certeza, algo que qualquer homem desejaria. Ostentava uma classe que corroborava com o seu nível social, porém, se esta não existisse, suas joias fariam este papel. Nem por isso eu me senti intimidada.

Eu era Miranda Middleton e nada poderia me deter.

— Eu serei a companhia — determinei, ganhando seu olhar desafiador.

— Mesmo sendo apenas para ela?

— Se ele estiver me olhando... — Dei de ombros, sabendo exatamente o que queria.

O que não imaginava era que seria muito diferente e que, depois daquele dia, teria um objetivo e um segredo que precisaria guardar pelo resto da minha vida.

CAPÍTULO 1

"Não me venha falar da malícia de toda mulher.
Cada um sabe a dor e a delícia de ser o que é..."
Dom de Iludir – Caetano Veloso

Às vezes eu me sentia insegura.

De verdade.

Obviamente as pessoas não se davam conta desta minha fraqueza. Normalmente eu era a Miranda ousada, decidida e destemida. Que só pensava nas consequências depois do ato. As pessoas não me conheciam. Não faziam ideia de quem eu era de verdade, nem o que acontecia dentro de mim. Porque eu sorria, levantava o rosto e dizia algo que conseguia trazer de volta o controle para as minhas mãos.

Aquele dia não foi diferente. Eu sabia que queria transar com ele. Quem não iria querer? Aquele era Alex Frankli, o professor mais desejado da faculdade. É claro que ninguém precisava saber que eu tinha conseguido. O importante era eu saber. Não precisava exibir meus troféus para me sentir vitoriosa. Só precisava dos momentos e das lembranças, que, de maneira egoísta, guardaria para mim mesma.

Mas não saber de que forma conseguiria sua atenção – mesmo estando em uma casa onde todos buscavam sexo, independente da forma – me deixava insegura. O professor Frankli era o topo da minha cadeia alimentar e, não podia simplesmente perder a oportunidade, me oferecendo como se não valesse nada.

Não. Eu era Miranda Middleton, e meu passe era muito valorizado.

Talvez por isso tenha dado aquele passo. Saí do escuro e me exibi, fingindo desinteresse, pelo salão oval. Alguns conversavam, outros só observavam, e eu sabia que muitos ali, homens e mulheres, me desejavam. Que desejassem! Eu já tinha o meu alvo.

Vi quando a anfitriã sinalizou para que uma garota se aproximasse. Eu a conhecia. Era uma mulher que gostava de pegar pesado geralmente com outras garotas. Sorri, analisando a situação. A loira que acompanhava meu professor parecia frágil demais, nada parecida com o que a sugerida poderia e gostava de fazer.

Essa eu queria ver.

Encostei-me à outra extremidade do bar que circundava todo o salão e aguardei. Meus pensamentos voaram. O que exatamente o professor Frankli queria ali? Duas mulheres e apenas um homem, a garota inserida no pacote não poderia ser o seu desejo. Não. Eu era muito melhor do que ela, posso garantir.

— Gosta de observar? — A voz masculina me deixou irritada. Olhei o homem loiro, alto e olhos verdes, que sorria me olhando com desejo. Era até bonito, mas nada comparado a Alex Frankli. — Eu preferia que você fosse mais participativa. — Ele me lançou um olhar de cobiça.

— Gosto de não ser interrompida. — Voltei a olhar para o trio que ganhava a minha atenção.

Eles conversavam, entretidos, como amigos que se encontram em uma boate e curtem a noite, contudo o professor Frankli estava estranho, eu diria que incomodado. Ele não gostou do que lhe foi arranjado? Ele não gostava da ideia de duas mulheres? Confesso que achei muito estranho. Provavelmente ele não gostava do que a garota estava propondo. Eu conhecia seu jeito de transar e posso garantir que não era para os fracos. Sorri largamente.

— Podemos observar — o homem continuou. — E agir. — Ele não me tocava. Respeitava meu espaço pessoal, como devia ser naquele salão. Porém, conseguia me irritar profundamente. O ignorei.

Foi então que vi meu professor seguir as duas mulheres em direção aos elevadores que levavam aos quartos e outras salas. Meu sorriso se ampliou. Ele aceitou, então? Essa eu queria ver.

No entanto, eu conhecia as regras: ninguém descia sem ser convidado. Ninguém adentrava os quartos sem um esquema arrumado. Regras eram regras e eu não queria ficar de fora do que aconteceria ali. Só esperava que escolhessem um convite aberto, do contrário tudo ficaria somente entre os três.

— E então? Eles desceram. Não quer nos acompanhar?

A "amiga" com quem eu costumava interagir naquele clube apareceu, me fazendo a proposta. Olhei para o loiro que continuava me olhando com tara e para ela que... bom... não seria a primeira vez.

Concordei e os acompanhei até os elevadores. Dois seguranças ficam por ali, garantindo a ordem, ou qualquer coisa do gênero. Quem eu queria encontrar já havia descido. O que eu podia fazer era contar com meus instintos para adivinhar em qual andar ele estaria: no primeiro onde só havia quartos restritos, ou seja, sem convite, ou no segundo, com quartos abertos e um grande salão onde acontecia de tudo um pouco.

Escolhemos o segundo andar. Eu já sabia que minha "amiga" gostava de exposição e apostava no fato de a loira que acompanhava meu professor estar a fim de algo parecido. Normalmente as demonstrações *sado* aconteciam naquele ambiente.

Assim que as portas do elevador se abriram, demos de cara com a já conhecida sala. Muitos espelhos, que confundiam os novatos, sofás, cadeiras de diversos tipos e finalidades, algumas camas bem localizadas e compartilhadas com elegância e respeito, o que significa que era permitido um acordo por vez e só podiam entrar na cena aqueles convidados.

Nada de orgia desorganizada onde todo mundo come todo mundo. O que acontecia ali poderia ser comparado com uma coreografia de balé moderno. Era lindo, sexy, e cheio de classe. Mesmo sendo apenas sexo.

Alguns casais dançavam e aceitavam as drogas oferecidas. Diversos tipos de êxtase ou "balinhas", como chamavam. As pessoas ficam tão loucas que faziam coisas que, aposto, não fariam jamais sem a ajuda dos "estimulantes". Ali se aceitava de tudo, nem era necessária muita coragem para fazê-lo. No final, tudo se resumia a um delicioso orgasmo, então, por que não?

Outros bebiam sem se embebedar. Não era permitido. Ninguém ali queria um bêbado sem noção aprontando. Ou uma bêbada chorando seus ressentimentos, que era o que normalmente acontecia. Já vi pessoas sendo retiradas à força por não aceitarem os limites dos outros, era bastante constrangedor.

Meus olhos percorreram o salão procurando o meu alvo. Eles não estavam lá, mas ainda restavam os quartos. Eu precisava encontrá-los. O loiro me puxou de encontro ao seu corpo, roçando em mim no ritmo da música sensual que só estimulava. A morena aceitou um comprimido e o engoliu com um longo gole de champanhe. Então se uniu a nós dois, segurando minha cintura e se movimentando para nos acompanhar.

— Você quer encontrá-los? — sussurrou em meu ouvido, enquanto fingia passar a língua em minha orelha.

— Muito!

— Eu cuido de tudo por aqui. Mas volte. Você conhece as regras.

Sorri satisfeita, eu daria um jeito de encontrar meu professor, nem que precisasse fugir dos seguranças. Trocamos de posição, ela no meio, de costas para mim. O loiro baixou a alça da minha "amiga" para beijar seus ombros, foi nesta hora que escolhi me afastar.

— Comecem por mim. Eu já volto — o homem ia protestar, mas a garota foi mais rápida e tratou de entretê-lo. Eu a compensaria depois.

Esgueirei-me pelo corredor, trocando minha taça quando o garçom passou. O primeiro quarto estava aberto. Um homem, que eu bem conhecia, olhava outro homem transar com a sua esposa. O mundo nunca suportaria a ideia daquele casal naquele quarto. Sim, eles eram famosos, e queridos. O casal perfeito, só que quando fechava a porta, a esposa se submetia a todas as fantasias dele, apenas para não perdê-lo.

Outras pessoas estavam no quarto. Poucas, é verdade. Um homem com uma mulher à sua frente, saboreando a exibição enquanto masturbava sua companheira, que estava gostando do que via. Uma mulher solitária, bebendo seu champanhe e assistindo a tudo com interesse, um homem no canto, fumando um cigarro e se masturbando discretamente, no canto mais escuro e distante.

Eu não poderia demorar tanto ali, então arrisquei mais um quarto. Duas mulheres transavam e eram assistidas por uma plateia maior. Uma terceira se preparava para entrar, aceitando o convite das protagonistas. Olhei todos, procurando pelo par de olhos azuis inconfundíveis. Não estavam ali também.

Passei direto por dois quartos. Gostava de acreditar que discrição era o nome do meu professor, então quanto mais distante de olhares, melhor, e fui até a última porta. Acertei em cheio, mas não acreditei no que via.

O quarto estava escuro, iluminado apenas em cima da cama imensa. Foi difícil tirar os olhos daquelas duas, uma vez que entendi o que acontecia. Eu me esforcei a procurar por ele dentro daquele quarto, e o encontrei. O professor Frankli estava em um canto, atrás do imenso sofá, olhando as mulheres sobre a cama. Parecia incomodado. Entendi sua situação, apesar de achar que, se ele chegou até ali, era porque assim desejava, então deveria estar participando.

Outras pessoas observavam. Um homem com cara de tarado, que muito provavelmente aceitaria, sem pestanejar, fazer o papel da garota convidada. Senti nojo, mas fazer o quê? Estávamos em um clube onde desejos eram realizados, mesmo que o desejo fosse ser estuprado por uma mulher usando cinta peniana.

Sim, você leu exatamente isso. A loira que chegou acompanhada do meu professor estava amordaçada e com os braços e pernas presos por correntes. Entre as suas pernas estava a garota convidada, com um sorriso perverso, adorando o que fazia. Elas encenavam uma cena de estupro.

Claro que quem estava ali sabia que era tudo permitido. Ninguém naquele clube era obrigado a fazer o que não queria, então a loira queria ser estuprada e a outra mulher queria estuprar. A união do útil ao agradável.

Mesmo assim a cena não era excitante, até porque a loira se debatia e simulava não querer. Contudo seu corpo dava todos os sinais de excitação, tais como o membro de borracha, quando exibido, estar lubrificado com o seu desejo, as expressões de prazer, o bico dos seios arrepiados e a forma como contraía a bunda, indicando estar prestes a gozar.

Olhei outra vez para meu professor. Ele não estava confortável. Bom, eu o ajudaria a relaxar, se assim desejasse, porém entendi de imediato que aquela não era a minha oportunidade. O homem estava tenso, como um leão enjaulado, prestes a fugir.

Dois tapas fortes atingiram o rosto da loira, que gritou como pôde, devido à mordaça, então a morena entre suas pernas apertou seus seios com violência. Olhei novamente para Alex Frankli e foi neste momento que ele me viu.

Posso dizer que foi como uma cena de filme. Talvez filme de terror para ele. Ele me olhou, a princípio tentando se lembrar de onde me conhecia, e depois se dando conta da situação em que nos encontrávamos. Eu sorri e sua expressão endureceu.

Foi então que os gemidos aumentaram e tive que voltar a olhar a cena. A loira se contorceu e gozou com um urro deliciado. A garota que agia em seu estupro não aguardou por mais nada, Com um gesto brusco, virou a acompanhante do meu professor, deixando-a de costas, e, ainda bruscamente, recomeçou.

Alex Frankli jogou a toalha. Ele simplesmente desviou o rosto e saiu do quarto. Lambi os lábios, deliciada. Não com a cena e, sim, com o fato de conseguir roubar sua atenção.

Eu tinha certeza que não podia abordá-lo. Ele não permitiria. No entanto, poderia arrumar um jeito de fazê-lo me notar, me olhar de outra forma e esquecer, de uma vez por todas, que eu era aquela menina de faculdade que seguia as regras. Ele precisava me dissociar da imagem de Charlotte.

Segui meu professor respeitando uma distância segura. Ele sabia que eu estava naquela casa e não podia se sentir ameaçado ou nunca mais voltaria. Se bem que seria muito melhor estarmos em um lugar reservado do que ali, aberto ao público. Se ele fosse embora eu cumpriria com a minha promessa e satisfaria os meus anfitriões. Se ele ficasse eu lhe daria algo para lembrar.

Procurei pelos meus companheiros e os encontrei em um lugar mais afastado, onde podiam observar a movimentação e curtir o espaço. Ele estava sentado em um banco alto do bar, ela entre as suas pernas se permitindo beijar e ser acariciada. Minha "amiga" era mesmo bonita e sexy, o que não me faria perder totalmente a noite, além de ganhar a atenção do meu professor.

Ele não era avesso a sexo entre duas mulheres, logo entendi, só não gostava do que a sua companheira queria para aquela noite, esse era o problema. Para eles, claro. Para mim era uma vantagem.

Olhei meu professor, parado próximo a uma pilastra, bebendo algo ofertado pelo garçom. Ele não havia ido embora. Ponto para mim. Enquanto o professor Frankli aguardava a loira, eu lhe daria o prazer de assistir a um show meu.

Ciente de que ele facilmente poderia me enxergar, me aproximei do casal que havia me convidado para descer e corri as mãos pelas costas nuas da minha "amiga". Ela estremeceu e me olhou sobre os ombros, sorrindo tão logo me reconheceu. O loiro também ficou satisfeito com o meu retorno.

Então vi que eles já estavam na ativa. O homem estava vestido, mesmo sabendo que a nudez era bem-vinda naquele local, com exceção do seu pau, que estava exposto e duro, ganhando passagem pelo zíper da calça. Não posso dizer que não ficava excitada com coisas deste tipo. O cara era bonito e aparentava ter um corpo gostoso. Além do mais, o fato de estar apenas com aquela parte exposta – e que parte – me deixou excitada. Por isso e pela certeza de que Alex Frankli me observaria.

A garota deslizava uma camisinha pelo seu pau e ele estava com as mãos nos seios siliconados dela, que também estava vestida, ou parcialmente vestida, já que as alças do vestido estavam abaixadas exibindo seus peitos e a borda estava levantada, com a polpa da bunda aparente. Era uma bela bunda.

Encostei-me à morena e beijei seu ombro acariciando seu traseiro. O cara gemeu gostando do arranjo. Ele beijava a garota e me olhava, pedindo por mais. Olhei sobre os ombros e vi que a qualquer momento o professor me veria. Seria impossível não nos ver. Por isso me juntei ao corpo perfeito da mulher e o rocei no ritmo da música. Ela gostou, se afastando do cara um pouco, para que eu tivesse acesso a seus seios.

Aproveitei, porque se fosse para estar ali sem aproveitar eu nem entraria no jogo, então segurei os peitos firmes com a mão e acariciei, recebendo gemidos como resposta. O homem me cedeu lugar, suas mãos desceram uma para o meio das pernas da morena, enquanto a outra acariciava meu corpo, como conseguia.

Não vou mentir: a ideia era gostosa. Uma brincadeira com dois era sempre interessante, apesar de não ser bem o que eu gostava.

Senti a respiração da garota acelerar à medida que a estimulava com as mãos, roçando em sua bunda nua e o homem abusava da sua bocetinha com os dedos. Ela rebolava, aceitando o que melhor conseguia de mim e dele. O loiro beijou o ombro dela e me puxou para que nossos corpos ficassem ainda mais colados, então ele exigiu meus lábios. Eu o beijei, até porque gostava de saber que alguém me desejava com tanta avidez, o que me lembrou do meu alvo, solto naquela sala.

Desfiz o beijo e olhei sobre os ombros percebendo que ele finalmente me olhava. Os olhos do meu professor estavam estreitos, reprovando e gostando ao mesmo tempo. O homem passou a mão pela minha coxa, querendo subir um pouco mais, me puxando para que eu não deixasse de roçar no corpo que cada vez mais me oferecia a sua bunda.

— Tire a calcinha — ele pediu com a voz carregada de desejo. Voltei a minha atenção para ele e sorri com malícia.

— Que calcinha?

Fiz questão de olhá-lo bem dentro dos olhos, para que entendesse quem mandava ali. E o homem entendeu, ansioso demais para me ter. Sua mão levantou meu vestido o suficiente para que eu ficasse exposta e sem nada entre mim e a bunda daquela mulher. Entendi o que ele queria. Era para ser de verdade.

Que fosse!

Voltei a olhar o meu professor e vi quando duas mulheres se aproximaram dele. Ambas loiras e gostosas. Ele aceitou as carícias que as duas lhe faziam, mas seus olhos de tempos em tempos voltavam aos meus, mesmo desviando rapidamente.

Sim, ele gostava do que via.

Então a morena rebolou, esfregando a bunda empinada nos meus quadris e se deliciando com os dedos do homem dentro dela. Seus gemidos indicavam o orgasmo que chegava. Colaborei, segurando em seu quadril, forçando-a a seguir os meus movimentos e obrigando-a a recebê-lo mais fundo. O homem aprovou e a garota acabou gozando em seus dedos.

Ela sorriu e virou o rosto para me beijar em agradecimento. Era a minha vez. Trocamos de lugar. Como eu queria continuar vendo meu professor, sentei no colo do homem, segurando seu pau para que pudesse entrar em mim em meu ritmo. Era um pau grande, não grosso, o que provavelmente me daria satisfação sem me deixar incapacitada para depois.

Ele segurou meus seios, cheio de posse, e gemeu em meu ouvido quando, lentamente, permiti que me penetrasse. Olhei para meu professor e ele tratou de desviar rapidamente o olhar. Sorri diabolicamente sentindo a adrenalina correr em minhas veias. Estava adorando saber que era capaz de provocá-lo!

A morena aceitou mais uma "balinha", eu recusei. Outro ponto que não era muito a minha cara. Drogas não me satisfaziam. Não vou dizer que nunca usei. Até experimentei. A dor de cabeça do dia seguinte, sem contar a total falta de controle do meu corpo, me fizeram recuar todas as outras vezes.

Ela fechou os olhos, ajeitou os cabelos e quando os abriu, eu sabia que não estava mais ali. Rebolei com mais vontade no colo do homem, sentindo seu pau entrar em mim de forma agradável. Eu estava excitada, o que também facilitava. As luzes, a música, o clima e o olhar do meu professor, eram estímulos suficientes para me levar ao sétimo céu.

Quando ele estava todo dentro de mim, comecei a rebolar seguindo a música e vi que suas mãos vacilaram. Ele estava totalmente entregue. A garota balançou um pouco o corpo, dançando como se quisesse ficar ainda mais louca, então parou me encarando. Provavelmente estava vendo outra coisa, não apenas eu e o homem. Ela se aproximou de uma forma muito sensual e me beijou.

Foi um beijo gostoso, porém o cara tratou de puxá-la, exigindo que colássemos nossos corpos. Ela desfez o beijo, olhou meus seios e se abaixou para chupá-los. Joguei o rosto para trás, rebolei gostoso subindo e descendo lentamente no pau dele. O homem gemeu alto e xingou, aprovando o que fazíamos.

Então ela se encaixou em minhas coxas, intercalando-as. Sua vagina roçando a minha pele, enquanto acompanhava o meu rebolado no pau do loiro atrás de mim. Eu olhava a mulher, sentia o homem, mas minha atenção estava no meu professor e de tempos em tempos eu o flagrava me olhando, enquanto as duas mulheres alisavam o seu corpo, dispostas a tudo.

O loiro segurou a minha "amiga" pela bunda, fazendo com que ela se esfregasse em minha coxa e assim esfregasse a coxa dela em minha boceta. Era um atrito delicioso. Eu sentia seu pau me preenchendo, me fodendo como eu permitia, entregue e aceitando as minhas condições. Ele era longo e me atingia até o limite, me estimulando por completo. Ela tinha um corpo lindo e suas coxas roliças roçavam em mim de uma maneira deliciosa.

O homem gemeu se jogou para trás, encostando-se ao balcão. Sua mão ainda nos quadris da morena, forçando maior contato. Ela estava molhada, esfregando seu prazer em minha coxa, enquanto eu fazia o mesmo na dela. Percebi que os dois estavam prestes a gozar. Olhei para meu professor mais uma vez. Ele beijava uma das loiras, sua acompanhante ainda não tinha saído do quarto.

Uma das garotas alisava seu pau. Eu podia ver que ele estava excitado apenas olhando as suas calças. Então algo aconteceu. Eu estava em meu limite, mas não tirava os olhos deles. O professor Frankli me olhou e, de uma maneira que me parecia impossível, se deu conta da merda que estava fazendo. Ele afastou as duas mulheres e simplesmente atravessou o salão em direção aos elevadores.

Eu até poderia dizer que broxei depois disso, só que seria uma mentira deslavada. Muito pelo contrário, bastou ver que ele estava furioso para meu orgasmo iniciar a corrida pelo meu corpo. A garota gozou mais uma vez. Embalada pelas drogas consumidas e pelos estímulos que lhe dávamos, ela não parou, roçando sua coxa em meu clitóris gerando mais atrito. O loiro também gozou, me segurando com força, me mantendo no lugar. Então eu gozei, explodindo de desejo pelo meu professor, mas adorando a forma como tudo foi feito.

Aos poucos começamos a nos afastar. Ela ainda estava disposta a mais. Eu até poderia estar, porém queria seguir meu professor e saber se ele realmente tinha abandonado sua companheira. Beijei os dois, a morena e o loiro, me despedi indo em direção aos elevadores.

Aceitei o elevador que o segurança segurou para que eu conseguisse entrar e fiquei angustiada com os segundos que demoraram em chegar ao térreo. Saí imediatamente encontrando-o no bar, bebendo e aborrecido. Sorri maravilhada.

Decidi ir embora. Minha noite estava ganha. Eu tinha um novo objetivo de vida: transar com Alex Frankli.

CAPÍTULO 2

"Toda brincadeira,
não devia ter hora pra acabar."
PURO ÊXTASE – BARÃO VERMELHO

ESTAVA CANSADA DEMAIS, NO ENTANTO ERA IMPOSSÍVEL NÃO SORRIR deliciada com a cena da noite anterior. Tinha me revirado na cama a noite toda, sempre perseguida pelo par de olhos azuis que aguçavam minha curiosidade.

Contudo, me conhecia o suficiente para descartar qualquer ligação sentimental com o meu professor. Era apenas curiosidade sexual. A mesma que me levou até aquele clube. A mesma que me fez romper diversas barreiras e aceitar ser tocada por outra mulher, por dois homens, por homens que poderiam ser meu pai, por garotos que poderiam ser meus irmãos.

Era somente sexo.

Existiam duas verdades: Alex Frankli era enigmático, sério, lindo, atraente e exalava autoconfiança, o que me fazia imaginar o que seria estar na cama com um homem que disputaria o controle comigo em todos os segundos. A segunda era que o clichê "romance proibido entre aluna e professor" despertava o meu incensurável desejo por liberdade.

Eu gostava de não ter regras. Nenhuma. E, levando-se em conta a minha vida, era gostoso fantasiar que elas não existiam. Ao menos quando o padrinho não estava o tempo todo buscando formas de nos fazer aceitá-las.

Espreguicei-me na cama traçando um plano. Chamar sua atenção na faculdade era algo que precisava fazer com cautela. Alex Frankli era reservado demais para aceitar mais do que alguns minutos de dúvidas em um corredor lotado de alunas ansiosas por qualquer coisa que conseguissem dele.

No entanto não havia outra forma de chegar a ele. Levantei para um banho merecido. Enquanto ensaboava meus cabelos, projetava o meu dia analisando as possibilidades. Academia? Era uma opção. Com aquele corpo não havia como não acreditar que ele malhava. Mas qual? Fiz uma anotação mental para descobrir.

Ele surfava, o que era um excelente ponto positivo, afinal de contas, praia exigia biquínis pequenos e corpos sarados, e nos dois quesitos eu levava vantagem. Meu domingo seria especial, bastava descobrir qual praia.

Quando saí do banho, Charlotte já estava em meu quarto. Ela sempre fazia isso, se enfurnava em minha cama e me cobria de atividades chatas para um domingo cheio de expectativas. Suas pantufas rosa deixavam claro que tinha planos.

Eu detestava precisar ceder. A sensação era sempre a mesma, a boneca criada para servir a garotinha rica e frágil. E eu odiava me sentir desta forma. Balancei a cabeça expulsando os pensamentos negativos. Não era justo, e eu sabia que não era. Eu amava Charlotte e se acabava cedendo era simplesmente por causa deste amor e não por uma situação imposta.

— Nem pensar. Vou à praia. — Fui direta e minha amiga levantou rapidamente me encarando com olhos imensos.

— Praia? Sério? — Ri, entrando no *closet* para escolher meu melhor biquíni.

— Por um acaso você sabe qual a melhor praia para surfar em um domingo? — Charlotte riu.

— Nunca escrevi sobre surfistas do Rio de Janeiro. Por que o interesse?

— Vou te contar na hora certa — ela murmurou o quanto não era justo e voltou a deitar em minha cama.

— Para onde foi ontem? Meu pai ligou.

— Ligou? — Voltei para o quarto precisando da ajuda dela para amarrar a parte de cima. — E você disse o quê?

— Que foi ao cinema assistir a um filme para um trabalho da faculdade. — Era por isso que eu amava tanto aquela garota.

— Vamos comigo. — Sabia que Charlotte jamais iria a uma praia por vontade própria. Aliás, eu nem sabia como ela amava tanto o Rio de Janeiro e não suas praias.

— Ah, claro! — Foi sarcástica. — E depois de morrer de calor por causa do bloqueador solar que parece entupir meus poros, colando em minha pele de forma sufocante, posso dar entrada no hospital por desidratação.

— Quanto drama! É justamente por isso que confio tanto em você como escritora.

Então me dei conta. Charlotte era o meu plano. O começo de tudo. Ela era a minha ligação com Alex Frankli. Lógico!

— Por falar nisso... — Virei em sua direção e dei o meu melhor sorriso. — Como está a sua ideia para o trabalho de conclusão de curso? Ainda pretende escrever um livro erótico?

— Sim. — Sorriu orgulhosa. — E já estou trabalhando nele.

Perfeito!

— Eu estava pensando... – fingi indiferença. — Se o seu sonho é realmente se tornar uma escritora, a sua melhor opção seria escolher o Professor Frankli como seu orientador.

— Está louca? Alex Frankli é um carrasco. Ele vai me destruir.

Ela corou como sempre acontecia e eu sabia que o motivo era a sua vergonha em precisar tratar de um livro erótico com um homem. Mesmo que seja um professor, profissional do ramo literário, que trataria de tudo sem ligar a autora ao livro.

— Lottie, ele é a sua melhor opção. — Charlotte fez uma careta e se deixou cair na cama. Ela não era nenhuma boba e sabia o que eu pretendia.

— Posso fazer isso por você, Miranda. Mas saiba que está em uma missão impossível. O cara é uma rocha. Nem olha para os alunos. Ele é... — Vi minha amiga hesitar e suas sobrancelhas se juntarem, enquanto ela pensava em algo que a desagradava. — Arrogante... eu acho. — Não havia tanta certeza em sua voz.

— Ele é uma delícia. — Entrei outra vez no *closet* para arrumar minha bolsa. — Preciso saber em que praia posso encontrá-lo.

— Boa sorte! — ela gritou do quarto, rindo.

— Charlotte, você tem alguma ideia do que deve ser transar com Alex Frankli? — Voltei para encará-la. Ela desviou o olhar e pareceu incomodada.

— Não! Que absurdo!

— Por que absurdo? Ele é uma delícia! — repeti para que ela entendesse que não havia como não pensar em Alex Frankli, nu, deitado em uma cama comigo. — Me ajude, Lottie!

— Como? Ele mal fala comigo. Tenho certeza que se eu escolher o professor Frankli como orientador ele vai me fazer entrar em depressão. Antes de o semestre acabar, eu corto os meus pulsos. Você já viu a cara de tédio que ele faz quando precisa conversar com algum aluno?

Acabei rindo. Sim, Alex Frankli era um carrasco cheio de si que se sentia superior aos seus alunos, sua vassalagem, melhor dizendo. E era justamente essa atitude dele que me impelia a continuar com o meu plano.

— É perda de tempo. — Isso porque ela não tinha visto o que eu vi na noite anterior. Nunca seria perda de tempo.

O problema era que Charlotte parecia ser assexuada. Ela não se importava com os meninos. Nunca tinha visto minha amiga interessada em um. Também não era gay porque, por mais que fosse extremamente tímida, seus livros eram eróticos e sempre eram sobre casais hetero. Se bem que... não, Charlotte não era lésbica, ela era só... desatenta. Ou medrosa.

— Se ele te olhasse. — Sentei ao seu lado analisando a minha amiga. — Se Alex Frankli demonstrasse interesse por você, o que faria? Toparia perder a virgindade com ele? — Charlotte ficou vermelha de uma forma que eu julgaria ser impossível. Comecei a rir.

— Quanta bobagem, Miranda! — Ela levantou ficando inquieta. — Vou ligar para Johnny e saber se ele quer assistir a um filme.

— No domingo? Du-vi-do!

— Você poderia ir para o Arpoador. — Ela endireitou os óculos mantendo o rubor. — Uma vez vi o professor Prado combinar com o professor Frankli de surfarem lá. — Seu sorriso mínimo se revelador encantador. — Você sabe, eles são inseparáveis.

— Arpoador? — Fiquei logo animada. — Claro!

— É domingo. — Ela fez uma careta e eu ri.

— Vou disputar meu centímetro naquela praia. — Beijei o rosto da minha amiga e ela riu. — Será que consigo uma carona?

— Não. Vá de táxi.

— Chata! — Ela me deu língua e saiu do meu quarto.

Arpoador, aí vou eu!

A praia estava lotada. Insuportavelmente lotada. Inconvenientemente lotada. Dava vontade de gritar e atirar areia para todos os lados para assustar todo mundo e ficar com um bom espaço só para mim. Olhei ao redor e constatei que seria impossível reconhecê-lo se estivesse no mar.

A frustração me arrastou com força de volta para o calçadão. Tomaria um suco, ligaria para as minhas amigas e tentaria salvar meu domingo.

Passei pelo forte arrastando a sandália, desfilando com uma canga enrolada na cintura. Sabia que era bonita e que muitos homens me olhavam com desejo, mas sustentava minha pose por trás dos óculos escuros e um sorriso zombeteiro nos lábios. Cada fêmea que segurasse seu macho. Esse não era o meu trabalho.

Enquanto eu caminhava lentamente, pensando no quanto eu era estranha por aceitar andar no calçadão num dia de domingo, enfrentando um sol escaldante, ruas lotadas, a violência da cidade, que jamais poderia ser ignorada, não conseguia parar de pensar em como cheguei até aquele ponto.

Não, eu não me censurava. Era crescidinha demais para saber que escolhi tudo o que vivi. O clube, as boates, os diversos caras e garotas com quem eu me divertia sem me sentir culpada. Tinha a filosofia de que toda maneira de amor valia a pena, mesmo quando substituía o termo amor, por prazer. E esse era o meu objetivo, extrair prazer de tudo, viver ao máximo cada lugar por onde eu passava.

Então o meu problema não era a consciência, esta, apesar de saber que era errado e injusto ter duas vidas tão distintas, reconhecia que era necessário, uma vez que uma jamais conseguiria se misturar à outra dentro da família em que eu me encontrava.

O meu problema era o constante vazio que eu sentia. Não um vazio que necessitava ser preenchido por uma pessoa. Mesmo nos meus parcos vinte e um aninhos, eu já tinha experiência de sobra para entender que projetar a sua felicidade em alguém seria o mesmo que aceitar ser infeliz. Não porque todas as pessoas eram loucas ou egoístas para te fazer sofrer indiscriminadamente, mas pela certeza de que essa busca insana pela felicidade fazia com que o outro ficasse em segundo plano e assim vivíamos uma cascata de emoções projetadas sempre em decadência.

Assim eu não vivia a busca eterna pelo amor, pela pessoa ideal, como nos romances. Não acreditava que um dia esbarraria em um carinha sem querer, em uma boate ou na esquina da minha casa, ou até mesmo na biblioteca pública, e acabaria descobrindo o homem da minha vida.

Até porque desde cedo aprendi que precisava de uma mulher da minha vida e não o contrário, e que esta mulher, sempre, deveria ser eu mesma. Enquanto eu tivesse a mim mesma, teria a chance de ser feliz.

Desta forma posso voltar para o meu vazio sem passar a ideia errada do que seria este. O que havia dentro de mim era muito maior do que a necessidade de um amor narrado nas mais belas canções: era uma necessidade de me encontrar, de ter a certeza das rédeas em minhas mãos e não a falsa sensação que eu tinha nos dias em que podia viver a Miranda da minha segunda vida.

E essa sensação foi arrancada de mim muito antes de eu me dar conta de que precisava dela de forma tão desesperadora.

Percebi que os pensamentos faziam com que meu coração acelerasse e a sensação de que o mundo se fechava sobre mim começava a me sufocar. Parei em um quiosque, comprei uma água e me concentrei no mar, pensando em cada detalhe dele para distrair a minha mente. Era melhor voltar para casa, tomar um banho e recomeçar.

E quando pensava que tudo estava perdido, eis que o universo conspira ao meu favor. Alex Frankli. Lindo. Deliciosamente suado, exibindo um corpo definido e bronzeado, escondido apenas por uma bermuda solta e tênis de corrida. Os cabelos molhados balançando com o seu movimento e o olhar escondido por óculos de sol.

Que. Homem.

Ele passaria direto por mim se eu não fosse ousada o suficiente para pará-lo. Claro que nunca permitiria que ele escapasse.

— Professor! — gritei já em sua direção.

Ele parou, como imaginei que faria, olhou para mim, tirou os óculos e fez uma careta, o que me fez sorrir com vontade.

Fuja enquanto há tempo, professor Frankli.

— Que coincidência! — pirracei e ele resmungou algo que não entendi.

— Como vai... — Ah, ele realmente faria isso? Fingiria não saber o meu nome?

— Silvana. — Sorri ainda mais e ele estreitou os olhos.

— Miranda — revelou, tentando ser duro.

Eu queria que ele fosse duro comigo.

— Vou ser direto com você — ele começou pegando-me de surpresa. — O que aconteceu ontem...

— O que aconteceu ontem? — Eu me fiz de inocente, embora meus olhos dissessem tudo. — As regras, professor — sussurrei provocante e sorri.

— Eu não me importo com nenhuma regra — rosnou passando as mãos no rosto com raiva.

— Tudo bem! — Eu me rendi levantando as mãos. — Olha, não vou contar para ninguém, então relaxe. Eu também estava lá, não é? É do meu interesse que tudo fique entre a gente.

— Não existe "a gente" — rebateu, sustentando a raiva.

— Professor, não tenho culpa do que aconteceu naquele quarto. Não foi uma escolha minha. — Fiz biquinho. — Eu já frequento aquele clube há um tempo e nem fazia ideia de que o senhor apareceria com a sua namorada.

— Ela não é minha namorada.

Sorri me sentindo incentivada. Dei uma rápida olhada naquele corpo incrível e voltei a encará-lo.

— Olha, Miranda, eu sei o que você está pensando, mas esqueça!

Ele ficou sem jeito, o que quase me fez rir. Pelo visto meu professor se cobrava por desejar uma aluna, o que era deliciosamente *sexy*. Umedeci o lábio inferior pensando em como seria beijá-lo.

— E o que eu estou pensando, professor?

— Eu não queria aquilo.

— Deu para perceber. Relaxe, Alex! — Fui mais ousada. — Aquilo é um clube de sexo onde as pessoas realizam suas fantasias sem cobrança, sem obrigações e sem exigências.

— Eu sei — ele continuava na defensiva. — E é professor Frankli. O fato de você ter transado na minha frente não elimina as barreiras entre nós dois. Tenha um bom domingo, Miranda. — E disparou em sua maldita corrida.

Juro que tive vontade de atirar uma pedra em sua direção. Cheguei a desejar que ele tropeçasse e caísse com a cara no chão.

Quase um ano depois e às vezes eu ainda ia àquela mesma praia aos domingos, no mesmo horário em que o encontrei, só para conseguir um pouco mais da sua atenção.

Não vou ser uma louca em afirmar que minha obsessão pelo professor Alex Frankli chegava a ser abusiva. Não. Muitas vezes eu até esquecia que tinha ele na lista dos desejados, contudo, sempre que precisava ajudar Charlotte em algum texto, ou quando o encontrava nos corredores da faculdade, eu me lembrava daquela cena no clube do sexo, o qual ele nunca mais frequentou, sendo tocado por duas mulheres, me olhando de tempos em tempos, e excitado.

Aquela ideia me deixava ansiosa. Alex Frankli não era o meu objeto de desejo, contudo eu não deixava de desejá-lo, e seguia com o plano, mesmo precisando assistir ao desânimo da minha irmã com a pouca empolgação do seu orientador.

Naquela manhã eu estava no calçadão, Copacabana, na esperança de encontrá-lo outra vez. Por sorte eu consegui ouvir uma conversa dele com o professor Prado sobre surfarem no final de semana e imaginei se o meu biquíni novo não o faria repensar sobre me manter distante.

Porém ele não apareceu, nem correndo nem surfando, nem mesmo andando e batendo um papo com amigos. O professor Frankli desapareceu, evaporou, e deixou o meu domingo ainda mais chato.

Meu celular tocou ganhando a minha atenção e verifiquei o número. Johnny.

— Salve o meu domingo — resmunguei quando atendi. Ele riu.

— O que houve?

— Um monte de aborrecimentos. O que vai fazer hoje?

— Almoçar com uns amigos, jogar um pouco de bola e acredito que vou terminar a minha noite de uma forma muito justa.

— Justa tipo: sexo?

— Justa do tipo: coisas de homens. Onde você está? Charlotte quer alguém para ir ao cinema. — Revirei os olhos. Johnny não perdia a mania de tentar atender a todas as vontades da sua protegida.

Eu me rebelava quando o via agir assim. Não porque eu não queria que Charlotte ficasse bem, mas porque não precisávamos fazer tudo o tempo todo. Nós tínhamos uma vida e ela precisava começar a ter a dela também.

E lógico que eu me sentia uma cretina egoísta quando estes pensamentos chegavam com tanta força. Eu me sentia péssima! Johnny não precisava ser o cão de guarda daquela família, como se ele tivesse sido estrategicamente adotado para exercer tal papel. E eu, da mesma forma, exercia o papel de dama de companhia. Pensar assim me feria, me revoltava e me fazia sentir ainda mais absurda.

Porque por mais que eu tivesse essa ideia, dentro de mim gritava uma outra contraditória e me dizia que não estava sendo honesta comigo mesma e usava esta sensação como pretexto para fugir da realidade.

— Você deveria ir com ela — provoquei. — Estou em Copacabana.

— No domingo? — sua voz deixava claro o quanto achava absurdo. — Agora entendo porque seu dia está ruim. Um cinema seria mais interessante.

— Vá se foder! — Ele riu alto. — O que vai fazer à noite? Não me diga que já tem a garota certa.

— Sempre tenho. Vou sair com uns amigos.

— Ah, me leve! Por favor! Preciso fazer coisas de homens também. — Johnny riu com vontade.

— Eu vou a uma casa de *strip*, Miranda. Você não tem nada para fazer lá. — Ele não fazia ideia de tudo o que eu poderia fazer em uma casa de *strip*.

— Por que não? Seria até interessante. Por favor, me leva?

— Não! — Tive vontade de gritar. Por que os homens tinham que ser tão babacas?

— Então trate de cancelar seu joguinho e levar a Charlotte ao cinema. — Desliguei sabendo que ele retornaria. Não deu outra. — Vai me levar?

— O que você pode querer em um lugar com mulheres dançando nuas e homens gritando bobagens? — Ele estava realmente aborrecido.

— Conhecer, ué? Deve ser interessante. E não venha me dizer que é coisa de homem, porque não é. Aposto que muitas mulheres vão.

— Não mulheres como você. — Ele não fazia ideia do tipo de mulher que eu era.

— Johnny, você não tem muita escolha. Quem sabe até Charlotte insista em sair para jantar depois do filme — provoquei e ele xingou algo pesado demais para ser descrito.

— Ok! Vou te levar, mas terá que me prometer que não vai se meter em encrenca. — Sorri satisfeita. — E nunca vai comentar com o padrinho ou com Charlotte que concordei com uma loucura dessas.

— Fechado. — Atravessei correndo a rua em busca de um táxi. — Vou para casa agora. Preciso me arrumar para pegar um cineminha.

— Você não presta. — Eu podia jurar que meu amigo sorria.

— E você sempre soube disso.

— Amanhã eu tenho que entregar mais uma parte do livro. Passei a manhã toda conferindo se fiz tudo certinho. Você pode revisar pra mim? — Olhei Charlotte de soslaio, procurando uma desculpa para não precisar fazer aquilo.

Eu costumava revisar os textos dela. Era um prazer. Mas naquela noite eu queria muito sair com Johnny e entender como funcionava uma casa de *strip*. Queria ver o comportamento dos garotos que se achavam mais homens por frequentar lugares como aquele. Ri sozinha. Se eles pudessem ver tudo o que vejo naquele clube.

— Eu tenho um compromisso para mais tarde, se voltarmos logo, prometo dar uma lida. — Ela desanimou. — Lottie, por que você não chama o Henrique para sair? — Ela corou e ajeitou os óculos no rosto. Tive que sorrir.

— Eu? O... — gaguejou. — O Henrique é só um amigo, Miranda. De onde tirou essa ideia?

— Ele está doido para ficar com você. Vocês são tão parecidos. Tão *nerds*. — Ela riu e me empurrou com o ombro. — É sério! Você deveria se interessar por alguém.

— Assim, sem motivo algum?

— Como sem motivo algum? Você já tem vinte e um anos. E é virgem!

Ela me empurrou ficando sem graça. Eu ri.

— Não vou simplesmente namorar o Henrique só porque você acha que é o correto a ser feito.

— Tudo bem. — Sorri enquanto ela ajeitava os óculos sem necessidade e depois, por não saber o que fazer com as mãos, começou a arrumar o cabelo perfeitamente arrumado em um rabo de cavalo. — Se quer que eu revise seu capítulo precisamos chegar logo em casa.

— Certo. Vou comprar um pedaço de torta de chocolate e levar para assistir minha série favorita. Vamos ter maratona hoje. — Revirei os olhos.

Não conseguia entender como Charlotte podia ser tão conformada com a vida que levava. Ela simplesmente não se rebelava. Seguia as regras do pai, estudava muito, não gastava quase nada e se contentava com pouco. Eu nem queria imaginar que tipo de vida sexual aquela menina teria quando o padrinho encontrasse alguém para casar com ela.

Coitada!

Liguei o computador e baixei o arquivo que ela enviou para a minha conta de e-mail. Enquanto isso, tomei banho e passei hidratante. Escolhi um conjunto de lingerie de renda, não porque imaginava que terminaria minha noite na cama com alguém, mas porque era bom nunca abusar da sorte. Vai que meu professor era um tarado enrustido e gostava de casas de *strip* também. Sorri, me lembrando de como ele fingia não me olhar quando eu estava transando com aqueles dois.

Enrolei meus cabelos em uma toalha para absorver uma parte do creme que usei para ativar os cachos e comecei a revisão. Bom... aquilo era sexo, mas... entortei a cabeça tentando entender o que estava faltando. Charlotte escrevia muito bem, sua técnica era perfeita, assim como sua ortografia, no entanto havia algo que não estava bom naquele texto.

Voltei para a primeira página e tentei me lembrar de tudo o que eu já tinha lido daquela história. O casal estava em completa harmonia, havia envolvimento, amor, desejo, todos os pontos estavam bem amarrados, mesmo assim... meu telefone tocou.

— Passo aí em meia hora. — Olhei rapidamente para o relógio me dando conta de que eu tinha demorado tempo demais naquela revisão.

— Quarenta minutos.

— Ah, Miranda! Sabia que você me daria trabalho. Onde está a sua pontualidade britânica?

— Preciso finalizar o texto da Charlotte. Coopere. — Ouvi sua respiração do outro lado da linha e não me incomodei. — Tchau ou vou me atrasar ainda mais. — Desliguei sem aguardar por ele e voltei ao texto, porém minha cabeça já estava no vestido que eu deveria escolher.

O texto estava coerente e impecável. Não havia o que consertar. Por isso devolvi com um elogio e tratei de começar a me arrumar. Meia hora depois ainda estava finalizando a maquiagem, quando Lottie entrou no meu quarto.

— Hum! O carinha merece tudo isso mesmo?— Sorri para a minha amiga no espelho criando uma história em minha cabeça que pudesse satisfazer a sua mente romântica.

— Digamos que ele vai me levar para jantar em um restaurante caro. Merece a produção.

— Qual? — Deixei o lápis suspenso no ar enquanto pensava.

— Não sei. Ele quer fazer uma surpresa. — Eu precisava encontrar um local antes de voltar para casa. Ela sorriu aceitando e continuei a maquiagem. — Tem que ser um restaurante caro ou acabamos hoje mesmo.

Minha amiga gostava de acreditar que eu vivia tentando encontrar o homem certo, então eu contribuía com a sua ilusão. Era melhor acreditar nisso do que saber das coisas que eu fazia quando saía de casa.

Charlotte riu. Ela parecia tão inocente com aquelas tranças, os óculos e as sardas. Suspirei inconformada. Eu queria uma forma de bagunçar a vida dela, de fazê-la encontrar um cara legal, que a amasse e respeitasse como ela merecia. Ao mesmo tempo queria que essa bagunça nunca destruísse sua doçura e ingenuidade. Era pedir demais?

Era. O amor tendia a fazer isso com qualquer pessoa. Levantava apenas para conseguir derrubar. Endurecia até os mais resistentes. Eu sabia muito bem.

— E o texto?

— Enviei para seu e-mail, não viu?

— Não. — Ela encarava o chão enquanto falava, o que partia o meu coração. Era domingo à noite e Lottie passaria mais uma vez em casa e sozinha. — Estava bom?

— Ótimo! Como sempre. — Não iria piorar ainda mais a noite dela dizendo que faltava algo.

— Ok! Vou voltar pra a minha série. Bom jantar para você. — Ela sorriu com sinceridade e saiu, deixando-me arrasada.

Desci sem me importar em demonstrar que estava saindo àquela hora da noite. Todos os funcionários daquele *flat* conheciam o carro do Johnny, ou seja, eles não teriam nada para contar ao padrinho.

Ah, sim! Morávamos em um *flat*, não porque era mais interessante para duas garotas solitárias, mas porque o padrinho, Peter Middleton, pai de Charlotte e detentor da minha guarda, achou que assim conseguiria nos controlar melhor, já que o prédio todo era dele. Desta forma, seus funcionários eram também espiões, o que era uma imensa droga.

Assim que entrei no carro, percebi que Johnny não estava muito feliz com nosso acordo e me peguei imaginando se ele ficaria com aquela cara a noite toda ou me esqueceria, quando resolvesse babar pelas mulheres peladas dançando no palco. Era incrível o machismo daquele garoto! Onde já se viu imaginar que mulher não podia frequentar uma casa de *strip*?

— Por favor, por favor, por favor, não apronte nada — ele disse com os olhos presos na rua a nossa frente.

— Por aprontar você quer dizer tipo: subir no palco e tirar a roupa? — Ele apertou os lábios e não achou graça. — É mais ou menos como acontece nos Estados Unidos?

— Você já foi a alguma casa de *strip* nos Estados Unidos? — Havia tanta acusação no seu tom de voz que me irritou.

— Johnny, Johnny... Quem sabe no dia em que você deixar de segmentar homens e mulheres, consiga encontrar uma pessoa legal para viver. — Ele deu uma risada irônica.

— Uma tipo você? Deus me livre!

— Você é um idiota machista!

— Não sou machista, só acho que existem limites que as mulheres não deveriam ultrapassar. Pelo menos não as que querem ser respeitadas.

— Eu quero é ser bem fodida. O respeito é uma obrigação sua e um direito meu, então, não é algo questionável. Se conforme. — Ele balançou a cabeça e finalmente sorriu.

— Só se comporte, ok?

— Farei o possível. — Pisquei para meu amigo e dediquei meu tempo livre para responder algumas mensagens. Poucas, bem da verdade. Quase ninguém tinha o meu contato.

— Vou encontrar meus amigos lá dentro — ele avisou enquanto aguardava para entregar o carro ao manobrista. — Eles não vão achar nada legal você ter vindo, então fique na sua.

— Tem um bar decente? — Conferi as fivelas da minha sandália como se não estivesse preocupada com a declaração dele.

— Um dos melhores. — Desligou o carro e pegou a carteira para procurar o documento. — Por quê?

— Vai ser lá mesmo que vou ficar. — Abri a porta do carro e desci sem esperá-lo.

Eu não precisava de apoio masculino para transitar em lugares como aquele. Minha autoconfiança era o suficiente para fazer com que todos abrissem espaço para mim. Jamais permitiria que ele me conduzisse como se eu fosse uma dama indefesa. Johnny foi inocente ao pensar que eu não estava em meu ambiente, quando na verdade era eu quem estava em casa.

O segurança saiu da frente me dando passagem e permiti que uma garota negra muito bonita colocasse uma pulseira em meu pulso. Nem cheguei a olhar para trás para confirmar se Johnny me seguiria. Eu queria independência e não abriria mão dela.

O local era completamente previsível. Muito luxuoso, lógico, sem deixar de ser clichê. As mulheres dançando em palcos individuais, os seios de fora, as músicas sensuais, a iluminação dando certa privacidade, um palco principal, garçonetes seminuas desfilando entre as mesas, um imenso público masculino e uma minoria feminina. Eu apostaria minha conta bancária na certeza de que noventa por cento delas era garotas de programa. Sorri. Quem nunca?

O bar ficava um pouco afastado das mesas e biombos, assim como do palco principal, o que permitia que as pessoas circulassem e conversassem sem se sentirem intimidadas. Escolhi um banco e sentei nele dando as costas. Meu vestido justo subiu revelando demais as minhas pernas. Sorri para o garçom que se aproximou todo sedutor.

— O que vai ser?

Ele era bonito, com porte atlético, cabelos castanhos e um sorriso cheio de promessas. No entanto, eu sabia o que estava pensando: puta nova no pedaço. Sorri gostando da ideia. O que um homem era capaz de falar e fazer quando acreditava pagar pelo seu desrespeito?

— O que sugere? — Entrei em seu jogo permitindo que acreditasse estar no poder.

— *Clericot* — anunciou com certo charme, tirando uma taça larga debaixo do balcão e colocando-a à minha frente.

Rapidamente começou a preparar o *drink* com frutas e vinho. Tudo com muito floreio, mas eu já conhecia a bebida e aproveitei para olhar ao redor. Um grupo de rapazes encostou-se ao balcão fazendo barulho. Eram jovens e alegres. Um deles, pele clara, cabelos castanhos, cacheados, olhos desenhados exibindo um tom marrom claro, quase avelã, me olhou com interesse e sorriu. Suas bochechas tinham covinhas.

Seu rosto era lindo, um tanto quanto infantil, enquanto seu corpo era uma maravilha. Uma mistura que faria qualquer mulher ficar de quatro. Hum! Eu ficaria de quatro, não exatamente de maneira apaixonada. Ele parecia jovem demais. Provavelmente não de idade, me parecia de certa forma imaturo, talvez por causa das brincadeiras com os colegas ou pelo riso fácil.

O garçom me entregou a taça registrando a bebida em minha pulseira. Voltei minha atenção para o palco principal e vi que a música escolhida que tanto mexia com os instintos das pessoas era para compor a apresentação de uma dançarina. Os rapazes ao meu lado gritaram e assoviaram me dando vontade de revirar os olhos.

Crianças!

Levei a bebida aos lábios sentindo seu sabor refrescante. Uma delícia! Os gritos continuaram, minha bebida acabou e o garçom tratou rapidamente de me servir outra.

— Essa é por conta do cavalheiro ali. — Olhei para o lado e vi o garoto de covinhas na bochecha me olhando com um sorriso imenso. Ele levantou sua cerveja em um brinde. Agradeci com a cabeça e lhe dei as costas.

Outra garota se apresentava e mais gritos preencheram o ambiente. Procurei por Johnny e o encontrei retraído em uma mesa. Ele não olhava para o palco, só conferia o celular. O que ele fazia ali se não se importava com as dançarinas?

— Acertei na bebida. — Assustada, me dei conta de que o rapaz estava parado bem ao meu lado, encostado no balcão e me olhando sem disfarçar a cobiça. Ergui uma sobrancelha e o analisei.

Ele não era muito mais velho do que eu. Era ainda mais bonito de perto e seus olhos tinham nuances amareladas que lhe conferiam uma cor única. Seus dentes brancos e perfeitos estavam expostos. Seu peitoral era muito bem trabalhado, típico de caras que perdiam horas em academias. Aquele ali realmente dava atenção ao seu corpo, pois suas coxas grossas eram perceptíveis em seu jeans justo.

— Está sozinha?

Ele não desistiu, mesmo depois de eu não ter dito nada em relação à sua abordagem. Sorri com certo deboche. Ele era um pouco lento. Verifiquei rapidamente onde Johnny estava, me certificando de que o meu amigo não estava prestando atenção em mim, depois voltei a encarar o rapaz.

Bonitinho. Gostoso com toda certeza. Provavelmente inexperiente, pelo menos não tão experiente quanto os caras com quem estava acostumada. Cheio de uma autoconfiança que chegava a ser um desafio. Seria delicioso derrubar o seu castelinho de areia.

Pensei, pensei e pensei e acabei sorrindo largamente enquanto ele me observava com atenção e desejo. Por que não brincar com aquele menino?

— Eu sou muito cara. — Vi que ele não esperava por aquela resposta. Indo contra tudo o que eu tinha visto ali, aquele menino não estava achando que eu era garota de programa. Quase gargalhei quando o senti ficar tenso. Ele se recuperou rapidamente.

— Cara quanto? — Medi seu corpo com atenção especial.

— Dois e quinhentos.

— Dois e quinhentos? — ele se exaltou e olhou tenso para os amigos que já nos encaravam esperando o avanço dele. — Você cobra dois mil e quinhentos reais por uma trepada? — Eu queria muito rir, porém me mantive firme em meu papel.

— Não por uma trepada. — Beberiquei e falei sem muito interesse. — É por *a trepada.* — Ele me encarava sem acreditar, os olhos desenhados dançando em mim. — Não um artigo indefinido, entendeu? É um artigo...

— Eu entendi. — Ficou sério e intenso. Hum! Gostei. — E o que eu consigo com esses dois mil e quinhentos?

— Quase tudo — continuei fingindo indiferença.

— Quase?— Ele se inclinou no balcão se aproximando um pouco mais. — É muito dinheiro para *um quase.*

— Bom... você pode ter tudo, só que vai ser mais caro. — Seus olhos se estreitaram e ele conferiu o meu decote sem nenhum pudor.

— Quanto?

— Cinco mil.

— Puta que pariu! — Abaixou a cabeça e riu baixinho. — E vale a pena mesmo?

— Não é como uma fruta que você prova e só leva se gostar. — Dei as costas e deixei que ele desistisse de mim como certamente aconteceria. Os garotos eram tão fáceis de impressionar!

Mas ele se colou em minhas costas, suas mãos ousadas cercaram minha cintura e pude sentir algo que muito me agradou, duro e pronto, colado em minha bunda. Seus lábios se aproximaram do meu ouvido, comecei a ficar mais interessada. Seria uma brincadeira gostosa. Aquele garoto era muito fácil de impressionar.

— Podemos garantir o *quase.* — Seus lábios tocavam minha orelha e eu adorava o formigamento em minha pele. — E se eu realmente achar que vale a pena, podemos passar para o *tudo*.

— Combinado. — Desci do banco e saí sem me preocupar em conferir se ele me acompanharia.

Aquele menino estava em minhas mãos.

CAPÍTULO 3

> *"Uma tigresa de unhas negras e íris cor de mel.*
> *Uma mulher, uma beleza que me aconteceu.*
> *Esfregando a pele de ouro marrom do seu corpo contra o meu.*
> *Me falou que o mal é bom e o bem cruel."*
>
> TIGRESA – CAETANO VELOSO

— E ENTÃO... — FEZ UM GESTO AGUARDANDO QUE EU ME APRESENTASSE.

— Sem nomes — cortei rapidamente a sua tentativa.

Não gostava de criar vínculos nem intimidade. Além do mais, era uma brincadeira gostosa onde eu era a puta e ele o cliente. No final da noite eu não passaria de uma desconhecida que trepava gostoso.

— Sem nomes — ele concordou com certa relutância. — Aquele é o seu ponto? — Franzi o cenho sem me dar conta do que ele falava. — É lá que você trabalha?

— Ah... — Sorri querendo rir. — Não. Hoje não estava trabalhando. Só relaxando um pouco.

— Relaxando em uma casa de *strip*? — Ele me pareceu surpreso. Tão inocente!

— Para onde estamos indo? — Seu sorriso infantil com covinhas se apresentou e eu achei que combinava perfeitamente com ele.

— Não sei. Onde você costuma levar os seus clientes?

— Na casa deles. — Até porque eu jamais poderia levá-lo à minha casa, pensei, me divertindo. O garoto fez uma careta e me pareceu perdido.

— Não costumo levar... — hesitou. Ele não se sentia bem com a palavra puta? Quanta ingenuidade! — Mulheres que acabo de conhecer, em minha casa.

— Hum! Entendo. — Dei-lhe o meu melhor sorriso.

Será que ele era casado? Olhei seus dedos e não vi nenhuma aliança, muito menos uma marquinha. Ele poderia ter uma namorada que conferia os acessos ao seu apartamento, ou simplesmente não queria colocar uma prostituta em sua casa e ponto final.

— Não. Não sou casado, é que...

— Sem detalhes — precisei cortá-lo mais uma vez.

Por que os homens tendiam a falar sobre eles e suas vidas medíocres quando achavam espaço? Estávamos ali para trepar e não para uma sessão de terapia.

— Certo. Sem detalhes. — Fiquei sorrindo e olhando-o com certo interesse. Aquele cara nunca tinha saído com uma puta antes. Eu tinha certeza. — Que tal a sua casa?

O quê? Ele só podia ser louco!

— Um motel. — Vi quando ele relaxou completamente.

— Então um motel, Morena. — Logo ele conseguiu reassumir o controle, o que parecia ser algo que o agradava.

Deixei que me guiasse sem muitas expectativas. Devo confessar que me surpreendi quando entramos no Vip's Suítes. Aquele garoto tinha aceitado pagar dois mil e quinhentos por uma noite com uma prostituta de luxo, estava disposto a aceitar a segunda opção e ainda me levava para um lugar top sem se importar com o preço? Sorri. Ele queria me impressionar?

Subimos para o quarto. Ele nada dizia e eu não queria tagarelar para quebrar o gelo. Aquele clima estava me deixando excitada. Eu só podia estar maluca, mas nada no mundo me impediria de entrar naquele quarto com aquele garoto cheio de músculos. Podia ser presunção minha, porém nada nele me intimidava, pelo contrário, aquele rostinho de criança e suas covinhas só me davam a certeza de que ele nada podia contra mim.

Por isso entrei naquele quarto sem demonstrar emoção alguma. Até porque já conhecia o local, não posso mentir. Entrei percebendo que ele parou em algum ponto logo atrás de mim. Completamente familiarizada deixei que o casaco descesse pelos meus ombros tendo plena consciência da sensualidade do meu gesto. O vestido colado e curto revelava meu corpo que com certeza despertava o interesse dele.

Vamos lá, Miranda. Dê o melhor de si.

Virei em sua direção e o vi parado, me encarando com um brilho especial nos olhos, algo que me dizia que aquele menino era mais do que eu imaginava. Não sei explicar o que acontecia comigo quando homens como aquele me olhavam daquela forma. Havia um tesão latente, também uma admiração que ultrapassava minhas veias e atingia meu ego com força.

— E então?

Ele arqueou uma sobrancelha sorrindo de uma maneira bem cafajeste.

Depois desviou os olhos para um pequeno palco para *pole dance.* Foi a minha vez de sorrir. Aquele garoto queria fazer valer o seu dinheiro.

Tolinho!

Sem hesitar andei calmamente até o bar, preparei um *drink* para ele e escolhi uma música em meu celular acoplando-o ao *Dock Station iTrend* que eu tanto gostava. A música escolhida diria até demais: *Naughty Girl.* Seria ótimo se ele entendesse a letra.

Então subi no "queijo" arrastando uma cadeira e sensualmente deitei sobre ela, sustentando apenas o tronco. Não tinha como abusar tanto sem o breu para firmar minhas mãos, e não seria muito legal confiar em pernas não tão expostas. Eu teria que improvisar com o trivial, básico mesmo, nada de tão espetacular.

Quando a música começou levantei uma perna, fiz a encenação básica passando a mão em meu próprio corpo e girei ficando de costas para ele. O movimento foi muito sensual, como já sabia que seria.

Como eu queria impressionar sem perder muito tempo, levantei e segurei na barra fazendo a apresentação costumeira, segurando-a apenas com a mão e levantando todo o corpo para circular em um giro. Uma pirueta com as pernas abertas exibindo a calcinha mínima foi uma excelente forma de fazê-lo prender o fôlego. Fiquei de costas, desci o tronco apoiando a bunda na barra e acariciei minhas coxas, para em seguida descer rebolando e subir com um único rebolado.

O garoto sentou na cama e se apoiou nos braços, melhor se acomodando para assistir ao meu pequeno show. O fato de ter rompido minhas barreiras e feito aquelas aulas foi muito valioso.

No geral as pessoas atribuíam a atividade do *pole dance* a uma dança sensual, e era o motivo maior para as garotas procurarem as academias que ofereciam tal aula. Contudo trabalhar na barra de metal ia muito além do que rebolar e exibir um corpo mais flexível, o que mexia de fato com a imaginação dos homens.

Para mim, dedicar horas à ideia de sustentar o meu próprio peso em uma barra, conseguir girar e fazer posições que exigiam uma concentração absurda era uma forma de esquecer um pouco o mundo e a sua realidade, deixar minha mente e meu corpo se unirem em um único propósito e encontrar a harmonia tão desejada.

Mas não vou ser hipócrita e dizer que era uma heresia utilizar os movimentos para a sedução. Aquilo era uma arma erótica altamente eficiente. Capaz de dar autonomia às mulheres mais submissas e levantar os seus egos. Qualquer desavisado sucumbiria aos encantos de uma garota dançando na barra. E com aquele garoto não poderia ser diferente. Com tão pouco já o deixei extasiado.

Amadores!

O único problema era que eu amava impressionar. Amava quando os caras babavam por mim, quando se sentiam perdidos e ansiosos, como aquele menino. Por um segundo me peguei perguntando quem era ele, o que fazia... com certeza não era o tipo de cara que saía com prostitutas de luxo. Era muito mais provável que se aventurasse nas noites com garotas como eu, dispostas a tudo apenas por prazer.

Mais um rodopio e levantei uma perna formando um ângulo perfeito e o encarei de maneira provocante. Vi, com deleite, quando seus olhos se estreitaram e sua boca abriu minimamente, buscando por ar. Então acariciei meu corpo e girei. Com o apoio das mãos levantei-me sem nenhum esforço e rebolei abaixando a alça do meu vestido.

Puta que pariu! Essa seria uma ótima história para contar para Charlotte. Não a parte em que eu fingia ser uma prostituta. Ela nunca entenderia. Mas a de dançar para o carinha, sendo sensual ao extremo, fazendo-o se render sem ao menos ser tocado. Caralho! Eu era boa nisso.

O rapaz de olhos lindos entortou a cabeça e respirou fundo quando levei os braços às costas e comecei a descer o zíper, abaixando a parte de cima do vestido para exibir um sutiã preto de seda com modelagem alongada e renda floral que, embora fingisse esconder, mostrava mais do que poderíamos julgar socialmente correto. Graças a Deus!

Andei em sua direção deixando o mastro para trás. Já me sentia excitada só em assistir o tesão que irradiava dos seus olhos. Podia jurar que ele se esforçava para não me tocar e exigir o que pagava. Parei entre suas pernas enquanto permitia que ele se deliciasse olhando meu corpo.

Depois, lentamente, desci o restante do vestido revelando a calcinha *hot pants*, também em renda floral e transparente, com armação frontal, o que, definitivamente, era muito charmoso, além de não marcar o vestido. No fundo um delicado fechamento com expansor que deixava a peça sexy.

Com a mão na cintura aguardei pelo que ele me pediria para fazer, afinal de contas, eu era a prostituta ali e ele, teoricamente, desembolsaria um valor considerável para me comer. No entanto, o garoto só me olhava. Seus olhos iam e vinham em meu corpo, decorando cada parte em uma punheta imaginária.

Deveria ser tedioso, mas, estranhamente, me excitou. Uma ansiedade misturada com o desconhecido, aquecida pela adrenalina da brincadeira inconsequente fazia com que minha calcinha ficasse rapidamente molhada. Eu queria arrancar sua camisa e calças e chupá-lo até ouvi-lo implorar.

No entanto, permaneci parada à sua frente, me permitindo ser explorada por aqueles olhos quentes e me deixando seduzir pelo sorriso sacana. Dei uma olhada demorada em seu corpo para conferir os resultados e gostei do que vi. Uma ereção agradável aos olhos se projetava em sua calça jeans.

Passei a língua no lábio inferior. Era provocante e eu sabia disso. Todos os meus atos eram pensados e estudados. Ele seguiu minha língua com os olhos e logo em seguida imitou o meu gesto, como se fosse impossível resistir à tentação.

— Vire de costas — sua voz estava baixa e relaxada, ao contrário do que eu imaginava.

Fiquei tensa. Aquele menino conseguia esconder seus sentimentos, o que era um perigo para uma situação como aquela. Mesmo assim obedeci e, estranhamente, senti minha pele ficar arrepiada pela expectativa. Um formigamento me mostrava o quanto eu desejava aquelas mãos em mim além dos seus lábios de sorriso fácil e jovial.

Sim, eu estava interessada no garoto.

Pelo movimento na cama entendi que ele havia mudado de posição. Fiquei em alerta. A tensão da espera, o medo por não saber o que ele faria, a imaginação me fazendo fantasiar sem parar acabou me distraindo e fui pega de surpresa quando duas mãos grandes cercaram meus quadris, me puxando em sua direção.

E então seus lábios estavam em minha bunda. Eram beijos sensuais e espaçados, indo de uma nádega para outra, roçava a ponta do nariz e mordiscava conforme a sua vontade. Tudo ainda por cima da calcinha, prolongando o que pretendia fazer comigo.

Seus dedos longos não ficaram parados ao lado dos meus quadris. Não. O garoto não era tão inexperiente como eu imaginava. Ele arranhava minha bunda com seus dentes e provocava meu sexo com os dedos, sem me tocar de fato. Apenas um leve roçar na parte interior das coxas, muito perto da minha vagina. Confesso que fiquei muito molhada desejando aqueles dedos em mim.

— Que bunda maravilhosa você tem, Morena!

Sorri. Minha bunda era mesmo algo de tirar o fôlego. Que me perdoem as garotas que passam horas na academia por uma bunda aceitável. A minha era uma herança que muito me agradava e fazia questão de manter.

Suas mãos subiram, tocando minha barriga, minhas costas, se revezando sempre com lábios, língua e dentes. Mantive-me quieta, aceitando e me deliciando com a sensação gostosa de ser devorada aos poucos por alguém que acreditava poder ter o melhor de mim, por míseros dois mil e quinhentos reais.

— Uma linda mulher? — ele disse, parando todas as carícias ao mesmo tempo. Confusa, me virei em sua direção para entender se era um elogio, uma sugestão ou uma pergunta. — O filme. — Ele sorriu com deboche. — Ela não beijava na boca.

— Ah! — Pensei em um milhão de respostas em poucos segundos. — Sim. Não beijo meus clientes. — Sorri gostando do jogo. Na verdade, adorando o jogo.

— Dois mil e quinhentos reais e nem posso te beijar? — A travessura em seu olhar me deixava relaxada e não sabia explicar o motivo. Não respondi. — Entendi. Faz parte do segundo plano.

— Não — provoquei.

— Existe um terceiro plano? — Ele me pareceu assustado.

— Não — sussurrei, me aproximando um pouco mais.

— Então não poderei sentir essa boca maravilhosa? — Confesso que meu sorriso foi tão diabólico que até eu me surpreendi.

— Claro que irá, bonitão.

Com uma mão o empurrei para a cama, fazendo-o deitar. Depois me ajoelhei entre suas pernas, já em êxtase pelo gemido que ele deixou escapulir antes mesmo de conseguir abrir as suas calças. Aquela era uma boa oportunidade. Estava curiosa. Um homem como aquele, musculoso, todo malhado, com corpo atlético poderia facilmente se enquadrar no perfil dos marombados que eu e minhas amigas costumávamos sacanear. Bombados em cima, encolhidos embaixo. Era o que dizíamos.

Se bem que, a ereção que se insinuava embaixo daquela calça jeans não podia ser uma ilusão de ótica. Sem demonstrar a minha vontade de libertá-lo o quanto antes, deixei meus dedos subirem provocando sua barriga, depois abri sua calça sem abaixá-la. Passei meus dedos para dentro, arranhei sua virilha e acariciei sua extensão para conferir.

E adorei!

Ele gemeu sem nenhuma necessidade de esconder que também queria aquilo, por isso, ainda por cima da cueca, manipulei seu pau, sem força e sem pressa, apenas brincando. Ele gemeu mais forte. Não resisti, coloquei minha mão dentro, segurando o pênis com vontade. Estava quente, duro, cheio de tesão. Ainda sem puxá-lo para fora masturbei meu "cliente" por um curto tempo. Minha vontade era retirar a mão e lamber os dedos saboreando a iguaria, mas me contive.

O rapaz levantou o tronco, apoiou o corpo em um dos braços e me fez o imenso favor de despir o próprio pau. Fiquei admirada olhando o objeto com o qual brincaria até cansar naquela noite.

Não vou dizer que era o pau mais espetacular ou bonito que já tinha visto. Mas era um pau bonito, e gostoso, definitivamente. Principalmente porque nem precisava que ele soubesse usá-lo, bastava me dar espaço para que eu assumisse o controle e deixasse tudo do meu gosto.

Porém o rapaz manipulou o pau, se masturbando sem vergonha alguma, com carícias leves e gostosas. O membro era longo, com toda certeza, este ponto era inegável, e possuía um bom diâmetro, me peguei analisando com todo o meu conhecimento técnico. Não era nada assustador, mas era bonito. Era mesmo bonitinho. Eu até arriscaria dizer que era um pau bonito para um homem bonito, o que seria muito clichê.

Resumindo, o pau do cara era agradável de ver e aceitável para se lamber, chupar, brincar, sentar, rebolar e gozar, que era exatamente o que eu faria. Assim que ele me libertasse daquele maldito feitiço que era se masturbar tão calmamente diante de mim. Eu não conseguia tirar os olhos do pau do garoto.

— Venha cá. — Ele me segurou com a outra mão. Não havia brutalidade, apesar do peso de sua mão em meu pescoço.

Incapaz de desviar os olhos, fiz o que ele pedia e eu tanto queria. Deslizei meus lábios em seu pau, conduzida pelas mãos dele. Agarrei suas coxas e, me impulsionando aos poucos, engoli seu membro sentindo minha excitação aumentar à medida que os gemidos dele também ecoavam naquele quarto.

Ele podia ter um pau bonito e apresentável. Podia ter uma maneira linda de se masturbar. Podia ter aquele corpo gostoso e malhado. Porém nada o faria ficar firme quando minha boca assumisse a situação. E foi o que aconteceu.

O garoto gemeu alto e forte quando enrolei minha língua em sua grossura e chupei com vontade. E eu estava realmente com vontade. Gostava de chupar os caras com quem saía, era sempre o momento em que conseguia tê-los em minhas mãos. Era como beijar um troféu e ser aclamada pela plateia, que, no caso, era composta por apenas uma pessoa, mas tão eufórica quanto um estádio inteiro.

— Porra, Morena! — ele gemeu entre os dentes se segurando para não gozar em minha boca.

Intensifiquei a chupada. Ele estava tão cheiroso que fiquei me perguntando se ele era daquele tipo de cara que passava perfume no pau para fazer bonito com as garotas. Quis rir, mas no fundo fiquei agradecida, por isso dei continuidade, ouvindo seus protestos sem a menor força e seus gemidos indicando que gozaria a qualquer momento.

Eu amava aquilo!

Gozar na boca da garota no seu primeiro boquete, tendo uma noite inteira pela frente e louco de vontade de comer a mulher de diversas formas era uma humilhação para qualquer homem. E era justamente por isso que os fazia gozar logo, para deixar claro que seria como eu queria e quando eu queria.

Ele quis se levantar para me impedir. Afundei os lábios, engolindo-o quase todo e estiquei meus braços pelo seu torso, acariciando de forma provocante. Ele não havia percebido, mas, enquanto ainda o deixava manipular o próprio membro antes de me deixar chupá-lo, desci meu sutiã, descobrindo meus seios sensíveis de tanto tesão, deixando-os livres para me ajudar a me manter firme. Por isso, quando desci meu corpo sobre o dele e rocei meus seios em suas coxas, o garoto urrou de prazer então aproveitei para fazer pressão com a boca, forçando-o a gozar.

— Ah, merda! — ele gritou, desistindo de lutar contra e gozou forte em minha boca, me dando toda a sua rendição.

Meu trabalho estava feito. O menino estava em minhas mãos.

Levantei e, como não podia deixar de fazer, limpei a ponta dos lábios com os dedos, para que a cena ficasse mais parecida com as dos filmes que garotos como ele assistiam. O rapaz estava deitado de costas, as mãos no rosto, a respiração ofegante e a dignidade... bom, eu não sabia se ainda lhe restava alguma dignidade.

Fui até o bar, me livrei do sutiã, servi dois copos com um champanhe que estava no balde sobre o balcão e voltei para lhe entregar a bebida. Ele me olhou um pouco tímido e aceitou, bebendo tudo de uma só vez. Depois levantou, tirou a camisa, os sapatos e fechou a calça. Serviu-se de mais champanhe, enquanto eu caminhava pela suíte sem me preocupar com nada.

Não era hora de ir embora. Ele ainda me devia um orgasmo e não sou o tipo de mulher que aceita agradar o cara sem ser saciada. Existia uma regra muito clara para mim, se ele goza, eu gozo, não importava como. Aquele menino tinha uma dívida comigo.

Ele se virou em minha direção, os olhos atentos e gulosos desceram para os meus seios, depois conferiram a calcinha e as pernas evidenciadas pelos saltos altos. O rapaz levou a taça aos lábios sem desviar o olhar, me comendo da forma como podia naquele momento.

Sorri vitoriosa.

— Uma boca deliciosa, Morena — disse, por fim, deixando a taça de lado. — Agora é a minha vez de te fazer perder esse ar superior.

Ele avançou na minha direção. Não de forma intimidadora ou selvagem e, sim, de uma maneira que deixava claro que sabia o que queria. Eu adorei.

Quando chegou perto não me tocou, como imaginei que faria. Ele me olhou de cima, se aproveitando dos seus muitos centímetros a mais que os meus e sorriu daquele jeito sacana que me atiçava. Eu queria realmente vê-lo me fazer perder a pose.

Sem que esperasse por isso, o rapaz me virou de costas e me deitou sobre o balcão da cozinha. Precisei levantar os pés para ficar confortável, mesmo com saltos altíssimos. O mármore estava frio e meus seios ficaram rapidamente arrepiados.

Ele estava parado bem atrás de mim, com uma mão acariciando minhas costas, subindo até o meu pescoço e descendo. A outra mão acariciava minha bunda, o que eu já imaginava ser uma obsessão. Não sei quantas vezes repetiu o processo, mas em determinado instante ele acariciou meus braços e os puxou para trás e, antes que eu pudesse protestar, os prendeu atrás do meu corpo.

Confesso que senti medo, mas também admito que não demonstrei. Estava para nascer o homem que me intimidaria. Foi por essas situações que enfrentei longos anos de defesa pessoal e outras lutas. Eu deixaria ele se enrolar, porém, se apertasse para o meu lado, seria fácil fazê-lo entender quem mandava.

Eu podia ser tudo, mas não era como aquela loira louca que meu professor maravilhoso levou como acompanhante para o clube. Ser violentada não era nem de longe a minha praia e o engraçadinho que ousasse ultrapassar meus limites pagaria caro.

O garoto não fez nada demais. Percebendo a tensão recomeçou as carícias mansas, embora mais ousadas. O que antes era somente um subir e descer da sua mão pelas minhas costas, passou a desviar o caminho para encontrar meus seios, ora exigindo-os com posse, ora só provocando as laterais. Ao mesmo tempo sua outra mão não acariciava somente minhas nádegas, ele brincava com os dedos, descendo e me abrindo, roçando meu ânus e minha vagina, sentindo o quanto eu estava excitada.

Foi quando sua brincadeira começou. Sua mão se fixou em minhas costas, me impedindo de levantar ou me debater, e o que antes era apenas uma carícia rápida e gostosa em minhas paredes molhadas, passou a ser estocadas cheias de conhecimento de causa.

Exatamente isso. Aquele menino de cabelos cacheados e covinhas no rosto, que sorria de forma ingênua, simplesmente conhecia os pontos certos para tocar uma mulher. Seus dedos deslizavam facilmente em mim, as pontas paravam e pressionavam cada terminação nervosa e fui ficando cada vez mais molhada, recebendo estocadas habilidosas e, uma vez ou outra, sendo acariciada no ânus, o que me dava calafrios maravilhosos.

Mordi os lábios sem querer me entregar. Ele, de tempos em tempos, se atrevia a beijar minhas costas, minha bunda, minha nuca, e quando o fazia, seus dedos se afundavam ainda mais, indo até aquele ponto incrível, que prendia todo o ar dentro de mim e me fazia querer gritar.

Porra, aquele menino sabia masturbar uma mulher. O que ele era? Provavelmente um recém-formado em medicina, especializado em ginecologia. Um tarado que havia prestado mais atenção nas aulas do que o normal, que provavelmente havia aprendido aqueles lugares tão específicos com a ajuda de uma professora muito disposta a ensiná-lo.

Porra, ele era uma delícia!

Apesar de todo o seu esforço, não gemi. Engoli todo o meu prazer para me manter no jogo, mas rebolei como pude. Eu me abri para que ele me tocasse como bem desejasse, seu corpo forçou o meu a roçar no mármore gelado, o que me deixou extasiada, adorei a forma ousada como ele simulava a penetração e, quando não havia mais nenhum tipo de barreira entre nós dois, seus dedos foram bem lá no fundo, se curvando da maneira certa e acionando o botão que nem com todo o meu autocontrole, eu conseguiria ignorar.

Então gritei de prazer me entregando a um orgasmo maravilhoso, me deixando esfregar com vontade na pedra fria e me abrindo para que seus dedos me invadissem até eu estar completamente preenchida.

Manhosa, deitei o rosto no balcão e aguardei enquanto ele diminuía o ritmo dos dedos e libertava minhas mãos. Meus ombros ficaram um pouco doloridos e precisei me espreguiçar, jogando os braços para frente, o que me fez empinar a bunda. O garoto parou os dedos ainda dentro da minha vagina e me deu um tapa na bunda com a outra mão.

— Um a um, Morena!

Estalou de maneira gostosa. Olhei para trás com o corpo outra vez em chamas. Aquele sorriso atrevido brincava em seu rosto e me senti instigada a vencer aquela batalha.

CAPÍTULO 4

"Teus sinais me confundem da cabeça aos pés,
mas por dentro eu te devoro
Teu olhar não me diz exato quem tu és,
mesmo assim eu te devoro".
EU TE DEVORO – DJAVAN

GENTILMENTE ELE SE ABAIXOU E DEPOSITOU BEIJOS SENSUAIS PELA minha coluna. Gostei daquilo. Sua mão acariciava minha bunda, alisando o local do tapa, que estava quente e sensível. Aguardei até que ele se afastasse para me dar passagem. Virei em sua direção, ainda apoiada na bancada, e o olhei com expectativa.

O lindo menino de olhos dourados me encarava enquanto levava o dedo que antes estava em mim, à boca. Pareceu tão natural e ingênuo, que me perguntei se ele sabia o que estava fazendo. Seus olhos me secavam com uma intensidade ardente. Eu realmente queria desmontar aquela fachada de homem maduro e experiente que ele mal conseguia sustentar.

Provoquei arqueando os seios, sem desviar o olhar, sorrindo daquela forma que provocava e inibia, me oferecendo sem nenhum pudor, adorando ser a mulher objeto daquele rapaz tão deslumbrado.

— Você é linda, Morena! — sussurrou com os olhos presos aos meus. Estava sério, intenso. Uma delícia! — E muito gostosa! — O calor que percorreu meu corpo seguindo o seu olhar foi quase esmagador. Aquele garoto podia não ser exatamente um mestre do sexo, mas ele sabia me excitar.

— E então?

Provoquei, abrindo um pouco as pernas sobre o balcão, só para fazê-lo agir. Senti o calor dos seus olhos descendo até a minha vagina e... caralho! Ele lambeu os lábios. Que safado!

O rapaz se inclinou em minha direção, conferindo minha barriga, meus seios, se demorando em meus lábios. Sorri e mordisquei a pontinha. Ele não me beijaria, o que não significava que não podia fazê-lo implorar pelo beijo.

— O que quer fazer? — Sua voz não estava instável, nem abalada, apesar de eu saber que estava adorando o jogo.

— O cliente manda. — Seu sorriso zombeteiro estava lá.

Já estava ansiosa para senti-lo dentro de mim. Para enroscar minhas pernas em sua cintura e fazê-lo entrar bem fundo, para sentir cada pedacinho daquele corpo delicioso se desfazer quando estivesse preso ao meu. Eu faria aquele gatinho miar de prazer, quando usasse toda a minha técnica para conseguir a sua redenção.

Agradeceria a Johnny pela noite maravilhosa que ele tinha me proporcionado. Não dava para pensar em um final de domingo tão empolgante, gostoso e divertido.

Então o improvável aconteceu. Meu celular tocou ganhando a nossa atenção. Eu queria realmente ignorá-lo e segurar aquele menino com minhas pernas para que ele não perdesse o foco. No entanto, a verdade era que precisava atender. Puta que pariu! Não havia como ter sossego quando eu estava na rua e Charlotte em casa, sozinha e, para alguém me ligar àquela hora, só podia ser ela.

Merda!

— Seu cafetão? — Tive vontade de empurrá-lo, porém a culpa era minha. Eu estava representando o papel de prostituta e por pura opção.

— Cafetão? — A amargura estava estampada em meu rosto. — Aprenda uma coisa, menino, quem manda em mim sou eu. — Levantei em busca do telefone, mas não perdi a oportunidade de revidar o tapa em sua bunda, como ele tinha feito comigo, e ouvi sua risadinha.

Gostei do que senti. Mesmo que tão rapidamente pude perceber sua bunda gostosa, dura e malhada. Um pensamento me dominou quando peguei o celular e vi que era o Johnny. Respirei fundo. Se não atendesse teria uma dor de cabeça infernal.

Eu me afastei, mesmo sabendo que o garoto me olhava atentamente. Passei para a varanda e me debrucei olhando o mar.

— O que foi?

— O que foi? Porra, Miranda! Onde você está? — ele gritava. O caso era sério.

— Eu... estou com um amigo — falei um pouco mais baixo.

— Puta que pariu! Custava avisar? Eu fiquei maluco naquele lugar, imaginando coisas horríveis. — Sorri. Johnny era durão, mas me amava de verdade.

— Eu não estava muito a fim de ver mulheres dançando e tirando a roupa. — Tentei parecer entediada. — Vim tomar um chope.

— Então por que caralho quis que eu te levasse? Puta que pariu! Eu passei o inferno. Uma hora você estava no bar, logo depois tinha sumido. Sabe o que o padrinho faria comigo se alguma coisa te acontecesse?

— Menos, Johnny! Preciso desligar.

— Charlotte ligou — ele anunciou me deixando alerta.

— O que houve?

— Ela disse que estava tentando falar com você e não conseguia. Que um tal de Moisés estava lá no *flat* querendo te ver e que o cara disse que te aguardaria.

— Moisés? — Puta merda!

— Levando homens para casa?

— Quem é você, Jesus Cristo?

— Tem um homem no saguão do prédio aguardando você. São quase duas da madrugada. Tem noção de como o padrinho vai receber esta notícia?

— Merda!

— Volte para casa. Agora! — Arqueei a sobrancelha pronta para dar uma resposta quando notei o rapaz encostado na porta da varanda.

— Vejo você depois. — Desliguei e me voltei para ele.

Nós nos encaramos e depois de um tempo ele fez um gesto com a mão indicando o meu corpo, foi quando me dei conta de que estava praticamente nua na varanda. Sorri. Quem se importava? Ele também sorriu.

— Algum problema?

— Um.

Fiz biquinho tentando chegar a uma decisão. Eu precisava ver aquele cara sem roupas. Precisava ver a sua bunda. Também tinha que ir embora para me livrar de Moisés. Merda! Merda! Merda! Eu queria tanto fazer aquele garoto gozar ajoelhado, rendido aos meus pés.

— Preciso ir embora.

— Embora? — Ele estreitou os olhos e cruzou os braços. Não me intimidei e cruzei os meus também, mesmo sabendo que meus seios ficariam em evidência.

— Vou te deixar na mão, garotão! — brinquei, parando diante dele para deixar bem firme a minha postura. Ele entortou a cabeça e me analisou. Depois riu solto.

— Garota, e onde fica aquela história de "a trepada"?

— Digamos que você teve uma amostra grátis. — Ele riu outra vez e gostei do som da sua risada.

Entrei no quarto e procurei minha roupa. Ele me seguiu de perto.

— Hum, então... como faremos? Onde preciso te deixar?

— Eu chamo um táxi. — Coloquei o sutiã e me agachei empinando a bunda para pegar o vestido. Ele realmente encarou a minha bunda. Peguei o celular e acionei o aplicativo. — Onze minutos. — Olhei para ele sugestivamente. — Temos um tempinho.

— Onze minutos? — Seu sorriso era de dúvida, sem deixar de ser charmoso.

— Tire a calça — ordenei.

— O quê?

— Não posso ir embora sem saber exatamente o que estou perdendo. — Ele riu e se movimentou pelo quarto, depois, com o lábio entre os dentes, pareceu gostar do que eu disse e abriu a calça abaixando-a juntamente com a cueca.

Posso dizer que aquilo era um material de primeira. Sentei na cama admirando aquele homem lindo, impecavelmente bem feito, com os braços abertos como se estivesse vendendo o produto. Sem conseguir me conter pedi para ele virar de costas e ele me atendeu com um riso malicioso.

Aquela bunda... porra! Eu até podia imaginar o que seria daquele rapaz no clube que eu frequentava.

Quando ele voltou a me olhar vi que estava excitado. Muito. O pau duro em riste pronto para me deixar acabar com toda a sua majestade. Conferi o celular. Sete minutos. Levantei e fui em sua direção. Ele me aguardou. Segurei seu pau com uma mão enquanto equilibrava o celular, a bolsa e o casaco com a outra. Masturbei atenta a seus olhos que aos poucos ganhavam uma pupila maior e escura.

— Morena, você está correndo o risco de não conseguir sair deste quarto. — Seu pau pulsava em minha mão, me impedindo de conseguir decidir o que fazer com ele. Até que o celular dele tocou.

Não era o nosso dia.

Vi quando ele se afastou, pegou o aparelho e fez uma careta. A esposa, namorada, noiva... a mulher que o aguardava em casa enquanto ele acreditava estar com uma prostituta.

— Posso te pedir um favor? — falou naturalmente, sem a tensão de segundos antes.

— Claro. — Conferi o relógio percebendo que logo alguém anunciaria o táxi.

— Posso usar o seu celular? — *Como assim?* Imediatamente coloquei o aparelho para trás. — Estou sem sinal e era uma ligação importante. Vou só avisar que retorno em alguns minutos. Pode ser por mensagem, ou... posso pagar pela ligação.

Analisei seu rosto e não vi nada de errado nas suas palavras. Ele conferia o celular enquanto aguardava por mim. Não entendi porque confiei tanto nele, mas em segundos meu celular estava em suas mãos e eu me virava para atender ao telefone do quarto. Era a recepcionista perguntando se havíamos solicitado um táxi. Confirmei e quando me voltei para o garoto, o celular já estava sobre a minha bolsa. Prático e rápido.

Olhei para ele que ainda me aguardava, nu, lindo. Uma pena deixá-lo daquela forma. Respirei fundo e resolvi abrir o jogo.

— Olha... — Eu me aproximei e sorri. — Eu não sou prostituta. — Vi a surpresa em seu rosto e me animei. — Estava curiosa quanto à casa de *strip* e fui conhecer. Achei que você não arriscaria se eu te intimidasse com esse papo de prostituta. — Ele nada disse, mas sorriu. — Desculpe pela brincadeira. — Estendi a mão como um pedido de perdão e ele a segurou por um tempo longo.

— Então você estava aqui para se divertir?

— Principalmente. — Minha mão continuava na dele. O garoto sorriu ainda mais.

— E se divertiu?

— Muito — revelei sem me sentir mal por isso. Ele era legal.

— Neste caso... prazer, meu nome é Patrício. — Ri alto.

— Nada disso. Você ainda é um garotinho e eu a Morena.

— Sem nomes? — Suas sobrancelhas se uniram em uma careta engraçada.

— Sem nomes. — Ele fez um biquinho lindo. Olhei para baixo e vi que seu pau ainda estava lá, duro e pronto. Ele sorriu largamente. — Foi um prazer te conhecer.

— Foi sim. — Comecei a tirar a minha mão da dele, quando ele falou: — Sem nomes, porém, se até a Julia Roberts beijou, por que não? — E me puxou para um beijo que me pegou completamente desarmada.

O garoto me segurou com uma propriedade que me fez enfraquecer. Seu corpo colou no meu, seu pau se insinuando, suas mãos me fazendo uma promessa tentadora e seus lábios... o que eram aqueles lábios? Carnudos na medida certa, exigentes, mas sem se impor, doces e maliciosos ao mesmo tempo. E sua língua? Porra, quando sua língua se enroscou na minha senti minha calcinha ficar ainda mais molhada.

E então acabou. Ele me olhou, apertou meus dedos entre os dele e virou para começar a se vestir. Tonta, peguei minha bolsa, o casaco e o celular e saí do quarto, deixando para trás um carinha que jamais esqueceria. Uma transa que não aconteceu, mas que valeu cada segundo.

Não fui até o *flat*. Se Vítor me visse com Moisés ele teria um livro para contar ao padrinho e eu já estava com problemas demais para lhe dar mais aquele de bandeja. Mandei o taxista me deixar na entrada da ladeira e liguei para Moisés.

— Onde está? — O sotaque espanhol extremamente sensual me deixou zonza. Eu estava excitada, molhada, ainda com a sensação dos lábios daquele menino e dos seus dedos dentro de mim.

— Aqui fora. Na ladeira.

— Fique aí.

Era extremamente insuportável entrar no papel da submissa quando todo o meu corpo gritava por comando. Eu sabia o que queria e com certeza não envolvia nenhum "sim, senhor" ou "Claro, amo". Brincar de submissa até era interessante, mas naquele momento eu queria brincar de ser a prostituta experiente quebrando todos os tabus do menino ingênuo.

Que saco!

Vi o carro dele descendo a ladeira e me preparei. Pensei em tudo o que poderia ter de bom e de ruim para finalizar aquela noite. Bom, primeiro precisava acalmar Charlotte ou seriam muitas perguntas no dia seguinte. Aproveitei e enviei uma mensagem de texto rápida.

Oi! Conversei com o Moisés. É aquele namoradinho que te falei outro dia. Nós saímos e brigamos, então fui embora. Já está tudo bem. Vou passar a noite com ele, ok?

Implorei para ela estar dormindo, contudo, seria exigir demais.

Brigaram? Está tudo bem

Suspirei.

Sim. Briga boba. Está tudo certo. Conto tudo amanhã. Vai servir para o seu livro.

Recebi uma carinha feliz como resposta. Eu sabia que narrar minhas aventuras seria uma ótima desculpa para acalmá-la. O carro parou e a porta destrancou. Outra vez ponderei. Eu precisava de um orgasmo, obviamente meus dedos poderiam fazer um excelente trabalho.

Moisés aguardou. Eu tinha certeza que a impaciência o dominava. Ele era exigente, apesar de atencioso e gentil. E eu não era nada submissa, o que dificultava um pouco. Resolvi entrar e ver o que ele tinha para me oferecer.

— Algum problema? — questionou assim que fechei a porta.

— Nenhum, por quê? — Seu olhar reprovador já deixava claro que ele não tinha gostado nada daquilo.

— Combinamos quatro encontros. Quando e onde eu quisesse, esqueceu?

Ah, sim. Mais uma das minhas maluquices.

Conheci o cara em uma loja de *Sex Shop* e logo percebi que ele gostava de joguinhos interessantes. Conversamos bastante em um café. Nada como um encontro, e sim como um contrato mesmo. Ele sabia que eu não era submissa. Mesmo que eu quisesse esconder tal fato ele perceberia com facilidade. Eu estava curiosa, queria tentar e ele achou divertido me ensinar algumas coisas.

Tudo estrategicamente esquematizado. Quatro encontros e nada mais do que isso. Assim ele desfrutaria de mim e eu conheceria o seu mundo, apesar de já ter visto muitas situações no clube. Seria onde e quando ele quisesse, deixou bem claro, já demonstrando o seu lado Dom. Na época gostei da ideia, depois achei que era um saco largar tudo para atendê-lo, apesar de ser sempre muito bem recompensada. Aquele seria o nosso último encontro. Eu estava louca para saber o que ele guardava para o *grand finale*.

O problema era que eu não tinha gostado nadinha de ele ter ido até a minha casa, já que este foi um dos limites estabelecidos por mim. Também não sabia se depois de ter tido tanto poder nas mãos, brincando com aquele garoto, conseguiria me dobrar a um cara tão cheio de ânsia pelo poder.

— Não esqueci.

— Não esqueci o quê? — Foi rude.

— Não esqueci, senhor — tentei não ser irônica, mas escapou. Ele estreitou os olhos.

Precisei morder os lábios para não sorrir. Caralho! Eu era mesmo escrota. Sabia que desobedecê-lo gerava punição. E eu a-d-o-r-a-v-a ser punida. Aguardei calada até que ele entrou na garagem do seu apartamento como havia feito das outras vezes. Não ficava muito longe da minha casa, pois era no Leblon.

Mantive o silêncio enquanto o acompanhava e ele não se importou com isso. Na verdade, enquanto ele mantinha a cabeça erguida e olhava para frente eu o observava e via suas mãos se contorcerem, ansiosas, enquanto tentava controlar a respiração. E eu pensando que não ter transado com o garoto arrasaria a minha noite.

Ele abriu a porta e me deu passagem. Não me dei ao trabalho de sentar no sofá, pois sabia que depois que se desfizesse de tudo o que o impedia de me tocar como gostava, eu seria levada para a sala que ficava no fundo, de portas duplas, onde ele guardava os brinquedinhos e realizava suas fantasias.

Sabe o que era mais interessante em estar com Moisés? A sua esposa. Sim, Moisés era casado e muito bem casado. Mas eles, o meu senhor e sua Joana, gostavam dessas brincadeiras. Ele me dominava, me comia e ela assistia tudo sem dar nenhuma opinião. Não fazíamos sexo homossexual. Ele não permitia que ela me tocasse. Mas gostava de fazer o inferno comigo na frente da esposa que, no meu ponto de vista, sentia prazer assistindo, apesar de nunca se tocar na minha frente.

Joana abriu as portas duplas e sorriu educadamente para mim. Usava um robe pérola e eu bem sabia que ela não usava nada por baixo, como Moisés gostava. Assim que passou pelo marido, desceu o olhar em uma posição submissa, recebeu um beijo na testa, um afago no cabelo e pegou de suas mãos a carteira, o relógio e uma pasta de couro.

— Sirva alguma coisa à nossa convidada. Vou levá-la até a sala de jogos.

— Sim, senhor.

Joana era a perfeita submissa. Às vezes me perguntava se isso era mesmo interessante. Ela parecia feliz com o marido que escolheu, no entanto eu não conseguia ver felicidade numa vida como a dela. Pelo menos eu não suportaria amar alguém e precisar assisti-lo transar com outra mulher só para agradá-lo.

Graças a Deus eu não amava ninguém e queria continuar assim por muito tempo. Gostava da vida que levava, da liberdade e de não precisar envolver qualquer pessoa em minhas fantasias. Éramos todos estranhos em busca de prazer, sem quaisquer sentimentos envolvidos.

Até porque eu tinha certeza de que amor e prazer, quando misturados, deixavam consequências muitas vezes irreparáveis. Principalmente quando um queria amor e o outro queria apenas o prazer. Sim, eu era uma sobrevivente, contudo as consequências permaneciam comigo sem nunca me abandonarem.

— Vamos? — Ergueu a mão para que eu a segurasse, como sempre fazia.

Obedeci e entrei na sala já familiar. Era a nossa última noite, o que me deixava excitada. Olhei a imensa cama, as algemas logo acima, as paredes repletas de acessórios, um sofá ao canto, uma mesa mais ao centro. Moisés abriu meu vestido sem pedir permissão.

Se ele soubesse que eu já tinha gozado nos dedos de outro homem naquela mesma noite, provavelmente me puniria dobrado. Quis sorrir, mas não o fiz, pois chamaria sua atenção.

Ele desceu meu vestido, retirou meu sutiã me deixando de calcinha e saltos. Deu-me um beijo leve nos ombros quando Joana entrou com uma bandeja contendo uma garrafa de vinho e três taças. Ela nos serviu sem nos olhar diretamente. Bebi o líquido quando ele me autorizou e devolvi a taça para que pudéssemos começar.

Estranhamente, estar ali naquele quarto, naquelas condições, prestes a me submeter à luxúria, me deixou desconfortável. Eu não conseguia entender o motivo. Pensei outra vez no garoto, em suas covinhas e olhos atentos que facilmente se surpreendiam. Imaginei o que ele pensaria de mim se pudesse nos ver. Voltei a ficar excitada.

— Sente na cama — ordenou. Eu me virei para obedecer.

Joana sentou no sofá, como sempre fazia e abriu o roupão, revelando um corpo exuberante. Eu me peguei pensando em como seria o sexo entre os dois. Ela era linda e ele maravilhoso, então não entendia o motivo daquele tipo de relação. Mas quem era eu para julgar?

Moisés segurou as algemas e me encarou, não gostando nada de eu tê-lo encarado de volta. Era difícil me concentrar em não assumir o controle.

— O que estava fazendo hoje, Miranda? — Mordi os lábios e mantive os olhos baixos.

— Nada demais. — Ouvi o estalo da corrente das algemas. — Senhor. — Ele se movimentou, demonstrando insatisfação. Quase dancei imaginando a punição.

Ele subiu na cama por cima de mim e segurou meus braços para trás, sem me machucar, prendendo-os. Depois pegou duas pinças e as colocou nos meus mamilos. Era uma dor suportável e gostosa, uma vez que eu estava excitada.

— Não aprendeu as regras? — resmungou, enquanto abria as minhas pernas e se posicionou no meio delas. — Responda!

— Sim, senhor. — Movimentou as pinças, me beliscando com cuidado.

Mordi os lábios. Ele segurou meu rabo-de-cavalo e puxou meu rosto para trás. Pelo canto dos olhos vi quando Joana cruzou as pernas nos observando. Ele nunca olhava para ela. Era como se não estivesse dentro daquele quarto.

— Abra a boca. — Fiz o que pediu enquanto ele abria a calça e colocava o pau para fora. — Vai ser no meu ritmo — avisou.

Obedeci e o senti entrando em minha boca. Moisés era grande. Mas grande de verdade. Bem daquele tipo descrito nos romances eróticos, onde o cara possui um pau imenso e grosso, e mesmo assim a mocinha virgem gozava na primeira foda. Tive vontade de revirar os olhos. Um homem com um pau como o de Moisés precisa mesmo saber o que estava fazendo ou nunca daria prazer a uma mulher.

Ele se enfiou em minha boca com cuidado, não se preocupando em ir até o fundo e me ver engasgando, mas entrando até um limite e saindo, segurando meu rosto no lugar para que todo movimento fosse apenas dele.

Impossível para mim.

Bem, se tinha uma coisa que eu sabia fazer era chupar um cara e ele já tinha provado a minha técnica. Não havia como receber um pau como o de Moisés e ficar quieta. Quebrei mais uma regra, sugando-o com vontade e enrolando minha língua em sua espessura. O cara gemeu alto e parou. Também parei me sentindo vitoriosa. Mais uma beliscada no meu mamilo me fez voltar a obedecê-lo.

— Miranda — gemeu deliciado. — Que boca poderosa!

Então ele começou a foder minha boca com vontade, gemendo e me permitindo chupá-lo como eu bem queria, contudo, mantendo o controle enquanto me puxava pelos cabelos. Quando pensei que ele gozaria, seu pau foi retirado, deixando-me apenas na vontade.

Porra, se ele achava que me punia não me dando o prazer de gozar em minha boca estava tão enganado! Quase ri ao lembrar que outro pau, tão gostoso quanto, tinha feito este serviço um pouco antes. Eu me senti a garota rebelde.

Moisés foi até a mesa, pegou uma camisinha e vestiu o pênis. Ele mantinha a calma apesar de estar extremamente excitado. Voltando para mim, me levantou exigindo meus lábios em um beijo quente. Então me virou de costas deitando meu tronco na cama, segurou as algemas me puxando um pouco para cima, afastou minhas pernas, me penetrou com cuidado até o fim e parou.

— Diz o que quer que eu faça, Miranda — falou com o prazer estampado na voz. Eu estava molhada, com o desejo pelo garoto acumulado em meu corpo e o desejo por ele colaborando para a explosão que ameaçava acontecer.

— Me coma — pedi com um desejo real e levei um tapa na bunda. O segundo da noite. — Me coma, Senhor!

— Você está muito dispersa hoje — reclamou, me puxando pela algema e se afundando ainda mais em mim. Era para doer, porém confesso que foi delicioso. — Devo acreditar que não foi uma noite boa?

— Não, senhor!

Arfei quando senti sua outra mão me puxar pelos quadris. Os grampos em meus mamilos incomodavam pelo contato com o colchão, ao mesmo tempo, era gostoso.

— Por favor, senhor!

— O que você quer? — Ele entrou e saiu com cuidado, roçando minha vagina em todo o seu espaço. Gemi abertamente.

— Um orgasmo, por favor!

Porra, eu precisava daquilo.

— Não! — Foi direto, me frustrando completamente.

— Por favor! — implorei e recebi outro tapa na bunda.

Minhas pernas foram levantadas, separadas e presas às minhas mãos. Porra, era uma posição que, apesar de exigir muito de mim, permitia que ele entrasse o mais fundo possível. Era tão gostoso!

Pensei em roçar meu clitóris na cama. A fricção me traria alívio, porém eu seria punida ainda mais, então fiquei bem quietinha, obedecendo para merecer ser perdoada.

Moisés iniciou o movimento de me estocar e sair, repetidas vezes e com muita calma. Ele me segurava pelos quadris, minhas pernas apoiadas em seus braços e praticamente fora da cama. Um descuido e seria uma queda feia. Tudo ali exigia confiança. Não entraria naquele quarto se não confiasse nele.

Eu me concentrei em não gozar, fazendo com que o prazer se espalhasse pelo meu corpo e tornando tudo ainda mais sensível. Sentia minha vagina vibrar, os bicos arderem nos grampos, minha pele quente, mas exigia que meu corpo obedecesse e não gozasse enquanto ele se enfiava em mim e saía com gemidos fantásticos.

Merda, eu queria gozar! Precisava gozar! Pelo amor de Deus!

Quando meu senhor se cansou de brincar comigo, soltou minhas pernas, deixando-as abertas e caídas, sem sair de dentro de mim. Só então soltou minhas mãos. Meus ombros protestaram, mas a dor não me incapacitava. Na verdade, o tesão que se acumulava em meu corpo me cegava para todo o restante.

Quando fui virada de frente para encará-lo, não aguentei e levei minha mão ao clitóris, disposta a acabar com aquele tormento. Moisés segurou-a e me olhou com um sorriso cafajeste que imediatamente me levou outra vez para o garoto de mais cedo. Parei controlando a respiração.

— Por favor! — implorei. Ele me encarou impassível e logo em seguida largou minha mão, se afastando para assistir a cena.

Porra, eu estava fervendo! Com ele entre minhas pernas, o pau ainda bem perto da minha vagina, seu corpo esplêndido se exibindo para mim, as lembranças da foda frustrada de mais cedo e o sorriso cafajeste do garoto ainda vivo em minha memória, rocei os dedos em meu sexo e sem muito floreio comecei a me masturbar.

— Isso, Miranda — gemeu satisfeito —, abra mais as pernas. — Obedeci imediatamente sem querer ser punida mais uma vez. — Com as duas mãos. — Olhei para ele e o vi se masturbando também, sem energia, só para não perder o ritmo.

Levei a mão para o meu sexo e penetrei dois dedos enquanto com a outra massageava meu clitóris. Gemi, me contorcendo com o orgasmo fácil e rápido. Um alívio. Enquanto eu ainda sentia os últimos espasmos ele girou os grampos em meus mamilos. Gritei de prazer sentindo que potencializava o que deveria ser o final de um prazer delicioso.

— Obrigada, amo! — Lembrei que isso também era necessário e quase me abracei por ter feito aquela parte direitinho. Ele sorriu.

— Muito bem. — Sua voz calma era um bálsamo. Eu gostava da maneira como ele conduzia a nossa relação, me deixando livre para me concentrar apenas em mim. Relaxei completamente. — Ótimo! Agora posso ter a minha Miranda de volta.

O "minha" chamou a minha atenção me alertando que alguma coisa não estava no seu devido lugar. Preferi não comentar, apesar de levar os olhos até Joana, que permanecia quieta e calada, me encarando sem nunca desviar o olhar.

Moisés foi até a mesa, serviu mais duas taças e me entregou uma. Agradeci, pois estava com a garganta seca. Ele bebeu, me olhando com desejo enquanto eu me controlava para não virar a bebida de uma vez só. Devolvi a taça quando ele me pediu e aguardei.

— Muito bem, Miranda. Este é o nosso último encontro, como combinamos. —Concordei sem nada dizer. — Eu tenho uma exigência. — Moisés me olhou atentamente.

— Sim, senhor.

— Nós vamos sair mais uma vez. Não vamos nos encontrar aqui, nem vamos ter Joana presente. — Olhei para a mulher que parecia tão assustada quanto eu. Como era uma perfeita submissa, ela nada disse. Ele aguardou.

— Perdão, senhor, não entendi.

— Quero te comer em um lugar diferente. Uma despedida. Você não vai se arrepender se decidir me dar este presente.

Olhei outra vez na direção de Joana, ela estava com o rosto virado para a parede, como se quisesse esconder como realmente se sentia. Eu não sabia o que sentia. Estava realmente sem entender o que acontecia comigo. Porém ali não era o lugar nem o momento para contestar. Se Moisés se sentia à vontade para me fazer aquele convite na presença dela, então que os dois se resolvessem. Eu só tinha uma certeza, aquele seria o nosso último encontro.

— Senhor... — Não consegui evitar o ar petulante e ele logo percebeu.

— Não me responda agora. — Sua postura dominadora deixava claro que não havia como contestar. — Pode fazê-lo quando Joana não estiver presente. Agora venha aqui. — Evitei olhar para onde a sua esposa estava e obedeci sua ordem. — Isso é para você. Um presente.

Olhei para a caixa dourada que ele exibia. Uma caixa de joias, no entanto eu tinha certeza de que o que continha ali não era nada que pudesse usar e exibir publicamente. Peguei da sua mão, desfiz o laço e abri. Como imaginei, um *plug* anal. Era de fato uma joia, disso eu entendia. A pedra rosa e o aparelho dourado eram lindos, no entanto, eu não fazia ideia se me sentiria confortável usando aquilo.

Chegava a ser estranho ter tanta experiência sexual, frequentar uma casa de sexo onde tudo era permitido e nunca ter usado um *plug* anal. De fato era estranho, porém não era porque eu gostava de sexo, me permitia experimentar algumas novidades e adorar a minha liberdade, mesmo que escondida dos meus entes queridos, que topava qualquer coisa.

Sado, por exemplo, nunca foi meu forte, com exceção das pinças nos mamilos e dos tapas esporádicos na bunda. Nada de me amordaçar, violentar, inserir mão ou qualquer coisa do tipo. Por isso a tal joia me surpreendeu.

— Nunca usou uma? — Neguei com a cabeça. — Não tenha medo. — Ele sorriu levemente. — Linda, não? — Pegou a peça da minha mão e a analisou. — Joana e eu gostamos muito.

Preferi ficar calada desta vez. Falar em sua esposa, tendo consciência de que ela não estava gostando nada do convite feito por ele me deixava sem vontade de continuar com o nosso último encontro.

— Bem, esta pequena fortuna vai deixar a sua bunda ainda mais bonita, interessante e preparada. Não se preocupe, sei que nossa última experiência com o sexo anal não foi muito agradável pra você, então vamos apenas alongar o seu canal anal para estreitar o vaginal, uma das muitas vantagens do *plug*.

Estreitar o canal vaginal? Hum! Eu ficaria mais apertada para receber algo que quase não cabia em mim.

— Venha — me indicou a mesa onde, gentilmente, me debruçou.

Moisés não disse mais nada. A ideia me excitava. Eu gostava de sexo anal, mas como ele mesmo disse, não foi agradável quando tentamos, por isso definimos como limite rígido também e ele aceitou sem discussão. E lógico que eu já tinha brincado de todas as formas com a dupla penetração e sabia o quão gostoso era.

Debruçada sobre a mesa ele abriu as minhas pernas e acariciou meu ânus me estimulando. Apesar de ainda estar incomodada com a situação com a esposa, resolvi fechar os olhos e aproveitar. Eles dois concordaram em me ter ali, então eles que se resolvessem.

Seus dedos acariciavam a minha entrada e uma vez ou outra se afundavam ali para melhor me preparar. Gemi. Era muito bom ser estimulada por quem entendia bem do assunto. Então a peça fria entrou em contato com a minha bunda e estremeci sem saber o que esperar.

— Relaxe. — Ele acariciou minhas costas, enquanto enfiava a joia aos poucos. — Isso! Está linda, Miranda. Uma delícia! Assim! — Brincou puxando e enfiando bem lentamente para me fazer relaxar. Eu logo estava gemendo outra vez. — Agora... — Suas mãos me puxaram para trás, me deixando bem na ponta da mesa e ele começou a me penetrar. Meus gemidos ecoaram os dele.

Realmente, o *plug* era relativamente grosso, o que forçava meu canal vaginal a ficar mais apertado. Moisés sabia disso, então agiu com mais cuidado, me fazendo ficar cada vez mais úmida para melhor recebê-lo. Era tão bom!

Moisés entrou e saiu sem pressa. Ele também sabia desfrutar de cada segundo, se deliciando com minha vagina apertada como se não houvesse nada mais gostoso a ser desfrutado. Seus gemidos de prazer, apesar de contidos, não foram omitidos. Sim, ele gostava de demonstrar o quanto era bom para ele também, afinal de contas era uma troca, ele me dava um prazer maravilhoso e eu retribuía equilibrando nossa relação, então não havia motivos para esconder a verdade do que sentíamos quando estávamos juntos.

Aos poucos, seu corpo conseguia o máximo do meu, entrando e saindo em uma infinidade de investidas, cada vez mais fundo, cada vez mais fácil e gostoso, ele entrava e saía de mim, forçando minhas paredes, alcançando todas as minhas terminações nervosas.

Foi assim que, quando se sentiu mais seguro quanto ao conforto de nós dois, Moisés passou a investir cada vez mais forte. Sua mão segurou em meu rabo-de-cavalo, puxando-me para trás se afundando em minha vagina com vontade. Gritei de prazer sem conseguir acreditar que tal situação me dava tanta satisfação.

O ponto auge da noite foi quando sua outra mão se dirigiu até meu clitóris e o beliscou.

Eu não acreditava na expressão "ver estrelas", mas foi o que realmente aconteceu naquele momento e me vi gritando e gozando numa explosão tão forte que demorei muito tempo para voltar a ter controle do meu corpo. Só depois disso ele se permitiu gozar, entrando fundo e me prendendo ao seu corpo como se não quisesse mais me soltar.

Como sempre acontecia, senti seus lábios em minhas costas distribuindo beijos leves e gentis. Suas mãos alisaram minha pele, acariciaram meus braços e nádegas até que a pequena joia foi retirada e eu, horrorizada, me vi despertar mais uma vez.

Puta que pariu!

Moisés se afastou e foi até a esposa. Algo raro. Entregou a ela o *plug*... caralho! Ele entregou à esposa a joia que antes estava enfiada em minha bunda. Vi, completamente constrangida, quando ela pegou a peça e deixou o quarto para higienizá-la.

Eu estava realmente chocada.

Definitivamente eu nunca seria uma submissa.

Ainda pensava no olhar que ela me deu quando me devolveu a joia dentro da caixa e não podia deixar de me questionar sobre como uma pessoa aceitava algo do tipo. Claro que incrementar o casamento com um convidado era estimulante. Eu até respeitava as pessoas que sentiam prazer em ver seu companheiro com outro. Só não encontrava uma forma de aceitar a atitude de Joana.

Ela não gostou nadinha do convite do marido e, por mais que tentasse, não conseguiu esconder. Moisés não estava nem um pouco arrependido. Ele não se importava em como a esposa se sentia diante do seu convite, o que para mim chegava a ser ultrajante. Aquilo tudo não era um acordo? Não era de consentimento mútuo?

Aquela merda de caixa queimava em minha mão. Fora absurdamente desleal ele mandá-la limpar a peça, o que me levava a acreditar que aquela era sua punição por ter se oposto, mesmo que silenciosamente, ao convite.

Inacreditável.

Mesmo sexualmente saciada eu ainda me sentia revoltada com o que aconteceu naquela noite, que tinha tudo para ser fantástica. Até mesmo a lembrança agradável do garoto de mais cedo foi apagada da minha mente.

Era para ela ter se revoltado, já que a incomodou saber que o marido desejava se encontrar comigo longe dos seus olhos. Aquilo era traição e eu não era muito fã de traidores. Por isso a minha decisão estava tomada. Eu bem sabia o que uma traição podia fazer a uma mulher apaixonada.

Balancei a cabeça expulsando as lembranças.

— Você está calada — ele observou, enquanto dirigia nas ruas molhadas do Rio de Janeiro. A fraca chuva aliviava um pouco o calor, apesar de não ser suficiente. Olhei para Moisés e sorri sem muita vontade. — Pensou no meu convite?

— Pensei — revelei sem nenhum medo. Nosso acordo havia acabado e eu não lhe devia mais a minha submissão.

— E então?

— Esse é o nosso último encontro, Moisés — fui direta, surpreendendo-o.

Vi o quanto ele ficou desconcertado, sem acreditar que fui capaz de recusar algo que parecia promissor, já que, apesar da minha relutância em ser uma submissa, havíamos nos dado bem.

— Por quê? Fiz alguma coisa de errado? Houve algum momento em que não respeitei seus limites? Eu... — Ele encostou o carro um pouco antes do *flat* e me encarou com atenção. — Eu não entendo, Miranda. Pensei que nos dávamos bem.

— Foi ótimo, não há como negar, mas combinamos quatro encontros, todos com a permissão e a presença da Joana. — Deixei que ele entendesse o que não havia dito.

— Joana é fácil de resolver — disse com relutância e percebi que ele não gostava muito de discutir o assunto.

— Pode ser, mesmo assim a minha resposta é não. — Coloquei a mão na maçaneta quando ele me segurou me impedindo de sair.

— Gosto de você, Miranda. — Parei chocada. Não havia espaço para sentimentos em nosso acordo. — Gosto realmente de você e de toda essa sua... — Olhando para mim com admiração ele sorriu. Era muito diferente de todas as vezes em que estivemos juntos. — Sua teimosia, ousadia e petulância.

— Pensei que você era bem resolvido com o seu lado *Dom* e que Joana era o que te completava. — Ele me pareceu desconcertado com o meu comentário.

— Você está incomodada com Joana, eu não entendo. Desde o começo eu disse que ela estaria presente e que tínhamos a sua permissão.

— Sim. Ela estaria presente.

Arqueei uma sobrancelha enquanto ele voltava a ficar constrangido. Era estranho enxergar aquele homem que sempre precisava ter o controle nas mãos se render de maneira tão fácil.

— Miranda... — pigarreou e parecia procurar as palavras certas. — Talvez se tivéssemos a chance de conversar melhor, em um ambiente que não exija tanto de nós dois, você conseguisse me entender. Isso não tem nada a ver com Joana.

Eu ia responder à altura, então meu celular vibrou com a chegada de uma mensagem e, preocupada que poderia ser algo com Charlotte, me vi retirando-o da bolsa para conferir. Estreitei os olhos sem acreditar no que estava lendo.

> Cuidado, Morena perigosa! Continuo querendo o quase tudo e um pouco mais.

O quê? Como? Quando?

— Algum problema? — Moisés me interrompeu e eu já não tinha mais nenhum interesse em prolongar aquela conversa.

— Não. Realmente preciso ir, Moisés. E você não devia ter ido à minha casa — eu me rebelei.

Ele não gostou nada da minha atitude. Que se dane! Eu não devia nada a ele. Vi que ele queria dizer algo que me submetesse, mas nosso acordo havia acabado e ele saberia respeitar a minha decisão.

— Vai me encontrar? — Olhei para ele sem acreditar. — Só para uma conversa.

Que patético! Onde estava aquele homem maravilhoso, cheio de autoridade e força que me fazia gostar de brincar de submissa? Olhei o celular e mandei uma mensagem rápida.

Como conseguiu o meu número?

— E então?

— Não tenho certeza se seria uma boa ideia. — Meu celular vibrou outra vez. Um absurdo conjunto de *"kkk"* que me irritou até a alma.

Eu sempre consigo o que quero.

Sorri, me sentindo desafiada.

— Uma conversa — continuou. Revirei os olhos.

— Tudo bem. Uma conversa. Nós nos falamos depois. — Abri a porta do carro já digitando a mensagem.

Eu também, garotinho!

CAPÍTULO 5

> *"Uma mulher que é como a própria lua:*
> *Tão linda que só espalha sofrimento*
> *Tão cheia de pudor que vive nua*
> Soneto de Corifeu – Vinícius de Moraes"

Quase uma semana depois e eu estava segura de que o garoto nunca mais apareceria. Certamente ainda acreditava que eu era garota de programa. Pensar nisso me fazia sorrir. Eu flertava tanto com o perigo que sentia que um dia aquele barco viraria e eu acabaria afogada. No entanto, nada em mim me impelia a recuar. Eu queria e conseguia. Desejava e conquistava. Nada era impossível para mim.

Exceto meu professor Alex Frankli.

Chegava a ser ultrajante. Como ele podia? Quem ele pensava que era?

Eu me joguei no sofá da sala sentindo o peso da solidão. Por causa da minha brincadeirinha da outra semana preferi ficar em casa com Charlotte, para compensar. Ela estava ansiosa demais com o projeto que o magnânimo Frankli estava avaliando. Suspirei revoltada. Era para eu tê-lo escolhido como orientador, mas não, deixei que Charlotte o cercasse para mim e no que deu? Nada. Ela tremia e corava todas as vezes em que se aproximava do nosso professor.

Tenha paciência!

A verdade era que se continuasse assim, minha amiga morreria virgem e encalhada. Ele era só um homem. Um lindo exemplar, era bem verdade, porém nada mais do que um homem, com orgulho, machismo, soberba e um pinto, como qualquer outro.

Se Charlotte soubesse usar aqueles lindos olhos azuis, suas sardas e olhar inocente, além da facilidade em corar, teria qualquer um em suas mãos. Eu sabia muito bem o que aqueles homens lá do clube não dariam por uma pervertidazinha com ar de inocente.

Estava em casa sozinha. Uma linda manhã de sexta-feira e eu em casa, com os meus cadernos e livros precisando terminar uma merda de trabalho acadêmico. Às vezes eu tinha vontade de matar quem inventou as malditas normas da ABNT. Para que essas merdas serviam?

Risquei mais uma vez o que havia anotado, me sentindo uma inútil quando a porta abriu e fechou com força. Charlotte passou por mim como se estivesse com dor de barriga.

— Onde é o incêndio? — Larguei tudo para correr atrás dela. — Charlotte, é sério! Aconteceu alguma coisa? Comeu alguma coisa estragada?

Ela era mais rápida, por isso conseguiu entrar rapidamente no quarto e bater a porta. Eu não seria Miranda Middleton se me desse por vencida. Havia algo de... tive que rir sozinha, mas havia uma aura em Charlotte que fazia com que ela me parecesse diferente.

— O que aconteceu? Você está com uma cara ótima, apesar dos olhos vermelhos. Andou chorando ou fumando maconha?

Por um segundo meu coração acelerou. Que não era normal Charlotte parecer tão animada, era um fato. Muito menos vê-la sorrir e corar como se tivesse cometido algum pecado. Ou algum dos meus pecados. Estremeci.

— Não uso drogas, Miranda. — Seu ar de superioridade estava lá. Eu até me sentia grata por isso. Era melhor do que ficar sem entender aquela nova expressão em seu rosto.

— Ok. Então estava chorando. O que aconteceu?

Sentindo um calafrio perverso, vi Charlotte ficar ainda mais corada. Suas mãos buscavam os óculos e eu bem entendia quando ela usava desse artifício para se situar. Alguma coisa havia acontecido, mas ela não me contaria. Por quê?

— Estou em um momento mega, hipercriativo.

Ela mentia. Ou não. Ou mentia sobre o que havia causado aquele momento mega, hipercriativo. Resolvi não forçar a barra, ou deixar para forçar quando atrapalhasse menos, afinal de contas ela estava trabalhando naquele projeto infindável e tão sonhado. Era melhor pegar leve.

— Ah! Ok! Momento criativo *hot* ou momento criativo *down*? — Sondei seu rosto que ficou tenso. Havia algo de errado com aquela menina.

Tentei puxar conversa para conseguir qualquer informação. Usei Johnny como desculpa, mas não rolou. A verdade era que eu não estava muito a fim de conversar sobre ele. O cara estava aborrecido porque saí com um carinha naquela bendita noite. Só fico imaginando como ele se sentiria se soubesse que na verdade saí com dois carinhas e tudo o que fiz com eles dois. Tentei não sorrir orgulhosa.

Johnny acreditava que ele podia sair cada dia com uma garota diferente e eu não podia seguir a mesma linha só porque era mulher? Pelo amor de Deus! Em pleno século XXI ainda existia gente que acreditava nisso? Eu era solteira, desimpedida, maior de idade, vacinada e cheia de disposição, então por que viver me contendo só para ser bem vista por uma sociedade machista e hipócrita?

Pois ele que engolisse seu machismo. O corpo era meu e nele pegava, beijava, lambia, roçava ou se enfiava, quem eu quisesse, ou quantos eu quisesse. Desta vez sorri de verdade. Dei minhas desculpas e saí deixando uma Charlotte concentrada para trás.

Era muito cedo ainda e precisa arranjar algo para me divertir, já que a ideia era ficar em casa com a santa virgem e intocável. Revirei os olhos em uma atitude rebelde e infantil ao mesmo tempo, porque ninguém estava ali para me punir.

Entrei em meu quarto, fechei a porta, liguei o som e deitei na cama com o celular na mão. Sondei as mensagens não me dando ao trabalho de responder algumas. Pensei em como estaria o clube logo mais e, estranhamente não me senti empolgada. Eu podia conversar com algumas colegas, chamá-las para tomar alguma coisa em casa, como os homens ficariam de fora, e eu não estava disposta a ouvir um monte de comentários bobos sobre o namorado que traiu, o gatinho que não se importa com ela, ou qualquer coisa do gênero, desisti da ideia.

Eu não era uma boa amiga. Essa era a verdade. Charlotte era a única que me ganhava com facilidade e me fazia aceitar qualquer uma das suas infantilidades. Liguei a TV e ouvi o som de uma nova mensagem, fui conferir, o número era outro, mas pelo que pude ler da mensagem já sabia que era ele.

O que aquele menino queria de mim? Sorri amplamente. Se havia uma coisa da qual gostava era de garotos deslumbrados. Desses que se acham o suprassumo da masculinidade e se curvam diante de uma mulher. Eu adorava situações como esta.

> Ainda aguardando o dia em que vou descobrir o quase tudo, ou o tudo, de uma morena misteriosa.

Meu sorriso foi imenso. Aquele menino era tão bonitinho, com um corpo espetacular, um pau admirável, apesar de não ser nada anormal, mas era bonitinho como o dono, e gostoso, sem contar que ainda me lembrava do perfume. Ri sozinha. Ele acreditava que eu era uma prostituta que queria levar a melhor sobre o garoto inocente.

Por isso ignorei a mensagem e preferi deixá-lo só na vontade. Como era mesmo o nome dele? Eu não conseguia lembrar, porém o sorriso safado e os dedos hábeis... ah, disso eu nunca me esqueceria. Nem do beijo.

Mordi o lábio inferior pensando na maneira como ele me segurou para garantir aquele beijo. Normalmente eu teria me defendido, empurrado o cara e certamente lhe acertado uma bela bofetada. Mas aquele garoto cheio de marra tinha me dado um orgasmo fabuloso, era gentil, cuidadoso, engraçado e mereceu aquele beijo.

Ele merecia ser beijado.

Mesmo assim não respondi a mensagem. Certamente ele não era nenhum garoto de fato. Claro que não. Também não era nada parecido com o que eu costumava me relacionar. Eu gostava de homens maduros, seguros, com a vida já resolvida que era para não encher muito o meu saco.

Não que eu tivesse ideia preconcebida de que homens mais novos eram inexperientes, afinal de contas aquele rapaz havia me mostrado que, apesar de estar completamente embasbacado comigo, sabia dominar a situação e, como um mestre, conseguiu me dar um orgasmo fantástico apenas com os dedos.

Deixei o celular de lado decidindo que era hora de voltar ao maldito trabalho acadêmico ou então teria sérios problemas com o padrinho. Peguei o notebook e abri o arquivo lembrando que tinha deixado meu material no sofá da sala. Corri até lá quando o interfone tocou. Era estranho já que não esperávamos ninguém.

Fui até o aparelho e atendi. Era Vítor, o recepcionista do *Flat*, que fazia de tudo para ficar bem com o padrinho, fofocando assim cada detalhe da nossa vida. Ele era o meu inferno e eu tratava de, algumas vezes, ser o dele também, só para me vingar. Como todas as vezes em que eu jogava os potes vazios de iogurte pela janela só para atingi-lo, me escondendo logo em seguida.

— Ah, boa tarde, senhorita Miranda — sua voz não estava nada segura. — O senhor Moisés está aqui.

Puta que pariu! Olhei rapidamente para as escadas me assegurando de que Charlotte não apareceria. Que porra ele fazia ali?

— Peça para que me aguarde no carro, por favor, Vítor — tentei ser doce. O maldito era um fofoqueiro que puxava o saco do padrinho para garantir o emprego. Um imbecil.

— Como quiser.

— Obrigada!

— Senhorita Miranda?

— Oi! — Fiquei surpresa por ele voltar a me chamar.

— O Sr. Middleton avisou quando vai retornar? — Filho de uma puta de beira de estrada. Entendi o recado, seu cretino! Mesmo assim continuei doce.

— A qualquer momento, Vítor! Quer que eu lhe dê algum recado? — Ele se intimidou. Sorri triunfante.

— Não. Não. Só a título de curiosidade mesmo. Pedirei para que o cavalheiro a aguarde no carro. Uma boa tarde, senhorita.

Desliguei sem saber o que fazer. O que Moisés pretendia indo até a minha casa? Será que ele não entendeu quando eu disse que jamais poderia ir ali? Olhei minha roupa, decidida a não me esforçar muito no quesito apresentável. Nem mesmo as sandálias de dedo trocaria, quem sabe assim ele entenderia o recado.

Abri a porta com cuidado e desci ao encontro do meu mais novo perseguidor. Passei pela recepção sem me preocupar em ser agradável com o fofoqueiro do Vítor, que fez questão de conferir o horário. Filho de uma vaca!

Desci as escadas que davam para a rua e avistei o carro prata parado um pouco mais à frente. Fui em sua direção decidida a dar um basta naquilo. Quando abri a porta e entrei no banco do carona me surpreendi com Joana ao volante. Fiquei em choque.

— Ele disse que...

— Eu sei. — Ela retirou os óculos e me encarou. — Pedi para anunciar que o Moisés estava aqui. Achei que seria mais fácil ser recebida. — Eu não sabia se sentia raiva dela por ser tão idiota ou pena por ser tão submissa. — Você jamais esperaria por uma visita minha, não é mesmo?

— Desde que não seja com o mesmo propósito do seu marido — rebati, mantendo o controle. Se Joana estivesse ali com a mesma palhaçada do marido eu partiria para a ignorância.

Tenha santa paciência!

— Não, Miranda! — Ela sorriu educadamente. — Apesar de concordar com tudo o que ele me pede e de participar de diversas maneiras das suas escolhas, sei perfeitamente qual é o meu objetivo.

— Ele. — Mais um sorriso gentil. Eu me remexi incomodada.

— Isso. Ele — sua voz assumiu um tom mais triste, que ela tentou inutilmente disfarçar.

— Joana, se me permite perguntar, por que você...

— Porque o amo — respondeu rapidamente e com uma segurança nunca antes demonstrada. — E quero que ele seja feliz. Antes que me pergunte, sim, transar com outras mulheres faz meu marido feliz. Na minha frente porque é o nosso acordo. Participo quando é a vontade dele e apenas assistindo quando mereço ser punida.

— Então eu fui sua punição? — Ela baixou os olhos concordando. Engoli com dificuldade. Minha mente podia até ser aberta, mas aqueles dois eram muito pervertidos. — Nossa!

— Não vou pedir que nos entenda. Moisés precisa de liberdade.

— E você, não? Não gostaria de ter exclusividade? Não sente vontade de ter a mesma liberdade que ele? — Não queria julgar, mas entender a forma como eles se relacionavam estava dando um nó em minha cabeça.

— Não, Miranda. É a nossa fórmula perfeita. Alguns casais são infelizes porque não entendem a necessidade do outro. São egoístas e isso acaba os afastando, eu e Moisés somos um do outro e, por nos entendermos, nos permitimos viver desta forma.

Se ela acreditava nisso...

Voltei a me mexer incomodada.

— E o que você está fazendo aqui? — Ela hesitou e seus olhos vacilaram. Duvidei da veracidade do que ela responderia.

— Ele quer você — falou de uma só vez sem conseguir esconder que era mais do que ela suportaria. — Moisés quer você... — Engoliu em seco, enquanto tentava dizer as palavras. — Sem mim. Só vocês.

— Puta que pariu! — Ela me olhou alarmada como se xingar fosse algo absurdo.

— Ele tem a minha permissão. Não é a primeira vez. — Sorriu com tristeza. — E é sempre por pouco tempo, até que ele volte outra vez para o nosso mundo.

— Está me pedindo para ser amante do seu marido? — A surpresa em minha voz quase me fez engasgar.

Ok! Eu transava com o marido dela com sua permissão e em um jogo que para mim era interessante. Não me importava de ser inserida no mundo deles, como ela mesma havia dito, por pouco tempo e apenas por curiosidade sexual. Assim como nunca me incomodei com a sua presença nos observando. Era um fetiche e apenas isso.

O que não significava que eu queria ser amante do marido dela. Nem que meus valores eram tão baixos que me submeteria a algo tão desleal, mesmo com a permissão nada permissiva dela. Estava claro que Joana não concordava com aquela loucura, só aceitava porque amava o marido e queria vê-lo feliz.

Olhei para Joana tentando entender como era capaz de estar ali me pedindo para continuar com os encontros com o marido dela, como amantes e não mais como uma fantasia sexual com data e hora para acabar.

— Ele quer te encontrar amanhã — ela continuou.

— Não.

— Miranda...

— A minha resposta é não — falei com raiva.

— Você não gostou dele?

Puta que pariu! Como ela conseguia fazer aquilo? Eu estava morrendo de vontade de esbofeteá-la para que caísse na real e desse um belo pontapé na bunda daquele imbecil.

— Sair com ele não está relacionado com a qualidade dos orgasmos que tive enquanto estava naquele quarto. Era sexo, Joana. Do mesmo jeito que vocês gostam, eu gosto. Prezo minha liberdade e usufruo dela o suficiente para dizer com toda a segurança que não quero ser amante do seu marido. — Ela sorriu e senti que era um sorriso mais verdadeiro.

— Darei seu recado a ele. Obrigada, Miranda.

Eu queria dizer mais coisas a ela, então me dei conta de que não era Joana quem merecia ouvir tudo o que eu tinha para dizer.

— Por nada.

Desci do carro, decidida a ter aquele último encontro que ele tanto havia insistido. Moisés precisava ouvir algumas verdades. Não seria naquela noite. Eu tinha uma promessa para cumprir e um mistério para desvendar. Charlotte seria a minha prioridade.

Fiquei em silêncio enquanto Johnny conduzia o carro em direção ao local em que eu encontraria Moisés. Preferi marcar lá por dois motivos: primeiro, porque era um campo neutro e ele não tentaria nada num lugar público; segundo, porque precisava ficar de olho em Charlotte e em qualquer loucura que ela resolvesse aprontar.

Respirei fundo pensando no quanto nunca havia me dado conta da imbecilidade do nosso professor. Aquele filho de uma égua mal lavada, como dizia minha mãe, tinha colocado um monte de loucura na cabeça da minha amiga. Tudo bem que ele estava certo quanto às emoções. Eu mesma percebi isso sem nenhuma ajuda dele, mas, sinceramente? Quem era Alex Frankli para julgar alguém como Charlotte?

Se ele não fosse tão gostoso eu já teria dito algumas verdades, mas enquanto houvesse esperança, haveria o meu silêncio. Sorri sorrateira.

Charlotte estava linda e empolgada. Seu sorriso brilhava e a maquiagem estava perfeita! Ela era linda, doce, meiga, teimosa e encantadora. Justamente por isso precisaria cuidar para que ela vivesse apenas as experiências necessárias. Alguns beijinhos que conseguissem despertar a mulher adormecida que existia dentro dela, depois disso, acharíamos alguém legal para lhe ensinar a viver um amor como os dos livros que ela tanto gostava. Era o mínimo que ela merecia.

Mas antes precisava resolver meu problema com Moisés, então o primeiro turno seria do Johnny e o segundo meu, já que eu nada faria naquela noite. Eles sabiam que eu tinha marcado com meu "namoradinho", então foi muito fácil me separar, sem perdê-los de vista.

Na área VIP avistei Moisés um tanto quanto deslocado. Eu apostava qualquer valor como ele ficaria muito mais à vontade no clube que eu frequentava. Não pude deixar de perceber o quanto ele estava bonito em seu jeans claro, camisa social escura e uma jaqueta de couro marrom que o deixava menos formal. Os cabelos levemente grisalhos lhe conferiam um ar mais confiável, deixando seu rosto impecável ainda mais bonito. Ele sorriu quando me viu, mas não havia nada do cara que me dominava e me fodia sem nenhum pudor.

— Você veio — disse quando me deu um beijo no rosto.

— Com medo? — Ele passou a mão nos cabelos e sorriu ainda mais.

— Deslocado. Não é o tipo de lugar que costumo frequentar.

— Eu sei. — Deixei que ele segurasse a minha mão e me levasse mais para o fundo da boate. Eu precisava ser rápida.

— Tenho que ser franco — disse ao sentar ao meu lado e dar uma olhada generosa para as minhas pernas expostas. — Não é o tipo de lugar onde eu te imaginaria.

— Levando-se em conta os lugares onde estivemos, posso apostar que você está realmente surpreso com o meu lado adolescente. — Ele riu.

— Adolescente? Duvido muito. — Seus olhos queimaram a minha pele. Desviei decidida a não ceder.

— Então você mandou a sua esposa me convencer a aceitar a sua proposta. — Aceitei a taça que o garçom me entregou e lhe mostrei minha pulseira para que ele anotasse em minha conta.

— Ela foi por vontade própria. — Ele não parecia confortável com o assunto.

— Ela concorda que você fique comigo como amante? — Moisés tentou não demonstrar, mas falhou. Com uma respiração profunda ele começou.

— Joana gosta que seja assim.

— Tem certeza?

— Não me provoque. — Seus olhos estavam fixos em meus lábios e eu podia jurar que ele estava excitado com apenas a minha cruzada de pernas. Homens! — Joana tem uma vida muito bem resolvida comigo, Miranda. Ela sabe que eu preciso de mais do que é capaz de me dar, sexualmente falando. Entendemos isso antes mesmo do casamento. Ela me acompanha e me ajuda nas escolhas...

— Mas não gosta de ser excluída. — Ele desviou o olhar.

— Ela não gosta de ser punida, apesar de saber que é necessário.

— Punida? Eu sou mais uma vez a punição dela? — A surpresa em seu olhar me fez sorrir satisfeita.

— Gosto de liberdade. — Seus dedos percorrem minhas coxas. Um gesto aparentemente inocente, embora eu soubesse que não era. — Gosto de privacidade também. — Seus olhos voltaram aos meus. — Às vezes. Quando encontro alguém como você.

— Então não gosta realmente de submissas? O que seria isso? — Ficamos em silêncio nos encarando.

— Gosto de liberdade para trepar quando e da forma que eu quiser — falou por fim. — Gosto de submissas. Gosto de Joana e da sua aceitação e entrega, também gosto de mulheres como você, difíceis de domar, que lutam até o fim, tornando a transa mais animada e prazerosa, arrancando o controle das minhas mãos.

Fiquei excitada. Não tinha como fingir que não. Moisés era *sexy*, e suas palavras, carregadas no sotaque espanhol, mexiam comigo. Mesmo assim não aceitaria. Não podia viver o que ele me propunha. Por isso regularizei minha respiração e o enfrentei, sabendo que para ele o jogo já estava ganho.

— E eu gosto de pessoas decentes que não usam a fraqueza da esposa para abusar dela.

Rapidamente a imagem de Alex naquele quarto, vendo sua companheira ser estuprada, mesmo que de mentira, preencheu minha mente. Será que Moisés gostava de fazer aquilo com Joana? Será que a própria Joana aceitava algo do tipo para agradar o marido?

— Miranda...

— A resposta é não, Moisés! Não vai ser a permissão da sua esposa que vai mudar... — Foi quando vi Johnny entrando na área reservada com uma garota nos braços. Onde estava Charlotte?

Caralho!

— Com licença. — Levantei sem olhar para trás e fui até meu amigo. — Johnny? — Ele me olhou surpreso. — Onde ela está? — A menina me olhou desconfiada, mas eu não tinha tempo para ser agradável e desfazer qualquer mal-entendido.

— Ela estava perto do bar quando a vi pela última vez — disse um pouco envergonhado.

— Que merda, Jonathan! Custava ficar de olho nela por alguns minutos?

— Charlotte estava bem, Miranda. Deve estar na pista de dança agora mesmo — rebateu, sem gostar de ser repreendido na frente de uma garota.

Sem querer continuar discutindo, desci correndo em busca da minha amiga. Charlotte não estava na pista de dança, constatei ainda quando descia as escadas. Pensei em um milhão de situações sem saber para onde ir primeiro.

— Miranda? — Moisés me segurou pelo braço fazendo-me lembrar da sua presença. Ele teria que me ajudar.

— Entre no banheiro masculino e veja se encontra esta garota.

Mostrei uma foto de Charlotte em meu celular e ele, mesmo sem entender nada, aceitou indo rapidamente para o banheiro. Fiz o mesmo, entrando no banheiro feminino já chamando pela minha amiga. Umas garotas me olharam estranho, mas não dificultaram a minha busca.

Ela não estava lá.

Corri para o bar para saber se a pulseira com a numeração antes da minha tinha sido paga, foi quando a vi. Um homem alto a segurava pela cintura, não parecia estar se aproveitando dela. Corri ao seu encontro sabendo que Moisés estava logo atrás de mim.

Quando cheguei perto o suficiente vi o que parecia ser impossível. O professor Frankli era o homem que segurava a minha amiga, aparentemente não tão equilibrada como costumava ser. E ele estava lindo demais. Absurdamente lindo!

— Charlotte? O que está acontecendo?

O padrinho nos mataria com toda certeza. Porque claro que o professor Alex Frankli não deixaria de espalhar a notícia e faria questão que chegasse aos ouvidos do nosso responsável. O que ele pensava que éramos? Crianças? Porra, eu tinha vinte e um anos!

— Miranda. Eu deveria imaginar. — Olhei bem em seus olhos com medo do que ele poderia dizer na frente de Charlotte. Senti muita raiva, porém acima de tudo, muito medo. Alex não podia contar nada do que tinha visto. Ele não ousaria. Quando voltei a prestar atenção só consegui pegar o final da frase: — se não fosse eu para impedi-la.

Merda, Charlotte! O que você fez?

— Você está bem?

— Não. Leve-a para casa.

Sua autoridade me fez ter vontade de confrontá-lo. Dizer que ele dava ordens à fodida da namorada dele e não em mim, mas recuei olhando para trás e vendo que Moisés estava perto demais. Eu precisava resolver aquela situação. Afastar Moisés antes que ele despertasse a atenção da minha amiga e impedir que Alex Frankli fizesse qualquer merda!

— Não pode e não vai ficar. Miranda, leve Charlotte para casa — a raiva em sua voz era inconfundível. Era melhor tirar Charlotte logo dali. Voltei a olhar para Moisés que aguardava assistindo tudo.

— Tudo bem. — Era isso ou daria margem para mais comentários sobre o quanto e porque ele não confiava em mim. Eles continuaram discutindo enquanto eu buscava uma forma de encerrar de uma vez por todas a minha história com Moisés. — Eu vou, Charlotte. Só preciso de um minuto.

— Não, Miranda. Eu vou sozinha.

Ela saiu tão rápido que, surpresa, não consegui acompanhar. Vi quando o Professor Frankli saiu atrás da minha amiga e me perguntei o que ele fazia ali e por que tanto interesse em como Charlotte estava se comportando? Era da conta dele? Por que tanta preocupação?

Meu coração acelerou quando me dei conta. Seria possível? Não. Mas... Moisés segurou meu braço outra vez e me puxou para ele. Olhei para a saída e os dois já tinham sumido de vista. Meu Deus, eu deveria deixá-los? Porra! Olhei para Moisés que me encarava como se exigisse que eu concordasse com suas condições.

— Minha resposta é não — falei pausadamente e sem medo. — E me solte, por favor. — Ele me largou sem tirar os olhos dos meus.

— É definitivo? — Eu podia ver que estava decepcionado, mas eu nada faria para mudar a situação.

— É sim. Acabamos aqui. — Dei um passo para trás e ele ficou me encarando sem acreditar. Decidida, voltei para o interior da boate e me escondi na escuridão, vendo um Moisés perdido procurar por mim sem me encontrar.

Eu deveria ir para casa para me certificar de que Charlotte estava bem? Uma mensagem resolveria? A verdade era que eu não tinha mais nenhuma vontade de ficar ali e, analisando a situação da minha amiga, tive medo do que estava permitindo que acontecesse.

Meu celular vibrou com uma mensagem e não acreditei quando li.

> Linda neste vestido claro, Morena!

Olhei ao redor procurando por ele. O número não era o mesmo das outras mensagens, mas só podia ser ele, o garoto atrevido que insistia em me cercar.

> Eu te pagaria uma bebida se seu amigo não estivesse tão agitado.

Ele estava ali em algum lugar, vendo tudo, me observando. Sorri, gostando da maneira como conseguiu aliviar a minha tensão. O garçom passou por mim e me entregou uma bebida azul, ofereci minha pulseira, ele negou e apontou para outro canto, mostrando o rapaz com covinhas que sorria para mim.

Por que não?

Minha noite estava salva.

CAPÍTULO 6

"Não quero luxo, nem lixo. Quero gozar no final."
NEM LUXO, NEM LIXO – RITA LEE/ROBERTO CARVALHO

SORRI, MAS NÃO O INCENTIVEI. AQUELE ERA O NOSSO JOGO. POR ISSO lhe dei as costas e fingi não prestar atenção ao que fazia. Até que finalmente o senti atrás de mim. Podia ser qualquer um, mas eu reconheceria aquela mão em minha cintura até de olhos fechados.

— Então a morena misteriosa resolveu aparecer — sussurrou em meu ouvido.

— Não estava me escondendo — provoquei e ele riu baixinho se aproximando ainda mais, seu corpo quase colado ao meu.

— Corro algum risco? — Eu não queria pensar em Moisés, além do mais, me ver com outra pessoa poderia ser a certeza que faltava a ele de que nada mais conseguiria comigo.

— Sempre corre, garoto — continuei fingindo indiferença, mesmo gostando de sentir seu corpo às minhas costas, seguindo o meu balanço de maneira sensual.

— De qual risco estamos falando agora? — Meu sorriso foi perverso.

— Depende de quão alto você ousaria subir. — Como resposta ele me puxou ao seu encontro, colando-se a mim sem deixar nenhum espaço. Ele estava excitado e eu logo fiquei.

— Gosto de desafios, Morena — rosnou em meu ouvido antes de morder minha orelha. Segurei o gemido no último segundo. Não queria me entregar tão facilmente.

— E eu costumo alertar as pessoas.

Não falamos mais nada. A música eletrônica era sensual, apesar da batida forte. Não me permiti demonstrar o quanto estava gostando de tê-lo tão perto, nem de estar satisfeita com o seu desejo tão aparente.

Enquanto dançávamos, o garoto descia e subia as mãos pelas laterais do meu corpo, nada muito ousado, o suficiente para me deixar cheia de ideias. Não que quisesse algo com aquele menino, mas o que começou entre nós dois ficou pela metade. Era uma questão de honra terminar.

Também queria saber o quanto podia enlouquecê-lo, dobrá-lo sob meus pés. Se aquele menino estava querendo uma noitada eu lhe daria a melhor da sua vida. Depois o deixaria como sempre fiz. Como fizeram comigo. Um dia após o outro e uma vida muito bem aproveitada era o meu lema.

Colaborei me movimentando sensualmente, roçando seu corpo de leve para não chamar muita atenção. De tempos em tempos ele beijava meu pescoço, alisava a minha barriga e se movimentava bem colado a mim. Ele tinha ritmo e eu estava gostando do movimento dos seus quadris. Aquilo sempre era um bom indício.

Olhei para a área restrita e vi os olhos de Moisés em mim. Ele estava furioso, no entanto, eu sabia que o tesão era um dos seus sentimentos. Deixei um sorriso discreto brincar em meus lábios enquanto levantava a mão para alisar o pescoço do garoto, sem deixar de olhar para o meu ex-parceiro, e me permiti rebolar acompanhando o ritmo da música, ciente de que atrás de mim havia uma ereção fabulosa, pronta para me atender.

O garoto gemeu em meu ouvido e suas mãos ficaram mais ousadas, assim como seus lábios roçando meu pescoço com uma fome que estava prestes a enlouquecê-lo. Eu apostaria minhas economias como seria capaz de fazê-lo esquecer de onde estava.

Mesmo distante, vi que as mãos de Moisés seguravam a barra com força. Ele não tirava os olhos de mim. Ele queria me assistir e... porra! Eu era essa menina malvada.

Afastei-me do garoto e comecei a andar em direção a uma parte que ficava mais ao fundo e mais escuro, além de mais movimentada. Sabia que dificultaria a visão de Moisés, embora soubesse que ele veria o suficiente. Era o bastante.

Sorri satisfeita quando vi que o garoto me seguia. Olhei para trás para garantir que era o que eu queria e o vi me seguir com olhos famintos. Mesmo com tantos casais encostados nas paredes, encontrei um espaço para nós dois e ali me encostei. Sabia que não poderíamos passar dos limites, afinal de contas estávamos em uma boate e não em um clube do sexo. Pensar assim me fez sorrir. O que ele diria se me encontrasse no salão aberto?

O garoto parou diante de mim sem avançar. Suas mãos ficaram ao lado do meu rosto, como se quisesse deixar claro que eu estava dominada, o que, confesso, me fazia sentir um frio no estômago, afinal de contas, era sempre uma delícia deixá-los acreditar que dominavam, enquanto aos poucos eu os controlava. Com ele não seria diferente.

Fiquei quieta, encarando seus olhos que pareciam tentar entender quem eu era e o que queria. Quase ri. Não era típico das mulheres caírem de amores por homens misteriosos e cheios de desafios? Ele sorriu mostrando aquelas covinhas lindas que eu já admirava e eu sorri de volta. Era fácil sorrir para aquele garoto.

— E então, Morena? Vai fazer joguinho com o seu amigo? — Impactada, tentei encontrar em que ponto ele entendeu que Moisés ainda estava ali, comigo, apesar de distante. Ele era mais perceptivo do que eu imaginava. Sorri ainda mais.

— O meu amigo já é bem grandinho para tomar as próprias decisões.

Mantive a pose, embora não soubesse mais o que passava pela cabeça daquele rapaz, afinal de contas eu tinha me apresentado como prostituta e agora estava usando-o para me exibir para um ex-parceiro. Onde eu estava com a cabeça?

Ele se aproximou e eu aguardei pelo beijo. Não seria nenhuma novidade, uma vez que ele já havia roubado um antes. Desta vez ao menos seria com a minha permissão. Mas seus lábios não tocaram os meus. Ele chegou muito perto, tão perto que pude sentir sua respiração brincando na fina pele da minha boca, contudo, no último instante, desviou e roçou o rosto no meu, a ponta do nariz descendo até a minha orelha.

Hum! Eu gostava daquilo. Joguinhos instigantes. Ponto para o garoto.

Aguardei admitindo minha ansiedade, sem mover nem um centímetro do meu corpo. A sensação era gostosa, a espera me estimulava. Ele foi até o meu pescoço, depositando um beijo leve, outro em minha clavícula, para em seguida subir com os lábios me experimentando até estar outra vez defronte minha boca, sem me tocar. Sorri provocando.

Que seja conforme a sua vontade, garoto.

— Qual é o joguinho? — perguntou em meu ouvido, vencendo o som alto.

— Não tem jogo algum — mantive a seriedade e segurança, o que o surpreendeu.

— Ele não tira os olhos de nós dois. O que significa? Seu namoradinho gosta de te ver com outros? — Havia tanta reprovação em sua voz que me fez broxar instantaneamente. Com a mão em seu abdome o empurrei.

— Primeiro: eu não te devo satisfações. Você veio até mim. — Vi a surpresa em seus olhos ao se estreitarem sem deixar de me encarar. Sim, ele gostava de desafios e eu, para ser honesta, era um, que com certeza o faria ir até o fim.

— Tem razão. — Cruzou os braços à frente do peito, tensionando os músculos perfeitos. — Não curto essas coisas, Morena. Ou... sei lá... — De repente ele me pareceu ainda mais jovem, inseguro, ou até mesmo, inexperiente. — Nunca fiz nada parecido, digo... outro cara e tal...

— Cale a boca!

Emburrada e ao mesmo tempo encantada com aquele menino, fiz algo que me deixava extasiada: assumi o controle puxando-o pela camisa para que pudesse me beijar. Não foi nenhuma surpresa, devo admitir que o prazer que correu em minhas veias ao senti-lo ceder e colar seus lábios aos meus me deixou em êxtase.

No instante em que o beijei soube que queria muito mais do que aquilo. Queria tudo o que fosse permitido com aquele garoto. Seria divertido. Ele se agarrou a mim, me puxando pela cintura enquanto sua língua abria passagem e se apossava da minha boca. Seus lábios carnudos pareciam veludo. Eram gostosos e confortáveis, além de se movimentarem de uma maneira sensual que me deixava cheia de ideias. Imaginei como seria tê-los entre as minhas pernas, me fazendo gozar não apenas uma vez, mas duas, três, forçando-me ao limite como eu bem sabia ser capaz.

Será que ele saberia? Será que aquele menino que parecia encantado e curioso ao mesmo tempo conseguiria entender as necessidades do corpo de uma mulher? Bom, ao menos com os dedos ele foi fantástico, competente, porém eu sabia que muito mais poderia ter feito se o orientasse corretamente... quem sabe?

Colados e nos esfregando no ritmo da música eu me sentia cada vez mais excitada com sua ereção forçando meu ventre. Eu me lembrava daquele pau bem esculpido em minha boca e não podia deixar de sorrir ao recordar do perfume. Meninos! Foi muito gentil da sua parte, demonstrava que ele se preocupava que fosse agradável para os dois.

Mais um ponto para o garotinho.

Não me contive, simplesmente porque não queria de fato me conter, colei ainda mais meu corpo ao dele permitindo que ele roçasse com vontade em mim e gemi descaradamente enquanto, discretamente, deslizava minha mão para alisar seu pau. Uma carícia aparentemente inocente, embora cheia de significados.

— Morena! — Ele gemeu mais forte me dando aquele poder que eu adorava possuir. — Tem certeza...

— Segundo... — coloquei um dedo em seus lábios para impedi-lo de continuar com aquela baboseira —, ele não é meu namorado e se está olhando é problema exclusivamente dele, mas você tem a chance, única — ressaltei — de me tirar daqui para ser só sua. É pegar ou largar. — Ele sorriu com aquelas covinhas lindas, deixando claro qual seria a sua resposta.

Saímos da boate de mãos dadas. Ele pagou a conta, as duas. Não protestei até porque não era nenhum absurdo ele pagar o pouco que eu consumi, pois seria presenteado com uma noite maravilhosa. Depois entregou o cartão ao manobrista e me encarou enquanto aguardávamos.

— Então... — Outro sorriso com covinhas. Lindo! — Se você não é uma prostituta, eu tenho permissão para te beijar, como não vamos nos exibir para o tarado que não tirava os olhos de você... significa que podemos ir para a sua casa? — Ri alto.

— Não. Mas podemos ir para a sua. — Ele fez uma careta engraçada.

— Seu pai não permite namorados ou existe alguém esperando por você? Aliás, qual é o seu nome? — Encarei aquele menino sem filtro, me perguntando o por que ele me atraía tanto. Tirando sua beleza e seu corpo fantástico, claro.

— Quantas vezes seguidas você consegue fazer uma mulher gozar usando apenas a boca?

Ele me encarou com os olhos arregalados. Uma expressão cômica. Vi sua boca se abrir três vezes para me responder para logo em seguida desistir. Ele engoliu em seco, colocou as mãos nos bolsos da sua calça e me pareceu envergonhado.

— Bom... seguidas? — Confirmei, com medo de rir na cara dele. — Uma. — Sua expressão me dizia que aquilo era um pouco óbvio, não? Tolinho. — Mas sempre dá para recomeçar e...

— Vamos fazer o seguinte... — Ele se calou, constrangido. Provavelmente se perguntando em que barca furada havia se metido. — Se você me fizer gozar três vezes consecutivas, utilizando somente a boca, responderei suas perguntas. — Nós nos encaramos por segundos intermináveis e aguardei pelo momento em que ele se convenceria de que eu era mesmo uma prostituta e arrumaria uma desculpa para terminarmos ali. Então ele sorriu, me encarou, se inclinando um pouco para ficar à minha altura e sussurrou.

— Faço você gozar quatro vezes e ganho permissão para passar uma noite na sua casa. — Havia algo de tão onipotente em sua postura que me fez aceitar o desafio.

Essa eu queria ver.

— Combinado. — Ele estendeu a mão e a apertei. Ele perderia feio. — Com uma ressalva.

— Sem ressalvas, Morena! Você deu sua condição e eu a minha.

— Você só pode gozar no final — continuei sem me importar com o que ele dizia. — Se gozar antes das minhas quatro vezes, perde o acordo. — O sorriso em troca parecia sair do inferno. Aquele garoto gostava de um desafio.

— Combinado. — O carro chegou e nós entramos em silêncio.

Eu sabia para onde ele estava nos guiando e me perguntava onde finalmente pararíamos. Um motel na Barra? Por que tão distante? Mesmo assim não o questionei. Mantive minha postura de segurança.

Enquanto passávamos pela reserva e a escuridão tomava conta do carro, senti seus dedos se aventurarem em minhas coxas e gostei da iniciativa. Ele não estava cauteloso como normalmente aconteceria entre duas pessoas que acabaram de se conhecer, apesar de sabermos que já havíamos ido muito além dos simples toques. O garoto estava ousado, seus dedos pressionavam e escorregavam entre minhas pernas fechadas. Não as abri, deixei que ele imaginasse como seria.

— Abra as pernas para mim, Morena. — Sua voz deixava claro que estava mais excitado do que deveria. Sorri me sentindo segura na escuridão do carro.

— Não seria mais fácil você me fazer ter vontade de abri-las? — provoquei e ele suspirou apertando minha coxa.

— Você vai sentir vontade de abri-las, confie em mim. — Seu dedo roçou levemente minha calcinha, conferindo que já estava molhada.

Confesso que meu primeiro pensamento foi abrir as pernas e permitir que seus dedos brincassem mais um pouco, contudo seria fácil demais e meu objetivo, naquela noite, era fazer com que aquele menino entendesse de uma vez por todas que não era páreo para mim. Ele perderia a aposta.

Por isso cruzei as pernas e travei sua mão ousada no meio delas impedindo-o de continuar. Ele riu e se esforçou para retirá-la. Pelo visto o garoto não se intimidava tão facilmente. Veríamos o que ele diria depois que eu o fizesse gozar antes mesmo que pensasse no assunto.

— Então... para onde estamos indo? — perguntei não apenas porque queria ter uma ideia do que ele estava aprontando, mas também porque não conseguia imaginar nenhum lugar por ali que valesse a pena estar.

— Vamos para a casa de um amigo — revelou sem tirar os olhos da estrada. Eu ia fazer uma brincadeirinha, já que ele sustentava aquela pose tradicional e tudo mais, porém ele me interrompeu antes que eu pudesse brincar com o assunto. — Ele viajou e deixou as chaves comigo. É pra lá que vamos.

— Para casa de um amigo. — Ri sarcástica. — Pensei que você era o cara que ostentava motéis caros com vistas exclusivas.

— Pelo visto você pensa muitas coisas a meu respeito, enquanto eu... — seu breve olhar foi quente —, não faço nem ideia do que posso pensar de você, Morena.

— E isso me torna o seu desafio. — Ele concordou, umedecendo os lábios grossos. — Você brinca com fogo, menino.

— Quantos anos você tem?

— Sem informações.

— Porque pelo visto sou mais velho do que você e mesmo assim insiste em me chamar de garoto, menino... — Sorri amplamente e fiquei curiosa. Quantos anos ele tinha? Eu não cederia. Nada de informações. Assim seria muito melhor.

— Criança que brinca com fogo mija na cama — pirracei, desejando uma reação imediata, mas nada como o que ele fez.

— Toc toc. — Franzi o cenho sem entender o que ele pretendia e o vi parar em frente ao portão eletrônico da garagem de um prédio de luxo. Ele acenou para o porteiro e logo em seguida o portão abriu dando passagem. — Toc toc — insistiu.

— O quê? Você...

— Toc toc. — Estacionou o carro e me olhou com desafio. Suspirei e revirei os olhos.

— Ok, garoto! Quem bate?

— A vaca que interrompe.

— Que vac...

— Muuuuuuuuuu! — ele gritou antes que eu conseguisse terminar a frase.

Fiquei aturdida sem saber o que dizer enquanto ele ria.

— Menino, você...

— Muuuuuuuuuuuu!!! — E ele riu tão alto que tive a impressão de que o carro tremia.

— Que idiota!

— Cale a boca! — E foi a vez dele de me puxar em sua direção me forçando um beijo que me tirou o ar.

Caralho! Fui pega de surpresa com sua urgência e necessidade. O garoto me puxou contra seu corpo, colando os lábios carnudos aos meus. Imediatamente sua língua pediu passagem e o beijo ficou ainda mais intenso. Eu estava desarmada até porque tentava encontrar um jeito de me recuperar do ataque que, admito, foi delicioso. Quanto mais eu tentava me concentrar e agir, mais desconcentrada ficava.

Seus braços fortes me puxaram para seu colo, me encaixando com facilidade até que nossos sexos roçassem um no outro, suas mãos instantaneamente exploraram meu corpo, subindo meu vestido, abusando da decência e me invadindo ousadamente.

Abusado!

Foi o que eu pensei. Contudo não reagi, porque se havia uma coisa que eu gostava em um homem era quando ele abusava. Porra, o carro ficou quente de uma maneira absurda! Descolei nossas bocas buscando ar e ele roçou os dentes em meu pescoço descendo em direção aos meus seios.

Estávamos na garagem do prédio do amigo dele. Um prédio de luxo que provavelmente possuía câmeras por todos os lados, mesmo assim nos agarrávamos e esfregávamos sem nenhum pudor.

Aquele menino era muito abusado.

Então ele me tirou do seu colo, abriu a porta e desceu, me deixando mais uma vez sem reação. Que porra era aquela? Respirei fundo, ajustei o decote da roupa e o vi abrir a porta do carona e estender a mão para mim. Lógico que não aceitei! Estava na hora de colocar ordem naquela bagunça.

Desci com toda a minha dignidade enquanto tentava ignorar seu riso irônico. Ele colocou a mão na base da minha coluna e me conduziu até os elevadores. Eu estava zonza, esta era uma realidade. O primeiro orgasmo seria facílimo para ele, pois eu já estava em um nível de excitação que um pequeno sopro em minha vagina me faria gozar divinamente.

Mesmo assim fingi não me importar com seu olhar insistente enquanto subíamos sabe Deus para qual andar. Eu não conseguia me concentrar. As portas se abriram, ele me conduziu para fora e girou na minha frente colocando um dedo na boca para que eu fizesse silêncio.

— O quê...

— Shiiiii!

Ele me encostou na porta, que acreditei ser a do apartamento do tal amigo, sem abri-la. Seu sorriso safado fez com que algo dentro de mim se contorcesse. Eu queria interrogá-lo, saber o que pretendia, porém estava excitada com o desconhecido e muito a fim de descobrir o que aquele menino estava aprontando.

Ele não me beijou, apesar de estar muito perto de mim. Sua respiração estava tão pesada quanto a minha. Eu entendia que aquele era o poder da expectativa e que algo muito ousado estava para acontecer.

Senti seus dedos brincarem ao lado das minhas coxas, subindo meu vestido sem se preocupar com o local em que estávamos. Quando encontraram minha calcinha, seus lábios desceram para a minha clavícula e vários beijos foram espalhados pela região enquanto ele avançava por dentro da peça íntima, tocando minha pele e me excitando ainda mais.

Quando seus dedos tocaram minha vagina, sua língua passou pelo meio dos meus seios e eu gemi baixinho, ciente de que não poderíamos chamar atenção. Porra, eu queria o que ele estava me propondo! Queria o perigo, a adrenalina, a urgência... Ah, Deus! Mordi os lábios quando senti que ele descia pelo meu corpo, ao mesmo tempo em que abaixava minha calcinha.

Muito abusado, mas... deliciosamente abusado.

Facilitei o seu trabalho e permiti que ela deslizasse pelas minhas pernas e fosse retirada. Ele se abaixou, levantou o meu vestido sem se abalar com nada, ficando de frente com meu sexo, olhando-o com admiração. Os segundos seguintes foram angustiantes.

Eu queria que ele me chupasse ali, em pé na porta de um desconhecido, com vizinhos que poderiam nos descobrir, com prováveis câmeras de segurança capazes de nos flagrar, eu estava pouco me importando, só queria sentir aqueles lábios carnudos em minha vagina e rebolar neles até atingir o orgasmo que sabia, seria fabuloso.

Fechei os olhos escorando a cabeça na porta quando ele finalmente atendeu meu pedido silencioso. O garoto encostou a boca em mim e me deu um beijo delicado, depois outro e mais outro, cada um ganhando um espaço maior, aumentando a minha ansiedade.

Passei os dedos pelos seus cachos, indicando que sua cabeça deveria permanecer ali e me imaginei me vendo de fora. Uma mulher nua da cintura para baixo, com saltos altos, pernas abertas, se oferecendo para um homem lindo ajoelhado à sua frente, chupando-a com gosto. Porra, só de imaginar eu me sentia ainda mais excitada.

Sua língua correu meus lábios provando-os, me arrancando mais um suspiro. E então outra lambida e logo em seguida uma mais forte. Seus lábios tomaram todo o meu sexo e o senti sugando. Ah, céus! Eu queria gemer alto e não podia e, por mais estranho que fosse, estava adorando não poder me exibir.

Suas mãos longas seguraram meus quadris e me puxaram para sua boca, então senti uma mordida de um lado, mais uma lambida e outra mordida do outro lado. Eu estava explodindo e não estava nem um pouco interessada em retardar aquilo. Era para ser rápido. Eu queria que fosse rápido.

Segurei seus cabelos com mais força e forcei seu rosto em minha vagina. Ele entendeu o recado e me chupou com força, enfiando sua língua, tocando minhas paredes molhadas, causando um arrepio que atingiu minha alma. Gemi um pouco mais alto, sentindo seus dentes se fecharem em mim como uma punição por estar quebrando uma regra.

Sorri satisfeita e quando o senti enfiar a língua mais uma vez, rebolei em sua boca. Seus dedos se fecharam em meus quadris, ele gemeu aprovando meu rebolado. Repeti o movimento sentindo meu corpo formigar, enquanto ele me chupava e enfiava a língua, revezando conforme meus movimentos.

Meu interior foi se acendendo indicando o orgasmo. Minha vagina formigou deliciosamente e gemi mais forte para que ele soubesse que eu gozaria ali, na sua boca. Agarrei seus cabelos e me esfreguei com mais gosto em seus lábios carnudos, então o gozo chegou me fazendo tremer por inteiro.

Foi uma delícia!

Respirei fundo enquanto ele me lambia mais uma vez e sorri imaginando se ele ainda gostaria de continuar com nosso acordo ou já estava excitado o suficiente para admitir o quanto era fraco e necessitava de um orgasmo.

Então o garoto levantou, beijou meu pescoço, abaixou meu vestido e destrancou a porta me fazendo entrar no apartamento escuro. Andando de costas o senti se colar a mim e exigir meus lábios. Meu gozo estava por todo o seu rosto e foi gostoso. Deixei que ele me beijasse e me conduzisse até que senti uma mesa atrás de mim e paramos.

— Pronta? — Sua voz grossa e rouca deixava claro que não estava brincando.

Porra eu queria mais um orgasmo em sua boca ousada!

— Sempre, menino!

Como resposta fui virada bruscamente de bruços, deitada sobre a superfície de vidro da mesa e recebi um tapa na bunda. Não tive tempo de protestar ou dizer qualquer coisa que o estimulasse mais, pois fui puxada em sua direção, minhas pernas foram abertas e em seguida ele estava em minha vagina outra vez, com seus lábios grossos, hábeis e quentes, além de uma língua que sabia o que fazer.

Encostei a testa no vidro e me deixei levar.

O garoto sabia que aquele era o seu teste de fogo, afinal de contas eu tinha acabado de gozar e, como ele mesmo disse, uma vez era tudo o que ele já havia feito. Então por isso seus dedos entraram na brincadeira. Enquanto sua língua atiçava a parte sensível do meu corpo com toques leves e rápidos, sua mão estava em meu clitóris.

Safado! Ele não havia encostado no clitóris antes porque sabia que eu já estava excitada e não precisaria de sua artilharia, mas ali, logo depois de um orgasmo que fez minhas pernas tremerem, ele precisava mudar de tática para me manter entretida.

Ponto para o garoto.

Mais um.

Como estávamos do lado de dentro e sem nada que pudesse nos impedir, gemi me entregando sem medo de sermos surpreendidos. Também abri as pernas e me esfreguei em sua mão, afinal de contas, o estímulo era bem-vindo. Sua língua entrou outra vez em minha vagina e a posição em que me encontrava facilitava seu trabalho.

Ele me lambeu e penetrou sem me dar tempo de pensar. Foi uma delícia! Ao mesmo tempo sua mão esfregava meu clitóris me fazendo rebolar e me abrir para sua boca. Eu já estava no ritmo certo, sentindo a sensação gostosa do prazer brincar entre minhas pernas. Levantei um pouco o corpo e empinei a bunda, rebolando em seus dedos e língua.

Ele aprovou e com a outra mão apertou minha bunda. A brincadeira não ficou por aí. Sim, quando ele disse que venceria aquele jogo eu deveria imaginar que não seria tão fácil derrotá-lo. Sem que eu esperasse fui surpreendida por uma língua mais safada do que eu era capaz de atribuir àquele menino.

Ele simplesmente, sem nenhum pudor, subiu a língua da minha vagina pelo períneo, aquela maravilhosa pele fina e sensível, incrivelmente trabalhada no pompoarismo com todas as suas fibras musculares e que, claro, proporciona maior força ao órgão genital feminino, deixando qualquer homem gritando como um gatinho, além de intensificar o orgasmo feminino... bom, ele ultrapassou esta pele e sua língua circulou meu ânus surpreendendo-me e excitando com tamanha força que me fez gritar.

Lógico que beijo grego não era algo inédito em minha vida, embora fosse algo que sequer me permiti imaginar com aquele menino. Não com ele tão engomadinho, tão novinho, tão fresco ainda e, principalmente, com alguém com quem eu facilmente surpreendia.

Mas foi exatamente o que ele fez. E não foi algo rápido, algo que serviria apenas para constar. Não. Se existia uma coisa que aquele menino sabia fazer era dar um beijo grego. Fechei os olhos e colei minha testa no vidro da mesa agradecendo a sensação fria que acalmava minha pele. Abri ainda mais as pernas e levantei os quadris para que ele continuasse a lamber aquele local sensível enquanto três dedos penetravam em minha vagina sem nenhuma piedade.

Ele me estimulava com a ponta da língua, circulando meu ânus com uma leveza e delicadeza que me fazia sentir vontade de sorrir enquanto gozava, tipo quando você ouve uma música sensual que entra em seu corpo e segue o mesmo ritmo da transa, é como se permitir ter um orgasmo sussurrando o refrão.

E eu nem preciso dizer que o orgasmo chegou fácil. Muito fácil.

Não sei se foi pela surpresa, pela habilidade ou pelo tanto que gostei da sua ousadia. A verdade foi que eu gozei sentindo sua língua quente em meu ânus, os dedos na vagina e no clitóris e uma satisfação sem tamanho em saber que alguém como ele poderia me proporcionar algo do tipo.

— Puta que pariu, garoto!

Como resposta, recebi outro tapa na bunda. Esse foi forte. Hum! Ele não gostava de ser chamado assim. Sorri diabolicamente.

— Você ainda me deve um orgasmo — provoquei. — Se quiser as suas respostas.

— Dois — disse ao me virar e me encarar com aquela cara debochada. — Porque quero te comer em sua cama... — Se aproximou de mim de uma maneira que, confesso, me desafiou. — Menina.

Estreitei os olhos, contudo não pude responder nada. Ele apontou para o sofá que, apesar da escuridão do local, estava bem visível e saiu em direção do que imaginei ser a cozinha.

Arrumei o vestido e obedeci, não porque sou essa garota, e sim porque estava com as pernas bambas e sentar no tampo de vidro não era nada confiável, muito menos confortável. Após alguns barulhos de portas abrindo e fechando ele finalmente voltou para a sala.

— Nossa! Quase peguei no sono — provoquei e ele riu. Era uma risada divertida e jovial, que me fez sorrir.

— Se existe uma coisa que você não vai fazer esta noite é dormir, gata! — a prepotência em sua voz ativou outra vez aquela teclinha dentro de mim que me fazia sentir desafiada.

— Sei não. — Ele riu e sentou ao meu lado me encarando com a sobrancelha arqueada. A luz de fora do apartamento inundava a sala, mas o que eu podia ver do ambiente era quase nada. — Vamos ficar no escuro?

— Por enquanto, sim. — Ele me entregou uma taça gelada e bati a dele na minha. — Foi só o que encontrei.

— O que é isso?

— Vinho. — Ótimo. Pelo menos não era cerveja.

Tomei um gole constatando que era seco. Esforcei-me para não fazer careta. Ok! Todo mundo sabe que vinho bom é vinho seco, mas vamos ser honestos, quem poderia gostar daquela porcaria? Contudo eu não o deixaria perceber.

Classe, era o que minha madrinha sempre dizia, coma caviar e beba vinho seco como se estivesse provando as melhores ofertas do planeta, depois saia para comer um maravilhoso McDonald's, era o que Johnny falava, completando a frase dela. Sorri. Era uma delícia conviver com a madrinha.

Assim que tirei a taça dos lábios ele se aproximou e me beijou com delicadeza.

Eu estava acostumada a beijos delicados. O próprio Moisés era capaz de me ofertar beijos assim, mas não esperava que aquele menino me beijasse como se estivesse beijando a namorada, ou, me agradecendo por ter gozado em sua boca duas vezes. Mesmo assim correspondi mantendo o ritmo, acompanhando sua língua, aceitando seus lábios. Eram bons lábios. Gostosos para uma mordidinha. E foi o que fiz.

Ele gemeu e se afastou, não como se me reprovasse, ele só se afastou começando a beijar meu pescoço. Suas mãos estavam longe de mim, seus lábios me faziam ter vontade de ser tocada. Eu me movimentei incomodada enquanto ele continuava a beijar meus ombros, roçando os dentes em minha pele, se movimentando na direção dos meus seios.

— Você é uma delícia, Morena — murmurou quando desceu a alça pelo meu ombro com pequenas mordidas.

Tive uma imensa vontade de dizer a ele que eu sabia daquela verdade, no entanto me calei. Ser narcisista era uma característica minha. Ou uma defesa que criei para que permitisse ser destruída depois do que passei. Balancei a cabeça me forçando a esquecer. Ali não era a hora nem o lugar para aceitar ser assombrada pelos meus fantasmas.

Então me concentrei em aproveitar, afinal de contas, o desafio continuava de pé e ele me devia alguns orgasmos.

Como não me tocava, o que para mim era frustrante, resolvi que poderia fazer isso por nós dois. Primeiro, aproveitei que ele queria, nitidamente, alcançar meus seios, e facilitei as coisas, descendo o vestido e os oferecendo sem o menor pudor. Ouvi seu risinho abafado antes de seus lábios sugarem o mamilo. Gemi abertamente gostando da sensação.

Oh, sim! Ele sabia trabalhar com a boca. E me animava saber que pelo menos em dois quesitos ele havia se saído bem, com os dedos e com a língua, bastava descobrir se... puta merda! O que era aquela língua em meus mamilos? Rapidamente me senti arfante.

Ou eu estava muito empolgada em ter os orgasmos prometidos e com isso me iludia supervalorizando o trabalho do menino, ou ele era muito melhor do que aparentava ser. E então, me surpreendendo mais uma vez, quando finalmente suas mãos resolveram me agradar, recebi dois dedos gelados em minha vagina e gritei. Ele riu.

— Puta merda!

Foi estranho e... gostoso. Sim, foi muito gostoso. Acabei rindo quando ele esfregou toda a palma gelada em mim, me mostrando o gelo com o qual se divertia. O garoto até que era esperto.

— Para conter seu fogo um pouco — brincou enquanto beijava minha barriga e voltava a enfiar a mão no copo repleto de gelo que eu só havia visto naquele minuto.

— É preciso muito mais do que isso.

— Não se preocupe, Morena. — Ele levantou e colocou um gelo na boca, chupando-o. — Tem muito mais de onde veio este. — Piscou travessamente e me puxou pelas pernas, me abrindo para si e enfiando os lábios gelados bem no meio delas.

— Oh, porra! — gritei estremecendo.

Justiça seja feita, depois de dois orgasmos, de ser chupada por aqueles lábios carnudos e poderosos, de receber um agrado como o beijo grego enquanto sou masturbada por dedos hábeis, nada como um gelo para acalmar a carne. Tudo em mim se contraiu, se revirou e, indo contra tudo, esquentou.

Segurei seus cabelos rebolando em sua boca sem me importar com mais nada. E o garoto não vacilou nem por um segundo, me chupando e me acalmando com a pedra de gelo que mantinha na boca, passando-a por toda a minha vagina, se demorando em meu clitóris e me fazendo esquecer de todo o resto.

Descaradamente rebolei deixando que sua língua também gelada me possuísse. Ele me abria com seus braços, enquanto suas mãos estavam em meus seios, puxando-os, beliscando-os, apertando-os a seu bel-prazer. E lá estava eu outra vez molhada, inchada e acelerada.

— Ah, Deus! Assim! — Segurei seu cabelo com força e recebi uma mordida escandalosamente deliciosa em meu lábio vaginal, para em seguida sua língua me acariciar.

Porra, eu gozaria a terceira vez. Gozaria na boca daquele menino abusado, com um sorriso encantador que não cansava de me escandalizar com sua potencialidade tão bem escondida em um trejeito de filhinho da mamãe.

Eu poderia fazer charme e segurar o orgasmo até ele cansar e desistir. Poderia até mesmo impedi-lo de continuar, me aproveitando de qualquer vacilo, partindo para a penetração de fato, fazendo-o gozar facilmente, como ainda planejava, porém, a minha vontade era ter outro orgasmo daquele jeito. Queria gozar em sua boca, mesmo que isso me rendesse uma mentira convincente para um menino deslumbrado.

E foi assim, com um sorriso de satisfação, que me permiti gozar pela terceira vez, dando uma vitória parcial ao menino atrevido, bolando a mentira que eu contaria para satisfazer sua curiosidade infantil.

Ah, sim! O que eu não era capaz de inventar para conseguir uma aventura como aquela?

CAPÍTULO 7

"Como pode querer que a mulher vá viver sem mentir?"
DOM DE ILUDIR – CAETANO VELOSO

FECHEI OS OLHOS RELAXANDO NO SOFÁ, ENQUANTO ELE AINDA BEIJAVA minhas coxas com devoção. Claro, devoção era algo lógico para alguém como ele quando encontrava uma mulher como eu. Outra vez o narcisismo se apresentava. Acabei sorrindo. Era divertido pensar em mim assim.

Eu precisava ser justa com o garoto, três orgasmos foi mais do que eu poderia esperar dele. Na verdade, gozar três vezes apenas em sua boca era muito mais do que poderia imaginar com ele.

Até eu, Miranda Middleton, capaz de ficar uma noite inteira aproveitando do melhor do sexo grupal, me sentia cansada após três longas explosões. Aliás, eu estava cansada e relaxada. Satisfeita, para ser mais sincera. No entanto, ele havia prometido quatro, e não três, o que ainda me mantinha no jogo, não mais para permitir e sim para impedi-lo de ganhar.

Era hora de deixar aquele menino saber com quem estava lidando.

Ainda de olhos fechados deixei que ele se inclinasse sobre mim e buscasse meus lábios, se alojando entre as minhas pernas. Ele estava excitado e fazia questão de me mostrar. E eu bem sabia que era uma bela ereção.

Rocei o pé em sua perna, sobre a calça que ele ainda usava e senti sua mão em minha coxa exposta. Ele ainda tentava ser gentil, embora eu pudesse sentir a urgência que o assolava. Eu me perguntei se seria preciso muito para fazê-lo desistir de ganhar aquele jogo.

— Já tenho três, mereço algumas respostas — sussurrou em meus lábios. Sorri.

— Então vamos parar por aqui?

Imediatamente minha mente me deu a resposta. Não. Não pararíamos por dois motivos: Eu não queria que ele parasse sem antes se contorcer debaixo de mim como um menininho inexperiente; e eu não queria sair de mais aquela experiência, com aquele garoto, sem saber como seria tê-lo dentro de mim, como seriam seus movimentos e como se comportaria quando finalmente tivesse me possuído.

Eu estava errada? Claro que não. Foi ele que me procurou, insistiu, aliciou e topou entrar no jogo. E eu não jogo para perder. Nunca!

— Você quer parar por aqui? — Ele devolveu sem se afastar de mim. Seus olhos me encaravam atentos.

— Hum! Que perfeito cavalheiro. — Sorri com malícia cruzando as pernas em sua cintura. — Pararia se eu quisesse? — Ele estranhou minha pergunta, mas sorriu com doçura.

— Sempre, gata. — Selou meus lábios com aquela promessa. O que me comoveu. Puxei o ar com força para me recompor e voltar ao clima.

— Ótimo!

Levantei e ele automaticamente se afastou. Pude identificar a frustração em seu olhar. Não me preocupei em ajeitar o vestido, ou me recompor, só sentei em seu colo, ficando de frente para aqueles olhos atentos e lábios tentadores. Não precisei dizer nada, beijei o menino e rebolei em sua ereção para que ele me cercasse com mãos fortes e ansiosas, contribuindo com os movimentos, me fazendo roçar, nua, no tecido que me impedia de tê-lo de verdade.

Separei nossos lábios e lhe ofereci outra vez os seios, gostando da sensação da sua mão em minha bunda, me apertando e me puxando para perto, como se quisesse me fazer gozar antes de me penetrar de fato.

Ah, não! Era a minha vez de jogar.

Corri minhas mãos por seu peitoral, arranhando a camisa para logo em seguida puxá-la. Não encontrei resistência e retirei a peça rapidamente. Ele tinha um corpo lindo, peitoral bem trabalhado, pelos aparados e bem cuidados, eu podia sentir tocando os fios finos e pequenos. Seu perfume estava ali também e era uma delícia. Automaticamente me lembrei de quando senti aquele cheiro pela primeira vez.

Não seria necessário me conter, eu o tinha em minhas mãos, para fazer o que bem quisesse e tal constatação me agradava demasiadamente. Por isso aguardei até que se fartasse dos meus seios, assim que senti suas mãos ficarem menos urgentes, levei meus lábios ao seu torso iniciando uma provocante descida cheia de beijos e arranhões, já prometendo enlouquecê-lo.

Eu só esperava que não fosse demais para o menino. Ainda precisava dele em riste para realizar meu desejo de tê-lo dentro de mim.

Quando abri o cinto e passei minha mão para dentro da sua cueca, soube que aquele páreo estava ganho. A lubrificação já indicava que ele não esperaria muito, como se seus gemidos, suas mãos afoitas e sua respiração não fossem indícios suficientes para me convencer de tal fato.

Sorri me sentindo em êxtase. Eu adorava ganhar. Amava ganhar. Era como um "*up*" na vibração quase orgástica que se apossava do meu corpo quando eu estava no comando.

Ele gemeu mais forte com meu toque e jogou a cabeça para trás, se entregando. Masturbei-o enquanto abria completamente sua calça e afastava sua cueca. Tão logo vi seu pau livre e duro em minha mão, coloquei minha boca para trabalhar, deslizando-o com cuidado para dentro até que estivesse quase em minha garganta. Era confortável.

O rapaz gemeu e se contorceu, segurando meus cabelos. Uma infinidade de palavras desconexas escapuliu de sua boca. Eu sentia suas mãos puxarem meus cabelos lutando entre me impedir ou fazer com que seu pau se afundasse ainda mais. Suguei com força quando ele já estava em meu limite e depois deslizei, apertando-o até que estivesse quase fora. E então ele não estava mais em mim.

— Puta que pariu, Morena! — rosnou, me impedindo de continuar. — Assim eu não vou conseguir cumprir o nosso trato.

Sorri me comportando. Era melhor assim do que deixá-lo entender que não o deixaria ganhar sob hipótese alguma. Ele manteve a mão no pau, masturbando-se de leve enquanto eu levantava, tirava o sutiã, me livrava do vestido e montava outra vez em seu colo, ficando suspensa logo acima da sua ereção.

— Camisinha. — Aguardei enquanto ele entendia o meu comando. O menino negou com a cabeça e umedeceu os lábios.

— Se eu me enfiar em você agora não vou ser o que você espera. — Sorri tentando ser amistosa, com certa doçura.

— Você é forte. — Alisei seu peito roçando as unhas em sua pele e ele gemeu baixinho. — E vou gozar rapidinho.

Para estimulá-lo segurei meus seios com as mãos e os acariciei. Ele olhou para meu corpo com um desejo animal. Sem alterar as minhas feições, mantendo um rosto inocente e doce, desci uma mão até a minha vagina e me acariciei, indicando o quanto estava molhada. Enfiei um dedo assistindo sua boca entreabrir e sua respiração ficar mais alterada, depois tirei o dedo e levei até seus lábios. Ele o sugou com avidez.

— A camisinha — minha voz continuava doce e gentil.

Ele forçou o corpo para cima, pegando a carteira no bolso de trás da calça, abriu com rapidez retirando de lá um pacotinho. Mordi o lábio para estimulá-lo ainda mais. Vi quando abriu a embalagem e deslizou a camisinha pelo pau rosado. Continuei aguardando.

Ele me olhou com aquele ar de quem estava embriagado de tesão, passou um dedo em minha vagina e com um sussurro que eu não consegui identificar, me fez deslizar com cuidado até que estivesse todo em mim. Gememos juntos.

Eu sabia o impacto que causava quando um homem ansioso de tesão se enfiava em mim, só não esperava me sentir tão confortável, preenchida e ansiosa, como me senti ao tê-lo finalmente. Como disse, não era absurdamente grande, capaz de me machucar e tornar tudo mais difícil. Era como... se ele fosse exatamente do meu número, nem mais nem menos, chegando lá no fundo, sem me deixar insegura. Preenchendo cada pedaço, cada centímetro, tocando cada pedacinho necessitado de contato.

Era bom.

Era muito bom!

Ele se aproximou, me cercando com os seus braços e beijando meu ombro. Era a primeira vez que ficávamos tão colados, pele com pele, calor com calor, e foi... bom. Então ele me beijou com carinho, me fazendo esquecer que era necessária concentração para impedi-lo de ganhar. Por alguns segundos permiti que me beijasse e conduzisse. Eu me permiti fechar os olhos, sentir seu corpo se mexendo embaixo do meu, entrando e saindo aos poucos, sem pressa, bem lentamente, como se estivéssemos fazendo amor.

No entanto eu sabia que não era nada daquilo. Era sexo, tesão e luxúria, nada mais.

Depois de um tempão, percebendo que eu não demonstraria nenhuma resistência, suas mãos percorreram meu corpo, roçando minha pele, me esquentando de uma forma gostosa. Há muito tempo eu não transava daquele jeito, por isso me sentia tão estranha e insegura, mesmo assim, continuei, sem encontrar vontade de mudar o rumo da situação, aproveitando o que ele queria me oferecer.

Nossos gemidos eram como uma sinfonia quebrando o silêncio delicado, e era gostoso de ouvir, constatei me sentindo ainda mais estranha. Nossos movimentos eram cuidadosos e uniformes, como se nos encaixássemos da forma correta, perfeitamente *correta*. Eu me sentia cada vez mais envolvida e excitada, porque a maneira como ele conduzia e a estranheza causada pela falta de costume me deixava vacilante e ansiosa, além de mais atenta, o que me fazia sentir e perceber muito mais do que se estivesse agindo com tudo muito bem arquitetado.

Porém, mesmo gostando de como estávamos fazendo, não podia permitir que continuasse. Era importante e necessário impedi-lo de continuar, de vencer, de ganhar o direito de exigir qualquer coisa de mim. Era uma questão de sobrevivência.

Eu era Miranda Middleton, e isso era o suficiente para me fazer lembrar que ninguém tinha permissão para entrar em minha vida.

Ninguém.

Então fiz o que estava programada para fazer, o que sabia ser o certo, apesar de acreditar que não precisaria de muito para reduzi-lo a pó. O garoto estava entregue, rendido, prontinho para perder o jogo. Mesmo assim, por algum motivo que até então eu desconhecia, usar o que eu tinha de mais poderoso e forte em meu arsenal, me pareceu ser o mais seguro.

Existia em mim uma necessidade pulsante de deixar minha marca, de fazê-lo entender que eu não era somente mais uma gostosa que ele conseguia arrastar para a cama e se gabar com os amigos no dia seguinte. Eu era o que havia de melhor e ele nunca me esqueceria.

Quando olhei em seus olhos, percebendo que havia um motivo real para ele estar embaixo de mim, não consegui evitar o sorriso majestoso que brincou em meus lábios. Então comecei a me movimentar.

Ok! Eu sabia que o que faria não era algo trivial, fácil ou constante entre as mulheres, mas, porra, eu era Miranda, e nada era estranho ou absurdo para mim. Dominar a prática do pompoarismo foi um delicioso desafio quando fui apresentada à técnica em um encontro do Sagrado Feminino.

Na época me sentia perdida, descontrolada até. Eu me culpava pelo ocorrido, não encontrava um equilíbrio entre a raiva que sentia e necessidade de calar o meu corpo. O sexo passou a ser a minha punição, e eu tinha apenas dezoito anos. Reconectar o meu corpo e tentar reestruturar o que tinha ficado foi complicado, provavelmente eu nunca tenha conseguido, mas de tudo o que aprendi nos encontros em que participei, o que melhor me coube foi a prática do *pompoar*.

Provavelmente as pessoas me julgariam se imaginassem como eu me sentia por dominar algo tão desejado entre as mulheres. Eu via como uma arma e gostava de usá-la quando precisava colocar alguém em seu devido lugar.

Por isso, quando fiz o primeiro movimento, prendendo-o com a pressão exata dentro de mim, movendo, a princípio lentamente, meu canal, que o sugava e massageava pressionando os três anéis em harmonia com a minha respiração, vi seus olhos perderem o foco e seus lábios se abrirem em um delicioso "o", me dando a vitória certa.

Ah, menino, você vai gozar! Simplesmente porque eu quero.

Apertei-o ainda mais dentro de mim, sentindo seu pau latejar juntamente com a minha carne. O movimento de apertar e soltar, pulsar, como era conhecido, em pontos diferentes, assim como em ritmos diferentes, fazia com que ele não reagisse mais, pego completamente desprevenido.

O garoto não conseguia me impedir. Suas mãos em meus quadris estavam frouxas, seus olhos sem foco não deixavam meu rosto, em uma expressão de prazer que lhe roubava até a condição de se mover. A boca semiaberta, permitindo a entrada e saída do ar sem que significasse sua sobrevivência. Não. Sua sobrevivência, naquele momento, era o meu corpo. Mais especificamente, aquela parte do meu corpo que o prendia, apertando e acariciando como se meus próprios lábios estivessem ali.

Sorri triunfante. Era sempre assim. Os caras costumavam acreditar que pela minha pouca idade e corpo perfeito, eu seria aquela garota com quem eles se satisfariam deixando-a extasiada com sua performance. E a verdade era que eu era uma garota cruel o suficiente para fazê-los acreditar que assim seria. E então, na hora certa, eu dominava cada um deles e ia embora, deixando-os a meus pés.

Porra, eu adorava ser assim!

Olhar aquele menino completamente dominado, entregue, bobo e embriagado de desejo a ponto de não conseguir sequer reagir, se permitindo ser conduzido apenas porque não suportava o clamor do seu sexo, implorando por libertação, me fazia chegar ao ápice. O prazer que corria em minhas veias era mil vezes potencializado pela certeza de que eu venceria o jogo. Aquilo me deixava forte.

E excitada. Fato!

O pompoarismo tem muitas vantagens. Além das relacionadas a saúde da mulher, a prática faz com que as paredes da vagina fiquem mais fortes e firmes, o que permite atiçar as milhares de terminações nervosas que compunham a vagina, mais de oito mil, para ser mais específica. O que acontece em seguida é puramente fisiológico. Todo o seu corpo trabalha no alívio, ou seja, no orgasmo e este, após um tempo de treino, torna-se mais longo, mais intenso, e mais presente, o que quer dizer que a mulher se torna orgástica, sendo capaz de gozar outras vezes na mesma relação.

Resumindo: Pompoarismo é uma libertação para as mulheres.

Por isso não foi surpresa quando senti meu corpo corresponder. Porque, lógico, praticar o *pompoar* não era algo para o prazer único e exclusivo do parceiro e sim para ambos. E eu era egoísta demais para fazer qualquer coisa que favorecesse apenas um dos lados.

A regra era clara: ele goza, eu gozo.

Como a ordem dos fatores não altera o resultado, eu podia gozar, muitas vezes, inclusive, afinal de contas, o corpo da mulher é uma fonte inesgotável de prazer, quando se sabia usar, e, no final, ele sempre gozava. Quase como uma recompensa.

— Puta que pariu! — ele rosnou e seus dedos se afundaram em meus quadris, demonstrando o quanto lutava para não se entregar.

Hum! O garoto era forte. Mais do que imaginei para alguém como ele. Mas o que era um pequeno desafio perto do prazer que eu sentiria ao conseguir domá-lo?

— Calma, Morena! Assim... — gemeu com gosto só porque o apertei com mais intensidade.

Como se eu quisesse deixar claro que não estava brincando quando decidi desafiá-lo, encarei seus lindos olhos e, imediatamente, comecei a acariciar meu próprio corpo para o seu deleite. Rocei meus dedos pela minha barriga, subi até os seios, apertando-os e suspendendo-os, friccionei o bico e gemi provocantemente, enquanto ele me assistia sem nada dizer. Mordi o lábio inferior aceitando o quanto me tocar era delicioso.

Porque se tinha uma coisa que eu sabia fazer e bem, era tocar meu próprio corpo. E sempre era uma delícia.

Enquanto mantinha uma mão estimulando meus seios, com a outra desci até meu clitóris e o acariciei com cuidado. Já estava muito excitada e não podia correr o risco de deixá-lo ganhar. Pelo visto era estímulo demais para ele.

— Ah, meu Deus, Morena... eu... porra... ainda não...

Forcei meu canal vaginal a seguir meus comandos, mesmo desejando loucamente relaxar e deixar rolar a penetração livremente. Eu queria gozar e gozaria, antes precisava me certificar de que ele também o faria, ou então nada teria valido a pena.

Com mais determinação, levantei o corpo libertando-o do meu abraço forte e o vi relaxar com certa relutância. E então rebolei aceitando-o de volta, mantendo o canal apertado para a sua entrada e o sugando quando já estava todo dentro de mim.

Ele gemeu alto e jogou a cabeça pra trás, deixando seus braços acompanharem o rosto, segurando-o como se estivesse perdido.

— Ok! Ok! — gemeu com urgência. — Porra, eu não aguento mais! — lamentou antes de fazer o que acreditei ser o mais improvável. — Você é o diabo, Morena!

E então ele me agarrou com força, impondo sua entrada por completo, só que eu não estava mais no comando. Em um movimento rápido fui deitada no sofá, ele ainda entre as minhas pernas. Sem aguardar por mais nada, o garoto se deitou sobre mim. Imediatamente começou a estocar, forte, dominante, urgente e completamente sem controle.

O mais estranho foi que eu simplesmente adorei. Quando seus lábios se fecharam em meus seios e suas mãos fortes começaram a me puxar com mais avidez demonstrando que era o seu limite, senti minha vagina latejar se entregando ao momento.

Eu venci. Eu o tinha enlouquecido.

Mas Patrício não se rendia. Eu podia ver que gozaria a qualquer momento, seu corpo se impondo ao meu, suas mãos me buscando, seus lábios em todos os lugares alcançáveis, deixando minha pele quente e minha respiração escassa. Quando sua boca se colou na minha com ânsia, exigindo de mim mais do que estava disposta a dar, entendi que ele também sabia jogar e que nunca deveria subestimar um garoto.

— Goze! — sussurrou com veemência. — Pelo amor de Deus, goze, Morena!

Gemi tão alto que me desconheci. No mesmo momento minha vagina se contraiu em espasmos deliciosos. Agarrei suas costas arranhando-as, exigi seus lábios com um desejo até então desconhecido, colando-os em uma loucura impossível de ser calculada.

Gozei com ele dentro de mim, entre as minhas pernas, enlouquecido de desejo e implorando para que me entregasse também. Gozei como um vulcão que explode sem limites, permitindo que tudo dentro de si ficasse exposto, e mesmo assim, sem desistir de destruir tudo o que encontrasse pela frente com sua fúria. Eu gozei como se mais nada no mundo importasse que não fosse atender ao pedido daquele garoto ousado e impertinente.

Porra, eu gozei!

E foi com imensa satisfação que o senti retesar em meus braços, seus gemidos se intensificarem e se transformarem em urros de prazer, ele se apertar a mim com uma espantosa vontade e finalmente, gozar como o garoto que era, se rendendo em meu abraço e se entregando em submissão.

Foi glorioso!

Ah, o sabor da vitória!

Umedeci os lábios e sorri ainda de olhos fechados. Eu estava exausta, acabada, com as pernas tremendo e o corpo entregue. Ele manteve o rosto enterrado em meu pescoço, a respiração se normalizando, os lábios tocando levemente minha pele, as mãos ficando mais gentis... Ele levantou a cabeça e me encarou no escuro. Um sorriso zombeteiro brincou em seu rosto.

— Eu perdi?

— Hum, hum! — Suspirei sentindo todo o meu corpo relaxar.

— Mas eu cumpri a primeira etapa — brincou com a voz carregada de divertimento.

— Você perdeu, Patrício. — Ele riu e eu acabei sorrindo. — O que foi?

— Você me chamou pelo nome. É estranho, sabe?

— Sei. — Mordi o lábio pensando no quão estranho realmente era.

Não entendia porque me sentia tão à vontade com ele ainda ali, entre minhas pernas, com as mãos no meu corpo como se eu fosse sua propriedade. Não era algo que eu costumava fazer... quer dizer... eu não era o tipo de garota que saía por aí transando com quem aparecesse na frente, mas nos últimos tempos o sexo era uma coisa mais... como explicar? Era mais como um acordo, uma troca de favores entre pessoas que frequentavam o mesmo ambiente com o mesmo objetivo.

Eu não gostava de garotos jovens demais, cheios de confiança, com um ego inflamado. Não gostava de velhos babacas que achavam que porque tinham dinheiro podiam se divertir com garotas que tinham idade para serem suas netas. Minhas metas eram sempre homens maduros e experientes. Homens que conseguiam acrescentar. Ou seja, era sempre uma troca.

No entanto aquele garoto era estranho e diferente. Ele tinha um sorriso lindo e cativante. Tinha um jeito engraçado que sempre acabava me convencendo a querer. Além, lógico, da maneira como me estimulava a competir, a querer me mostrar, sabotando todas as suas expectativas.

Sim, ele era legal e a noite foi incrível. Então porque não sorrir e relaxar? Ele se aproximou, beijou meus lábios com carinho, acariciou meu pescoço enquanto me beijava.

— Morena, você vale os cinco mil.

E essa simples frase, essas parcas palavras, foram o suficiente para me deixar outra vez desconfortável.

Virei o rosto e dei a entender que eu queria levantar, o que ele acatou imediatamente, sentando no sofá para retirar a camisinha, enquanto eu procurava pelo meu vestido. Não conseguia decifrar porque estava tão aborrecida. Estar aborrecida ainda era justificável, mas estar muito aborrecida não era nada correto. Afinal de contas eu inventei aquela história de prostituta. E posso até me justificar dizendo que foi para me livrar dele. A verdade era que eu aceitei e ainda saí com ele para um programa, então...

Não, estar aborrecida não era nada justificável. E entendi que para sempre estaria estigmatizada por aquele garoto abusado. Suspirei resignada.

— O que foi, gata?

— Nada — menti para mim mesma.

— Nada? — Ele riu sem esconder que estava debochando. — Você ficou estranha de repente.

— Pois é. — Passei o vestido pela cabeça sem me importar em colocar o sutiã. — Eu costumo ficar de mau-humor quando acabo de transar.

Um silêncio chato se fez entre nós dois. Eu me perguntei se finalmente tinha conseguido afastá-lo. Depois de um tempo senti suas mãos alisando minhas costas, não como se quisesse me confortar e sim como se me buscasse mais uma vez.

— Bem... — Ele se aproximou, a respiração em meu ombro, os lábios quase em minha pele. — Então seu mau-humor se precipitou.

— Como assim?

— Nós ainda não terminamos de transar — anunciou depositando um beijo em meu ombro e deixando sua mão apertar a minha cintura com desejo.

— Não? — Tentei não soar alarmada, porém não consegui.

Confesso que fui pega de surpresa, apesar de saber que era normal meu parceiro querer mais, contudo não tão de imediato. Porra, tínhamos acabado de transar, ele levou um bom tempo me fornecendo três orgasmos maravilhosos e depois disso eu dediquei alguns minutos a enlouquecê-lo e derrubar todas as suas fortalezas. Como aquele menino ainda podia ter tanta disposição?

— Não — respondeu sem se dar conta do quanto aquela afirmação me deixou sobressaltada. — Mas agora... — Levantou, desfilando toda a sua nudez gloriosa. — Eu preciso de um pouco de água.

Nada respondi, pois, ao passar por mim, Patrício, mesmo sem ter intenção, me deixou ver o seu pau ainda ereto. Bom, não totalmente ereto, também não estava como deveria depois de um orgasmo tão intenso. Estreitei os olhos pensando em alguma justificativa lógica, e claro que a encontraria, afinal de contas o corpo do homem era pura ciência e lógica, o que me levava a pensar em... porra, Miranda, esquece qualquer afirmação *nerd*, droga!

Não conseguia deixar de pensar que o pênis precisava de sangue para endurecer, e se o sangue se concentrava ali, faltava em algumas partes, ou, ficava escasso, não é mesmo? Por este motivo, o alívio do orgasmo projetava o sangue de volta e dava a sensação de saciedade ao homem, causando sua flacidez quase que imediata.

Era certo que alguns homens conseguiam transar duas vezes seguidas, gozando e continuando, porém, precisamos estar certos de que para tanto era necessário ou o estímulo de um remédio ou de uma concentração absurda, que impedia até mesmo que o cara ejaculasse corretamente, o que, com certeza não era o caso daquele menino.

Assim como era certo que alguns homens se recuperavam em um espaço curto de tempo, o que, de certa maneira, chegava até a ser natural. Mas...

— Não quer água?

Ele estava ali, com um copo com água e o pau ainda duro em meu rosto. Tenho que admitir que encarar seu mastro foi muito mais fácil do que perceber o copo, e essa atitude não passou despercebida.

— Obrigada. — Peguei o copo da sua mão percebendo que minha garganta estava seca.

Seria mesmo possível que aquele menino fizesse uso de estimulantes? Bom, se formos considerar o fato do seu corpo ser perfeitamente malhado, eu podia entender que sua alimentação era regrada e controlada, mas se ele fosse aquele típico caso de garotos que usam anabolizantes para alcançar o corpo sonhado, impotência seria algo real, o que trazia novamente a questão dos estimulantes.

Olhei outra vez para o pau suspenso sem conseguir deixar de me questionar sobre esta possibilidade. Foi quando me dei conta de que estava sendo absurdamente *nerd*, coisa que odiava.

— Você sabia que manter o pau ereto por tanto tempo pode te causar um derrame? — assim que acabei de perguntar comecei a rir. Não porque foi algo ridículo para dizer, e sim porque, definitivamente, era algo que Charlotte diria.

Ele inclinou um pouco a cabeça, me observando com curiosidade, depois riu também. Posso afirmar que foi um momento bom, até gostoso, sem formalidades, reservas ou constrangimento pós-foda.

— É bom saber que te surpreendo em alguma coisa. — Deixei a risada morrer, fingindo tossir para esconder a satisfação. — Porque depois do que você fez aqui, Morena... — Ele puxou o ar teatralmente. — Vai ficar "tatuado" em meu pau, dá para entender?

— O que me faz imaginar que as garotas com quem você transa não conhecem o tradicional pompoarismo? — Suspirei convencida.

— Se conhecem eu não sei. — Estendeu a mão em minha direção me puxando do sofá tão logo coloquei a minha na dele. — Mas que ninguém chega a seus pés, ah, Morena, essa é uma verdade marcante. — Em seguida, me beijou com paixão.

Eu correspondi, até mesmo porque adorava ser aquela mulher que deixava marcas, e no pau... tenho certeza que marquei alguns, embora ninguém nunca tenha verbalizado.

— Tatuagem? — falei assim que nossas bocas se afastaram. — Gosto da ideia. Li algo em um livro que ajudei a revisar.

Ele riu sem se importar com meu convencimento, me puxando em direção ao corredor que imaginei ser onde ficavam os quartos.

CAPÍTULO 8

"Aprendi o segredo, o segredo, o segredo da vida.
Vendo as pedras que choram sozinhas no mesmo lugar."
Medo da chuva - Raul Seixas

Abri os olhos como sempre fazia. No princípio apenas me dava conta de que tinha acordado, constatando mais uma noite sem sonhos, como sempre foi desde que... desde que ela havia partido. E só depois, aliviada com o vazio que aprendi a manter em meu coração, pensava em onde e como, no caso, naquele momento eram: onde estou? E como vim parar aqui?

Foi assim que pela primeira vez depois de anos de prática, senti meu coração sobressaltar. Eu sabia onde estava e era tão absurdo quanto não saber. Assim como sabia como fui parar ali, só não entendia como me permiti.

O braço pesado de Patrício envolvia minha cintura e seu corpo quente deixava claro que estávamos sem roupas. Eu queria levantar e fugir o mais rápido possível, para tanto era imprescindível não acordá-lo, pois sabia que ele não me deixaria partir com tanta pressa.

Que merda!

Vasculhei em minha mente o momento no qual peguei no sono não me dando conta de que estava quebrando uma regra básica e fundamental: eu nunca dormia com eles. Nunca. Em hipótese alguma. Era sexo, desejo, carne, tesão... Dormir exigia um nível de intimidade que não estava disposta a dividir com mais ninguém.

Virei com bastante cuidado para que ele não percebesse minha fuga. Patrício dormia como um... Encarei aquele garoto sem saber a que poderia compará-lo. Quando sozinho podia dizer que se assemelhava a um urso. Transando poderia ser comparado a um leão ou leopardo, rondando a vítima e atacando quando não podia mais evitar. Dormindo... ele era apenas um garoto. Um lindo garoto.

Caia fora, Miranda! Você já fez besteira demais para uma única noite.

Levantei sem me preocupar em cobrir minha nudez. Se tinha algo que não me constrangia era meu corpo. Procurei minhas roupas constatando que o vestido estava naquele quarto inóspito, mas minha calcinha e o sutiã estavam na sala. Suspirei cansada.

Se aquele menino não estivesse contando com o dia seguinte teria um problema com o amigo que lhe emprestou o apartamento e que, certamente, encontraria peças íntimas espalhadas pela casa.

Entrei no banheiro decidida a, pelo menos, lavar o rosto depois do xixi matinal. Eu sabia o que viria quando me encarasse no espelho e era justamente por isso que sempre preferia dormir na minha casa, para chorar no meu banheiro.

Eu entendia o que acontecia. Anos de tratamento psicológico me davam uma base para me conhecer como ninguém, apesar de nunca ter conseguido evitar a crise de choro que ainda escondia de todos os que eu amava. Era impossível contê-la.

Abri a pia deixando as lágrimas descerem. O que era aquela merda toda? Culpa? Medo? Raiva? Eu sabia a resposta e não estava a fim de encará-la.

É, Miranda Middleton, você é uma farsa!

Uma farsa!

Aquela era a minha realidade. No início fiz o que achei ser o mais correto, busquei nos meus namorados a segurança que minha mãe tinha levado de mim quando resolveu morrer me deixando sozinha em um país que não era o meu, com pessoas que não eram da minha família.

Talvez a minha pouca idade e inexperiência não tenham me permitido entender na época o quanto estava errada, contudo foi o que eu fiz. Fui forte como fui ensinada a ser, como ela sempre me disse que era necessário ser para aguentar o mundo. Não posso dizer que foi uma época fácil. Eu ainda podia ouvir a voz da madrinha me acalentando, acariciando meu cabelo e me ninando como se quisesse que eu encontrasse segurança nela.

A verdade é que eu não queria encontrar segurança nela, queria minha mãe de volta, por isso durante anos fui a revolta em pessoa, não com os padrinhos, muito menos com a Charlotte. Para eles eu construí o que havia de melhor, acontece que não era tão fácil por dentro, nem quando seus olhares não estavam sobre mim.

A primeira psicóloga que me atendeu achou que meu comportamento era destrutivo. Pensando no assunto pode até ser que tenha um pouco de razão, mas não totalmente. Eu não queria me destruir. Nunca quis. O que sempre busquei foi uma maneira de me encontrar e provavelmente esse foi o problema. Eu me encontrei, de formas e em momentos diferentes, até entender que nunca me encontraria, porque no fundo eu não buscava a mim mesma.

Essa coisa psicológica continua sendo uma confusão para mim. As crises de choro nunca passavam. A sensação de solidão e vazio também não. E todos os dias sentia aquele buraco dentro de mim que jamais seria preenchido.

Eu sabia, bem lá no fundo, que lutei com todas as minhas forças para me tornar a Miranda que eles gostariam, enquanto desconstruía a mesma imagem em segredo, me entregando a braços desconhecidos, usando o sexo como alternativa para quebrar todas as regras e provar a mim mesma que não precisava ser nada daquilo.

E o que eu era?

Não fazia a mínima ideia. Mesmo assim me deixava levar, entrando no jogo sem me permitir voltar.

E ali estava eu, num banheiro desconhecido, de frente para um espelho que não era meu, quebrando uma regra importante: jamais dormir com um parceiro.

Por que era uma regra importante? Porque eu não queria que qualquer um deles acreditasse que poderia ser mais do que sexo. Porque eu não queria aquela ideia infundada de acordar e sermos forçados a agir como um casal só porque a sociedade dizia que era absurdo ser indiferente a uma pessoa com quem você transou. Porque acordar juntos, tomar café da manhã juntos sempre vinha acompanhado de perguntas que eu não queria responder. E o mais importante, porque eu não precisava de um estranho perguntando por que meus olhos estavam vermelhos ou úmidos, ou qualquer coisa do tipo.

Lavei o rosto, coloquei o vestido, decidida a colocar a calcinha e o sutiã na sala, tentei lembrar onde minhas sandálias estavam, arrumei os cabelos alinhando-os com as mãos molhadas e amassando para que os cachos tomassem forma, respirei fundo tentando encontrar naquela imagem a Miranda que consegui construir.

Então sorri me reencontrando. Eu estava de volta.

Abri a porta do quarto e espiei o garoto. Ele ainda dormia, agora de lado, enroscado como um bebê. Saí na ponta dos pés, abri a porta do quarto escapando com sucesso. Respirei aliviada. Andei rapidamente até a sala indo direto para o sofá. Encontrei tudo o que precisava me sentindo de volta ao controle da minha vida.

Até parei um pouco para normalizar a respiração enquanto pensava em onde estaria a minha bolsa. Sorrindo, verifiquei o celular percebendo que não havia nenhuma ligação de Charlotte, algumas do Johnny, o que quebrou um pouco a minha ideia de paz. Mesmo assim deixei para pensar no assunto depois. Chamei um táxi e, quando estava ponderando sobre como faria para aguardar na rua sem ser roubada, ele apareceu.

Merda!

— Ia sair sem se despedir? — Ele estava sério, seus olhos sondando tudo como se... porra! Ele averiguava se eu não tinha roubado nada?

— Sim. Quer dar uma olhada em minha bolsa? — Seus olhos correram a sala, enquanto umedecia os lábios com a ponta da língua. — Não sou uma ladra, se é o que quer saber.

— Não, seria clichê demais, gata — provocou com a voz mansa voltando a relaxar. — Sabe quantos filmes trazem a mulher gostosa que usa o sexo para roubar alguma coisa?

— Não. Porém tenho certeza absoluta que seria alguma coisa importante, valiosa ou interessante, ou seja, nada do que vemos aqui — gesticulei mostrando a sala sem olhá-la de fato. — Se te deixa aliviado, pode olhar minha bolsa.

— Não será preciso. — Ele me olhou conferindo todos os detalhes. — Se bem que... Se eu pedisse para você tirar a roupa seria muito abusivo? — Um sorriso travesso brincou em seus lábios. Lindos lábios.

— Seria ridiculamente absurdo. — Ele fez um biquinho que me desarmou. — Preciso ir.

— Tão cedo? — Vi quando se aproximou com cuidado. — Ainda nem comemos. — Tive que sorrir pelo sentido dúbio. Era ridículo, ainda assim, encantador.

— Fica para... — Parei de falar me dando conta do que estávamos fazendo. Não haveria uma próxima oportunidade. Não poderia haver. — Vejo você por aí. — Dei as costas decidida a deixar o apartamento o quanto antes.

— Espere um pouco! — Ele conseguiu me alcançar com facilidade, sem me impedir de chegar até a porta. — Não vai me dar nenhuma informação? — Ri sem saber o motivo de me sentir feliz.

— Sem informações. — Abri a porta e saí. Ele me seguiu até o elevador vestindo apenas a cueca.

— Nem o seu nome? — Nós nos encaramos. — Ah, vamos lá, Morena! Não posso passar a vida te chamando de gata ou Morena. — A vida? Ele pensava que ainda nos encontraríamos?

— Pensei que você tivesse dito que sempre conseguia o que queria. — Ele sorriu sem se importar. Aquele garoto era lindo, até com a cara amassada pelo sono e os cabelos desgrenhados, ainda assim era lindo!

— E consigo. — Seu sorriso se ampliou. — Só não vai ter graça descobrir o seu nome assim. — O elevador chegou, eu entrei hesitante. Ele se inclinou impedindo a porta de fechar. — Não ganho um beijo?

— Um beijo — o adverti voltando para lhe dar um beijo leve e sem compromisso. Ele me agarrou com força, colando não apenas nossos lábios, mas o corpo todo.

Patrício era um cara ousado, sem nenhum pudor ou receio. Ele me segurou com posse, as mãos espalmadas em minhas costas, me mantendo próxima, a ereção evidente roçando em mim, a língua atrevida exigindo colaboração.

Eu precisava ir embora, a prova disso foi meu celular tocar avisando a chegada do táxi. Era a deixa que precisava. Ele me largou, eu me afastei sentindo meu coração disparado, uma mistura de desejo e ansiedade que me confundia e assustava.

Talvez tenha sido por este motivo, talvez não. Posso até pensar que fiz por provocação, eu jamais saberia dizer, mas quando a porta começou a fechar e ele acompanhou o que restava de espaço da nossa visão, acabei falando:

— Miranda.

E a porta fechou deixando para trás tudo o que eu sabia: que jamais voltaria.

Eu ainda sorria quando cheguei em casa. Não sei explicar, mas eu me sentia leve. Provavelmente ele se lembraria de mim como aquela tatuagem que falou, também nunca esqueceria meu nome. Ri sozinha me divertindo com o pensamento. Contudo eu tinha um problema bem maior para tratar e que, com certeza, arrancaria de mim toda a sensação gostosa da manhã.

Charlotte e Johnny.

Porra, fui tão egoísta ficando naquela boate! E sequer sabia o que aconteceu com minha amiga, deixando-a na mão. Que droga! Johnny com certeza me ligou por este motivo.

Além destes problemas, ainda precisava pensar em como conseguiria entrar sem chamar a atenção do Vítor linguarudo diabo dos infernos. Um dia ainda mataria aquele fofoqueiro.

Eu podia dizer que saí cedo para uma caminhada. Poderia mentir sobre alguma aula na faculdade, poderia inventar qualquer coisa, não fosse meu vestido brilhante e os saltos altos deixando claro que eu estava chegando de uma noitada fantástica. Talvez fosse hora de começar a carregar comigo uma muda de roupa para momentos emergenciais.

Subi rapidamente as escadas, preparada para ser grossa como sempre era quando queria intimidá-lo, mas não o vi em nenhum lugar. Passei pela recepção percebendo a presença de Antônio.

— Bom dia, Sr. Antônio! — Fui gentil, porque sabia que com ele gentileza gerava gentileza, então entrar pela manhã, mesmo com cara de ontem, não era motivo para gerar fofocas.

— Bom dia, Srta. Miranda! Um dia lindo hoje, não?

— Oh, sim! Muito lindo! — Sorri sem querer me demorar ali. — Onde está o Vítor?

— Ah, ele trocou hoje. A mãe dele, sabe como é. — Deu de ombros.

— Sim, sim. — Eu me reprovei por me sentir feliz pelo problema da mãe dele, sem conseguir evitar a satisfação. — Espero que esteja tudo bem com ela.

— Vai ficar.

— Bom... — Comecei a nadar em direção ao elevador. — Tenha um ótimo dia!

— A senhorita também.

Entrei em casa com muito cuidado. Charlotte poderia estar na sala e exigiria respostas que eu ainda não tinha. Não podia dizer que dormi com um carinha que não era meu namorado, nem mesmo um paquera. Não, eu não podia. Era melhor pensar em uma desculpa mais coerente.

Só que ela não estava na sala. Subi as escadas com cuidado para não ser surpreendida. Nenhum barulho, nada que indicasse que Lottie estava acordada. Olhei o relógio me dando conta de que ela poderia estar dormindo ainda. Caminhei nas pontas dos pés e entrei em meu quarto decidindo por um banho quente e minha cama. Charlotte poderia esperar.

Acordei me sentindo zonza. Porra! Não dava para ser sempre igual. Tudo igual. Nada de sonhos, o habitual vazio e a necessidade de chorar. Como já tinha chorado, não me permitiria chorar outra vez. Levantei com um pulo, ansiosa demais para falar com Charlotte e voltar à minha vida normal.

Caminhei até sua porta que ainda estava fechada. Não era possível que ainda estivesse dormindo. Encostei o ouvido na porta e percebi um leve e quase inaudível ranger da cama. Charlotte estava lá. Respirei fundo me recompondo, buscando dentro de mim a Miranda que ela precisava e bati na porta.

— Charlotte, você está aí? Posso entrar? — Ela não respondeu, mas a cama rangeu mais alto. — Você está aí ou não?

Meu coração acelerou. E se Charlotte estivesse com alguém? E se ela enlouqueceu e resolveu adquirir as próprias experiências? E se...

— Entre, Miranda!

Eu nem queria imaginar o que ela tinha aprontado. Claro que eu não podia ser contra sua rebeldia. Charlotte tinha o direito de transar, mesmo que o padrinho fosse contra, com toda aquela ideia de casar virgem. Só não queria era que ela cometesse os mesmos erros que eu, se entregando a qualquer idiota sem pensar nas consequências, e sem se dar conta de que o depois é tão importante quanto o antes.

Ela estava na cama, o rosto corado, a respiração irregular. Puta merda! Será que Charlotte escondeu alguém em seu *closet*? Porra, ela seria capaz?

— Você está bem?

— Sim! — Sua forma exasperada de responder acionou alguma coisa dentro de mim. Charlotte estava me escondendo alguma coisa. Eu tinha certeza, e procuraria embaixo da cama se fosse necessário.

Que porra ela estava pensando?

Vi minha amiga baixar os olhos, seu rosto ficar corado e ela tentar ajustar os óculos que nem em seu rosto estavam.

— Está muito chateada comigo?

Aproveitei que ela não arrumou nenhuma desculpa para me expulsar de lá e sentei na sua cama tentando encontrar alguma desculpa para olhar embaixo dela. Seria muito ridículo?

— Por qual motivo? — Ela me olhou interessada, apesar de levemente tensa. Pensei no que dizer.

Charlotte saiu daquela boate acompanhada do nosso professor. E se... não, ele não teria coragem! Mas... não, não. Alex era um homem. Jamais se envolveria com uma aluna. Mas então... ou se... merda!

— Deixei você sozinha nas mãos do seu carrasco quando mais precisava de mim.

Sondei sua expressão e percebi que seus olhos aumentaram, seu rosto, de maneira impossível ficou ainda mais corado, um sorriso tímido brincou em seus lábios e ela suspirou. Sério? Charlotte suspirou como se estivesse apaixonada? Não era possível!

— Um pouco. — Ela escondeu o rosto de mim me fazendo tentar encontrar respostas.

Céus! Ou Charlotte era louca por estar se apaixonando por Alex Frankli, mesmo quando ele não queria nada com ela, ou aquele filho de uma puta pervertido estava se aproveitando da minha amiga, abusando da sua ingenuidade. Ah, mas não seria tão fácil assim.

— Ele foi muito duro com você? Teve aquele papo de adulto onde nada é permitido? Ameaçou contar para o padrinho?

Com essa eu esperava fazer com que ela caísse na real. Charlotte não podia ser tão idiota a ponto de se deixar iludir por um cara depravado como Alex Frankli. E se ele estava pensando que conseguiria transar com ela, tomando para si o prêmio que qualquer homem com uma mente doentia poderia desejar, eu o impediria como se dependesse disso para continuar vivendo.

— Eu tenho 21 anos, teoricamente, sou uma adulta.

Puta que pariu!

— Ok! O que ele fez? Por que este sorriso gigantesco no rosto?

Eu estava prestes a sacudir Charlotte exigindo que confessasse. Não podia ser verdade. Charlotte era uma garota doce, linda, meiga, que merecia o mundo, não um cara sem moral que desfilava com uma mulher que gostava de ser estuprada. Santo Deus! Eu não poderia deixar que ele se aproximasse dela. Nunca!

— Nada, Miranda, ele só aceitou me ajudar com o livro. Vamos ter algumas aulas particulares e ele avaliará, aos poucos, o que eu escrever para não ter erro desta vez.

Eu sabia que tinha muito mais naquela história. Charlotte alisou o lençol com as mãos trêmulas e posso jurar que não tinha como seu rosto estar mais corado. Ela mentia, por quê?

Oh, Deus! Ela estava mentindo porque sabia da minha obsessão pelo nosso professor. Puta que pariu! Maldita hora que resolvi contar a ela.

— Conte sobre o gatinho com quem você ficou lá na boate.

Sondei mais uma vez seu rosto. Não era hora de pressionar. Charlotte mudou de assunto porque acreditava que eu era aquela garota apaixonada que se iludia com cada carinha que passava em seu caminho. Não seria brigando que eu conseguiria fazê-la falar. Eu sabia como convencer minha amiga, dando a ela o que mais gostava: uma história de amor.

Era uma droga, mas eu teria que inventar um romance para satisfazê-la.

Sorri tentando me sentir sem graça.

— Aquele lá não foi nada. Em compensação, o cara que conheci quando resolvi ir embora, depois que o outro arrumou uma briga, me deixando furiosa... Ah, Charlotte! Esse nem te conto. Ele é simplesmente... — Imediatamente as imagens de Patrício povoaram minha mente. Sim, foi uma noite maravilhosa e ele era tão engraçado, gentil, leve... — Tudo! Perfeito, romântico, carinhoso... Amiga! Ele é maravilhoso! — Coloquei bastante ênfase para que ela entrasse no clima e acabasse revelando o que aconteceu com ela.

Charlotte só riu sem me dar nenhuma pista. Que merda! Eu precisava arrancar alguma informação dela, ou então... ou então eu arrancaria a informação do próprio Alex Frankli.

Filho de uma puta!

— Que tal um dia de compras?

Ela me olhou com olhos assustados. Ok! Compras não eram o forte da minha amiga, mas eu precisava de algo que a fizesse falar sem parar e estar desesperada era sempre uma forma. Charlotte tendia a falar sem parar quando não estava confortável.

— Preciso de coisinhas novas para impressionar meu novo namorado.

— Novo namorado? Rápido!

Merda! Fui longe demais!

— Passamos praticamente uma noite inteira trancados num quarto. — Sorri tentando parecer encantada e sem graça ao mesmo tempo. — Acho que posso acreditar que este vai dar certo.

Lógico, porque ela acreditava que eu vivia em busca do amor eterno e me decepcionava todas as vezes que precisava mentir sobre o fim.

— Claro! — Pensou um pouco no assunto e sorriu daquela forma como só Charlotte sabia fazia. Com emoção, acreditando em contos de fadas. — Claro!

— Vamos? — Coloquei mais entusiasmo do que deveria e ela mais uma vez pensou no assunto.

— Vamos. Só vou tomar um banho.

— Ok. Encontro você lá embaixo.

Saí do quarto pensando em tudo que eu poderia fazer para forçá-la a falar. Charlotte odiava *shoppings*, odiava compras, odiava salão de beleza. Com certeza acabaria falando mais do que deveria se estivesse em um desses, ou em todos ao mesmo tempo. Perfeito!

Eu estava cansada. Cansada demais para dizer a verdade. Andamos por bastante tempo e não consegui arrancar nada de interessante da minha amiga. Após longas horas e muitas sacolas eu não sabia mais o que sugerir. Até academia me atrevi a tratar como uma opção, mesmo sabendo que Charlotte jamais cumpriria aquela promessa. Então tentei a minha última cartada, um salão de beleza. Se ela não enlouquecesse dentro de um, então eu entregaria os pontos.

Eu ainda estava com uma hidratação no cabelo e com a manicure quase assassinando meus dedos e ela nada tinha dito. Pelo menos nada que me desse alguma dica.

Mesmo assim, não dava para ignorar aquele ar interessado, coisa que Charlotte nunca demonstrava. Eu percebia nas entrelinhas, em cada olhar, sorriso ou corar do seu rosto. Principalmente quando viu as calcinhas que comprei apenas para incentivá-la a falar. Ela corou, pensou e deu uma desculpa esfarrapada, voltando depois com uma sacolinha discreta da loja, que tentou esconder de mim.

Se Charlotte não estava transando com nosso professor, estava bem perto. Isso se eu não conseguisse evitar. E eu evitaria, nem que fosse com a minha própria vida.

Olhei minha amiga através do espelho. Ela estava linda com o seu novo corte de cabelo, as luzes discretas iluminavam o seu rosto de boneca. Charlotte sorria. Deus, ela sorria! Como podia sorrir se estava em um salão de beleza? Como podia olhar satisfeita para as próprias mãos conferindo as unhas feitas?

Como Alex podia fazer aquilo com alguém como Charlotte? Ela era pura, delicada, um anjo! Eu não podia ficar assistindo minha amiga se atirar no precipício sem fazer nada. Eu devia isso aos meus padrinhos, acima de tudo, devia à própria Charlotte. Ela seria feliz e nenhum professor descarado conseguiria estragar meus planos.

Na volta para casa tentei conversar, só que, por mais incrível que pudesse parecer, Charlotte mudou completamente. Onde antes estava um sorriso encantador, havia apenas a seriedade. Uma pequena ruga se apresentava entre as sobrancelhas. Ela conferiu o celular uma centena de vezes, como se estivesse... puta merda! Ela esperava uma ligação. De quem? Dele?

Assim que chegamos em casa eu estava disposta a encurralá-la e exigir que me contasse tudo, mas minha amiga se trancou em seu quarto sem me dar chance. Corri para o meu, deixei as sacolas sobre a cama e voltei me espremendo em sua porta para ouvir o que ela fazia.

Nada. Alguns passos pelo quarto e apenas isso. Eles trocavam mensagens? Era provável, já que o professor Frankli não se queimaria ligando para uma aluna.

Seria dar bandeira demais.

E se não fosse ele? Tinha que ser. Ela corou e desconversou todas as vezes que toquei no nome dele. Quem mais seria capaz de deixar uma garota inocente tão encantada? Quem mais conseguiria se aproximar de Charlotte sem que ela se fechasse completamente? Tinha que ser ele.

Então ouvi o barulho do chuveiro. Aguardei um pouco até ter certeza de que ela não estaria perambulando pelo quarto e abri a porta com muito cuidado. Precisei me certificar de que ela não acabaria o banho em pouco tempo, então voltei para procurar o celular dela.

Encontrar foi tão fácil quanto descobrir a senha. Charlotte era tão previsível! Conferi rapidamente todas as ligações, feitas e recebidas, depois, após constatar que nada a incriminava, conferi as mensagens no WhatsApp, mensagem de texto, Facebook, tudo, e nada encontrei. Nada. Tentei o e-mail, que abriu sem nenhuma dificuldade, já que estava salvo no celular. Nada também.

Frustrada, acabei desistindo. Eu poderia estar enganada. Ou certa, em parte. Charlotte poderia ter se apaixonado pelo nosso professor, o que não era algo tão difícil, já que ele era realmente lindo, mas ele não a incentivaria. Era o mais provável.

Assim que ela desligou o chuveiro, corri para fora do quarto e me tranquei no meu. Continuei ouvindo por trás da porta para saber o que ela estava pretendendo fazer. Foi então que a desconfiança voltou com força total. Ouvi a porta abrir e seus passos se distanciarem do meu quarto. Abri um pouco a porta para bisbilhotar e a vi descendo as escadas segurando o par de patins.

Patins? Sério? O que inferno tem a ver Charlotte, patins e Alex Frankli? Nada que pudesse imaginar, mas diante da certeza de que ele era um pervertido, qualquer coisa era possível.

Que merda!

Aguardei o tempo necessário e fui atrás dela, calçando a sandália quando finalmente consegui alcançar o saguão, correndo pelas escadas, já que ela havia descido de elevador, e eu não a alcançaria se aguardasse.

Vi Charlotte receber a chave do carro enquanto eu solicitava um táxi que chegaria bem rápido. Sabia que existia um ponto bem no final da ladeira, então não demoraria nem dois minutos.

Como previsto, o táxi alcançou o carro de Charlotte ainda no semáforo. O motorista certamente achou que eu era louca, ou uma lésbica maluca seguindo a namorada, mas não fez nenhum comentário a respeito, mesmo me tendo praticamente pendurada em seu ombro.

Charlotte estacionou em Ipanema. Não muito longe de casa. Que estranho! Ela desceu, parou em um banco na calçada e colocou os patins. Patins? Eu não sabia se ria ou chorava. Paguei o táxi e desci, procurando abrigo em um bar próximo de onde conseguiria observá-la.

Ela ia realmente andar de patins? Por quê? Mas ela foi. A princípio tímida, sem olhar para cima, conferindo o chão. Alguns rapazes olhavam para ela, que não percebia o quanto era bonita e chamava atenção. Que boba! Meu sorriso estava imenso. Vi quando minha amiga ganhou mais confiança, deslizando com facilidade, até que outra vez passou a encarar o chão e fez a volta sem nem ter ido longe o suficiente para sumir das minhas vistas.

Paguei a garrafa de água quando ela já estava voltando, conferi se seria fácil conseguir um táxi, encontrando alguns parados logo adiante e vi quando ela atravessou a rua sem olhar na direção do seu carro.

E foi quando aquele carro preto imenso atropelou minha amiga.

Eu pensei que tinha gritado. Pensei que tinha corrido em sua direção. Pensei que consegui chorar, mas tudo o que fiz foi ficar de pé, aterrorizada, com as mãos na boca, o coração acelerado até que ela desse algum sinal de vida. Eu queria correr, contudo minhas pernas ficaram moles e precisei sentar e respirar com mais força.

Céus! Charlotte precisava de mim. Eu precisava dela. Então levantei, conseguindo forças de Deus sabe de onde, começando a ir ao seu encontro, parando abruptamente quando vi o que estava acontecendo.

Alex Frankli.

Vi quando meu professor carregou Charlotte no colo, o rosto preocupado, e a levou para dentro do carro. Mas não foi isso que me deteve. Eu teria arrancado ela dos seus braços e esbravejado até que ele fugisse dali. Só que não pude. E não pude porque vi uma coisa que me congelou. Charlotte olhava para nosso professor com aquele brilho que só encontrávamos nos livros de romance. Aquela emoção que só os apaixonados exalavam.

E então me dei conta. Charlotte estava apaixonada. Charlotte estava apaixonada pelo nosso professor, o mesmo que levou a namorada para um clube de sexo e aceitou que ela fosse estuprada... ok! Não estuprada literalmente, mas que realizasse este sonho. E ele era a paixão da única pessoa que importava no mundo para mim.

Olhei ao redor tentando encontrar alguma resposta, alguém que me dissesse para correr e tirá-la dele enquanto havia tempo. Ninguém. O mundo seguia o seu curso, mesmo sabendo que aquela menina doce e ingênua estava nas mãos de um homem que destruiria seus sonhos.

Nada fiz. Fiquei ali parada, vendo-o levá-la para longe, sem saber como deveria agir. Então meu celular tocou, indicando uma mensagem e esta mensagem, não sei por que, tirou todo meu foco.

CAPÍTULO 9

"Tem sete vidas, mas ninguém sabe de nada.
Carteira falsa com a idade adulterada.
O vento sopra enquanto ela morde.
Desaparece antes que alguém acorde."
Natasha – Capital Inicial

Mas que inferno!

Segurei o celular com força enquanto tentava me acostumar com a ideia. Será que eu nunca me livraria dele?

Pelo menos desta vez ele teve a decência de me avisar, ao invés de simplesmente mostrar a cara na recepção. Olhei mais uma vez a mensagem sentindo cada vez mais raiva.

> Preciso falar com você. Estou aqui embaixo.

Moisés nunca se cansaria? Nunca? Será que eu ter saído com outra pessoa na cara dele não foi o suficiente? Não. Suspirei entendendo como sua mente funcionava. Devia ser a mesma coisa para eles dois, tanto Joana que se permitia ver o marido transando com outra mulher, quanto ele devia gostar de ver outro cara se enfiando no meio das pernas da mulher dele. Só existia esta lógica para explicar sua obsessão.

Mesmo assim eu ainda precisava me acalmar. Se Charlotte voltasse logo para casa, o que eu duvidava muito e, constatar tal fato embrulhava meu estômago, eu precisava estar serena para que ela confiasse em mim. Se ao menos ela falasse, se Lottie confiasse em mim para contar aquele segredo, poderia ajudá-la a não deixar que o professor Frankli brincasse com os seus sentimentos.

Porque, se Charlotte estivesse apaixonada de verdade, aquele seria o sentimento mais puro, real e nobre que poderia oferecer a alguém, e eu não poderia ficar ali, de braços cruzados, tentando convencer um maníaco por controle a aceitar a minha recusa, enquanto um aliciador... bom... talvez não seja a palavra mais adequada, porém, levando-se em consideração... sim, um aliciador, brincava com o coração da pessoa que eu mais amava no mundo.

Eu não permitiria.

Antes precisava dar um jeito em Moisés. Por isso, respirei fundo várias vezes enquanto o táxi parava em frente ao *flat* e eu avistava o carro dele um pouco mais à frente. Fui em sua direção sem me dar ao trabalho de disfarçar minha irritação. Moisés abriu o vidro me dando uma visão do que me aguardava. Joana estava no banco do carona e sorriu demonstrando sua educação e submissão.

Revirei os olhos porque eu sabia que aquilo o irritaria, já que não exercia mais nenhum domínio sobre mim.

— Entre — ordenou tentando disfarçar a ordem sem muito sucesso.

— Não vai dizer, por favor? — provoquei sem me importar. Ele estava abusando da minha paciência então que experimentasse um pouco do meu veneno.

Vi seus olhos ficarem duros, raivosos. Moisés poderia até atender meu pedido, se estivéssemos sozinhos, contudo na frente de Joana sua postura era sempre a mesma, ele era o senhor, o dono, o que mandava, por isso minhas palavras foram recebidas com tanta aspereza. Mesmo assim, contradizendo toda a minha ideia em relação a sua esposa, pude ver que ela aprovava a minha reação, sem demonstrar claramente, lógico!

— Nós queremos conversar com você — ele emendou sem me deixar continuar a irritá-lo. — Entre no carro.

— Ah! Acho que não.

Eu me afastei para que não fosse pega de surpresa e cruzei os braços na frente do peito, observando-os. Ele me deu um sorriso perverso, percebendo que havia me intimidado de alguma forma. Verdade seja dita, eu sabia me defender, mas não era por isso que aceitaria entrar no banco de trás de um carro com dois malucos obcecados por mim.

Se havia uma coisa que eu sabia fazer, até mais do que atacar, era recuar.

— Vocês podem sair e conversar comigo aqui fora. — Sorri como se aquilo também não fosse um problema.

Se Charlotte voltasse para casa eu teria que me desdobrar em uma mentira. Se Johnny aparecesse eu arrumaria mais confusão com o meu amigo e se, por um azar da vida, o padrinho resolvesse deixar clara a sua loucura e aparecesse de surpresa, aí sim, eu estaria muito fodida.

— Não acho que seja uma boa ideia — ele disse deixando claro o quanto estava incomodado com minha rebeldia. — Miranda...

— Se quiserem falar comigo terá que ser assim.

Moisés ficou alguns segundos me encarando, sem acreditar em minhas palavras, depois se virou para a mulher e com um aceno lhe deu permissão para descer do carro. Ele saiu, encostou-se à porta e aguardou que Joana se juntasse ao grupo. Ela se aproximou com cautela, o corpo tenso e os olhos com algum tipo de pedido silencioso.

— Então... o que vai ser desta vez?

— Por que está tão na defensiva? — ele começou. — Joana e eu temos um convite para lhe fazer.

— Ah, é? E qual seria? — Estreitei os olhos quando ele levantou os braços para que a esposa se aproximasse e a abraçou com possessividade.

— Vi você com aquele rapaz na boate — falou sem se preocupar com o fato de a esposa saber que ele estava comigo, ou, tentando ficar comigo, em um lugar nada apropriado para um homem casado e sem a companhia da mulher. — Conversamos sobre o que aconteceu e ficamos animados. — Arqueei uma sobrancelha.

— Animados?

— Sim. Não é mesmo, amor? — Joana manteve os olhos baixos quando falou.

— Sim. Estamos ansiosos pelo convite.

— Convite? — Eu me sentia uma idiota com tantas perguntas, mas me negava a acreditar no que eles estavam prestes a propor.

— O que acha de um encontro duplo? — Moisés perguntou com um sorriso no rosto de quem acaba de convidar uma amiga para uma festa de aniversário.

— E o que seria um encontro duplo? — Ele riu com malícia e umedeceu os lábios.

— Nunca foi em uma casa de *swing*? — Encarei aquele homem sem me dar ao trabalho de respondê-lo. — Ora, vamos, Miranda! Você não é tão inocente assim.

— Não sou.

— Você gostou do rapaz, eu gostei de você e Joana aceitou conhecê-lo. — Fez uma pausa aguardando que eu dissesse alguma coisa.

— Vocês estão me fazendo um convite para uma troca de casais?

— Não exatamente uma troca — ele disse sem nenhuma emoção. — Mas sim, eu gostaria de ver Joana com o seu... amigo. E não seria desagradável para minha esposa me ver com você. — Mais uma pausa e enfim ele completou: — da mesma forma que acredito que não será ruim para o seu... amigo vê-las juntas.

— Hum!

Um milhão de coisas se passou em minha cabeça me deixando confusa. Não vou dizer que nunca fiz algo parecido, pois seria mentira. Eu frequentava uma casa onde tudo era permitido desde que os participantes concordassem. Também não vou dizer que joguinhos como aquele não me excitavam. Para falar a verdade, era até bem interessante.

O que me incomodava naquela história era... para ser bem honesta, existiam mais fatos que me incomodavam do que me satisfaziam. Primeiro: Moisés. O que aquele homem tinha de excitante em nossos primeiros encontros, deixou de existir no momento em que ele criou a sua obsessão por mim. Que me matem as românticas de plantão, mas eu não queria um dominador apaixonado que rompia com tudo o que procurava e acreditava para viver apenas comigo. E aquela também não era a proposta dele, diga-se de passagem.

Moisés me irritava em um nível absurdo. Tudo bem que foi gostoso e nunca cheguei a me importar com a presença da esposa dele, é um fato. Acontece que tudo o que descobri depois e a forma como ele conduziu minha negativa me deixou frustrada para novas investidas. Então Moisés era passado.

O segundo ponto era que Joana não queria mais nada no qual eu estivesse envolvida e só não percebia isso quem era muito idiota. Estava nítido que ela fazia para agradá-lo, mas que se pudesse escolher o marido nunca mais colocaria os olhos em mim. O que, em minha opinião, era bem razoável.

Terceiro, e último fator, era eu precisar envolver Patrício naquela loucura toda. Como se não bastasse o garoto ter me conhecido como uma prostituta de luxo. Convidá-lo para algo daquele tipo era querer ter a imagem jogada na lama de vez.

Patrício era gostoso, porém estava na cara que era um filhinho de papai que gostava de transar com as gatinhas do seu seleto grupinho. Nada além de algumas universitárias ou colegas de trabalho. Uma casa de *swing* era demais para sua realidade. E eu não precisava assustar tanto o garoto.

— E então? — ele perguntou sorrindo.

— E então o quê?

— Miranda...

— Não entendo porque essa obsessão por mim! — explodi, fazendo-o silenciar. — Quando te conheci combinamos quatro encontros. Eu cumpri minha parte e você a sua. Era para ser a história perfeita. Então o que acontece? Você resolve querer mais. Ok! Você pode querer mais, é seu direito. E se fosse ao contrário? Se ao final do nosso quarto encontro eu quisesse mais? E se Joana quisesse? Como você se sentiria? — Vi suas feições ficarem duras enquanto ele engolia com dificuldade. — Olha, Moisés, até acho legal a relação de vocês, juro! Sei lá, algo para quebrar a rotina, para apimentar o casamento... Só que você se aproveita disso para ser um egoísta.

— O quê?

— Sim, você é egoísta! Não percebe que Joana não está confortável? — Ela se encolheu e ele tirou o braço dos seus ombros. — É hora de partir para outra, de encontrar alguém que os dois estejam de acordo, ou até... não sei, passar um tempo sendo apenas vocês, porque, sinceramente, eu acho que vocês não transam. Não é possível que vocês transem, se você está sempre em busca de outras pessoas para a sua cama.

— Minha nossa! — Joana murmurou constrangida.

— Miranda! — Moisés me advertiu, contudo não me intimidou.

— Eu não quero mais nenhum encontro com vocês. Nem como submissa, nem para assistir, nem para compartilhar, nem mesmo em uma festa de batizado, deu para entender agora?

Olhei fixamente para ele, enquanto o via tentar controlar a raiva. Não me importei com o que ele poderia fazer. Eu duvidava muito que Moisés fosse capaz de fazer uma cena e expor o seu estilo de vida, por este motivo mantive a cabeça erguida em desafio, até que ele finalmente domou o gênio e sorriu.

— Não entendo porque tanta resistência de sua parte, Miranda. — Sua voz estava calma, enquanto seu olhar estava afiado como uma lâmina. — Eu sei e você também sabe nosso tipo de jogo. — Eu queria responder, mas não sei bem ao certo de que forma entendi que aquelas palavras eram uma ameaça, uma que nem Joana poderia entender. O frio que se instalou no meu corpo me fez recuar. — Vamos, meu amor?

— Vamos — Joana respondeu a meia-voz, já se dirigindo para o seu lado do carro. Foi tudo o que Moisés precisava.

— O problema... — ele rosnou bem perto de mim. — É que eu nunca entro em um jogo para perder.

E, como se não tivesse dito nada, abriu a porta do carro e entrou sem se despedir. Após sua partida o ar ficou gelado e me senti muito exposta. Santo Deus do céu! Que espécie de louco era aquele?

Eu já estava quase enlouquecendo quando Charlotte entrou em casa com aquela cara de quem tinha sido bem comida. Porra! Eu conhecia aquela cara e simplesmente não podia explodir e sair acusando, porque se contasse que a segui, nosso relacionamento ficaria estremecido por... Céus! Eu sabia que Charlotte era a mais doce de todas as criaturas da face da terra, assim como sabia que seu gênio nunca permitiria que me perdoasse caso descobrisse qualquer um dos meus segredos. Principalmente os que a envolviam.

— Você saiu — acusei e recuei de imediato. Eu precisava maneirar nas palavras ou ela se fecharia de vez para mim.

Percebi pelo olhar assustado que ela deu que minha atitude foi exatamente a que não podia ter.

— Fui dar uma volta. — Sua voz baixa e cheia de receios me fez sentir uma idiota. Então sorri olhando os patins em sua mão, depois para seus joelhos feridos, contudo, já medicados.

— E caiu. — Outra vez ela me olhou assustada, então se deu conta de que eu tinha reparado nos machucados.

— Não foi nada demais. Você sabe que vivo caindo.

— É verdade. — O silêncio que se fez foi estranho. Não era assim que funcionávamos. — O que vai fazer agora? — Charlotte olhou para os joelhos como se buscasse alguma resposta ali. — No resto do seu dia — completei para facilitar para ela.

— Ah! — Seu rosto ficou rosado como não deveria ficar. — Acho que preciso escrever. Meu tempo é curto, como você sabe, e eu preciso entregar logo o material.

— Hum! Posso te ajudar?

— Não! — A resposta dela foi rápida demais, confirmando minhas suspeitas. Puta que pariu! — Quer dizer... não precisa, Miranda! Você não tem nada para fazer? E o seu novo namorado? Não vão sair hoje?

Eu sempre tinha uma desculpa na ponta da língua para as ideias românticas da minha amiga. Era sempre alguma coisa ligada a algum garoto interessante, ou a algo que fizemos e pronto, era o suficiente para que Charlotte aceitasse e não me pressionasse mais. Só que naquele instante, olhando atentamente para conseguir acompanhar cada passo dela, cada gesto e expressão, fui pega desprevenida e não soube o que responder.

— O que foi? — Ela sorriu timidamente. — Não vai me dizer que esse também já é passado.

— Não! — Desviei o olhar tentando recapturar a personagem que precisei criar para ser a irmã que Charlotte sempre desejou.

— Não? Pensei que os namorados gostassem de passar os finais de semana juntos. — Claro! Quase revirei os olhos. Na imagem romântica dela funcionava daquela forma. Jamais com maridos loucos transando com outra mulher na frente da esposa.

— Na verdade... — Sorri parecendo empolgada. — Vamos nos encontrar à noite.

— Vão? — Ela pareceu mais animada. — E o que vão fazer?

— Acho que... acho que quando eu voltar vou ter uma ideia muito boa para seu livro.

— Ah, é?

— Sim, mas só vou te contar quando voltar.

— Então vou para o meu quarto. — Sorriu voltando a ser aquela garota que eu tanto amava. — Vou escrever o máximo que puder.

— Boa sorte!

— Obrigada!

Charlotte subiu as escadas e me vi imaginando o que teria que fazer fora de casa para manter a farsa. Ficar em casa estava fora de cogitação. Ir ao clube era uma opção e se encontrasse meu professor por lá poderia ser a chance perfeita para questioná-lo. Só que não estava muito a fim, além de ter certeza de que Alex nunca mais voltaria.

A resposta chegou enquanto conferia o *Instagram,* pensando em alguma colega que fosse fazer alguma coisa interessante que me mantivesse longe de casa por um tempo considerável. Havia um convite para uma festa que me deixou interessada. Era uma festa privada, na cobertura de um amigo. No convite dizia que era seu aniversário, mas eu duvidava muito. Aquela era a terceira ou quarta festa de aniversário que ele dava no ano.

Eu me interessei por alguns motivos: as festas dele eram interessantes, diferentes e cheias de oportunidades. Com certeza muitas amigas estariam lá. E o motivo principal era que seria uma festa da espuma em sua piscina coberta. Eu até já podia me imaginar naquela piscina, cercada de espuma, com uma taça de champanhe na mão, aproveitando a privacidade para mexer com a cabeça de muita gente.

Era tudo o que precisava para esquecer o problema de Charlotte, ou até mesmo, da ameaça do Moisés.

Entrei em meu quarto já me sentindo animada. Tomei um banho rápido, passei *mousse* nos cachos definindo-os, escolhi uma tanga dourada que me permitiria entrar na piscina sem parecer muito escandalosa. Coloquei a parte de cima de um biquíni que era dourado também, um vestido fácil de tirar e uma sandália de salto que ganharia aplausos quando eu estivesse apenas com as peças íntimas.

Saí do quarto pronta. Antes de descer as escadas tomei o cuidado de ir até a porta de Charlotte para me certificar de que ela continuava lá. E estava. Eu podia ouvir o barulho das teclas do seu computador sendo massacradas por dedos hábeis. Suspirei ressentida. Será que ela estava mesmo transando com nosso professor? Será que ela seria capaz de fazer isso sem me contar?

Eu me sentia traída. Era estranho e injusto, mas eu me sentia traída. Éramos irmãs, melhores amigas de uma vida inteira. Ela deveria me contar e não ficar me deixando louca tentando descobrir o que estava de fato acontecendo. Muito provavelmente ela imaginava que eu seria a louca da história que atrapalharia por ser a única que perceberia que ele estava se aproveitando dela.

Balancei a cabeça me conformando por hora. Eu precisava sair e voltar com uma história que fosse mágica o suficiente para que ela voltasse a confiar em mim.

Entrei no táxi, que já me aguardava e me deixei guiar pelos pensamentos, imaginando o que de mais incrível poderia acontecer a uma garota sozinha na noite do Rio de Janeiro, em uma festa cercada da mais alta nata da sociedade para que fosse considerado um faz de conta. Porque isso era tudo o que Charlotte precisava, um faz de conta que certamente não aconteceria comigo.

Não sei dizer ao certo quanto tempo o motorista levou para me deixar no local indicado, só posso afirmar que quando dei por mim ele me encarava pelo retrovisor aguardando como se eu fosse mais uma adolescente maluca e problemática que ele era forçado a aturar no seu banco de trás.

— Obrigada! — Entreguei uma nota de vinte reais e desci do carro, mesmo sabendo que deveria aguardar o troco.

Caminhei em direção ao prédio que já conhecia e, como sempre, precisei conferir meu nome na lista de convidados. Recebi uma pulseira, que achei completamente desnecessária e entrei no elevador que me levaria diretamente para a cobertura.

O som alto fazia as paredes do elevador vibrarem de forma deselegante. Se Roberto realmente gostava de festas, por que não fazia com que sua casa funcionasse de acordo? Assim não perderia tanto tempo com problemas com o condomínio. Mas Roberto era um idiota que traía Milena, a namorada, ou noiva, sempre que possível, dando festas ótimas, que no final terminava com alguma confusão com ela.

Milena era um dos motivos para eu nunca pensar em namorar sério com ninguém. Preferia morrer sozinha do que viver naquele inferno com um cara esnobe, prepotente e que não me respeita de forma alguma. Por isso o ditado que mais fazia sentido para mim era: antes só do que mal acompanhada.

Fui recepcionada por duas modelos vestindo maiôs pretos e saltos altos. Elas sorriram e me ofereceram bebidas coloridas. Escolhi uma amarela e entrei para o que poderia ser considerada uma festa magnífica. Tudo no tom perfeito, cores, móveis, luzes e pessoas.

— Miranda! — Carolina Machado, a patricinha mais idiota que o Rio de Janeiro já conheceu, caminhava em minha direção.

— Carolina — tentei fingir emoção e saiu pior do que imaginei. Ela torceu a boca.

— É Carol, fofa!

— Ah, claro! Carol. — Conferi o que ela vestia apenas porque era isso o que as mulheres faziam, conferiam se a outra estava mais bem vestida do que ela. Fazer o quê? Eu era um excelente espécime feminino. — Como vai? — Deixei que ela me desse os dois beijinhos que mal tocavam meu rosto já me sentindo enfadada.

— Ótima! Cheguei hoje de Nova York. E você?

Lembrei-me do motivo de não gostar da garota. Ou melhor, dos motivos. O mais impactante de todos era sua voz anasalada que me deixava irritada em poucos minutos. E seu esnobismo parecia piorar o som. Infelizmente se você faz parte da alta sociedade precisa conviver com o que havia de pior nela. Carolina Machado liderava a ala jovem desta última parte.

— Estou ótima. Finalizando a faculdade. — Outra cara de nojo. Pudera, Carolina Machado e estudos não era algo que pudesse ser associado com facilidade. Ainda assim ela logo teria um diploma, mesmo sem frequentar a universidade. — E... não me atrevi a colocar meus pés em Nova York nos últimos meses. — Sorri com educação, enquanto ela me olhava espantada sendo seguida de perto por duas acéfalas, Ana Clara Rosado e Sofia Lemos.

— E Charlotte? — Piscou algumas vezes tentando ser amável. — Ela não veio? — Seus olhos ansiosos correram o ambiente.

Era o que sempre acontecia. Charlotte não comparecia a nenhuma festa como aquela e ainda assim era assunto de interesse de muita gente, afinal de contas, era a herdeira de um grande império. Para dizer a verdade, eu me irritava quando alguém falava de Charlotte como se fossem próximos, porque eu sabia que era mentira. O que havia ali era puro e simples interesse. A garota sequer tinha trocado duas ou três palavras com minha irmã.

— Charlotte está ótima! E não, ela não quis comparecer. Precisou cumprir um compromisso importante esta noite. — Que perderia toda a glória se Carolina descobrisse que tal compromisso era em uma cama com o computador. Pobre Charlotte! Imediatamente me senti arrasada por ter saído de casa.

— Oh! Uma pena! Eu gostaria de revê-la.

— Imagino que sim. — Fingi procurar alguém no meio das pessoas que transitavam pela festa. — Com licença, preciso cumprimentar um amigo.

Deixei as três sem aguardar pela devida permissão. Era sufocante estar com pessoas como elas. Eu conhecia mais da metade dos convidados que estavam na festa, o que tornava a noite um pouco menos interessante. Por isso me envolvi com um grupo que julguei ser um pouco melhor do que os outros, ao menos para conseguir ter dez minutos de conversa, e deixei a noite rolar.

Como sempre acontecia, a bebida era livre e bem servida, a comida era de primeira qualidade e as drogas da mais alta categoria. Depois de um tempo as pessoas já estavam "alegres" o suficiente para agitar a noite. Dançamos na boate até o corpo chegar ao limite, e só depois pudemos ter acesso à piscina de espuma.

Após algumas bebidas que, com certeza não tinham o mesmo efeito das drogas que meus colegas consumiam, eu me sentia mais solta para agir. Os rapazes começaram a tirar as roupas, ficando de sunga ou bermuda de praia e se atiraram na espuma. As mulheres foram entrando aos poucos, ganhando coragem ou esperando o momento mais adequado, como eu fiz.

Deixei o vestido com uma atendente que conferiu o número da minha pulseira e me indicou o local em que o encontraria quando saísse. Não me importei com os olhares ávidos em minha direção. Caminhei pelo espaço, conversando com uma e outra pessoa, flertando apenas porque gostava de flertar e assistir os meninos enlouquecerem. Nenhum deles nunca tinha provado um pouco do meu veneno, só ansiavam pela chance. Por isso era sempre muito bem aceita nos grupos.

— Não vai entrar? — Roberto se aproximou por trás colocando a mão em minha cintura. Eu me afastei discretamente, deixando claro que não tínhamos aquela intimidade.

— Não tenho tanta certeza se estou a fim.

Olhei a piscina cheia, as pessoas brincando com a espuma e se escondendo nela para cometer seus delitos sem chamar muita atenção. O ambiente ficou um pouco mais escuro, dando liberdade a todos, e os gritinhos de aprovação preencheram o local. Quando voltei a olhar para o anfitrião percebi seus olhos gulosos em mim.

— Você não gosta de nada muito explícito, não é? — Lambeu o lábio inferior sem se importar em fazer papel de imbecil.

Sorri com ironia. Se ele fizesse ideia do quão explícita eu já fui não se atreveria a cogitar a ideia de ter alguma chance comigo.

— Onde está Milena? — Ele fez uma careta escrota.

— Milena? Quem pensa em Milena numa festa como esta?

— Você — rebati sem me alterar. — Até onde eu sei vocês estão noivos.

— É. – Outra careta, desta vez com um pouco mais de desagrado. — Milena não está aqui. Eu estou. Você está... — Se aproximou e eu me afastei. Que idiota. — Vamos entrar — sussurrou voltando a se aproximar.

— Não. — Fui firme. Ele sorriu gostando do desafio.

— Então por que não vamos para um lugar mais discreto?

— O quê?

— O meu quarto — falou com mais ênfase. — Fica lá embaixo, ninguém vai perceber. Só preciso...

— Você é idiota? — Ele parou aturdido. — Eu perguntei se você é idiota! — Roberto não respondeu. Ele não esperava pela minha reação, aliás, acho que não esperava que alguém ali fosse capaz de recusá-lo.

— Eu sei de algumas coisas que vão te deixar doidinha. — Ri sem conseguir me conter.

— Ai, meu Deus! Fico até imaginando o que você acha que sabe. — Ele recuava quando eu atacava, em seguida retrucava, como se o fato de eu não querer transar com ele fosse uma afronta.

— É só você ir até o meu quarto que eu te mostro — a fúria em sua voz era perceptível, mesmo com o efeito do álcool e sabe mais quantas drogas ingeridas. Continuei rindo sem conseguir evitar.

— Jesus! É sério que você consegue comer alguém com essa conversa? — Ele segurou o ar procurando por alguma resposta quando fomos interrompidos.

— Parabéns, seu cretino! — O rapaz abraçou Roberto, me dando as costas. Não sei por que alguma coisa nele era familiar o suficiente para me deixar desconcertada.

— Não é meu aniversário. — Roberto riu enquanto abraçava aquele homem que provavelmente era seu amigo. — Mas é bom te ver.

— Ah, claro! — O homem riu e meu coração acelerou. — Você está se enforcando cada vez mais.

— Ainda sou solteiro. — Com essa Roberto me olhou outra vez e eu desviei o olhar, ansiosa para encontrar alguém e sair dali.

— E pelo visto nem o casamento vai mudar essa sua ideia. — Aquela voz... não era possível. — Onde estão... atrapalhei alguma coisa? — Tive que olhar para ele ou então morreria de desespero.

— Não. Essa é...

— Miranda?

Nossos olhos se encontraram, fazendo a festa toda ficar em segundo plano. O ar ficou preso em meus pulmões. Patrício estava naquela festa, diante de mim, era amigo do imbecil do Roberto e me olhava como se eu tivesse cometido um crime.

— Patrício. — Mantive a voz serena e firme. — Não sabia que poderia te encontrar aqui.

— Roberto é meu amigo — eu não entendi se ele me fornecia a informação ou me acusava de alguma coisa.

— Vocês se conhecem? — Roberto sacou rápido que alguma coisa estava errada.

— De passagem — fui incisiva e percebi que Patrício não gostou nadinha do que eu disse.

— Ah! — Roberto tomou um gole da sua bebida, olhando de um para o outro. — Miranda é uma conhecida — informou a Patrício como se precisasse fazer aquilo. Revirei os olhos e suspirei.

Era só o que me faltava! Um idiota querendo me levar para a cama e outro querendo reclamar seu direito de estar nela.

Eu queria poder me afastar, mas precisava estar perto depois da súbita aparição do garoto. Não podia correr o risco de sujar minha reputação caso ele resolvesse abrir o bico, então ficar ali, evitando que ele desse informações demais, era uma questão de sobrevivência. Forcei o sorriso educado.

— Coincidência, não? — Ele sorriu ainda com os olhos estreitados.

— É sim. — Foi sucinto, o que me deixou um pouco mais aliviada. Porém eu precisava garantir que ele nada diria.

— Roberto? — Alguém gritou pedindo a atenção do anfitrião. Ele olhou em direção a voz, arregalou os olhos e saiu apressado.

— Com certeza algo ligado a Milena — brinquei tentando ganhar sua confiança.

— É sim. Ele não tem jeito.

— Não tem mesmo. — Ficamos em silêncio. Era constrangedor.

— Nunca te vi em nenhuma festa dele — continuei tentando entrar na conversa que colocaria todos os pingos nos is.

— Ah, não apareço em todas. — Ele me olhou com atenção, como se quisesse descobrir algo mais.

— Eu vim em algumas — confessei. — Poucas. — Ele continuou me observando em silêncio. Fiquei inquieta. — E então? — Estava difícil manter a calma.

— E então? — Um pequeno sorriso brotou em seus lábios e seus olhos conferiram o que eu estava vestindo.

— É uma festa na piscina — informei incomodada. — Tem espuma — emendei com raiva. — As pessoas...

— Não estou preocupado com as pessoas, Miranda. — Ele me cortou sem tirar os olhos dos meus.

— E com o que está preocupado?

— Por que você é tão misteriosa?

— É com isso que está preocupado? — Ele sorriu um pouco mais.

— O que exatamente eu atrapalhei quando cheguei? — Revirei os olhos outra vez.

— Você acredita mesmo que eu transaria com alguém como ele? — Patrício levou um tempo me analisando, depois me deu um sorriso amplo.

— Porra, Morena! Seria uma grande decepção.

— Decepção?

— Claro! Você é a gata misteriosa. A mulher mais gostosa que já comi... — Olhei para os lados me certificando que ninguém nos ouvia. — Não se preocupe, não vou contar para ninguém.

— Eu não...

— Eu sei que você não quer que as pessoas saibam. — Pensei em rebater, em dizer que o que as pessoas pensavam não me dizia respeito, mas fiquei muda, porque sabia que era a mais pura verdade. Eu não queria ser desmascarada. — Só fico imaginando o que leva uma menina como você, a estar em um lugar como aquele, se apresentar como prostituta, frequentar ambientes caros e transar como ninguém, com um desconhecido?

Meu coração disparou. Eu não poderia deixar que um garoto como ele destruísse o que levei muito tempo para construir, minha imagem. Patrício tinha informação demais e eu precisava silenciá-lo.

— Não é da sua conta! — Ele riu.

— Calma, Miranda! Não estou aqui para te julgar. Só fiquei... curioso. — Inclinou a cabeça voltando a me olhar com atenção. — Muito curioso.

— Pois não fique. E quer saber? Se você abrir a boca eu arranco a sua língua. — Ele riu com vontade, jogando a cabeça para trás, chamando a atenção dos outros. Tive ímpeto de sair, como sabia que geraria mais comentários, sorri e beberiquei, distraindo os curiosos.

— Você é mesmo muito interessante. Relaxe! Como eu disse: não estou aqui para te julgar, garota rebelde. Estamos em uma festa. Divirta-se!

E assim ele saiu do meu lado me deixando sozinha, insegura e cheia de dúvidas. Vi Patrício se aproximar de um grupinho, rir e entrar rapidamente na conversa. Nunca me senti tão exposta e deslocada.

CAPÍTULO 10

"É o paraíso, suas curvas são cartões postais
Não tem juízo, ou se já teve, hoje não tem mais
Ela é o barco mais bolado que aportou no seu cais
As outras falam, falam, ela chega e faz."

ELA SÓ QUER PAZ - PROJOTA

MANTIVE A POSE PORQUE ERA MEU ÚNICO PORTO SEGURO. PATRÍCIO conversava e ria, às vezes me olhava, o que sempre era estranho para mim. Conversei com algumas pessoas, tentei rir e parecer entrosada, quando a verdade era que estava com medo e o odiava por isso.

Ele não tinha o direito de frequentar os mesmos lugares que eu. Não tinha o direito de ameaçar meu território, mesmo que fosse a Carolina voz de fuinha, com quem ele conversava alegremente. Patrício não podia simplesmente aparecer e monopolizar minha atenção.

— E a mais pura verdade é que o governo não se importa com os idosos. Eles querem colocá-los em um lugar sem estrutura e depois da morte de cada um, não aceitar novos para poder dizer que cumpriram com o seu papel — Elba discursava sobre as importantes ações sociais que estava assumindo junto com a mais nova esposa do seu pai, como se aquilo a tornasse mais madura e interessante para conseguir um bom casamento.

Um silêncio constrangedor se instalou enquanto nós três tentávamos encontrar outro assunto. E Patrício continuava lá, passeando com a sua bermuda caída nos quadris e o peitoral à mostra. Não entrou na piscina, apesar de demonstrar interesse. As brincadeiras não cessavam, rapazes atirando espuma uns nos outros enquanto uma cascata tratava de manter a piscina abastecida. Meninas davam gritinhos e dançavam com os corpos molhados. Alguns casais arriscavam amassos, encobertos pela espuma branca. Eu continuava tensa, atenta a tudo.

— Não posso estar em uma festa como esta sem entrar na piscina — Iris completou fazendo-me voltar a prestar atenção na conversa.

— O Carlinhos está lá — Elba completou. Tive vontade de forçar o vômito. — E está solteiro. — Piscou e deu uma risadinha safada.

Eu não entendia como as duas conseguiam viver em busca de um bom casamento. Chegava a ser ridícula a forma como associavam os nomes às contas bancárias, classificando assim os homens bons para casar e os bons de levar para a cama.

— Você vai, Miranda? — Olhei ao redor percebendo que Patrício não estava em lugar algum. Merda! Não podia perdê-lo de vista.

— Ah...

— Vamos! Vai ser engraçado.

Percebi as três patetas caminhando em minha direção. Ponderei. Era muito melhor aguentar conversas sobre contas bancárias e velhinhos esquecidos em asilos do que passar mais alguns minutos com Carolina Machado e a sua patotinha.

— Vamos! — Quase puxei as meninas, ansiosa demais para ficar longe do trio. Pelo menos na piscina elas não se atreveriam a ir. Não. Elas jamais estragariam as chapinhas.

Coloquei o pé sentindo o primeiro degrau e ganhando olhares esperançosos de alguns rapazes que estavam próximos à descida. Fingi indiferença e desinteresse no que fazia, mas confesso que modéstia nunca foi o meu forte e sim a vaidade, ou seja, por mais idiotas que eles fossem, eu gostava de ser desejada.

Eu me afastei o quanto pude para que nenhum babaca acreditasse que poderia se aproveitar de mim, mantendo a pose de inalcançável, apesar de permanecer atenta, em alerta, ciente de que a qualquer momento alguém poderia descobrir todos os meus segredos se aquele babaca resolvesse abrir a boca.

Talvez se eu o fizesse escorregar na piscina e pisasse nele com o meu salto fino fosse o suficiente para resolver o caso. Pensei achando graça da minha capacidade de criar crimes quase perfeitos. Quase. Mas a escritora era Charlotte, não eu. Minhas divagações ficavam trancadas a sete chaves em meus diários. A verdadeira Miranda ninguém nunca descobriria. Nem mesmo se o babaca do Patrício abrisse a maldita boca.

A risadinha ao lado me tirou do meu devaneio. Iris se divertia com a atenção do Carlinhos. Revirei os olhos porque não me importava em demonstrar o quanto aquilo tudo era ridículo.

— Entediada?

Ele não se aproximou. Sua voz sequer estava alta, mas eu o ouvi e o senti, mesmo sabendo que suas mãos não estavam próximas. Um forte arrepio percorreu meu corpo. Patrício. Por que inferno eu me sentia bem com a sua voz quando deveria odiá-lo por estar ali estragando minha noite?

— Você não parece estar se divertindo. — Ele continuou mantendo distância. Virei um pouco, apenas para ter certeza de onde ele estava e o quanto de risco correria se respondesse. — E no geral você sempre se diverte, não é verdade?

Um sorriso convencido dominou meus lábios. Sim, eu sempre me divertia, mas pelo visto ele estragaria mais aquela oportunidade.

— Também não costuma ser tão calada... Morena. — Sua voz estava próxima o suficiente para me fazer arquejar. Merda! Eu gostava quando ele me chamava daquela forma. Era quase... sim, era mesmo uma submissão. Uma forma de ele me dizer que entendia nossa posição e que a aceitava. Ele entendia que o comando era meu, embora eu soubesse que, se assim fosse, se eu aceitasse, o comando sempre seria dele.

— O que faz aqui? — Minha voz não saiu tão forte quanto deveria, ainda assim foi o suficiente para intimidá-lo.

Ele me encarou um pouco surpreso, no entanto logo um sorriso debochado preencheu seus lábios grossos antes de levantar o copo, fazer um brinde mudo e beber o líquido como se fosse o mais delicioso do universo. Confesso que minha boca ficou seca diante de tamanha demonstração de prazer.

O garoto sabia como me estimular.

— Você é sempre tão cheia de marra? — Eu sentia o divertimento em sua voz e não consegui decidir se me aborrecia ou se gostava.

— Sou sim. — Eu o encarei sem permitir que me intimidasse. Mas não era o que ele pretendia fazer. Patrício sorriu com doçura e inclinou um pouco a cabeça para o lado.

Aguardei que rebatesse, o que não aconteceu, pelo contrário. Patrício deu um passo para o lado, como se estivesse desistindo de conversar, seus olhos não encontraram os meus, então deu mais um passo, se enfiando na espuma que já encobria quase todos, escondendo gritinhos e sussurros abafados.

Em uma manobra ousada o senti ao meu lado e não sei dizer como conseguiu, mas eu podia jurar que qualquer pessoa fora da piscina não nos associaria de forma alguma, contudo ele estava ali, perto o suficiente para me tocar se quisesse, e tudo isso sem nos incriminar.

Qualquer pessoa normal ficaria excitada em uma situação como esta. Eu não era normal, por isso o que aconteceu comigo foi muito além da excitação trivial entre um casal. Em questão de segundos a expectativa deixou minha pele tão sensível que o simples roçar da espuma estava me enlouquecendo. Ele estava bem perto, muito perto, olhando para o outro lado, ombro a ombro, a mão em algum lugar fazendo-me ansiar mais do que o necessário. E, mesmo assim, ele não me tocava.

As pessoas riam, bebiam, conversavam... os segundos passavam se arrastando como uma língua provocante percorrendo todo meu corpo. Umedeci os lábios desejando uma bebida. Por que ele não me tocava? Por que não aproveitava a distração de todos, a espuma que nos encobria, a música inebriante, a bebida e as drogas que traçavam uma névoa nas mentes fracas ao nosso redor?

Por que não me tocava?

Respirei fundo quando senti uma corrente de ar e me questionei se estava imaginando a sensação refrescante em minha pele, quando fechei os olhos percebendo a sensibilidade exagerada dos meus seios com os bicos intumescidos. Merda! Eu estava excitada e tudo ali ajudava, não apenas a expectativa, também a sensação do muito que poderíamos fazer sem que percebessem.

Ao meu lado Iris e Carlinhos se beijavam escandalosamente. Que idiota! Eu podia imaginar onde as mãos dele estavam, embora não pudesse ver, o que era realmente estimulante. Que vantagem! E nós estávamos desperdiçando-a. Porra! Sem conseguir me segurar rocei as unhas em minhas próprias coxas, me torturando um pouco, pelo simples fato de não gostar da ideia de deixar o desejo morrer. Eu queria satisfação, pura, carnal.

Evitei olhar para ele. Não queria que visse o quanto me atingia, ou que se iludisse com algo que só acontecia devido às circunstâncias. Não que o garoto não fosse uma delícia. Eu sabia que era e seria extremamente injusto negar. A verdade era que a ocasião faz o ladrão e eu estava completamente envolvida na ocasião ofertada.

Pensei em me afundar um pouco mais na espuma convidativa, aproveitando os movimentos dos outros corpos e assim conseguir descer as mãos até o biquíni e me tocar. Seria fabuloso conseguir alívio na presença de todos sem ser flagrada, porém seria ainda mais fantástico conseguir alívio na frente de todos pelos dedos daquele menino.

Puta que pariu!

Se estivéssemos no clube, se aquela festa fosse com os convidados que frequentam a mesma casa que eu, Patrício poderia me tocar sem medo, poderia se agachar na minha frente e me chupar sem medo do que diriam, poderia me proporcionar orgasmos alucinantes. E eu? Eu faria o diabo com aquele garoto. Faria tudo o que ele jamais imaginou ser possível.

Seria uma delícia ter olhos gulosos em minha direção enquanto ele descia entre as minhas pernas, escondendo de todos, sem de fato esconder, o que faria. Eu manteria o olhar fixo no meu expectador enquanto me permitia sentir aquela língua ousada invadir meu biquíni e me provocar. E quando eu gozasse, sabendo que muitos aguardavam por isso, não fecharia os olhos, abriria meus lábios apenas o suficiente para que o ar entrasse e saísse, sem mover um músculo sequer.

E então entendi que estava tão excitada que tudo em mim latejava. Imaginar que Patrício poderia ser um personagem da minha fantasia me deixou em êxtase. Arrepiada, molhada, latejante, sensível ao limite.

Foi quando seus dedos me tocaram. Não foi exatamente um tocar, mas sim um simples roçar, tão leve que se eu estivesse bebendo e conversando com amigos nem perceberia sua ousadia. Contudo, todas as minhas células tinham ciência da sua proximidade e o mínimo movimento dos seus dedos foi como um vendaval em minha pele.

Por isso estremeci. Por isso me deixei arrepiar e um suspiro de prazer escapou pelos meus lábios. Por isso me senti pronta para o jogo.

Não posso dizer que me entreguei completamente. Continuávamos na espreita, longe de olhares curiosos, inocentes até que se provasse o contrário. Porque ninguém fazia ideia do que aquela espuma era capaz de esconder, ou de provocar em mim.

Patrício nada fez além de levantar a outra mão e continuar bebendo olhando para nada especificamente. O filho da puta sabia que me deixar aguardando abriria todas as portas. Ou no caso, as minhas pernas.

Que se dane!

O objetivo era encontrar uma história que desse a Charlotte estímulo suficiente para escrever e assim, quem sabe, conseguir fugir das garras do nosso professor.

E quem poderia dizer que ser masturbada em uma piscina de espuma, repleta de pessoas fazendo ou não algo semelhante, não era excitante o suficiente para ganhar um capítulo em um livro? Bom, não Alex Frankli, levando-se em consideração o que ele fora capaz de fazer.

Olhei para o outro lado com esperança de que ele entendesse que aquela era a minha permissão. Então senti seus dedos mais decididos. Uma carícia mais firme em minha coxa, subindo em direção à parte interna, fazendo com que o ar ficasse preso dentro de mim, tudo parado, esperando o toque, que não aconteceu.

— E então?

Ainda com o ar preso e a sensação dos dedos quentes dele em minhas coxas, foquei os olhos em uma garota magricela que às vezes eu encontrava nas festas que me permitia participar. Como era mesmo o nome dela? Deus! Tive vontade de fechar os olhos e conter a irritação. Enquanto eu tentava entender se ela falava mesmo comigo senti que Patrício não se intimidou, ele se movimentou e passou para trás de mim, seus dedos roçando minha cintura para me deixar ciente de que ainda estava ali.

— Miranda? — Ela sorria com aqueles aparelhos nos dentes. Pisquei puxando o ar e percebendo que a menina continuava a mesma de sempre, com o rosto cheio de espinhas encobertas por toneladas de base e corretivo. — Está gostando da festa?

Ela sorria debilmente fazendo-me acreditar que já tinha bebido mais do que estava costumada. Coitada! Ela sempre tentava se enturmar e nunca conseguia. Eu nem fazia ideia do motivo para ainda ser convidada para aquelas festas, mas naquele momento, ela era a minha salvação.

— Adorando! — consegui dizer com uma animação estranha, pois no mesmo instante Patrício passou um dedo para dentro da minha tanga, correndo todo o seu limite em minha bunda.

Filho da puta atrevido!

— Que ótimo! — Ela sorriu animada demais por ter a minha atenção.

A garota segurou o canudo da sua bebida cremosa e olhou para os lados tentando encontrar um assunto. Eu precisava fazer com que ela continuasse ali, assim ninguém olharia para mim e Patrício teria total liberdade.

— E então... — Maldição! Como era mesmo o nome dela? Senti um dedo entre minhas pernas descendo pela minha bunda. Como ele conseguia? Engoli em seco. — Nunca mais nos vimos.

Os olhos da garota brilharam. Puta merda! Agora éramos melhores amigas de infância. Patrício foi ousado o suficiente para me fazer acreditar que valia a pena.

Ela começou a falar e me perdi recebendo o primeiro dedo que invadiu minha vagina sem se preocupar em se aprofundar. Ele sabia e eu também que não havia como fazermos movimentos bruscos. As carícias seriam o suficiente.

Tive vontade de lamber meus próprios lábios quando seu dedo brincou em minha intimidade com cuidado, sem pressa, na pressão que eu precisava. Era necessário manter a farsa e olhar a garota cheia de espinha e magricela à minha frente.

— ... E ela me disse que estava muito envolvida no projeto de final de curso — ela parou de falar aguardando por mim, só que eu estava completamente deliciada com aquele dedo que brincava lentamente dentro da minha tanga, indo e vindo sem qualquer pressa. — Ah... Miranda?

— Hum! — gemi, sem conseguir me conter. Tossi logo em seguida para me recuperar. — Ah, claro! É isso mesmo. — Eu nem fazia ideia do que ela falava.

— Pois é! — ela disse animada quando Patrício introduziu mais um dedo na brincadeira fazendo-me abrir um pouco mais as pernas.

A espuma estava por todo lado, ela precisou levantar o braço para livrar a sua bebida enquanto ria de maneira idiota por estarmos nos "afogando". Era tudo o que eu precisava. Muitos gritos e risadas agitaram tudo ao nosso redor com as pessoas se animando por poderem se esconder um pouco mais. Então outra mão com mais propriedade afastou a peça e correu pela minha bunda sem nenhum pudor, mantendo o tecido afastado para que seus dedos me explorassem.

— ... Isso é divertido, não é mesmo? — Outra vez perdi a hora certa de responder a garota que começou a me olhar de maneira estranha. — Você está bem?

— Estou! — respondi alto demais e ela riu. — Essa... — Porra, ele enfiou a ponta do dedo e girou. — Isso tudo é... — Como inferno ele conseguia alcançar meu clitóris sem precisar se agachar? Estremeci consideravelmente. — Muito bom! — finalizei com a mais pura verdade.

— É sim. — Ela olhou ao redor parecendo uma adolescente em sua primeira festa.

— Porra! — A menina me olhou assustada e eu não sabia o que dizer.

Como poderia me segurar? Patrício estava entre as minhas pernas. Porra! Ele estava ali, encoberto pela espuma, entre as minhas pernas, lambendo minha pele enquanto esfregava meu clitóris e mordiscava minha coxa.

— Eu... — Caralho! Eu não queria que ele saísse dali. Ao mesmo tempo, estava desesperada para que saísse. O que ele estava fazendo? Quer dizer... eu sabia o que ele fazia e... — Oh, merda! — O giro do seu polegar em meu clitóris fez minhas pernas tremerem.

— Miranda? — Ela se afastou. Era tudo o que eu não precisava.

— Alguém pisou em meu pé com salto agulha. — Fiz uma careta implorando para que ela não saísse dali. — Mas me conte. Você está ótima!

Ela sorriu com o incentivo e se aproximou me fazendo dar um passo para frente com medo de que, de alguma forma, ela se chocasse com Patrício agachado entre as minhas pernas. A garota se assustou, então começou a falar permitindo que eu apenas aproveitasse o fato de ele estar mais ativo em mim.

Patrício enfiou um dedo e depois o outro e logo em seguida, outro dedo me invadiu por trás, me penetrando das duas formas. Eu quis gemer e rebolar, mas ficar parada fingindo prestar atenção na garota também era excitante e eu já estava tão excitada que sentia meu desejo escorrendo entre minhas pernas, lubrificando aqueles dedos que já havia aprendido a adorar.

A garota falava, eu respirava cada vez com mais dificuldade tentando manter os olhos focados e o corpo firme enquanto os dedos entravam e saíam de mim sem nenhuma piedade, mas foi quando sua língua, apenas a pontinha dela, passou pelo meu clitóris que senti tudo desmoronar.

Sem forças, segurei na garota e fechei os olhos cravando as mãos em seus ombros sentindo o orgasmo varrer meu corpo como uma explosão. Mordi os lábios com tanta força para não gemer que tive medo de cortá-los.

— Miranda? — Ela me segurou também. Eu estava inclinada, mantendo o espaço entre ela e o rapaz agachado entre as minhas pernas. — Miranda? — Sua voz desesperada me alertou. Porra! Eu queria aproveitar um pouco mais o orgasmo, mas não podia.

— Eu estou bem. Eu... — Pequenos calafrios ainda me percorriam. — Estou... — Merda, eu ainda gozava. — Bem... bem... — Puxei o ar com força. — Eu estou bem. — Levantei o rosto e sorri tirando os cachos que desceram cobrindo meu rosto. — Estou ótima! Desculpe! Acho que fiquei um pouco tonta.

— Meu Deus! Você me apertou! Acho que vou ficar...

— Ótima! — Quase gritei. — Você vai ficar ótima! — Sorri exasperada. — E eu preciso de uma bebida. Com licença.

Saí de perto dela sem fazer a mínima ideia de onde Patrício estava. Não tentaria descobrir. Eu precisava sair dali o quanto antes. Conferi minhas peças até ter certeza de que nada seria revelado e subi os degraus da piscina recebendo quase que imediatamente uma toalha de uma das garotas contratadas para nos deixar sempre à vontade.

Eu me envolvi na toalha e caminhei, me certificando de que meus saltos não escorregariam. Que ideia absurda entrar naquela piscina com sandálias de saltos altos e finos. Eles me limitavam e impediam de fugir. E eu precisava fugir.

Alcançar minhas roupas parecia uma missão impossível. Eu não sabia o que acontecia comigo, o que me deixava ainda mais irritada. Era uma mistura inquietante de prazer, satisfação e frustração que se enroscavam e faziam meu estômago embrulhar. Eu odiava ter cedido e ao mesmo tempo, amava a ousadia do garoto, porque aquilo me definia, o que também poderia ser visto como um dos motivos para eu estar tão aborrecida.

Ele me conhecia mais do que era permitido. Sim, Patrício sabia que algo tão ousado e inesperado me deixaria em êxtase. E era ali que morava o perigo. Eu não precisava de um garoto que me conhecesse tão bem a ponto de perceber todos os sinais, ou de me fazer arriscar tudo o que construí com esforço apenas para atender os apelos do meu corpo.

Satisfação eu conseguiria em qualquer lugar, no clube, com Moisés, em qualquer boate com qualquer desconhecido, no entanto era ele quem estava ali e era ele quem estranhamente conhecia meus desejos. Eu podia matá-lo por isso.

Enquanto me deixava consumir pelos pensamentos, tentava em vão me concentrar no que era necessário: minhas roupas. Que inferno! Vesti o roupão e passei pelas portas que separavam a área da piscina do restante do apartamento. E foi lá que o encontrei.

Como ele conseguia?

— Com pressa? — Levou a taça aos lábios sem tirar os olhos de mim. Por um segundo, só por um segundo, senti o ar empedrar em meus pulmões. Então a raiva me aqueceu.

— Saia da minha frente, Patrício! — Caminhei com mais firmeza em direção ao quarto destinado para deixar as roupas e uma garota me recebeu. — Miranda Middleton. — Ela conferiu em seu *tablet* a numeração da minha pulseira e me deu passagem com um sorriso amigável ao me entregar a plaquinha indicando onde estariam minhas peças.

A porta se fechou atrás de mim sem ganhar minha atenção. Continuei observando as numerações nas araras de vestimentas femininas que continham as roupas separadas e devidamente armazenadas com indicações precisas. Por isso não percebi quando ele se aproximou, sendo surpreendida com seu corpo se colando ao meu. Seus lábios cobriram meu pescoço com desejo.

— O quê? Não! — Tentei me afastar, mas ele me segurou com força.

— Ninguém vai aparecer — sussurrou em meu ouvido. — Relaxe!

Eu queria relaxar, até porque, mais uma vez eu me via numa situação de risco e ousada que tanto me excitava. Era demais até mesmo para mim. Eu não podia arriscar tanto, nem mesmo por mais um pouco daquele menino.

— Tire as mãos de mim! — rosnei sem saber se a frustração era por não poder ou por ser tão testada pelo garoto que se afastou imediatamente obedecendo meu comando.

— Você é muito confusa. — Havia humor em sua voz, também irritação. — Eu pensei...

— Pensou demais! — rebati sentindo meu pulso acelerar. — Ah, Graças a Deus! — Peguei minhas roupas recém-encontradas e comecei a me vestir.

— Miranda...

— Pare! — Virei em sua direção ajeitando o vestido. — O que estava fazendo? — Ele arqueou uma sobrancelha sem entender a pergunta. Tive vontade de revirar os olhos. — Olha aqui, garoto, você não sabe quem sou, não sabe nada sobre a minha vida, não tem noção de tudo que arrisquei permitindo que se aproximasse, então...

Eu estava com raiva. O encarava com determinação, disposta a falar tudo o que era necessário para tirá-lo de uma vez por todas do meu caminho. Patrício já tinha ido longe demais e recebido mais do que merecia de mim, então era hora de dizer adeus e seguir com o que sempre planejei.

O que aquele menino estava pensando com toda aquela perseguição? Que eu ficaria com ele? Que morreria de amores e me submeteria? Tive vontade de rir. Aquilo não estava nos meus planos. Não passava sequer perto do que eu queria para a minha vida e não seria ele quem me atrapalharia. Eu estava preparada para seguir em frente, mas não para o que ele faria.

Patrício me puxou com força fazendo nossos corpos se chocarem. Fui pega de surpresa esquecendo tudo o que ainda tinha para dizer. Eu o encarei, mas seus olhos estavam em outra direção, mais precisamente, em meus lábios, a respiração suspensa e todo clima se modificando tão claramente que me deixou tonta.

— Patrício, não...

— Cale a boca!

E seus lábios devoraram os meus.

Foi um beijo selvagem, cheio de desejo, repleto de significados. Eu lutava e ele também. Pela primeira vez desde nosso primeiro encontro, o garoto não aceitava meus comandos, ali ele tentava me submeter e eu agia da mesma forma. Eram duas forças agindo, guerrilhando, se entrelaçando e dispostas a destruir tudo a seu redor.

A fúria dentro de mim se convertia em desejo, enquanto ele, com o que quer que houvesse naquele beijo, me mostrava que não seria tão fácil. Senti minhas costas atingirem a parede atrás das araras, o plástico das embalagens encobrindo nossos corpos, nos dando mais privacidade.

Ele não deixava meus lábios, exigindo que minha boca correspondesse. Eu queria dizer que não, mas sabia que minha recusa seria apenas para atiçá-lo ainda mais, até porque minhas mãos estavam em seu corpo, puxando-o para perto sem nunca ser o suficiente. Eu queria o prazer da sua carne cedendo às minhas unhas, do seu corpo se impondo ao meu, da sua língua em minha pele... eu queria tanto que me deixei consumir.

— O que você não queria? — rosnou ao deixar meus lábios, roçando os dentes em meu pescoço fazendo-me gemer sem receio. — Diga, Miranda! Você não queria que eu te tocasse assim? — Seus dedos atrevidos invadiram minhas coxas afastando-as. — Não queria que eu fizesse assim? — Gemi sentindo sua briga com a minha tanga para alcançar minha vagina. — Ou não queria que eu chegasse até aqui? — E seu dedo me invadiu. Arqueei as costas aceitando o toque sem me importar com mais nada. — Ah, você queria sim. Você queria muito mais. — Uma mão alcançou meu pescoço me mantendo no lugar para que seus lábios e dentes me provocassem ao mesmo tempo em que seus dedos me penetravam sem parar.

— Ah, Deus! — Ele riu fazendo minha pele arrepiar.

— Ou você preferia que eu fosse além disso? — Ele me abandonou com força, me fazendo abrir os olhos para encontrar os seus em uma fúria que ia muito além da raiva. — Era o que você queria, não era?

— Patrício...

— Shiiii! — Colocou um dedo em meus lábios me impedindo de continuar. Respirei fundo sentindo a rebeldia se aproximar. — Calada!

— Vá à mer...

Então ele, surpreendentemente, abaixou minha tanga o suficiente para me atordoar. Puta que pariu! Onde eu estava com a cabeça? Era para eu acertá-lo, alguns tapas o colocariam em seu devido lugar, mas ter a tanga abaixada, com aqueles olhos cheios de tesão, me deixou indefesa.

— Calada — repetiu sem a mesma força de antes. — Eu preciso te comer, Morena. — E havia uma súplica em sua voz, encoberta por aquela pose de dominador, que me fez ceder.

Excitada demais, permiti que suas mãos terminassem de tirar minha calcinha, então enrosquei minhas coxas em sua cintura, me abrindo para recebê-lo como ele tanto desejava. Patrício me segurou pelos quadris me mantendo suspensa, enquanto, desajeitadamente, eu libertava seu pau e o colocava em minha entrada.

Ele me penetrou sem esperar por nada e juntos gememos com tanto tesão que nada mais ao redor parecia existir. Ele me imprensou na parede se mantendo todo dentro de mim sem recuar nem um centímetro, enquanto me mantinha erguida com uma mão, com a outra tocou meu rosto com uma posse avassaladora. Cruzei minhas pernas ao seu redor, lhe dando mais estabilidade e então ele começou a se movimentar com estocadas fortes e precisas.

Eu assistia o seu esforço misturado com a loucura do tesão. Agarrei seus cabelos forçando-os em meus dedos. Seus olhos perderam o foco enquanto sua boca se abria em mais um gemido de aprovação. Porra, estava muito bom! Nós nos encarávamos, à medida que as estocadas aumentavam anunciando que seria mais rápido do que o esperado.

E foi assim, nos encarando, medindo forças, nos movimentando com uma fome anormal, que gozamos juntos, gemendo e estranhando a intensidade daquele orgasmo que parecia sair de todos os nossos poros.

Com a respiração acelerada e ainda sentindo o prazer percorrer manhosamente meu corpo, sem desviar os olhos daquele que pouco antes me olhava com raiva, mas que aos poucos se transformou em algo que eu não sabia explicar, senti uma vontade inesperada e estranha. Eu queria beijá-lo.

Inclinei um pouco a cabeça em sua direção sem saber se seria bem recebida, contudo, como tudo ali se transformara em algo estranho, ele também se inclinou em minha direção, aceitando meus lábios em um beijo... apaixonado? Não. Um beijo doce, carinhoso, ou até mesmo... agradecido. Sim, agradecido poderia ser a definição correta para aquele beijo.

Aceitei os lábios grossos nos meus com satisfação. Depois do tanto de energia despendida em um sexo como aquele, nada mais agradável do que um beijo suave, com uma língua atenciosa e a maciez adequada.

Ele se afastou aos poucos, deixando que a estranheza voltasse ao ambiente. Não sei explicar, mas foi... constrangedor? Claro! Olha a bagunça que fizemos! Não era nada adequado estarmos ali trancados, provavelmente alvo de pessoas que não nos acrescentariam nada, eu... eu precisava sair dali. Rápido!

— Eu... — Ele se afastou ainda mais, tão confuso quanto. Aquilo tudo era desconcertante.

— Precisa ir. Eu sei.

— Isso. — Não me dei ao trabalho de procurar pela tanga. Eu só precisava sair dali o quanto antes. — Então... — Encontrei minha bolsa no mesmo saco em que meu vestido estava.

— A gente se vê. — Ele já estava tão longe que me perguntei se instantes antes estávamos mesmo colados.

— Adeus!

Deixei o quarto sem olhar para trás e atravessei a sala sem me preocupar com despedidas ou se tinha alguma testemunha do ocorrido. Eu queria alcançar a saída e não precisar pensar em mais nada.

No entanto, assim que cheguei à portaria me dei conta de um detalhe que me faria pensar em Patrício um pouco mais do que o permitido: não usamos camisinha.

Puta que pariu!

CAPÍTULO 11

"Será que eu já posso enlouquecer,
ou devo apenas sorrir?"
Me adora - Pitty

Muito cedo aprendi que por ser descendente de negros, mulher e pobre, seria difícil encontrar o meu lugar no mundo e que, provavelmente, quando o encontrasse, não seria exatamente o que sempre sonhei. Então simplesmente me habituei a não sonhar. Já quanto aos pesadelos... bom, eu nada poderia fazer quanto a estes.

"Você é uma linda menina, Miranda! Uma dama."

A madrinha fez um excelente trabalho me cercando de amor, mas aquela segurança e força que eu carregava em meu peito, que se misturava sem a mesma proporção com a raiva permanente, herdei da minha história. Não da minha mãe e toda a sua submissão, apesar da determinação em continuar de pé, firme. Não da necessidade social que meus padrinhos sustentavam, que provavelmente me garantiria um bom casamento e colocação social. Nem mesmo a situação financeira confortável que eles me proporcionavam.

Não. A segurança dos meus passos eu ganhei dos tropeços que precisei dar. E ninguém sabia que dentro de um corpo tão jovem, que por trás de um sorriso doce e inocente, eu carregava muita dor.

Foi um caminho difícil até que eu aceitasse que não precisava acreditar naqueles ensinamentos, mas mesmo assim, mesmo depois de ouvir as mesmas frases milhares de vezes, ainda estremecia quando pensava no que não queria ser. E, definitivamente, eu não queria ser aquela garota.

Por isso eu estava tão atormentada. Desde os quinze anos, quando precisei encarar a realidade e entender que meus passos precisariam ser minuciosamente estudados, não havia sido tão descuidada. Compreendia os meus erros, mas acima de tudo, conhecia o peso deles caso algo saísse do meu controle.

E saiu. Desde então não conseguia deixar de odiar Patrício de maneira cruel. Puta que pariu! Minhas mãos tremiam enquanto eu tentava comer sem nenhuma fome, porém manter as aparências era estritamente necessário, pelo menos até que conseguisse tempo necessário para me livrar de todas as dúvidas, ou todos os medos.

Johnny riu com a boca cheia de comida, ganhando a minha atenção. Eu odiava quando ele interpretava o garoto rebelde que não tinha um pingo de educação à mesa.

— Você não aprendeu nada com a madrinha?

Não me dei ao trabalho de olhá-lo. Estava tão furiosa que poderia espetar o garfo na mão dele só para conseguir um pouco de alívio. E eu sabia que só pelo meu comentário, meu amigo se sentiria incentivado a continuar.

— A madrinha fez de vocês duas as bonecas dela. O padrinho fez de mim um homem.

— Um homem grosseiro e mal-educado.

— O que o papai queria, Johnny? — Charlotte tentou nos impedir sem qualquer sucesso.

Olhei para meu irmão sem acreditar que aquele imbecil conseguia dizer coisas tão toscas em tão pouco espaço de tempo. Ele ficou vesgo me mostrando a língua cheia de restos de comida. Fiz uma careta de nojo.

— Parem com isso! Todo mundo está olhando para a nossa mesa.

Minha amiga se encolhia tentando esconder o rosto vermelho como um tomate. Tive que rir. Como Lottie podia ser tão diferente de nós dois? Fomos criados juntos, estávamos mais um com o outro do que qualquer outra pessoa e mesmo assim, Charlotte se diferenciava sem nenhum esforço.

— O Shrek começou. — Ela sorriu estampando aquela sua doçura típica. Ah, Charlotte era tão única que eu tinha vontade de colocá-la em um pote e guardar. Eu a amava tanto!

— O que o papai queria, Johnny?

Minha amiga se encolheu outra vez acompanhando o olhar sério do Johnny e, à medida que ele segurava a resposta, eu conseguia ler em suas feições o quanto a deixava exasperada. O maldito segredo. Charlotte achava que o padrinho tinha descoberto alguma coisa.

— Saber sobre a formatura — ele confidenciou e começou a rir.

Confesso que também ri, até porque a cara de Charlotte foi impagável. Mesmo assim, relembrar que minha amiga estava nas mãos sujas do nosso professor fazia com que eu empurrasse para o fundo da minha mente os meus próprios problemas. Charlotte era mais importante do que qualquer consequência desastrosa das minhas aventuras.

— Claro que eu disse a ele que você anda à procura de experiências para...

— Você o quê? — Pensei que Charlotte teria um ataque nervoso e voltei a rir.

Meu Deus, se existia alguém fácil de fazer entrar em desespero era Charlotte. Como podia acreditar que Johnny seria capaz de dizer qualquer coisa para o nosso padrinho? Mas aquela era a Lottie. Ela não parava para pensar antes de deixar as emoções transbordarem, este sempre foi o seu marco e era também o que nos dava brecha para fazer com que fosse sempre o alvo das brincadeiras.

Contudo eu não estava muito diferente dela. Durante anos critiquei minha amiga por chorar rápido demais, por não ser capaz de prever as pessoas e por se desesperar sem antes tentar entender a situação. Ela agia por impulso, ou com o coração, nunca com a cabeça, e quando a merda já estava feita, chorava as consequências. E o que eu tinha feito? Nada além de não pensar na situação e me entregar por impulso.

Que grande merda!

Levantei os olhos para tentar voltar ao clima antes que a culpa e a preocupação me tirassem o foco outra vez. Eu me deparei com uma Charlotte perdida em algo na entrada do restaurante. Acompanhei o seu olhar para encontrar o que eu menos esperava. Era muita dor de cabeça para um dia só. O professor Frankli. Não podia ficar pior.

Olhei minha amiga que parecia perdida em seu conto de fadas particular, enquanto seguia com o olhar mais apaixonado que eu já vi, o nosso professor. Parecia um pesadelo. Suspirei sentindo meu coração acelerar. Ele a magoaria, trituraria o seu coração, desdenharia do seu amor, e a destruiria. Eu sabia muito bem como era passar por tudo isso, mas era forte e Lottie não era.

Ela não olharia para frente após entender que foi necessário que alguém arrancasse o seu coração para que finalmente pudesse amadurecer, chegando à conclusão, a dura e fria conclusão, de que as pessoas não mereciam o seu amor.

Ela não se tornaria inabalável ao ponto de reconhecer que o prazer era muito melhor do que o comprometimento amoroso. Não, ela se afundaria em tristeza. Porque era assim que Charlotte era. Ela se permitiria sofrer, ser consumida pelo sentimento, não se permitindo voltar ao normal. Uma tristeza que eu não teria condições de assistir. Porque uma coisa era alguém me magoar ao ponto de me fazer perder os sonhos, e outra era alguém magoar Charlotte.

Mas ela estava apaixonada. Seu rosto apesar de vermelho, parecia iluminado, e seus olhos brilhavam de encanto. O que eu faria?

— Ele está gostando de como o texto dela está ficando — eu me vi falando para ajudar minha amiga a esconder a verdade de Johnny. — Ele é mesmo bonitão, não? — Olhei para Charlotte, me arrependendo imediatamente desta última frase, pois minha amiga fez uma careta desolada.

Johnny brincou e ela riu forçadamente. Eu também, admito. Mas mantive meus olhos nela, estudando as suas reações, como tentava a todo custo não olhar naquela direção com olhos esperançosos e também, percebendo a hora exata em que ela decidiu que era melhor se manter distante, como se aquela fosse a atitude que o seu professor esperava dela, e Lottie faria todas as suas vontades, eu tinha esta certeza.

Por isso tomei aquela decisão. Eu poderia partir o coração de Lottie, mas seria muito melhor que fosse eu.

— Vamos passar por ele. — Andei decidida, ignorando a palidez do rosto da minha irmã, assim como os seus protestos. — Você tem motivos para falar com ele, Charlotte. Não seja tola! — sussurrei ao me aproximar da mesa onde o professor Frankli estava com o professor Prado. — Oi, professores! — Forcei um sorriso travesso e percebi quando Alex Frankli nos olhou sem acreditar em minha petulância. Meu sorriso ficou ainda maior.

— Charlotte Middleton! — A surpresa do professor Prado, assim como a sua troca de olhar com o professor Frankli não passou despercebida por mim. — Miranda, Jonathan — completou com um sorriso cheio de significado.

Ok! Ele sabia de alguma coisa. Claro que sabia! Aqueles dois estavam sempre juntos, além de todos saberem que eram cunhados. Olhei para Johnny que tentava sustentar a imagem de homem da casa, depois para Charlotte que parecia estar em meio a uma crise de dor de barriga de tanto que se encolhia, fazia careta e ficava pálida.

Voltei a atenção para o nosso professor e o vi tão desconfortável quanto a minha irmã. Que merda! O filho da puta queria comer a aluna, mas queria que fosse tão escondido que ela nem podia parar em sua mesa para cumprimentá-lo? Minha vontade era de jogar aquela verdade em sua cara ali, na frente de todos, expondo o belo cretino que ele era.

— Como vai, Charlotte? — limitou-se a dizer sem nem olhar diretamente para ela. Lottie engoliu com dificuldade e gaguejou até conseguir responder.

— Bem, enviei um e-mail para o senhor, hoje pela manhã... cedo. — Porra! Se alguém ali não entendesse que alguma coisa estava acontecendo entre aqueles dois, a pessoa ou tinha problemas mentais ou era cega e burra.

— Eu vi, só não tive tempo de verificar o arquivo ainda — ele disse sem emoção, mas com os olhos em minha amiga de uma maneira que nenhum professor deveria olhar para a sua aluna. Bom... pelo menos não para uma aluna como Charlotte.

Fiz um esforço maior do que imaginei ser capaz de suportar para não deixar meu sarcasmo se apresentar. Alex Frankli conhecia um pouco do meu segredo, contudo as pessoas mais importantes da minha vida nem imaginavam, e elas estavam presente.

Despertei do devaneio no momento certo. Charlotte estava ansiosa para sair dali, mas eu ainda precisava de mais tempo, pelo menos o suficiente para fazer o professor Frankli recuar. Se ele tanto queria esconder o que estava acontecendo, demonstrar interesse seria uma bela forma de fazê-lo entender a merda que estava prestes a fazer.

— Vocês vão se encontrar hoje? — tentei parecer inocente, mesmo sabendo que ninguém acreditaria em mim. Quase me parabenizei por isso. O professor Prado sorriu com ironia, Alex arregalou os olhos e eu podia jurar que Charlotte estava tão vermelha quanto um morango.

— Miranda! — ela rosnou ao meu lado.

— Você não mandou o arquivo? Pensei que estivessem correndo contra o tempo. — Não olhei para a minha amiga e sim para o meu professor, que se pudesse me estrangularia ali mesmo. Ponto para mim.

— Nós teremos aula em breve, então podemos discutir qualquer dúvida por e-mail, Miranda. — E lógico que todo mundo notou o seu tom raivoso.

Johnny nos chamou, Charlotte me puxou pelo braço sem me deixar outra saída que não fosse acompanhá-la. Contudo eu não seria Miranda Middleton se não fosse eu a colocar o ponto final naquela conversa. Sem que minha amiga percebesse, já que estava ansiosa para alcançar a porta e me levar para longe do seu objeto de desejo, olhei para o nosso professor que ainda estava atento aos nossos passos, e pisquei descaradamente, deixando claro que estava de olho nele.

Não me atrevi a voltar a olhá-lo depois disso.

Como eu disse: o ponto final sempre seria meu.

Por uma aula inteirinha me mantive focada em fazer Charlotte desistir do nosso professor, ignorando por completo o que a professora Anita dizia. Apenas fazer com que ele recuasse não seria o suficiente. Eu conhecia a minha irmã melhor do que qualquer outra pessoa. Quando Lottie queria alguma coisa, ela insistia até conseguir. Então talvez se eu conseguisse fazer com que ela enxergasse algo podre nele, qualquer coisa que quebrasse a ideia de príncipe encantado...

Eu até tinha uma história que seria perfeita para tal objetivo, só que revelá-la exigia de mim muito mais do que a vontade de tirar a minha amiga das mãos daquele... aliciador de alunas indefesas.

Puta que pariu! Era incrível que logo Charlotte conseguisse um problema como aquele. Logo ela, a garota certinha, virgem, sonhadora... puta que pariu de um cliente qualquer!

Mas quando a mensagem chegou, eu simplesmente esqueci todo o resto e voltei a sofrer pelos meus próprios problemas.

Ele escreveu simplesmente.

Precisamos conversar.

Demorei olhando a tela sem saber o que poderia dizer. Precisávamos conversar? Eu não fazia ideia. Sim, precisávamos conversar se o assunto fosse o fato de ele ter uma doença venérea, e, neste caso, eu o mataria. Mas precisávamos conversar se o assunto fosse um novo encontro? Não. Não precisávamos. E precisávamos conversar se o assunto fosse uma possível gravidez? Jamais. Eu resolvia o meu problema, sozinha. Ele era apenas um garoto!

Enquanto pensava no assunto, Patrício foi mais rápido e enviou outra mensagem.

> Você sabe que precisamos conversar, então desce que estou te esperando.

Puta que pariu de um vagabundo bêbado na rua! O que estava acontecendo com aqueles homens? Por que todos tinham que ir até a minha casa para me deixar louca? Não era possível que ninguém entendia o conceito de privacidade.

> Não estou em casa. Encontro você na...

Parei para pensar em um lugar onde pudéssemos nos encontrar sem chamar atenção e sem corrermos o risco de acabarmos na cama. Um lugar neutro. Uma livraria. Isso! Completei a mensagem com a livraria que ficava no caminho da minha casa. Poderíamos nos encontrar no café, conversar e sair sem nenhum dano.

Levantei recolhendo meu material e deixei a sala com pressa, mesmo percebendo a ironia da professora Anita. Ela que mordesse a própria língua e morresse envenenada. Eu tinha mais com o que me preocupar do que com a sua voz chata e a sua ideia de que era superior a qualquer um ali. No momento minha atenção estava voltada em não encontrar Charlotte ou Johnny, ou então precisaria de mais conversas apaixonadas sobre o novo paquerinha e eu não estava muito disposta.

Peguei o primeiro táxi que encontrei, desci alguns minutos depois na frente da livraria sem saber ainda como deveria me sentir. Ajustei minha roupa, arrumei meu caderno me certificando de que nada indicaria o local em que eu estudava, e entrei na loja com a segurança de que... eu não tinha nem ideia do que poderia esperar.

Patrício já estava lá, mas não no café como combinamos. Estava com um livro nas mãos, conversando com uma atendente muito interessada no que ele dizia. Sua roupa, uma calça social e uma camisa de manga comprida no mesmo estilo, não se parecia com nada do que usou em nossos encontros. E como ficava bonito vestido de maneira tão alinhada!

Passei direto fazendo questão de ser vista. Escolhi uma mesa, aceitei o cardápio e fingi olhá-lo enquanto aguardava. A atendente se aproximou no exato momento em que Patrício resolveu se juntar a mim.

— Miranda — ele me cumprimentou com polidez.

— Um café expresso, por favor! — fingi indiferença.

— Uma água com gás para mim, por favor! — Sua cordialidade me fez estranhar. Assim que a atendente se afastou o encarei. — Como vai?

— Sobre o que você quer conversar? — Ele sorriu e se afastou da mesa endireitando a coluna. Seus olhos encaram os meus com altivez.

— Nós transamos sem camisinha.

Foi direto ao ponto pegando-me de surpresa. Como não se deu ao trabalho de baixar a voz precisei me certificar de que ninguém estivesse nos olhando com atenção na conversa. Que idiota!

— E daí? — Sua sobrancelha se ergueu e ele cruzou os braços no peito.

— E daí? É isso mesmo que tem a me dizer?

A atendente se aproximou colocando nossos pedidos sobre mesa. Aguardamos até que ela se retirasse, sem desviar nem por um segundo o olhar.

— Se está preocupado em ter me passado alguma doença seja mais claro.

— O quê? — Riu sem acreditar em minhas palavras. — Garota, eu já imaginava que você era maluca, mas agora... — Estreitei os olhos me ofendendo.

— Nós transamos sem camisinha. Você pode muito bem ter me passado alguma doença.

— Até onde me lembro, eu te conheci em um local nada apropriado para garotas inocentes e, se não me falha a memória você se apresentou como uma prostituta. — Recuei, precisando conferir mais uma vez se alguém estava prestando atenção.

— Eu não sou...

— Você disse que era.

— Mas não sou! — rebati irritada.

— Você pode ter me passado alguma doença — ele continuou. — Ou...

Levei algum tempo para entender o que ele pretendia dizer. Santo Deus do céu! Como eu pude transar com aquele imbecil?

— Primeiro: eu não sou uma prostituta. Uma patricinha entediada poderia ser uma forma mais correta de me denominar. Segundo...

— Patricinha entediada? — Deu uma gargalhada que ganhou mesmo a atenção dos outros. — Caramba! Você realmente me surpreende. — Fingiu precisar limpar uma lágrima devido ao riso.

— Segundo... — falei com raiva para impedi-lo de me irritar ainda mais. — Eu não tenho nenhuma doença. Meu padri... — recuei, ciente de que estava revelando demais. — Faço exames periodicamente, além de não transar sem camisinha.

— Nunca?

— Nunca. — O encarei decidida a fazê-lo acreditar em mim. — E não estou tentando te dar um golpe engravidando.

— Não mesmo?

— Olha, Patrício, eu não pedi para você se enfiar em mim sem camisinha, ok? Se você estava tão preocupado, por que não fez a sua parte?

— A minha parte? — Riu como se estivesse indignado.

— O pau é seu. Cuide melhor dele. Com licença. — Levantei para ir embora sem me preocupar em pagar a conta.

Caminhei firme pelos corredores de livros, no entanto não alcancei a saída. Sua mão em meu cotovelo me impediu de continuar. Quase fiz uma cena e o empurrei para longe de mim, mas o que eu menos precisava era de atenção tão perto da minha casa.

— Espera — disse com pressa. — Desculpe! Desculpe, Miranda! Essa não foi uma boa conversa.

— Uma péssima conversa. Se já acabou...

— Não. Eu não acabei. — Ele me olhou com súplica. — Vamos conversar. — Olhei para o café sem nenhuma vontade de voltar para lá. — Eu realmente preciso conversar com você. Está de carro? — Neguei com a cabeça me sentindo confusa com toda a sua intensidade. — Ótimo! Vou levá-la para casa.

— Não! — Vi que aquela mesma expressão de aborrecimento se estampava em seu rosto.

— Por que não?

— Porque não. — Fui firme.

— Você é casada? — Ele me soltou de imediato.

— Não! — O alívio em seu rosto não passou despercebido. — Também não tenho um namorado, nem cafetão, nem fiador, nada. Eu só não quero conversar em minha casa. Satisfeito? E detesto dar satisfações da minha vida.

— Isso eu já percebi. — Fez uma careta de desagrado. — Vamos. — Ele caminhou ao meu lado nada satisfeito e eu não fazia ideia do porquê de me sentir tão incomodada.

O carro estava em um estacionamento privado não muito longe da livraria. Patrício dirigiu em silêncio sem me dizer para onde estávamos indo. Estacionamos na praia do Arpoador e não saímos do carro. Eu sabia que Charlotte adorava aquele lugar, mas também que ela jamais iria ali naquele horário. Minha irmã era muito correta na faculdade para perder aula, o que era um alívio.

— E então? — comecei. — Sobre o que quer conversar?

Notei certa apreensão no olhar do rapaz e não consegui decidir se tal situação se dava devido ao que queria tanto me dizer ou por estarmos em um lugar sem muitos transeuntes, ficando assim expostos à violência do Rio de Janeiro.

Ele respirou fundo e virou para mim como se estivesse decidido a ignorar qualquer temor.

— Você?

— Eu? — repeti não entendendo o que exatamente ele queria dizer.

— Isso. — Nós nos encaramos sem desenvolver a conversa. Que estranho.

— Patrício...

— Quem é você? — Mais um longo minuto em silêncio. Eu, por não saber o que dizer, e ele, aguardando por mim.

— Isso importa?

— Importa. Quer dizer... — Passou as mãos no rosto e encarou a vista à nossa frente. — Não importa, mas importa. Você compreende?

— Não. — Ele riu sem muita vontade deixando claro que o assunto não era nada confortável.

— Olha, Miranda, eu quero a mesma coisa que você, essa liberdade para fazer o que quiser, na hora que quiser e quando eu quiser. — Concordei sem conseguir entender aonde ele queria chegar. — Mas você... porra, você me confunde!

— Por que eu quero a mesma coisa que você?

— Sim! Quer dizer... não! — Aquilo estava ficando cada vez mais confuso. — Não porque quer a mesma coisa que eu, esta parte é maravilhosa, e sim porque estamos perdendo a cabeça. Ontem transamos sem camisinha, porém queremos ser livres, dá para entender? — Lentamente balancei a cabeça concordando. — Aí eu te conheço como uma prostituta, nós vamos para um motel, nos divertimos e você vai embora mais rápido do que deveria, revelando que não era uma prostituta, o que não me convenceu muito, para ser sincero. — Ele não ficou nem um pouco constrangido com a revelação. — Depois nos encontramos em uma boate, transamos gostoso pra caramba, você me enlouquece, eu te enlouqueço e você vai embora da mesma forma que apareceu. Então, mais um encontro... assim seguimos sem qualquer controle e ontem transamos sem camisinha. Tem alguma ideia de como isso fodeu a minha cabeça? — Mais uma vez concordei sem conseguir dizer qualquer palavra. — Eu adoro, adoro, adoro transar com você, mesmo com toda essa marra. — Sorriu, revelando as covinhas, o que me fez sorrir também, mesmo que minimamente. — Eu adoro transar com você. — Sua voz ficou mais doce. — Mas não gosto de perder a cabeça.

— Já entendi. — Levantei as mãos para que ele parasse antes que começasse a se perder nas ideias. — E concordo. Fomos irresponsáveis. Você pode não acreditar, mas eu não gosto de perder o controle das minhas ações e odeio aguardar pelas consequências. — Vi quando ele ergueu uma sobrancelha me encarando com certa expectativa.

— Consequências?

— Todas. — Aguardei até que ele estivesse assustado o suficiente. — Mas já sabemos que não corremos os riscos.

— Não?

— Não! — Outra vez nos encaramos em um duelo mudo, até que ele relaxou.

— Ok!

— Ótimo!

Mais alguns segundos de silêncio desconfortável, e quando abri a boca para avisar que estava de partida, algo inusitado aconteceu. Uma batida no vidro do motorista ganhou a nossa atenção para nosso completo desespero.

Patrício hesitou por alguns segundos, tentando reconhecer a cena. Um rapaz magro, aparentemente jovem demais, usando roupas velhas, apesar de tentar fazer com que parecesse usáveis, um boné que quase lhe cobria o rosto, apontava um revólver, a alguns centímetros do seu rosto.

— Puta que pariu! — resmungou baixinho levantando as mãos.

Minha cabeça deu mil voltas, e, como não podia deixar de ser, analisou aquela cena de todos os ângulos possíveis tentando encontrar uma saída.

— Desce do carro sem fazer bagunça — a voz malandra, acrescentando "z" onde não existia, puxando o som de algumas vogais, chegou aos meus ouvidos como um desaforo, ganhando vida no momento que Patrício abriu a porta obedecendo a todos os comandos. — Isso. Sem gracinha, oh, grandão!

Putz! Eu amava o Rio de Janeiro. Tudo bem que eu amava ainda mais Paris e Nova York, mas eu amava de fato aquela cidade, o seu clima, suas praias, suas oportunidades... mas se havia algo que eu odiava, era o sotaque exagerado demais que algumas pessoas carregavam.

No geral as pessoas puxavam em alguns "s", ou colocavam "x" onde não existia, forçando a sílaba a se prolongar, ou até mesmo acrescentavam alguns "s" e "z", salientando a maneira de falar. Contudo havia os que se auto-intitulavam malandros, e assim agiam tanto no linguajar quanto na expressão física e este era o ponto que pegava em meus nervos.

Patrício levantou seu corpo atlético e imponente do carro fazendo o cara recuar. Vi quando o ladrão titubeou um pouco ao perceber o porte de Patrício, mas voltou a se sentir confiante quando se deu conta de que apenas um deles tinha uma arma. A arma. Porra!

— Desce também, gostosa! — Ficava um pouco mais ousado, à medida que se sentia dono da situação, além, claro, de exagerar ao prolongar "gos" como se ali existisse uma "x" imenso, fazendo meu cérebro trabalhar em reprovação.

Ninguém ensinou aquele garoto que era impossível haver um "x" naquela palavra? Pensei mil vezes amaldiçoando a minha cabeça tão eficiente. Obedeci porque eu nada poderia fazer sentada dentro do carro. Já fora... Olhei para Patrício que olhava para mim, para o carro e para o moleque com uma aflição ultrajante. Estreitei os olhos sem acreditar que ele estava mesmo com medo daquele menino franzino que facilmente seria dobrado ao meio.

— Eu quero os dois aqui. — Indicou um espaço mais reservado um pouco, depois do carro, onde ficaríamos mais escondidos de olhares curiosos. Quanto mais ele falava, mais eu me esforçava para manter o meu aborrecimento contido dentro de mim.

Acompanhei um Patrício que tremia sem saber como agir. Tive que sorrir ao constatar que a minha vida parecia dar as mesmas voltas invariavelmente. Seria sempre eu podendo contar comigo mesma. Nunca mudaria. Nem ali, em uma situação de "risco", com uma cara incrivelmente forte, sendo intimidado por um moleque. Suspirei.

— Eu quero a carteira, relógio, cordão, tudo de valor. Vamos que não estou para brincadeira! — falou com um pouco mais de autoridade na voz apontando a arma para Patrício, que recuou começando a se desfazer dos seus pertences.

— Calma, amigo. Nós vamos fazer tudo o que você pedir — tentou apaziguar, mas o menino estava cheio de coragem e avançou contra Patrício que se encolheu como uma criança.

— Não "tô brincano" não, companheiro! — Essa doeu bem lá no fundo. Bem que eu podia ter um filtro que me impedisse de ficar tão aborrecida com os erros gramaticais. — Anda logo com isso. E a "madama" também. Vamos logo, a bolsa, as joias, jogue tudo dentro do carro que hoje eu saio daqui motorizado. — Patrício fez uma careta por causa do carro que me fez ter vontade de socá-lo.

Não me movi, aguardando a hora certa. Pensei em meus sapatos, em minha roupa e em tudo que pudesse me fazer desistir, mas a raiva dentro de mim só crescia.

— Bora, grandão! — ele gritou. — Faz o que mando ou meto uma bala na sua gostosa aqui...

E foi neste momento que agi. Confesso que eu estava irritada por ser obrigada a ouvir tantos "s" "z" e "x" colocados em lugares errados. Eu queria poder entregar um lápis e um papel ao cara só para saber se ele escrevia como falava, mas me convenci de que se ele simplesmente escrevesse como eu pensava, minha paciência iria para o Japão e aí sim ele mereceria uns belos tapas.

Enquanto meu cérebro dava voltas, gritando para eu me concentrar no que deveria realmente ser feito, o moleque virou a arma do rosto de Patrício para a minha direção. Antes que alcançasse o ângulo correto, levantei a perna e chutei a arma para longe, pegando os dois de surpresa. Eu não podia parar por aí. Assim que meu pé tocou o solo, girei batendo com a outra perna no rosto do ladrão para logo em seguida arrastar o pé e derrubá-lo em uma rasteira bem aplicada.

O menino atingiu o solo com um gemido que me mostrava que eu tinha feito tudo corretamente. Ele ainda estava no chão quando um Patrício congelado piscou atordoado e segurou a arma, apontando-a para o ladrão. Sorri com sarcasmo.

— É de mentira — revelei sem tirar os olhos do garoto.

— O quê?

— É de mentira! — Peguei a arma da sua mão e mostrei que ela não serviria para nada, nem mesmo para assustar o garoto que se encolhia gemendo. — E ele comprovou que tamanho não é documento.

— O quê? Como assim? Você... Ninguém nunca te disse que reagir a assaltos não é correto?

— Claro. — Revirei os olhos me sentindo completamente irônica. — Quando o ladrão não estiver com uma arma de brinquedo.

Tentei não olhar diretamente em seus olhos para não envergonhá-lo ainda mais, contudo deixar de sorrir não fazia parte da minha personalidade. O rapaz no chão, apesar de ainda com dor, olhava de um para o outro com uma expressão engraçada.

— Ninguém conseguiria saber que era uma arma de brinquedo — Patrício rebateu incomodado com o meu argumento. Havia certo tom de indignação em sua voz, assim como o de orgulho macho ferido, ou qualquer coisa absurda do tipo.

— Eu consegui — provoquei e o garoto sentado no chão concordou com a cabeça se dando conta de que esta ainda doía. Patrício resmungou baixinho para nenhum lugar específico.

— E se não fosse? — Ele me olhava, entretanto eu encarava o rapaz no chão pensando sobre que deveríamos fazer com ele.

— Mas era.

— E se não fosse? — Foi mais incisivo exigindo a minha atenção. — Você não tem como confirmar. Essa... essa coisa é igual a uma arma de verdade. — Analisei o brinquedo em minha mão. Dava para confundir caso a pessoa não conhecesse uma arma de verdade.

— Você acha, é? — continuei provocando. — Eu acho que parece uma arma de brinquedo. E das bem toscas.

— Êpa! Também não é para tripudiar, dona. — Porra, ele disse mesmo tripudiar? Que avanço!

— Cale a boca! — falamos ao mesmo tempo, fazendo o rapaz magricelo se encolher. — Repete comigo... — Abaixei em direção ao rapaz sentindo minha mão formigar e uma ansiedade crescente em meu estômago precisando de alívio. — Entre duas vogais o "s" tem som de "z".

— O que você... — Levantei a mão evitando que Patrício me impedisse de continuar.

— Repete — ameacei o garoto que me encarava como se eu estivesse maluca. — Entre duas vogais o "s" tem som de "z".

— En-entre duas...

— Vogais — ajudei.

— Vogais. O...

— Miranda? — Não olhei para Patrício, mas fiquei furiosa com a sua intromissão.

— O “s” tem som de “z” — praticamente gritei.

— Isso — ele disse com medo.

— Na palavra gostosa, o “s” fica entre uma vogal e uma consoante, não pode ter som de “x”, entendeu? — Seus olhos ficaram imensos, me encarando com a certeza de que eu era mesmo maluca.

— Pelo amor de Deus! — Patrício resmungou se afastando um pouco.

O garoto ainda me olhava com medo. Olhei para a arma e depois para ele, me dando conta de que eu era muito mais aterrorizante do que aquela merda. E então ri.

— Volte para a escola — resmunguei levantando. — A gramática é uma arma muito mais eficiente do que esta de brinquedo. — Olhei sugestivamente para Patrício. — Mesmo quando você consegue intimidar supostos titãs. — Vi que ele ficou ofendido e sorri.

— Como você pode saber?

— Eu pratico tiro ao alvo. — Patrício arregalou os olhos e um assovio de satisfação chegou de baixo. Olhei para o ladrão que balançava a cabeça aprovando a minha conduta.

— Você atira? — Mas pelo visto para Patrício aquele era um detalhe escandaloso da minha vida.

— Nas horas vagas. — Fiz um esforço para não acabar revelando demais sobre a minha vida.

— E sabe lutar — o ladrão acrescentou como se eu tivesse me tornado a sua mais nova musa. — Tem que ser dois para aguentar uma como essa, grandão — disse e riu como se não tivesse tentado nos roubar poucos minutos antes.

— Quer levar uns tapas, oh, moleque? — O garoto se encolheu com a ameaça de Patrício e eu dei risada. De repente ele estava todo corajoso. — Vou chamar a polícia. — Estremeci e ouvi os protestos do ladrão.

— Oh, amigão, tenha piedade. A garota já me deu um levante, ficou com a minha arma... tenha coração! Eu só estava querendo arrumar uns trocados pra comer.

— Uns trocados com um carro deste? — Patrício sacou o celular e começou a digitar.

Eu não podia continuar ali. Não podia deixar que ele chamasse a polícia, me levasse a uma delegacia e me colocasse naquela cena. Eu bem sabia o escândalo que seria quando o ladrão contasse a versão dele e os policiais descobrissem o meu nome. Não. Não teria como me esconder depois daquilo.

— Vamos deixá-lo ir — falei com autoridade.

— O quê? Tá doida? — Patrício explodiu ao meu lado.

— Ele já teve o que merecia. — Abri a porta do carro para pegar as minhas coisas e sumir dali.

— Miranda, você... — Ele se impediu considerando que não podia dizer muito na frente de um ladrão, então me puxou para o lado ficando de costas para o rapaz. — Não podemos deixar que ele fique solto. Não vai demorar uma hora para tentar mais um assalto.

— Sem isso aqui? — Levantei a arma percebendo que o garoto começava a levantar para escapar. Aquela era a minha chance.

— Sim. Ele arruma outra dessa rapidinho. Não vai me dizer que depois do que fez, vai sentir pena daquele marginal.

Não, eu não tinha pena do garoto. Eu poderia argumentar que o sistema prisional brasileiro seria uma escola para que ele conseguisse o diploma como marginal, e que depois daquilo não seria mais necessário uma arma de brinquedo, ele saberia como conseguir uma que fizesse um estrago verdadeiro, contudo bastava colocar os olhos no garoto para saber que ele era um ladrão de ocasião, talvez alguém que ainda pudesse ter jeito, apesar de eu não acreditar muito nesta última parte.

A verdade era que entrar em uma delegacia seria demais para tudo o que eu desejava continuar escondendo da minha família. Poderia ser uma simples queixa, mas o rapaz estava ali, a arma em minha mão, sem contar que eu tinha acertado uns belos golpes no garoto. Não, seria muito mais do que uma queixa, seria uma exibição desnecessária.

— Ele vai atacar outra pessoa — Patrício continuou. Puta merda! Eu era egoísta o suficiente para deixá-lo escapar só para me livrar do medo de ser desmascarada. — Vamos chamar a polícia — determinou virando para o rapaz, que não estava mais lá.

Respirei aliviada mesmo sabendo que tinha acabado de fazer uma coisa absurda.

— Puta que pariu! O cara sumiu! — Patrício gritou jogando as mãos para cima. — Ele sumiu! Você viu para que lado foi? — Neguei, aliviada por não precisar mentir. Eu realmente não vi para onde o rapaz foi. — Merda! Merda!

— Ok, Patrício. Podemos chamar a polícia para prestar queixa. Faremos uma descrição do sujeito para que eles possam procurar por aí. — Ele me encarou sem acreditar em minhas palavras. Com as mãos na cintura acabou negando a minha sugestão.

— Ele foi embora. Deixa pra lá.

— Não! — Patrício não entendeu a minha reação, claro. Era a minha vez de parecer uma pessoa confusa. — E se ele assaltar outra pessoa? E se machucar alguém? Precisamos registrar a queixa.

Ok! Eu era egoísta para cacete, mas a consciência estava muito pesada para ignorar. Registrar queixa sobre uma tentativa de roubo seria muito mais simples do que seria caso o rapaz ainda estivesse lá.

— Mas você acabou de dizer que...

— Não importa o que eu disse, vamos fazer o que é certo. Vamos até a delegacia. Entrei no carro encerrando o assunto e temendo pelo que seria ficar tão exposta.

— Tudo bem — resmungou derrotado voltando a entrar no carro. — Vamos fazer a sua vontade, "madama". — Riu divertido como uma criança que adorou a aventura.

CAPÍTULO 12

"Não há pedra em teu caminho. Não há ondas no teu mar.
Não há vento ou tempestade que te impeçam de voar."
DONA – ROUPA NOVA

PRESTAR A QUEIXA FOI MUITO FÁCIL. NÃO PRECISEI FAZER QUASE nada. Patrício simplesmente deu uma de macho alfa, assumiu as rédeas, não disse que eu desarmei o bandido, mas sim que nós desarmamos porque notamos que a arma era de brinquedo. O esforço que fiz para não revirar os olhos ou encará-lo com aquela expressão zombeteira que sempre aparecia quando algo absurdo como aquilo acontecia, foi acima do que acreditei ser necessário.

O policial registrou a queixa, mas avisou que como o ladrão fugiu, nós não nos machucamos e nada foi roubado, o máximo que poderia fazer era dar uma busca na região por alguém que batesse com a descrição que fizemos, contudo tenho que dizer que não vi muita boa vontade em seu gesto.

Bom, de nada adiantaria me sentir tão frustrada, afinal de contas eu deixei o rapaz fugir. Nada mais podia ser feito a não ser aceitar e rezar para que ele não cometesse outro ato como o anterior. E como eu não era digna dos milagres de Deus, me senti ainda mais culpada por saber que certamente ele cometeria mais abusos.

O jeito era, mais uma vez, varrer a sujeira para debaixo do tapete e esquecer. Não seria a primeira vez em minha vida.

Patrício não hesitou em frente à delegacia quando saímos de volta à realidade. Contudo eu já tinha ficado tempo demais ao seu lado, e em muitas situações, tantas que poderíamos descrever o que vivíamos como um relacionamento, sem compromisso, é claro.

Ele destravou o carro, eu abri a porta, peguei meu material da faculdade pronta para ir embora. Patrício me olhou desconfiado fazendo com que eu me sentisse um pouco culpada, então sentei mantendo a porta aberta. Ele notou este detalhe, mas nada comentou.

— Então... Já que esclarecemos todos os pontos... — Eu me preparei para sair não me sentindo muito satisfeita. Aquilo era muito estranho.

— Nos vemos por aí — ele disse demonstrando a mesma estranheza que eu.

— Um dia... quem sabe...

— Quem sabe. — Patrício mordeu o lábio inferior concordando comigo.

— Certo. — Coloquei a mão na maçaneta e senti no mesmo instante a dele segurar em meu cotovelo me impedindo de sair.

— Posso te dar uma carona. — Sua mão me deixou rapidamente quando me virei para encará-lo.

— Não precisa. Eu estou perto de casa e...

— Gosto de ser gentil com as mulheres com quem vou pra cama.

Ele sorriu olhando para nenhum lugar específico. Seu rosto assumiu um ar tão sacana que algo dentro de mim começou a protestar. Balancei a cabeça negando, todavia, sem coragem para deixar aquele carro.

— As que te deixam confuso também?

— Sobretudo as que me deixam confuso. — Deu partida sem aguardar pela minha confirmação. — E as que me fazem perder o sono. — Ri despreocupadamente. — Tem noção do que aconteceria se você engravidasse?

Pisquei tentando entrar naquele clima. Patrício era uma montanha-russa. Em pouco tempo discutimos, ele me acusou de tentar dar um golpe da barriga, de lhe passar alguma doença, me pediu desculpa, sofremos uma tentativa de assalto, eu reagi, ele se assustou, o ladrão fugiu, e, do nada, ele volta a falar do nosso deslize. Que confusão!

— Toda noção. — Estremeci com as lembranças que chegavam com força. Se ele soubesse o quanto eu tinha noção do que era engravidar do cara errado...

— Não que eu seja um cara irresponsável. Eu não sou, mas... nós nem nos conhecemos. — Dei um sorriso irônico. Não dava para acreditar que ele tratava aquele assunto de forma tão tranquila depois de tudo.

— Você costuma transar sem camisinha com garotas que mal conhece?

— Não! — Ele riu alto e relaxado. — Para dizer a verdade, Morena, você foi a primeira que me fez pensar em meu pau primeiro do que na camisinha.

Pelo visto ele não pensava muito em outras situações de risco. Eu não acreditei no que ele dizia, mas não perderia os poucos minutos que tínhamos para discutir algo daquele tipo.

— E você não é muito cuidadoso com as palavras, não é mesmo? — Eu não conseguia deixar de olhá-lo, analisar as suas feições e sorrir com o seu riso bobo.

— Eu não acho que você seja o tipo de mulher que se preocupa com as palavras.

— Ah, é? — Outra vez fiquei cismada. Não era para ele me conhecer, nem fazer ideias sobre mim.

— Não me leve a mal, Morena, mas você é o tipo de mulher que gosta de ouvir sacanagens na cama.

— Não levo. Só que não estamos em uma cama. — Ele me olhou rapidamente voltando a sua atenção para o trânsito quase perdendo a entrada para a minha casa.

— Isso é muito fácil de resolver. — Sorriu outra vez com aquela malícia que me estimulava. — Acredito que na sua casa tenha cama.

— Tem sim. — Ri da tentativa. — Mas nenhuma à sua disposição. — Eu me deliciei com a forma leve como ele quebrou toda a tensão dentro de mim. Patrício era realmente um ser ímpar.

— Só estou tentando te mostrar o meu arsenal de sacanagens. — Ri alto enquanto ele parava em frente ao *flat*. — É só uma sugestão.

— Sugestão negada. — Fez beicinho ficando tão lindo que senti vontade de mordê-lo. — Até qualquer dia, Patrício.

— Não vai mesmo me convidar para entrar? — O celular dele tocou na hora certa. Patrício fez uma careta. — Deixa pra lá. Preciso voltar ao trabalho — Resmungou como uma criança privada de comer o doce que mais gosta.

— Faça isso. Nos vemos por aí. Tchau! — Eu ia sair. Pretendia descer com aquele clima leve, mas ele se aproximou e seus lábios eram sempre um convite delicioso.

— Sem um beijo?

— Depende. — Percebi minha voz rouca sinalizando o desejo que já estava sentindo.

— Do quê? — A dele seguia o mesmo tom da minha. Deus! Nós nunca conseguiríamos acabar com aquilo?

— É só um beijo? — Seus lábios formaram um sorriso torto cheio de malícia.

— Eu preciso voltar ao trabalho, Morena — ronronou baixinho lançando choques em minha pele.

Porra, eu adorava aquele clima de sedução.

— Então tudo bem.

Eu me aproximei aos poucos, sentindo o clima ficar denso, a expectativa que sempre aumentava o meu desejo, analisando a reação do garoto à minha frente e percebendo a sua ansiedade. Juntei meus lábios lentamente aos dele, depois abri me permitindo saborear a maciez com a ponta da língua. Um gemido baixo escapou do meu parceiro percorrendo meu corpo como o toque da mais pura seda. Eu estava sensível demais. Como ele conseguia?

Patrício se aproximou um pouco mais, exigindo uma maior participação. Nossas bocas se experimentavam, as línguas traçavam uma dança suave e delicada, tão sensual que eu nem precisei das mãos dele em mim para me sentir molhada. Gostava daquele beijo.

O celular tocou e desta vez era o meu. Nós nos vimos forçados a nos separar, o que, de verdade, foi excelente. Já estava prestes a convidá-lo a subir, o que não era nada bom. Olhei a tela do celular e vi que Johnny me ligava. Era melhor eu deixar logo aquele carro.

— Até mais — sussurrei saindo sem ser impedida.

Patrício aguardou que eu entrasse para então partir. Suspirei aliviada quando não vi Vítor em lugar algum. Eu odiava aquele linguarudo. Corri até o elevador, equilibrando os cadernos e ajustando a bolsa para atender o celular.

— Oi! — falei exasperada. — Eu já ia te ligar.

— *Onde vocês estão?* — sua voz não estava aborrecida, apenas preocupada.

— Vocês? — Uma corrente elétrica atravessou meu corpo me fazendo ficar alerta.

— *Charlotte não está com você?* — Percebi que Johnny também ficou preocupado.

— Que merda!

— *O que aconteceu? Vocês não estavam lá quando a aula acabou.*

— Eu precisei sair para... eu precisei sair.

— *Isso eu entendi. E Charlotte? Ela não enviou nenhuma mensagem?*

— Você tentou falar com ela?

— *Não. Vou ligar agora.*

— Eu faço isso. — Fui firme. Era melhor Johnny nem começar a imaginar a merda que Charlotte estava fazendo. — Pode deixar que eu ligo para ela.

— *Mas...*

— Eu ligo, Johnny!

— *Certo. Mas me mantenha informado.*

Desliguei conformada. Todo sacrifício valeria a pena. Foi pensando assim que fiz a volta e procurei por Vítor na recepção. Ele me encarou com curiosidade enquanto voltava com alguns papéis nas mãos.

— Você viu Charlotte por aí? — Fui direta.

— Hum! Não. Posso ajudá-la? — Quem visse até acreditaria que o desejo dele não era saber da fofoca para contar ao padrinho. Fofoqueiro dos infernos!

— Nós nos desencontramos na faculdade. Acho que ela ficou sem carona. — Sorri mantendo a educação para não despertar aquela mente diabólica.

— Uma pena ela não encontrar alguém disposto a trazê-la, não é mesmo? Já a senhorita...

— Um colega do Johnny — informei com raiva. Eu queria mandá-lo para a puta que o pariu, mas não podia. — Ele não pôde me trazer e pediu a um amigo. — Vítor ergueu uma sobrancelha demonstrando não acreditar em uma palavra que eu dizia. Inferno! — Obrigada, Vítor!

Dei as costas precisando correr para pegar o elevador. Onde inferno aquela garota tinha se metido? Liguei imediatamente, porém ela não atendeu, então fui conferir as mensagens encontrando uma dela.

> Peguei carona com o Henrique. Vejo você em casa.

Estreitei os olhos, ciente de que aquela era mais uma mentira da minha amiga e me vi fervendo de raiva ao imaginar o que mais ela seria capaz de fazer para ficar com o nosso professor. Meu Deus! Será que Lottie não conseguia perceber que ele destroçaria o seu coração?

Suspirei derrotada. Provavelmente já era tarde demais. Eu precisaria estar lá quando ela voltasse para casa partida em muitos pedaços, para ajudá-la a seguir em frente. Charlotte nem imaginava que estar com os joelhos feridos era bem mais satisfatório do que com o coração esmagado.

Durante muito tempo da minha vida eu sabia exatamente o que fazer. Mas aquele era um dos momentos que me incapacitavam. Charlotte tinha mentido descaradamente, e eu fiquei ali, sorrindo e fingindo estar feliz com as mentiras que ela se enrolava para sustentar.

Céus! Minha amiga estava perdidamente apaixonada, e perdida era o melhor adjetivo que eu poderia usar para descrevê-la. Já o cretino do Alex Frankli, aquele sonso, filho de uma... porra, como eu pude me enganar tanto a respeito de alguém?

Tudo bem que eu não tinha nenhuma ideia de quem era Alex, que não fosse um homem bonito e bem-sucedido. E mesmo depois de ele me mostrar um lado completamente diferente não cheguei a encará-lo como um problema, sequer como uma ameaça.

Contudo ele ainda não tinha envolvido a pessoa que eu mais amava no mundo em seu jogo sujo e inescrupuloso. Fiquei pensando no que eu poderia fazer. E poder fazer algo era realmente o que eu precisava pensar, no sentido literal da palavra, porque eu não podia me meter na vida e nas decisões de Charlotte, mesmo que estas pudessem destruí-las.

Rosnei sozinha naquela sala escura. Eu não podia fazer nada diretamente. Não podia bater na porta do imbecil do Alex e dizer que já sabia de tudo, principalmente porque minha amiga estaria lá para me olhar horrorizada, e eu não suportaria a sua reprovação.

Doía imaginar que em pouco tempo eu precisaria consolá-la. Doía só de imaginar que ela se sentiria tão mínima, que relembraria cada passo dado, cada mentira contada, e se sentiria uma imbecil sem valor algum.

E quando isso acontecesse, eu poderia ir até a casa dele e lhe mostrar como aprendi a me livrar de homens como ele. Ah, isso eu faria e nem Charlotte conseguiria me deter. Porque ela com certeza tentaria. Essa era a Lottie que eu amava, a que sempre encontrava justificativa para os erros dos outros, a que se submetia pela felicidade dos que amava, e ela amava o nosso professor, por isso assumiria toda a culpa.

Merda! Eu queria poder socar alguém.

A sala passou a ser sufocante demais e a solidão nem sempre era a minha melhor companheira. Subi correndo os degraus, decidida a pegar a bolsa e sair para qualquer lugar, já que Charlotte não voltaria para casa e eu, com certeza, não conseguiria dormir naquela noite.

Mas assim que conferi se tudo o que precisaria estava dentro da bolsa, a campainha tocou. Desci imaginando ser o porteiro para entregar alguma correspondência importante, e abri a porta sem me preocupar em verificar quem era.

Esse deve ter sido o meu maior erro.

Era Patrício.

Ele sorria sustentando um ar de casualidade. A roupa que vestia era a mesma de mais cedo, quando nos despedimos com um beijo cheio de desejo, mas estava mais amassada, dobrada nos braços e com botões demais abertos, sem contar que desta vez a camisa estava para fora da calça. Ele era o típico cara trabalhador depois de um dia cansativo.

— Não vai me convidar para entrar? — Fiquei na defensiva e estreitei ainda mais a porta impedindo-o de invadir a minha casa.

— O que está fazendo aqui?

— Vim visitar uma amiga — respondeu sem dar qualquer ênfase ao que dizia.

— Como conseguiu subir?

— Eu sempre consigo o que quero. Esqueceu? — Ergui uma sobrancelha sem acreditar que aquele garoto algumas horas antes não tinha toda aquela confiança quando se viu diante de uma arma de brinquedo.

— O que está fazendo aqui, Patrício? — repeti para que ele entendesse que não seria tão fácil quanto imaginava.

— Falta de educação não é uma das suas características, Miranda — provocou. — Posso entrar, sentar, beber alguma coisa? — Era muito abusado mesmo.

— Não! — Eu sabia que mantê-lo no corredor também não era a estratégia mais segura. — Mas pelo visto não tenho muita escolha, não é mesmo?

Saí da frente permitindo que ele entrasse e me senti estranha. Era a primeira vez que eu levava alguém para casa. Bom, não para Charlotte que acredita que eu sempre levava algum carinha escondido e eu alimentava as suas fantasias.

Eu fazia isso por infinitos motivos. Uma parte era para mostrar a ela que ali éramos livres, já que a ideia era construir a nossa independência, ficando longe das perseguições do padrinho, por isso consegui convencê-la a se rebelar exigindo um canto só nosso. E foi tão fácil manipular a minha irmã que me deixou com a consciência pesada, porém precisava ser feito, ou Lottie nunca sairia debaixo da saia da mãe. Sem contar que eu também precisava estar longe de olhares curiosos para conseguir vivenciar todas as minhas fantasias.

Outro motivo era a minha necessidade particular de privacidade. Dizer que levaria alguém para casa era uma forma de tê-la apenas para mim. Além de fazer com que Lottie saísse um pouco e Johnny se ocupasse mais dela, já que na minha falta ele assumia.

Mas a verdade era única: nunca nenhum homem deitou na minha cama ou transou comigo em minha casa, meu templo, meu lugar sagrado. E talvez fosse por isso que estranhei de maneira absurda aquele homem musculoso parado no meio da sala me olhando com atenção.

— Pensei que a ideia era nos esbarrarmos por aí — provoquei caminhando até os sofás.

— E é. Acabamos de nos esbarrar. — Ele sorriu parecendo inocente.

— Você veio até a minha casa, Patrício. O que quer desta vez?

Cruzei os braços no peito sem me dar ao trabalho de sentar ao seu lado. Ele parecia muito à vontade ali, olhando tudo com interesse, tomando nota de cada pedaço particular da minha vida. Comecei a ficar irritada.

— Não vai me oferecer nada para beber? — perguntou desinteressado enquanto analisava as fotos sobre a mesinha.

Tive vontade de mandá-lo embora, mas ao invés disso fui até a cozinha, peguei um copo com água, um presentinho adicionado ao líquido, e levei para a visita indesejada. Patrício estava de pé, conferindo as outras fotos, pegando um ou outro porta-retratos.

— Aqui. — Ele virou em minha direção e encarou o copo.

— O que é isso?

— Água.

— Água? — Um meio sorriso torto brincou em seus lábios. — Você é uma péssima anfitriã.

— Normalmente eu sou. O que está fazendo aqui? — Ele bebeu um longo gole de água cuspindo tudo em seguida.

Não ri nem gargalhei. Não fiz aquilo porque achei divertido, fiz porque achei apropriado para deixar claro o quanto eu não o queria ali. Patrício cuspiu no tapete sem nenhuma cerimônia, enquanto eu o encarava com um sorriso debochado nos lábios e as sobrancelhas arqueadas.

— Você colocou sal na água? — Permaneci calada para o óbvio. — Não estou acreditando que você colocou sal na água.

Ele estava indignado. Eu contava com isso para que ele saísse da minha casa o quanto antes. No entanto, Patrício depois de me encarar por largos minutos, sorriu e se afastou colocando o copo sobre o aparador onde estavam mais porta-retratos, sem se intimidar. Ele pegou um olhando a imagem com interesse. Eu e Charlotte ríamos abraçadas.

— Você é lésbica?

Abri a boca para responder sem conseguir encontrar nada para dizer que não fosse um palavrão. Era incrível como ele conseguia ser um parceiro encantador e engraçado, ótimo de cama e tão babaca em alguns momentos.

— Não — eu me limitei a responder sem acrescentar nada. Ele que pensasse o que quisesse.

— Essa garota não é sua irmã. O que ela é? — Peguei o porta-retratos da sua mão colocando-o de volta no lugar. — Ora, vamos, Miranda. Minha pergunta não chega nem perto de você ter me oferecido água com sal.

— Eu não te ofereci nada. Isso é o que acontece quando entramos na casa de estranhos.

— Se beber água com sal é o que acontece, então não estamos correndo risco algum. — Olhei para ele aborrecida vendo o seu sorriso provocante se expandir.

— Cuidado, eu posso ter adicionado mais alguma coisa. — Vi o medo passar pelos seus olhos ocres, mas ele riu.

— Você não pode ficar aborrecida só porque...

— Ela é minha irmã. — Fiquei séria fazendo-o desistir de qualquer coisa que pensou em dizer.

— Ela... — Engoliu em seco. — Ela morreu? — Outro momento em que eu não fazia ideia do que dizer, então comecei a rir sem acreditar que aquilo estava mesmo acontecendo.

— Não, ela não morreu. Charlotte está mais do que viva. — Lembrei-me da minha amiga na casa do seu professor tarado e a brincadeira perdeu a graça. — Pelo menos é o que eu acho.

— Oh, tá! — Ele se afastou pegando uma foto em que eu estava com Johnny.

— E esse aqui? É o seu namorado?

— Pare de mexer nisso — resmunguei, fazendo-o se afastar do aparador. — Ele também é meu irmão. Somos todos irmãos de criação. Satisfeito? — Patrício arqueou uma sobrancelha com um tom debochado.

— Nem um pouco. — Mas aceitou deixar os retratos em paz. — Você mora aqui com quem? — Olhou para as escadas. Seu rosto era o de um menino curioso explorando um novo ambiente.

— Com ninguém que seja da sua conta, Patrício.

— Calma! — Riu voltando para o sofá. — Eu estava saindo do trabalho e ouvi na rádio que o caminho estava impossível, então resolvi ficar por aqui e comer alguma coisa. — Seus olhos percorreram meu corpo com certo descaramento. — E vim te convidar para jantar. O que acha? Pode acompanhar um amigo solitário em um jantar sem nenhuma segunda intenção? — Tive que rir.

— Jantar?

— Estou morrendo de fome.

— Sei... — O telefone tocou. Não o meu celular, mas o telefone de casa, o que significava apenas uma coisa. Estremeci. — É melhor você ficar calado ou eu vou arrancar a sua língua.

Ameacei, correndo para pegar o telefone antes de o padrinho ligar para o Vítor pedindo informações. Que era o que ele fazia quando não nos encontrava em casa. Patrício riu baixinho me deixando mais segura para atender a ligação.

— Alô?

—*Filha, como vai?* — A voz doce da madrinha fez meu coração aquecer.

— Bem. Como estão as coisas?

Olhei para Patrício sentado no sofá, comportado como uma criança obediente. Fiquei aliviada, mas não relaxada. Eu precisava manter aquela conversa em um nível que não entregasse muito sobre a minha vida.

— *Como sempre são.* — Ela mantinha o tom leve da voz, apesar de demonstrar cansaço. — *Decidimos adiantar a nossa volta. Você sabe como seu padrinho é. Ele quer acompanhar os últimos momentos de vocês na faculdade.*

Eu amava os meus padrinhos e seria eternamente grata a eles por terem feito o que fizeram por mim, mas sempre que recebia a notícia de que estariam de volta era o mesmo que me sentir sufocar. Porque a volta deles significava semanas inteiras dentro de casa, sem direito a escapulidas, vida sem rumo, sexo... eu teria que ser a Miranda que criei para eles e não a que me habituei a ser na sua ausência.

— *Onde está Charlotte?*

Olhei para a sala, confirmando a obediência de Patrício e me desesperando sem conseguir pensar em uma resposta adequada. Eu não podia dizer que ela estava na casa do Johnny porque eles descobririam facilmente que era mentira. E eu não podia deixar que Lottie se enrolasse. Não quando era ela quem segurava todas as minhas barras.

— Dormindo — improvisei. — Ela acordou muito cedo para ir à aula e depois trabalhou com afinco em seu projeto de conclusão de curso. Coitadinha! Ela está esgotada.

— *Imagino. Peter está ansioso. Já pensou em alguns cursos para vocês fora do Brasil.* — Sua voz divertida indicava que a madrinha sabia o quanto aquele assunto incomodava Charlotte. — *Está certo. Liguei apenas para avisar que chegamos depois de amanhã bem cedo.* — Ouvi o padrinho ressaltar o "bem cedo" do outro lado da linha, confirmando o que eu já sabia, ele madrugava. — *Temos muitos compromissos, querida. Espero que estejam preparadas.*

— Sempre estamos. — Coloquei entusiasmo na voz, apesar de saber que eu odiava aqueles compromissos. E mesmo odiando, cumpriria com todos, porque era o mínimo que podia fazer para agradá-los.

— *"Até mais, querida! Estamos com saudades."*

— Eu também. Até mais.

Desliguei, me esquecendo completamente de Patrício em minha sala e me sobressaltei quando ele já estava bem perto.

— Seus pais? Um namorado?

— Por que você acha sempre que é um namorado?

— Ou namorada — completou.

— Você não tem limites! — Passei por Patrício tentando encontrar uma forma de fazer Charlotte voltar para casa. A volta dos padrinhos seria uma excelente desculpa. — Preciso ir a um lugar. — E, de repente, a presença de Patrício era muito bem-vinda.

— Eu estou morrendo de fome — protestou perambulando pela sala.

— Vai levar apenas um minuto.

Precisava colocar cada personagem em seu devido lugar e isso significava fazer o meu teatro com Johnny. Tudo tinha que ficar perfeito para que Charlotte entendesse e levasse a sério sem me acusar de tentar acabar com as suas fantasias. Patrício não gostou muito da ideia, mas fez o que eu mandei. Dirigimos até a casa do meu irmão.

— Fique aqui. Eu já volto — anunciei, descendo do carro sem lhe dar chance de protestar, porém ouvi o som da porta batendo e entendi que ele não aceitaria com tanta facilidade. — Que droga!

— Não deixei o meu jantar para depois só para ficar de motorista — resmungou passando por mim.

— Ótimo! Então vá embora. — Patrício voltou chocado com as minhas palavras, mas não se intimidou.

— Vamos acabar logo com isso porque estou faminto. — E assim eu acabei entendendo que jamais conseguiria fazer o que queria sem ter ele por perto, por isso aceitei e dei andamento ao planejado.

O porteiro já me conhecia e jamais me impediria de subir. Da porta pude ouvir a música e as risadas da mulher que estava ali com o meu amigo. Toquei a campainha, contudo, sem nenhuma paciência, comecei a bater na porta. Alguns minutos depois um Johnny sob efeito de bebidas, e alheio ao que acontecia do lado de fora, abriu a porta e nos encarou com surpresa.

— Onde está Charlotte? — Fui direta. Johnny olhou para mim e depois para Patrício, um tanto quanto surpreso.

— Ela... — Ele olhou para trás, conferindo a garota que o aguardava em algum lugar daquele apartamento. Johnny fechou um pouco mais a porta. — Desceu para buscar uma pizza.

Puta merda! Como funcionava a cabeça daqueles homens eu não fazia ideia, mas era uma merda atrás da outra.

— Deixe de ser babaca que eu sei que se Lottie estivesse aqui você não colocaria uma vagabunda em seu apartamento. — Patrício riu deixando-me ainda mais irritada. Ele não tinha que estar ali. — Onde ela está? — Johnny olhou para mim e depois outra vez para Patrício.

— Ela... não está aqui. Pediu que eu confirmasse que estava, mas... não está.

— Tem noção da merda que fez? — Aumentei a voz me sentindo péssima. Johnny também era responsável pelo que aconteceria a Charlotte.

— Ela me pediu. — Tentou se defender e ficou visivelmente abalado. — Eu não entendi. Ela disse apenas que queria um tempo sozinha, para terminar o projeto. — Ri de desespero. Eu bem sabia como Lottie conseguiria finalizar o maldito projeto. — Não tenho culpa, tá legal! Ela me disse que não faria nenhuma besteira. Lottie sabe muito bem até onde pode ir.

— Meu Deus! Você é um idiota!

— Miranda, eu... — Patrício tentou, mas eu virei furiosa em sua direção e ele recuou.

— A madrinha ligou, eles estão voltando. Já pensou o que o padrinho vai dizer quando descobrir o que você fez?

— E você, já pensou na sua desculpa? Ela estava fugindo de você. — Estremeci. Aquela não era a verdade. Nós nos amávamos e éramos melhores amigas de uma vida inteira.

— Você é um babaca!

— Boa noite, Miranda. Avise quando ela ligar. — Johnny entrou e bateu a porta em minha cara. Avancei para esmurrá-la, contudo Patrício me segurou com força me afastando com determinação.

— Relaxe, gata! Você não vai achar a sua amiga assim. Vamos!

Só que eu não queria achar Charlotte. Sabia muito bem onde ela estava, só precisava que Johnny confirmasse que eu não sabia de nada quando resolvi estragar os planos da minha irmã. Seria perfeito e forçaria Charlotte a me contar toda a verdade. Só assim conseguiria a liberdade que precisava para dissuadi-la a deixar aquela loucura para trás.

— Ok! Vamos. Estou morrendo de fome.

Ele me olhou sem entender a mudança de humor repentina. Entrei no elevador com um sorriso imenso. Estava tudo perfeito demais para ser verdade.

CAPÍTULO 13

"De um lado é corpo e sedução do outro força e coração.
É fera e sabe machucar, mas é primeira a te curar."
MULHER – ELBA RAMALHO

ELE ME ENCARAVA AGUARDANDO QUE EU DISSESSE ALGO. SEUS OLHOS perceptivos diziam que eu não sairia dali sem lhe dar algumas respostas. Suspirei pesadamente. Pelo menos ele tinha esperado o jantar acabar. Olhei nossos pratos sujos sobre a mesa, a minha taça de vinho com um pouco do líquido e a dele com água, já que, segundo ele, era um garoto responsável e beber água com sal tinha secado a sua garganta.

— Certo. — Endireitei o corpo na cadeira confortável e passei o dedo pela borda da taça procurando por onde começar, além de me preocupar em não dizer além do necessário. — Aquela garota da foto...

— Sua irmã de criação — ele me interrompeu.

— Isso. — Umedeci os lábios desejando não precisar explicar muito. — Ela se meteu em um problema. — Olhei para Patrício sabendo que não seria o suficiente. — Ela está se envolvendo com nosso professor — revelei disposta a encerrar o assunto. Patrício continuou calado, como se eu tivesse dito a coisa mais natural do mundo. — Você ouviu o que eu disse?

— Sim. Sua irmã de criação está dando uns amassos com o professor dela — sua voz continuava impassível.

— E você fala assim, como se fosse normal alguém dar uns amassos no professor? — Patrício sorriu e se aproximou de mim colocando os braços sobre a mesa.

— É normal professores e alunos se relacionarem. Em que mundo você vive?

— Em um mundo onde uma garota inocente e cheia de ideias românticas é aliciada por um professor cafajeste que está se aproveitando da situação. — Cruzei os braços encarando-o com raiva. Patrício riu.

— Quantos anos têm a sua irmã?

— Vinte e um.

— Vinte e um? — Riu alto. — E você está preocupada com ela? Logo você que parece não ter nenhum limite nesta vida. — Fiquei chocada com as palavras dele.

— É diferente.

— Por quê? — Continuou me encarando com desdém. — Ah, claro! Faça o que eu digo, mas não faça o que eu faço.

— Você não sabe nada sobre a minha vida, nem da de Charlotte. Ela é... — Precisei me controlar para não começar a gritar. — Ela é doce, ingênua, cheia de sonhos...

— Ela é crescidinha o suficiente para saber o que quer. Você mesma faz o que quer sem se preocupar com as consequências.

— É muito diferente, Patrício! E eu me preocupo com as consequências. — Seu sorriso zombeteiro me deixou ainda mais irritada. — Aquela noite foi... desastrosa.

— Desastrosa? Uau! — Ele se afastou chamando o garçom. — Vou pedir a conta, tudo bem?

— Tudo. — Desisti de continuar a conversa. Ele não entendia. Ninguém entenderia.

Deixamos o restaurante em silêncio. Patrício não parecia incomodado, enquanto eu me sentia tão confusa! Qualquer situação comigo seria mais fácil resolver, porém com Charlotte... Ele não entendia que eu não queria que ela sofresse. Ela não merecia passar por uma desilusão amorosa, não uma que fosse realmente acabar com os seus sonhos.

— E agora? para onde vamos, sua casa? — Ri sem vontade.

— Não mesmo.

— Eu queria conseguir desvendar os seus mistérios, Morena — resmungou baixo como se estivesse dizendo para ele mesmo. — Então vamos para onde?

Ponderei. Voltar para casa só me deixaria mais angustiada. Charlotte não retornaria tão cedo e eu ficaria ruminando o problema até a sua volta, o que não era muito agradável. Eu já sabia o que deveria fazer, então precisaria aguardar o seu retorno para agir. Desta forma, ficar um pouco mais com aquele garoto sem filtro e sem limites não era uma má ideia, apesar de ter certeza de que já estávamos passando tempo demais juntos.

Não precisei sinalizar nada. Patrício não esperou a minha resposta, nem se importou com o meu silêncio enquanto eu divagava sobre os problemas com Charlotte. Ele simplesmente entendeu como um sim e seguiu rumo a algum lugar que já conhecia. Percebi, porque era um caminho bem diferente do que faríamos se ele estivesse me levando para casa.

Aprovei a sua iniciativa. Às vezes era cansativo ser a responsável por tudo, por cada detalhe e cada decisão. Mas só às vezes. Como naquele momento, já que minha mente dava um nó de tanta expectativa e apreensão. Transar seria uma excelente forma de expurgar os demônios.

Levantei da cama com o corpo todo relaxado. Se tinha alguma vantagem em passar algum tempo ao lado daquele garoto era poder transar com ele depois. Patrício não era o melhor cara com quem já fui para a cama, mas ele não era egoísta e me colocava como prioridade, o que já era bem satisfatório.

E o garoto entendia mesmo o que fazia. Eu não precisava de esforço para alcançar um orgasmo, nem o orientar em qualquer situação. Era como se já estivéssemos tão familiarizados que não precisássemos de palavras para nos entender, e isso sim era desconcertante.

Contudo eu acreditava na química, afinal de contas a ciência explica tudo, até mesmo o motivo para que alguns casais não envolvidos emocionalmente consigam ter a relação sexual mais íntima e completa do que alguns casais que se amavam, porém, sem encontrar um equilíbrio na cama. Era apenas química.

E a minha com Patrício parecia ser a fórmula perfeita. Muito apetite sexual, respeito um pelo outro, desejo na medida certa, e a vontade comum de não se envolver. Ou seja, eu me senti leve e feliz porque sabia que não passaria dali.

Envolvi meu corpo em um roupão enquanto decidia sobre o banho, ouvindo o farfalhar dos lençóis no quarto. Banheira ou chuveiro?

— Você e sua amiga moram sozinhas naquele *flat* de luxo?

Sim, ele tinha conseguido arrancar mais algumas informações e eu não entendia muito bem qual a importância daquilo tudo. Se era mera curiosidade por que ele não se dava por satisfeito?

— Moramos — falei um pouco mais alto para que ele pudesse me ouvir.

— Imagino que seja demais eu perguntar como conseguem se manter. — Suspirei. Ele não desistiria.

— Sim, é demais. — Ouvi a sua risada pesada e tive a certeza de que ele não terminaria por ali. Voltei para o quarto determinada a encontrar uma forma de interromper os pensamentos curiosos daquele garoto.

— Seu pai te sustenta? — Estremeci parando de imediato. — Não vai doer, Miranda! — Ele nem imaginava que doeria sim.

— Eu nem faço ideia de quem é meu pai — respondi alarmada por ter dito aquelas palavras. Eu não deveria deixar mais nada sair da minha boca, mesmo que fossem pensamentos ditos em voz baixa.

— Ah! — Ele ouviu. Merda! Patrício pigarreou e outra vez se ajeitou sob os lençóis. — Então eu tenho que acreditar que você não é uma filhinha de... alguém... que curte a vida como bem entende. — Ele riu com ironia, o que me deixou um pouco chocada.

— A última coisa que eu sou é filhinha de... alguém — esbravejei firmando o roupão em meu corpo para voltar ao banheiro, mas, por um motivo que não sei explicar, parei em frente ao espelho daquele quarto de motel e analisei meus cabelos, desejando poder dizer algo mais.

Não. Era cedo ainda. Era ou sempre seria? Porra, aquele menino estava me confundindo.

— E o que você é, Miranda?

Patrício sentou na cama não se preocupando em cobrir o seu corpo espetacular. Sem desviar o olhar da minha imagem no espelho, sorri. Podia sentir os seus olhos em mim, analisando as minhas reações.

— Fui criada pelo meu padrinho. Ele é o meu provedor. — Patrício assoviou alto.

— Um padrinho? Então...

— Não seja ridículo, Patrício! É meu padrinho de verdade. Um homem honrado, generoso, atencioso, capaz de enfrentar o mundo pelos filhos. — E com isso tive que desviar o olhar fugindo de mim mesma. Eu não era nada do que o padrinho sonhara para mim. — E tem a madrinha também. Uma verdadeira dama. Delicada, generosa, amorosa ao extremo.

— E eles têm filhos? — Não havia mais o sarcasmo de antes, apenas a habitual curiosidade. — Você disse que seus irmãos são de criação — justificou.

— Já falei demais. — Forcei um sorriso e me virei de volta para um Patrício que me encarava pensativo. — O padrinho me sustenta, como você pode perceber, com luxo e tudo o que de melhor possa oferecer. Mas eu não fico de braços cruzados, apesar de esta ser a vontade dele.

— É mesmo? — Ele arqueou uma sobrancelha aguardando por mais.

— É mesmo. — Mantive o suspense.

— Como o quê? — Patrício continuava acreditando que eu era uma prostituta de luxo. Às vezes eu tinha vontade de quebrar a cara dele por isso.

— Como revisar alguns textos.

— Revisar textos? Sério mesmo? — Ergui o queixo. Ser revisor era um ótimo trabalho, além de ser digno. — Calma! — Ele me pareceu confuso. — Só estou tentando encaixar as peças. — Sorriu como o bobo que sempre fez questão de ser. — Então eu devo deduzir que você estuda Letras?

— Você não tem que deduzir nada. — Passei para o banheiro desejando encerrar aquela conversa com uma chuveirada.

No entanto, Patrício me seguiu. Não entrou no chuveiro, mas encostou-se à pia, cruzou os braços e me observou. Ele continuava nu, era mesmo um espetáculo observá-lo. O garoto tinha o corpo mais bem definido e harmonioso que eu já tinha conhecido. Um peitoral avantajado, desses típicos garotos que passam horas na academia puxando peso para depois se bombearem de Whey para ganhar massa.

Só que Patrício era um conjunto de massa muscular trabalhada, esculpida, desejada... e aquele "v" logo abaixo da cintura, desenhando um quadril que eu tinha vontade de passar a língua todas as vezes que via, descendo até seu pau majestoso, que já dava indícios de desejar mais uma rodada. Voltei os olhos para o seu rosto, percebendo que ele sorria. Cafajeste!

— Você faz revisão de texto? — Entrei no chuveiro ignorando-o. — Para alguma editora?

— Quer se juntar a mim? — provoquei, fazendo-o ir.

— Logo, logo, meu bem. Mas você trabalha para alguma editora?

— Não! — Fui dura, deixando claro que queria encerrar o assunto.

— Graças a Deus! — Tirei o excesso de água do rosto e me voltei para ele.

— Por que graças a Deus?

— Eu não estou dormindo com o inimigo. — Sorriu ao andar em minha direção.

— Tecnicamente não estamos dormindo juntos. — Vi Patrício revirar os olhos como uma criança. Tive que sorrir. — Você trabalha em uma editora?

— Hum, hum!

— Hum, hum é resposta de menina. — Joguei água nele devolvendo as suas palavras de sempre. Ele riu me puxando para seus braços. — Em qual editora?

— Nada disso, Senhorita revisora de textos. Já trocamos informações demais. — Ele me beijou encerrando o assunto.

Normalmente eu sentia vontade de quebrar a cara de quem tentava me impedir de continuar. Encerrar um assunto era sempre uma tarefa minha e não das outras pessoas, mas Patrício tinha um jeito especial de me calar. Esse jeito estava naquele momento duro, grande e se insinuando em meu ventre.

Permiti que nosso beijo se aprofundasse deixando o assunto morrer. Ser calada era bom quando me favorecia, e naquele momento era melhor eu me calar do que acabar revelando mais do que deveria. Patrício estava em um nível limítrofe de intimidade. Eu não queria dar mais nenhum passo.

Ele me encostou à parede, onde continuou me beijando colado ao meu corpo. Sua ereção roçando minha barriga, já pronta para mais um pouco de entretenimento. Era exatamente o que eu precisava. Então ele afastou os lábios dos meus, sorrindo com malícia.

— Onde aprendeu a bater daquele jeito? — Pisquei aturdida. Do que ele estava falando? E por que inferno tinha que falar alguma coisa? — O ladrão. — Ele queria mesmo conversar?

— Hum!

Mordi o lábio me negando a responder, mas insinuei meu ventre contra o seu corpo demonstrando no que realmente eu estava interessada. Ele passou a mão pelo meu cabelo me prendendo pela nuca e mordeu meu pescoço fazendo com que meu corpo correspondesse.

— Eu queria realmente desvendar você, Miranda — rosnou ainda em meu pescoço. — Queria saber o que está por baixo dessa superfície tão bem trabalhada. — Sua mão livre foi até meu seio, apertando-o. Gemi ao mesmo passo em que estremeci com as suas palavras. Eu não queria ser desvendada. — Você é... diferente. — Seus olhos voltaram para os meus cheios de curiosidade.

— Isso é ruim? — Aquele sorriso com covinha me fez retribuir.

— Não poderia ser, ou eu nem estaria aqui com você, gata — revelou, voltando a me beijar. Correspondi até porque ele ficou mais incisivo, com mãos mais fortes, decididas, que conseguiam me atiçar com muita habilidade.

— Então aproveite — provoquei. — Não vai ser tão fácil assim me encontrar nos próximos dias.

Aquela era uma verdade que me deixava frustrada. Em poucas horas eu seria a Miranda criada pelos padrinhos, que cumpria uma agenda social, se dedicava à faculdade e não namorava de maneira explícita. Eu seria uma Miranda que não existia.

Patrício, alheio aos meus pensamentos, continuou com o seu trabalho fantástico, que era o de expulsar todo e qualquer problema da minha mente fazendo-me pensar apenas no prazer. Senti sua mão escorregando pelo meu ventre enquanto a água descia sobre nossos corpos e seus lábios exploravam meu busto, até que seus dedos se alojaram no meio das minhas pernas com carícias leves e constantes.

Era exatamente o que eu precisava. Gemi aceitando seu toque, abrindo um pouco a perna enquanto ele me excitava até que eu finalmente estivesse pronta para mais uma rodada. Deixei que minhas mãos vagassem pelas suas costas, sentindo cada músculo, cada detalhe, puxando-o para melhor desvendar o seu corpo, brincando com a sua pele, chupando e mordiscando conforme a minha vontade.

Patrício aprovava a minha atitude aceitando todos os meus carinhos com gemidos deliciosos. Nós nos movíamos, roçando como podíamos um no outro, com seus dedos mantendo um ritmo leve e constante. Desci a mão até alcançar seu pau. O garoto gemeu satisfeito enquanto eu o manipulava com a mesma calma com que ele me masturbava.

Seus lábios estavam em mim, em minha pele, me forçando a esquentar. E eu estava quente. Quente demais.

— Hum! — ele gemeu voltando ao meu ouvido, mordendo de leve o lóbulo. — Eu quero me enfiar em você, Morena. — Gemi e rebolei em seus dedos demonstrando também querer que ele fizesse aquilo. — Sem camisinha — revelou.

Parei chocada, buscando os seus olhos. Ele me encarou com firmeza sem recuar. Tentei entender o que tinha de errado com aquele garoto. Mais cedo armou uma confusão dos infernos porque tínhamos transado sem camisinha e agora praticamente me implorava para que fizéssemos outra vez.

— Não. — Tentei não ser rude. Para não deixar o clima morrer, apertei seu pau com mais firmeza, fazendo-o fechar os olhos para aproveitar a sensação. — Não vamos ser inconsequentes outra vez — ronronei passando a língua em seu peitoral.

— Eu não quero parar aqui para pegar uma camisinha — protestou. — Essa merda é broxante.

— Essa merda é a nossa salvação. — Larguei seu pau e me separei dele. — Você consegue ser rápido o suficiente — brinquei, dando um tapa em sua bunda. Ele sorriu com luxúria e se afastou com relutância.

Ri sozinha pensando no quanto Patrício ficava abalado comigo ao ponto de querer outra vez agir inconsequentemente. Bom, eu sabia que não oferecia risco algum, mas... camisinha era a melhor solução, e algumas vezes, a minha melhor amiga.

Lavei o rosto, enquanto aguardava o seu retorno. Patrício voltou para o chuveiro quando eu ainda estava de olhos fechados, aproveitando a água quente. Sem dizer nada ele me abraçou e voltou a me beijar, tentando recuperar o ritmo. Sorri em seus lábios.

— O que foi?

— Bom garoto — respondi ainda sorrindo. — Agora deixe eu trabalhar um pouco.

Peguei a camisinha da sua mão sem qualquer resistência. Ele ainda tentava entender o que eu tinha dito. Ajoelhei à sua frente adorando o gemido rouco que ele deu. Patrício se equilibrou com uma mão na parede e com a outra acariciou meus cabelos aguardando a chupada que ele sabia, seria maravilhosa. Mas eu tinha outros planos.

Mesmo assim provoquei o garoto. Olhei para cima enquanto abria o pacote de camisinha, encontrando olhos quentes de tesão me encarando com expectativa. Deixei que um sorriso safado se apresentasse fazendo com que seus olhos perdessem um pouco do foco e então, sem desviar o olhar, comecei a colocar o seu pau na boca.

Ele rosnou se controlando, aceitando o ritmo lento que eu ditava, mas eu podia sentir o seu anseio por algo mais. Confesso que vê-lo tão excitado me deixava excitada na mesma medida. Mesmo com água descendo pelas minhas costas eu podia sentir a diferença da que alcançava minha vagina para a umidade própria do meu corpo revelando o quanto eu já estava preparada.

Quando Patrício estava todo em minha boca comecei a chupá-lo sem aumentar o ritmo. Ele gemeu deliciado, fechando os olhos e se permitindo. Deixei que entrasse e saísse algumas vezes, bem lentamente, então me afastei conferindo seus olhos abertos para verificar o que eu fazia.

Coloquei a camisinha na boca, posicionei a ponta para dentro e segurei com os lábios a parte que precisaria se desenrolar. Olhei para cima, Patrício me encarava com atenção e surpresa. Quis sorrir, mas estragaria todo o meu trabalho, assim, apertei com a língua a ponta do preservativo, pressionando-o no céu da minha boca, ao mesmo tempo em que colocava o pau dele na posição adequada.

Empurrei meus lábios com cuidado, desenrolando a camisinha pouco a pouco, mantendo meus dentes longe do material para não termos nenhum problema. Patrício suspirou pesadamente quando seus dedos se fecharam em meus cabelos. Sim, ele estava gostando. Senti vontade de me abraçar. Era uma delícia deslumbrar os homens com quem eu ia para a cama.

Quando já estava na base, finalizando o meu trabalho, corri os lábios por toda a sua extensão e fechei com chave de ouro, ao dar uma mordida leve em seu saco enquanto me aproveitava para roçar meus dedos no caminho entre seu ânus e seu escroto. O gemido que ele deu reverberou em minha vagina. Levantei me sentindo queimar sob aquele olhar tão cheio de luxúria.

— Agora você pode me comer — anunciei com a voz mansa, submissa. Ele me atacou no mesmo segundo.

Patrício agarrou meus quadris, me forçou a enroscar uma perna em seu corpo, me abrindo assim para recebê-lo. Quase que imediatamente o senti forçar a sua entrada e adorei. Ele não foi cuidadoso, mas era tudo o que eu desejava. Senti seu pau duro me invadindo, ganhando espaço à força, se impondo e me deixando extasiada.

Segurei em seus quadris abrindo um pouco mais as pernas, ficando na ponta do pé, assim ele alcançou o meu limite. Gemi deliciada quando parou. Foi somente um segundo onde trocamos olhares que davam permissão para continuar, então ele me atacou.

Ele investiu com os quadris em mim com força, gerando um som oco do choque dos nossos corpos molhados. Patrício não aguardou, não esperou que eu me estabilizasse ou permitisse que continuasse, ele saiu outra vez e voltou mantendo o movimento sem cessar. Gemi alto, acompanhando-o, investindo meu sexo contra o dele, recebendo-o por completo, sentindo cada pedacinho daquele pau roçar minhas paredes com uma velocidade deliciosa.

O silêncio do banheiro era preenchido com nossos gemidos e nossos corpos se chocando gerando a música mais excitante que eu já ouvi. Era uma delícia não apenas senti-lo me invadir com tanto tesão, como ouvi-lo gemer e falar palavras desconexas.

Sua mão levantou meu cabelo liberando meu pescoço enquanto a outra apertava meu seio levantando-o para a sua boca. Patrício me apertava e chupava com tanta ânsia que eu não sabia o que me faria gozar primeiro, se sua boca em meus seios ou suas investidas fantásticas em meu sexo.

— Você... — ele gemia sem conseguir terminar nenhuma frase, devido ao esforço. — Gostosa... inferno... delícia... — Cada palavra dita entre uma estocada e outra, se perdendo sem qualquer sentido ao mesmo passo em que fazia todo o sentido. Era confuso como tudo o que éramos, e gostoso como tudo o que buscávamos.

Ele me chupava, mordia, me apertava com suas mãos fortes, me penetrava implacavelmente, deixando-me quase sem reação. Mas eu queria reagir e tomando consciência de que aquele deveria ser o meu jogo, foi o que fiz. Segurei seu cabelo enquanto ele trabalhava em meus seios com uma fome anormal e o mantive ali enquanto me aventurava com a outra mão.

Desci por suas costas largas até encontrar sua bunda dura, redonda, deliciosa. Dei um tapa que estalou na pele molhada pegando-o de surpresa, contudo não o suficiente para fazê-lo parar. Patrício me encarou mantendo as estocadas, a respiração pesada. Dei outro tapa e seus olhos brilharam. Puta merda!

— Mais forte! — ordenei com a voz cansada pelo esforço que fazíamos. Ele obedeceu imediatamente recebendo mais um tapa estalado. Seu esforço aumentou e eu constatei que ele gostava do que eu estava fazendo. — Assim! — rosnei, mantendo seus olhos nos meus.

Segurei seu rosto pelo queixo apertando seus lábios e lhe dando mais um tapa. Ele fechou os olhos e eu o atingi outra vez.

— Abra os olhos! — Ele gemeu pronto para gozar. Alisei sua bunda, acariciei e apertei assistindo o prazer dominar seu rosto. Então apliquei mais um tapa e ele gemeu.

Eu estava adorando, no entanto mais gostoso do que dominá-lo daquele jeito era o prazer que já vibrava entre as minhas pernas fazendo meu clitóris e lábios começarem a pulsar. E era de uma forma diferente, forte, ansioso tão cheio de tesão que tive medo do que estava sentindo.

Porra, eu estava adorando dominar e ele estava adorando ser o meu submisso.

Dei um tapa mais forte assistindo o prazer em seus olhos. Patrício estava no limite, eu também. Eu queria gozar e queria que ele gozasse se curvando em meus pés. Acariciei mais uma vez sua bunda sentindo aquele formigamento familiar iniciar a sua trajetória. Então, em um movimento que até eu julgava ser demais para mim, mas totalmente fora do meu controle, passei os dedos entre as nádegas dele e rocei a ponta em seu ânus.

Patrício estremeceu, gemeu e gozou com a cabeça em meu pescoço.

Uma satisfação impossível de explicar invadiu meu corpo me fazendo gozar como nunca antes. Minhas pernas fraquejaram no último movimento dos meus quadris e seus braços fortes me seguraram. Eu me agarrei ao seu corpo buscando abrigo em seu pescoço.

Foi forte demais o que fizemos para nos encararmos logo em seguida. Eu precisava reconhecer o que era aquilo e acreditava que ele também precisava do seu tempo, por isso ficamos assim, abraçados, escondidos um do outro enquanto a água descia em nossos corpos, cada qual no seu mundo, se reerguendo da forma como podia.

CAPÍTULO 14

"Ela vai te enlouquecer pra ver do que é capaz.
Vai fazer você sentir inveja de outros casais.
E você vai ver que as outras eram todas iguais...
Essa mina é uma daquelas fenomenais... Ela é a vida após a vida.
Despedida pros seus dias mais normais. Pra que mais?

ELA SÓ QUER PAZ - PROJOTA

ESTAVA TUDO EM SEU DEVIDO LUGAR. ELA TINHA VOLTADO, CONSEGUI surpreendê-la, acuá-la e assustá-la o suficiente para que Charlotte finalmente confessasse a merda que estava fazendo. Só que eu não estava preparada para o que veria em seus olhos e o que vi me desarmou completamente.

Lottie estava mesmo apaixonada, e nem tinha se dado conta disso. Coitada!

Enquanto ela falava sem parar, me explicando a lógica daquela loucura toda, minha cabeça girava ao mesmo passo em que minha mente se contorcia me dando pontadas de dor de cabeça. Não havia mais nada que pudesse ser feito.

Apesar da minha amiga ainda ser virgem, eu sabia, e ela também, que era questão de tempo. Tentei entender como Alex conseguiu ser persuasivo ao ponto de fazê-la se envolver em algo tão fora do comum. Aquela não era a Charlotte que eu conhecia. Ela estava forte, decidida e não voltaria atrás. Eu podia jurar que tinha bastante noção das consequências desastrosas daquela brincadeira e nem por isso desistiria.

— Pelo menos você não está chateada por eu estar com ele, né? Digo... por causa deste lance de aulas particulares... porque você queria ter uma chance...

Encarei Lottie entendendo o que ela dizia. Eu nunca mais tinha pensado no nosso professor com o desejo de antes. Aliás, desde que comecei a desconfiar do que estava acontecendo desenvolvi uma raiva pelo cara que jamais cederia espaço para o tesão. Por mais gato que ele fosse. Além do mais, Alex Frankli tinha se mostrado um imbecil, aliciador de garotas inocentes, um idiota que se aproveitava das alunas.

Não. A última coisa que me incomodava naquela situação era o fato de ele ter escolhido ela e não eu. Só doía saber que Lottie não saberia como sair daquilo tudo, enquanto eu tiraria de letra. Até nisso ele era um idiota.

Ainda assim precisava de uma desculpa que fizesse Charlotte não se sentir tão culpada. Patrício já estava no fogo, então por que não deixar queimar?

— Rá! Até parece que eu trocaria meu príncipe encantado por aquele depravado.

Quase ri da ideia de Patrício ser um príncipe encantado. Ele até enganava, mas bastava sofrer um assalto ao seu lado, ou um banho mais íntimo, para saber como transformar o príncipe em um súdito. Sorri relembrando os nossos últimos momentos.

— Que bom — ela disse com um sorriso doce de alívio.

Tadinha! Charlotte vivia em um mundo cor-de-rosa onde tudo caberia dentro de um romance de banca. Ela acreditava que eu estava outra vez apaixonada, acreditava que conseguiria ir até o fim com Alex, acreditava que a vida era linda e as pessoas felizes.

— Não pense que vou engolir esta história, já imaginou se...

O telefone dela nos interrompeu, logo constatei quem era. Pelo brilho nos olhos da minha amiga e a forma como sua respiração ficou mais acelerada só podia ser uma pessoa: Alex Frankli. Pensei em ficar e conferir o teor da conversa deles, mas acabei desistindo. Eu já estava incomodada demais para continuar xingando e ameaçando.

Saí do quarto deixando-a sozinha com o seu telefone e tratei de ir para a sala montar guarda. Eu precisava saber exatamente quando Charlotte saía e voltava para casa. Era o que poderia fazer para que ela perdesse um pouco da coragem que estava sustentando.

Sentei no sofá com o caderno aberto, mas sem nada específico para fazer. Não queria copiar as aulas que perdi, não queria pensar em Patrício, nem me desesperar antecipadamente pensando na chegada dos padrinhos. E também não queria continuar pensando em Charlotte, nem na merda em que ela se envolveu e estava adorando permanecer.

Se ela não sorrisse com os olhos cheios de estrelas quando falava dele, se não corasse e suspirasse, se não tivesse tanta doçura em suas palavras, seria muito mais fácil dizer palavras mais duras que pudessem puxá-la para a realidade, mas eu não conseguia. Não era fácil ser dura com Charlotte quando tinha consciência de que ela nunca teve nada parecido em toda a sua vida mesmo sendo o que mais ansiava.

E ela ansiava, mesmo sem saber, quando despejava em seus textos personagens apaixonantes que amavam sem limites, sem nunca se acovardarem com as barreiras. Charlotte esperava o amor incontrolável, o que a faria cometer todas as loucuras que não tinha coragem até então, o que a faria perder o juízo e se entregar sem reservas.

Suspirei. Como Alex não enxergava aquilo tudo nela? Como não conseguia olhar em seus olhos e perceber o amor que crescia ali? Como podia continuar com aquela brincadeira sabendo que aquela menina doce ficaria despedaçada?

Ah, Deus! Eu queria uma forma de impedir que aquilo tudo acontecesse.

Meu celular piscou. Um número desconhecido entregava a mensagem e me bloqueava logo em seguida. Eu conhecia aquele padrão e confirmei ao sentir o arrepio em minha pele. Abri a mensagem reconhecendo o cartão dourado. Um convite do clube. A noite seria de festa.

Mordi os lábios sem saber como me sentia. Não estava empolgada e tentava entender o porquê. Pensei que talvez eu estivesse cansada de tudo o que tinha feito com Patrício na noite anterior, e convenhamos, nem eu conseguiria uma rotina diária de sexo, ainda mais sexo desprovido de compromisso e promíscuo.

Também levei em consideração que a situação de Charlotte provavelmente estava me consumindo mais do que eu era capaz de perceber. Eu deveria passar um tempo com a minha amiga para que ela continuasse próxima e confiando em mim, só assim poderia dar o meu melhor a ela, que naquele caso não passaria de orientação e um ombro amigo para chorar quando precisasse.

O fator "volta dos meus padrinhos" também foi abordado como possível causa do meu desânimo para ir ao clube. Também me questionei se este não deveria ser o meu incentivo, sem chegar a uma conclusão.

Era isso. As três situações somadas era o motivo da minha falta de vontade de aceitar o tal convite. No entanto não descartei a ideia, só deixei de lado, aguardando a noite, quando realmente precisaria decidir.

Foi quando Charlotte desceu as escadas com a sua felicidade sufocante.

— Vai sair? — Não era para a minha voz soar tão alarmada, mas foi o que aconteceu.

Porém não poderia ser diferente. Charlotte tinha chegado há... o quê? Dez minutos? Quinze no máximo. Eu não conseguia mais reconhecer aquela garota à minha frente. A minha Charlotte voltaria envergonhada da travessura da noite anterior e se trancaria em casa como uma boa moça até que o episódio pudesse ser esquecido.

— Vou — respondeu com determinação. Engoli em seco me desesperando.

A vida sexual de Charlotte nem tinha começado e ela já era mais ativa do que eu.

— Com ele? — Não consegui conter o sarcasmo e desprezo pelo cara em questão.

— Sim. Com o professor Frankli, Miranda. — Ela continuava sem me olhar fingindo arrumar a bolsa. Que merda!

— Para mais uma aula de putaria? — O azedume em minha voz fez meu estômago se revirar. Definitivamente aquela não era a minha Charlotte. Não aquela garota que me encarava sem pestanejar ou recuar.

— É o que eu espero, Miranda.

As palavras faltaram e minha mente deu um nó. Aquela, definitivamente, não era a minha Charlotte, mas era alguém que eu poderia admirar por ser tão corajosa e destemida. Pelo menos para isso aquele relacionamento fodido serviria. Pelo visto não seria tão ruim ter o coração partido, desde que ela não se transformasse em uma nova Miranda.

Não. Charlotte seria forte e seguiria em frente sem deixar os seus sonhos para trás. Eu lutaria para que fosse desta forma. Então sorri para o seu rosto corado. Meu coração se encheu de uma felicidade que eu não conseguia entender. Comecei a rir para logo estar rindo descontroladamente com o mínimo pensamento de como era absurdo ouvir Charlotte dizer que esperava por uma tarde de putaria.

— Charlotte, você não existe. — Eu não conseguia parar de rir e ela também. Toda a tensão foi embora deixando apenas a nossa amizade, que valia muito mais do que qualquer outro sentimento. — Onde já se viu fazer aula de sexo? — Ri um pouco mais sem acreditar que eu estava mesmo rindo. Ela também ria e aquilo era o suficiente para aquecer o meu coração.

— Tem sido incrível! — admitiu parando de rir e voltando a ficar envergonhada, como sempre acontecia.

Ela começou a ficar com o rosto vermelho de uma forma diferente, como se estivesse se lembrado da maneira como ele fazia ser incrível aprender sobre sexo. Verdade seja dita, se era para entrar no mundo dos adultos, que ela entrasse com um pé na porta, sendo ensinada e não apenas permitindo que alguém fizesse o trabalho sujo apenas para que ela soubesse o que era transar. Pelo menos Alex estava tendo o cuidado de mostrar o quanto era bom.

O que não diminuía a raiva que eu sentia dele.

— Imagino. — Nós nos encaramos já sem nenhum humor. Pelo contrário, eu estava apreensiva com o consentimento que precisava dar à minha melhor amiga. — Tome cuidado. Eu já tive o meu coração partido. Tenho certeza de que não é algo que você gostaria de colocar em seus livros. — O nó em minha garganta apertou sem piedade, me fazendo lembrar de todas as merdas que aconteceram porque eu me apaixonei um dia.

— Fique tranquila, tenho tudo sob controle. — Ela sorriu, porém não havia forma de eu me sentir tranquila.

Olhei Charlotte me enxergando nela. A diferença era que eu tinha quinze anos e não vinte e um. As lembranças eram as piores. Sem pensar abracei minha amiga me dando conta de que eu não fazia aquilo por ela, e sim por mim, por me sentir péssima, por nunca ter contado a verdade, por viver mentindo, deixando que Charlotte continuasse sendo aquela menina ingênua mesmo quando o mundo não admitia mais pessoas como ela.

— Eu amo você, Charlotte! — Fechei os olhos com força desejando encontrar outra vez o meu equilíbrio.

— Eu também amo você — ela disse se afastando e ignorando os meus olhos marejados. Eu sabia que Lottie escondia de mim os dela e respeitei a sua posição.

Então ela foi embora, deixando-me outra vez sozinha naquela sala. Olhei para o sofá com o meu caderno, livro e o celular largado ao lado. Foi assim que tomei aquela decisão. Eu iria ao clube. Só assim me sentiria no controle outra vez.

Consegui fugir de Charlotte e Johnny. O jantar foi leve, mesmo Lottie contando como funcionava o seu relacionamento com o nosso professor. Eu estava horrorizada, mais pelo medo do que pela forma como ele conduzia a situação, afinal de contas Alex era um homem experiente.

O que me assustava de fato era saber que tudo o que ele fazia encantava a minha amiga cada vez mais. Ele a envolvia em uma bolha de romance proibido, cheio de conversas calorosas, promessas que não seriam cumpridas e mentiras que com certeza fariam o seu coração criar sombras pesadas, mortais.

E ele nem precisava de tanto. Charlotte já estava entregue, apaixonada, ansiosa por cada aula particular.

Apesar das brincadeiras, me sentia ansiosa. Conferi as horas a cada cinco minutos sem deixar que meus amigos percebessem a minha agitação, além disso, precisei checar as mensagens inúmeras vezes, em todas mentia para mim mesma dizendo ser uma prática habitual, quando na verdade me sentia um pouco menos confiante quando percebia que ele não tinha me procurado ainda.

Não que eu quisesse mais um encontro com Patrício. Não era nada disso, era só porque menti para Charlotte afirmando haver um namoro, e claro que isso não queria dizer nada naquele momento entre amigos, mas me incomodava o fato de não termos conseguido desfazer o clima estranho que ficou depois do sexo no chuveiro.

Eu não encontrei maneiras de deixar de me sentir forte e dona do poder, contudo foi extremamente difícil manter este sentimento trancado enquanto ele demonstrava incômodo por ter permitido que fosse daquela forma. Não trocamos uma palavra sobre o assunto, contudo a verdade é que nossa noite acabou ali. Conversamos pouco, sobre nada específico, depois ele me deixou em casa sem sequer insinuar que existiria algo mais.

E com isso não quero dizer que desejo o algo mais, apenas frisar que não posso fingir um namoro quando o namorado desaparece no mundo. Eu contava com mais alguns encontros antes de precisar dizer a Charlotte que ele entrou para a fila dos que ficaram no passado. Só assim ela se tranquilizaria quanto ao seu relacionamento torto com o nosso professor.

A frustração me assolava, à medida que o tempo passava. Eu iria ao clube, já havia decidido, e me divertiria como pudesse. Precisava daquelas horas para me sentir de volta ao meu mundo, para me conformar que os próximos dias seriam de abdicação e também, para me certificar de que Patrício estava em seu devido lugar.

Quando chegamos à boate, eu estava ainda mais tensa. Tentei me consolar afirmando para mim mesma que com ela seria diferente, contudo era impossível ouvir a história de Charlotte e não ser arremessada à minha própria história, que não tinha um final feliz, e que, provavelmente, me transformou no que eu era.

— Relaxe, Miranda! — Johnny falou se aproximando e aproveitando que Charlotte estava no banheiro. Aguardávamos por ela ainda na recepção.

— Você sabe o que pode acontecer. — Encarei meu amigo deixando os sentimentos extrapolarem. Aqueles eram os únicos minutos que eu teria para permitir que eles estivessem tão na superfície.

— Não é a mesma história — rebateu sem demonstrar aborrecimento. — Nós estamos aqui para cuidar dela.

— Eu tinha quem cuidasse de mim e mesmo assim aconteceu o que aconteceu. — Vi os olhos do meu irmão ficarem tristes.

— Você não tinha. Nem eu, nem Charlotte, tínhamos ideia do que estava acontecendo e eu só descobri porque...

— Eu lembro. — Nós nos encaramos. Ele assustado e eu com raiva das lembranças. — Eu estava lá, esqueceu?

— Não. Mas você não quis contar com ninguém. Só eu soube e só *eu* pude estar ao seu lado.

— Você não entende, Johnny! — gemi, detestando me sentir tão exposta.

— Eu entendo. Sei como é não querer decepcioná-los. Sei a pressão que é precisar ser perfeito para retribuir o que eles fizeram por nós dois. Eu sou igual a você, Miranda. Sou fruto do amor deles e dos sonhos também. Sou o filho que Peter não teve e que carrega o peso das suas expectativas. Nós somos iguais. Você pôde contar comigo, mesmo que tardiamente, e Charlotte vai contar com nós dois.

— Não quero que aconteça com ela.

— Não vai acontecer. É bem diferente. Você não teve quem te orientasse, foi ingênua e entrou em desespero. Charlotte já é bem crescidinha, tem noção dos riscos e nós dois estaremos ao lado dela para não deixar que nada dê errado. — Ele segurou em minha mão apertando-a. — Vamos deixá-la viver um pouco e confiar em suas escolhas.

— Você tem razão. — Respirei fundo para reorganizar os sentimentos. — Eu não posso ficar. Não estou conseguindo ser útil agora.

— Então saia. Eu cuido dela. — Era tudo o que eu precisava.

— Prometa que não vai deixá-la sozinha. — Ele me deu um sorriso encantador e apertou a minha bochecha.

— Eu nunca deixo — brincou. — O que digo a ela?

— Nada. Vou esperar um pouco e dar a desculpa de sempre.

— Um namorado?

— Exatamente. — Ele riu e eu me senti mais leve.

Johnny tinha razão. Charlotte não precisaria implorar por uma viagem maluca, ficando longe o suficiente para consertar os seus erros. Ela nunca precisaria fazer a escolha que eu fiz. Nunca. Nem que eu precisasse matar Alex Frankli.

Mas eu não estava tranquila o suficiente para encontrar paz no clube. E, sim, eu encontrava paz naquele antro. Algumas pessoas iam à igreja, se aconselhavam com um pastor, buscavam algum lugar bucólico, saíam para correr... eu transava. E não havia nenhum mal nisso. Se as pessoas transassem mais, não reclamariam tanto da vida. A minha filosofia era a de que quem faz sexo libera energia positiva para o mundo, e o mundo nunca precisou tanto dessas boas vibrações.

Mesmo assim, eu já estava sentada no bar há quase trinta minutos, sozinha, e sem vontade de arrumar alguma companhia. Provavelmente os problemas de Charlotte estavam me consumindo demais.

Ora, Miranda! Você sabe muito bem que se aceitar um convite, qualquer que seja, Charlotte vai passar para o segundo plano, então por que não escolhe logo alguém?

A resposta era simples: ninguém ali parecia ser interessante o suficiente para me fazer aceitar um convite para o salão aberto ou para um dos quartos. Rodei mais uma vez o dedo em minha bebida e o levei a boca. Eu estava muito estranha.

— Um uísque, por favor! — Uma voz forte e máscula vibrou chamando a minha atenção. Senti a movimentação de alguém sentando no banco ao meu lado. Não me importei em verificar quem seria. — Você é nova aqui? — A voz foi direcionada a mim, não havia como duvidar disso.

Sorri olhando para o homem ao meu lado. Alto, moreno, cabelos negros, olhos castanhos quase mel, um cavanhaque muito bem tratado e um sorriso perfeito de dentes tão brancos que brilhavam. Ele vestia um conjunto de paletó completo, tinha entre trinta e cinco ou quarenta anos, exatamente o meu número.

— Não — limitei-me a responder. Ele ampliou o sorriso.

— Nunca te vi por aqui. Seria muito azar eu só comparecer nas noites em que você não está.

— Eu não venho sempre — menti. Seus olhos se estreitaram.

— De qualquer forma, eu sou Fabrício. — Estendeu a mão em minha direção. Eu o olhei, aturdida.

— Pelo visto não frequenta o clube há tempo suficiente para conhecer as regras. — Ele recolheu a mão, mas não pareceu ofendido, sorrindo amplamente.

— Não gosto muito de regras, especialmente essa. Gosto de conhecer as mulheres com quem vou para a cama. — Estreitei os olhos, não acreditando em sua autoconfiança. — Ou as que pretendo levar — completou me fazendo rir. — Eu sou Fabrício. — Balancei a cabeça concordando e me sentindo incomodada com a semelhança dos nomes. Não poderia ser Pedro, Fernando, Josias... logo Fabrício? — E então... não está muito animada para esta noite? Todos os salões estão abertos e não precisamos de convite.

— É, eu sei. — Ri achando ridícula a minha apatia.

— E não fica animada para ver o que está acontecendo lá embaixo?

— Hum! — Pensei no assunto ponderando. — Talvez eu desça mais tarde. — Ele riu.

— Isso é uma recusa ao meu convite?

— Não ouvi nenhum convite até agora — provoquei. — E esta é uma noite especial, sem a necessidade de convites.

— Tem razão, mas eu adoraria convidá-la mesmo assim.

— Para olhar o que está acontecendo lá embaixo? — Ele me deu um sorriso encantador.

— Para se juntar a mim e ao meu amigo. — Fez um gesto com a cabeça indicando um rapaz negro, tão alinhado quanto, contudo com um porte muito mais atlético, do outro lado da sala. Ele era lindo! — Eu adoraria te oferecer a ele — confidenciou aproveitando que eu não tirava os olhos do amigo.

Voltei meus olhos para Fabrício que me analisava com atenção e desejo. Os dois eram lindos, sexy, másculos, sem contar que aparentavam ter experiência o suficiente para o que estavam me propondo.

Eu queria aceitar? Vou ser sincera e confessar que uma parte de mim dizia sim sem parar. Não posso fingir pudor e dizer que nunca participei de algo parecido. Claro que já participei! Porém não me sentia muito confiante para aceitar aquela proposta. E o motivo? Bom, eu não fazia a mínima ideia. Até o nome do cara poderia ser um empecilho.

Mas que merda era aquela que eu estava pensando? Pouco importava se o nome dele me lembrava do nome do outro. Patrício jamais deveria ser o problema. Pelo menos não um que me impedisse de transar com outros caras.

Então, sem que eu mesma tivesse consciência da minha decisão, me vi sorrindo para o tal Fabrício e aceitando com o queixo empinado e a sensação de desafio, o que era ridículo, no entanto, eu não podia mais recuar.

— Ótimo! — Ele fez um gesto para o amigo que deu uma desculpa à garota com quem conversava e caminhou com muita elegância em nossa direção.

— Orlando, esta é... — Ele me olhou com curiosidade se dando conta de que eu não tinha me apresentado.

— Eu gosto das regras. — Bebi o restante da minha bebida em um único gole. — Vamos?

Eles trocaram um olhar aprovando a minha atitude. Com uma mão na base das minhas costas, Fabrício me conduziu até os elevadores. Assim que chegamos ao salão aberto tive ideia do que significava não necessitar de convite. As pessoas transitavam pelo espaço, algumas sem roupas, outras completamente vestidas, só observando o que os outros faziam.

Grupos transavam livremente enquanto outros assistiam sem qualquer embaraço. E, devido a não necessidade de convites, algumas pessoas saíam de um grupo e se aventuravam em outro. Uma completa orgia organizada e até mesmo bonita de assistir.

— Eu prefiro algo mais privado — Orlando sussurrou em meu ouvido. — Vamos ao outro piso.

Era lá que ficavam os quartos exclusivos, onde casais realizavam as suas fantasias sem precisar de exposição. Naqueles quartos ninguém entrava além dos convidados e a confidencialidade era garantida. Assim que chegamos uma recepcionista nos acompanhou ao quarto em que ficaríamos. Fabrício conversou um pouco com ela, algo nada habitual, e pegou o cartão de acesso abrindo a porta para que entrássemos.

O quarto era simples, apesar do luxo, mas não continha nada que não lembrasse um quarto de hotel. Uma cama imensa muito bem arrumada, abajur, ambiente claro e sofisticado, uma sala com um conjunto de sofá que cabia mais de dez pessoas e uma poltrona estrategicamente posicionada de frente para a cama, além de um imenso espelho entre o quarto e o banheiro.

Orlando entrou, tirou o relógio e a carteira, deixando-os no aparador. Desfez a gravata, começou a desabotoar a camisa, tudo sem me olhar uma única vez. Fabrício se aproximou me entregando uma taça de champanhe que aceitei imediatamente.

— Alguma restrição?

— Algumas — falei antes de bebericar o champanhe. — Mas vamos deixar rolar para eu ter alguma certeza. — Ele sorriu passando a ponta dos dedos em minhas costas nuas. Logo em seguida se juntou ao amigo para fazer o mesmo processo.

Observei os dois, tão diferentes, contudo um conjunto perfeito e harmônico. Meu corpo correspondeu no momento em que me imaginei nos braços deles, porém havia alguma coisa fora do seu lugar que me incomodava sem cessar.

Orlando tirou a camisa, o cinto, descalçou os sapatos e caminhou em minha direção parando a um passo de mim. Ele me observou com desejo, sem avançar. Eu sabia muito bem o motivo, Fabrício precisava me oferecer a ele, enquanto não fizesse isso nada aconteceria. Sorri desconfortável. O que estava errado?

Fabrício se aproximou de mim circulando meu corpo, parando às minhas costas. Lentamente beijou os meus ombros correndo os dedos pelas minhas costas arrepiando a minha pele. Com a outra mão abaixou um pouco a alça do vestido, deixando-me mais exposta.

Orlando assistia tudo de perto sem participar. As mãos de Fabrício ficaram mais ousadas, descendo por dentro do tecido em busca dos meus seios. Gostei do toque e do olhar quente do outro participante. Agradeci quando percebi que, sim, eu estava excitada, apesar de ainda estar com a sensação de que faltava alguma coisa.

— Você é linda! — Fabrício sussurrou em meu ouvido acariciando meus seios. — Gosto do seu corpo. — Seus dedos pressionaram meu mamilo me fazendo gemer. Ele me puxou ao seu encontro revelando uma ereção pronta para mim. — Aqui, querida — ronronou fazendo com que minha mão trabalhasse em seu pau ainda dentro da calça.

Fiz o que ele me pedia, apertando o membro, acariciando enquanto ele roçava em mim. Olhei para Orlando, a chama em seus olhos me excitou um pouco mais. Ele continuava parado, me observando, e, apesar de não demonstrar qualquer ansiedade, eu podia sentir que ele queria me tocar, fazer tudo o que eu permitisse.

Fabrício deslizou o meu vestido para baixo revelando meus seios. Um arrepio em minha pele fez com que os mamilos ficassem duros rapidamente. Mas eu não sabia se a sensação que me eriçou foi por querer continuar participando ou porque ali, naquele instante, olhando Orlando encarar meu corpo exposto, gostando de assistir o amigo acariciá-los, pensei em Patrício e na forma como ele gostava de brincar com os meus seios.

Se fechasse os olhos e me permitisse devanear, poderia até ouvir a sua voz dizendo "adoro os seus seios, Morena". Só que eu não podia pensar em Patrício ali. Aliás, não podia pensar nele da forma como estava pensando quando o meu objetivo era mantê-lo a uma distância segura. Uma das minhas regras era deixar a linha limítrofe das relações muito evidente para que nunca a ultrapassássemos.

Eu queria o mesmo que ele, uma vida livre e tranquila, sem compromisso, sem cobrança, sem medos, corações partidos e, principalmente, sem uma sala de consultório clandestino, correndo risco de morte porque fui inconsequente.

Balancei a cabeça quando percebi que estava indo longe demais perdendo o ritmo daquela brincadeira. Fabrício voltou a ficar de frente para mim, as mãos acariciando meu corpo e os lábios em meus seios, sugando-os com a precisão perfeita. Era para eu já estar totalmente entregue, excitada ao ponto de obedecer qualquer comando, mas uma parte de mim estava do lado de fora, me censurando, observando de longe e me lembrando de que eu não deveria estar ali.

Fechei os olhos me forçando a entrar no jogo quando senti as mãos de Fabrício puxando minha calcinha para baixo e seus lábios se fecharem em minha coxa. Obedeci ao seu comando quando precisei permitir que ele tirasse a peça pelos meus pés. Aceitei quando levantou meu vestido deixando-o enrolado em minha cintura.

Ele chegou muito perto da minha vagina, os lábios e língua explorando a pele da coxa, voltando-se para a parte interna, as mãos acariciando o ventre, a boca muito perto do meu sexo. Era para eu estar explodindo de tesão, contudo somente sentia um leve formigar.

— Ela é linda, não é mesmo, Orlando? — O amigo murmurou concordando, atento a tudo o que fazíamos. — Veja como é tão perfeita. A cor da pele, o rosado que contrasta com o restante todo. Uma bela arte. — Seus dedos tocaram de leve minha vagina, provocando enquanto ainda não precisava ganhar espaço em meu íntimo. — Você gosta, Morena?

Fechei os olhos me forçando a não lembrar, mas, que porra ele tinha que usar aquele maldito apelido? Eu podia ver o próprio Patrício à minha frente, me tocando admirado e fascinado, me elogiando com a inocência de um virgem, encantado demais para se conter.

Porra!

— Gosta? — tentou outra vez me fazendo voltar para a realidade.

— Gosto.

Minha voz rouca dava a entender que estava tudo bem, só que não estava. Eu não podia aceitar aquilo, mas a verdade era que Patrício estava naquele quarto, mesmo sem ser convidado, mesmo contra a minha vontade e mesmo eu sabendo o quão arriscado era a sua presença.

— Orlando, sirva alguma coisa à nossa garota.

O homem negro obedeceu, indo até o bar para servir um pouco mais de champanhe na minha taça. Ele me observou beber sem qualquer interrupção, enquanto Fabrício continuava agachado de frente para a minha vagina, brincando com os dedos como se estivesse acariciando um bichinho de estimação.

— Eu quero muito passar a minha língua aqui — seus dedos deslizaram por toda a minha extensão —, mas Orlando é o meu convidado, então vou deixar que ele faça as honras da casa.

Ele levantou enquanto eu entregava a taça a Orlando e antes que este voltasse para se juntar a nós dois, Fabrício me puxou pela mão até a poltrona. Ele sentou, me indicando o seu colo. Obedeci seguindo a recomendação para ficar de frente. Ele me abraçou fazendo com que nossos corpos se recostassem, deixando-me assim mais exposta.

Orlando se aproximou, ajoelhou à minha frente e Fabrício abriu as minhas pernas sem precisar me forçar a nada. O ar ficou preso no meu pulmão. Eu queria aquilo e ao mesmo tempo não acreditava que estava me permitindo querer quando meus pensamentos estavam a todo vapor em tudo o que eu e Patrício tínhamos feito na noite anterior.

Lembrei-me da forma como ele me fez sentar na cama, como retirou a minha calcinha, como me tocou e me penetrou com seus dedos hábeis enquanto me olhava nos olhos sem desviar um só segundo. Lembrei-me dos seus lábios me chupando, e confesso que ele sabia usar aquela boca como poucos. Lembrei-me de ter gozado e depois de seus beijos molhados em meus lábios, mostrando-me o quanto o meu sabor era bom.

Deus, eu fiquei mais excitada com as lembranças do que com o que fazíamos ali. Por isso quando Orlando se curvou com seus lábios grossos, fechei os olhos me permitindo fantasiar.

Ele também sabia o que estava fazendo, seus lábios chupavam com a pressão ideal, sua língua era habilidosa, as mãos fortes de Fabrício me forçando a manter as pernas abertas, seus gemidos ecoando pelo quarto, apimentando ainda mais a minha fantasia.

Eu podia imaginar ser Patrício ali, me aceitando como oferta, me fazendo desejá-lo mais do que ao meu parceiro. A ideia me deixou absurdamente excitada, então me entreguei, gozando na boca de Orlando, mordendo meus lábios para não precisar gritar o nome que teimava em sair.

Enquanto me recuperava do orgasmo que conseguira desfazer alguns nós de tensão do meu corpo, percebi que Orlando abria a calça, deixando um pau grande e grosso escapar para fora das suas roupas. Fabrício continuava me segurando, mantendo as minhas pernas abertas, ele estava ofegante e eu podia sentir o seu pau duro, preso na calça, roçando em minha bunda.

— Agora vamos agradar um pouco o nosso convidado. Seja receptiva — ele disse com a voz carregada de tesão.

Eu não sabia se queria dar continuidade. Não depois de ter gozado pensando em outra pessoa e me recriminar mentalmente por ter permitido que assim fosse. Estava ficando louca. Só podia ser. Ou então... ou então eu estava tão assustada que estar com alguém que me fazia rir e não ter medo era tudo o que eu precisava.

Não tive tempo de pensar em mais nada. Orlando deslizou uma camisinha em seu pau espetacular e começou a me penetrar, libertando um gemido que mexeu com todos os meus sentidos. Minha vagina estava lubrificada com o gozo recente, porém, apesar disso, eu ainda me sentia pequena demais para ele.

— Com calma, Orlando — Fabrício o alertou. — Não vamos machucar essa bocetinha tão linda. — Ouvi a risada do amigo, que não parou de entrar em mim, mas que, com o aviso, começou a me estimular com uma mão em meu seio e a outra em meu clitóris. — Isso. Faça com que ela aceite te receber — ele comandava às minhas costas enquanto Orlando obedecia, me estimulando.

Gemi, fechando os olhos para tentar voltar ao clima. Não seria justo acabar tudo depois de eu ter alcançado o meu objetivo, principalmente porque eu sabia que os dois ali me priorizavam e queriam a minha satisfação plena. Então aceitei fazer o melhor possível, mesmo que exigisse um pouco mais de Patrício em meus pensamentos.

Orlando se enfiou em mim até o meu limite e mesmo este ponto me fazia lembrar Patrício e no quanto o seu pau era no tamanho exato que eu precisava. Relutante, me convenci de que meu pensamento era só porque de fato eu preferia paus menores ao que estava dentro de mim naquele instante. Não tinha qualquer ligação ao fato de ser o pau de Patrício o que estava em minha mente.

Então ele começou a me alargar, entrando e saindo lentamente. Seu pau me preenchia e forçava as minhas paredes para melhor recebê-lo. Eu estava gostando, porque o roçar lento em minha pele causava um frisson delicioso e a fricção dos seus dedos em meu clitóris, acrescido do aperto de sua mão em meu seio, estava mesmo me colocando no ritmo certo.

Logo suas estocadas ficaram mais fortes e firmes. Seu corpo incrivelmente trabalhado, com todos os músculos em destaque, enchia meus olhos de um prazer quente. Eu queria tocá-lo, queria levantar o corpo e beijá-lo, passar minhas mãos em seu peitoral. Quando pensei que o faria, a imagem de Patrício nu, com aquele "v" que eu tanto adorava, quase me fez sufocar.

O que estava acontecendo de errado comigo?

Orlando continuava com os seus movimentos, entrando e saindo de mim, indo até o meu limite e me fazendo lembrar que poderia ir um pouco além disso. Fabrício gemia abertamente, adorando o roçar da minha bunda em seu pau e a visão do seu amigo me comendo.

As mãos de Fabrício foram descendo pelas minhas coxas parando em minha vagina. Seus dedos me abriram um pouco mais acariciando a carne, me ajudando a sentir prazer. Aceitei a ajuda me concentrando no orgasmo que eu deveria ter enquanto Orlando continuava a entrar em mim, cada vez mais intenso, com mais gemidos, estremecendo prestes a gozar. Senti sua musculatura tremer, então ele não aguentou mais e se entregou, deitando entre os meus seios.

— Ótimo trabalho! — Fabrício continuou me acariciando em um ritmo mais lento.

Orlando beijou meus seios com devoção, enquanto tirava a camisinha descartando-a no chão. Ele desceu os lábios até a minha vagina beijando-a com cuidado, como se me agradecesse pelo prazer ofertado. Estremeci, gostando da sensação. O meu corpo já estava pronto para mais uma rodada e não ter gozado me ajudava a continuar no jogo, que eu sabia, não havia acabado.

Fabrício me fez levantar, me guiando até a cama. Fez com que eu me sentasse na beira, acariciou meu rosto e sorriu lindamente.

— Agora é a minha vez, morena linda. — Outra vez o apelido maldito. Senti o sangue ferver em minhas veias. Eu queria Patrício longe da minha vida e dos meus pensamentos. — Abra as pernas para mim. — Obedeci querendo provar para mim mesma que eu estava bem, que Patrício não tinha qualquer efeito sobre mim, e que eu era a minha própria senhora.

Orlando se aproximou sentando ao meu lado na cama. Ele beijou meus ombros, sua mão iniciou uma série de carícias pelo meu corpo enquanto Fabrício se posicionava entre as minhas pernas, puxando-as para cima e se encaixando em mim. O seu pau não era tão grande quanto o de Orlando, mas era grosso na mesma medida.

Fechei os olhos gostando da sensação, me permitindo sentir seu corpo se encaixar no meu. Deitei no colchão para assistir aquele homem lindo entre as minhas pernas, se enfiando em mim com prazer, empurrando para longe as lembranças que me assustavam e me revoltavam ao mesmo tempo, enquanto as mãos de Orlando continuavam me estimulando.

Fabrício não precisou esperar o meu corpo se adaptar, eu já estava pronta, mesmo que forçadamente, uma vez que me obriguei a querer e demandei a minha participação naquele jogo. Ele entrava e saía com facilidade me mantendo no clima, eu queria gozar, queria aquele orgasmo e aceitava o desafio como uma questão de honra. Patrício não era mais forte do que eu. Nunca seria.

Quando eu estava no meu limite, sentindo meu ventre formigar, minha vagina ficar inchada e pulsante, Orlando apertou o bico do meu seio com os dentes e me ajudou a encontrar a felicidade. Gozei, gemendo alto em triunfo, adorando vencer aquela batalha, me sentindo forte, a senhora do meu destino.

E foi quando eu vi o que não acreditei ser possível. Não exatamente ali, com aqueles dois, naquele quarto. Orlando levantou da cama, enquanto Fabrício ainda entrava e saía de mim mordendo os lábios de prazer. Ele se posicionou atrás do amigo, o fez inclinar o corpo sobre mim e, sem que eu pudesse me acostumar com a ideia, Fabrício fechou os olhos e gemeu com deleite.

Orlando então começou a penetrar o amigo, que, com o avanço do outro, se projetava com mais força em mim. Levei alguns minutos para entender que eu não tinha nada com a escolha deles e que ali, naquele clube, todas as formas de prazer, desde que não fosse pedofilia ou sem a permissão de algum dos parceiros, eram permitidas. Ou seja, Fabrício podia curtir transar comigo e com o amigo ao mesmo tempo e, se eu estava ali, concordando, era para eu aceitar e curtir.

Teoricamente era para ser assim, mas eu não me senti bem, com o que acontecia. Principalmente quando Orlando desferiu um tapa na bunda do amigo, jogando a minha mente para o meu último encontro com Patrício.

Puta merda!

Eles continuaram e eu não conseguia reagir. Orlando se enfiava em Fabrício e o excitava com tapas cada vez mais fortes na bunda, enquanto isso Fabrício se enfiava em mim, se contorcendo de prazer. Eu apenas me horrorizava imaginando se era aquilo que Patrício gostava e se eu tinha simplesmente, ao fazer aquela brincadeira no chuveiro, tocado em um ponto que ele não estava pronto para encarar.

Fabrício estremeceu e gozou, deixando-se cair sobre mim. Respiramos pesadamente, os três, até que Orlando nos deixou, buscando por alguma bebida e eu aguardei que o outro se retirasse para que eu encontrasse uma forma de sair dali.

CAPÍTULO 15

"Para quem quer se soltar, invento o cais.
Invento mais que a solidão me dá.
Invento Lua nova a clarear.
Invento o amor, e sei a dor de me lançar. "
CAIS - NANA CAYMMI

ENTREI EM CASA SEM QUERER FAZER BARULHO. NÃO FAZIA IDEIA SE Charlotte já tinha chegado e não estava muito a fim de descobrir. Minha cabeça latejava.

Nunca em toda a minha vida tive qualquer tipo de discriminação. Pouco me importava se a garota gostava de garota, eu mesma já transei com algumas, envolvida nos jogos propostos pelo clube. Também já vi muitos homens se entregando a outros com a mesma paixão que se entregavam a mim. O que nunca aconteceu foi o que precisei presenciar naquela noite.

E eu nem sabia se o meu espanto era pelo fato de eles agirem como agiram ou se o ocorrido me levou a Patrício com força brusca. Porque não conseguia imaginar Patrício aceitando ser comido por outro homem, muito menos gostando de ter uma relação como aquela.

Só que ele gostou dos meus tapas, não foi? Ele quase enlouqueceu quando toquei o seu ânus e gozou rapidamente, não foi? E isso indicava que estávamos diante do mesmo quadro? Eu não podia afirmar.

Também não fazia ideia do motivo para estar tão incomodada. Seria da minha conta se ele gostasse que fosse assim? Não. Contudo eu não conseguia ignorar a dor que sentia no estômago quando imaginava que podia ser verdade. Não, não podia ser verdade. E por que não? Ora, não importava porque não. Eu não queria que fosse e pronto.

Passei pelo quarto de Charlotte encontrando a porta fechada, uma luz fraca escapava por debaixo da porta indicando a sua presença. Andei com mais cuidado até o meu refúgio e fui direto para o chuveiro. Eu precisava limpar aquela noite do meu corpo.

Definitivamente eu não estava me reconhecendo.

Saí do banheiro esfregando a toalha no corpo. Fui até a bolsa largada sobre a cama desarrumando os pertences dentro dela quando me lembrei do celular. Conferi as mensagens constatando dentre tantas, uma do Johnny e duas do Patrício. Uma corrente elétrica atravessou o meu corpo.

Charlotte estava em casa, então provavelmente Johnny estava me avisando sobre ter deixado ela segura em seu quarto. Abri a de Patrício com euforia e meus olhos correram as palavras atropelando tudo.

Podemos conversar?

Essa foi a primeira. Enviada há mais de três horas.

Eu queria te ver, Morena.

A segunda tinha pouco mais do que vinte minutos, o que me fez conferir o relógio. Quase três da manhã. O que ele ainda fazia acordado? Estreitei os olhos ao pensar que provavelmente ele estava acordado por estar fazendo o mesmo que eu.

Deixei o celular de lado, decidida a não responder. Levei a bolsa para o *closet* e voltei olhando outra vez para o celular. Engraçado que as mensagens escritas nunca conseguem passar o que realmente a pessoa quer dizer. Quando li a primeira vez foi algo como: não tenho nada melhor para fazer agora então posso te comer. Ou: não tive uma noite tão agradável com a garota que comi, então preciso da sua ajuda para salvar o que resta de diversão.

Sentei na cama, segurei o celular entre as mãos conferindo outra vez a mensagem, que me pareceu com um sentido renovado de: estou com saudades. E foi essa merda que me fez responder. Provavelmente eu ainda estava chocada com a minha noite, com os pensamentos sobre aquela ser a realidade de Patrício.

Digitei rapidamente me embaralhando com as letras.

Eu também.

E aguardei para ver no que daria. Ele não visualizou durante os parcos minutos em que fiquei sentada olhando insistentemente para a mensagem aberta. Desisti, deixando o aparelho sobre a cama. Escolhi uma camisola preta, desarrumei os lençóis e quando já estava me preparando para deitar, meu celular tocou sobressaltando-me.

Olhei o visor sem conseguir evitar o sorriso. Patrício. Como ele era fácil! Mordi o lábio ponderando, de que adiantaria atender? Não nos encontraríamos mesmo. E ele merecia um pouco da minha indiferença. O visor apagou encerrando a ligação, alguns segundos, depois recebi outra mensagem.

Abra a porta..

Gelei. Olhei para a porta do meu quarto com o maior receio que já senti desde que... desde que precisei mentir para toda a minha família e me arriscar em uma clínica clandestina que mais parecia um açougue.

Respire, Miranda! Não é hora para se deixar abater.

Peguei o celular retornando a ligação. Ele atendeu no primeiro toque.

— *Não vai me deixar entrar?*

O tom zombeteiro não me passou despercebido. Estreitei os olhos.

— Você não está em minha porta — acusei.

— *Prefere que eu toque a campainha?*

— Prefiro que você vá embora. — Ouvi quando ele puxou o ar com força.

— *Pensei que você disse que também queria me ver.*

— Na minha casa? Às três da madrugada? Você deve estar louco, Patrício!

— *Você tem duas opções: ou abre e me deixa entrar em silêncio, ou vai precisar explicar para todo mundo o que um cara estranho faz na sua porta a esta hora da madrugada.*

Mordi os lábios sentindo raiva. Eu odiava ser encurralada. E odiava ser encurralada por ele. Que inferno!

— Você não teria coragem.

— *Não?*

Riu com ironia, o que fez meu sangue ferver.

— *Você tem três segundos. Um...*

Puta merda! Ele teria coragem mesmo?

— *Dois...*

Sim, ele teria. Porra!

— *Três.*

— Eu não consigo chegar aí em tão pouco tempo. Merda! Já estou descendo.

— *Obrigado, querida. Eu também estou superanimado para te encontrar.*

E desligou o telefone, deixando-me aturdida. Eu mataria aquele idiota.

Com o maior cuidado saí na ponta dos pés. O quarto de Charlotte, apesar de ainda estar com aquela luz fraca, permanecia em silêncio. Desci as escadas, caminhei em direção à porta, rezando para que a impaciência de Patrício não fosse como a sua idiotice. Assim que abri o encontrei com os braços emparedando a entrada. Ele levantou a cabeça, conferiu a minha camisola de uma forma extremamente indecente, e sorriu, me mostrando aquelas covinhas que me fazia ter vontade de beijá-lo.

— Satisfeito? — Coloquei as mãos na cintura encarando-o com desdém. Patrício conferiu outra vez a minha camisola e balançou a cabeça.

— Ainda não, Morena. Não vai me convidar para entrar?

— Não. — Segurei a porta com força. — O que faz aqui? — Ele arqueou a sobrancelha deixando claro o que quanto era óbvia a sua presença. — Patrício, você não pode vir aqui. Não pode simplesmente aparecer e...

Ele deu um passo para frente me pegando de surpresa. Nossos corpos muito próximos. Senti a minha pele arrepiar como não tinha conseguido ficar durante toda a minha sessão de sexo daquela noite. Que inferno!

— E? — provocou.

— E... — Precisei dar um passo para trás para reorganizar a minha cabeça. — E não pode. Ponto final. — Ele sorriu sem qualquer inocência.

— Você disse que...

— Eu sei o que eu disse. E, com certeza, não foi nada como "agora", "neste exato momento" ou "em minha casa". — Cruzei os braços no peito resistindo à vontade de tocá-lo. Havia alguma chance de eu estar maluca?

— E eu sei a vontade que tenho de conhecer a sua cama. — Avançou mais uma vez, sussurrando em meus lábios, mas sem me beijar de fato. Fechei os olhos precisando respirar profundamente.

— Vá embora, Patrício!

— Não. — Ele fechou a porta sem me dar qualquer opção. — E você vai acabar acordando o seu padrinho.

— Ele não... — Mordi os lábios com força. — Merda! Venha. Mas não faça barulho, porque se Charlotte acordar, eu vou começar a gritar que você invadiu a casa. — Ele riu baixinho enquanto segui furiosa em direção à escada.

Subimos em silêncio, o que eu duvidava que ele fosse capaz, sendo Patrício alguém tão espalhafatoso e grande. Só que ele conseguiu. Com as mãos nos bolsos da calça, caminhou sem barulho me seguindo. Assim que fechei a porta do meu quarto virei, cobrando uma satisfação.

— Não fique toda bravinha — resmungou sentando em minha cama para retirar os sapatos. Olhei para aquele homem cheio de músculos, que tomava quase todo meu espaço, sem acreditar.

— O que está fazendo? — Ele jogou os sapatos para o lado e deitou com os braços atrás da cabeça. — Saia da minha cama!

— Você vai acordar a... como é mesmo o nome dela? — Olhei para a porta assustada.

— Charlotte! — rosnei mantendo a voz baixa.

— Isso. Vem! — Estendeu a mão para mim. — Deite aqui comigo.

— Patrício, você... — Esfreguei o rosto. — Você tem noção da merda que está fazendo?

— Só porque eu quis conhecer a sua cama? — Um sorriso escroto brincou em seus lábios. — Vamos, deixa de bobagem! Deite aqui comigo.

Ele estava achando tão natural estar ali, agindo com se aquele fosse um quarto que costumava frequentar e como se não houvesse qualquer problema em estar comigo, às três da madrugada em minha cama.

— Não vou deitar aí com você. — Caminhei até a poltrona e me alojei ali, aguardando que ele cansasse da brincadeira.

— Eu podia dizer que queria que você fosse essa garota pudica, mas, de verdade, não, eu não queria. — Se inclinou para o lado apoiando a cabeça no braço. — Essa poltrona é confortável, mas a sua cama é muito mais.

Fiquei calada, observando-o sem saber como deveria me comportar. Aquele era o meu quarto, o meu refúgio, meu altar sagrado e ele estava ali profanando tudo o que fiz questão de manter íntegro e puro. Eu não aceitava homens ali, muito menos em minha cama.

— Não é mesmo interessante que seu padrinho aceite que você tenha uma cama de casal em seu quarto? — Correu os olhos pelo cômodo conferindo cada detalhe. — A maioria das garotas com quem saio possui quartos ainda infantis, rosa ou lilás. — Riu lembrando de algo. — Com essas coisas de pelúcia, corações...

— Você é pedófilo? — provoquei encarando-o sem humor, mas mesmo assim ele riu.

— Não, gata! Gosto de mulher de verdade, assim, como você, toda completinha. — Imediatamente a ideia de Patrício gostando de algo mais em suas aventuras entupiu a minha mente.

Qual era o problema, Miranda? Desde quando coisas assim te deixam tão chocada?

Eu não fazia a mínima ideia. Provavelmente porque era Patrício. Só havia esta explicação.

— As meninas tendem a continuar na casa dos pais até casar, não é mesmo? — Não respondi. — Não é muito fácil conseguir entrar em seus quartos conservados da infância sem que alguém esteja acompanhando ou observando. Mas você, gata! Porra, você tem o seu próprio paraíso.

— Isso aqui não é um motel. — Levantei exasperada. — Anda, sai da minha cama.

Ele me encarou com olhos flamejantes e sorriu com uma malícia que fez meu ventre se contorcer. Antes que eu pudesse reagir, sua mão me segurou com força e me puxou para a cama. Girando com habilidade, Patrício ficou sobre mim sem me deixar escapar.

— Pare com isso! — rosnei. — Saia de cima de mim. — Bati em seu ombro com raiva.

— Shiii! Você vai acordar a sua irmãzinha. — Ele tentou me beijar, o que me deixou desesperada. Não ali, não no único lugar onde eu mantinha seguro do meu mundo. — Relaxe, Morena! Eu já estive em lugares mais arriscados do que este, com um pai do lado de fora.

— Não! — Eu me encolhi para que ele não conseguisse me beijar.

— Qual o problema, Miranda? — Saiu de cima de mim, permitindo que eu sentasse na cama, o coração acelerado, as mãos tremendo. — Ei! Eu não ia te forçar a nada.

— Eu sei — respondi entre os dentes tentando acalmar a minha raiva.

— Então qual é o seu problema? — Respirei fundo de olhos fechados e acabei rindo sem muito humor.

— Você não vai acreditar em mim.

— Eu posso tentar. — Outra vez Patrício deitou com os braços atrás da cabeça. — Estou aguardando.

— Certo! — Tomei coragem para olhá-lo. — Eu não costumo receber visitas... como você, em minha casa.

— Namorados?

— Você não é meu namorado! — A firmeza em minha voz saiu acima do que eu pretendia, contudo notei também um tom desesperado que me deixou em alerta. — Nós não somos namorados.

— Bom, não foi o que eu quis dizer. Tentei não ser tão indelicado, mas tudo bem. Então você não traz para casa os caras com quem vai para cama. — Mordi o lado de dentro da boca desejando que ele fosse realmente mais delicado, ao menos quando estivesse em meu quarto. — Acertei — resmungou baixinho. — Só que uma cama de casal como esta não deveria ser tão mal utilizada.

— Patrício, você... — Eu me impedi de continuar. Ele não me conhecia, não sabia os meus motivos e jamais me entenderia. — O padrinho gosta de acreditar que está no controle de tudo por aqui, ou seja, "namorados" não é algo que ele esteja muito de acordo.

— Hum! — Entortou a boca me encarando. — Mas o seu padrinho não está aqui. — Estreitei os olhos me perguntando de que forma Patrício conseguia saber tanto da minha vida. Ele conseguia subir sem ser anunciado, sabia que meu padrinho não estava em casa, sem contar todo o restante que ele sempre insinuava.

— Não. — Ele sorriu. — Eu não faço sexo nesta casa. Fui direta o suficiente? — Ele acabou rindo, segurando a boca para não virar uma gargalhada.

— Ok, Miranda! O que tem aqui? — Olhou outra vez para o meu quarto com um bocejo. — Algum jogo de tabuleiro? — Neguei com a cabeça. — Você tem *PlayStation*?

— O quê?

— Você frequenta lugares inapropriados, dá uma surra em ladrões... — Deu de ombros. — Ter um *PlayStation* não seria nada escandaloso.

— Eu não tenho.

— Que pena! — Conferiu mais uma vez a minha camisola e umedeceu o lábio inferior. — Tem certeza que não quer transar? — Suspirei cobrindo meu rosto com as mãos. — Ok! Então vamos dormir.

— O quê? — Desta vez eu realmente gritei. — Você não vai dormir aqui!

— Por que não?

— Porque, não! — rosnei.

— São mais de três da manhã, eu estou com sono e você não é nenhuma santa. — Levantou com um pulo começando a tirar a camisa.

— Patrício, eu estou falando sério! — Mas eu adorava aquele v perfeitamente formado no pé da sua barriga.

— Eu também — rebateu sem se importar, jogando a camisa sobre a poltrona.

— E você pretende dormir aqui? Na minha cama? — Seu olhar me indicava que ele achava que eu era louca. — Não pode dormir na minha cama!

— Por que, não?

— Porque não! — Ele sorriu.

— Isso está ficando redundante. — Abriu a calça ameaçando tirá-la.

— Não faça isso! — Levantei a mão para detê-lo, o que o fez rir.

— Muita tentação pra você? — Ignorei seu comentário. — Não espera que eu durma de calça jeans, não é mesmo?

— Eu nem espero que você durma.

Fui até o *closet* caçando dois edredons confortáveis, um travesseiro e um lençol. Voltei ao quarto encontrando-o já em minha cama, de cueca. Filho da puta! Joguei tudo em cima dele.

— Pro chão! — rosnei fazendo questão de ser ameaçadora.

— Não!

— Agora!

Nós nos encaramos por tempo demais. Não sei o que ele viu em meu semblante para acabar concordando. Patrício levantou contrariado, arrumou as peças e deitou ao lado da cama resmungando. Como um cão que não está muito satisfeito com o seu dono.

— Que merda é essa? — falava baixinho. — Onde já se viu ser maluca como essa menina? Agora eu tenho que dormir no chão e...

— Silêncio! — Apaguei a luz do quarto. — Vamos levantar em poucas horas, então durma.

— Poucas horas? — gemeu contrariado.

— Em poucas horas ou você corre o risco de ser apresentado à Bernadete.

— Sua madrinha? — Ri adorando poder assustá-lo.

— Não. A arma do meu padrinho. — O silêncio preencheu o quarto. — Eu não estava brincando quando disse que ele não era a favor de namorados nesta casa.

Patrício ficou imóvel. Contendo o riso virei para o lado e fechei os olhos. Esperava que ele entendesse e que fosse embora o quanto antes. Mas não foi o que aconteceu.

O som irritante estava muito próximo ao meu ouvido. Senti o aborrecimento de ser acordada ainda tão cansada, dominando a minha mente. Apertei os olhos desejando poder voltar a dormir com a sensação nauseante de que não conseguiria. Levei o braço sobre o travesseiro querendo jogá-lo entre minhas pernas quando me choquei com algo muito mais duro.

Porra!

Levantei assustada confirmando a presença de Patrício em minha cama. O quê? Como? Quando? Puta que pariu! Tampei os olhos implorando para que não fosse verdade. Mas era. Patrício estava ali, de cueca, escancarado em minha cama. O rosto impassível entregue ao sono, a boca levemente aberta e uma visível ereção que, estranhamente, me deixou sem graça.

— Tá gostando do que vê? — Olhei seu rosto, conferindo os olhos semicerrados e um sorriso debochado. — Desligue este despertador! — gemeu se movimentando confortavelmente para abraçar o travesseiro.

— O que você faz aqui?

— Outra vez esta conversa? Já amanheceu? — Tentou abrir um pouco mais os olhos, desistindo logo em seguida. — O chão estava muito desconfortável.

— A minha mão vai ficar desconfortável na sua cara.

Empurrei o edredom para fora e saí da cama com raiva, batendo o pé até alcançar o banheiro. Bati a porta com um ruído que deixava claro que ele estava ultrapassando um limite rígido.

Liguei a torneira, joguei um pouco de água fria no rosto, estremecendo com o contato. Peguei a escova e o creme dental e comecei a escovar os dentes me encarando no espelho. Que merda estava acontecendo comigo? Por que permiti que ele ficasse? Por que eu estava com vontade de sorrir ao invés de esganá-lo? E onde estava a minha tristeza e desespero de todas as manhãs que me faziam chorar?

Cuspi a espuma, colocando um pouco de água na boca para finalizar o processo quando a porta abriu, revelando um Patrício com cachos bagunçados, cara amassada e muito sono. Conferi todo o seu corpo pelo espelho, observando-o se aproximar, me abraçar por trás, beijar meus ombros, apalpar minha barriga e se afastar em direção ao vaso sanitário.

O que ele... Oh, não! Não mesmo!

Patrício levantou a tampa, se posicionou tirando o pau de dentro da cueca e...

— O que está fazendo? — gritei, fazendo-o se sobressaltar.

— Porra, Miranda! — resmungou dando um pulinho para trás. — Depois reclama dos pingos de mijo no vaso. Merda!

— Pingo de... que droga! Você não...

— A culpa é sua. Susto dos infernos! Como se fosse fácil mijar com o pau quase duro.

— Seu... Puta que pariu! Puta que pariu!

— Relaxe! — Sacudiu o pau guardando-o outra vez na cueca. Caminhou até mim. Dei um passo para trás, evitando que ele me pegasse com aquelas mãos sujas. Patrício deu um meio sorriso cínico quando abriu a torneira para lavar as mãos.

— Só para constar, você já colocou o meu pau na boca.

— Não depois de você ter feito xixi. — Ele riu.

— Xixi — caçoou. — E como você pode saber se eu tinha ou não acabado de mijar? Como você pode saber onde estava o meu pau antes de entrar em sua boca?

— Eca! — Com cara de nojo me afastei ainda mais. — Você sabe mesmo como queimar o próprio filme. O que está fazendo? — gritei outra vez enquanto ele colocava a minha escova na boca. — Pare com isso!

— Não posso ficar com mau-hálito matinal — protestou voltando a escovar os dentes.

— Você é mesmo abusado! — Patrício cuspiu a espuma e me lançou um olhar enviesado.

— A minha língua também já esteve em sua boca. — Cruzei os braços sem argumento. Ele olhou sugestivamente para o chuveiro.

— Nem pensar. Você precisa ir embora. — Revirou os olhos e saiu do banheiro.

— Como é essa história com o seu padrinho? Ele não gosta de namorados aqui ou não permite que você namore?

— Um pouco dos dois. — Peguei a bagunça que deixou pelo chão e comecei a organizar. A Madrinha certamente saberia que mais de uma pessoa dormiu naquele quarto se o encontrasse daquele jeito.

— Miranda, se ele fosse tão rígido, você não estaria naquele clube quando nos conhecemos. — Estremeci com a palavra clube. Era como se ele soubesse.

— Ele é rígido. — Dobrei o edredom colocando-o sobre o outro. Abracei os dois para levar de volta ao *closet*. — Eu que sou desobediente. — E um sorriso travesso brincou em meus lábios.

— Mas está morrendo de medo de ele descobrir que eu dormi aqui — comentou vestindo a calça.

— Estou! — gritei do *closet*. — Não gosto de desapontá-lo.

Patrício sentou em minha cama para calçar os sapatos, deixando a camisa ainda aberta revelando vários gominhos maravilhosos em seu abdome.

— Isso é muito louco! — resmungou se perdendo em seus pensamentos. — Como você faz para transar quando ele está aqui? — Arqueei a sobrancelha para aquele menino curioso.

— Tenho minhas cartas.

— Ah, é? — Ele me presenteou com um sorriso lindo ao levantar. — Então, já que não transamos ontem, nem hoje... — Se aproximou sem qualquer cautela. — Vamos nos ver mais tarde?

— Depois de você ter mijado o meu banheiro todo como um cachorrinho?

— É o que acontece quando uma maluca grita no momento em que estou com o pau de fora. — Arqueou uma sobrancelha me desafiando.

— Que você se mija de medo eu já imaginava, mas não conseguir acertar um buraco do tamanho do vaso sanitário é realmente algo que me intriga. — Ao contrário do eu imaginei, ele não se irritou, rindo com vontade. — É melhor você ir, Patrício.

— Certo!

Abriu a porta e me olhou, insinuando que o acompanhasse. Lógico que eu faria isso, ou corria o risco de quando descer encontrá-lo tomando café com o padrinho. Passei à sua frente conferindo que o quarto de Charlotte continuava fechado. Um alívio! Descemos as escadas em silêncio e assim que meus pés tocaram o último degrau a avistei.

Charlotte estava encostada à porta, os olhos fechados, o rosto em sofrimento, vestindo apenas uma camisa folgada e... meias? O cabelo embora desalinhado continuava lindo. Havia resquício de maquiagem borrada em seus olhos apertados.

— Charlotte? O que aconteceu?

Praticamente corri em sua direção, me esquecendo completamente de Patrício. Ela estava sofrendo e precisava de mim. Mas o que estava acontecendo ali? Por que ela estava parada na frente da porta, com aquelas roupas como se... porra! Como se tivesse acabado de transar. Porra, porra, porra!

— Miranda, eu... — Ela hesitou, o que me fez estremecer. — Nada. Estou preocupada, só isso. — Seu rosto ficou incrivelmente vermelho enquanto ela tentava arrumar os fios lisos e claros.

— O que faz vestida desse jeito encostada próxima à porta? — Eu estava histérica. O ar pesava em meus pulmões e minhas mãos ficaram suadas.

— Pensei ter ouvido alguém bater e vim verificar. Eu... — Tentou ajustar a camisa grande demais para o seu corpo, puxando-a para baixo. — Vou voltar para o meu quarto e me preparar para receber meus pais.

Oh, droga! Patrício!

— Ai, meu Deus!

Tive vontade de me socar. Por que infernos Patrício estava ali quando Charlotte precisava de mim? E agora ele teria mesmo que ser o meu namorado. Era o fim do mundo!

— Patrício, você precisa ir. — Ele sorriu daquela maneira irônica, sarcástica e qualquer outra coisa que me lembrasse que podia estragar tudo. — Não temos tempo para as devidas apresentações, então esta é Charlotte e este é Patrício, agora vá embora. — Olhei para ele com vontade de chutá-lo, mas Charlotte estava ali, atenta a nós dois, conhecendo pela primeira vez na vida um namorado meu. Era o inferno mesmo! — Por favor! — acrescentei, tentando recuperar a garota apaixonada dentro de mim.

— Vou subir. Eles devem chegar a qualquer momento. — Ela me olhou com vergonha, como se quisesse me alertar. — Tchau, Patrício, foi um prazer.

— Tchau, diabinha.

Olhei Patrício sem acreditar no que ele tinha chamado Charlotte. Minha amiga sorriu, sorri de volta tentando parecer feliz e apaixonada, mas assim que ela subiu as escadas virei para ele aborrecida.

— Por que falou isso?

— Isso o quê?

— Por que chamou Charlotte de diabinha? — Ele me deu um sorriso largo.

— Você não faz ideia? — Não respondi até porque eu não fazia ideia mesmo. — Sua cama não foi a única a ter um homem esta noite — revelou como se estivesse contando um segredo.

— O quê? Não! Charlotte não... — Mas sim. Charlotte, sim, e eu nem fazia ideia de com quem e como, já que ela tinha ficado aos cuidados do Johnny.

Eu mataria aquele garoto.

CAPÍTULO 16

"E são tantas marcas, que já fazem parte do que eu sou agora,
mas ainda sei me virar. Eu tô na lanterna dos afogados.
Eu tô te esperando, vê se não vai demorar."
Lanterna dos afogados – Os Paralamas do Sucesso.

Não tentei tomar um banho. Não havia tempo para isso. Entrei no *closet* direto para o espaço reservado onde ficavam os vestidos que agradavam os meus padrinhos. Escolhi um rosinha que a madrinha me presenteou alguns meses antes. Era importante que o primeiro contato fosse perfeito, depois, satisfeitos, alguns problemas poderiam vir à tona sem que virasse um tsunami.

Uma sapatilha delicada, um pouco de creme para ativar os cachos, um brinco dourado e uma pulseira dourada. Coloquei o perfume doce que o padrinho comprou em Paris acreditando que eu adoraria e me perguntei como ele conseguiu achar que alguém poderia gostar daquilo.

Já estava prestes a descer e assumir o meu lugar na sala quando percebi que estava faltando uma coisa. Olhei ao redor do quarto até que avistei o que eu precisava, solto de qualquer jeito sobre a minha escrivaninha. Meus livros da faculdade.

Se tinha uma coisa que deixava o meu padrinho feliz era se certificar de que estávamos nos dedicando aos estudos. Para ele, sem estudo não seríamos nada. E ele tinha razão, mas não completamente.

Peguei o livro e abri a porta dando de cara com Charlotte. Ela me olhou assustada, além de envergonhada. Eu queria confrontá-la. Queria saber com quem passou a noite e como teve coragem de levar um homem para aquela casa. Contudo me dei conta de que não era o melhor exemplo. Ela me encontrou com um homem dentro da nossa casa, eu fazia questão de lhe contar a minha vida sexual, inventando, escondendo alguns pontos, é bem verdade, ou seja, eu não tinha moral para lhe exigir nada.

Naquele momento também senti meu rosto esquentar, algo raro para alguém como eu, mas estava envergonhada por ter sido tão egoísta o tempo todo, sem me dar conta de que, mesmo não intencionalmente, estragava a vida dela também.

Charlotte me olhou de cima a baixo reconhecendo a minha mudança. Ela nada disse. Nunca dizia. Mas aprovava. Então nos demos conta de que segurávamos um livro e que a intenção era a mesma para ambas. Rimos deixando o clima mais leve.

— Posso te fazer a pergunta? — Ela abaixou o olhar engolindo em seco, deixando o riso morrer e balançou a cabeça me dando permissão para ir em frente. — Quem dormiu aqui com você?

Levantou rapidamente o rosto, vermelho demais, como sempre. Sua boca se abriu algumas vezes, fechando imediatamente sem conseguir responder. Eu precisava agir ou ela conseguiria alguma mentira que me forçaria a aceitar.

— Você... — Respirei fundo me sentindo uma farsa. Quem eu era para cobrar qualquer coisa de Charlotte? — Era alguém com quem você já estava saindo? — Charlotte endireitou os óculos e desviou a atenção. — Charlotte? — Ela voltou a me olhar com receio. — Você transou com um cara qualquer? — Seu rosto atingiu um tom ainda mais vermelho e me questionei como aquilo era possível?

— Não! Miranda eu... meu Deus! Eu não seria capaz... — Respirei aliviada. Ela era doidinha, mas não tanto quanto imaginei. — Foi o Alex — revelou baixinho aguardando o meu escândalo. Eu estava aliviada demais para fazer qualquer discurso hipócrita.

— Alex Frankli? Então vocês...

— Não! — Outra vez uma resposta com tom de indignação, o que me fez começar a achar tudo muito estranho outra vez. — Nós nos encontramos lá na boate.

— Você marcou com ele?

— Não. — Revirou os olhos ficando mais relaxada. — É tão complicado!

— Eu te ajudo a descomplicar.

— Ok! Vamos descer e aguardar meus pais. Eu conto tudo o que conseguir contar.

Descemos em um clima amigável, sentamos no sofá mantendo uma postura elegante, como a madrinha sempre nos ensinou, colocamos os livros nos colos, ela respirou fundo e começou.

— Alex estava lá.

— Na boate? — Ela concordou.

— Ele foi com... — Engoliu com dificuldade e ajustou outra vez os óculos. — Com uma escritora da sua editora.

Meu coração disparou e minha boca secou. Aquela raiva que eu sabia que sentiria quando aquele dia chegasse começou a se revirar em meu estômago. Foi rápido demais. Ele não podia ser tão canalha.

— E como ele veio parar aqui? — Não consegui esconder a raiva, mas Charlotte percebeu.

— Bom... — suspirou pesadamente. — Nós brigamos e ele não aceitou que eu me afastasse. Ele me seguiu, eu o deixei entrar porque não queria protagonizar um escândalo um dia antes do meu pai estar de volta. Nós conversamos. Ele me explicou que Tiffany era uma amiga antiga e escritora de sucesso da sua editora. Eles conversavam sobre um contrato.

— Tiffany MF? — Puta que pariu! Se eu era capaz de chegar àquela conclusão não podia imaginar que Charlotte a ignoraria.

Tiffany era a escritora do momento, conseguindo ultrapassar limites que todos os escritores nacionais acreditavam existir. Ela era o maior exemplo de caso de sucesso, uma autora respeitada e amada, e, lógico, que valia muito para alguém como Alex Frankli. Então, de maneira tão rápida e chocante como ser atingida por um raio, eu me dei conta de quem era Tiffany.

Puta que pariu! Eu sabia quem era Tiffany. Eu sabia e não entendi como nunca liguei uma pessoa a outra. Porra! Fechei as mãos em punho, lutando contra mim mesma para não correr atrás de Alex e socá-lo. Ele não poderia jamais envolver Charlotte naquele relacionamento doentio. Não podia. Nunca!

— Miranda? — Respirei fundo tentando me concentrar em Charlotte.

— Vocês transaram?

— Não! — ela repetiu como se fosse algo realmente ultrajante. Eu só não entendia como poderia ser, se ela estava apaixonada. Só se... não. Ele não teria coragem.

— O acordo de vocês... — Segurei a mão da minha amiga para que ela confiasse em mim e contasse a verdade. — Envolvia mais alguma coisa além de... além das aulas? Ele fez alguma proposta? — Charlotte corou absurdamente fazendo minha mente chegar a muitas conclusões. — Charlotte! — gemi desesperada.

— Eu acho que... acho que ele... Acho que não vai demorar muito para acontecer — revelou por fim.

— Mas acontecer como? Só vocês?

— Como assim "só vocês"?

Seus olhos me indicavam que eu seguia um caminho perigoso. Interrogar Charlotte exigiria muito mais do que fazê-la falar. Minha irmã não era uma boba como tantos pensavam. Ela pegava as coisas no ar, entendia, chegava a conclusões. Eu não poderia arriscar tanto.

— Ah, Charlotte! Sei lá! — Soltei suas mãos, sem coragem para encará-la. Se eu não podia falar a verdade, como poderia exigir dela o mesmo? — Esse encontro com a Tiffany. Eu não quero pensar nada de errado, mas também não vou fingir que gosto da ideia de ele ter vocês duas... ao mesmo tempo — acrescentei, deixando a sugestão no ar. Charlotte corou ainda mais.

— Ele me garantiu que eu era a única — revelou com certa dificuldade, como se nem ela acreditasse nestas palavras.

— Você confia nele? — Minha irmã abaixou a cabeça e concordou, contudo, com certa vergonha que me dizia não ser totalmente verdade. — Não faça nada que não queira.

— Não vou fazer — ela me garantiu voltando a demonstrar confiança.

Eu ia dizer mais algumas coisas, como não permitir que ele a envolvesse em jogos sujos, ou qualquer coisa parecida, mas ouvimos o barulho de malas do lado de fora do apartamento, e também risinhos que conhecíamos muito bem. A conversa acabou ali, porém eu não deixaria que ela morresse.

Dois dias se passaram, um coquetel chato demais, muitas conversas animadas com a madrinha sobre as viagens, os seus trabalhos sociais, aulas que precisávamos assistir até o final – já que o padrinho estava de olho –, e nenhuma visita inconveniente, o que me lembrava que eu ainda planejava matar Vítor de todas as formas possíveis, eu me sentia incomodada com o silêncio de Patrício.

Depois de ele ter aparecido no meio da madrugada em busca de sexo, o que não aconteceu, e de algumas revelações a meu respeito, ele simplesmente sumiu. Nenhuma mensagem, nenhuma ligação, nada que indicasse que ele existia, a não ser o cheiro do seu perfume em meu travesseiro, e a lembrança irritante da sua passagem pelo meu banheiro.

O que me incomodava não era o seu sumiço, afinal de contas, quem era Patrício além de um carinha com quem saí algumas vezes? Eu nem deveria notar a sua ausência. Se não fosse o fato de ele fazer tanta questão de ser presente, eu nem lembraria mais do seu nome. Contudo as últimas semanas foram... inquietantes. Ele estava em todos os lugares, se impondo, ignorando os meus sinais para não se aproximar e se aproximando com tudo o que podia, muitas vezes nem deixando espaço entre nós dois.

Sorri sozinha na cadeira de espera daquele hospital. Sim, Patrício era mestre no quesito preencher espaços. Ele simplesmente chegava e ocupava tudo, até mesmo os meus pensamentos. Um garoto irritante e ao mesmo tempo interessante. Era impossível não sorrir quando minha mente me levava a ele.

— É uma ótima forma de iniciarmos nosso trabalho — a madrinha falou ao meu lado me pegando de surpresa. Ela não estava ali no último segundo. Ou estava? — Charlotte continua emburrada lá na sala do seu padrinho. Eu não sei mais o que fazer com aquela menina. — Riu baixinho com orgulho da filha. Era sempre assim. Eles exigiam demais, mas amavam quando os desafiavam, mesmo nunca admitindo.

— Ela não gosta de conviver com doenças, madrinha. — Ela deu um tapinha leve em minha mão.

— Eu sei. — Havia um brilho estranho em seu olhar e uma emoção que não consegui distinguir em sua voz. — Por isso não exijo a sua presença, mas fico feliz que pelo menos você me acompanhe. — Sorri. — Sei que não é fácil.

E não era. A madrinha dava uma atenção especial à ala das crianças com câncer. Ela sabia que era um dos trabalhos mais difíceis para qualquer pessoa. As suas visitas envolviam conversas animadas, contar historinhas, brincar e dar muito carinho para aquelas criaturinhas que eram tão novas, mas que já sofriam tanto.

Podia ser algo gratificante, contudo nada impedia a dor que sentíamos ao identificarmos uma piora, o fim em alguns rostinhos, ou até mesmo, quando percebíamos que faltava alguém ali. Era sempre triste, não havia como ficar imune a este sentimento.

— Vamos, eles já estão se preparando.

Olhei para aquele pequeno grupo de voluntários, vestidos como médicos e palhaços ao mesmo tempo. Um segurava um violão, duas levavam sacos de bexigas para entreter as crianças. Eu estava com dois livros que escolhi para contar suas histórias, a madrinha faria o que melhor sabia fazer, daria amor a todos.

O som do violão ganhou o espaço e muitos olhos se voltaram para o nosso grupo com alegria. Entramos na ala com esperança, que era apenas o que podíamos nos apegar, e começamos a cantar animadamente.

Era sempre do mesmo jeito, eu me sentia angustiada antes de iniciar o trabalho, mas quando este começava, me sentia plena. Sorri para os eles que nos encaravam com alegria. Várias cabecinhas carecas, feições abatidas e corpos magros que sorriam como se fôssemos seres mágicos.

O rapaz que tocava o violão se aproximou de cada paciente fazendo uma reverência, o que fingiria ser médico iniciava a sua inspeção divertida, as duas mulheres começaram a fazer esculturas com balões, distribuindo aos poucos conforme o desejo de cada um. A madrinha foi de cama em cama conversando com os acompanhantes assim como com as crianças. Eu cantei juntos com a turma, dando atenção a cada criança que se iluminava com a nossa atenção.

Brincamos e rimos do médico que atendia os seus pacientes revelando doenças estranhas e cheias de gargalhadas. Quando eles acabaram, apresentei os dois livros para que eles pudessem escolher qual contaria. Uma pequena desordem até escolhermos a história da princesa e o sapo.

Narrei as aventuras da princesa egoísta, da sua bola dourada e do sapo sempre disposto a ajudar. Olhinhos atentos me acompanharam até o final, quando sorrisos incompletos se abriam revelando ainda mais a pouca idade deles. Era hora de deixar o quarto, seguir para outro e assim fizemos até que todos fossem atendidos.

Algumas horas depois eu finalizava mais uma leitura, o violão voltava a tocar se despedindo e me posicionava para deixar aquele último quarto. Alguns enfermeiros já estavam prontos para dar continuidade ao trabalho, se avolumando nas portas junto aos curiosos. E no meio destes, de maneira improvável, estava Patrício, me encarando com um sorriso atrevido nos lábios.

Meu coração ameaçou parar e logo em seguida, indo contra todas as teorias fisiológicas, acelerou de forma preocupante. Fiquei congelada em meu lugar, olhando-o enquanto me sentia confusa demais para agir. Primeiro de tudo: o que ele fazia ali? Segundo: como conseguiu me encontrar? Terceiro e principal: ele teria coragem de falar comigo?

Não. Ele não podia falar comigo. Aquele era o território da minha família, o lugar onde o padrinho tinha total domínio e controle. Onde todas as pessoas acreditavam que eu era aquela menina doce, atenciosa, que orgulhava tanto os seus benfeitores.

Puta merda! Patrício arruinaria tudo.

Olhei para a madrinha conversando com os outros voluntários e se despedindo de alguns acompanhantes. Ela me olhou, indicando que precisávamos deixar o local, mas para isso precisaríamos passar por ele. Merda! Patrício falaria comigo, chamaria a atenção da minha madrinha, eu teria que inventar uma mentira, o que o alertaria, além de despertar a sua curiosidade fazendo-o cavar um pouco mais a minha história e descobrindo exatamente o que eu não queria que ele descobrisse: quem eu era.

Olhei para Patrício, que lógico, percebeu a minha apreensão. Ele continuou com aquele sorriso bobo, cruzou os braços, encostou-se à parede, aguardando que eu passasse. Puta merda! Ele era um idiota, imbecil, irritante e... e... ficava lindo sorrindo com aquelas covinhas delicadas que davam leveza ao seu rosto. Merda! Eu devia odiá-lo, mas não conseguia.

— Miranda?

A madrinha me aguardava já quase lá. Olhei para ela e depois para ele, que arqueou uma sobrancelha. Fiz a única coisa que consegui pensar, me fiz de idiota e segui a madrinha decidida a ignorar Patrício. Com isso esperava que ele entendesse o recado.

Mas para a minha infelicidade, quando estávamos quase alcançando a liberdade, um médico abordou a madrinha fazendo-a parar, me deixando muito próxima a Patrício. Não havia como fingir demência, principalmente porque ele estava virado em minha direção, exigindo a minha atenção e aguardando que eu reagisse.

Disfarcei, aproveitando a distração da madrinha para me aproximar dele. Patrício aguardou, mas não fez nenhum gesto que pudesse me incriminar, o que me deixou um pouco menos tensa.

— O que faz aqui? — rosnei. Ele estreitou os olhos sem acreditar em minha reação.

— Isso aqui é um hospital? — Olhei-o de cima a baixo conferindo o seu corpo delicioso.

— Você não me parece doente. Além do mais, esta é a ala infantil, e, pelo que me parece, você já tem mais que dezoito anos. — Ele abriu um sorriso imenso, depois olhou por trás dos meus ombros conferindo se estávamos em segurança.

— Até onde me lembro, sou um garoto.

— Um muito irritante e inconveniente.

— Eu não vim atrás de você, Miranda. Foi só mais uma coincidência. — Cruzei os braços, olhei para trás verificando a madrinha ainda entretida com o médico e mais duas pessoas que se aproximavam para conversar. — E eu não pretendo arruinar a sua reputação. Relaxe!

— Impossível! — Ele descruzou os braços e olhou para dentro do quarto.

— Legal o que faz aqui. — Voltei outra vez a minha atenção para ele, me sentindo nua. — Quem diria? Eu jamais atribuiria algo assim a alguém como você.

— Não seja idiota! — Ele riu baixinho.

— Que tal um café? — Mudou completamente o rumo da conversa me pegando de surpresa. Abri a boca para dizer algo e não consegui. Ele levantou as mãos me encarando. — Um café com um amigo, Miranda. — Olhei para a madrinha e depois para ele outra vez. — Jogar um pouco de conversa fora.

— Tudo bem. — Pelo menos assim eu me livraria dele e de toda a sua curiosidade. — Eu te encontro na lanchonete. — Para a minha surpresa, Patrício concordou, saindo sem dizer mais nada.

Aguardei pela madrinha enquanto ela se despedia. Fiquei aliviada por Patrício ter saído na hora certa, porém não contava que ela estivesse tão atenta. Assim que nos aproximamos do elevador e ficamos sozinhas ela sorriu para mim com aquela cara de quem sabia demais.

Era justamente em momentos como aquele que eu entendia como Charlotte conseguia corar de maneira tão violenta. A minha pele morena não revelava tanto, contudo, não impedia que eu sentisse o calor em minhas bochechas, descendo pelo pescoço e se prolongando até minhas orelhas.

— Um bonito rapaz — disse sem acrescentar mais nada.

— É um... — Engoli com dificuldade. — Conhecido.

— E você gosta muito dele, não?

O quê? Porra! Uma coisa era encher a cabeça de Charlotte com histórias românticas que eu sabia, alimentavam a sua imaginação. Outra coisa era fingir um namoro para a madrinha. Eu não precisava de mais aquela merda!

— Não, madrinha! Ele é só... um conhecido. Ninguém especial. — Minhas orelhas esquentavam cada vez mais à medida que ela sorria fingindo ter acreditado. — Eu estou com fome, vamos comer alguma coisa?

Eu sabia que a madrinha jamais iria até a lanchonete. Ela sempre preferia comer na sala do padrinho, o que me dava liberdade para transitar, fazer ligações e responder a algumas mensagens. Só que naquele momento eu podia jurar que ela recusaria só para que eu pudesse ter aquele encontro amoroso, como ela estava decidida a acreditar que seria.

— Não, querida. Eu estou um pouco enjoada. Mas vá. Eu ainda preciso conversar com o seu padrinho sobre alguns assuntos.

— Obrigada, madrinha.

O elevador parou no andar em que ela ficaria, nos despedimos e eu desci até a lanchonete com o coração aos pulos. Era inacreditável que as pessoas acreditassem que eu algum dia me apaixonaria por alguém como Patrício. Ele era completamente diferente do que eu acreditava ser o homem ideal para mim, além do mais, Patrício era tolo, bobo, novo demais e completamente fora dos meus padrões.

Chegava a ser ultrajante a madrinha acreditar que eu estava apaixonada por aquele... aquele garoto arrogante e atrevido.

Entrei na lanchonete decidida a tomar apenas um café enquanto dizia a ele que não queria mais vê-lo. Já tínhamos vivido o suficiente um com o outro e dar continuidade era perder tempo. Eu queria seguir em frente, curtir o que idealizei para a minha vida e não mais me sentir tão tensa quando encontrar alguém com quem fui para a cama.

Aquela história precisava de um fim. E teria. Naquele dia. Naquele minuto e...

— Pedi um *Mocha* e um *brownie* pra você. Não quis te deter por muito tempo, então fiz logo o pedido. Espero que goste. — Boquiaberta, encarei aquele garoto, sentado na cadeira da lanchonete de um hospital com a sua inocência. — Não vai sentar?

— Claro. — Constrangida, sentei completamente desarmada. Como ele conseguia? — E eu adoro... os dois... pedidos — acrescentei para não deixar dúvidas do que eu falava. Mas então me dei conta. — Como soube o que eu...

— Chocolate — disse, sustentado um sorriso sorrateiro. — Toda mulher gosta. — Estreitei os olhos, perdendo toda a vontade de tocar no pedido. Patrício tomou um gole do seu café e me olhou com curiosidade.

— Então... o que faz aqui? — Fui direto ao ponto, sem me dar ao trabalho de olhar para o bolo diante de mim.

— Resolvendo algumas coisas. E você? Eu confesso que já pensei em você de diversas formas, mas praticando caridade me pegou realmente de surpresa.

— Não seja idiota!

— Pensei que você adorava os dois pedidos.

— Estou sem fome.

Cruzei os braços no peito e encostei-me à cadeira. Ele me encarou sem entender porque eu estava sendo tão difícil. E eu estava sendo mesmo, sem qualquer motivo. Por isso tirei um pedaço do *brownie* levando o garfo à boca. Não era dos melhores, mas era chocolate e era bom. Patrício relaxou satisfeito.

— Aquela é a sua madrinha? — Eu estava com o garfo quase na boca, mas desisti de comer na mesma hora.

— Não é da sua conta. — Ele riu alto chamando a atenção de algumas pessoas.

— Por que tão arredia? — Peguei o café levando-o aos lábios, ansiosa para que ele deixasse de me olhar daquela forma. — Você está muito bonita, Morena! Eu cheguei tarde, mas consegui ouvir um pouco da história que contava. Tenho que dizer que você fica linda quando sorri sem ter um objetivo em mente.

— O que você quer dizer com isso?

— Que você está o tempo inteiro preocupada em ser o que não é. Não quer que as pessoas saibam quem é você. Hoje eu vi um sorriso verdadeiro em seu rosto. Um que me mostrou como a Miranda de verdade é linda.

— Olha, Patrício, isso já está indo longe demais. — Ele riu voltando a tomar o seu café. — Eu não quero ninguém no meu pé, tentando descobrir se essa sou eu mesmo ou se existe outra Miranda.

— Outras — salientou.

— Que seja. Eu não quero dividir isso com ninguém. E ninguém, envolve você.

— Ah, desculpe! Eu não posso evitar perceber o óbvio quando estou olhando pra você. E hoje foi realmente uma coincidência. Eu nem imaginava que a encontraria em um hospital, contando história para crianças com câncer. — Fiquei em silêncio, sentindo meu corpo reagindo a tudo o que ele dizia. — Mas também não posso mentir e dizer que não me sinto curioso. Você está sempre em meu caminho e todas as vezes é uma Miranda diferente. Exceto na cama, claro. — Piscou com atrevimento. — Não que você seja sempre a mesma coisa na cama, mas é sempre maravilhosa.

Seus olhos quentes percorreram meu rosto, descendo pelo pescoço até chegarem aos meus seios. Esquentei de uma forma muito diferente do constrangimento. Não era para eu me sentir daquele jeito. Não era mesmo.

— Eu preciso ir — falei baixinho sentindo meu corpo vibrar. — Eles estão me esperando.

— Tudo bem. Foi bom te encontrar, Miranda. Gosto dessas coincidências. — Seu sorriso meigo não me fez deixar de perceber que havia algo mais em suas palavras. — Como, por exemplo, a de estarmos no mesmo *flat*.

— O quê? — praticamente gritei. Ele riu.

— Aluguei um apartamento no mesmo *flat* que você. Claro que não estou morando lá, mas... — Umedeceu os lábios me encarando com descaramento. — Pretendo passar algumas horas... relaxantes. Caso queira fazer uma visita a um velho amigo... — Ele me passou um cartão de acesso que eu conhecia muito bem. —

Neste período em que o seu padrinho está no seu pé. — Deu de ombros.

— Você não pode estar falando sério. — Mesmo assim segurei o cartão para não perdê-lo.

— Entenda como uma ajuda a uma velha amiga. Seu padrinho não curte namorados, paqueras, parceiros sexuais nem amigos coloridos, então eu pensei: Miranda vai ficar bastante frustrada neste período, seria legal da minha parte dar a ela alguma fonte de escape. E por que não uma fonte de escape bem arejada, arrumada e com uma cama muito confortável? — Tive que rir. Patrício não existia. — Não é um compromisso — acrescentou ficando sério. — Mas se você vai ficar enjaulada, logo vai começar a rugir para as pessoas. Eu posso te ajudar a manter a calma.

— Você é muito... — Pensei em dizer que ele era presunçoso, arrogante e idiota, mas eu tinha adorado a forma como ele arranjou para conseguir me... ajudar. — Caridoso. — Ele riu alto outra vez.

— Ah, não! Essa função é só sua. — Voltou a bebericar o seu café, provavelmente já frio. — Só para constar, eu estarei lá amanhã, no final do dia. — Piscou outra vez e levantou. — Foi um prazer te rever, Miranda. Você faz um bonito trabalho aqui. — Fez uma reverência me deixando escandalosamente admirada. Um sorriso verdadeiro brotou em meus lábios. — É disso que eu estava falando, garota.

E ele foi embora, deixando minha pele formigando e uma sensação estranha em meu estômago.

CAPÍTULO 17

"Mas a vida é real e de viés,
e vê só que cilada o amor me armou.
Eu te quero (e não queres) como sou.
Não te quero (e não queres) como és."
O Quereres – Caetano Veloso

Meu *closet* estava uma bagunça. Eu odiava quando ele ficava daquela forma. Manter a organização era uma técnica que me ajudava a acreditar que podia segurar o controle da minha vida. Por isso encarava aquela pilha de vestidos estirados sobre o sofá pequeno e me incomodava cada vez mais.

Eu precisava de um. Apenas um. E nem precisava ser o mais bonito, o mais chique, o mais sensual, nada. Era só um vestido que me faria descer as escadas e bater na porta do apartamento que Patrício me indicou. No entanto, quanto mais peças eu retirava das araras, mais acreditava que não tinha nada adequado para vestir.

E não adiantou Charlotte concordar em me ajudar a enrolar o padrinho, facilitando que eu conseguisse aquele encontro que, para ela, era romântico. Para mim era apenas sexual. Tenho que confessar que me senti animada para transar com ele outra vez. Principalmente para tentar me certificar sobre aquela teoria que ainda me fazia pensar muito sobre aquele garoto.

Só que antes eu precisava de um vestido.

Charlotte continuava com aquela careta me encarando através do espelho, sentada em minha cama e olhando para dentro do *closet*. Se ela estava incomodada com aquela bagunça, imagine eu. Suspirei derrotada. Nenhum vestido serviria. Nenhum!

— Meninas, vamos sair para fazer compras? — Meu coração deu piruetas e eu senti a alegria formigar em meu estômago. Eu podia beijar os pés de Mary. — Aproveitem que Peter está com a "mão aberta". Ele quer que eu encha vocês de presentes. Disse que as meninas dele merecem sempre o que há de melhor.

— Mary, você é incrível! Se tivesse um filho em vez de Charlotte, eu me casaria com ele. — Pulei sobre minha madrinha abraçando-a e percebendo o quanto ela estava mais magra do que a última vez que resolveu voltar ao Rio.

— Deus me livre! — Charlotte revirou os olhos.

— Você vai, não é? — Sinalizei para a minha amiga que eu precisava que ela fosse realmente. Só assim o padrinho não ficaria atento aos meus atos.

— E eu tenho outra alternativa?

— Eu não entendo essa menina — Mary resmungou. — Agora qualquer atividade com a mãe é um sacrifício. — Charlotte revirou os olhos mais uma vez e voltou com um sorriso sincero abraçando a mãe.

— Eu não seria a Charlotte Middleton que vocês conhecem se não resmungasse por ser forçada a fazer compras. — Mary sorriu para a filha agarrada ao seu pescoço.

— Você precisa de roupas melhores. Nada desses jeans sem graça e camisas sem caimento.

— Ok! Vou ali escolher o vestido que vou usar para esta tarefa enfadonha. — Ela deixou a mãe e saiu do meu quarto. A madrinha me olhou com carinho e um sorriso lindo no rosto magro.

— Ela bem que poderia se parecer mais com você — confidenciou antes de deixar o meu quarto.

Ah, madrinha! Você não diria isso se realmente me conhecesse. Eu não chegava nem perto do que sempre sonhou para mim e constatar tal realidade me deixava muito mal. Eu era uma farsa.

Mesmo assim voltei ao *closet*, peguei um vestido fácil de tirar e amarrotei todo o resto em um canto. Eu teria tempo para cuidar daquela bagunça depois. Por hora precisava de um vestido novo, unhas feitas e cabelos perfeitamente hidratados.

Se Patrício acreditava que alugar um apartamento no *flat*, me dar livre acesso e se empenhar em me encontrar era o suficiente para me deixar apaixonada, ele estava muito enganado. Eu nunca jogava para perder e aquela noite seria a minha grande jogada.

Conferi mais uma vez o vestido verde bem clarinho que escolhi para aquela ocasião. Eu tinha o álibi perfeito: Charlotte! Ela precisava trabalhar no seu projeto e eu, como sempre, a ajudaria. Assim conseguimos ficar em casa enquanto os padrinhos saíam para mais um encontro social muito chato.

Eles nunca se cansavam?

O vestido era realmente o que eu precisava, leve, bonito, agradável textura e com caimento perfeito, sem revelar muito e insinuando bastante.

Levantei os ombros, liberei o acesso ao quarto, entrei e me deparei com uma sala vazia. O apartamento estava silencioso, nada que indicasse que havia alguém ali. Mesmo assim fui ao quarto só para constatar que ele não estava dormindo.

Voltei à sala e sentei no sofá. Onde estava aquele garoto? Eu não tinha todo o tempo do mundo. Tudo bem que Vítor confirmaria ao padrinho que eu não deixei o *flat*, o que não significava que ele poderia voltar e não me encontrar.

Encostei-me ao sofá relaxando um pouco, encarando o teto. Eu me sentia ridícula ali, esperando por alguém que deveria estar esperando por mim. Era ultrajante, absurdo, irritante e... que merda eu ficaria fazendo e por quanto tempo até que ele se dignasse a aparecer?

Corri os olhos pela sala percebendo que o apartamento não era usado para nada além de sexo. Não havia ali qualquer indício de que Patrício sequer dormisse no local. Não. Ali era o seu abatedouro, como Johnny dizia. Mas por que então ele me deu o cartão de acesso? Se Patrício pretendia levar outras garotas para aquele apartamento, por que me deu livre entrada?

Levantei, não aguentando ficar no sofá e caminhei até o quarto. No local não tinha nenhuma camisa pendurada, nenhum sapato esquecido em um dos cantos, nada. Olhei a cama arrumada com perfeição. Continuei olhando enquanto minha mente me traía e me fazia imaginar o que eu poderia fazer nela. Imaginei Patrício preso, eu sobre o seu corpo, um pouco de mel morno, sem nenhuma roupa para nos separar.

De repente eu estava excitada só com a ideia. Sim, seria delicioso se pudesse dominá-lo, enlouquecê-lo e fazê-lo repensar antes de me entregar um cartão de acesso, porque eu realmente conseguiria bagunçar a cabeça daquele menino.

Mordi os lábios imaginando a cena, eu por cima, ele completamente nu, eu podendo morder e chupar qualquer lugar que me desse vontade. Os bicos dos meus seios ficaram rijos roçando o tecido do vestido. Ah, Deus! Eu queria que fosse daquele jeito. Então voltei para a sala, decidida a encontrar tudo o que precisava. Precisava ser rápida ou então Charlotte desconfiaria.

Mas bastou chegar à sala para ele abrir a porta e dar de cara comigo. Patrício levava um vinho em uma das mãos e uma sacola da *delicatessen* que ficava logo depois da nossa rua. Ele sorriu quando me viu, sem notar a minha decepção.

— Chegou cedo?

— Acabei de chegar. — Ele se aproximou, parou à minha frente hesitando, mas se curvou para me beijar. Permiti, sentindo seus lábios grossos, percebendo, chocada, o quanto eu sentia a falta deles.

Eu realmente precisava de algemas, mel, quem sabe mais alguns dos meus acessórios? Precisava que ele tirasse a roupa, que deitasse naquela cama e... Patrício se afastou quando o beijo já estava indo por um caminho mais quente. Eu estava tão excitada!

— Preciso tomar um banho, Morena! — Era tudo o que eu precisava. Sorri. — Quer arrumar a mesa para nós dois? — Eu queria arrumar a cama, mas isso ele não precisava saber.

— Claro. Por que não? — Estreitou os olhos estranhando me encontrar tão receptiva, porém não questionou a minha atitude.

— Eu já volto. — Mais um beijo e ele foi para o quarto. Aguardei até que o barulho do chuveiro chegasse aos meus ouvidos e corri de volta para a minha casa.

Subi as escadas atenta a todos os barulhos, abri a porta percebendo que nem as luzes foram ligadas. Quando passei pelo quarto de Charlotte notei que ela estava lá dentro escrevendo. Entrei no meu quarto, fui ao *closet* e acionei a gaveta escondida onde eu guardava os meus acessórios.

Quatro pares de algemas, algumas velas comestíveis, um gel de massagem. O mel eu conseguiria na cozinha com toda certeza. Quando estava finalizando a escolha, vi a caixinha que ganhei de presente de Moisés. A joia anal. Era perfeito! Coloquei tudo em uma bolsa larga e refiz o caminho inteirando o cuidado necessário. Voltei ao apartamento de Patrício agradecendo pelo banho demorado.

Eu não podia perder mais tempo. Achei um acendedor na cozinha, corri para o quarto colocando as algemas em seus devidos lugares, acendi as velas espalhando-as, coloquei o mel, o gel de massagem e a caixinha com a joia no chão ao lado da cama. Fui até a cozinha, peguei o vinho, uma taça e o saca-rolha. Tirei a roupa ficando apenas de calcinha e com as sandálias de salto fino quando ouvi o chuveiro ser desligado.

Apaguei as luzes do quarto deixando as velas criarem o seu clima perfeito. Patrício abriu a porta do banheiro. O cheiro do seu sabonete se misturando ao aroma adocicado das velas. Meus seios ficaram ainda mais sensíveis quando ele percebeu o clima e procurou por mim no quarto me encontrando seminua.

Seus olhos ficaram quentes conferindo meu corpo exposto. A toalha que ainda envolvia seus quadris já começava a revelar uma ereção interessante. Patrício sorriu e umedeceu os lábios.

Ah, garoto! Você não estaria com esse sorriso se imaginasse o que pretendo fazer com você está noite.

Patrício se aproximou com passos calmos, contudo cheios de segurança. Sorri incentivando-o. Eu podia sentir aquela corrente elétrica que corria pelo meu corpo antecipando o momento. Sim, era a mesma que acelerava o meu pulso, dilatava a minha pupila e poros, tornava as extremidades mais sensíveis, como os bicos dos meus seios, por exemplo, e a ponta dos meus dedos. Eu sentia o poder dominando minhas ações, gritando para que ele se aproximasse mais um pouco, só mais um pouco, implorando para que me deixasse agir, para que me deixasse no controle.

Minha respiração ficou acelerada e minha calcinha já continha uma amostra do quanto eu estava excitada.

Só mais um pouco, Patrício! Venha até mim!

E foi o que ele fez. Patrício se aproximou, me olhando daquela forma que todo homem olha para uma mulher quando imagina estar no comando. Coitadinho! O passo que dei foi estratégico para deixá-lo na posição que eu precisava. Ele não percebeu, claro, ainda me olhava como um predador olhava a sua presa. Sorri com timidez, incentivando-o a continuar.

Quando seu rosto se inclinou em direção ao meu, tive a certeza de que estava tudo como eu queria, então aceitei o seu beijo, aproveitando os lábios grossos e convidativos. Ah, tudo o que eu faria com aqueles lábios!

Passei as mãos pelo seu peitoral exposto, adorando a sensação de poder tocar um corpo tão bem cuidado. Não que eu nunca tenha visto algo semelhante, muito pelo contrário, muitos homens com quem estive faziam questão de ostentar um corpo perfeito, mas Patrício era diferente, aquele corpo era como se fizesse parte do que ele realmente era, como se fosse determinado que ele seria assim, independente dos seus esforços, porque era tão harmonioso e... como explicar?

Não era como se ele já fosse diferente antes e com disciplina e muito treino conquistasse algo interessante para exibir. Não. Patrício tinha um tronco que correspondia ao que ele era, assim como seus membros. Os treinos só davam uma mãozinha ao material.

Ele ficou em silêncio enquanto eu o tocava com admiração. Não identifiquei nenhum orgulho em seus olhos. Ele não se exibia. Constatar tal comportamento em meu parceiro me deixou um pouco abalada, porque exibir o meu corpo era tudo o que eu sabia fazer, era a minha arma para alcançar os meus objetivos e também para desarmar qualquer pessoa. Meu corpo era o que eu tinha para me defender, para me impor, para me colocar no lugar em que eu queria estar.

E ali estava Patrício, me mostrando que provavelmente não deveria ser assim, ou, pelo menos, não em todos os momentos. Ele não se orgulhava da forma cobiçosa como eu o olhava, apesar de gostar de saber que eu o desejava e gostar disso. Só que não era um gostar do que ele era e sim gostar de saber que eu gostava dele.

Porra! Como assim? Eu gostava dele?

Eu me afastei confusa, perdendo completamente o foco. Ele me encarou curioso, assistindo minhas mãos deixarem o seu peitoral e eu dar um passo para trás. O que estava acontecendo comigo?

— Quer um pouco do vinho? — perguntei tentando reorganizar a minha mente.

— Eu sirvo.

Ele saiu do local onde eu precisava que estivesse e caminhou até a mesa onde deixei o vinho e a taça. Só uma. Porque a ideia era eu servir o vinho e eu permitir que ele bebesse. Com uma sobrancelha erguida, Patrício passou os olhos pelo quarto se dando conta de tudo o que tínhamos ali. Estremeci, mas ele nada disse. Abriu o vinho, derramou o líquido rubro na taça, e deixou a garrafa no local.

Caminhou lentamente até estar outra vez na mesma posição de antes, como se soubesse que eu precisava daquilo e permitisse. Meu coração acelerou e as pontas dos meus dedos voltaram a ficar sensíveis. Ele me entregou a taça e aguardou. Ali eu soube que ele aceitava a submissão.

Olhei para Patrício assustada e deliciada ao mesmo tempo. Não era exatamente o que eu pretendia, contudo, era ainda melhor. Eu tinha a sua permissão para agir. Saber disso me deixava eufórica, muito mais excitada do que pegá-lo desprevenido impondo a minha vontade.

Bebi o vinho sob o seu olhar quente. Se colocar à minha disposição não o retraía, sequer o tornava mais frágil ou inferior. Patrício continuava me olhando com desejo e expectativa, como se me implorasse para continuar tocando-o, para que eu agisse.

Uma infinidade de sentimentos se agitava dentro de mim me deixando ansiosa. Eu queria tantas coisas ao mesmo tempo, que nem fazia ideia de por onde começar. Minhas mãos ficaram suadas e trêmulas quando toquei o pé da sua barriga e o vi estremecer liberando um gemido baixo cheio de tesão.

Entreguei a taça a ele e agi. Passei uma mão para dentro da toalha, acariciando seus pelos com a ponta dos dedos, enquanto mantinha o tecido felpudo no lugar com a outra mão. Patrício me observava, os lábios levemente abertos, a respiração pesada, a pele arrepiada e o prazer vibrando em seu corpo.

Puxei a toalha forçando-a a cair no chão e segurei seu pau com uma mão. Ele gemeu mais alto, fechando brevemente os olhos em puro deleite. Eu queria me ajoelhar aos seus pés e chupá-lo, mas não porque eu sabia que isso o tornaria ainda mais submisso às minhas vontades, mas porque, naquele instante, eu me sentia tão grata e satisfeita, que sentia vontade de reverenciá-lo.

Encostei meus lábios em seu peito sentindo o pulsar acelerado do seu coração. Beijei sua pele, brinquei com a língua na região enquanto manipulava seu pau lentamente, subindo e descendo os dedos apertados em sua extensão. Patrício arfava em alguns momentos e em outros apenas gemia baixinho. Minha pele estava quente, mas era um calor que vinha de dentro para fora, um prazer que queimava e me impulsionava a continuar, aquecendo inclusive a minha garganta.

Ele não me tocava. Não agia sem a minha permissão, o que me fazia sentir aquela vibração interna cada vez mais forte. Eu estava no controle, eu comandava, eu dominava... e eu queria que ele me tocasse. Só assim teria certeza de que não era uma mentira.

— Toque-me! — supliquei sentindo minha pele ferver cada vez mais. Eu precisava das suas mãos em mim, me dizendo que eu tinha a sua permissão e que aceitava tudo o que eu queria lhe dar. — Toque-me, Patrício.

Ele gemeu ao tocar nas minhas costas nuas. Estremeci com força, quando senti seus dedos longos me pressionarem no momento em que colei meus lábios em seu peitoral. Minha mão se fechou com mais força em seu pau, fazendo movimentos mais rápidos. Patrício deixou escapar o ar carregado de prazer à medida que eu descia minha boca pelo seu abdome definido.

Parei em frente ao seu pau, admirando-o e aceitando que seus dedos se fechassem em meus cabelos. Não com força, como se quisessem me conduzir, mas me indicando que ele estava ali, por mim, aceitando e se submetendo aos meus caprichos. Manipulei mais uma vez seu membro me dando conta do quanto era bonito, perfeito em minha mão, do quanto seu encaixe era adequado e sua textura agradável.

Ele aguardava com uma ansiedade nítida, a vontade estampada em seus olhos, o maxilar travado, como se precisasse de algum esforço para se controlar quando eu finalmente o colocasse em minha boca. Porque se eu o dominava, ele não poderia se enfiar em mim e sim aceitar que eu o chupasse como bem entendesse, o que certamente era frustrante e excitante.

Com a ponta da língua acariciei a cabeça do seu pau sentindo o gosto levemente salgado da sua excitação. Ele mordeu o lábio inferior contendo um gemido e seus dedos fizeram uma leve pressão em meus cabelos. Sim, ele queria mais. Lambi outra vez sentindo-o estremecer e ficar tenso. Desci a língua pela sua extensão até alcançar seu saco e o ouvi sufocar algumas palavras quando deixei que meus lábios se fechassem neles enquanto minha mão o manipulava.

Minha vagina já estava molhada o suficiente para recebê-lo, mas meu corpo queria muito além de algumas estocadas e um orgasmo, por mais gostoso que ele fosse. Eu queria muitas coisas, e teria todas elas, porque eu queria e ele permitiria que assim fosse.

Arranhei suas coxas enquanto lambia seu saco e o masturbava lentamente. Os músculos de suas pernas às vezes estremeciam com espasmos de prazer, mas ele se mantinha firme, seguro, se submetendo à minha tortura erótica com a dignidade de poucos. Olhei para Patrício de baixo, ajoelhada entre as suas pernas, o que não me colocava de forma alguma em uma posição vulnerável. Até ali, abaixo dele, eu me sentia por cima, porque era assim que ele deixava que fosse.

— O que você quer?

Minha voz saiu rouca em um timbre que eu mesma desconheci, tamanho o nível da minha excitação. Patrício se surpreendeu com a pergunta, me encarou por alguns segundos, engoliu com dificuldade para então responder.

— Chupe, por favor! — foi só o que conseguiu dizer, e com um esforço que sobrecarregou as veias do seu pescoço.

Não aguardei por um próximo pedido. Ele queria me satisfazer, mas eu queria que ele tivesse total satisfação. Coloquei o seu pau em minha boca de uma vez só, levando-o até o limite da minha garganta enquanto saboreava o urro que escapava dos seus pulmões. Suas mãos se fecharam com mais força em meus cabelos e então eu parei.

Patrício respirou fundo buscando por controle, o corpo levemente encurvado, as pernas trêmulas. Quando conseguiu se conter, levantou o corpo e aguardou com o rosto erguido para o teto. Recomecei e ele gemeu. Subi meus lábios chupando-o e enrosquei minha língua por onde passava, até chegar à cabeça outra vez. Ali dei uma atenção especial respeitando a sua sensibilidade.

Refiz o caminho, encaixando-o em meus lábios contraídos para melhor apertá-lo e logo em seguida subindo, deixando ficar bem perto de escapar da minha boca. Repeti o processo até que senti seu pau inchar o suficiente, liberando uma parcela generosa de pré-gozo.

Ainda não, Patrício.

Abandonei seu membro e levantei. Seus olhos se fixaram nos meus, a frustração espelhada e guerrilhando com a satisfação. Ele sabia que a recompensa seria muito mais satisfatória do que o gozo rápido, por isso aceitou a interrupção como uma premiação. Mesmo estando com a respiração acelerada e o pau tão duro e quente ao ponto de enlouquecê-lo.

— Deite na cama — ordenei.

Imediatamente ele me obedeceu, devolvendo a taça e subindo seu corpo majestosamente nu no colchão, se posicionando exatamente no meio, como se imaginasse o que deveria ser feito. Senti meu coração dar pulos de expectativa. Eu nunca tinha feito nada parecido. Toda a dominação que exerci foi em enfraquecer os caras na cama, submetendo-os com o prazer que eu podia proporcionar.

Uma ansiedade estranha brincava em meu ventre fazendo minha boca secar e minhas mãos ficarem suadas. Aquela corrente elétrica circulava o meu corpo, em todos os lugares, mas com mais força em minha vagina, com lambidas chocantes, fazendo-a pulsar. Coloquei a taça sobre a mesa percebendo que a temperatura dos meus dedos estava alterando a do vinho.

Subi na cama me posicionando no seu colo. Patrício me olhava com admiração e com... algo que eu não conseguia identificar. Confusa com o que havia ali que me cegava, colei meus lábios aos dele sentindo um prazer estranho. Eu me senti queimar com apenas um beijo, sem suas mãos, sem seu corpo se insinuando contra o meu, mesmo com a sua ereção entre as minhas pernas, então desfiz o beijo e aguardei que meu coração voltasse ao seu badalar normal. Era impossível.

O poder enlouquece o mais sensato dos seres humanos. E eu não era o melhor exemplo de humanidade, por isso me sentia enlouquecer à medida em que percebia o quanto de poder tinha sobre ele. Era isso, Patrício me enlouqueceria, me levaria ao limite e eu não conseguia enxergar um caminho de volta.

Avancei fazendo-o recuar até estar totalmente deitado na cama, minhas mãos nas suas, mantendo seus braços afastados. Minha vagina roçou em seu pau causando frisson em meu corpo. Rebolei admirando seu rosto repleto de prazer, deixando que minha calcinha molhada brincasse, roçando toda a sua extensão, até que ele liberasse um gemido forte me indicando que eu precisava parar.

Passei a primeira algema em seu pulso, testando se estava confortável. A ideia não era machucá-lo e sim mantê-lo sob o meu domínio. Patrício não reclamou, me olhava com a mesma atenção quente de antes, acompanhando minhas ações. Prendi o outro braço deixando-o impossibilitado de me tocar. Voltei para seu rosto e o beijei com carinho agradecendo. Ele correspondeu com a mesma calma.

— Abra as pernas — ordenei e vi que ele hesitou. Seus olhos buscaram algumas respostas nos meus sem encontrá-las.

Certo. Patrício não era mesmo como os caras do clube. Pelo menos não tão como eles. Mesmo assim não me dei ao trabalho de explicar e desci roçando seu corpo com unhas, lábios, dentes, língua e meu sexo molhado. Ele gemeu abertamente, mas com um pouco de medo, como se estivesse ponderando se havia mesmo feito a coisa certa.

Levantei para prender seus pés. As pernas longas dele ainda conseguiam um pouco de movimento, mas nada que me impossibilitasse de enfiar aquela joia nele, se assim eu quisesse. Sorri satisfeita e deixei a cama em busca de mais vinho. Eu precisava que ele se acalmasse um pouco.

Servi o vinho mantendo-me de costas, mas sabia que seus olhos estavam em mim, por isso provoquei. Passei as mãos pelos meus seios me estimulando para que ele soubesse o que eu fazia. Fechei os olhos e deixei a cabeça pender um pouco para o lado enquanto minha mão acariciava meus seios, depois meu pescoço e ombro. Então levei os dedos aos lábios e olhei para trás, conferindo que ele me olhava adorando o que via. Rocei os dedos nos lábios sem desviar o olhar, depois os molhei no vinho, voltando o corpo na direção do meu parceiro preso à cama.

— Quer um pouco de vinho? — Ele engoliu com dificuldade, mas acabou concordando sem nada dizer.

Sorvi um pouco e aproximei meus lábios dele transferindo o líquido para a sua boca. Patrício engoliu com prazer, liberando um gemido gostoso de ouvir. Molhei outra vez os dedos na bebida e os levei aos meus seios. Ele mordeu o lábio inferior.

— Mais um pouco?

— Por favor! — A voz rouca reverberou em meu sexo com um pulsar delicioso.

Subi na cama, mantendo a taça suspensa e molhei um pouco mais os meus seios, depois me inclinei sobre ele, que levantou a cabeça para alcançá-los. Gememos juntos enquanto seus lábios me sugavam como conseguiam. Os bicos dos meus seios estavam tão sensíveis que cada chupada que ele dava parecia acionar algo no meio das minhas pernas e era uma delícia. Meu corpo tremeu e meu sexo esquentou de uma maneira que me deixou desconcertada. Ainda não era hora de gozar. Não assim. Eu tinha outros planos.

Arqueei o corpo impedindo-o de continuar, ouvindo o seu protesto baixinho. Passei a mão para trás, acariciando seu abdome até o sexo duro encontrar minha mão. Apertei um pouco e masturbei para mantê-lo no clima. Ele estremeceu movimentando-se na cama, então parei para que entendesse que não podia gozar também. Patrício se aquietou, respirando fundo e aceitando o meu comando.

Mantive os olhos nos dele prendendo-o a mim. Eu queria que ele me olhasse enquanto eu fazia o que pretendia. Queria que ele assistisse o meu primeiro orgasmo. Então me acariciei nos seios com a única mão livre, ele umedeceu os lábios gostando do que via, mas eu não ficaria apenas ali. Meu sexo já implorava por um pouco de alívio e aquele dia era meu, então por que não?

Desci a mãos adentrando a calcinha pequena já completamente molhada. Eu gostava muito da ideia de ser tocada ainda vestida, parcialmente escondida, aguçando a imaginação e o desejo. Ele acompanhou minha mão e seu olhar se fixou no meio das minhas pernas conferindo meus dedos brincarem em minha vagina em uma carícia deliciosa.

Eu me conhecia perfeitamente bem para saber como gostava e de que forma me daria um prazer delicioso. Por isso rocei os dedos com calma, atiçando os lábios e o clitóris ao mesmo tempo, mas prolongando o quanto podia, já que o orgasmo estava ali, no limite do meu corpo, ameaçando me invadir a qualquer momento. Eu estava muito excitada.

Rocei a taça em meus seios enquanto enfiava um dos dedos um pouco mais para dentro da minha vagina. Patrício me assistia, os dentes cravados em seu lábio, os dedos das mãos se movimentando, provavelmente imaginando ser ele me tocando, o corpo rígido, como se estivesse prestes a se partir em um orgasmo.

Eu estava adorando cada detalhe, meus dedos roçando com uma pequena pressão a minha carne quente e molhada, meu clitóris inchado e pulsando, minha umidade se espalhando facilitando o processo, meu corpo esquentando até o seu limite. Gemi manhosa. Eu gostava de me masturbar, sobretudo quando tal ato permitia que meu parceiro alimentasse a sua imaginação e era o que acontecia. Gemi mais uma vez enfiando um dedo até o seu limite. Os olhos dele perderam um pouco o foco e um gemido rouco escapou dos seus lábios. Ah, sim, eu gozaria a qualquer momento.

Voltei o dedo até o meu clitóris o estimulando com movimentos circulares dando um pouco mais de velocidade ao ato. Um repuxar intenso me fez arfar, como se toda a minha vida fosse sugada para aquela pequena parte do meu corpo e então, em um segundo, tudo foi expulso de mim em uma explosão assustadora. Gritei sentindo o prazer se espalhar pelo meu corpo tocando todas as partes sensíveis que conseguia alcançar.

Ainda arfante senti o vinho descer pelo meu corpo, me fazendo perceber que derramei o líquido um pouco abaixo dos seios e este corria até meus dedos que ainda roçavam minha vagina sem qualquer intensidade. Com a respiração irregular encarei o meu parceiro que demonstrava uma ansiedade crescente. Ele queria me comer. Senti meu corpo esquentar outra vez me desconhecendo completamente.

Eu tinha acabado de gozar, ainda sentia os choques percorrendo o meu corpo, mas não encontrava a sensação de alívio e saciedade. Lógico que eu já tinha conseguido alcançar dois orgasmos em uma mesma relação, principalmente quando era estimulada para alcançar este feito, contudo não havia nenhum estímulo ali que não fosse o líquido que ainda molhava a minha pele, e aquele olhar selvagem de quem implorava para que eu permitisse que sua boca chupasse todo o vinho que banhava a minha vagina.

Puta merda! Meus músculos se contraíram apenas com a ideia da sua boca entre as minhas pernas, a calcinha puxada para o lado, sua língua me tocando... Céus! O que tê-lo ali, preso à cama, subjugado, estava fazendo comigo?

— O que você quer? — perguntei sentindo a garganta seca demais com a expectativa da sua resposta. Patrício manteve o olhar quente, mas seus lábios se repuxaram em um sorriso cheio de luxúria.

— Quero um pouco de vinho, Morena.

O sorriso atrevido ainda estava lá, mas eu não esperava que aquele fosse o seu pedido. Levei a taça à boca colocando um pouco do líquido lá, mas quando estava me inclinado para lhe passar, ele negou com a cabeça.

— Não assim — seus olhos desceram pelos meus seios até se alojarem no meio das minhas pernas —, você tem uma forma muito melhor de me servir este vinho. — Estremeci engolindo em um único gole. Minha respiração acelerou e eu sorri de volta adorando ouvir o que ele me dizia.

Levantei o corpo e me alojei acima da sua boca. Puxei a calcinha para o lado, inclinei a taça e deixei que um pouco do vinho escorresse do meu ventre, descendo entre os meus lábios sensíveis, escorrendo até alcançar a sua boca aberta. As gotas vermelhas atingiram a língua de Patrício, ele abriu os lábios e fechou os olhos saboreado o sabor.

Foi excitante demais. Posicionei meu corpo melhor, alinhando-o com a cabeça encostada na parede à minha frente. Acariciei os cabelos cacheados do garoto apoiando minha mão para que ele conseguisse uma posição mais confortável e derramei mais um pouco do vinho, sentindo-o fazer o seu percurso em minha pele já excitada e sensível. Pequenos calafrios atingiam minhas terminações nervosas me colocando no clima.

Patrício levantou a língua para pegar as gotas que escorriam em direção à sua boca e assim conseguiu lamber minha vagina. Foi um toque mínimo, mas que me fez gemer deliciada. Ele também gemeu aprovando o sabor. Porra, aquilo era tão carnal, tão devasso que me deixava fora de mim.

— Peça! — supliquei o que deveria ser uma ordem.

— Eu quero te chupar, Morena — rosnou com um poder em sua voz que me fez estremecer. — Coloque a sua bocetinha em minha boca.

Não precisei de outro comando, desci o corpo até que ele não tivesse outra alternativa que não fosse fechar os lábios em minha vagina e me chupar. E foi o que ele fez. No momento em que senti sua boca se movimentar em mim estremeci com um prazer anormal. Rosnei, fechando minha mão em seu cabelo forçando-o a continuar.

Patrício estava disposto a atender aos meus comandos e obedecia sem hesitar. Contudo não era esta a razão para eu me sentir tão entregue e meu corpo reagir me impulsionando a mais um orgasmo. A submissão do meu companheiro não era o que me guiava, mas sim a forma como ele me desejava, como estava disposto a me fazer gozar mais uma vez, mesmo que não encontrasse nenhum alívio nisso. Era como se o prazer dele fosse me satisfazer, não a satisfação própria.

Ele me chupou com força fazendo-me gritar impropérios. Minhas coxas começaram a protestar pela posição, mas eu não queria sair dali, não queria que ele parasse, não queria mudar nada do que fazíamos. Eu só queria manter minhas pernas abertas para que ele continuasse me chupando até arrancar a minha própria alma de dentro de mim.

E foi o que ele fez. Patrício não podia contar com a ajuda das mãos. Não poderia jamais me estimular de outra forma enquanto estivesse entre as minhas pernas, mas ele conseguia fazer com que nada mais fosse necessário. Derramei mais um pouco de vinho que ele capturou com vontade, juntando o líquido com o meu gozo recente e se lambuzando com vontade.

Sua língua me penetrou, tocando minha carne, me estimulando por dentro. Forcei as paredes a se fecharem nela, potencializando a sensação. Ele gemeu aprovando e iniciou uma sessão de penetração rasa entrando e saindo de mim enquanto seus lábios friccionavam minha vagina já latejante.

Segurei sua cabeça com um pouco mais de força e rebolei em sua boca. Gemi adorando o tesão que sentia, a maneira como a minha pele se comportava em seus lábios, o prazer que ele demonstrava sentir. Mantive o rebolado lento percebendo que sempre que sua língua se afundava em mim um pequeno estremecimento me dominava. Eu gozaria, e seria delicioso.

Então Patrício fechou os dentes em meu clitóris, puxando-o sem causar dor. Arfei com um leve choque que mandou uma corrente elétrica se espalhando pela minha vagina. Rebolei permitindo que ele puxasse um pouco mais. Um calor subiu pelas minhas coxas, esquentando meu ventre, me fazendo gemer alto.

— Eu vou gozar — anunciei sem saber ao certo porque precisei comunicá-lo.

Patrício fechou os lábios em minha vagina, lambeu o seu interior e chupou até que não houvesse qualquer possibilidade de eu resistir. Com o corpo trêmulo senti o orgasmo percorrer minhas veias e me jogar naqueles segundos só meus. O ar ainda pesava em meus pulmões fazendo-me buscar por ele com ansiedade. E então eu estava de volta.

Abri os olhos enquanto ele ainda me dava beijos leves, mantendo a boca em mim para que não precisasse me abandonar. Saí de cima dele sem deixar de encará-lo. Seus lábios grossos estavam ainda mais inchados e continham o brilho do meu gozo, exibindo-o como um prêmio. Gostei do que vi. Patrício ainda sustentava aquele desejo pungente, a vontade selvagem de me tomar em seus braços e me fazer gozar mais uma vez.

E eu queria? Bom, dois orgasmos já me deixavam satisfeita, contudo eu sabia que aquele menino era capaz de me fazer ir muito além, e nós tínhamos experiência para afirmar tal possibilidade. Sorri para aquele garoto atrevido que aguardava por mim e deixei a cama.

Eu não precisava de mais vinho. Talvez um banho, mas ele ainda estava preso e eu não tinha vontade de libertá-lo. Olhei para o meu cativo, seu corpo perfeito, o pau ereto com pequenos espasmos que demonstrava o quanto ele precisava de alívio. Voltei a buscar os seus olhos, ele me encarava com expectativa, se perguntando se já seria a sua vez. Não, seus olhos me sugeriam mais uma rodada, o que me deixou impactada. Patrício era muito generoso na cama. Todos os homens deveriam ser assim. Mas não eram.

Agradecida, voltei, sentei ao seu lado e comecei a massagear seu corpo, começando pelos membros presos. Não era agradável ficar preso por tanto tempo. Ele me olhou aceitando as carícias tentando entender o que viria em seguida.

— Está doendo? — Patrício piscou quando o peguei desprevenido com a pergunta.

— Não. — Continuou atento a tudo o que eu fazia.

Coloquei um pouco do óleo de massagem, sentei sobre o seu corpo e iniciei uma sessão em seus ombros. Ele aceitou muito bem, gemendo e se permitindo. Depois desci para as suas pernas, massageando suas coxas, sentindo o quanto ele estava tenso de tesão e percebendo que precisava lhe dar alívio logo. Deixei a cama e escolhi uma das velas acesas.

— Já usou vela comestível? — Seus olhos se estreitaram.

— Você come a vela? — Ri. Aquela pergunta só podia partir de Patrício.

— Não se preocupe, não queima... muito. — Ele arregalou os olhos.

— O que vai fazer com... — Pinguei um pouco da cera em sua barriga e ele arfou. — Porra! — Respirou rapidamente. — Ok! Não dói. Mas não exagere. — Tive que rir e pinguei algumas gotas bem próximas à sua ereção. — Porra! — Ele gemeu de prazer se contorcendo.

— É bom?

— É... estranho.

— Estranho?

— Não queima, é quentinha e... sei lá. — Ele riu. — Podemos continuar? — Arqueei uma sobrancelha, ele deitou outra vez a cabeça, encarando o teto. — Por favor!

Derramei uma quantidade generosa em seu saco. Ele gemeu forte e se contorceu. Passei a mão recolhendo a cera líquida e espalhando-a em seu pau, masturbando, com cuidado, afinal de contas, Patrício estava no seu limite há muito tempo. Ele gemeu com mais vontade à medida que minhas mãos subiam e desciam em um trabalho meticuloso. Quando o abandonei, porque era necessário não estimulá-lo muito, ouvi seu gemido de protesto. Sorri massageando seu abdome, subindo para o tórax até estar outra vez frente a frente com ele.

— O que você quer? — sussurrei provocante.

— Eu quero te comer — disse sem titubear e a sua honestidade me fez arfar.

Ele queria me comer. Se enfiar em mim até o seu limite, ou o meu. Queria me invadir em busca de alívio, e com isso, me empurrar mais uma vez para um orgasmo que eu sabia, seria maravilhoso. Pisquei aturdida quando senti meu ventre dar sinal de que era o que queria também.

Levantei para pegar a camisinha e vi a caixinha que Moisés me deu de presente, o *plug* anal. O ar ficou preso em meus pulmões enquanto eu deliberava se deveria ou não usá-lo com outra pessoa, afinal de contas, aquele desgraçado doente me deu de presente antes de enlouquecer por não poder mais colocar as mãos em mim.

Mas eu não podia mantê-la guardada para sempre em minha gaveta secreta. A peça era linda e a sensação ao usá-la era deliciosa. Passei os dedos na caixa sentindo a delicadeza do tecido. Seria uma ótima forma de me vingar daquele doente, não? Abri a tampa decidida e peguei a joia, depois a camisinha e voltei para a cama.

— Já viu um desse? — Abri a mão revelando a peça para Patrício. Suas sobrancelhas se juntaram me indicando que ele não sabia o que era. — É uma joia. — Ele continuou sem entender. — Anal. — Patrício continuou encarando a minha mão enquanto entendia o que eu dizia. Ele engoliu com dificuldade.

— É para você... quer dizer... não vai... — Ri do seu receio.

— A ideia é usar em mim, mas se você quiser testar... — Dei de ombros assistindo o alívio em seu rosto.

— Olha, Morena, não existe problema em gostar da maneira como você me toca. Qualquer cara mais atento ao processo do sexo sabe que para o homem também é prazeroso — falou com seriedade pegando-me de surpresa. — Acontece que eu não me imagino com alguma coisa enfiada em minha bunda, então, não. Mas eu vou adorar ver você usá-la — disse e me presenteou com aquele sorriso atrevido.

— Então eu posso ter algo enfiado em minha bunda e você não? — provoquei.

— Basicamente. Mas eu vou respeitar a sua vontade sempre, lembra? Se você não quiser usar esta joia linda para mim eu vou aceitar.

Ok! Patrício não era mesmo como Fabrício e eu não entendi porque aquela conversa me causou alívio.

Quanta hipocrisia, Miranda! Você é uma farsa!

Mesmo assim eu sorri e me senti estimulada.

— Então... — Dei continuidade aos meus planos. — Esta é uma joia anal. — Mostrei mais uma vez a peça a ele. — Na mulher ela estreita o canal vaginal quando bem posicionada, causando assim mais prazer tanto para ela quanto para o seu parceiro.

— Além de uma visão encantadora — colaborou.

— Isso é você quem vai me dizer. — Ele sorriu e fez um gesto com a cabeça me reverenciando. — Mas antes... — Tirei a calcinha e subi na cama segurando seu pau, masturbando-o um pouco para mantê-lo no ritmo. — Precisamos que você se vista um pouco.

— Como você quiser, Morena!

Abri a camisinha e, outra vez, fiz o processo de colocá-la no pau dele com a boca. Patrício adorou, gemendo e se segurando para não se contorcer e me atrapalhar. Finalizei com um beijo de agradecimento em seu saco, o que fez com que ele gemesse abertamente.

— Agora...

— Posso te pedir uma coisa? — ele me interrompeu com uma urgência que me alertou. — Posso colocar essa joia em você? — Demorei um tempo até entender que ele queria que eu libertasse os seus braços. — Não vou tocá-la mais do que o necessário, eu juro, eu só... só preciso colocar a joia em você. — Seus olhos continham tanto tesão que senti meu ventre latejar. Concordei com a cabeça e desci da cama para libertar os seus braços.

Soltei um, dei a volta e libertei o outro. Patrício não agiu como se a posição demorada o tivesse machucado ou incomodado, ele permaneceu quieto, aguardando por mim. Subi outra vez na cama, me posicionando de costas para ele.

Havia em mim uma confusão de sentimentos. Eu estava com medo, não sabia como seria, e depois de passar aqueles momentos tendo o poder nas mãos para logo em seguida permitir que ele me subjugasse colocando o *plug* em mim era estranho. Ao mesmo tempo eu sentia um prazer esquisito em permitir que ele me tocasse outra vez, que me dissesse e fizesse como queria. Eu estava mesmo confusa.

Patrício levantou o corpo mantendo-se entre as minhas pernas. Eu podia sentir sua respiração em meu pescoço. Ele queria muito aquilo. *Eu* queria muito aquilo. Minha pele formigou implorando pelo toque que não aconteceria, não enquanto eu não permitisse, mas estava confusa demais para falar.

Enquanto ele hesitava, entreguei a joia sem olhar para trás. Eu ainda podia sentir a sua ereção roçando minha entrada. Em pouco tempo ela estaria toda dentro de mim. Inclinei o corpo para frente, empinando a bunda para que ele pudesse colocar e senti o ar preso outra vez em meus pulmões.

Ele passou os dedos em minha vagina. Estremeci com o toque, estando sensível outra vez. Patrício umedeceu os dedos, provavelmente para lubrificar a joia e logo em seguida senti a ponta fria me invadir com cuidado. Agradeci por ele ser tão atencioso e por me priorizar sempre.

Quando a peça já estava toda dentro de mim ele afastou o corpo do meu e aguardou. Ouvi seu leve arfar me indicando que ele gostava do que via, o que me fez ficar ainda mais excitada. Levantei os quadris, segurei seu pau e o coloquei na minha entrada. Aquele segundo de silêncio e hesitação fez minha pele inteira fervilhar.

Então desci em seu pau, encaixando-o todo em mim, ouvindo o gemido rouco de Patrício satisfeito. Inclinei um pouco mais o meu corpo para que ele pudesse ter uma visão perfeita da minha bunda. O aperto que a peça obrigava a minha vagina a ter, fez com que minhas terminações nervosas ficassem em alerta. Eu sentia meu corpo se conectando, as informações correndo pelas veias, meu pulso acelerar, uma luxúria fora do comum me consumindo.

Eu estava pronta.

Olhei para trás conferindo a mão de Patrício agarrada ao lençol da cama. Ele ainda não podia me tocar, mas queria, muito. Rebolei com cuidado me sentindo preenchida por todos os lados. Era uma delícia. Ele gemeu mais forte e seus dedos se apertaram ainda mais no lençol. Não tínhamos muito tempo.

Segurei em seus joelhos e me impulsionei para conseguir subir e descer em seu pau sem que a peça fosse expulsa de mim. Ele adorou gemendo meu nome baixinho, me chamando de gostosa e outras coisas que eu não conseguia ter concentração o suficiente para entender.

Cavalguei com mais segurança, sentindo-o entrar e sair de mim, ele aceitando os meus impulsos, se permitindo só assistir enquanto eu me tocava nos seios com vontade em busca de maior prazer. Meu corpo vibrava acumulando a luxúria, ansioso demais para encontrar uma forma de escapar de deixar aquilo tudo explodir.

— Oh, céus! — ele rosnou fazendo um esforço anormal para não gozar. Eu queria que ele gozasse, mas o meu corpo, apesar de também estar pronto, não conseguia deixar acontecer, me frustrando. — Por Deus, Miranda... — suplicou já em júbilo. — Eu preciso... — Continuei as estocadas, fazendo-o entrar e sair de mim, desesperada para encontrar o meu próprio alívio sem saber como. Puxei os seios, apertei-os estimulando o orgasmo. — Eu preciso tocar em você — rosnou, entregue.

Um calafrio delicioso percorreu minha coluna quando as suas palavras me atingiram. Era o que eu precisava. Eu precisava que suas mãos estivessem em mim, que me levassem junto com ele, que me tocassem como se eu fosse sua. Então, sem conseguir me conter, gemi:

— Toque-me — implorei. — Patrício, por favor!

Aquela sensação estranha me dominava. Estremeci com violência quando senti seu corpo se colar ao meu, seus lábios em meu pescoço e suas mãos em mim. Queimei absurdamente, sentindo tudo ao mesmo tempo, o coração acelerado, a pele em chamas, o ar inexistente, meu corpo subindo e descendo com ele às minhas costas, me conduzindo.

Mas foi quando sua mão desceu para a minha vagina que realmente aconteceu. Patrício me apertou contra o seu corpo, gemendo o seu orgasmo tão merecido, os lábios em mim, uma mão em meu seio, apertando-o com força e a outra em meu clitóris, pressionando com movimentos fortes.

Então eu gozei, gemendo alto e me partindo aos pedaços como há muito tempo não me sentia partir. A sensação de saciedade me dominando, me arrastando para um mundo ao qual eu não pertencia enquanto suas mãos permaneciam em mim, me dando segurança, deixando claro que ele ainda estava ali, comigo.

E foi assim que eu me dei conta.

— Vem cá — sua voz continuava rouca, ele me tirou do seu colo e me girou para que eu ficasse de frente para si.

Nossos olhos se encontraram antes do beijo que certamente aconteceria, e o que eu vi me deixou surpresa. Sim, eu podia ver a força que ele tinha, projetada em seu olhar. Ele podia me dominar, podia me convencer a aceitar ser dele, podia me proporcionar todos os orgasmos que eu planejei ter, no entanto ele sabia que ali, naquele momento, eu precisava ter o controle, e permitiu que assim fosse.

Foi com um choque que entendi que Patrício não era um submisso. Não. Ele não era submisso. Não se comparava com os caras com quem estive no clube. Patrício era um homem forte, observador, que enxergava muito além do meu corpo, ele enxergava as minhas necessidades e colocava o meu prazer acima da sua própria vontade.

Patrício entendia o meu momento. Ele sempre entendia, por isso foi capaz de perceber que precisava permitir que eu o dominasse para que conseguisse me dominar por completo.

Ainda assustada, permiti que o beijo acontecesse, e este foi diferente de todos os outros. Não apenas a fome, mas a paixão que nos dominou me deixou desarmada, entregue, sujeita a todas as suas vontades.

Eu estava fodida!

CAPÍTULO 18

"Vem, fazer diferente. O que mais ninguém faz.
Faz parte de mim. Me inventa outra vez."
LINDA DEMAIS – ROUPA NOVA

ENCAREI O TETO LUTANDO CONTRA MEUS OLHOS QUE INSISTIAM EM SE fechar por causa da fadiga. Ao mesmo tempo ainda conseguia sentir os choques fracos que se faziam presentes em uma parte ou outra do meu corpo me lembrando do orgasmo recente. E como se isso não fosse o suficiente, eu estremecia com os beijos leves que Patrício distribuía em minha barriga, subindo pelos seios e pescoço.

Uma preguiça deliciosa me prendia àquela cama. Por que ele ainda me beijava daquela forma? Por que Patrício permanecia atencioso e carinhoso comigo depois de conseguir o que tanto desejou? Suspirei ao sentir meus olhos protestarem no mesmo instante em que ele alcançou meus lábios e me beijou de maneira... apaixonada? Desconcertante. Esta é a palavra correta.

Não que já tenha sido destratada por qualquer parceiro meu. Isso nunca aconteceu, até porque jamais permiti. Eu seria sempre a prioridade, minha e deles, ou então nada aconteceria. Contudo não era como Patrício fazia. Não com aquele carinho todo, aquela veneração quase divina, aquele jeito de me cobrir de atenção como se eu fosse única. Senti a pedra em meu peito pesar ainda mais. A única pessoa que eu permiti viver aquilo foi... o desgraçado que arrancou o meu coração.

— Preciso ir. — Tentei me desvencilhar, mas seu corpo estava sobre o meu.

Minutos antes estávamos transando. Quando me livrei daquela joia com a mente confusa por tantos sentimentos desconhecidos, Patrício me forçou a deitar na cama, quer dizer... eu não lutei contra, não havia como fazer a minha mente funcionar corretamente para impedi-lo. Mas ele me deitou na cama e me seduziu durante tempo o suficiente para me deixar ansiosa por mais um orgasmo.

Então nós... não sei se transar seria a palavra correta. Parecia mais com... fazer amor, mas como poderia assim ser denominado se não nos amávamos? Enfim, ele me beijou com carinho, me cobriu de atenção, me tocou com tanto cuidado que foi comovente. Por fim, me penetrou e se movimentou com calma, sem pressa, sem deixar de me beijar, até que, antes mesmo que pudéssemos nos dar conta, o orgasmo nos dominou, depois me abandonou levando o que restava de forças em meu corpo.

— É sério, Patrício — reclamei enquanto ele me mantinha na cama com aqueles beijos tão tentadores. — Eu preciso mesmo ir. — Com um suspiro ele saiu de cima de mim me deixando livre.

Levantei com uma necessidade absurda de cobrir o corpo. Havia algo de errado comigo. Como podia me sentir tão insegura quando sabia que meu corpo era a arma mais eficiente que eu tinha? Não sabia explicar, mas o fato era que precisei me cobrir, como se o fato de colocar algo sobre mim me desse a força que precisava para sair dali.

Ele continuou deitado, nu, os braços atrás da cabeça e uma expressão estranha. Patrício não estava satisfeito com a minha decisão. Ele ainda queria transar? Não era possível.

— O padrinho chega a qualquer momento — eu me justifiquei, procurando meu vestido. — Que sorte não precisar de um táxi — brinquei me convencendo de que ele logo desfaria aquela cara.

Passei o vestido pelo corpo dispensando a calcinha molhada, deixei as velas, mas peguei a joia, levando-a ao banheiro para lavá-la. O celular dele tocou. Ouvi o farfalhar da cama quando levantou, depois o seu peso de volta. Demorei mais tempo do que pretendia mantendo o *plug* embaixo da água e atenta à ligação.

— Oi! — A voz grossa e carregada indicava que ele estava com sono ou esgotado. — Eu estou... na casa de uma amiga. Aconteceu alguma coisa? — Patrício ficou em silêncio, ouvindo e me deixando em alerta. — Hum! Eu tinha outros planos. — Alguns segundos e um suspiro pesado. — Você sabe que eu estou com eles todos os dias, não é mesmo? Ah, tá certo! Até parece que não estou com vocês todos os dias também. Não importa qual eram os meus planos, Lamara. Paty é a puta que te pariu! — Estremeci e ele riu. — Sim, a puta que me pariu também. E não, eu não vou.

Voltei para o quarto. Ele me acompanhou com os olhos quando fui até a caixa para guardar a joia anal.

— Eu vou... encontrar uma amiga. — Olhei surpresa para ele que me olhava com atenção. — Sim, a mesma amiga. O quê? — Riu sem graça. — É. Mais ou menos isso. Como? Hum! Vou falar com ela e te digo. Amanhã eu confirmo. Ok! Eu também te amo. Tchau.

Eu também te amo? Que história estranha era aquela?

— Minha irmã — informou deixando o telefone ao lado da cama. — Ela consegue ser insuportável às vezes. — Sorriu com doçura, o que amoleceu o meu coração.

— Você vai dormir aqui? — desconversei.

— Depende. Você pretende voltar? — Ri sem me sentir bem com a pergunta.

— Você sabe que não.

— Por causa do seu padrinho ou por que não quer? — Encarei Patrício sem saber o que poderia responder. Eu queria voltar? Claro que não! Eu não dormia com ninguém. Dei as costas e preferi ficar em silêncio. — Não gosto da ideia de você pular da cama tão rápido.

— Nós não somos namorados, Patrício — alertei ainda de costas fingindo organizar as minhas coisas.

— Isso não significa que você possa ir embora imediatamente só porque acabou o sexo.

Mordi o lábio me impedindo de responder. Uma parte de mim queria gritar que eu podia ir e vir quando quisesse e que não podia me dizer como agir, mas havia outra parte que achava lindo ele se preocupar em me garantir que mesmo sendo apenas sexo, não estava me usando. Pelo menos de forma tão tosca.

— Eu estou falando sério, Miranda. — Olhei para Patrício outra vez, decidida a colocar tudo em seu devido lugar. — Eu adoro transar com você. É... — Passou a mão pelo cabelo e sorriu. — É muito bom. Mas eu gosto de conversar também, de saber que você existe mesmo, sabe? Porque você some tão rápido, que eu fico me perguntando se realmente aconteceu. — Acabei rindo e fui desarmada. — E não vai ser você fugindo da minha cama que vai me fazer deixar você ir embora.

— Como assim?

— Eu estou sempre por perto, não percebeu ainda? — Nós nos encaramos. Eu estava em choque.

— Como... assim? — sussurrei.

— Nas últimas semanas é nos braços um do outro que acabamos sempre. Nós podíamos simplificar as coisas. Tornar tudo mais fácil.

— Você quer dizer... namorarmos? — Ele riu com vontade.

— Eu quis dizer que podíamos nos ajudar. Seria favorável para nós dois. Você teria a liberdade que tanto deseja e eu conquisto a confiança do meu irmão e da minha mãe, que me julgam um irresponsável porque nunca estou envolvido com ninguém.

— Patrício, isso é... — Balancei a cabeça sem acreditar no que ouvia. — Ridículo!

Eu estava furiosa e não tinha motivo para estar, então eu só podia estar de TPM. Não havia outra explicação para tantos sentimentos confusos e contraditórios.

— Isso é perfeito! Não está vendo? Nós vamos continuar transando, com quem quisermos, quando quisermos e vamos ter tudo o que mais precisamos agora.

— Tenho que ir. — Segurei a sacola com força enquanto caminhava para deixar o quarto. Ele levantou rapidamente e me segurou.

— Deixe de ser cabeça dura, Miranda! — Eu estava com raiva, mas ele estava rindo, me segurando ainda nu e me beijando com alegria. — Você também gosta de estar comigo.

— Eu gosto de sexo com você! — rebati enfurecida.

— Que seja! — Ele me virou na cama fazendo meu vestido levantar revelando a minha nudez. — Mas você gosta de estar comigo. Já pensou como seria se pudesse fazer isso quando quisesse? — Eu ia protestar, só que ele passou a mão em minha coxa, subindo em uma carícia provocante até tocar a minha vagina. Minhas pernas amoleceram. — Se você gosta e eu gosto, por que não?

Seu rosto estava enfiado em meu pescoço, os lábios com beijos carinhosos e os dedos me tocando com cuidado, causando aquele frisson que me desconectava. Deus, ele não podia continuar me tocando daquele jeito!

— Tenho que ir. — Forcei o corpo para cima então senti seu dedo me penetrar por um descuido puramente meu. Arfei e ele riu baixinho.

— Você não quer ir — ronronou voltando o rosto para mim em busca da minha boca.

— Eu disse que preciso ir, e não que quero ir. — Ele sorriu lindamente continuando a sua carícia atrevida. — E se eu tiver mais um orgasmo, não vou ter pernas para chegar até a minha casa.

— Eu levo você carregada — prometeu com aqueles olhos intensos, conseguindo me desarmar. Como ele conseguia? — Coloco você na sua cama e te dou um beijo de boa-noite.

— E depois? Como vai fazer para conseguir se desvencilhar das balas? — sussurrei acariciando seu rosto. Ele riu me fazendo rir também. — É sério. Eu preciso ir. — Mas meu corpo me traía permitindo que minhas pernas se abrissem e que meus quadris rebolassem lentamente em seus dedos.

— Você quer este orgasmo tanto quanto eu, Morena. — Ele me beijou, puxando meu lábio inferior entre os dentes com um pouco de força. Seus dedos roçaram minha carne, apertando com as pontas, ativando meus nervos e me fazendo gemer baixinho.

— Nós já tivemos demais por hoje — protestei sabendo que ele não pararia.

— Com você nada é demais. — Exigiu o meu beijo. Eu o dei sem reclamar, mas meu telefone tocou me alertando.

— Droga! Eu preciso...

Patrício levantou sem tirar os dedos de dentro de mim, se inclinou até a minha bolsa, mantendo as estocadas lentas e sensuais, pegou o aparelho e me entregou. Vi em seus olhos a determinação que me fez aceitar. Olhei o visor, identificando a ligação do Johnny. Atendi.

— Oi! — Meu parceiro se inclinou e roçou a língua em meu clitóris, enquanto mantinha os dedos dentro de mim. Eu me contorci mordendo os lábios.

— *O padrinho está voltando para casa* — ele disse sem meias palavras. — *É melhor você estar aqui.*

— Oh, droga! — Comecei a levantar, mas fui impedida por um língua generosa, além de dedos habilidosos. — Deus! — gemi de prazer e frustração.

— *O que está fazendo?* — A voz de Johnny me chamou de volta para a realidade.

— Quanto tempo? — Meus olhos encontraram com os de Patrício enquanto ele mantinha a língua me enlouquecendo.

— *Pouco. Ele já está quase aqui no apartamento. Onde você está?*

— Voltando para casa. Correndo.

Desliguei a ligação desejando ter mais tempo. Ponderei se seria arriscado demais, contudo não tive esta opção. Assim que consegui levantar o tronco, Patrício me abandonou demonstrando uma ereção que me deixaria animada. Ele se inclinou e me beijou com carinho.

— Terminamos amanhã — anunciou indo em direção ao banheiro. — Que horário vai estar livre?

Continuei na cama sem acreditar no que ele estava fazendo. Eu ainda podia sentir a sua língua em mim, seu hálito quente, seus dedos...

— Pensei que você precisava ir embora — pirraçou da porta do banheiro. — Miranda?

— Amanhã estarei ocupada, Patrício — disse completamente sem foco. — E eu preciso mesmo ir embora.

Levantei correndo, ajustei o vestido, peguei a bolsa e deixei o quarto sem olhar para trás. Tinha algo de muito errado comigo.

Tinha certeza de que não deveria ter ido àquele jantar. Algo dentro de mim me fazia acreditar que a noite estava propícia para ficar em meu quarto, meu refúgio, isolada de tudo e de todos. Mas nenhuma das minhas tentativas deu certo.

No dia anterior eu tinha conseguido fugir de Patrício, ou do que acreditei que acabaria me levando a ele, já que não nos falamos ou trocamos mensagens. Mas eu ainda tinha o cartão de acesso ao seu apartamento, por isso preferi fugir. Estava tão perto de mim que precisei sair de casa para me convencer de que não tinha o que fazer lá.

Acompanhei Charlotte até a praia, como havia prometido. De lá saí para caminhar e arrumar o que fazer enquanto ela debatia o seu problema com nosso professor. Pelo menos ali eu não precisaria me preocupar com ela e com o que ele poderia fazer. Era um lugar público, aberto para qualquer um, o que limitava um pouco aqueles dois.

Acontece que quando estávamos de volta, na garagem do *flat*, vi Patrício aguardando o elevador. Ele estava lindo apesar de vestido casualmente. Levava uma pequena bagagem, que me fazia acreditar que passaria a noite lá. Estremeci sabendo que eu não conseguiria ignorá-lo por muito tempo.

Desci do carro com medo. Charlotte estava comigo, e apesar de ela saber que ele havia alugado um dos apartamentos, eu não queria que precisasse conviver com isso, ou se embrenhar ainda mais naquela farsa. Por isso agradeci quando a porta do elevador abriu e ele entrou sem se dar conta de que estávamos ali.

Assim eu consegui fugir dele, mas os meus pensamentos não. Estava certa de que conseguiria me livrar daquela sensação estranha se me mantivesse distante, porém não foi o que aconteceu. Quando nos encontramos a última vez eu disse que tinha compromisso para aquele dia, ele aceitou, só que eu não fazia ideia de que com isso Patrício não me procuraria, ou que, mesmo assim, usaria o apartamento.

Não que eu quisesse que ele continuasse insistindo naquela ideia louca ou que me procurasse mesmo quando eu não estava disponível, mas... não sei. Eu não fazia ideia de que me sentiria daquela forma, por isso senti raiva por me permitir ficar tão confusa.

A gota d'água foi quando me senti desesperada ao ponto de precisar fugir de mim mesma. Eu não conseguia mais fingir, não conseguia interpretar o papel que usei a vida toda com a minha família, não encontrava paciência nem obediência para conviver com eles. Estava uma pilha de nervos, sem me sentir à vontade dentro da minha própria casa.

Por isso não podia voltar para lá. Também não podia continuar com aquela visita ao hospital. Eu não estava no clima. Quando o padrinho entrou em uma reunião importante e a madrinha se preparava para visitar a ala pública do hospital, fiz o que achei que era correto, inventei um problema em meu projeto de conclusão de curso, implorei para que Charlotte me ajudasse e fui embora.

Mas não fui para a minha casa, eu jamais conseguiria estar ali imaginando que ele estava a tão poucos metros de mim. E odiava o fato de não poder ir para a minha casa só porque ele resolveu me roubar aquela liberdade também.

Eu odiava Patrício! Odiava! E faria com que ele saísse do meu caminho ou não me chamaria Miranda Middleton nunca mais.

Dei o endereço do clube, cortei meia cidade, e acabei o final do dia em um dos seus quartos, transando com as primeiras pessoas que apareceram na minha frente, uma garota linda que às vezes aparecia por lá e o seu namorado perfeito, que parecia um modelo de tão bonito.

Ignorei as inúmeras chamadas, me aventurando a cada avanço deles dois e me entregando sem medir as consequências. Naquelas horas eu fui dela, fui dele e não fui de fato de nenhum dos dois, porque meus pensamentos me traíam, me levavam a Patrício e aos seus olhos quentes.

Era como se ele estivesse ali, sentado naquele sofá, ao invés do carinha que me observava transar com a sua namorada. Eu podia vê-lo perfeitamente, com aquele sorriso debochado, como se soubesse que eu me entregava por desespero e não por prazer. Provavelmente por isso, ou apenas por isso, eu me atirei cada vez mais fundo naquela transa, arrancando de mim todas as forças até que não sobrasse mais nada.

Saí de lá esgotada, com o corpo no limite, exausta, exaurida e ferida como nunca imaginei voltar a me sentir um dia. Entrei no táxi de cabeça baixa, conferindo o celular para esconder as lágrimas que já rolavam. Muitas mensagens de Charlotte, ameaças, tudo o que eu não queria para aquela noite.

E a culpa era minha, porque eu menti, eu enganei, eu fugi e deixei a minha amiga com toda a responsabilidade daquele dia. Não sentia mais raiva do Patrício, a raiva que sentia era de mim, de toda a minha incapacidade de me manter longe dele, da sua insistência e dos seus sorrisos.

Eu era muito tola. Patrício era como... como todos os outros. Uma mentira ambulante tentando me fazer acreditar que era diferente. Mas não era. Nunca era. Nunca seria.

No elevador do *flat* limpei o rosto mesmo sabendo que ninguém estaria ali para perceber as minhas lágrimas. Eu precisava recuperar a minha dignidade, voltar a me sentir como antes, inteira, segura, dona de mim.

Entrei em casa conferindo o apartamento escuro. Subi até o meu quarto, peguei alguns livros, meu computador e levei até a sala espalhando tudo sobre a mesa. Na cozinha coloquei um pouco de água no copo levando-o para deixar ao lado dos livros. Subi para um banho que levaria de mim toda a merda que fiz durante o dia e quando saí, Charlotte já estava em meu quarto.

— O que aconteceu?

— Nada! — Não deixei que ela percebesse o meu abatimento.

— Nada? Miranda, você tem noção do que precisei fazer hoje para que você não fosse desmascarada? — Suspirei sentando na cama enquanto secava o cabelo com uma toalha.

— Desculpe, Charlotte! — Ela cruzou os braços e aguardou. — Foi mal! Eu perdi a hora.

— Não foi nada justo o que você fez. Eu também tenho alguém para... — Ela corou e levou a mão ao rosto para ajeitar os óculos. — Para dar atenção — completou com a voz baixa. — Alex ligou e eu não pude atender — revelou corando um pouco mais. — Meu pai ficou no meu pé o tempo todo.

— Eu sinto muito, Lottie! Sinto muito, mesmo!

Levantei e fui até ela abraçando-a. Eu me sentia pior do que quando cheguei.

Charlotte não precisava de mais problemas na vida dela e eu precisava parar de atrapalhar. Ela retribuiu o abraço, relaxando. Era sempre assim, eu pedia desculpas, ela aceitava relevando todas as minhas faltas. Normalmente tirava proveito disso, mas naquele instante eu me senti miserável.

— A noite não foi boa? — Funguei.

— Não. Para falar a verdade foi horrível! — Mesmo com todos os orgasmos que me forcei a ter. Acrescentei mentalmente.

— Vocês brigaram?

— O quê? — Encarei a minha amiga me dando conta do que ela estava pensando. — Ah! — Afastei-me sem saber o que poderia dizer. Talvez fosse o caso de iniciar um processo de separação. Respirei fundo sem encontrar disposição para aquela conversa. — Nós nos desencontramos.

— Então por que demorou tanto?

— Porque eu fiquei esperando, mas ele não conseguiu chegar. — Ela me encarou buscando respostas, mas acabou aceitando as minhas desculpas. — Agora estou com um pouco de dor de cabeça, acho que vou deitar.

— Tudo bem. Eu vou comer alguma coisa. Até amanhã. — Vi minha amiga se afastar para deixar o quarto.

— Charlotte? — chamei com o coração pequeno por precisar mentir. Ela me olhou com um sorriso inocente. — Eu amo você!

— Eu também!

Então ela se foi.

E agora estávamos ali, sentados naquela mesa, cercados de pessoas estranhas que, vejam só como a vida é, eram a família do nosso professor. A vida não podia ser mais estranha. Charlotte lutando para manter aquele romance escondido e o destino fazendo de tudo para atrapalhar.

Eu estava absurdamente irritada. Com a presença de Alex, com a forma apaixonada como Charlotte o olhava mesmo sabendo que ele era um canalha, com a minha decisão de ignorar as mensagens e ligações do Patrício, por ter que estar ali, sorrindo e sendo agradável quando tinha implorado a Charlotte para me ajudar ganhando aquelas horas para ficar em casa sozinha comigo mesma.

Ainda precisava dar início ao fim daquele namoro que nunca existiu. Era muita merda em tão pouco tempo. Para piorar, precisava acompanhar aquela conversa ridícula daquele professor tarado que buscava uma forma de comer a minha amiga sem ter grandes responsabilidades por isso.

— Realmente — interrompi a conversa sentindo que eu estava prontinha para estragar a noite. Tudo o que eles diziam, só me lembrava que estávamos oferecendo Charlotte em uma bandeja para aquele depravado. — Professor Alex, por que não explica melhor o trabalho que tem realizado com a sua *aluna* Charlotte? — ressaltei a palavra aluna para que ele entendesse a merda que estava fazendo.

Ele me ignorou, mas não completamente. Eu podia ver que mesmo falando diretamente com os meus padrinhos, Alex Frankli ficou abalado com a forma como deixei claro que já sabia de tudo. Pelo menos assim ele pensaria duas vezes antes de machucar a minha irmã.

— No momento, tenho trabalhado com Charlotte em seu projeto para conclusão do curso. Posso dizer que ela tem feito muito progresso.

Olhei para Charlotte que corava tentando disfarçar, mesmo quando todo mundo podia ver o constrangimento em seu rosto. Ela que me perdoasse, mas eu iria até o final.

— Acho que deveríamos acreditar nesta parte. Quero apenas saber de que forma um professor experiente e que entende melhor do assunto em questão, pode ajudar a sua aluna. Quais as táticas que usa?

Charlotte tentou me fazer parar, contudo Alex não se intimidou, olhando diretamente em meus olhos, pronto para entrar naquela guerra por minha irmã.

— Da mesma forma que o seu orientador com certeza trabalhou com você, Miranda. Pelo que fiquei sabendo, o seu projeto foi simples, mas suficiente, não por insistência do seu orientador, claro, ele queria deixá-lo melhor. No entanto, até onde ele me revelou, você não queria um projeto maravilhoso e sim um que fosse apenas o suficiente, estou enganado?

Puta que pariu! Ele tinha conseguido me revelar. Ansiosa demais para tirá-lo do jogo, acabei esquecendo que aquele filho da puta era meu coordenador também, e que, lógico, tinha em mãos todas as informações da minha passagem pela faculdade.

— Charlotte está escrevendo um livro. Você, como amiga, deve saber o quanto ela é brilhante como escritora. Inclusive hoje mesmo conversei com minha aluna sobre sua aprovação. Além de seu professor, estou tentando contratá-la. Como todos sabem, sou proprietário e editor-chefe de uma das melhores editoras do país. Eu e Lana conversamos sobre a possibilidade de publicarmos o trabalho de Charlotte tão logo esteja concluído...

Deixei de ouvir a partir daí. O sangue latejou em meus ouvidos e meu coração disparou em uma corrida maluca. O que ele estava dizendo? Aquele miserável acreditava que poderia compensá-la? Que transaria com Charlotte e depois calaria a sua boca com um contrato? Foi a gota que eu precisava para explodir.

— Ah! Então, professor, o senhor pretende dar mais algumas aulas extras para a minha amiga?

— Aulas extras? — O padrinho se interessou pela conversa me deixando mais confiante. Se isso não fosse o suficiente para detê-lo nada mais seria. Charlotte entrou na conversa para salvar o maldito.

— O professor Alex tem me ajudado muito, pai. Como Miranda disse, ele possui muita experiência, e o meu sonho é me tornar uma escritora profissional, tenho aproveitado tudo o que ele tem para me oferecer. Confesso que Miranda foi a minha maior incentivadora nesta escolha. Ela sabia o que o nosso professor poderia fazer por mim, e mesmo com toda a minha resistência inicial, hoje tenho certeza de que não poderia ter feito uma escolha diferente. Era ele. Tinha que ser.

Fiquei sem reação ao ouvir o seu discurso apaixonado. A emoção que ela colocou em suas palavras, junto com a força que utilizou pata defender o homem que escolheu, me comoveu e irritou na mesma medida. Eu sabia que ela tinha aquele direito, que precisava viver aquele amor. Ao mesmo tempo, me sentia na obrigação de impedir que Charlotte terminasse em uma maca de uma clínica clandestina, com o coração despedaçado e o corpo destruído.

Não. Ela não viveria a minha história. Charlotte merecia uma vida melhor do que a minha, um cara que quisesse mais do que o seu corpo, que a amasse de verdade, que a respeitasse, admirasse, que estivesse disposto a enfrentar tudo o que ela era, aceitando as dificuldades que seria namorar uma menina mimada, com um pai controlador e uma amiga... bom, uma amiga disposta a tudo para protegê-la.

E foi assim que eu, perdida em pensamentos contraditórios, não percebi quando ele chegou causando alvoroço em nossa mesa. Tarde demais levantei o rosto e vi Patrício sorrindo daquela forma desconcertante. O que ele estava fazendo ali? E por que estava... puta que pariu! Aqueles olhos, os cabelos... puta merda!

— Patrício? — sussurrei sem acreditar, querendo desesperadamente que fosse mentira.

— Miranda? — ele brincou estreitando os olhos. — O que faz aqui?

— Vocês se conhecem? — Adriano, o médico amigo do padrinho e pai do professor Frankli, perguntou com interesse. E se ele era pai do professor Frankli e Patrício estava ali, então... não era possível!

— Bom... era para ser diferente, mas... pai, mãe, esta é minha namorada, Miranda. É uma surpresa para mim, encontrá-la aqui.

— Pai? Mãe? — falei horrorizada.

E, namorada? Completei mentalmente. O que aquele idiota estava pensando que estava fazendo?

Agora era oficial: eu odiava Patrício.

CAPÍTULO 19

"É que eu fui eleita a louca perfeita,
que tem a receita que se é feita com confeito que é feito com o coração.
Tem tudo o que almeja, não importa o que seja.
Na batalha, ela conquista. Nada é dado de bandeja."
ESSA MINA É LOUCA - ANITTA

EU PRECISAVA SAIR DALI. PRECISAVA DE AR, DE ESPAÇO, DE LIBERDADE e de uma arma. Ou ficar longe de uma. Eu mataria Patrício, mataria Alex, mataria até mesmo o Johnny com as suas piadas.

Mas eu continuava sentada à mesa, com os braços de Patrício sobre os meus ombros, retribuindo o sorriso, fingindo estar apaixonada para acalmar o padrinho e me odiando por receber aquele olhar de felicidade da madrinha.

Ele não compreendia que o que acreditava ser o seu plano perfeito seria o inferno para mim. Todos se magoariam. Todos. Inclusive eu mesma, constatei com o coração aos pulos. Quando imaginei que conseguiria me livrar daquele garoto abusado, ele simplesmente chegava e me amarrava a ele não me dando saída.

Acuada, comecei a pensar em mil maneiras de fazer aquele plano dar errado com as consequências caindo apenas em seu colo. Patrício queria que o irmão, que agora eu sabia ser o pervertido do Alex Frankli, confiasse mais nele, que seus pais não o vissem mais como um irresponsável. Então era essa a minha missão. Eu destruiria a sua imagem. Lançaria todo o meu fogo contra aquele menino impertinente.

E precisava começar o quanto antes.

Charlotte trocava mensagens com Alex imaginando que ninguém percebia o que faziam. De tempos em tempos ela mirava contra mim e eu conseguia convencê-la de que o problema não era eu. E não era. Será que ninguém conseguia enxergar o absurdo que estávamos vivendo?

Ela não podia ter um caso com o professor. Eu não podia receber a permissão do padrinho para namorar alguém como o Patrício, que aceitava pagar uma fortuna a uma prostituta de luxo só para ter uma noite de prazer. E vamos esquecer que eu era a prostituta na ocasião. Não vem ao caso. Era apenas um caso irrelevante. O peso maior ficava na sua decisão de gastar um valor alto por uma noite de prazer com uma desconhecida. Era nisso que iríamos nos apegar.

Charlotte aceitou fazer aulas de sexo com o seu professor, o coordenador do nosso curso e orientador do seu projeto de conclusão. Ou seja, estava tudo errado.

Vi quando o rosto da minha amiga começou a ficar vermelho. Não um vermelho de constrangimento, como vinha acontecendo desde que sentamos para aquele jantar. Mas um vermelho de... desejo? Sim. Charlotte recebera uma mensagem e corou mordendo o lábio inferior. Um leve sorriso brincou em seus lábios, o que ela tentou disfarçar sem conseguir.

— Com licença! — Minha amiga levantou sem olhar para ninguém especificamente.

— Charlotte? — A madrinha se voltou para a filha com preocupação. Lógico, ela estava tão vermelha que parecia que ia explodir.

— Preciso ir ao toalete — anunciou saindo logo em seguida.

Olhei para o professor Frankli que, discretamente, acompanhou minha irmã deixar a mesa. Assim que ela desapareceu por trás do biombo, ele levantou também.

— Desculpem, mas eu preciso ir — anunciou.

— Alex? Mas já? — a mãe dele protestou.

— Eu tenho um compromisso, mãe.

— Que tipo de compromisso? — O professor Prado brincou fazendo com que Alex o olhasse, alertando-o.

— Um compromisso do tipo que não pode ser adiado. — Ele sorriu para a mãe com doçura. — Nos vemos amanhã. Peter — Estendeu a mão para o padrinho, que a apertou com firmeza. — Foi um prazer conhecê-lo.

— Digo o mesmo, rapaz! Adriano fez um bom trabalho com os filhos. É o que eu venho tentando fazer com os meus. — Dr. Frankli riu e a sua esposa o acompanhou.

— Imagino o quanto deve ser trabalhoso — Alex disse me dando um olhar de esguelha. Estreitei os olhos, enfurecida, e Patrício acariciou meu ombro. Ele também percebeu, mas a sua tentativa de me acalentar só me deixou ainda mais puta da vida. — Mary. — Ele segurou a mão da madrinha e a levou aos lábios. Que cretino! — Charlotte herdou toda a sua doçura. — Sorriu encantadoramente sob o olhar atento do padrinho. — Agora preciso mesmo ir. — Estendeu a mão para Patrício e o olhou nos olhos. — Tenha cuidado — falou mantendo a voz baixa.

Filho da puta!

Então eu era o problema? Eu? O irmão dele precisava tomar cuidado, mas Charlotte podia ser envolver sexualmente com ele? Alex não podia esperar pelo que eu seria capaz de fazer.

Assisti meu professor deixar o restaurante fulminando suas costas e me perguntando se eu atirasse a faca de onde estava, conseguiria atingi-lo.

— Com licença! — Levantei, olhando diretamente para a madrinha. — Vou verificar como Charlotte está.

— Faça isso — o padrinho pediu.

Entrei naquele banheiro, decidida a estragar os planos daqueles dois. Alguém tinha que fazer Charlotte abrir os olhos e enxergar o verdadeiro Alex Frankli. E esse alguém só podia ser eu.

— Miranda! — Charlotte se assustou com a minha presença. Ela recuou um passo, os olhos esbugalhados revelando o seu medo. Cruzei os braços no peito encarando-a.

— O que vocês estão tramando?

— O quê? — ela sussurrou em desespero. Meu coração perdeu uma batida ao enxergar o quanto Lottie sofreria, mas era necessário. — Como... você... — E então algo que eu não esperava surgiu em seu rosto. A determinação.

Charlotte revidou o meu olhar, levantando o queixo e não se deixando mais intimidar. Seria mais difícil do que eu imaginava.

— Pelo amor de Deus, Miranda! O que você acha que está fazendo? Acredita mesmo que pode me interrogar? Por um acaso eu te questiono quando você convida o seu namorado para passar a noite lá em casa?

Recuei, admirada com a sua coragem. Encarando seus olhos firmes nos meus eu vi uma Charlotte que nunca havia se apresentado. Ela não tentava mediar a situação, muito pelo contrário, aquela Charlotte não se importava com mais nada, ela queria o seu professor e lutaria por ele independente do que poderia lhe acontecer. Meu coração ficou apertado.

Alex não merecia aquela garota. Ele a iludia e a envolvia com um único objetivo: transar conseguindo o seu trabalho para a editora. Um escroto sem limites. Se existia alguém que pudesse ter esta certeza, esse alguém era eu. Alex esteve no clube com Tiffany, permitiu que ela abusasse dos seus desejos, mesmo estando visivelmente incomodado, saiu com ela para convencê-la a permanecer com a editora, até onde ele seria capaz de ir? Meus olhos ficaram úmidos por precisar partir o coração de Charlotte antes que ele o fizesse de uma forma muito mais catastrófica.

— Ele não é seu namorado, Charlotte — rebati com raiva. Ela não podia dedicar tanto amor a uma pessoa que não merecia nem metade dele. — Pense bem no que está fazendo. Sei que vai se magoar.

Ela também ficou com os olhos marejados, mas não desistiu nem por um segundo de seguir com o seu plano.

— E como espera evitar isso? Desafiando Alex? Tornando a nossa noite um inferno? Francamente, Miranda!

Não. Ela não desistiria. Charlotte iria até o fim naquela história. Ela estava perdida.

— Sei que passei do limite, Charlotte. Estou com medo por você. Eu te amo como uma irmã. Sua família é a única que eu tenho, não quero te ver sofrendo quando aquele cretino sumir da sua vida. — Um nó se fechou em minha garganta.

— Por acaso sabe quantos anos eu tenho?

Ela gritou como só fazia quando estava realmente no seu limite. Foi ali que eu soube que de nada adiantaria. Ela já estava envolvida demais. Minha cabeça latejou.

— Estou cansada de todo mundo tentar resolver a minha vida, tomar as decisões por mim. Estou cansada. Eu já decidi, Miranda, nem você nem ninguém vai conseguir me deter, entendeu?

Meu coração afundou no peito e as lágrimas se acumularam à medida que nossos olhos se desafiavam.

— Com licença, preciso ir — ela disse segurando o choro e passando por mim.

— Ele foi embora — revelei, fechando os olhos para não precisar enxergar a sua dor. — Disse que tinha um problema sério para resolver e foi embora. — O silêncio dela me fez abrir os olhos. Eu estava conseguindo fazê-la repensar. — Qual vai ser a sua desculpa?

Charlotte me encarou alarmada demais para continuar. Eu vi todos os tipos de sentimentos passarem em seus olhos e me questionei se não tinha ido longe demais? E se eu não estava impedindo que ela crescesse e amadurecesse? Porque todo mundo precisa viver as suas próprias experiências, não é mesmo? Então por que eu insistia em impedir que ela tivesse as dela?

Porque eu a amava demais! Com isso cometia os mesmos erros que todos os outros da nossa família. E eu sabia que não era o certo. Não era justo com ela.

— Sinto muito! — Por tudo, eu quis acrescentar.

Por ter pedido que ela o escolhesse como orientador, por ter colocado as minhas histórias de romance em sua cabeça, por ter tentado protegê-la do mundo e por não conseguir superar a minha própria dor ao ponto de impedir que ela sentisse as que eram necessárias.

Estava tudo errado.

— Preciso voltar — anunciou com a voz fraca.

— Charlotte...

— Eu só... — Puxou o ar com força. — Preciso voltar, Miranda.

Segui minha amiga tentando encontrar alguma coisa em minha mente que pudesse diminuir a sua dor, mas eu não encontrava. Uma funcionária do restaurante nos abordou logo em seguida.

— Charlotte Middleton?

— Sim — ela disse sem qualquer emoção. Olhei para onde nossa família estava, me certificando de que Alex tinha mesmo ido embora.

— Por aqui, por favor.

— Espere! — Elas duas me olharam assustadas. — Como assim, por aqui? O que significa isso? — Fiquei confusa e com medo, mas eu avançaria contra qualquer pessoa que estivesse no caminho de Charlotte.

— Desculpe, senhorita. Recebi ordens para acompanhar a senhorita Middleton.

— Mas não vai mesmo! — Eu me coloquei à frente de Charlotte. Ninguém levaria a minha irmã dali sem me dar uma explicação plausível. Nem mesmo a Rainha da Inglaterra conseguiria tal feito.

— Tudo bem, Miranda.

A voz doce de Charlotte me alertou mais do que o seu toque em meu ombro. Olhei para ela que, mesmo com os olhos úmidos ainda, sorria com uma alegria que eu entendia muito bem. Então ele não foi embora, abandonando-a. Ele saiu para conseguir encontrá-la.

Deus! Encarar Charlotte com aquele sorriso lindo, as bochechas coradas e a respiração descompassada me atingia em cheio. Eu não queria, não acreditava naquele romance, mas mesmo assim, eu queria que ela tivesse aquele direito. Era a sua decisão e eu não mais me envolveria enquanto ela não precisasse de mim.

— E o que eu faço?

— Não sei. — Seu sorriso fez seus olhos brilharem. — Pense em algo, por favor!

Respirei fundo sabendo que não era tão boa quanto ela em arrumar desculpas perfeitas. Sequer era boa em ajudá-la em situações como aquela, onde não concordava, mas precisava recuar.

— Tudo bem. Deixa comigo. — Seu sorriso se ampliou. — Mas você vai ficar me devendo uma — completei para que ela soubesse que eu ainda estava atenta a Alex Frankli.

— Você já me deve várias. — Vi seu sorriso perder um pouco da força quando ela precisou voltar a me colocar em meu lugar. Sorri satisfeita.

— Mas você não precisou passar pelo o que vou passar para te ajudar. — E que Deus tivesse piedade de mim.

— Obrigada!

Ela me abraçou, pegando-me de surpresa. Eu quis dizer tantas coisas, mas não consegui. No segundo seguinte Charlotte seguia a funcionária sem olhar para trás. Respirei fundo analisando o salão. Quatro garçons, várias mesas ocupadas. Ponderei como fazer o que estava pensando sem me machucar e cheguei à conclusão de que seria muita sorte sair sem um arranhão, mas... era por uma boa causa.

Calculando o momento perfeito, andei com passos rápidos passando por um casal que já desfrutava da sobremesa. Com o coração aos pulos, me bati na mesa e me projetei para o chão no exato momento em que o garçom se aproximava com uma bandeja cheia de pratos sujos.

Segurei na toalha de mesa arrancando-a com a queda, girei antes de atingir o chão protegendo meu rosto e senti o garçom derrubar a bandeja bem perto de mim. Algumas peças atingiram minhas costas, contudo eu tive certeza de que não seria nada grave.

A comoção foi geral. Mantive a cabeça baixa, o corpo petrificado até que comecei a ouvir vozes conhecidas.

— Deus do céu! — O padrinho já estava do meu lado.

— Não toque nela, Patrício — A voz que parecia ser do Dr. Frankli também estava bem perto.

— Miranda? — Patrício falou de algum lugar.

— Ela está bem? Por que não responde? — A madrinha demonstrava desespero.

— Ela está bem. — E Patrício parecia mais calmo do que deveria estar para um namorado apaixonado.

— Como pode saber? — sua mãe o questionou com repreensão.

— Por que ela só caiu — ele disse com descrença. — E nada bateu nela. — Pelo visto aquela família possuía o azar de ter dois cretinos como filhos.

— Você está bem? — Dr. Frankli conferiu meu pulso. Gemi baixinho fingindo sentir alguma coisa.

— Miranda? — O padrinho estava preocupado. — Você está bem? Onde está doendo? — Ai, Deus! Onde poderia estar doendo para justificar a minha queda?

— Ela escorregou — Patrício anunciou me ajudando a decidir.

— Meu pé — forcei a voz para que aparentasse dor.

— O pé? — O padrinho já estava conferindo meu tornozelo. Gemi alto acreditando que seria o suficiente para ele me tirar dali sem maiores explicações.

— Ela deve ter torcido o tornozelo — Dr. Frankli colaborou para a minha farsa, sem tocar em mim. — Ou qualquer coisa menos grave, mas só saberemos se a levarmos ao hospital. — Perfeito!

— Ai! — gemi mais alto para que meu padrinho se concentrasse exclusivamente em mim.

— Oh, Peter! Temos que levá-la — a madrinha se pronunciou com preocupação. Só não me senti péssima porque estava ajudando Charlotte a sumir, do contrário eu tentaria amenizar o sofrimento da madrinha.

— Claro! Claro! Onde mais dói? Consegue se virar? — Forcei meu corpo fingindo sentir dor em todos os lugares.

— Acho que... — Respirei com dificuldade para completar o espetáculo. — Minhas costelas. — Ouvi uma série de "Oh's" e "Ah's" e depois alguns resmungos.

Virei encarando o grupo que se avolumava ao meu redor. Todos me olhavam, menos Johnny e o professor Prado que se ocupavam dos seus celulares. Cheguei a me perguntar se eles também estavam envolvidos naquela farsa, mas precisei voltar a me concentrar, pois o Dr. Frankli começou a apertar meu tornozelo.

Gemi alto demais e a madrinha fez uma careta terrível. Ok! Eu podia pegar menos pesado. Eles já acreditavam na minha mentira, com exceção de Patrício, claro! Ele estava abaixado ao meu lado, me ajudou a sentar, mas não parava de me lançar aquele olhar que deixava claro que não acreditava em mim.

Problema dele!

Patrício eu resolveria depois.

— Vamos levá-la — ele disse. — Posso carregá-la sem nenhum esforço. Miranda não é tão pesada como parece.

Estreitei os olhos com vontade de soltar todos os palavrões que conhecia. Pensei em protestar, mas ele rapidamente me levantou, e como disse, foi sem qualquer esforço. Passei os braços ao redor do seu pescoço e o encarei.

— Não se preocupe, amor — havia tanta ironia em sua voz que senti vontade de lhe dar um soco. — Nós vamos cuidar de você.

— Com cuidado, Patrício — o pai dele o alertou.

— Coloque-a em meu carro. — O padrinho seguia de perto, me impedindo de dizer qualquer desaforo a Patrício. — Onde está Charlotte? — Ele olhou ao redor e eu precisei gemer outra vez, fazendo-o voltar a se concentrar em mim. — Droga! As costelas? — Balancei a cabeça confirmando e com uma expressão de dor.

— Não podemos ir embora e deixar Charlotte aqui — a madrinha protestou me olhando como se desculpasse.

— Eu sei. Johnny, vá procurar aquela menina. Isso é hora para ter dor de barriga? — Enfiei meu rosto no peito de Patrício para me impedir de rir. Porra, com isso Charlotte não contava.

— Eu? — Johnny protestou. Sua voz já o incriminava. Ele sabia que nossa irmã estava em apuros. — Mas ela está em um banheiro feminino, padrinho.

— Eu vou. — A madrinha se adiantou quando o professor Prado a interrompeu:

— Não precisa, Mary! — Ele a deteve. — Eu e Lana ficamos aqui para garantir que ela seja informada e vá para casa. — Ok! Ele também sabia.

Como todo mundo podia se empenhar tanto para ajudar aquele filho da puta do Alex a tirar a virgindade da minha irmã? Infelizmente eu só podia manter a minha palavra e ajudá-la também, então gemi outra vez, choramingando.

— Certo. Obrigado! Vamos, vamos — o padrinho se adiantou, assim voltamos a nos movimentar. Olhei para trás e vi quando o professor começava a se justificar com a esposa.

Fosse o que Deus quisesse!

— Então Alex é o professor depravado que quer transar com a inocente Charlotte? — Patrício falou baixinho enquanto fingia cuidar de mim no quarto do hospital.

O padrinho estava com o Dr. Frankli discutindo sobre a queda e aguardando os exames. Quando vi que nada apontaria para os meus pés ou costelas, reclamei da cabeça e eles recomeçaram a investigação, assim Charlotte ganharia mais tempo.

— Ah, sim. Dois irmãos cretinos e idiotas — resmunguei e ele riu.

— Você adora ficar com o cretino aqui.

— Eu o quê?

— Conte-me, Miranda, você fingiu isso tudo para ajudar sua amiga a transar com o meu irmão? — Havia tanto divertimento em sua voz que me irritou ainda mais.

— Eles não estão transando... ainda — completei odiando revelar aquela parte da intimidade de Lottie. Patrício riu adorando a novidade.

— Alex não comeu a garota ainda? — Riu um pouco mais. — Isso é mesmo uma novidade.

— Patrício, você é um idiota! — protestei.

— Não ao ponto de me atirar em frente a um garçom com a bandeja repleta de facas e garfos só para tirar o foco de uma amiga em fuga.

— Ela é muito mais do que uma amiga — rosnei. — E você não sabe nada sobre gratidão.

— Poderia saber se você me contasse — provocou. — Eu nem faço ideia de como você foi parar nesta família, do motivo que você tem para agir de maneira tão defensiva e nem imagino o que levaria alguém a se colocar em perigo para conseguir um álibi para a outra transar em paz.

— Eles não estão transando — rebati com raiva. — E eu daria a minha vida por ela. Por qualquer um deles. Charlotte é o que eu tenho de mais importante neste mundo, Patrício, então eu não coloco apenas em risco, eu mato um, e isso inclui o seu maldito irmão, se ele a magoar. Entendeu?

Ele entendeu, mas sorriu daquela maneira que me provocava.

— Ora, Miranda, eles são maiores de idade — rebateu, me alertando de algo que eu não conseguia identificar. — E Alex não é o irresponsável da família, esqueceu?

— Não. Jamais poderia esquecer, o que me leva a pensar em...

— Tudo pronto. — O padrinho entrou na sala sem se preocupar em bater. Ele olhou para Patrício que baixou o olhar em respeito. — Você não teve nada, minha querida. A dor deve ser da queda. Estamos só aguardando a alta.

— Mas...

— Você está bem, Miranda! — Patrício se intrometeu e eu tive vontade de fuzilá-lo. Intrometido e idiota. — Não é maravilhoso?

— É — rosnei.

— E eu acabei de conversar com Charlotte — o padrinho continuou. — Ela já está indo para casa. Parece que o seu cunhado não a encontrou. Ele ligou para o seu pai dizendo — falou diretamente com Patrício. — Mas ela estava lá. Deve ter tido uma indisposição. — Voltou a olhar para mim e sorriu. — Você sabe como Lottie tem um estômago sensível.

Sim, eu sabia. Assim como sabia que ela desejaria a morte se imaginasse aquela conversa.

— Sua madrinha já está chegando. Ela não resiste à ideia de estar sempre presente nas alas infantis. Desta vez arrastou a Dana com ela.

— Porque ela tem um coração de ouro — resmunguei e ele sorriu com tanto amor que me comovia.

— Ela tem sim. Bom, vamos aguardar pela alta.

Peguei o celular e enviei uma mensagem de texto para Charlotte.

> Acabou o seu tempo. Recebi alta, estamos voltando para casa.

E resolvi ignorar Patrício pelo resto da noite.

CAPÍTULO 20

"E quem um dia irá dizer que existe razão,
nas coisas feitas pelo coração?
E quem irá dizer que não existe razão?"
Eduardo e Mônica – Legião Urbana

— Você não tem o direito de decidir por mim. — Cruzei os braços desafiando-o com o olhar. Patrício sorriu sarcasticamente.

Estávamos em um quarto de motel porque eu tinha que sair de casa e Vítor precisava ser testemunha de que eu e Charlotte saímos juntas, rumo à reunião de formatura. Na verdade, ela partiu para mais um encontro com o seu professor, decidida a contar a ele toda a verdade sobre os seus sentimentos, que, me confidenciou naquela manhã, eram reais e verdadeiros.

Charlotte estava apaixonada por Alex Frankli. Ela me disse que ele era gentil, atencioso, que se sentia mal pelo que eles estavam vivendo e que muitas vezes se recusou a continuar por acreditar que estava desrespeitando-a.

Eu não conseguia decidir se acreditava nele ou não, mas a verdade era que ela estava apaixonada e feliz, mesmo que fosse momentâneo. E eu tinha decidido ajudar. Então, se ela contasse a verdade e ele não se assustasse ao ponto de cair fora, eu poderia ter uma definição melhor sobre o seu caráter.

Pelo menos ele não teria a mesma desculpa que o maldito... que aquele babaca teve quando contei sobre a gravidez. Eu não disse que estava apaixonada porque acreditei que estava subentendido, afinal de contas, por qual outro motivo uma menina de quinze anos se entregava a um garoto? Mas ele riu, disse que nunca me prometeu amor, que nós só curtíamos e que aquele filho provavelmente não era dele. Quando insisti desesperada ele me deu dinheiro para abortar.

E foi o que eu fiz. Porque estava sozinha. Porque não queria desapontar os meus padrinhos e, principalmente, porque eu era muito jovem e imatura, com medo de tudo, acreditando que aquela era a melhor solução. Imaginei que um dia todo aquele drama ficaria no passado, mas este dia nunca chegou. Nunca.

Eu ainda me assombrava com as lembranças. Um coração partido tinha consequências piores do que as pessoas podiam imaginar.

Então eu estava ali, de frente para Patrício, que me olhava achando graça e provavelmente esperando a hora em que a minha raiva passaria para podermos aproveitar a cama.

— Já expliquei. Quando cheguei lá fiquei tão surpreso quanto você. Eu já tinha inventado a mentira para a minha irmã, Charlotte me conhecia, meus pais estavam naquela mesa e os seus padrinhos, que você mesma disse que pegavam no seu pé. Não vi uma solução mais eficaz. Com os meus pais presente te pedir em namoro e dizer que estava apaixonado seria a nossa melhor saída.

— Não seria, não. Se você ficasse calado e fingisse demência seria muito mais fácil. — Ele riu. — Eu não estou brincando, Patrício.

— Nem eu, gata! — Deitou na cama demonstrando cansaço. — Existem muitos pontos positivos nesta história. Alex vai me deixar em paz porque você é irmã da menina dele.

— Charlotte não é a menina dele — rebati indignada.

— Deixe de bobagem! Até eu percebi que meu irmão está caidinho pela garota.

— Não está! — Ele me olhou arqueando uma sobrancelha. — Ele não pode estar — recuei para não revelar demais.

— Não é o tipo de relação que eu apoiaria — recomeçou. — Ele é professor dela, a garota é virgem, o pai é problemático...

— Cala a boca, Patrício! — Recomecei a andar pelo quarto. — Eu não estou aqui para falar de Charlotte, tá legal? Eu quero resolver a nossa situação.

— Estamos namorando, Morena! Quer liberdade maior do que esta?

— Liberdade? Você só pode ser idiota mesmo! O padrinho agora vai pegar no meu pé com motivo. Ele não vai me deixar livre para namorar em paz. Ele não vai me deixar livre para nada! Não vê a merda que fez?

— Peter vai confiar em mim, gata! Fique calma. Nós vamos fazer isso funcionar. Em pouco tempo você vai ter a permissão dele para sair, fazer o que quiser e eu vou continuar com a minha vida sem que minha mãe e Alex me lancem aquele olhar cheio de repreensão. Vai ser maravilhoso.

Levantou e veio em minha direção me alcançando rapidamente.

— Agora vem cá — me segurou com as duas mãos, tirando meu cabelo do rosto —, vamos relaxar e aproveitar. — Tentou me beijar, mas eu recuei. Ele bufou sem paciência.

— Nem pensar!

— Continuamos sem a permissão do seu padrinho para isso. Não há motivo para perder o tesão pelo proibido.

— Patrício, você... — Respirei fundo. — Deixa pra lá. — Olhei o relógio me dando conta de que ainda faltava muito para me encontrar com Charlotte. — Vou arrumar uma maneira de acabar com essa merda.

— Sem aproveitar nada antes? — Ele me abraçou por trás, beijando meu pescoço, roçando a sua ereção em mim. — Já tem um tempão que não ficamos juntos — ronronou às minhas costas.

— Um tempão? Acorda, garoto! — Patrício me soltou desistindo e voltou para a cama.

— Tudo bem. Se você quer acabar com a nossa farra, vá em frente. Só lembre que se Peter confiar em nós dois, vai facilitar a vida de Charlotte com Alex. Nós podemos sempre ser o álibi deles, e depois, quando eles assumirem, Peter não vai ter nada contra para utilizar.

— Eles não vão assumir merda nenhuma. — Mas eu já estava abalada pelas palavras dele.

Patrício tinha razão. Enquanto continuássemos juntos o Padrinho manteria a sua atenção em mim e Charlotte ganharia campo. Além do fato de assim ela conseguir a desculpa perfeita para sair de casa. Facilitaria a vida da minha amiga. Eu devia isso a ela.

Merda!

— Agora que já nos entendemos... — Ficou de joelhos na cama e me puxou para os seus braços. — Podemos aproveitar? — Outra vez fugi dos seus beijos.

— Não. Eu ainda estou com raiva de você.

— Desfaço isso rapidinho, Morena.

— Nós podíamos encontrar outro jeito de ajudar aos nossos irmãos e não...

— Posso te fazer uma pergunta? — Arqueei uma sobrancelha esperando pelo tipo de argumento que ele utilizaria para justificar aquela cena toda. — Como podemos colocar uma girafa dentro da geladeira?

— O quê?

— Simples, Miranda. Como podemos colocar uma girafa dentro da geladeira? — Encarei aquele garoto sem acreditar que ele estava realmente me fazendo aquela pergunta.

Tentei encontrar alguma analogia naquela conversa. Imaginei se ele levava a situação para o lúdico, comparando a geladeira a... não, eu não conseguia encontrar uma resposta coerente.

— Patrício...

— Responda!

— Não faço a mínima ideia. — Continuei abismada com a sua idiotice quando o vi arquear uma sobrancelha imitando o meu gesto. — Eu não sou idiota como você.

— Mas não sabe a resposta para uma pergunta tão simples.

— Puta que pariu!

— É simples: abre a porta, coloca a girafa lá dentro e fecha a porta.

— O quê? Você não... tenha santa paciência! — Ele riu com sarcasmo. — Podemos voltar para a nossa conversa de adultos?

— Claro! — Fez cara de ofendido.

— Certo. O que você fez foi uma idiotice.

— Você já me disse isso. — Ele me olhou fingindo interesse, mantendo o semblante sério.

— O que vamos fazer agora? O padrinho não... — Patrício levantou o dedo me calando, o rosto demonstrando que alguma coisa o incomodava.

— E para colocar um elefante?

— Como assim? — Suspirei cansada demais. Era o mesmo que tentar conversar com uma criança. — Patrício, pelo amor de Deus, leve isso a sério!

— Vai responder ou não? E não me diga que não sabe essa também. — Eu não conseguia acreditar no que ele estava fazendo.

— Sei lá. Abre a porta para ele entrar? — Ele estreitou os olhos, deu um sorriso de triunfo e negou com a cabeça. — O quê, então? — Acabei me rendendo. Era impossível levar aquela conversa adiante.

— Não cabe a girafa e o elefante na geladeira, então você primeiro tira a girafa e coloca o elefante. — Piscou travesso. — Entendeu?

— É meio que impossível não entender — rebati com raiva. — Satisfeito? Tem mais alguma pergunta ou podemos tentar consertar a bagunça que você fez?

— Calma, Morena! Está tudo sob controle.

— Claro que está! O padrinho agora acredita que você está apaixonado por mim e que somos namorados. — Ele riu se divertindo com o meu desespero. — Isso pode não ter consequências para você, mas para mim será lastimável.

— Acredito que sim — parou pensativo —, mas me diga uma coisa — me encarou sério —, se o rei leão resolve fazer uma festa...

— Porra, Patrício! Pare com isso! — Ele levantou o dedo mais uma vez.

— Se o rei leão resolve fazer uma festa com todos os animais da floresta, quem vai faltar?

— A puta que te pariu!

E ele caiu na gargalhada me deixando furiosa.

— Você deveria estar preocupado. Não faz ideia de quem é o padrinho. Nem imagina o tipo de perseguição que vai sofrer. Se você prezava pela sua paz, garoto... — frisei o garoto para que ele entendesse de que forma eu o via. — Pode se preparar para viver no inferno.

— E onde você vai estar? — Patrício levantou caminhando em minha direção.

— Onde eu vou estar?

— Sim. Eu vou viver no inferno, como você acabou de dizer, mas e você? Onde vai estar?

— Provavelmente no inferno também. O padrinho...

— Então está tudo certo, Morena! — brincou com um sorriso debochado. — Se você estará lá, não existe outro lugar em que eu queira estar.

Fui pega desprevenida me desarmando completamente. Como ele podia ser aquele babaca adorável?

Suas mãos me cercaram e ele se aproximou. O espaço entre nós dois ficou mínimo. Patrício continuou andando, me fazendo recuar até que a parede me deteve. Ele umedeceu os lábios e sorriu. Sim, ele sorriu escolhendo o sorriso certo para aquele momento. Um que fez com que meu corpo desejasse aqueles lábios em mim.

— Eu ainda te odeio — revelei rendida. — E não quero...

— Ah, você quer! — Aquele sorriso se expandiu.

— Não... — Engoli em seco. — Quero — sussurrei quando ele aproximou o rosto do meu. Patrício inclinou a cabeça para o lado, a sobrancelha arqueada.

— Quer ou não quer?

— Não! — Lutei para manter a dignidade, mas a verdade era que eu queria. Queria muito, por todos os motivos.

Eu estava tensa, ansiosa, nervosa, tudo o que uma bela rodada de sexo resolveria. Além disso, sabia que sexo com Patrício era bom, contudo, havia aquela sensação estranha que me fazia acreditar que sexo com ele era muito bom, acima das minhas expectativas, porque havia uma intimidade que relaxava, que tornava tudo possível e admissível. Mas essa não era uma sensação exclusiva dos casais? Não era algo que os apaixonados usavam para justificar a sua monogamia?

— Posso conferir? — Ele, com calma, colocou as mãos na parede, me mantendo cativa entre seus braços.

— Conferir? — Balancei a cabeça para expulsar a névoa que me impedia de raciocinar.

Patrício sorriu ainda mais, retirou uma mão e desceu até o meio das minhas pernas. Seus dedos subiram roçando minhas coxas e me deixando arrepiada como há tempos eu não ficava. Estremeci.

— Patrício, não... — Ele foi mais rápido do que minha mão lenta. Quando seus dedos adentraram a minha calcinha e roçaram minha vagina, eu fechei os olhos gemendo baixinho.

— Ah, você quer, Morena. — Continuou me tocando, roçando os dedos e espalhando a umidade que já se apresentava. — Meu Deus! Você quer — disse gemendo de prazer ao me ver tão excitada.

— Não, eu não... Céus! — Fui calada por dois dedos abusados que invadiram minha carne jogando todo o meu bom-senso para o espaço.

— Diga que quer — suplicou com os lábios nos meus. — Diga que quer ficar comigo, Miranda.

Havia algo mais em suas palavras, algo que eu não sabia explicar, mas que me tocou de uma forma estranha e... gostosa. Que me fez relaxar em seus dedos, aceitando a sua carícia e avançar em seus lábios, aplacando a minha saudade.

Saudade?

Não tive muito tempo para pensar no assunto. No momento em que meus lábios se juntaram aos deles eu senti meu mundo sumir, meus pés levitarem e algo nos envolver permitindo que fôssemos apenas prazer.

Dentro de mim existia uma necessidade que me desconcentrava, como se aquele beijo, justamente aquele, naqueles lábios e em nenhum mais, fosse o que eu precisava e o que me resgatava da deriva em que me encontrava desde o nosso último encontro.

Patrício gemeu adorando a entrega. Seus dedos se afundaram um pouco mais em mim. Ele se movimentava, me devorando, me forçando a acompanhá-lo, me levando ao limite. Seu polegar pressionou meu clitóris arrancando de mim um gemido carnal. Meu corpo vibrou, toda a minha energia se acumulando e se chocando procurando por espaço, causando uma ansiedade crescente, rumo à explosão que certamente aconteceria.

Abandonei seus lábios sentindo seus dentes se fecharem em meu queixo. Fechei os olhos deixando a cabeça encontrar apoio na parede enquanto ele mordiscava a minha pele em busca dos meus seios. Seus dedos continuavam entrando e saindo de mim, o polegar abusando da minha sanidade, minha umidade deixando tudo mais fácil.

Eu gozaria rapidamente, ficaria satisfeita e poderia voltar a raciocinar, assumindo o controle daquela conversa, mas, por enquanto, só por enquanto, eu poderia aproveitar, receber o que ele tanto queria me dar e me deixar levar.

Seus dedos saíram de dentro de mim, me fazendo abrir os olhos, só para voltar a fechá-los quando eles brincaram em meus lábios genitais, acariciando-os e esfregando-os para me manter no clima.

— Ah! — gemi abertamente aceitando a maneira como ele conduzia. Rebolei em sua mão quando ele colocou uma perna entre as minhas fazendo-me abri-las.

— Diga que me quer — suplicou mordendo meus seios ainda por cima do tecido. — Diga, Miranda!

— Não! — respondi e ele rosnou frustrado, afundando os dedos em mim. Aquela sensação angustiante voltava a se acumular em meu sexo, pulsando, pronta para me jogar nas nuvens. Mordi os lábios.

— Diga! — Entrou com mais força.

— Não! — Abri os olhos rebatendo com fúria.

Patrício abriu minhas pernas um pouco mais, colocando-se entre elas e voltou a me beijar. Foi mais selvagem, mais urgente. Segurei seus cabelos com força e deixei que sua língua me invadisse. Correspondendo ao ataque, ele aumentou o ritmo das estocadas, dois dedos entrando e saindo enquanto seu corpo roçava o meu e uma névoa densa dominava minha mente.

Mas quando pensei que gozaria ele me abandonou. Patrício tirou os dedos de mim no segundo em que eu conseguiria romper o limite e estremecer gozando. Respirei fundo absorvendo o tesão acumulado que pulsava entre as minhas pernas. Ele segurou meu rosto e sorriu me forçando a olhá-lo.

— Diga — pediu sem se alterar. — Diga que quer ficar comigo.

— Não. — Sorri olhando em seus olhos. Ele retribuiu o sorriso, mas desta vez estava carregado de desafio.

Patrício então segurou meu vestido levantando-o. Colaborei permitindo que o tirasse pelos meus braços, me deixando apenas de calcinha. Ele puxou a camisa e abriu a calça revelando pelos claros, devidamente aparados. Estava sem cueca. Que levadinho!

Continuou sorrindo quando me deu um beijo rápido. Ajoelhou-se à minha frente, retirou a minha calcinha, segurou em minha perna colocando-a em seu ombro e logo em seguida sua boca estava em mim.

— Puta merda! — gemi alto me contorcendo, enquanto ele chupava com sofreguidão.

Patrício me torturava quando deixava que seus lábios grossos me acariciassem, me deixava em êxtase quando seus dentes roçavam minha vagina e quando se fechavam em meu clitóris puxando-o, eu sentia que todo o meu corpo estremecia arrancando minhas forças.

Segurei seus cabelos me apoiando para rebolar em sua boca no momento em que sua língua me invadiu. Eu adorava quando ele fazia daquela forma, como se estivesse me comendo com a língua. Todas as minhas terminações nervosas entravam em alvoroço e meu corpo virava uma bagunça total.

Ele me chupou com mais força, eu gritei como se tudo em mim estivesse em choque e então parou outra vez. Não totalmente. Seus beijos ficaram lentos, se afastando aos poucos, voltando com beijos rápidos. Estremeci várias vezes sentindo o tremor em minhas pernas.

— Patrício, o que você... — Ele levantou para se dedicar aos meus seios. — Ah! — Outra vez um gemido me calou. Eu estava muito sensível, os bicos duros implorando por atenção, adorando a forma como sua língua me provocava, como sua boca me sugava.

E eu sentia tudo reverberando em meu clitóris, como se cada parte do meu corpo estivesse conectada com aquele pequeno ponto. Era uma ansiedade que me fazia querer gritar, segurá-lo com força e obrigá-lo a me fazer gozar.

Quando eu já estava ofegante, senti suas mãos puxando a calça e pela forma como ele se inclinou eu sabia que estava despindo o pau. Agradeci a Deus e toda entidade que estivesse disposta a me dar alívio por fazer de Patrício um homem tão ansioso quanto eu.

Ele voltou aos meus lábios, me beijando com o resquício da minha umidade e roçou a cabeça do pau em minha entrada. Gemi deliciada, me abrindo para recebê-lo, enquanto ele brincava comigo com beijos lentos e provocantes, além de algumas lambidas extremamente sensuais.

— Diga — sussurrou.

— Me coma! — provoquei. — Me coma, Patrício. — Ele fechou os olhos e apertou os lábios com força, estremecendo. Eu sabia que ele não resistiria por muito tempo.

Patrício se afastou minimamente, fechando minhas pernas e mantendo o pau dele no meio delas. Oh, céus! Aquela brincadeira era tão adolescente que chegava a ser deliciosa. Se impondo ao meu corpo com a sua altura e musculatura intimidadora, ele se mexeu, simulando a penetração em minhas coxas e começou a morder e beijar meu pescoço enquanto apalpava meus seios com tesão.

Aquela era uma brincadeira perigosa. Não apenas para mim, mas principalmente para ele. Patrício não sabia que se eu quisesse, ele se renderia facilmente no aperto das minhas pernas? E foi o que eu fiz. Ele gemeu perdendo um pouco a postura controlada, contudo logo se restabeleceu.

Suas estocadas ficaram mais firmes, roçando minha vagina e me fazendo sentir pequenos choques de prazer. Gemíamos juntos, deliciados com o que fazíamos. Ele se abaixou, se enfiou um pouco mais fundo e começou a me explorar com as mãos, correndo meu corpo, me aquecendo, me tocando em todos os lugares que conseguiriam tirar o meu juízo.

O aperto em minhas pernas ficou mais fraco quando ele acariciou minha bunda fazendo com que seu dedo brincasse em meu ânus. Por Deus, eu gostava daquilo! Gemi me permitindo e deixando-o sem a fricção que buscava. Patrício não se deu por vencido, ele aproveitou a minha entrega e me atacou de todas as formas que podia.

Sua mão voltou a minha vagina, me masturbando com dedos que me penetravam com vontade, com a pressão exata que eu precisava em meu clitóris, a outra mão continuou me provocando por trás, os lábios atacaram meus seios. Eu podia sentir o prazer em tantas partes do meu corpo, que me vi confusa, arfando e implorando. Ele riu baixinho se afastando de vez.

Abri os olhos para encontrá-lo a uma distância segura de mim, os olhos brilhantes, um sorriso de triunfo nos lábios. Amaldiçoei o momento em que resolvi deixar aquele menino atrevido entrar em minha vida e avancei sobre ele derrubando-o na cama. Patrício riu, mas ficou surpreso.

— Você vai me comer e me fazer gozar. Agora! — anunciei com raiva.

Vi quando seus olhos perderam um pouco do foco com a ordem que eu dava, mas em seguida recuperou o jogo, tirando vantagem da nossa posição. Suas mãos seguraram minha bunda com força e me fizeram roçar em seu pau lentamente.

— Patrício... — ameacei. Ele levantou o rosto para me beijar de surpresa.

— Diga, Miranda.

— Não! — Tentei fazer com que ele me soltasse, mas suas mãos ficaram mais firmes. — Você não vai me vencer.

— Você sabe que eu já venci. — Ele nos girou jogando-me no colchão e ficando por cima. Seu pau duro pressionava minha barriga.

Ele roçou ali, o pré-gozo marcando minha pele enquanto seus olhos me diziam que ele teria prazer, independente da minha decisão. Eu não deixaria que fosse assim. Levantei minhas pernas cruzando-as em sua cintura, minha vagina bem perto do seu sexo, provocando-o.

— Eu nunca perco — anunciei quando ele dobrou as pernas deixando que nossos sexos roçassem um no outro. A fricção era fantástica. Leves choques de prazer estouravam dentro de mim.

— Eu também não, Morena. — Arqueou o corpo, se esfregando em mim sem me penetrar. Um gemido de satisfação escapou da sua garganta quando pegou o próprio pau e o manipulou acima de mim.

— Eu não preciso de você. — Levei a mão ao centro das minhas pernas e comecei a me estimular.

Meus olhos estavam no pau dele e em sua mão traquina brincando com o meu objeto de desejo. Ele fez o mesmo, adorando me assistir. Gemi ao perceber que eu estava quase lá, meu corpo estremecendo, o arrepio me dominando, quando ele segurou minha mão me impedindo.

— Pare com isso. — Seu sorriso perverso me dizia que não. — Eu odeio você, Patrício. — Mas ele não se intimidou com a força das minhas palavras, até porque era mentira e eu sabia muito bem disso.

— Diga!

— Não! — Ele continuava se masturbando, segurando minha mão com a outra para me impedir.

— Diga que é minha, Miranda. — Um arrepio estranho passou pela minha coluna me fazendo arquear as costas e gemer. — Você quer tanto quanto eu, então diga.

— Por quê?

— Por que eu quero — rosnou fazendo um esforço imenso para não gozar. Nossos olhos se conectaram e eu não conseguia identificar que espécie de fúria era aquela que eu via em seu olhar.

— Não! — rebati com uma raiva estranha, com se ele não quisesse me dar a resposta certa. Ele largou o pau, segurou minhas duas mãos levando-as ao alto da minha cabeça, prendendo-as ali.

Queria gritar que eu não era de ninguém, que ele não me dobraria, mas estava certa de que não era mais verdade. Eu sabia que Patrício mexia comigo e que me dobrar era pouco perto do que aquilo que eu sentia estava fazendo com a minha cabeça. Mas estava assustada e excitada na mesma medida.

Ele então fez o que eu já acreditava que não aconteceria. Patrício me penetrou. Em uma estocada única ele me atingiu bem no fundo e parou. Nós dois arfávamos, meu coração estava acelerado, meu corpo implorando não só por alívio, mas por algo mais, contudo eu não queria rebolar, não queria forçar o contato até gozar, eu queria decifrar o que aqueles olhos me diziam.

— Porque eu quero ficar com você — ele disse sério me pegando desprevenida. — E quero que você fique comigo. — Não entendi porque meu coração descompassou, ameaçou parar e depois acelerou quase me levando à loucura. — Agora diga, pelo amor de Deus, que quer ficar comigo.

Engoli em seco sem conseguir encontrar as palavras. Patrício continuava com aqueles olhos suplicantes, nossos corpos suados e ansiosos, uma emoção incomum querendo explodir. Antes mesmo que eu conseguisse entender o que era aquilo tudo, me vi falando:

— Eu quero — sussurrei com a voz fraca.

Ele fechou os olhos gemendo e então as estocadas recomeçaram, longas, fortes, profundas, entrando e saindo de dentro de mim, me levando ao limite e, eu não sei explicar porque, me fazendo repetir:

— Eu quero, Patrício. Eu quero. Eu... – gemi alto chegando ao orgasmo e o sentindo se contorcer de prazer liberando seu gozo.

Eu sentia como se estivesse queimando, sendo jogada ao sol e devolvida à Terra no mesmo instante. Meu corpo vibrava em um ritmo alucinante, e formigava estalando choques deliciosos.

Mas então a realidade desceu sobre mim como um cometa.

— Puta que pariu! — Ele riu com a testa colada entre meus seios. — Nós...

— Eu sei, Morena! — Afastou-se para me olhar nos olhos. — Transamos outra vez sem camisinha — anunciou.

— Porra, Patrício! — gemi desgostosa. — Que merda!

— Você não queria que eu parasse para procurar uma camisinha, não é mesmo? — Olhei para ele chocada.

— Então você... você lembrou e decidiu não usar? — Minha voz saiu mais alta do que eu pretendia.

— Você tomou a mesma decisão.

— Não tomei, não! — Ele riu ficando de costas no colchão e encarando o teto.

— Vamos fazer isso funcionar, ok?

— Transando sem camisinha?

— É! Transando sem camisinha, ou com, mas com confiança.

— Eu não sou a porra da sua namorada! — Tentei levantar e ele me agarrou fazendo-me deitar outra vez.

— Primeiro: você disse que queria. — Eu ia rebater, mas pela ameaça em sua voz vi que era melhor ouvir tudo o que ele tinha para dizer. — Deu trabalho para dizer, mas você disse.

— Fui forçada a dizer — rosnei sabendo que era uma mentira deslavada.

— Porque você, no geral, não sabe que quer até que alguém te provoque para que entenda.

— Que absurdo! — Ele me beijou rapidamente me pegando de surpresa.

— Você quer, Morena! Isso já ficou decidido. Agora... — Seu dedo desceu entre meus seios e sua mão de alojou em minha barriga. — Precisamos ter segurança. Você quer liberdade, eu também.

À medida que ele falava, uma coisa estranha se quebrava entre nós dois. Era uma tristeza que imaginei ser por causa do fato da camisinha, ou da falta dela.

— Só precisamos usar camisinha nas outras relações. — Engoli em seco com a forma prática como ele definia o que seria o nosso relacionamento. — Caso aconteça — acrescentou como se tivesse percebido alguma coisa em meus olhos. — Isso não vem ao caso. Não estamos cobrando exclusividade, não é mesmo?

— Com certeza! — falei com raiva e vi que alguma coisa endureceu em seu olhar. O que estava acontecendo ali?

— Certo. Isso vai nos dar segurança para quando situações como esta acontecerem.

— Eu prefiro que não aconteça.

— Você toma remédio, eu costumo usar camisinha e você também.

— Eu prefiro não correr qualquer risco. — Meu coração voltou a acelerar.

— Não vamos correr risco, gata.

— Eu não quero engravidar. — E a verdade em minhas palavras me chocaram mais do que imaginei ser possível. Ele riu.

— Eu também não quero. Acredite em mim. — O pouco de amargura que identifiquei em seu olhar me deixou inquieta. — Então... eu preciso bater ponto na sua casa e essa baboseira toda de namorados?

Fechei os olhos sem conseguir me concentrar. Minha cabeça estava cheia demais.

— Eu não sei — revelei baixinho. Ele se aproximou, acariciou meu rosto e beijou a ponta do meu nariz. — Por que você faz isso? — Patrício me olhou com curiosidade.

— Isso o quê?

— Por que me beija assim, fica me tocando, me fazendo carinho? — Ele me olhou tentando entender o que eu dizia e então uma leve tristeza brincou em seus olhos.

— Bom, gata, eu não sei com que tipo de cara você tem se relacionado, mas eu não vejo motivos para não te tratar com cuidado e carinho. Você é uma garota mandona e cheia de marra, mas é uma pessoa legal, e... — Seus olhos deixaram os meus acompanhando os dedos que brincavam em minha barriga. — Linda! E... você merece o que eu tenho de melhor para dar. — Deu de ombros.

Virei para o lado e fingi não estar impactada com suas palavras, mas eu estava. Muito!

Patrício me abraçou por trás me puxando para o seu corpo e descansou a cabeça contra a minha. Fiquei em silêncio, tentando entender e acalmar o meu coração. Contudo eu sabia que não queria ouvir a resposta.

CAPÍTULO 21

"Vai meu coração, ouve a razão, usa só sinceridade.
Quem semeia vento diz a razão, colhe sempre tempestade."
INSENSATEZ – TOM JOBIM

EU ESTAVA DOENTE. NÃO HAVIA OUTRA EXPLICAÇÃO. COM CERTEZA alguma taxa de hormônio alterada, falta de vitamina ou algo parecido. Jamais alguém poderia me dizer que esta seria uma possibilidade. A medicina estava repleta de casos onde pessoas enlouqueciam por causa de alterações hormonais, eu não podia ser uma exceção. Além do mais, todos os dias as revistas contavam histórias de pessoas com os mais diversos sintomas, sem uma causa plausível, que no final de contas nada mais era do que hormônios descontrolados.

Entrei no escritório do padrinho, no hospital, pegando-o de surpresa. Ele levantou os olhos sem entender a minha presença, fui logo me explicando.

— Padrinho, eu estou doente. — Parei à sua frente aguardando que me dissesse alguma coisa.

— Doente? — Concordei sem nada dizer. — Como assim doente? — Ele não se alterou, mas despejou em mim toda a sua atenção. Sentei na cadeira em frente à mesa me sentindo outra vez uma adolescente de quatorze anos.

— Eu tenho sentido coisas estranhas. — Ok! Eu estava sendo obtusa.

— Não tem seis meses que fizemos todos os exames, Miranda. Nada de grave pode ter se desenvolvido neste tempo.

— Mas eu tenho me sentido mal! — Ele me encarou achando aquilo tudo estranho demais.

— Certo! — Puxou um bloco de papel e pegou a caneta para fazer anotações. — O que está sentindo?

— Não sei ao certo. — Vi o padrinho levantar os olhos sem acreditar em minha resposta. — É mais ou menos uma dor de estômago, quer dizer... Às vezes eu não consigo respirar direito, minha barriga dói, não exatamente como uma dor de barriga, mas alguma coisa no pé da barriga, dá para entender? E meu estômago se contrai. Eu fico enjoada. Não o tempo todo — acrescentei rapidamente para que não levasse minhas informações para outro lado. — Normalmente quando meu estômago dói.

— Seu estômago dói. — Anotou alguma coisa. — E tem algum padrão? Quando você come alguma coisa específica... aposto que vocês aproveitam a nossa ausência para comer um monte de bobagens.

— Não, padrinho! — Mas corei como quase nunca acontecia.

Tinha passado tanto tempo me convencendo que eu só podia estar doente que não me dei conta de que os sintomas só apareciam quando eu transava. Ou... quando eu transava com Patrício. Puta que pariu! Mas não só quando eu transava com ele, os problemas de Charlotte também me consumiam e poderiam ser a causa do meu mal-estar.

— É possível que eu esteja com algum problema hormonal?

— Duvido muito — rebateu sem titubear.

— Mas eu posso estar estressada, não? Temos muitos casos onde o estresse causa dor de estômago e náuseas, não é mesmo? — Ele me olhou outra vez, como se quisesse descobrir o que eu escondia, ou o meu real motivo.

— Pode ser. — Abandonou o papel e encostou-se à cadeira para me analisar. — Como está Patrício? — Tenho certeza que fiquei pálida e os sintomas voltaram a me atingir.

Estresse, com toda certeza.

— Bem. — Umedeci os lábios e senti minhas mãos ficarem geladas. — Trabalhando — acrescentei sem fazer a mínima ideia se era verdade. Afinal de contas o que eu sabia de Patrício que não fosse como ele era na cama e que trabalhava em uma editora que pertencia ao irmão?

— Que bom! — Sorriu daquela maneira que deixava claro que não pararíamos por ali. — Por que ele ainda não foi lá em casa para conversar comigo? Como vocês estão namorando, o mais sensato seria ele fazer o pedido corretamente, frequentar a nossa casa e me provar que é alguém que mereça estar com você.

— Eu fico lisonjeada. — Sorri para não revirar os olhos. — Vou agendar um dia com ele. Tenho certeza que Patrício está ansioso para ser aceito pela nossa família.

— Ele me pareceu muito entusiasmado.

— Ô! — Eu queria gargalhar.

Se existia uma forma de eu me vingar de Patrício era fazendo com que ele tivesse aquela conversa com o padrinho. Seria fantástico! Maravilhoso! Como não pensei nisso antes?

— Então agende para amanhã. Sem falta. — Inconscientemente me encolhi sobre o olhar do meu padrinho tendo a certeza de que ele não admitiria outro dia.

Ainda assim, era perfeito.

— Amanhã, padrinho. Com toda certeza. — Levantei ansiosa para ir embora e contar a novidade para Patrício.

— Miranda? — Olhei para o padrinho sem entender o motivo de ele me chamar. — E a sua doença?

— Ah! Acho que era bobagem. — Ele me analisou com os olhos estreitos.

— De qualquer forma, vou passar alguns exames. Não vamos ignorar os sinais do corpo.

— Mas...

Desisti. Não havia como convencer o padrinho a desistir de investigar qualquer que fosse o sintoma que o alertássemos. Aquele sempre seria Peter Middleton.

Assim que consegui me livrar do padrinho, prometendo que faria os exames no dia seguinte pela manhã bem cedo, liguei para Patrício, ansiosa para lhe dar a notícia: ele teria que enfrentar o padrinho. Ri sozinha imaginando quanto tempo ele levaria para desistir daquela loucura.

Meu estômago se contorceu outra vez e eu senti o enjoo que me assolava quando minha barriga resolvia agir daquela forma. Verme! Com certeza era verme.

— *Miranda?* — Eu podia jurar que aquele sorriso ousado e debochado estava em seus lábios. — *Estou aqui me perguntando o que foi que eu fiz para merecer uma ligação sua.*

— Você se tornou o meu namorado — provoquei, doida para sentir aquele entusiasmo se esvair quando eu contasse a novidade.

— *Ah, é mesmo? Pensei que você não estava de acordo.*

— Eu não tive escolha. — Ele riu alto.

— *A que devo a honra de poder ouvir a sua voz?*

— Deve a honra de ser convidado... não, intimado seria a palavra correta, pelo meu padrinho para concretizar o pedido de namoro.

— *Como assim?*

— Bom, a ideia foi sua. — Eu estava triunfante com a sua hesitação. — O padrinho quer um pedido oficial, com direito a uma conversa séria, com cronograma estabelecido para cada etapa de um namoro, e, claro, saber as suas reais intenções.

— *Por que eu estou acreditando que você está adorando isso?*

— Porque, de fato, eu estou. — Ele riu me fazendo sorrir largamente.

— *Ok!*

Ok? Tão fácil assim? E ele não tentou me convencer a mudar de ideia? Não me perguntou o que deveria dizer? O que Patrício acreditava que seria aquela conversa?

— Amanhã — comuniquei entrando em pânico. Ele não desistiria? — Ele quer ter esta conversa amanhã.

— *Hoje, Morena. Amanhã eu tenho um compromisso que não posso adiar. Hoje mesmo passo para falar com o Peter e resolvo tudo.*

— O quê? — Quase gritei e me certifiquei de que as pessoas não pensassem que eu era maluca. — Patrício, você não faz a mínima ideia da merda que está fazendo.

— *Ah, namorar com você não é propriamente fazer uma merda, gata.* — Eu o ouvi agradecer a alguém do outro lado da linha. — *E eu não me importo se o seu padrinho souber o quanto estou apaixonado.* — Ah, sim! Ele estava interpretando.

— Vou falar com ele e te digo. — Fiquei desanimada demais para continuar com aquela conversa. — Tchau!

— *Não vai falar nada como: beijos e estou com saudade?*

— Claro que sim! Vá à merda! E o inferno te espera. — Ele riu.

— *Também estou morto de saudade.*

Desliguei, odiando cada vez mais aquela confusão.

Liguei para o padrinho desejando que ele pegasse muito pesado com Patrício.

— *O que foi desta vez?*

— Patrício tem um compromisso amanhã — informei.

— *E eu lembrei que temos a viagem para São Paulo. Mas não se preocupe, acabei de falar com Patrício, ele vem hoje no final do dia.*

O quê? Como assim ele já tinha combinado tudo com Patrício? Então o filho da puta já sabia e me deixou agir como uma demente? Puta que pariu! Não tinha como ficar pior.

— Ótimo, padrinho! Então até mais tarde.

— *Até mais tarde, filha.* — Eu ia desligar quando ele me chamou outra vez. — *Miranda?*

— Sim.

— *Eu não vou facilitar com ele* — me alertou.

— Eu contava com isso, padrinho. — Ouvi sua risada do outro lado da linha. — Amo o senhor!

— *Eu também te amo.*

Desliguei com um ânimo renovado. Seria ótimo dar o troco e nada melhor do que a perseguição do padrinho para fazer Patrício ficar no seu lugar. Contudo eu não me sentia plena. Alguma coisa estava muito errada, mas eu não conseguia identificar que sensação era aquela que me incomodava tanto.

Era como se tivesse a certeza de que minha vida estava por um fio para desmoronar de vez. Como se já conseguisse sentir o vento em meu rosto anunciando que o vendaval estava prestes a chegar.

Então meu coração acelerava, minhas mãos ficavam suadas e meu estômago doía, além de ficar embrulhado. Uma espécie de pânico que jamais me permiti sentir. Não depois de tudo o que precisei passar e recomeçar. Sozinha.

O que estava acontecendo de errado comigo?

Era pedir demais desejar ter a vida de volta? Era ser egoísta desejar que aquelas semanas voltassem e que tudo estivesse em seu devido lugar, Charlotte em seus livros, Johnny em suas farras e eu... bom, eu estaria em meu próprio mundo sem ninguém para me tirar à força dele, que foi o que aconteceu desde que conheci Patrício.

Eu só queria voltar a ser eu mesma.

Quando entrei em casa forcei um sorriso no rosto e a animação que todos esperavam de mim. Era fácil ser egoísta, indiferente e segura. Difícil mesmo era ignorar aquela necessidade sufocante de ser o que a minha família esperava de mim, de não desapontá-los. Por isso fingi estar feliz quando entrei no quarto de Charlotte, mas não precisei de muito.

Bastou Charlotte começar a conversar, me pedindo ajuda com os seus receios para que aquela sombra negra que habitava dentro de mim, se apresentasse. Eu não queria me lembrar dele, nem da forma infantil como acreditei ter encontrado o meu príncipe encantado, muito menos de ter feito a besteira de acreditar em suas promessas.

Eu não queria lembrar que minha primeira vez foi com um idiota que não se preocupou comigo nem por um segundo, que me ludibriou e enganou me usando apenas como um corpo onde ele poderia liberar tudo o que seus hormônios masculinos exigiam.

E mesmo assim, mesmo sentindo aquela angústia que me consumia quando precisava reviver o passado, conversei com Charlotte, ajudando-a a entender como funcionava aquela etapa. Porque... droga! Se Charlotte perderia mesmo a sua virgindade com Alex, ela então teria uma noite linda, que seria dela e só dela, não importando o que acontecesse depois.

Além do mais, verdade seja dita, duvidava muito que Alex não fosse cuidadoso com ela, e nem que não fosse se preocupar em fazê-la ter uma excelente iniciação. E eu tinha esta certeza porque ele jamais perderia o seu tempo com aulas, preliminares, fazendo com que ela entendesse o seu corpo e se conhecesse, se o seu único objetivo fosse se satisfazer em minha amiga.

No final das contas, Alex Frankli não era uma pessoa tão absurda como eu tentava pintá-lo.

Charlotte sorriu, corou, torceu os dedos uns nos outros e no final da nossa conversa ela já estava mais animada. Melhor assim. Ninguém naquela família precisava de mais uma Miranda.

Eu não precisava de mais uma Miranda.

— Tem certeza de que quer fazer isso?

Patrício me perguntou ainda dentro do carro. Ele estava seguro a respeito da conversa que teria com o padrinho, contudo a minha presença era desnecessária, como tentou me convencer. Não era o que eu achava. Queria estar lá, olhar em seus olhos, vê-lo ser arguido e intimidado até o seu limite. Seria o meu deleite.

— Se vocês vão decidir o meu futuro eu quero estar presente. — Ele soltou o ar com força.

— Tenho certeza que Peter prefere conversar apenas comigo, Miranda.

— Eu vou entrar naquela sala, Patrício, então, se quiser desistir, essa é a sua chance.

Meu estômago apertou na mesma hora em que ele me olhou. Aquele incômodo estava me tirando o juízo.

— O que foi?

— Nada.

— Nada? Você parece que vai vomitar. — Fez uma cara de pavor e nojo ao mesmo tempo. — Não vomite no meu carro. — Revirei os olhos.

— Não vou vomitar, idiota!

— Tem certeza? Porque você está verde, e para alguém da sua cor é algo realmente preocupante.

— Patrício, por que você não vai... — respirei fundo — para o inferno.

— Tem certeza de que está bem? — Ele me ignorou por completo. — Se tudo isso é por causa da conversa que vou ter com o seu padrinho, então porque não vai para casa?

— Pelo amor de Deus! Eu não vou vomitar. Eu só estou... doente.

— Doente? — Sua voz ficou alarmada.

— Não doente assim, imbecil! Eu acho que estou estressada. — Vi seu rosto relaxar. — Ou pode ser verme, ou quem sabe alguma alteração de hormônio, qualquer coisa que justifique o embrulho no estômago, o enjoo, o coração acelerado e as mãos geladas — falei sem pensar e me arrependi por completo quando vi aquele sorriso debochado em seu rosto.

— E isso acontece quando? — Pareceu mais interessado do que deveria estar.

— Agora, por exemplo. Ou todas as vezes que você me aborrece.

— Aposto que sim. — Seu sorriso ampliou. — E se você não sabe o nome disso, Morena, eu não vou estragar a surpresa.

— Que surpresa? Do que você está falando? — Ele sustentava um sorriso tão amplo que os sintomas começaram a se agravar. — Olha, eu não estou grávida, certo. Não fique aí imaginando bobagens.

— Não estava imaginando bobagens. E se você estivesse grávida, gata, eu não estaria sorrindo.

Verdade. Mas então o que ele estava pensando?

Patrício parou o carro na vaga disponível, soltou o cinto, virou em minha direção e segurou o meu rosto com as duas mãos.

— O que está fazendo?

— Eu vou te beijar — anunciou com a voz rouca, mas não avançou.

— Por quê? — Meu coração acelerou e minhas mãos gelaram quando ele esticou aquele sorriso presunçoso.

— Porque eu quero. E se existe alguma chance de você desistir disso tudo, essa é a hora, gata. Depois que eu entrar naquela sala não terá mais volta.

Ele continuava sorrindo e eu sentia como se meu cérebro estivesse virando gelatina, chacoalhando e amolecendo rapidamente, sem que meus pensamentos ficassem consistentes.

Aquela era a minha chance de dizer a ele para acabarmos com tudo, afinal de contas, era o que eu queria, não é mesmo? Puxei o ar com força sem conseguir encontrar o suficiente para me sentir saciada. Meus pulmões protestaram e eu acabei gemendo. Era o que eu queria, então por que eu não conseguia dizer? Por que minhas mãos gelaram e eu comecei a sentir frio mesmo com o sol tão incisivo?

— E então?

— E então, o quê? — sussurrei sem conseguir me conectar.

— E então o que vamos fazer?

— Não vou deixar você desistir agora, Patrício — eu me vi dizendo sem conseguir conter as palavras. — Não depois de toda aquela palhaçada lá no restaurante. — Contradizendo todos os meus pensamentos, ele sorriu e eu acabei sorrindo também.

— Ótimo! — Seus dedos pressionaram meu rosto com movimentos leves, massageando minhas têmporas. — Agora... eu vou te beijar, Morena.

Não tive como reagir, ou, na verdade, não quis reagir. Patrício me beijou com uma delicadeza estonteante. Seus lábios se juntando aos meus, a língua me provando, me fazendo acompanhá-la, me envolvendo com todas as garras que possuía. Foi gostoso, sexy, e algo mais que não consegui identificar, mas que me agradava e assustava na mesma medida.

Quando nos afastamos, eu com todos os sintomas da possível doença, acalmados, e ele sério, analisando cada parte do meu rosto como se precisasse memorizá-lo, Patrício segurou um cacho do meu cabelo e o fez enrolar no dedo.

— Às vezes, Morena, eu gostaria de socar o cara que fez isso com você.

— O cara... — Balancei a cabeça me sentindo mais confusa do que já consegui me sentir a vida toda. — Como assim? Que cara?

— O que te machucou ao ponto de você não conseguir reconhecer os seus próprios sentimentos. — E foi como se uma mão se fechasse em meu estômago.

Não sabia dizer se foi uma sensação ruim, já que nem conseguia imaginar de que forma Patrício juntou aquelas peças e como chegou àquela conclusão. Por outro lado, um calor estranho aqueceu meu peito e acelerou meu coração. Uma sensação de acolhimento e proteção que eu não podia permitir que me dominasse.

— Eu... — Pisquei várias vezes contendo a emoção. — Não sei do que você está falando. — Sua boca formou uma linha fina e seus olhos demonstravam a decepção pela minha recusa em falar sobre aquele assunto. Ele acariciou meu rosto com as pontas dos dedos, depois me soltou.

— Vamos. Tenho que fazer com que um velho arcaico se apaixone por mim. — Ele voltou a sorrir deixando o clima mais leve. — Vai ser fácil como tirar doce de criança. — Piscou ficando ainda mais encantador.

— Vá se iludindo. — Abri a porta do carro e desci. — Eu estou torcendo para ele usar todo o encanto dele em você. — Ele hesitou, umedeceu os lábios, respirou fundo, sorriu e segurou em minha mão.

— Vamos acabar logo com isso. Eu ainda preciso de um tempo para... — Seus olhos correram meu corpo com uma devassidão tão carnal que algo dentro de mim vibrou. — Conversar com você — emendou com os olhos estreitos. — Porra, Miranda! É tão fácil te deixar excitada.

— "Tu te tornas eternamente responsável por aquele que cativas" — brinquei fazendo uma careta. — Podemos ajustar a frase para: Tu te tornas eternamente responsável por aquela que excitas. O que acha? — Ele gargalhou acelerando o passo para entrarmos no hospital.

— Eu acho que aceito a missão, Srta. Middleton. — Fez uma reverência engraçada. — E terei muito prazer em cuidar de você. Muitas e muitas vezes — prometeu, fazendo meu corpo formigar.

Mas não foi como imaginamos.

Claro que não seria. Eu era a Miranda, dona de si, quando não havia o padrinho à minha frente me mandando aguardar do lado de fora, sentada no sofá da sala de espera. Nem mesmo depois de todo chocolate quente que tomei conseguiu aquecer minhas mãos. Eu estava ansiosa como se do lado de dentro daquela sala estivesse alguém que eu amava sendo operado.

Estremeci.

E havia alguém que eu amava dentro daquela sala, mas com certeza ele não era o paciente. Assim acreditei. Quando a porta abriu, eu já estava de pé, quicando como uma bola de pingue-pongue. Patrício saiu de lá pálido, sério e estranho. Sorri, mas não com a felicidade que imaginei que sentiria.

O padrinho acompanhou aquele que fingia ser meu namorado a uma distância segura. Patrício não encostou em mim, mas tentou sorrir, o que não conseguiu aliviar o meu nervosismo. O padrinho, por outro lado, estava relaxado, um sorriso discreto nos lábios e aquela sua postura superior que intimidava qualquer um.

— E então? — Olhei de um para o outro, ansiosa demais para aguardar por um lugar mais discreto. Patrício olhou para Peter, depois para mim e, pasmem, abaixou a cabeça.

Ele abaixou a cabeça? Inacreditável! Senti vontade de chutá-lo e mandá-lo ser mais homem. O padrinho era intimidador, mas não era um ditador, nem tinha o direito de dar ordens a alguém como Patrício.

— Sua madrinha me disse que vai sair com você e Charlotte — o padrinho começou sem entrar no assunto que eu tanto queria.

— Vamos sim, padrinho. — Eu olhava para Patrício, implorando por alguma reação, mas o panaca estava tão intimidado que nada dizia. — Eu vou para casa para encontrá-la. Patrício vai... — Voltei a olhar para o meu "namorado" esperando que ele falasse algo. — Vai me deixar em casa — praticamente rosnei.

— Hum! Certo. Então, Patrício... — O padrinho estendeu a mão para ele que rapidamente aceitou, contudo com um terror nítido em seus olhos. — Vamos nos encontrar em dois dias.

— Sim, cla-claro, sim, se-senhor — Ele gaguejou, se atrapalhou e quase me fez rir. — Vamos? — Seus olhos não encontraram os meus em nenhum momento.

— Vamos!

— Vejo você em casa, Miranda. — Peter deu o seu recado. Ou seja, nada de paradas no caminho. E pelo visto, Patrício cumpriria aquele aviso à risca.

Assim que as portas do elevador fecharam, ele se encostou-se à parede fria e soltou o ar dos pulmões. Acabei rindo. Patrício era inacreditável!

— Foi tão ruim assim? — Ele abriu os olhos e encarou o teto.

— Ele tem mesmo uma arma — revelou com a voz baixa. — E... — engoliu com dificuldade — não parece nem um pouco incomodado em precisar usá-la.

Minha primeira reação foi ficar chocada. O padrinho mostrou a arma a Patrício? Mas, por quê? Qual a necessidade daquilo tudo? Porém a minha segunda reação foi rir. E eu ri tanto que engasguei e precisei que ele reagisse para me ajudar com tapinhas nas costas.

— Isso não tem graça, Miranda. — Comecei a tossir e rir ao mesmo tempo.

— Tem mais graça do que fingir estar apaixonado em um restaurante na presença dos nossos pais.

— Puta merda! Eu pensei que era brincadeira essa história de arma. O que há de errado com vocês? Todo mundo da sua família gosta de armas? — Ri ainda mais.

— Nem todos. — Parei para respirar. — O padrinho é mesmo incrível!

— Ele é louco, isso sim.

— E o que ele disse? — Patrício me encarou com os olhos arregalados.

— Ele disse muita coisa que você já deve imaginar.

— Ah, meu Deus! Ele não disse que quer que eu case virgem, não foi? — Seus olhos se estreitaram e Patrício pareceu recuperar um pouco da sua dignidade.

— Ele não é tão louco assim.

— Como assim? Ele não... — Meu corpo inteiro gelou tentando compreender o motivo daquele não ser um ponto importante para o padrinho, e então eu me dei conta. — Ah, droga! — Gemi me encostando à parede gelada. Mais um quesito para acrescentar na minha lista de coisas que fiz para decepcionar a minha família.

Patrício ficou em silêncio e eu também. Até que o elevador abriu e ele saiu sem segurar a minha mão, como se me tocar fosse perigoso demais. Precisei acelerar os passos para acompanhá-lo.

— E agora?

— E agora eu vou buscar Alex e você vai para casa com Charlotte.

Parei chocada, mas ele continuou andando e eu precisei correr outra vez para conseguir argumentar.

— Mas nós não íamos...

— Miranda... — Ele parou à minha frente me fazendo chocar com o seu corpo. — Seu padrinho me mostrou a arma dele. Você acha que meu pau tem condições de subir agora?

Estreitei os olhos focando aquele garoto idiota, infantil e medroso. Pensei em dizer todos os desaforos que poderia dizer para que ele entendesse como eu me sentia, mas no último segundo acabei sorrindo.

— Você é mais frouxo do que eu fazia ideia. — Passei à sua frente e comecei a caminhar em direção ao carro. Foi a vez de ele correr atrás de mim.

— Eu não sou à prova de balas.

— E o padrinho não vai entrar naquele apartamento com a gente.

— No apartamento? Eu nem vou me atrever a voltar para aquele lugar. Não posso me colocar em risco assim. Não vou ficar na mira dele.

— Idiota! — Adiantei o passo, decidida a ignorá-lo, contudo, sem conseguir. — E medroso. Idiota, medroso e imbecil!

— Sou, e prefiro ser um idiota, medroso e imbecil vivo. Morto, não vou servir para nada. — Destravou o carro e entrou. Fiquei do lado de fora sem acreditar naquelas palavras. — Vamos, Miranda! — falou de dentro do carro.

— Vou deixar uma coisa bem clara...

— Eu não te escuto daqui — ele me interrompeu me deixando ainda mais furiosa. Abri a porta e entrei.

— Vou deixar uma coisa bem clara... — recomecei. — Eu não vou ficar atrelada a este namoro inexistente se não for para transar. — Ele ficou chocado com as minhas palavras. — Então se você pretende não encostar mais em mim, me avise, porque eu prefiro enfrentar a fúria do padrinho e bater pé como uma menina mimada para terminar este namoro do que ficar presa a você sem aproveitar nem um pouco.

O silêncio que se fez dentro do carro pesou como se um muro fosse construído entre nós dois. Patrício mordeu os lábios formando uma linha fina, seus dedos se fecharam com força no volante até ele se dar conta de que o carro não ligaria sozinho. Mantendo o clima, deu partida e seguimos sem nada dizer.

Então era isso? Ele finalmente entendeu que era melhor terminarmos com aquela farsa? Patrício tinha concordado com a minha ameaça e assim colocávamos um ponto final naquela loucura toda?

Meu estômago doeu deixando-me enjoada imediatamente. O estresse era um inferno na vida das pessoas, pensei percebendo que os sintomas estavam cada vez mais frequentes. Peguei o celular e liguei para Charlotte. Ela atendeu muito rápido.

— *Oi, Miranda! O que aconteceu?*

A animação da minha amiga me deixou um pouco sem jeito. Como a vida podia ser tão estranha desigualando sempre a balança para nós duas? Quando eu estava mal, ela estava muito bem e quando Lottie estava mal, eu estava bem, apesar de tudo.

— Preciso de carona — revelei sem querer deixar transparecer o quanto eu estava abalada. — Patrício vai buscar Alex e vai me deixar aí. Você pode me esperar?

— *Sim. Tudo bem. Como sabe que estou aqui?* — Sorri mesmo me sentindo mal para fazer tal coisa. Charlotte nem fazia ideia do quanto era transparente.

— Patrício me disse — revelei sem mentir, afinal de contas ele tinha mesmo me dito que ela me levaria de volta para casa.

— *Certo. Fico aguardando.*

— Em dez minutos.

Desliguei antes que ela se desse conta de que, nos últimos tempos, eu também estava transparente. Mais até do que eu conseguiria suportar.

CAPÍTULO 22

"Se errar, eu não confesso.
Eu sei bem quem eu sou.
Eu nunca me dou!"
CORAÇÃO PIRATA – ROUPA NOVA

OLHEI PARA O CELULAR DESISTINDO PELA DÉCIMA VEZ. LEVANTEI, chequei mais uma vez a bolsa, dobrei pela quinta vez o casaco, conferi pela oitava vez o vestido, alisei pela milionésima vez o cabelo e voltei a pegar o celular encarando o número dele na minha lista de contatos. Não. Era melhor não. Larguei o celular pela décima primeira vez.

— Está pronta? — Charlotte apareceu à minha porta.

Olhei para a minha amiga e suspirei. Ela estava tão linda! Eu realmente não entendia como Charlotte preferia usar sempre jeans básico, camiseta e tênis quando ficava tão deslumbrante naqueles vestidos que a madrinha comprava, maquiada e com os cabelos arrumados.

— Estou sim. O padrinho já quer ir? — Ela entrou e sentou à minha frente, na cama.

— Ele está conversando com o Johnny. — Encarou as unhas pintadas e levou as mãos ao rosto para ajustar os óculos que não estavam ali.

— Aconteceu alguma coisa?

— Papai te disse sobre amanhã?

— Não. — Mantive os olhos nela me perguntando o que de tão especial tinha no dia seguinte para ela estar tão apreensiva. — O que foi?

— Dr. Frankli nos convidou para passar o feriado junto com a família dele. Pensei que Patrício já tinha comentado alguma coisa. — Meu coração disparou sem que eu entendesse o motivo.

Desde que eu fui à casa de Alex para encontrar com Lottie, simplesmente não troquei uma palavra sequer com Patrício. A conversa com o padrinho tinha surtido efeito, ele tinha decidido que eu poderia fazer uma cena e acabar com tudo.

— Não. Ontem não conversamos muito — revelei sabendo que ela entenderia a informação de outro jeito. — Então nós vamos para onde?

— Petrópolis. — Sorriu revelando bochechas rosadas.

— Hum! Legal!

— Ah! — Charlotte mordeu a língua procurando uma forma de me falar alguma coisa. — Eu e Alex... decidimos...

— Vocês transaram?

— Não! — Outra vez ela procurou pelos óculos se dando conta de que usava as lentes de contato. — Mas nós... vamos...

— Lá? — Concordou. — Com o padrinho na mesma casa que vocês? Vocês estão loucos? — Ela sorriu ficando ainda mais corada.

— Ele vai arrumar a cabana que fica na propriedade e nós vamos tentar fugir no meio da noite.

Porra! Eu tinha que admitir, Alex sabia criar um conto de fadas. Aquilo era tudo o que Charlotte sempre sonhou, um cara mais velho, mais experiente, que corresse todos os riscos para ficar com ela, até mesmo se embrenhar na mata em busca de uma cabana encantada onde eles teriam a sua primeira noite. Sorri me sentindo satisfeita pela primeira vez desde que eles resolveram dar aquele passo.

— Vai dar tudo certo. — Segurei sua mão. — Não tenha medo.

— Não estou com medo. Quer dizer... não disso. — Riu baixinho. — Mas do papai.

E outra vez fui jogada para Patrício como se tudo em minha vida me ligasse a ele. Era impossível ouvir Charlotte falar do padrinho com tanto medo que não me lembrasse de como Patrício ficou depois da conversa deles.

— Eu vou te ajudar. Pode ficar tranquila que ele não vai saber de nada.

Pela primeira vez desde que iniciamos aquela guerra, vi a minha irmã sorrir como sempre fazia, com a certeza de que eu estaria ali por ela, sem medo de olhar para trás, pois confiava em mim cegamente. Eu precisava honrar aquela confiança, nem que para isso precisasse aguentar um pouco mais de Patrício.

Claro que teria que ser assim. Se eu fizesse a besteira de dizer ao padrinho que me equivoquei e que não queria mais aquele namoro, ele não me veria como a errada daquela história, e sim Patrício, o que refletiria diretamente em Alex e no seu relacionamento com Charlotte, complicando assim a noite que programaram.

E eu não podia deixar aquilo acontecer.

— Obrigada! — ela disse sorrindo. — Acho melhor descermos.

— Eu já vou. Preciso ligar para Patrício. — Os olhos de Charlotte brilharam ainda mais. Sim, ela aprovava aquele namoro. Uma droga!

Assim que minha irmã saiu, me enchi de coragem e liguei para Patrício. O telefone tocou mais do que imaginei que precisaria aguardar, o que me deixou outra vez insegura e com raiva. Odiava não me sentir segura e, mais ainda, odiava ser ignorada. Mas não desistiria. Ele teria que me atender nem que eu levasse o dia inteiro ligando.

— *Alô?* — Foi com alívio que ouvi a sua voz do outro lado.

— Só queria avisar que este final de semana você vai precisar se empenhar para ser o namorado mais apaixonado que existe neste planeta.

— *Bom dia para você também, Miranda* — sua voz pareceu divertida, contudo fiquei envergonhada por ter sido tão afobada esquecendo a educação.

— Bom dia! Era só isso. Até amanhã. Preciso acompanhar o padrinho em uma viagem a São Paulo e só volto no final da noite. — Eu me perguntei porque dei aquela informação?

— *Posso saber pelo menos qual o motivo para isso tudo?*

— Bom, o depravado do seu irmão e a menina linda que é a minha irmã, resolveram ter uma noite de contos de fadas amanhã, então, eu vou fazer tudo o que posso para que aconteça, e você vai me ajudar. — Ele riu baixinho.

— *Pensei que Alex era um depravado, aliciador de alunas inocentes.*

— E ele é, mas Charlotte está apaixo... — eu me arrependi de fornecer aquela informação tão gratuitamente. — Charlotte está decidida a deixar acontecer com ele, e Alex parece estar se esforçando muito para que seja, no mínimo, romântico. — Outra vez ele riu.

— *Alex está apaixonado pela sua irmã, então relaxe.* — Eu ia rebater e argumentar, mas ele afastou o telefone do ouvido me permitindo ouvir a sua conversa. — *Aqui, docinho* — falou com carinho. — *Vejo você depois.* — Fiquei enfurecida. Muito mais do que deveria e muito menos do que sabia que era capaz. — *Tem certeza de que quer fazer isso?* — Voltou a atenção para mim outra vez.

— Com certeza não é por você. Aliás, se fosse por você eu preferia tomar Estricnina, ser internada em um convento ou virar lésbica. — Desta vez a sua risada foi alta. — Mas Charlotte merece todos os meus sacrifícios, mesmo que este seja fingir estar adorando estar ao seu lado.

— *Agora você me odeia?*

— Eu não te odeio, Patrício, eu te abomino. Vá ficar com o seu docinho e me deixe em paz.

— *Miranda...*

Desliguei o telefone na cara dele sentindo meu estômago revirar. Era melhor eu fazer logo aqueles exames e descobrir o que tinha de errado comigo. Aquilo não era normal.

Durante todo o dia me vi ficar aborrecida, enjoada, irritada, mal-humorada e no final daquela empreitada, eu me sentia triste e abandonada. Com certeza era TPM, não havia outra explicação para tantos sentimentos me dominarem em tão pouco tempo.

Conferi meu celular sempre que pude, encontrando as mais diversas mensagens, contudo, nenhuma dele. Nenhuma! Nem mesmo depois de eu ter provocado e desligado o telefone na cara dele. Porra, eu não era a mesma Miranda de antes. No geral a minha história se repetia, eu conhecia o cara, transava, ele se encantava e ficava no meu pé até eu dar um basta. Com Patrício começou bem, até ele ser impertinente e modificar todo o roteiro.

Eu precisava mudar aquela história. Não seria aquele garoto arrogante e metido que faria com que fosse diferente. Não mesmo.

Meu celular vibrou com mais uma mensagem. Conferi apenas para me irritar ainda mais. Era Moisés. Ele deveria ter me deixado em paz. Eu até cheguei a acreditar que seria assim, já que nunca mais precisei lidar com a sua insistência, mas ali estava ele, com uma mensagem que fez meu coração acelerar.

"Miranda Middleton, nascida no dia 09 de outubro de 1994 em Cachoeira-Ba. Filha de Margarida Sousa e pai desconhecido. Adotada legalmente por Peter Middleton e Mary Middleton. Morou durante dezesseis anos na Inglaterra, voltou ao Brasil e reside no Rio de Janeiro. Herdeira do império Middleton, que abrange não apenas uma rede de hospitais espalhados pelo mundo, como também imóveis. Aos 21 anos é estudante de Letras na UERJ, faz trabalhos voluntários e vive com a irmã adotiva, Charlotte Middleton."

Estremeci e segurei a língua para não soltar todos os palavrões que conhecia. O que aquele imbecil pretendia? Outra mensagem surgiu logo em seguida, com um anexo. Respirei fundo e abri.

— Porra!

— Miranda? — a madrinha me censurou me observando do outro lado da mesa.

— Desculpe! — Tentei sorrir sem muito sucesso. — Errei uma norma da ABNT em meu projeto. Uma amiga me alertou. — Ela meneou a cabeça, aceitando minhas desculpas. Olhei para Charlotte, mas ela parecia envolvida na mesma névoa de tristeza que a minha.

Olhei mais uma vez para a foto que o filho da puta me enviou. Era o meu rosto, os olhos vendados e o pau dele em minha boca ejaculando. Uma verdadeira pornografia. Um nojo.

Aquele miserável!

Imagino o que o multimilionário Peter Middleton vai achar desta foto. Fico me perguntando como ele vai se sentir ao saber quem é você de verdade.

Olhei para os meus padrinhos com o coração acelerado. Merda! Porém me intimidar era exatamente o que eu não poderia deixá-lo fazer. Pensei mil vezes no que deveria dizer, o que tinha para utilizar contra ele. Respirei fundo e comecei a escrever:

Faço ideia de como seria se ele soubesse que um dia deixei um porco nojento como você me tocar. Fique à vontade para ferrar a minha vida, seu filho da puta, mas não esqueça que eu também sei jogar a merda no ventilador e que posso levar você, a sua esposa e a vida de merda que vocês levam, para o fundo do poço junto comigo. Pense bem no que vai fazer. A polícia vai querer saber por que você tirou esta foto sem a minha autorização e a utilizou para fazer chantagem.

Enviei e aguardei. Ele, pelo visto, ficou mais chocado do que eu. Sua resposta chegou muito tempo depois, quando já estávamos no coquetel no final da tarde. Tive medo de abrir e confesso que fiquei muito mais atenta ao padrinho, mantendo meus olhos nele e em cada vez que conferia o seu celular. Também admito que minhas pernas tremiam e meu coração acelerava em um ritmo que me sufocava, mas ele quase nunca me olhava, quando o fazia, não deixava transparecer nada.

Às vezes eu gosto de correr riscos.

Foi só o que ele disse e essas poucas palavras me fizeram ir ao inferno e voltar.

Claro que eu poderia dar uma queixa dele, acusá-lo de chantagem, a foto não tinha a minha permissão e ele perderia bastante se sua vida fosse exposta, até porque, a esposa poderia ser ridicularizada por aceitar as suas exigências. No entanto, eu sabia que quem mais perderia naquela história seria eu.

Moisés e a esposa fizeram uma opção de vida, que, se fosse exposta, seria apenas constrangedor. Eu não tinha feito uma opção. Eu brincava com o perigo, me divertia sendo quem não podia ser, quebrando as regras e me dando ao luxo de ter várias vidas em uma só. Se Moisés contasse ao padrinho, não seria desastroso porque ele teria aquela imagem ridícula em seu celular, seria desastroso porque ele se decepcionaria comigo e isso era tudo o que eu evitava.

Mas podemos conversar e chegar a um acordo.

Ele escreveu, fazendo um calafrio percorrer meu corpo.

— Algum problema? — Johnny se aproximou sem chamar atenção.

— Alguns.

— Com o namorado fortão? — Revirei os olhos.

— Antes fosse.

— O padrinho quer que eu leve vocês para apresentar a uns amigos. Sabe como é, ele nunca perde a chance de exibir as crias.

— Ah, Deus! — gemi desolada. — Eu não quero perder tempo com isso agora, Johnny.

— Então se tranque no banheiro. Eu vou chamar Charlotte.

— Vou fazer isso. Valeu mesmo! — Suspirei aliviada.

— Você já me deve várias e eu vou cobrar.

— Contrate um advogado. Eu acho que será necessário. — Meu amigo riu e saiu em busca de Charlotte.

Outra mensagem me alertou. Conferi o celular já esperando mais uma mensagem do chantagista, mas era Patrício. O alívio em meu corpo foi bem aceito. Pelo menos ele não era um cretino como Moisés.

Ainda em São Paulo?

Sorri aliviada por não precisar ter mais uma conversa tensa.

Por quê? Cansou de brincar com o seu docinho?

Enviei me sentindo ridícula por cobrar algo dele.

Com ciúmes?

Apenas pensando que não vou gostar de ser a corna. Já que estamos fingindo esse namoro, seja mais discreto. O que você quer?

Hoje é aniversário do Alex. Pensei que se você já estivesse no Rio eu poderia te buscar para jantarmos na casa dos meus pais. Pelo menos assim seu padrinho ficaria mais satisfeito.

Oh, droga! Por que Charlotte não me disse aquilo antes? Por que não me livrou daquela viagem desnecessária quando tudo o que eu precisava era ficar um tempo sozinha para xingar Moisés da forma como desejava? Seria maravilhoso se tivesse ficado em casa com aquela desculpa.

Levantei os olhos do celular e vi minha amiga se aproximando com Johnny. Ela estava com uma cara péssima. Então por que não me contou sobre o aniversário? Eu conseguiria manter nós duas no Rio de Janeiro, com a desculpa de que minha irmã poderia me acompanhar ao jantar em família na casa dos pais do meu namorado. Com certeza o padrinho não se oporia, já que Charlotte me vigiaria de perto, assim ela também teria um tempo com o seu professor.

Que inferno!

— Charlotte! — Ele me olhou com cara feia.

— Meu pai está me chamando. Terminou sua DR pelo *WhatsApp*? — Ela me lançou um olhar desaforado que me fez respirar três vezes antes para não rebater com mais desaforos.

— Teria sido menos complicado se você tivesse me avisado que era aniversário do Alex.

Minha amiga parou chocada. Merda! Ela não sabia? Como ela não sabia? Aquilo estava ficando cada vez pior.

— Charlotte? — Fiquei preocupada com a sua palidez. Não que Charlotte não fosse naturalmente pálida. Ela era. Mas naquele momento parecia que todo o seu sangue tinha sumido do corpo.

— Vamos, boneca. — Johnny me lançou um olhar de advertência, mas o estrago já estava feito.

— O que você disse? — Ela ignorou Johnny e se aproximou de mim.

— Vai dizer que você não sabe que hoje é aniversário do Alex? Está rolando um jantar na casa dos pais dele e eu não estou lá porque você me pediu para te acompanhar. Se não queria participar, era só me dizer. Não é justo!

Seus olhos ficaram imensos e minha amiga abriu a boca para responder inúmeras vezes sem conseguir articular uma só palavra. Vi em seu rosto o quanto tudo o que eu disse a impactou. Charlotte não sabia realmente e algo me dizia que aquela informação enfraqueceu um pouco o elo entre ela e o seu professor.

Não podia ficar pior. Mas ficou.

Assim que chegamos em casa uma nova mensagem me alertou. Era Moisés outra vez. Abri a mensagem e me desesperei.

Quero te ver. Agora.

Eu conhecia aquele tom e o odiava. Moisés não era o meu Dom, não era sequer alguém que eu respeitava. O que ele estava imaginando que aconteceria? Que eu cederia à sua chantagem? Mas nem morta!

Vá para o inferno!

Respondi sem me importar com as consequências. Ele enviou a resposta em poucos segundos.

Você pode escolher, Miranda: ou desce e conversa comigo ou eu envio agora aquela foto e algumas outras para o seu padrinho. A escolha é sua.

Puta que pariu! Eu poderia arriscar? Poderia deixar que ele, consumido pela raiva e pelo orgulho, estragasse tudo? E se realmente enviasse aquelas fotos, como seria? Bom, eu seria arruinada, mas esse não era o meu maior problema. Charlotte cairia junto comigo. A nossa viagem seria cancelada e sua noite, que eu não fazia ideia se ainda aconteceria, teria que ser adiada.

Eu não podia ser responsável por mais aquele problema na vida da minha irmã. Respirei fundo e enviei uma mensagem.

Eu vou descer, mas juro que vou acertar um soco na sua cara.

Levantei decidida a acabar de uma vez com aquele imbecil. Troquei de roupa, conferi o barulho dentro do apartamento e ouvi passos leves. Charlotte? O que ela estava fazendo? Abri a porta bem devagar e saí a tempo de ver a minha amiga alcançar o primeiro andar. Aguardei que a porta se fechasse e desci atrás dela.

Era muita coisa para uma cabeça só. Charlotte estava fugindo de casa, algo inédito para alguém como ela, o que me levava a pensar se ela estava indo atrás dele ou se eles tinham conversado e Alex estava lá embaixo, o que pioraria tudo, já que Moisés também me aguardava e eu ainda estava envolvida naquela confusão com Patrício, ou seja, meu professor não poderia me ver de forma alguma.

Verifiquei se Charlotte já tinha descido, abri a porta e me atirei como uma louca pelas escadas. Cheguei a tempo de vê-la conversar com Vítor, dar uma desculpa e deixar o *flat* mesmo embaixo de chuva. Avancei até a entrada tomando cuidado para não ser vista e verifiquei que o carro de Moises era o único ali.

— Srta. Miranda? Mas...

— Vítor! — Virei em sua direção como se estivesse espantada. — Para onde Charlotte foi? — Ele me olhou com curiosidade.

— Ela disse que precisava entregar uma chave ao Johnny, e que...

— Mas as chaves do Johnny estão comigo. — Abri a mão mostrando as minhas próprias chaves colocando em prática um plano que tinha acabado de bolar. — Ela deve ter pegado as chaves do escritório do padrinho. Isso vai dar uma confusão que eu nem quero imaginar. Você sabe como o padrinho é. — Ele concordou com a cabeça.

— Ela disse que o Sr. Johnny já estava na entrada da rua, então logo eles vão se dar conta do engano. Quer que eu fique com a chave para entregá-los?

— O Johnny não vem — inventei rapidamente. — Ele mandou um amigo me buscar. Charlotte deve ter ouvido a mensagem depois que ele conseguiu falar comigo. Droga! Acho melhor eu descer para encontrá-la. O padrinho não vai gostar nada de saber que ela ficou exposta a esta hora.

— Não vai mesmo — concordou mais uma vez.

— Eu volto logo. — Corri em direção ao carro do Moisés sem deixar que Vítor pensasse tanto no assunto. Assim que cheguei, abri a porta e entrei pegando-o de surpresa. — Ligue o carro e desça a rua. — Ele me olhou admirado. — Rápido!

Moisés fez o que pedi e conseguimos chegar a tempo de ver Charlotte entrar em um táxi e seguir pelas ruas molhadas do Rio de Janeiro.

— O que você está fazendo? — ele quis saber.

— Cala a boca e não perca aquele táxi de vista.

— Mas, Miranda...

— Agora não, Moisés! Só faça o que estou mandando.

Mesmo contrariado ele me obedeceu e nós seguimos o táxi até a casa de Alex, na Lagoa. Ela desceu sem se importar com a chuva, falou com o porteiro e entrou.

— O que essa maluca está...

— E agora? — Moisés me interrompeu. Olhei para ele de má vontade.

— Agora vamos ficar aguardando que ela saia.

— Nós estamos no meio da rua. É perigoso.

— Você não tem medo do perigo, esqueceu? — Ele sorriu e desligou o carro me encarando. — Aproveite porque não sei quanto tempo ela vai ficar aí. — Ele estreitou os olhos me encarando e então começou.

— Não era para ser assim. Nós não precisávamos chegar a este ponto, Miranda.

— Exatamente. Mas você é a porra de um doente fodido que não consegue aceitar quando a mulher diz não! — Moisés respirou fundo e mordeu os lábios se controlando.

— A minha proposta é...

— Não! — O impedi de continuar. — Independente do que você tem para me propor a resposta é não. Entendeu? E não vai ser a sua chantagem que vai me fazer mudar de ideia. — Seus olhos ficaram duros, contudo a minha recusa fez uma chama se acender em suas feições. Ele era mesmo doente.

— Eu não aceito o não como resposta — rebateu.

— Então envie a merda da foto e pague por todos os seus atos — o desafiei.

— Você sabe que vai perder muito, não é mesmo? Peter Middleton não é o tipo de homem que aceita mulheres como você arruinando o nome da família. — Recuei de imediato.

Eu já tinha ouvido aquelas palavras e nunca acreditei que um dia voltaria a ouvi-las. Foi como um soco no estômago.

— Ele vai me defender. — Só que eu não tinha tanta certeza. — E vai te caçar como se a própria vida dependesse disso — rosnei, mesmo sentindo que estava perdendo aquela batalha. Ele riu.

— O que eu posso perder, Miranda? Eu fiz uma escolha de vida na qual a minha esposa está totalmente inserida. Algumas pessoas vão repudiar e outras vão achar bem interessante. O mundo mudou bastante, mas não para alguém como Peter. Ele não vai achar nada de interessante em ver o meu pau na sua boca de maneira tão... submissa. — A maldade em seu olhar me deixou em pânico.

Moisés sabia demais e estava seguro de que a sua porrada me desestruturaria muito mais do que qualquer coisa que eu pudesse fazer contra ele. Olhei para frente tentando me recuperar quando vi a mulher andando pelo estacionamento. Estava distante, ela usava um guarda-chuva, mas eu sabia exatamente quem era ela.

— Que merda ela está fazendo aqui? — resmunguei alto demais. — E Charlotte?

— Do que você está falando?

— Cale a porra da boca — gritei abrindo a porta do carro, descendo para a chuva sem saber o que eu estava fazendo.

— Miranda! — Ele tentou me impedir sem qualquer sucesso.

O portão abriu dando passagem para o carro dela. Não pensei duas vezes e me atirei na frente. O porteiro avançou em minha direção e recuou quando olhei com raiva. A mulher parou assustada. Bati no seu carro.

— Ei! O que você está fazendo aqui? — Eu estava tão furiosa que o problema com Moisés desapareceu.

— Miranda! — Ele estava atrás de mim, mas eu não me importei.

— Abra a merda da janela — ameacei. Ela ficou paralisada me encarando. — Não se lembra de mim? Do clube. — Sorri vitoriosa. — Eu estava lá quando você e Alex... — Ela abriu o vidro me encarando com horror. — Lembrou de mim?

— Não. — Mas continuou me olhando. — Não faço ideia do que está falando e se continuar a...

— O que estava fazendo aqui? É a casa do Alex.

— Miranda! — Moisés tentou mais uma vez.

— Fique onde está — ameacei antes que ele conseguisse me tirar dali. — O que você estava fazendo lá? — Ela sorriu e desligou o carro.

— Estava com Alex. Quem é você? — A chuva ensopava meu rosto e eu sentia a raiva vibrar em meu corpo. — Não me diga que é mais uma na fila dele.

— Não, eu não sou — respondi com raiva. — Mas eu sou a irmã da namorada dele. — Ela se assustou com a minha declaração. — E você vai me dizer o que estava fazendo na casa dele ou eu vou arrancar esses seus cabelos alisados. — Sua boca se abriu horrorizada, e então ela retrucou.

— Não seja idiota! Alex não tem namorada. — Seu sorriso era triunfante. — A prova disso é a minha estadia na sua casa, na noite do seu aniversário — acrescentou com malícia.

— A namorada dele está lá dentro agora mesmo. Provavelmente foi por isso que ele te expulsou, sua cadela!

— Miranda, pelo amor de Deus! — Moisés segurou em meu braço me forçando a recuar.

— Não se esqueça de que eu sei quem você é — ameacei. Ela fechou o vidro do carro e arrancou cantando os pneus.

— O que foi isso? — Olhei para Moisés com raiva. — Você enlouqueceu? — Dei as costas caminhando até o carro. Ele me acompanhou fazendo careta por estarmos molhados em seu banco de couro. Um imbecil! — O que deu em você?

— Não é da sua conta! — rosnei. — Diga logo de uma vez o que quer. — Ele piscou assustado e olhou para frente.

— Eu quero mais alguns encontros.

— Eu não quero.

— A sua vontade e opinião não serão levados em conta.

— Isso é abuso sexual!

— Pense como quiser.

Encarei aquele idiota sem acreditar em suas palavras. Eu imaginava que Moisés fosse um doente, mas não um doente de verdade, não alguém com a mente tão fodida a ponto de não se preocupar com a merda que fazia para ter o que queria.

Nesta hora, Charlotte passou pela portaria como um foguete caminhando pela rua. Que droga! Eu quis gritá-la, mas ponderei. Como poderia justificar a presença de Moisés? Além do mais, eu não queria que ele tivesse acesso a minha irmã, nem que colocasse aqueles olhos imundos nela.

— E então?

— Siga aquele táxi — falei sem força. Eu não tinha cabeça para aprofundar aquela briga. Precisava pensar, elaborar um plano, qualquer coisa que impedisse que ele conseguisse colocar as mãos em mim.

Moisés colocou o carro em movimento. Permaneci em silêncio articulando o que deveria fazer, contudo minha mente estava quase que toda projetada para Charlotte e o que tinha acontecido naquela casa. Como ela estaria? O que conseguiu pegar daqueles dois? O que tinham decidido?

Quando o carro parou um pouco antes da entrada do *flat*, para que Charlotte tivesse tempo de entrar e se organizar, olhei finalmente para ele. O sorriso de triunfo estava estampado em seu rosto.

— Sempre soube que você era uma leoa, mas jamais imaginei que seria assim por outras pessoas.

— E o que você sabe de mim que não seja o que conseguiu em uma rápida pesquisa na internet? — desdenhei.

— Você não faz nem ideia — confidenciou usando um tom macabro. — Amanhã eu passo para te buscar.

— Não!— Minha voz saiu urgente demais. — Eu não estarei aqui. Vou viajar por alguns dias.

— É mesmo? — Seus olhos se estreitaram. — E para onde vai?

— Não é da sua conta. Eu ligo quando voltar.

— Vou aceitar a sua desculpa, Miranda. — Sem que eu pudesse impedir, ele alisou minha coxa exposta, subindo a mão e me causando asco. Segurei seus dedos com força. Ele riu. — Mas não vou aceitar por um longo tempo. Não demore. Estou ansioso para...— Umedeceu o lábio inferior e sorriu. — Para colocar as mãos em você.

— Eu também.

Abri a porta do carro deixando-o para trás. Eu não sabia o que fazer, mas tinha certeza de que acabaria com ele em pouco tempo.

CAPÍTULO 23

"O importante é ser você. Mesmo que seja estanho, seja você.
Mesmo que seja bizarro, bizarro, bizarro."
MÁSCARA - PITTY

PASSEI A NOITE INTEIRA ACORDADA. MEUS OLHOS SE RECUSAVAM A fechar e dar de cara com o pesadelo que seria Moisés me tocando outra vez. Eu estava decidida a acabar com ele, mas não encontrava nenhuma ideia que me colocasse em uma posição melhor do que a que estávamos.

De nada adiantaria gravar a nossa conversa, eu só conseguiria provar que ele me chantageava, o que não o impediria de trazer todos os meus podres à tona. E eu tinha certeza de que ele faria isso, não importavam as consequências.

Uma batida na porta do quarto que eu e Charlotte dividiríamos no rancho fez com que eu abandonasse os pensamentos. Olhei para a porta que minha irmã tinha acabado de abrir, revelando Patrício com um sorriso encantador.

Chegamos cedo demais, o que decepcionou um pouco Lottie, já que Alex não tinha ainda dado o ar da sua graça. Enquanto Dandara e a madrinha conversavam animadamente sobre o quanto o caminho era lindo, a cidade encantadora, e a casa um sonho, o padrinho conversava com Dr. Frankli sobre a economia do local, como se desenvolvia e as vantagens e desvantagens de arcar com os custos de uma propriedade como aquela.

Johnny foi colocado em um quarto só para ele e a mãe do meu namorado nos acompanhou até onde seria o meu e de Charlotte, para logo em seguida seguir com a madrinha para o que ela ocuparia com o padrinho.

Patrício não estava em lugar algum. Eu me perguntei se teria fugido da obrigação? Mas ele estava ali, na porta do quarto, com um sorriso lindo e um olhar apaixonado. Exatamente como eu disse que deveria agir, pensei me forçando a não suspirar por aquele garoto.

— Diaba, como vai? — provocou Charlotte que revirou os olhos e voltou para a sua mala aberta sobre a cama.

— Se vocês vão ficar aqui com essa melação toda, acho melhor procurarem outro lugar — anunciou sem se importar em olhar para ele. Patrício riu com vontade.

— Sabe, Charlotte... — Ele não se intimidou e sentou na minha cama, mesmo sem eu lhe dar tal liberdade. Sua mão alisou minha perna com cuidado, fazendo com que minha pele se arrepiasse. — Alex ainda acredita que você é uma doce e inocente garota, ou ele já sabe que você é essa pentelha?

— Patrício! — o repreendi puxando minha perna e sentando ao seu lado na cama.

— Alex sabe exatamente quem eu sou. E você, ele sabe quem você é? — Ele abriu um sorriso diabólico para ela.

— Ele acredita que sabe, mas Alex não é um suprassumo da inteligência. — Piscou debochado enquanto Charlotte decidia ignorá-lo. — Vamos dar uma volta? — Virou em minha direção como se não tivesse dito nada de ruim.

Eu queria dizer que não. Que ele era um idiota, babaca e que era para se desculpar imediatamente com Charlotte, mas na verdade eu precisava mesmo ter uma conversa com Patrício, não seria nada interessante fazer isso na frente da minha melhor amiga. Sem dizer uma palavra, levantei, calcei os tênis e fui em direção à porta.

— Até mais tarde, diabinha.

— Vá se foder! — Paramos os dois sem acreditar que ela tinha dito aquilo, então eu sorri adorando a novidade e ele gargalhou.

— Como eu disse: uma diaba.

Saímos para o corredor vazio. Percebi que Patrício queria me alertar de alguma coisa, por isso não o impedi de segurar minha mão e me levar até o seu quarto. Um frio gelado assolou o meu corpo. Ele soltou minha mão no instante em que fechou a porta atrás de si, deixando claro que até ali era pura encenação.

— Fique calma — começou, deitando na cama relaxado e me olhando com atenção. — Eu preciso saber o que podemos e o que não podemos fazer.

Sorri, apesar de ter certeza que aquela não deveria ser a minha reação. Mesmo assim sentei ao seu lado na cama. Ele sentou sustentando o corpo com um braço, ficando bem perto de mim. Perto até demais.

— Podemos ficar de mãos dadas, conversar apaixonadamente e só.

— Só?

— Só! — provoquei adorando saber que ele esperava um pouco mais.

— Por causa do seu padrinho?

— Por causa da nossa situação ridícula — rebati. — E eu não quero que você provoque Charlotte. — Ele riu se inclinando para beijar meu pescoço. Estremeci.

— Ela precisa que alguém acorde o monstrinho que existe dentro dela ou não vai aguentar nem o primeiro *round*.

— Não seja ridículo! Charlotte é...

— Boba e infantil — rebateu sem se importar com o que eu achava. — E ela vai ser esmagada facilmente pelas duas que estão lá na sala agorinha mesmo. Se nós não fizermos nada, a noite daqueles dois vai para o beleleu.

— Que duas? Do que você está falando? — Levantei o rosto para encará-lo e entender do que ele falava.

— Tiffany e Anita. — Fiquei chocada com aquela revelação. O que elas faziam ali? — Tiffany é...

— A maior escritora da sua editora — completei ainda com a cabeça em parafusos. — E Anita é nossa professora, mas o que...

— Elas são primas.

— Puta merda!

— Exatamente isso. Você já deve imaginar que as duas querem o Alex — fiz uma careta desgostosa —, mas Alex quer Charlotte e não existe forma de fazê-lo voltar atrás. Acredite, eu tentei. — Dei um tapa em seu braço sem acreditar que ele era tão imbecil.

— Ai! Merda, Miranda! Você bate bem.

— Exatamente isso. — Devolvi as suas palavras com raiva.

— Alex não vai cair fora, mas Charlotte pode pôr tudo a perder.

— Ela não vai.

— Você pode garantir?

— Posso apostar toda a minha herança nisso. — Patrício arregalou os olhos, pareceu pensar no assunto, depois riu.

— E é uma herança boa?

— Não seja idiota!

— Eu só estava pensando aqui: se o seu padrinho é tão antiquado, você deve ter um dote, não?

Não acreditei no que ele dizia. Sem pensar duas vezes, dei outro tapa em seu braço e ele se atirou para trás, deitando no colchão e rindo.

— Essa situação é séria, Patrício. Não apenas porque as duas querem o Alex, mas porque elas podem realmente prejudicar a Charlotte. — Patrício continuou sorrindo, relaxado, o clima já completamente modificado. Levantei começando a pensar no que poderíamos fazer.

Ele estava deitado na cama, um braço atrás da cabeça e o outro descansando ao lado do seu corpo. O short azul que usava deixava suas coxas trabalhadas à mostra, enquanto a camisa branca justa ao corpo me fazia relembrar o quanto eu gostava daquele abdome.

Patrício me olhou sem nenhuma preocupação, mesmo sabendo que eu estava ansiosa demais para ficar parada. Seus olhos me encaravam com paciência, e até com um certo divertimento.

— Vai ficar aí parado? Não vai dizer nada?

Ele sorriu de leve, só uma breve projeção dos seus lábios. Eu odiava e adorava aquele sorriso, o que me deixava completamente confusa.

— Você podia ter trazido uma camisola. — Sua voz baixa e rouca indicava que os pensamentos dele iam em outra direção. Suspirei de maneira audível e revirei os olhos.

— Camisola? No início do dia? — Ele sorriu ainda mais.

— Podemos fechar as cortinas, temos uma cama, o dia está frio...

— Não dá para acreditar que você não vai pensar nesta situação. — Mais um pouco dos seus lábios se repuxando para os lados.

— Eu estou pensando — revelou por fim.

— E então? — Aguardei, mas ele nada disse. — No que está pensando?

Ele fez um biquinho que normalmente eu veneraria, mas minha ansiedade não me deixava pensar direito. Patrício olhou para o lado, em direção à janela do seu quarto, sua expressão demonstrando que pensava no assunto, o que me deixou aliviada. Então voltou a me olhar e suspirou, ficando sério de repente.

— Eu estava pensando... porque um pai de santo custa mais caro do que um médico?

— O quê?

— Eu sei que em alguns casos e para alguns especialistas, um médico custa bem caro, mas existem os planos de saúde, não é mesmo? — Ele me olhou com determinação e eu não encontrava palavras para fazê-lo calar a boca. Patrício se aproveitou do meu momento estupefata e continuou: — por outro lado, ninguém nunca ouviu falar de plano candomblé — e aquele sorriso descarado começava a se apresentar: — quando você junta a consulta, os banhos, os trabalhos... é realmente um assalto.

— Tá legal! — Levantei as mãos rendidas. — Você é um idiota que não consegue falar sobre nenhum assunto importante.

Ele sorriu ainda mais, não fiquei irritada, mas admirada por não ficar. Aquele era Patrício e nada o faria mudar. O mais complicado era perceber que eu não me importava como antes. Era até... engraçado.

— Você frequenta o candomblé?

— Eu? Não — respondeu sem demonstrar qualquer emoção.

— Então como pode saber sobre tudo isso?

— Bom, eu fui uma vez. — E então seu olhar e seu sorriso se tornaram tão travessos que me fizeram acreditar que eu estava conversando com uma criança. — Acho que duas vezes.

— E o que foi fazer lá? — Sem querer acabei entrando no clima quebrando toda a tensão do momento. — Não me diga que foi buscar ajuda para conquistar alguma garota?

— Claro que não, gata! — Voltou a relaxar na cama me encarando com atenção. — Eu nunca faria isso, sabe? Por mais tesão que eu sinta pela garota, prefiro sempre entender que não é não. Se ela não quer, eu sigo em frente. — Suspirei outra vez derrotada. Para Patrício tudo era sexo.

— Pois não se trata disso, oh, idiota! Eu falo de paixão, de sentimentos. De querer tanto uma pessoa que não consegue conviver com a sua falta.

— Você faria isso?

— Não! — Ele me avaliou por um tempo enquanto eu ainda me sentia indignada com a pergunta.

— Pois é. Eu também não. Foi o que eu disse. — Não foi o que ele disse, mas tudo bem.

Levei um tempo analisando aquele menino deitado em sua cama, sem preocupação aparente, me encarando com safadeza mesmo sabendo que meu padrinho estava bem perto. Patrício não levava nada a sério e eu não entendia mais porque aquilo me incomodava.

— O que foi?

— Nada. — Desviei o olhar ao perceber que o encarava enquanto divagava.

— Eu sei que você está pensando em alguma coisa. É sobre o candomblé?

— Não. Mas você sabe que somos católicos, não é mesmo? — Concordou lentamente. — Não me parece algo que o padrinho aceitaria com tanta facilidade, mas... — Dei de ombros.

Eu queria dizer que não importava, que eu nunca fui uma fiel seguidora de tudo o que o padrinho ditava e que, de verdade, não tinha medo das suas explosões e posicionamentos quadrados. Eu queria dizer que o que qualquer outra pessoa achasse desta ou de qualquer outra ideia relacionada a ele não abalaria o nosso relacionamento, que eu não me importava e que no fundo aquilo tudo era uma bobagem sem tamanho, que o que deveria pesar realmente era o que queríamos. No entanto, quando abri a boca para falar eu me vi dizendo tudo, menos o que desejava.

— Quem se importa? — Dei risada me sentindo patética. — Isso é tudo uma mentira mesmo.

Patrício levou alguns segundos sem nada dizer. Seu silêncio me pareceu uma acusação, e seus olhos pareciam me reprovar. Contudo não durou mais do que parcos segundos e logo aquele sorriso travesso estava de volta aos seus lábios.

— Sabe, eu não sigo nenhuma religião e não me importo com isso. Não tenho problema com pessoas religiosas, assim como não tenho com quem de religioso não tem nada, mas se eu desejasse escolher algo para seguir, o candomblé seria a minha primeira opção.

— Sério?

Estreitei os olhos e cruzei os braços no peito, ciente de que com isso meus seios ficariam mais projetados naquele decote. Não sei dizer porquê, mas passou pela minha cabeça que ele queria me provocar com aquela informação, o que era ridículo.

— Sério! Você já foi alguma vez?

— Não.

— Então deveria. Eu gostei muito. — Mais alguns segundos de silêncio e então ele completou. — É uma religião bonita. Você é carola?

— Não! — respondi como se ele tivesse me ofendido, e eu sabia que, no fundo, não havia qualquer ofensa em ser uma carola. — O padrinho curte isso de religião, igreja, doutrina... — Dei de ombros.

— Mas você não.

— Eu curto, quer dizer... não curto muito isso de seguir o que padres, pastores, bispos, esse pessoal todo, fala. Dentro de mim eu sei que Deus existe, mas não acredito que para ter fé você precisa de uma religião.

— Esse seu discurso parece uma defesa.

— Deve ser. — Parei pensativa. — As religiões sempre foram instrumento de dominação. Quando você estuda a história da humanidade vai ver quantas vezes, usando do artifício religioso, homens dominaram nações inteiras. Mataram, roubaram, abusaram, tudo em nome de Deus.

— Decididamente, é uma defesa. — Ele riu me fazendo entender que, mais uma vez, eu estava sendo profunda demais.

— Esquece. É bobagem.

Encarei aquele menino me perguntando: como foi mesmo que entramos naquela conversa? Como ele conseguia simplesmente me fazer esquecer dos problemas, me envolvendo em assuntos nada sérios ou importantes?

— Muito bem, Patrício, você já teve os seus quinze minutos de besteirol, agora podemos conversar sobre o problema real?

— Poderíamos. — Seus olhos percorreram o meu corpo com devassidão. — Mas eu estou de fato interessado em outra coisa.

Patrício não tinha filtro, nem decência, nem mesmo limites. Ele mudou outra vez o rumo da conversa e sua mão simplesmente segurou seu pau manipulando-o de forma a deixar clara a sua intenção.

Confesso que ter o seu desejo voltado para mim era algo que me deixava satisfeita, ou parcialmente satisfeita, enfim, era algo que me levava à satisfação. E eu gostava de brincar com aquele garoto, gostava de ter a sua atenção, da forma como ficávamos quando transávamos, dos seus sussurros, seus toques, sua ânsia, sua força... Eu gostava dele, e entender que não era um gostar, como eu vinha me convencendo, me deixou sem chão.

Onde eu estava com a cabeça? Pelo amor de Deus, Miranda Middleton, se recomponha! Abra os olhos e preste atenção em tudo ao seu redor. Patrício era um cara descomprometido... se bem que comprometimento não era muito o meu forte, mas... mas nada. Era uma relação infundada, fracassada, inventada e... ele me surpreendeu estando ao meu lado, os lábios em minha orelha e as mãos em mim. Como conseguiu? O ar ficou preso em meus pulmões.

— O que foi, Morena? Você está tão esquisita hoje. — Tentei voltar ao meu juízo normal e não consegui. Eu estava travada. — Miranda?

— Nada. Pare com isso! — Eu me afastei como pude tentando entender o que estava acontecendo comigo. — Você precisa me ajudar com...

— Eu preciso de uma boa e deliciosa trepada matinal — ronronou, se enroscando outra vez em mim. — E acredito que é disso que você precisa também, gata. Esse clima tenso já me atormentou demais.

— Não quero! — Eu o separei de mim sem entender as minhas reações. Patrício riu.

— Você sempre quer, Miranda. — Mas se manteve afastado, aceitando a minha recusa. — Aliás, é só o que você quer. É o que você busca, e eu estou bem aqui. — Abriu os braços se oferecendo por completo. — É só pegar.

Eu estava mesmo me sentindo uma imbecil, olhando para ele sem saber o que dizer, ou fazer. A minha única sensação era de desespero. Um medo que me aterrorizava, me inutilizava e eu não fazia a mínima ideia do que me causava aquilo tudo. Meu coração martelava querendo fugir pela minha garganta.

— O que foi, Miranda? — Aguardou que eu dissesse alguma coisa, mas não por tempo suficiente. Patrício era sempre assim. — Olha, eu tive uma ideia: vamos tomar um banho juntos, eu esfrego todo o seu corpo delicioso e desfaço rapidinho esse estresse. Vamos.

— Você não pensa em outra coisa que não seja sexo? — Ele riu com deboche.

— Eu penso sim, mas com você... — Me deu um olhar lascivo. — Ah, gata! Com você é um pouco complicado pensar em outra coisa.

Eu não podia me sentir mal, muito pelo contrário, deveria me sentir lisonjeada. Não era o que eu gostava? Ser desejada, sentir o quanto tinha este poder nos homens, tê-los ao meu alcance para saboreá-los como bem achar melhor, era isso o que eu defendia e buscava. Não era? Não era?

Quanto mais eu repetia esta pergunta mais o meu desespero aumentava. Não era. Não com ele. Eu queria que Patrício me respeitasse, que me compreendesse, que me suportasse e que, principalmente, não me visse como a solução para os seus desejos carnais.

Era sexo? Era sim. Era puro desejo e liberdade. Não podia deixar de ser assim. Não podia. Não podia... mas eu não queria que ele me visse assim. E por que não? Porque... bem, porque não. Porque Patrício seria cunhado de Charlotte e mesmo que conseguíssemos pôr um fim naquela loucura, que era o que aconteceria, deveríamos conviver e nos respeitar. E porque ele era um cara legal, divertido, atencioso... porque Patrício era... ele era...

— Miranda? — Voltei à realidade sentindo minha garganta se fechar. Eu queria chorar? — O que foi, gata? Você está estranha demais.

— Eu só não quero transar. — Minha voz saiu fraca deixando-me alarmada.

Eu não queria transar? Sério isso? Quando Miranda Middleton não quis transar? Melhor... quando Miranda Middleton não quis transar com Patrício Frankli? Então eu estava mentindo? Eu estava jogando? Que inferno eu estava fazendo?

— Não? — Seus olhos se estreitaram sem acreditar em minhas palavras. Patrício pensou um pouco, umedeceu os lábios com a língua e, por fim, se afastou. — Ok!

— Ok?

— Sim, ok!

Não sei explicar porque eu cheguei a acreditar que fazê-lo tirar as mãos de mim faria com que meu desespero diminuísse, quando a verdade era que, sentir o seu afastamento me deixava pior. Que merda era aquela? Eu só podia estar maluca.

— Então... bem... eu quero transar, então... — Ele olhou pelo quarto parecendo não saber o que dizer. — Eu vou tomar um banho e depois disso podemos conversar melhor.

— Por que vai tomar banho? — Não consegui entender o motivo daquele ritual nem a lógica das suas palavras.

— Vou bater punheta, Miranda. Estou de pau duro e prefiro fazer isso embaixo do chuveiro.

Eu tenho certeza de que minha cara era de pura reprovação, mas a dele... Ah! A dele era de tranquilidade, como se fosse a coisa mais natural a se dizer em uma situação como a nossa. Patrício continuou a não entender a minha reação e então acrescentou.

— Eu acho mais correto, sabe? Mais higiênico e ninguém precisa limpar o lençol depois que... você sabe, fica tudo melado e...

— Eu entendi! — Levantei a mão para impedi-lo de continuar falando. — Só não acredito no que está dizendo.

— O quê? Que eu prefiro bater punheta no...

— Pelo amor de Deus! Não acredito que você vai me deixar aqui para bater punheta! — Ele me olhou como se eu tivesse um chifre no meio da testa.

— Mas você disse que...

— Eu sei o que disse.

— Então...

Patrício parecia confuso, olhando de mim para o banheiro e eu não conseguia acreditar que existia alguém como ele no mundo. Eu não podia acreditar que logo eu acabei me batendo com aquela pessoa. E então me vi sorrindo. Era absurdo, mas eu sorri. Porque Patrício era absurdo, e idiota, e completamente sem filtro, mas eu adorava isso nele.

— Se você for se masturbar naquele banheiro, eu vou fazer a mesma coisa — provoquei enquanto ele me encarava sem entender a minha confusão.

— Vai? No banheiro também? — Seu sorriso descarado foi escandaloso. — Na minha frente?

E aos poucos eu começava a sentir a antiga Miranda voltado ao meu corpo. Foi com alívio que me deixei entrar no jogo, voltando a segurar as rédeas da minha vida e deixando a confusão se desfazer.

— Não. Bem ali, na sua cama. — Ele olhou para a cama e depois para mim. — Eu não deixo nada para ninguém limpar, você sabe. — Dei de ombros enquanto ele continuava olhando da cama para mim e de mim para a cama, como se estivesse tentando entender o que eu dizia.

— Mas se você não quer transar, por que faria isso?

— Porque eu não quero que você faça.

— Mas...

— Sem mas, Patrício. Eu não gozo, você não goza.

— Espere um pouco! — falou mais alto. — Desde quando este acordo vale para quando você não quer transar?

— Desde quando eu decidi ser assim.

— É mesmo? — Sua voz tinha um leve tom de ironia e um bem explícito toque de desafio. — Então fique à vontade. A cama é toda sua.

Eu não acreditava que ele realmente tinha se trancado naquele banheiro e que realmente se masturbaria. O que acontecia com Patrício que o fazia ser tão imbecil? De banho tomado, me levou para a área da piscina. Ele quis saber se eu tinha mesmo cumprido com a minha promessa, mas preferi deixar que imaginasse ao invés de confessar que fiquei na cama, deitada e emburrada, até que aparecesse outra vez. Então ele segurou em minha mão e me levou para conhecer a área da piscina, que estava vazia.

Encostamos-nos à grade e ficamos abraçados enquanto conversávamos sobre o problema dos nossos irmãos. Patrício roçava os lábios em meus ombros, me fazendo questionar se ele tinha mesmo se aliviado no banheiro, já que estava tão amoroso com seus toques e sussurros cheios de desejo.

— Vocês estão aí — a voz do padrinho quase fez Patrício me arremessar longe. — Onde está Charlotte, Miranda? — E ali estava um aviso delicado.

— Terminando de arrumar as roupas dela, padrinho.

Mantive distância de Patrício, mas me senti bem sendo flagrada, afinal de contas a ideia era fazer com que o padrinho se ocupasse tanto com o meu namoro que se esquecesse da filha.

— Patrício está me mostrando a propriedade. — Peter olhou para o meu namorado com desconfiança.

— Está frio — mudou de assunto. — Parece que vai chover. — Todos olhamos para o céu que começava a dar sinais de uma possível tempestade.

— Aqui é uma droga quando chove — Patrício alertou. — Vamos entrar e ver o que os outros estão fazendo. — Ele passou por mim sem encostar, mas então se deu conta e voltou, sob o olhar atento do Padrinho, para me dar a mão.

Entramos na sala e encontramos todos conversando. Era um espaço amplo, com muitos lugares onde podíamos compartilhar a companhia um do outro sem que virasse uma confusão só. Patrício foi em direção ao professor Prado, que conversava com Johnny, fazendo-o rir.

Olhei ao redor encontrando Charlotte acuada entre Anita e Tiffany e pensei em tudo o que Patrício tinha dito. O que aquelas loucas aprontariam com a minha amiga? Senti os dedos de Patrício apertarem os meus, ganhando a minha atenção. Olhei para ele que pareceu querer me dizer para eu ficar atenta. Sorri agradecendo e ele retribuiu, sendo gentil.

Contra Tiffany eu sabia exatamente o que fazer, bastava dar aquele lembrete da noite passada, fazendo-a perceber que não a deixaria em paz. Mas contra Anita o que eu poderia fazer? Ela era minha professora e prejudicaria Charlotte sem precisar fazer muita coisa, bastava expor o relacionamento da minha irmã com Alex e tudo estaria destruído.

Olhei outra vez para Charlotte percebendo o quanto ela estava acuada com aquelas duas, me dando conta do que Patrício tentou me alertar. Ele tinha razão. Se uma das duas colocasse qualquer dúvida na cabeça dela estaria tudo arruinado.

Merda! E ela ainda precisava digerir o que aconteceu na noite anterior. Patrício apertou meus dedos, me deu um beijo na bochecha sussurrando em meu ouvido.

— Relaxe! Você parece que quer matar alguém. — Olhei para ele sorrindo.

— E eu quero, realmente. — Mantive a tranquilidade no rosto enquanto ele sorria para a minha ameaça.

— Com essa fúria toda eu podia até me candidatar, mas o seu padrinho...

— Frouxo — sussurrei provocando-o. — Eu estava cheia de planos.

— Gata, não existe pau que suba com o seu padrinho por perto. — Parei chocada.

— Eu aposto que muitos paus subiriam, mas já que o seu não... — Olhei pela sala como se procurasse alguém. — Bom... eu posso brincar sozinha. — Pisquei deixando-o boquiaberto.

— Vou pensar nisso quando estiver em meu quarto pensando no quanto odeio o fato de você ter um padrinho.

— É... eu vou tentar pensar em você, então.

Patrício riu baixinho. Ele se afastou para sussurrar alguma coisa no ouvido do professor Prado, este riu, olhou para onde Charlotte estava e concordou com um aceno de cabeça. O que eles estavam tramando?

— Por que não vamos lá fora? — Professor Prado falou alto ganhando a atenção de todos. — Na área da piscina temos mesas grandes. Podemos jogar, beber e conversar.

— Graças a Deus! — Lana, que estava na janela aguardando por alguma coisa, ignorou por completo o convite do marido correndo em direção à porta.

Aquilo tudo estava muito estranho!

— Claro! Vai ser interessante conversar com as crianças. — Anita deu a sua indireta venenosa fazendo-me revirar os olhos. Vi que Charlotte não queria ir, mas ansiava desesperadamente por sair dali.

— Está frio lá fora. — Joguei a primeira coisa que apareceu em minha cabeça. — E com a promessa de muita chuva. Não podemos ficar aqui? — Assim eu manteria a minha amiga longe daquelas duas cobras e ainda decidida sobre a noite com Alex.

— Podemos fazer o que você quiser, linda! — Olhei para Patrício, que piscou e me beijou.

Ele entendia o que eu precisava e estava me ajudando como podia. Patrício até era um idiota, às vezes, mas eu devia compensá-lo por desempenhar tão bem o seu papel aceitando ajudar a minha amiga.

O padrinho pigarreou aparecendo do nada. Vi meu namorado gelar e se afastar como se tivesse levado um choque. Eu poderia rir, mas estava aborrecida demais para achar graça naquele medo todo.

O professor Prado riu da nossa situação, Patrício o encarou em pânico e Johnny abriu um sorrisão. Ele gostava daquilo, o idiota.

— É melhor alguém arrumar uma desculpa decente para arrancar Charlotte de lá — professor Prado falou sem se importar com a presença de Johnny. — Eu já dei uma ideia, se ninguém colocar em prática vai dar merda.

Ah, Deus! Todo mundo estava empenhado em fazer aquela noite acontecer? Charlotte morreria de vergonha quando descobrisse.

— Professor? — Ele me olhou e riu.

— João, Miranda! Eu nem sou seu professor. — Sorri gostando do que ele disse.

— João, se Charlotte não sair de lá ela vai...

— Ele chegou! — Ouvi Lana anunciar voltando à sala e quando me virei em sua direção Alex estava lá.

— Ah, graças a Deus! — Patrício resmungou. — Agora Charlotte é um problema só dele.

— Como assim? — Ele me olhou sem entender o motivo da minha pergunta.

— Você não quer que eu leve ele até o quarto e ensine como... — Dei outro tapa em seu braço e ele se encolheu.

— Que merda, Miranda! — resmungou massageando o local. — Isso não vai dar certo.

— É. Não vai.

— Parece que teremos uma tempestade — Alex falou ao meu lado, pegando-me de surpresa. Ele olhou para João e eles pareciam conversar por pensamentos.

— Sim, noite fria, com lareira... — Um sorriso debochado brincou nos lábios do professor Prado.

— Charlotte — Alex cumprimentou minha amiga que já estava de pé com Lana. — Miranda. — E eu pude perceber o desgosto pela minha presença em sua voz.

Que se dane, Alex! Se você quer mesmo comer a minha irmã vai precisar contar comigo.

— Oi, Alex! — Voltei a minha atenção para Patrício. Pelo menos ele era mais divertido. Meu namorado gostou da minha aproximação e deixou que um braço cercasse a minha cintura.

— Mudou de ideia? — provoquei em seu ouvido.

— Sabe que pensar em você se... humm... brincando sozinha, é até empolgante. Vai ser uma noite interessante embaixo dos meus lençóis.

— Você é um babaca, Patrício.

— Você já me disse isso.

— Vamos ou não vamos passar um tempo ao ar livre? — João se aproximou colocando uma mão no ombro de Patrício. Notei o meu padrinho com o olhar fixo em nós dois.

— Vamos! — Patrício se afastou outra vez. — Ficar trancado em casa, em grupo, não é muito a minha praia. — Ele piscou quando passou por mim e abriu um sorriso que me irritou, mesmo assim sorri, fingindo adorar todas as besteiras que ele dizia.

E eu até que estava começando a gostar.

Alex apareceu na escada. Seu olhar procurou por Charlotte e quando a encontrou ele sorriu. Puxei o ar com força. Eu estava começando a acreditar que aquele imbecil estava mesmo apaixonado por Charlotte. Seria possível? Olhei minha amiga e ela desviou os olhos do nosso professor, corando lindamente.

Deus permita que seja verdade!

— Vamos beber alguma coisa, jogar conversa fora e sacanear os amigos. Tá dentro?

Olhei para o lado vendo João cochichar no ouvido de Lana. Ela concordou com o que ele dizia, falou alguma coisa em seu ouvido e os dois riram. Depois João pegou o celular digitando uma mensagem. Patrício saiu da sala acompanhando o irmão. Pouco tempo depois ele retornou, como se tivesse esquecido outra vez alguma coisa. Seu olhar foi para o meu padrinho, ele suspirou e estendeu a mão para mim.

Claro, ele tinha esquecido que éramos namorados.

Revirei os olhos aceitando a sua mão. Ainda com medo ele me levou para fora, onde os outros já estavam. Charlotte e Alex, lado a lado, disfarçavam o clima entre eles, mas só não percebia quem era muito imbecil. Aliás, não, porque Patrício era muito imbecil e percebeu, então só quem era cego e surdo.

Dei risada sozinha, aceitando a cerveja que meu namorado me oferecia. Ele estreitou os olhos e encostou ao meu lado me puxando para seus braços.

— Qual o motivo deste sorriso?

— Estava só imaginando a sua cara em seu quarto enquanto eu estarei me divertindo no celeiro.

— No celeiro? — Ele virou para me encarar. Bebi a cerveja evitando olhar em seus olhos. — No celeiro, Miranda? Os cavalos...

— Idiota! — O empurrei e ele riu fazendo-me rir junto. Poderia ser mais absurdo? — Eu divido o quarto com Charlotte, esqueceu?

— Ah! — Ele bebeu um gole da sua cerveja encarando o nada. — Mas essa noite ela vai estar em outra cama. — Olhou para cima. — Se a chuva colaborar.

— Verdade. — Olhei para o céu que prometia uma verdadeira tempestade. — A noite vai ser bem molhada — provoquei e Patrício me lançou um olhar lascivo.

— Porra, Miranda! — resmungou me fazendo rir.

Voltei a prestar atenção no grupo, que, pelo que entendi, discutia a liberação das bebidas para os mais jovens, que já eram maiores de idade, diga-se de passagem. Anita era mesmo ridícula. Mas fiquei orgulhosa em ver Alex defendendo Charlotte, colocando-a na posição de mulher madura, o que sabíamos não ser exatamente a verdade, mas mesmo assim...

— Todos aqui somos adultos — Patrício colaborou colocando aquela mulher no seu devido lugar.

— Até parece que nós só bebemos quando atingimos a maioridade — brincou o professor Prado fazendo com que o clima amenizasse.

Ainda bem que ele possuía aquela presença de espírito indispensável, porque eu podia jurar que se continuássemos ouvido Anita e todo o seu discurso sobre sermos crianças, alunos e tudo mais, alguém ia acabar dizendo o que não devia, e esse alguém, muito provavelmente seria eu. O que não queria dizer que os outros, principalmente Alex, não fossem aproveitar a deixa. Então, João Pedro era um excelente apaziguador.

Alex e Patrício trocaram um olhar, meu namorado concordou com um aceno olhando para João em seguida, que parecia aguardar por aquele sinal. Tudo muito estranho. Ele olhou para Lana, que sorriu largamente e piscou.

— Eu me lembro que durante muitos anos eu fui o maior vencedor de esconde-esconde desta família.

As pessoas pararam para prestar atenção ao que ele dizia, mas eu estava mais atenta. Havia certa necessidade em colocar todos naquela conversa, que não me passou despercebida. Além disso, assim que João começou a falar, Lana ficou mais ansiosa, Alex tenso e Patrício... bom, Patrício parecia estar se preparando para uma missão muito importante.

— Claro. Você e Lana inventavam esta brincadeira para se esconderem da gente e dar uns amassos. Enquanto Patrício, que era o único que não entendia a finalidade da brincadeira, ficava rodando a casa à procura de vocês dois. — Alex parecia ter a fala decorada, como se necessitasse que todos ali comprassem a sua causa. E não era que eles estavam conseguindo?

— Ei! Eu nem imaginava que esses dois estavam juntos. Você que sempre foi um idiota que deixava o João se aproveitar da nossa irmã. Não sei o que seria dela se eu não tivesse descoberto esse namoro — Patrício rebateu, contudo, apesar de querer demonstrar ofensa, não consegui ver nada além de uma tentativa de ludibriar os outros.

O que eles estavam tramando?

— Que absurdo! — Entrei na conversa fazendo o jogo deles. — Já pensou se Johnny resolvesse agir assim comigo? — Vi os olhos de Patrício brilharem e Alex aceitar muito bem a minha intromissão.

— Johnny não é seu irmão — ele brincou me dando um beijo que me pegou completamente de surpresa. Sorri sem graça.

— Mas é como se fosse. — Johnny cruzou os braços na frente do peito tentando parecer mais forte. Quase ri. — Sou o guardião delas duas. — E ali estava o recado que ele dava para Alex e Patrício, que aceitaram sem qualquer acréscimo.

— Graças a Deus ele não é como você — provoquei percebendo que Lana cochichava alguma coisa com João e Alex olhava para Charlotte de uma maneira... apaixonada. Sim, ele não conseguia mais esconder aquilo de ninguém.

— Oh, Guardião! Então comece a levantar este muro. Sua vigília está muito limitada. — Anita não deixaria que ninguém a imitasse. Eu estava doida para encontrar uma forma de fazê-la entender o quanto era ridícula.

Elaborei diversos planos, como derrubá-la em uma poça de lama, se eu encontrasse alguma, claro. Ou quem sabe derrubar alguma coisa em seu cabelo perfeitamente liso e fazer com que ela achatasse aquela cara de fuinha.

— Paty o caralho!

Quase pulei com o grito de Patrício. Olhei para o meu namorado tentando entender em que parte da conversa eles estavam. Quase ri quando percebi que ele odiava aquele apelido e fiz uma anotação mental para utilizá-lo assim que pudesse. Deus! Eu estava me tornando uma mulher maquiavélica. Se somássemos todos os meus pensamentos sobre Tiffany, Anita e as sacanagens que pretendia fazer com Patrício, eu seria diagnosticada como psicopata. Ri sozinha.

— O que foi agora? — ele perguntou baixinho ao meu lado.

— Nada... Paty — provoquei vendo-o se preparar para rebater, no entanto, o que estava acontecendo ali era importante demais para que perdesse o fio da meada se ocupando comigo.

— Tive uma ideia. O que acham de brincarmos agora. — Ele virou em minha direção com os olhos estreitos. — Não queira que eu te pegue — ameaçou e eu sorri largamente imaginando o que ele faria comigo.

Todos começaram a entrar no clima, mesmo com Anita demonstrando má vontade e Tiffany tentando manter a sua postura de ser superior aos simples mortais. Charlotte não entendia nada daquela atitude de Alex e ficou desconcertada. Eu já tinha um plano elaborado antes mesmo de perceber.

— Não vale. Isso não é justo — Patrício protestou, mas algo me dizia que ele sabia que seria daquela forma, até mesmo pela sua ameaça, segundos antes. Eles estavam tramando alguma coisa e eu descobriria o que era.

Saí na frente para me posicionar em algum lugar onde conseguisse ter uma visão ampla de todos. Eu tinha muitas tarefas e precisava colocá-las em prática, então corri para a varanda ficando atrás da porta de vidro que não permitia que quem estivesse fora conseguisse me ver. Assim vi Alex correr para uma área onde imaginei ter algumas salas específicas, como de jogos, academia ou sauna, quem sabe?

Ele entrou, mas manteve a porta aberta, então Charlotte se aproximou sem saber se estava em um lugar adequado e ele a puxou para dentro. Sorri como uma menina boba. Minha irmã nunca imaginou que pudesse viver algo parecido, e mesmo sendo arriscado, ela merecia ter as suas próprias experiências.

Vi que Patrício continuava contando, ou fingindo. João e Lana saíram de mãos dadas, conversando alegremente, como se não estivessem na brincadeira. Johnny tinha ido para o outro lado enquanto Anita simplesmente sumiu. Tiffany viu para onde Charlotte e Alex foram, e parecia se perguntar se deveria ou não atrapalhar os dois.

Eu estava pronta para interferir quando Johnny apareceu. Ele entrou na varanda com as mãos nos bolsos da bermuda se surpreendendo com a minha presença.

— Vai se esconder aqui? — perguntou com ironia.

— Não. Digamos que estou observando a situação. E você? — Ele bocejou e sorriu.

— Eu vou assistir um pouco de TV. Hoje tem corrida. Já fiz a minha parte aqui.

— Como assim? — Mas Tiffany roubou a minha atenção quando resolveu que deveria atrapalhar minha irmã. Ela entrou na sala em que eles estavam. Que droga!

— Vejo você depois. Agora deixe eu sumir antes que o padrinho me ache.— Johnny rapidamente sumiu. Eu entendia a sua necessidade de desaparecer às vezes. O padrinho sabia mesmo como pegar no seu pé.

Aguardei para ver no que ia dar aquela confusão. Patrício fingiu procurar pelas pessoas sem colocar qualquer animação nisso. Ele não estava interessado na brincadeira como tinha demonstrado e parecia estar ali só para encobrir alguém.

Alex e Charlotte, claro!

Ele começou a caminhar na direção da varanda onde eu estava quando Alex e Tiffany passaram correndo fazendo-o voltar. Eles riram quando Patrício desistiu de tentar alcançá-los, saindo em outra direção. Mas então Alex falou alguma coisa com Tiffany, logo em seguida os dois começaram a se afastar da casa.

Meu coração acelerou sem entender nada do que Alex estava fazendo. E Charlotte? O que aconteceu naquela sala onde eles estavam? Eu queria ir até a minha irmã, no entanto seria muito mais importante descobrir o que Alex estava tramando, por isso segui os dois, vendo-os entrarem em uma outra sala dentro da casa.

Muito discretamente, atenta a todos os sons, me aproximei da porta para ouvir o que faziam ali. Se Alex estivesse aprontando com Charlotte eu nem me importaria com o que aconteceria depois, mas invadiria aquela sala e acertaria as contas com eles dois. E ninguém conseguiria me impedir.

— Seu pai pode aparecer. Tem certeza de que não prefere um lugar mais reservado — ouvi Tiffany falando com a voz manhosa. Eu podia até jurar que seus olhos soltavam estrelinhas. Que vaca!

— Não. Esse é o melhor lugar para termos esta conversa — Alex declarou me chocando com a frieza da sua voz. Esse foi o único motivo para me fazer aguardar.

— Aconteceu alguma coisa? — Ela parecia ter recuado devido à forma como ele falou, deixando claro que a sua intenção ali não era a mesma da dela. Ponto para Alex.

— Na verdade... — ele hesitou. — Aconteceu sim, e eu queria que você descobrisse através de mim e de mais ninguém.

— É aquela menina, não é? Charlotte. — Ela foi direta sem esconder a mágoa em sua voz. Alex não respondeu de imediato. Eu me vi tão nervosa e ansiosa quanto Tiffany provavelmente estava. — Fale logo de uma vez, Alex! — implorou com a voz chorosa.

— É sim. — Não havia tanta coragem em sua voz, o que me decepcionou um pouco. — Eu e Charlotte... Nós estamos...

— Transando? — ela o interrompeu, horrorizada. — Meu Deus, ela é só uma menina!

— Charlotte tem vinte e um anos, então não faça disso um drama. E a resposta para o que você disse é não — rebateu com a autoridade que eu desejava que ele tivesse. — Nós não estamos transando. Pelo menos não da forma como você está colocando, como se fosse algo sujo ou ruim. Nós estamos namorando.

— Ah, meu Deus! — ela gemeu mantendo o horror na voz. — Você sabe que pode estar jogando o seu nome na lama, não sabe?

— Não. Eu e Lana estamos organizando as coisas para que nada de errado aconteça — ele argumentou incrivelmente mais calmo, enquanto eu estava louca para abrir aquela porta e acertar uns tapas na cara daquela vaca intrometida que adorava ser fodida à força por outra mulher.

Puta que pariu!

— Alex, ela é uma menina e é sua aluna, você é o orientador dela neste projeto!

Dei dois passos para trás respirando fundo tentando controlar a ira. O que ela estava tentando fazer? Será que ela não sabia o conceito de amor próprio? Voltei a me encostar na porta para ouvir um pouco mais quando fui pega de surpresa.

— O que está fazendo aí? — Quase dei um grito, mas Patrício conseguiu me puxar tapando a minha boca com a sua mão imensa.

Levei alguns segundos para entender que era ele e não a louca da Anita querendo me matar, para abrir caminho para a sua prima tão louca quanto. Ele me manteve agarrada ao seu corpo, a mão me calando e a boca em meu ouvido.

— Não estrague tudo, Miranda — sussurrou para que Alex não nos ouvisse. — Eu vou te soltar. Não grite! — Concordei virando para ele imediatamente. — Venha comigo.

— Mas...

— Venha!

Acabei seguindo Patrício até chegarmos ao seu quarto. Ele abriu a porta e me deixou passar, conferindo se mais alguém tinha nos visto, só então fechou a porta e foi ao meu encontro.

— O que está acontecendo? — comecei a falar, mas ele me calou outra vez, só que com a boca.

Patrício me beijou com tanto desejo, com o que me parecia ser saudade, exigindo meus lábios e minha língua até que eu estivesse colada à parede e tonta. Seu corpo roçava o meu deixando-me excitada e ansiosa. Suas mãos buscavam meus seios, minhas pernas, minha bunda... então ele se afastou com um sorriso.

— Pronto. Agora podemos conversar. — Balancei a cabeça sem entender o que tinha acontecido e sem saber como reagir, acertei um tapa em seu braço. — Ai! Merda, Miranda! O que deu em você?

— Eu quero saber agora o que está acontecendo. — Ele continuou massageando o braço enquanto eu ainda sentia meu corpo formigar de desejo. — E não me beije assim outra vez se não for para continuar. — Riu andando até a cama onde sentou me observando.

— Alex vai contar a verdade a todo mundo, inclusive ao seu padrinho. Eu realmente não sei o que deu nele, ou sei, mas... — Deu de ombros. Lana está com João arrumando a cabana, Alex está contando a verdade a Tiffany e vai fazer o mesmo com Anita, quer dizer... se ele conseguir, porque minha mãe me mandou chamá-lo para o almoço, então, se Tiffany não enlouquecer e fizer um escândalo antes, Anita e seu padrinho serão os próximos.

— Mas ele não pode contar antes da noite deles. Se Alex contar ao padrinho ele nunca mais vai conseguir encostar um dedo em Charlotte até estarem casados. — Patrício arregalou os olhos apavorado. — E não me olhe assim. Você mesmo não consegue sequer transar comigo depois da conversa de vocês dois. — Ele desviou os olhos demonstrando estar constrangido. — E nós nem estamos apaixonados — brinquei sentindo aquele familiar desconforto que me assolava nos últimos dias. Eu precisava tratar urgentemente da minha saúde.

— Não sei como ele vai fazer, gata, mas agora precisamos voltar para a sala e almoçar, ou então vamos gerar mais desconfianças.

— E Deus te livre do padrinho desconfiar de algo, não é mesmo? — provoquei indignada com aquele temor todo.

— Não reclame, Miranda. Você nem queria continuar com a nossa brincadeira.

— Patrício, entenda logo de uma vez por todas, uma coisa é sairmos para transar sem ninguém ter alguma coisa a ver com a nossa vida, a outra é fingirmos esse namoro ridículo e não transarmos mais.

— Puta merda, gata! Você parece que está descontrolada, como se não transássemos há anos. — Arqueei uma sobrancelha sentindo raiva dele.

— Você não, não é mesmo? Já que seu docinho estava com você ontem. — Patrício levantou os olhos me encarando com surpresa, e então sorriu fazendo-me odiá-lo.

— Vamos, Morena, eu estou com fome. — Levantou, mas não foi em direção à porta. Ele se aproximou de mim, ganhando espaço, como se fosse me beijar mais uma vez. E eu queria aquele beijo. — Eu estou com muitas formas de fome, mas... — Umedeceu os lábios bem próximos dos meus fazendo-me prender a respiração. — No momento só posso comer a comida mesmo — pirraçou e se afastou. — Vamos?

— Vá na frente. — Ele me olhou interrogando. — Vou aproveitar a sua cama para aplacar a minha fome.

— Você não teria coragem. — Mas eu via o brilho daqueles olhos me implorando para fazer.

— Não?

Andei em direção à cama já arrancando a blusa passando-a pela cabeça. Depois, sem demonstrar qualquer perturbação com a sua presença, tirei o short e deitei escolhendo a melhor posição. Retirei o travesseiro dele, senti o seu cheiro e, sem olhá-lo diretamente, coloquei-o entre as minhas pernas, esfregando o tecido macio em minha vagina.

— Puta que pariu! — rosnou indo em minha direção. — Vai me fazer sentir o seu cheiro a noite toda? — Mordi o lábio inferior apertando o travesseiro entre as minhas pernas com vontade.

Patrício arrancou a camisa que estava usando e se jogou em cima de mim, alcançando meu pescoço com uma mordida extremamente sexy. Ri gostando de ter mexido tanto com ele.

— Você me enlouquece, Morena! — ronronou se esfregando em mim, demonstrado a sua ereção. — E eu vou levar um tiro por você. — Enrosquei minhas pernas em sua cintura e o enlacei com os braços.

— Eu te protejo — sussurrei.

— Jura? — Ele já estava entre os meus seios, tentando ultrapassar o sutiã. Gemi adorando a nossa intimidade.

— Juro! — Senti seus dedos puxarem o sutiã para libertar meus seios e gemi outra vez.

— Patrício? — Alguém chamou do lado de fora fazendo-o pular da cama em desespero.

— Fique calada — avisou sussurrando, com os olhos esbugalhados.

— Filho? — Uma batida na porta. — Você está aí?

— Estou! — gritou gesticulando para que eu fosse para o banheiro. Revirei os olhos. — Já estou saindo. — Peguei minhas roupas e fui para o banheiro me vestir sem ser incomodada. — Só vou finalizar esta ligação! — ele ainda gritou para despistar a mãe. Ri sozinha no banheiro arrumando meu cabelo. — Pode sair — avisou bem baixinho me fazendo gargalhar. — Pare com isso — esbravejou quando eu abri a porta. — Já pensou se fosse o seu padrinho?

— Já. — Continuei rindo sem me importar com o que ele estava sentindo. — Mas era a sua mãe e você é muito frouxo. Um idiota! — Já estava de saída quando ele me segurou pelo braço.

— Eu vou na frente para verificar se tem alguém nos aguardando. Tapei a boca para rir, ignorando o seu olhar assassino. Patrício abriu a porta, olhou para os dois lados e me deu passagem.

— Ninguém morreu — provoquei.

— Ainda não, mas se você continuar assim, logo, logo, Peter vai precisar usar aquela arma.

Quando entramos na sala, eu ainda ria e ele me acompanhava de perto, sem me tocar, como se eu pudesse lhe dar choque. Olhei ao redor vendo que Charlotte ainda não estava lá, mas todos os outros estavam. Apesar de Tiffany deixar transparecer o quanto estava abatida, Alex parecia muito mais leve do que mais cedo.

— Vamos, Morena. — Patrício indicou a mesa onde o almoço estava posto.

— Já que não posso *comer*, só me resta comer. — E eu voltei a gargalhar.

CAPÍTULO 24

"Uuh, você é tão acostumada a sempre ter razão.
Uuh, você é tão articulada, quando fala não pede atenção."
FOGO – CAPITAL INICIAL

PATRÍCIO FEZ QUESTÃO DE ME SEGURAR NA SALA POR TEMPO MAIS DO que suficiente para convencer o padrinho de que não estávamos pretendendo fazer nada. Ele se contentou em permanecer sentado, saboreando um delicioso café, conversando com nossos pais e rindo, como se fizesse realmente parte daquele mundo.

Para iludir ainda mais a madrinha, sua mão não largou a minha nem mesmo para segurar a maldita xícara e todos nos olhavam com cara de aprovação, como se aguardassem o pedido de casamento a qualquer momento. Que saco!

Para piorar a minha situação, assim que Charlotte sumiu da sala depois de trocar algumas palavras com Alex, este iniciou uma conversa ao pé do ouvido com Anita para logo em seguida saírem juntos em direção aos quartos. Eu sabia que ele pretendia revelar toda a verdade a nossa professora, e nem assim consegui me sentir confortável com a maneira como ele estava conduzindo aquela situação.

E tudo o que eu queria era conversar um pouco com Charlotte. Eu queria contar a ela o que ouvi, só para certificá-la do amor que Alex dizia sentir e assim não permitir que ninguém estragasse a noite deles. Nem mesmo o próprio Alex Frankli.

Eu devia isso a ela.

Contudo me deixar livre para agir não estava nos planos de Patrício, e quanto mais incomodada eu ficava, mais ele parecia decidido a me segurar ali, como se aquela atitude fosse parte do plano que tinha bolado com Alex e João.

Mesmo não sendo inserida e não podendo colaborar com nada, fiquei satisfeita, afinal de contas tudo estava dando certo, então, logo Charlotte e Alex teriam o tão sonhado final feliz.

Contudo minha teoria se desfez no momento em que Lottie passou pela sala em direção aos quartos de baixo. Sua cara estava péssima, o que me fez questionar se ela já tirava conclusões erradas a respeito da conversa entre Alex e Tiffany ou se, simplesmente, descobriu que seu amado professor estava em uma conversa particular que só deixava a desconfiança no ar.

Merda! Eu precisava mesmo conversar com ela antes que fosse tarde demais.

— Charlotte?

Ela sequer parou para me olhar e, levantando a mão, deixou claro que não queria que ninguém a seguisse ou tentasse detê-la. Segui minha irmã com o olhar sentindo os dedos de Patrício apertarem os meus e depois soltarem. Era tudo o que eu precisava.

— Eu vou buscar...

— Mas vocês não contaram como se conheceram — Dandara me interrompeu fazendo-me sentar outra vez. Patrício colocou a mão no meu joelho, me consolando, para tirá-la logo em seguida por causa do olhar do padrinho.

— Em uma... festa — Patrício se adiantou a falar. — Na festa de um amigo em comum.

— Festa? — O padrinho se interessou com um tom de censura.

— Johnny estava comigo, padrinho. Charlotte não quis ir porque estava estudando. Eu fui só para que Johnny não ficasse até tarde. — Patrício se movimentou e quando o olhei vi que ele tentava não rir, alargando o sorriso. Não foi de todo mal, ficou parecendo que ele se orgulhava da nossa história. — E eu disse a ele que meu padrinho não era muito fácil, mas ele disse que não se importava em enfrentar o mundo para estar comigo. — Minha madrinha suspirou e Dana olhou orgulhosa para o filho.

— O que é realmente muito bom — Dr. Adriano falou enquanto eu conferia o caminho que Charlotte fez mais uma vez. — Patrício nunca levou uma namorada para casa. Dana sempre cobrava dele um relacionamento sério. Ela quer netos — brincou fazendo com que as duas mulheres rissem.

— Ainda é muito cedo para pensarmos em netos — o padrinho retrucou. —Patrício não falou nada sobre casamento. — Senti seu braço ficar rígido imediatamente.

— E nem vamos falar — o interrompi. — Como o senhor mesmo disse: ainda é cedo. Eu estou finalizando a faculdade, quero fazer uma especialização, lembra que conversamos sobre a possibilidade de estudarmos outra vez fora do Brasil? Estou ponderando se seria realmente interessante.

— Fora do Brasil? — Dandara perguntou.

— Peter acredita que elas serão mais bem preparadas se estudarem fora — a madrinha respondeu.

— Mas... por quanto tempo? — A mãe de Patrício se preocupou e ele me olhou com atenção.

— Ah... não sei ainda. É só uma ideia que estou estudando. — O padrinho pareceu ficar satisfeito com o que eu disse. Ele realmente acreditava que os estudos estavam acima da vida social, não importava a idade da pessoa.

— Você gosta desta ideia, Patrício? — Dr. Adriano perguntou, fazendo com que toda a atenção recaísse sobre o meu namorado. Patrício riu tirando o braço dos meus ombros.

— Bom... — Ele me olhou com atenção. — Eu adoro Miranda, mas não posso dizer que o que sinto deveria ser o suficiente para ela ficar. Se estudar fora vai ajudá-la a se preparar melhor para a profissão que quer seguir eu só posso apoiar. — Seus olhos estavam nos meus quando ele completou: — amar uma mulher bonita é fácil. Difícil mesmo é merecer uma mulher inteligente e decidida, e eu preciso merecer, não é mesmo?

— Que lindo, filho! — Dandara falou emocionada.

Por um segundo acreditei no que ele disse, mas foi só por um segundo. Eu sabia que ele entendia que aquela era a desculpa perfeita para declararmos o fim, sem desagradar aos nossos pais. Contudo, acreditar que aquela poderia ser a nossa verdade me fez voltar a sentir todos os sintomas da minha doença.

O ar faltou quando finalmente compreendi. E não podia ser verdade. Não podia ser possível. Não para alguém como eu. Encarei Patrício sem conseguir normalizar o ritmo do meu coração e então minha atenção foi roubada quando vi passar pela outra ponta da sala, Alex, acompanhado de Anita.

Ninguém percebeu porque eles estavam nos olhando, fascinados com um amor tão puro e mentiroso. Essa era a desculpa que Patrício precisava, fazer com que Alex escapasse sem que qualquer pessoa o interrompesse ou condenasse. Eu me senti usada e doeu como nunca imaginei ser possível.

— Com licença... eu... — Não tive coragem de olhar para meus padrinhos, mas Patrício sabia o quanto de mágoa eu sentia. — Com licença.

Saí da sala decidida a encontrar Charlotte. Ela precisava de mim e eu não podia pensar em meus sentimentos ou na confusão em que tinha me metido. No dia seguinte Alex teria que contar ao padrinho, ou colocar um ponto final no que vivia com Charlotte, mas naquele momento eu sabia que ela precisava de mim e eu seria forte apenas por ela.

Saí apressada na direção em que a vi passar. Encontrei a sala onde Alex e Tiffany estiveram antes de Patrício me encontrar e descobri que era um escritório. O local estava vazio, então pensei em fazer a volta e procurar no quarto, mas como não vimos Charlotte voltar, segui em direção a uma sala um pouco menor do que a principal, onde ficava um televisor, um sofá grande e algumas poltronas. Esta sala tinha uma porta de vidro que dava para os jardins. Foi para lá que fui em busca da minha irmã.

Parei por um instante tentando descobrir para que lado ela foi, sem conseguir achar nada que fosse óbvio. Do lado esquerdo havia o celeiro, mas eu não imaginei que Charlotte quisesse andar a cavalo estando tão aborrecida, então andei na direção oposta, onde encontrei Tiffany.

Ela parecia perdida, abraçando o próprio corpo e olhando para além da propriedade, onde árvores densas dominavam a visão. Vendo de longe, Tiffany parecia frágil, porém eu sabia do que ela era capaz e, a julgar pelo calafrio que percorreu o meu corpo, tinha certeza de que nada de bom ela fazia.

No mesmo instante a chuva começou a cair. Não era grossa o suficiente para me fazer correr, mas foi para despertar a mulher à minha frente. Ela saiu do transe e olhou para os lados buscando abrigo. Quando seus olhos me encontraram tive a sensação de que ela escondia alguma coisa. Ela virou na direção oposta e acelerou os passos.

A chuva engrossou rapidamente, mas eu não me intimidei, corri em sua direção segurando em seu braço evitando assim que fugisse. Tiffany me olhou com horror tentando se libertar.

— Largue meu braço — protestou se debatendo.

— O que você fez? Onde ela está? — Eu segurava a mulher sem me preocupar com quem poderia aparecer.

— Eu não sei do que você está falando, garota!

— Você sabe muito bem. Eu ouvi a sua conversa com Alex no escritório. — Ela parou chocada. — Eu sei que ele te dispensou e que agora está com Charlotte contra a sua vontade.

— Ela vai destruir a carreira dele — rebateu com raiva, esquecendo completamente a postura de garota frágil e perdida.

— Isso não é problema seu.

— É problema meu! — gritou deixando a chuva ensopar suas roupas. — Ela é só uma menina. Você é só uma menina. O que acha que podem conseguir se aproximando desta família?

— Você é louca?

— Ela não faz nem ideia do que Alex gosta.

— Ah, claro! Como se ele gostasse de te assistir sendo estuprada. — Vi quando ela recuou espantada com o que eu disse.

— Você não sabe nada sobre nós dois.

— Sei o suficiente para te diagnosticar como doida. Eu estava lá. Vi o horror nos olhos dele. Vi quando ele deixou o quarto e foi buscar prazer nos braços de outras mulheres.

Ela levantou a mão para me atingir no rosto, sem saber que se existia uma coisa que eu sabia fazer muito bem, era me defender. Segurei seu braço no ar, o girei até que ela caísse no chão de costas para mim.

— Cuidado, Tiffany! Charlotte pode ser apenas uma menina. Ela pode ser inocente demais para acreditar em suas mentiras, mas eu não. Eu vi você naquele quarto, amordaçada, presa, sendo violentada por aquela mulher sádica. Eu vi você gozar confirmando que estava adorando. Eu vi o nojo nos olhos do Alex, assim como senti o calor dos olhos deles naquelas outras mulheres. — E lógico que eu jamais revelaria que ele me olhou com o mesmo desejo. Esta parte deveria ficar enterrada para sempre em nossa história.

— É mentira! — Ela choramingou. — Alex adorava! Era como ele fazia comigo.

Soltei a mulher, enojada com a sua confissão. Quando vi os dois no clube imaginei que Alex gostasse de algo a mais, o que jamais seria capaz de julgar como absurdo, eu mesma estava ali em busca do tão procurado algo a mais. Porém, quando os encontrei naquele quarto não vi qualquer satisfação em seus olhos, como cheguei a ver, nos das outras pessoas que ali estavam.

Alex parecia tão chocado quanto eu e a maneira como ele deixou o quarto confirmava a minha desconfiança. Mas Tiffany estava de joelhos, afirmando que aquela era a forma como eles transavam, e eu já não fazia mais ideia de quem era Alex Frankli.

Meu único pensamento era Charlotte. Porra! Como eu podia entregar a minha irmã nos braços daquele filho da puta? Tiffany levantou cambaleando para longe de mim. Ela massageou o braço e voltou a me encarar.

— Ela é só uma menina. Não precisa passar por isso. Você deveria protegê-la — acusou.

— É só que tenho feito — confessei sem conseguir manter a raiva inicial. — Eu vou tirar um por um do caminho dela, Tiffany, e você é a primeira. Se eu imaginar que você é a causa da tristeza da minha irmã, a sua história estará em todos os jornais. E eu nem quero saber quantos cairão com isso. — Ela recuou abalada. Não passe no caminho dela.

— Ela vai destruir ele, não consegue enxergar?

— Este não é um problema seu.

Dei as costas e saí em busca da minha irmã. Eu precisava encontrar Charlotte o quanto antes. Voltei para a sala de televisão e encontrei Johnny com um prato cheio de queijo, presunto e torradas... Ele me olhou assustado, parando de mastigar a porção que tinha acabado de colocar na boca.

— Você viu Charlotte?

— Hum! Não. — Tentou engolir mais rápido. — O que houve? Você estava na chuva?

— Não. Tomei um banho de piscina. Estava quente e resolvi me esfriar. Idiota!

— Miranda, é sério. O que houve? — Suspirei.

— Estou procurando Charlotte. Lá fora ela não está.

— Já procurou no quarto?

— Eu acabei de chegar de lá e não tem ninguém — Patrício anunciou aparecendo na sala. — Por que você está toda molhada?

— É suor — revelei irritada. — Fui correr para aliviar a energia acumulada. — Ele me olhou sem entender. — Preciso encontrar Charlotte. — Tentei passar, mas ele me impediu.

— Ela não está lá em cima. Eu fui até o seu quarto para conversar sobre... — Olhou para Johnny se dando conta que não poderia falar demais. — Sobre o que conversamos na sala e ela não estava lá. Quando eu estava voltando o seu padrinho me encontrou no corredor procurando por ela e eu disse que bati na porta do quarto e abri, mas vocês duas não estavam. Ele procurou no quarto dele e eu no dos meus pais e nada. Chegamos a entrar no quarto do Alex e, como você deve imaginar, ela não estava lá também. Ele foi para a cozinha e eu vim tentar te encontrar. Se Charlotte estiver nessa casa está muito bem escondida.

Minhas pernas tremeram e meu coração disparou. O que Tiffany fazia olhando com tanta concentração para aquelas árvores?

— O que tem do outro lado? — Ele não entendeu a minha pergunta, ou não se deu conta da minha urgência. — Naquelas árvores distantes. O que tem lá?

— Ah, um rio, antes das árvores, eu falo. Por quê?

— Uma pessoa consegue atravessá-lo andando?

— Sim, mas não sem se molhar. — Revirei os olhos e ele também em reação a minha atitude. — Sem molhar pelo menos até a cintura, fica melhor assim?

— Muito melhor. Eu preciso ir até lá. — No mesmo instante em que tomei aquela decisão, a chuva piorou e ouvimos trovões. Estremeci.

— Charlotte não seria tola de ir para a mata no meio desta chuva, Miranda.

— A não ser que ela estivesse fugindo de alguém, ou de alguma coisa — Johnny colaborou com a minha linha de raciocínio. — Puta merda! O que aconteceu?

— Eu não sei — acusei Patrício com o olhar.

— Eu também não sei, gata. Juro que desta vez não sei mesmo. Alex precisou sair com Anita porque não queria um escândalo e aquela ali é fogo. Pensei que ele tinha conseguido conversar com Charlotte, mas pelo visto não foi isso o que aconteceu.

— Não foi mesmo — rebati com raiva. — Mas eu tive uma conversa com Tiffany e descobri algumas coisas sobre o seu irmão.

— Com Tiffany? Então foi isso que fez com que você fugisse da sala daquela forma?

— Não. Eu só... — Parei confusa demais. — Não vamos ter esta conversa agora. Charlotte precisa de mim.

— Precisa da gente — Johnny me corrigiu deixando a comida de lado. — Vamos procurá-la. — Concordamos e nos encaminhamos para sair quando Patrício nos impediu outra vez.

— Cara, eu não quero ser o chato da história, mas é melhor você levar este prato para a cozinha ou minha mãe vai ficar doida e você não quer mais um problema, não é mesmo?

Johnny me olhou sem acreditar no que Patrício dizia, mas, mesmo inconformado, pegou o prato resmungando alguns impropérios e deixou a sala para colocá-lo na cozinha.

Abracei meu corpo sentindo frio, mas não era pelo vento gelado que entrava pela porta aberta, nem mesmo por causa das minhas roupas molhadas. Era um frio anormal, um que me congelava e me fazia tremer. Patrício se aproximou tocando meu ombro.

— Charlotte está bem — disse baixinho. — Vamos procurar em cada pedacinho desta casa e vamos encontrá-la, Morena.

Uma lágrima desceu pelo meu rosto sem que eu tivesse qualquer controle sobre ela. Ele ficou surpreso com a minha fragilidade, mas pouco me importei. Só queria encontrar a minha amiga, não importava se eu precisaria chorar ou me humilhar para conseguir.

— Com certeza ela deve estar escondida atrás da cama ou embaixo de alguma mesa, chorando. Não é isso que as meninas fazem quando imaginam um monte de bobagens sobre os garotos por quem se apaixonam?

Eu não queria rir, até porque as lágrimas já desciam livremente pelo meu rosto, além do mais, dar um tapa no braço de Patrício seria algo muito mais apropriado ou adequado, mas eu ri e me deixei abraçar para ser consolada. E o mais estranho de tudo foi que aquele abraço me deu a proteção que eu precisava naquele momento.

Johnny demorou a voltar, mas voltou com João Pedro e ambos estavam prontos para fazer a busca. Patrício me olhou com carinho, se afastando para saber o que eles pretendiam.

— Adriano chamou um dos empregados e foi dar uma busca pela propriedade — João informou fazendo-me entender que o caso era mais grave do que eu imaginava. Novas lágrimas rolaram em meu rosto.

Meu Deus, o que Charlotte estava pensando quando resolveu desaparecer? Isso se... não. Ninguém teria coragem de fazer alguma coisa com ela. Não era possível! Puxei o ar com força querendo ir atrás de Tiffany mais uma vez.

— Nós deveríamos ir até o rio, precisamos saber se ela atravessou ou se está presa na margem do outro lado — Patrício começou a armar o esquema deles.

— Eu vou com vocês — anunciei.

— Não, Miranda! — Johnny se atreveu a me impedir.

— Eu vou!

— Miranda... — Patrício delicadamente me puxou para trás fazendo-me olhá-lo. — Alguém precisa ficar aqui para acompanhar os progressos. Nossas mães não vão ter a mesma capacidade que você.

Nós nos encaramos e percebi que ele não tentava me enrolar, mas sim me fazer entender que Tiffany precisava ser acompanhada de perto. Patrício tinha a mesma desconfiança que eu, e, da mesma forma, não tinha coragem de verbalizar as suspeitas.

— Nós vamos voltar logo. — Ele me deu um beijo na testa saindo imediatamente com os outros dois. No caminho Johnny alisou meu braço me certificando de que tudo ficaria bem. Era só o que eu queria.

Andei pela sala para recuperar o equilíbrio. De nada adiantaria me juntar aos outros me sentindo tão desesperada. Precisava ser forte e fazer com que todos acreditassem que Lottie estava bem. Nós a encontraríamos.

Voltei para sala principal alguns minutos depois. A madrinha chorava baixinho, o padrinho fazia algumas ligações rosnando sem chamar muita atenção. A chuva castigava lá fora formando uma cortina escura e pesada que nos impedia de enxergar qualquer coisa a um palmo de distância.

Dandara chegou com uma bandeja com água e um pote que provavelmente era açúcar. Ela colocou tudo sobre a mesa e preparou uma quantidade para a madrinha. Em um canto, encostada à janela estava Tiffany, com a mesma expressão de antes, como se estivesse chocada demais para falar ou colaborar.

Lana andava em frente à porta como um cão de guarda. Alex não estava em lugar algum. Só faltava ele também estar desaparecido. Minha cabeça latejou. Fui até a madrinha segurando a sua mão trêmula.

— A chuva está muito forte. Ela deve ter parado em algum lugar para se proteger — falei com confiança. Mary concordou sem tirar a mão da minha.

— Onde está Patrício? — O padrinho se aproximou querendo alguma notícia.

— Foi com Johnny e João até o rio para tentar encontrar alguma pista.

— Tem uma cabana do outro lado — Lana anunciou se aproximando do nosso grupo. — Eu comentei com Charlotte que o local era maravilhoso. Ela pode ter ido para lá. Se foi isso o que aconteceu pelo menos ela estará protegida da chuva.

— Uma cabana? E é segura? — O padrinho quis saber.

— Muito segura, Peter. Está em nossa propriedade. Se Charlotte foi para lá, podemos ficar despreocupados — Dandara colaborou com a ideia sentando ao lado da madrinha para confortá-la. — Ela está bem! — afirmou acariciando o ombro de Mary.

— Tem alguma chance de ela ter buscado abrigo na cidade? Charlotte pode ter ido até lá — comecei a buscar outras alternativas.

— Se ela saiu com a chuva já caindo, e andando, já que todos os carros estão aqui, é provável que fique presa no meio do caminho — Lana falou voltando a olhar para a porta. — Ela não foi até a cidade. Nem Charlotte seria infantil a este ponto.

— Por que infantil? — o padrinho quis saber.

Charlotte e Alex não estavam bem, ela com certeza fez algo estúpido, como tentar voltar para casa, ou ir até a cidade, ou até mesmo, atravessar o rio e se esconder por um tempo.

— Porque... — Lana começou sem saber como inventar algo para amenizar a situação.

— Porque ela está apaixonada, padrinho. Ela e Alex estão apaixonados e Charlotte não sabe como lidar com isso — revelei sem qualquer medo.

Se havia um momento mais adequado para fazê-lo entender que não poderia ser tão rígido com Charlotte por causa do seu namoro, o momento era aquele. A sala ficou em silêncio pelo que pareceu uma eternidade. Todos olhavam para Peter aguardando a sua reação. Vi quando ele estreitou os olhos, determinado.

— Ora, Charlotte não seria estúpida ao ponto de se colocar em risco só porque se apaixonou — ele disse abalado, mas sem perder a sua confiança. — Eu vou encontrar aquela menina e quando isso acontecer ela vai ter um castigo...

— Peter? — A madrinha chamou. — Você ouviu o que Miranda disse? Ela está apaixonada. Não torne tudo mais difícil, por favor!

— E desde quando eu torno tudo mais difícil? Ela está apaixonada? Ótimo! O rapaz é o professor, um homem mais velho, mais experiente e... — Ele engoliu com dificuldade. — E que pode estar confundindo a cabeça dela? Não tem problema. Eu só não quero que ela pense que pode fugir dos problemas todas as vezes que encontrar um pela frente. Alguém precisa conversar com Charlotte, Mary!

E neste momento Alex entrou na sala com Anita. Ele estava molhado e nos encarou sem entender a situação. Lana e Dandara foram em sua direção. Eu o olhava tentando não sentir raiva, porque em parte, ele era culpado pelo que estava acontecendo, mas, no final das contas, do que adiantaria encontrar um culpado? Eu só queria que Charlotte voltasse.

Dr. Frankli chegou logo em seguida fazendo com que o padrinho também fosse em direção ao outro grupo. Levantei querendo notícias, mas não me aproximei. Eu ainda sentia que alguma coisa não estava em seu devido lugar, como, por exemplo, por que Alex saiu com Anita e deixou Charlotte sem saber o que estava acontecendo?

— Eu vou atrás da minha filha — o padrinho anunciou com firmeza. — Ela não pode estar muito longe. — A madrinha apertou forte a minha mão, como se sentisse medo pelo fato do padrinho sair em busca da filha, mesmo sem saber que direção tomar.

Olhei para Mary e suspirei. Eu precisava ser as pernas e os braços dela.

Então resolvi me aproximar para tentar ajudá-los a traçar o melhor plano possível e encontrar Charlotte custe o que custasse. Soltei a mão da madrinha, mas quando pensei em andar até eles, João Pedro, Johnny e Patrício entraram na sala com uma cara nada boa.

A madrinha levantou rapidamente e passou à minha frente se lançando na direção deles. Fiquei preocupada. Ela não via o que eu conseguia ver?

— E então? — ela perguntou com a voz falhando.

— O rio transbordou — João começou sem querer assustar ninguém, mas a preocupação estava estampada em seu olhar. — Não tem como passarmos para o outro lado, onde ela provavelmente deve estar. — Ele e Alex trocaram olhares que só me deixaram mais preocupada ainda, enquanto a madrinha choramingava.

Patrício parecia prender o ar e só o soltou quando nossos olhos se encontraram. Havia na forma como ele me olhou a segurança que eu precisava para continuar acreditando que estava tudo bem e que, em breve, Charlotte estaria entre nós, ajeitando os óculos e torcendo os cabelos enquanto corava.

Algo em mim se sentiu atraído para algo nele, como se meu corpo precisasse dos seus braços, como se o frio que eu sentia só deixasse de me castigar quando o calor que ele emanava me envolvesse.

Enquanto os outros falavam, eu me sentia gravitar na direção daquele menino abusado que de alguma forma conseguiu quebrar a casca que me formava. A força que ele me transmitia me fazia frágil, como se eu dependesse disso para continuar, mas estranhamente, pela primeira vez na vida, não me senti mal por isso, tão pouco aborrecida. Era como se tudo finalmente estivesse bem.

Mas estava mesmo?

Patrício estendeu a mão para mim, eu a segurei, e ali depositei a minha vida.

— João, eu vou tentar — Alex declarou decidido. — Não sei como, mas vou. Patrício deixou de me olhar e se voltou para o irmão como se estivesse preparado para a batalha.

— Podemos tentar com o triciclo. É resistente e 4X4, só não sei se funciona. — Ele deu de ombros. — Não é usado há muito tempo. — Um ar esperançoso preencheu a sala, colocando nos olhos de todos, o brilho que precisávamos para ir atrás da minha irmã.

— Vale a pena tentar — o padrinho se adiantou deixando claro que aquela era a sua missão. — Onde está? — Olhei para a madrinha que me olhou como se estivesse pedindo ajuda. Entendi o seu recado e apertei meus dedos nos de Patrício, que por sua vez me lançou um olhar de compreensão enquanto João informava onde estava o tal triciclo.

— Primeiro precisamos fazê-lo funcionar. Depois decidiremos quem vai. — E com isso ele conseguiu calar as palavras que estavam entaladas na garganta do padrinho. Eu sabia, não, eu tinha certeza, de que ele não esqueceria com facilidade o relacionamento revelado entre o professor e a sua filha.

Com todos decididos, começaram a sair embaixo de chuva em busca do triciclo. Todos eles, os homens, não ficando nenhum para trás, só as mulheres, o que era ridículo. Acompanhei Patrício até a porta, decidida a segui-lo até onde fosse, mas ele se virou me impedindo de continuar.

— Eu vou — sussurrei enquanto ele segurava meu rosto com as duas mãos. Nossos olhos estavam fixos, um no outro.

— Você vai ficar — decidiu e quando eu ia rebater ele continuou. — Descubra o máximo que conseguir daquelas duas. Fique atenta.

— Mas Charlotte...

— Alex vai encontrá-la. Ele conhece cada pedacinho dessas terras e nada vai passar despercebido. Além do mais... — Um pequeno sorriso se formou em seus lábios. — O cavalo que aquela diabinha roubou é do Alex e se tem alguém que é capaz de domá-lo, mesmo com essa chuva toda e com a escuridão que ele vai encontrar pela frente, esse é Alex, ninguém mais.

— Tem certeza?

— Total, Morena.

Meu coração se acalmou um pouco. Acabei concordando, mesmo me sentindo uma inútil. Patrício se aproximou e me beijou juntando nossos lábios com paixão. Aquilo era tudo o que eu precisava para continuar firme.

— Prometa que vai me manter informada.

— Prometo.

Ele acompanhou os outros, correndo na chuva para alcançá-los. Ainda levei um tempo do lado de fora, tentando traçar algum plano, fazer meu cérebro voltar a funcionar de maneira dinâmica e não apenas daquela forma mole e... estranha.

Céus!

A porta abriu atrás de mim e Lana saiu se colocando ao meu lado. Ela também olhou para aquele grupo que seguia em direção à garagem, sustentando o mesmo olhar bobo e orgulhoso que eu mantinha no rosto.

— Não se preocupe. Eles vão achá-la. — Sua mão afagou o meu braço.

— Eu deveria estar lá também. Ela é minha irmã! Isso é injusto! — gemi perdendo a confiança que Patrício tinha me passado. Será que só funcionava com ele por perto?

— Eu sei. — Lana me olhou com compreensão. — Mas vamos deixar os rapazes acreditarem que podem salvar o mundo.

— E se eles não conseguirem? Está chovendo como se o mundo estivesse acabando, Alex vai em um triciclo, tentar ultrapassar um rio transbordado com toda a sua fúria. E se ele não conseguir? E se o tempo passar e percebermos que agora devemos procurar por dois? E se ele não chegar a tempo e Charlotte estiver precisando de ajuda?

— Calma! — Ela puxou o ar com força, balançou a cabeça e riu um pouco. — Eu sei que agora você só consegue pensar que seria a única pessoa capaz de enfrentar o mundo por Charlotte, mas acredite, Alex também é, assim como Peter, Johnny, eu, Mary... — Fez um gesto vago com a mão. — Olha, se Alex não entrar em contato logo, nós vamos mandar Patrício em busca deles, e se Patrício também não aparecer, você vai atrás deles, e se você também não der notícias, o João vai e assim vamos todos, sucessivamente, um por um, até que Charlotte esteja de volta e segura.

Sorri acreditando naquelas palavras e voltando a sentir a força que parecia ter me deixado para seguir Patrício. Sim, nós encontraríamos Charlotte, porque ela merecia o seu final feliz e se ainda não tínhamos chegado ao final feliz, era porque aquela história ainda não tinha acabado.

CAPÍTULO 25

"Sexo frágil não foge à luta.
E nem só de cama vive a mulher."
Cor de rosa choque – Rita Lee

Quando voltamos para a sala, nem Tiffany nem Anita estavam lá. Dana consolava a madrinha e Lana se adiantou para se juntar a elas amenizando o sofrimento de ambas. Queria poder abraçar a madrinha e dizer que estava tudo bem, porém eu tinha uma missão e pelo visto, aquela era uma grande oportunidade.

— Preciso tirar essas roupas molhadas. — Abracei meu corpo fingindo sentir frio e vi quando a madrinha balançou a cabeça concordando. Era tudo o que eu precisava. — Com licença.

Avancei escada acima, em direção ao único lugar onde aquelas duas poderiam estar sem chamar a atenção de ninguém. Assim que sumi da presença das outras, tirei os sapatos molhados e caminhei com passos leves, tentando escutar qualquer ruído ou indício de onde elas estavam de fato.

Foi exatamente como eu imaginei, tão lógico e fácil que me questionei se deveria ser assim, ou se aquelas duas eram burras a ponto de imaginarem que eu não ficaria de olho nelas.

Parei ao lado da porta tentando escutar o máximo possível. Elas estavam distantes. Eu só conseguia ouvir sussurros com palavras perdidas que não se encaixavam em qualquer contexto, mas que deixavam claro que conversavam sobre Alex e Charlotte.

Fiquei frustrada. Eu precisava ouvir o que de fato elas diziam. Como poderia saber se Tiffany não tinha aprontado nada? E Anita? Como teria certeza de que ela não agiria contra Charlotte? Olhei para os lados tentando encontrar uma solução, então me lembrei de um detalhe que faria toda a diferença. A varanda do quarto de Johnny.

Perfeito!

O quarto de Johnny ficava ao lado do que Anita e Tiffany estavam ocupando. As varandas eram pequenas, contudo bem próximas e se eu conseguisse passar de uma para a outra sem fazer barulho, conseguiria ouvir o que elas conversavam. Não fiz qualquer cerimônia para abrir a porta, eu sabia que ela não estaria trancada porque isso fazia parte da personalidade do meu irmão.

Não resisti à vontade de revirar os olhos quando constatei que estava certa. Entrei, fechando a porta atrás de mim e fui direto para a varanda. A chuva castigava. Olhei em direção à varanda do outro quarto e sorri ao perceber que a porta que dava acesso estava aberta, batendo de tempos em tempos por causa do vento forte.

Subi segurando na trepadeira que ficava entre as duas varandas percebendo que eu precisava prestar muita atenção em cada detalhe. A sacada estava molhada e a balaustrada de madeira não me dava a segurança necessária. Mesmo assim continuei. A um passo da outra estrutura eu já conseguia ouvir melhor a conversa delas, mesmo com a chuva fazendo barulho e abafando os ruídos.

Olhei para baixo conferindo se seria muito ruim cair. Mesmo chegando à conclusão de que sim, e que seria horrível uma queda daquela altura, não me impedi de continuar. Segurei a trepadeira com força e passei a primeira perna. Não havia como ter estabilidade. Uma trovoada me assustou me fazendo recuar.

Santo Deus!

Respirei fundo, testei meu peso na trepadeira, passei a perna outra vez, com mais confiança. Assim que acreditei ser possível, girei o corpo e me vi com os dois pés sobre a madeira do peitoril. Mais aliviada, só precisaria encontrar uma forma de colocar os pés no chão sem chamar a atenção das duas.

Busquei me concentrar na chuva, no bater da porta de tempos em tempos, no quão perto aquelas duas estavam, tentando encontrar um padrão. Mas foi quando o trovão se fez ouvir com toda a sua força que criei coragem e pulei para dentro da sacada. Fiquei abaixada, o coração aos pulos, o medo latejando em meus ouvidos, enquanto ouvia se elas tinham escutado o choque dos meus pés contra o chão molhado.

— Ele vai se dar conta da besteira que está fazendo. — Consegui ouvir Tiffany dizer. — Nós não vamos precisar fazer nada. — Sua voz apática demonstrava o quanto ela estava ferida com o assunto. — Eu já vi Alex ir muitas vezes, Anita, e ele sempre volta. É só uma questão de tempo.

Pela respiração constante pude deduzir que ela estava sentada, descansada, provavelmente na cama, sem fazer qualquer esforço para falar.

— Ele me disse que ama aquela menina. — Anita era o contrário de Tiffany. Ela estava furiosa, sua voz carregava uma respiração pesada, demonstrando que o bater constante que eu ouvia era dos seus pés andando pelo quarto. — Não seja burra, Tiffany! Mesmo que seja apenas um encantamento, um interesse instintivo de macho com uma garota mais nova, Alex vai se deixar envolver cada vez mais com aquela garota.

— Mas, Anita...

— E tem o pai dela que não vai deixar barato. Não esqueça que agora Miranda namora o Patrício, ou seja, eles viraram uma grande família. Tudo joga a favor da fedelha da Charlotte Middleton. Nós não podemos permitir.

— E o que eu posso fazer? — A voz de Tiffany se alterou. — Você pensa que já não fiz de tudo? Alex está decidido a ter aquela menina.

— Se você vai deixar essa história quieta, eu não vou — rebateu uma Anita furiosa. — Uma garota não pode ser mais do que eu. O que ela pode oferecer a ele que não seja a sua imensa fortuna?

— Pelo amor de Deus! Alex jamais se deixaria envolver por dinheiro. Você não o conhece.

— Ele tentou te seduzir para conseguir o contrato, não foi mesmo? — Um segundo de silêncio que me deixou mais do que irritada. A chuva me atingia com tanta força que começava a me incomodar.

— Ele foi sincero comigo o tempo todo. Além do mais... — Outra vez houve uma hesitação. Percebi que ela queria revelar mais do que podia. — Eu sei o que existe entre nós dois e de que forma estamos sempre ligados um ao outro. Não importa que acabe entrando em nosso caminho, no final terminamos sempre juntos.

Ah, claro! A velha história daqueles dois. Onde Alex era um sádico que gostava de ver a sua companheira ser estuprada e Tiffany era a vítima que amava ser violentada na frente do seu parceiro. Aquilo era doentio demais até para alguém como eu. Ouvi o que parecia ser uma risada abafada e distante.

— Pelo visto, o que quer que ligue sexualmente vocês dois não foi o bastante para mantê-lo entretido por tendo suficiente — Anita rebateu sendo dura com a prima. — Pelo visto, ele agora gosta de brincar com virgens inexperientes.

— Eu não sei o que você pretende com isso tudo, Anita. Qual o seu interesse nesta história? — Tiffany me pareceu mais atenta e enciumada. — Eu te disse: Alex é meu. — A prima riu. — Eu não estou brincando, Anita. Fique longe da cama dele.

— Eu só estou tentando te ajudar. — Anita pareceu voltar atrás nas suas provocações, como se ela soubesse que não poderia levar Tiffany ao limite. — E se eu precisar me colocar no meio de vocês dois para trazê-lo de volta à sua cama, é o que farei. Confie em mim. Eu quero que Alex seja seu.

E eu não acreditava que aquela fosse realmente a sua intenção. Para mim, Anita usava a prima para conseguir separar Alex e Charlotte, mas quando chegasse a hora certa, o roubaria para ela sem dó nem piedade. O que ela estava propondo me fez ficar em alerta. Alex era homem e experiente para saber que não era tão fácil recusar duas mulheres dispostas a tudo para agradá-lo na cama. Era o que elas tentariam?

Bom, se fosse era bom que soubessem que elas podiam ser ousadas, contudo eu era mestra neste quesito e não hesitaria em defender o território da minha irmã.

— Ele nunca vai aceitar isso — Tiffany falou como se estivesse constrangida. Que falsa! Eu sabia o que ela era capaz de fazer. Anita riu mais uma vez.

— Ele ou você? — Elas ficaram em silêncio, então Anita recomeçou. — Ouça, Tiffany. Eu conheço homens como Alex e sei que nós duas juntas seremos a arma ideal para fazê-lo perder todo interesse em uma menina sem experiência alguma. Vamos aguardar. Ele com certeza não vai suportar mais do que a primeira semana. Depois disso, nós ganhamos força outra vez.

Ah, mas não mesmo!

A porta bateu com mais força fazendo-me recuar.

— E eu sei exatamente o que fazer para que Alex comece a reconsiderar a sua decisão. — Anita estava bem perto da porta. Um passo em falso e elas saberiam que eu estava ali.

— O que você pretende fazer? — Tiffany chamou a sua atenção.

— Posso apelar para os costumes e boas maneiras. O que uma sociedade hipócrita diria de um relacionamento entre um professor e a aluna que ele orienta? E se essa história chegasse ao público de Charlotte com uma pitada mais diabólica?

— Do que você está falando?

— Que seria muito fácil arruinarmos Charlotte se deixássemos as pessoas saberem que ela só conseguiu publicar o livro porque transou com o seu editor.

— Você não faria isso! — Tiffany parecia chocada com a possibilidade, mas algo dentro de mim dizia que havia também em seu tom de voz uma satisfação doentia. — Quer dizer... eu prometi a Alex que não faria.

— Você prometeu. E você não vai fazer. Mas eu... — Uma risada cínica preencheu o ambiente deixando a chuva em segundo plano. — Logo Charlotte não ficará em nosso caminho e eu, minha prima querida, vou te ajudar a prender Alex em sua cama. Confie em mim.

— Eu confio.

A porta bateu mais uma vez e Anita rosnou.

— Que inferno de chuva! Eu não posso sequer sair desse fim de mundo como a garotinha fez.

— Ela não foi embora — Tiffany revelou voltando ao tom triste. — Ela foi para o outro lado do rio, em direção à cabana, como eles tinham combinado e para onde agora Alex está indo.

— Como você sabe?

— Eu vi quando ela foi. Já estava chovendo e nunca desejei que aquele rio enchesse com tanta intensidade como desejei hoje.

— Credo! — Anita censurou a prima. — Você agora conseguiu ser mais maléfica do que eu.

— Não posso deixar de admitir que se ela não existisse mais, tudo seria facilmente resolvido. — Tiffany voltou a ficar melancólica. Eu podia jurar que seu olhar estava perdido como estava na hora em que a encontrei na chuva.

— Isso é terrivelmente mau, prima! Eu não quero que a menina morra —repreendeu. — Além do mais, nós precisamos de um Alex entediado e não um chorando o luto pela perda da garota.

— É só uma bobagem, Anita. Só mais uma das minhas bobagens.

— Vou tomar um banho e dormir. Não quero ficar lá embaixo consolando aquelas velhas choronas só porque a menina mimada resolveu fugir e chamar a atenção de todos. Quanta imaturidade!

— Faz parte da infantilidade que ela sustenta — Tiffany falou ainda melancólica. — Vou fechar a porta. Está frio aqui.

Era a minha deixa. Levantei, subi na sacada sem o cuidado de antes, segurei na trepadeira e me joguei na outra varanda caindo no chão no exato momento em que ouvi a porta ser fechada do outro lado. Respirei aliviada, mas quando levantei os olhos vi Johnny correndo em minha direção completamente assustado.

— Miranda? O que você...

— Shiiii!!!

Ele estacou onde estava e me olhou sem acreditar no que estava acontecendo. Verifiquei se Tiffany ainda estava ali, e assim que me certifiquei da segurança, levantei e entrei no quarto, deixando poças imensas de água pelo chão.

— Você está louca? Eu vi você lá de baixo, o que estava pensando quando pulou para a outra varanda? Não pensou que um raio poderia te atingir? Que poderia escorregar e se estatelar no chão? Não acha que o padrinho já tem problemas demais?

— Cala a boca, Johnny! — Estirei a coluna sentindo meus ossos protestarem.

— Ah, não! Não me mande calar a boca. Você vai me explicar o que está acontecendo aqui.

— Eu vou — rebati com raiva. — Até porque você vai me ajudar a resolver essa merda toda.

— Do que você está falando?

Mesmo com uma puta dor nas costas consegui sorrir ao encarar o meu irmão. Johnny era o cara perfeito para aquele papel e ele teria que concordar em me ajudar.

— Você ainda gosta de filmar as mulheres que leva para a cama?

— O quê? — Ele engasgou, abriu os olhos até estes ficarem imensos, quase fora da órbita e deu dois passos para trás. — Como você sabe disso? — Revirei os olhos. — Você mexeu em minhas coisas?

— Digamos que um dia fiquei entediada... — Dei de ombros e ele estreitou os olhos.

— Miranda, você não podia...

Vamos deixar para discutir isso depois — o impedi de continuar. — Eu preciso que você transe com Anita e filme tudo.

— O quê? — gritou verdadeiramente assustado com o meu plano.

— Você não é tão moralista. — Eu o encarei sem qualquer resquício de que desistiria da ideia. — E ou você faz isso ou ela vai conseguir destruir a Charlotte.

— Você bateu a cabeça?

— Quer saber o que eu estava fazendo? Pois bem. Eu estava ouvindo a conversa das duas malucas aí do lado e foi justamente o que elas tramaram. Anita vai arruinar o nome da Charlotte. Ela vai tornar o relacionamento deles público e vai fazer com que as pessoas acreditem que Charlotte foi favorecida. Nós não podemos deixar que isso aconteça.

— Miranda, calma! — Ele andou pelo quarto como se estivesse zonzo. — Anita não teria esta coragem. Ela só está ameaçando, mas tem muito a perder se fizer.

— Por que você acha isso? — Ele me olhou, buscou alguma resposta coerente, mas acabou desistindo. — Ela vai acabar com Charlotte, Johnny.

— Porra! — Ele arrancou a camisa molhada do corpo deixando-a em um canto. — O que está me pedindo para fazer é ilegal. Se eu chegar a ameaçá-la posso ser preso por chantagem.

Automaticamente pensei em minha situação com Moisés. Não era muito diferente do que eu estava pedindo para que ele fizesse. E se a minha indignação servia para mim, deveria servir para Anita também. Mas não era assim que minha cabeça funcionava, então, se Anita sofreria para que eu conseguisse salvar Charlotte, eu aceitaria o meu próprio sofrimento sem questionar.

— Eu sei — minha voz saiu sem a mesma força de antes. — Eu sei, Johnny. Mas não vejo outra saída. Se Anita acha que Charlotte não merece o lugar que está conquistando só porque dormiu com o professor dela, então ela também não merece nada pelo mesmo pecado. Nós só vamos fazê-la recuar se ela cometer o mesmo pecado deles dois.

Meu irmão me encarou, pensativo. Ele sabia que o que faria era absurdo, ilegal e inescrupuloso, mas assim como eu, estava decidido a correr todos os riscos por Charlotte.

— Tudo bem — concordou com a voz baixa. — Mas só vou gravar se ela permitir.

— Johnny?

— Ela vai concordar.

— Como podemos ter certeza?

— Porque Anita é esse tipo de mulher. Ela vai concordar e nós vamos ter o que precisamos. Agora me deixe sozinho. Eu preciso pensar.

— Tudo bem.

Saí do quarto dele e fui em direção ao meu. Eu deveria só trocar de roupa e descer para aguardar por notícias, mas achei melhor tomar um banho quente e me acalmar.

Quando desci todos estavam em outro clima. O padrinho sorria e abraçava o Dr. Frankli, a madrinha chorava e ria com Dandara que parecia aliviada. João Pedro e Lana estavam juntos, abraçados e pareciam trocar promessas de amor. Procurei por Patrício, mas ele não estava em lugar algum.

— Miranda! — a madrinha se apressou a me chamar. — Alex a encontrou! Eles estão bem. — Sorri sentindo um alívio imenso. Pelo menos uma parte dos problemas estava resolvido, a outra só precisava de Johnny para colocar em prática.

— Que ótimo! E onde ela estava? Eles já voltaram? Onde estão?

Eles, todos eles, se olharam constrangidos e o clima ficou um pouco menos festivo.

— Vão passar a noite na cabana — Lana se adiantou a explicar. — Pelo que entendemos, Alex perdeu o triciclo, mas encontrou Escuridão, o cavalo que Charlotte usou para atravessar o rio. Eles vão ficar bem — ela garantiu um pouco constrangida e ao mesmo tempo, demonstrando que nossos planos deram certo. — E amanhã cedo vão voltar.

As luzes piscaram, oscilaram e depois de algumas tentativas de continuarem acesas, apagaram, deixando uma penumbra na sala.

— Noite escurinha! — João Pedro brincou se aproximando de Lana.

— Sem luz! — Dr. Frankli suspirou se aproximando. — Graças a Deus eles não voltam hoje. Com essa chuva ia ser difícil localizarem a casa. Dana, você está bem?

— Sim, estou — Dandara respondeu mantendo a voz calma. — Realmente foi melhor eles ficarem lá. Alex sabe o que faz, ele é o nosso filho mais ajuizado — provavelmente falou isso para que o padrinho não ficasse tão apreensivo, mas Lana riu.

— Obrigada, mãe!

— Ora, Lana! Você sabe que Alex é muito responsável e que vai manter Charlotte em segurança.

— É sim. Eu sei. — Eu podia jurar que Lana revirou os olhos. — Bom, já que não temos luz e eles estão bem, eu vou subir, tomar um banho e dormir. Vamos, meu bem?

— Vamos! — A empolgação na voz de João deixava claro que dormir seria exatamente o que eles não fariam. — Mas eu não vou tomar banho frio — alertou seguindo a esposa pela escada. Acabei rindo.

— Então você vai dormir no chão — Lana ameaçou e eu ouvi risinhos pela sala.

— Você deveria dormir também, Mary. — O padrinho já estava bem perto do grupo. — Não há nada que possamos fazer daqui. — Eu podia sentir o tanto de frustração que havia naquelas palavras.

— E você? — Ele hesitou. — Se não há nada que possa fazer, por que não dorme também?

— Porque não estou com sono.

— Nem eu — a madrinha retrucou firme. Ela sabia tanto quanto eu que o padrinho era capaz de ir até a margem do rio, tentar atravessar se tivesse chance e trazer Charlotte de volta ele mesmo. Ninguém queria correr este risco.

— Não seja teimosa, Mary! Logo se vê de onde Charlotte herdou o gênio. — Acabei rindo, porque sabia que o padrinho cederia sem que a madrinha argumentasse muito. — Você está cansada e teve um desgaste emocional grande.

— O mesmo vale para o senhor, meu marido — rebateu sem qualquer irritação. — E se você pode ficar aqui, eu também vou ficar.

Estava escuro, eu não enxergava nada mais do que os vultos pela sala, mas sabia que o padrinho acabou sorrindo. Ele podia reclamar, mas amava a teimosia da esposa.

— Eu vou deitar também — Dr. Frankli o incentivou. — Nós não vamos resolver nada daqui, Peter. Eles vão voltar amanhã bem cedo. Nós vamos precisar estar firmes e de pé para a chegada deles dois.

— E eu estou exausta. Essa emoção toda sugou minhas energias — Dandara colaborou bocejando. — Vejo vocês amanhã cedo.

— Tudo bem — o padrinho acabou concordando. — Vamos todos deitar e deixar que o dia acabe.

Eles começaram a subir as escadas. Tive que acompanhá-los, mas dormir não estava em meus planos. Não havia como colocar a cabeça em um travesseiro e adormecer sabendo de tudo o que eu sabia. Eu ainda precisava do Patrício, ouvir o que ele tinha para me contar e falar tudo o que havia descoberto daquelas duas loucas.

Sem contar que um vazio estranho ocupava uma parcela grande do meu coração, me fazendo sentir como se correntes de vento brincassem em meu estômago. Era assim que as pessoas apaixonadas se sentiam? Eu não sabia dizer, mas era diferente de como me senti quando pensei estar amando na minha adolescência.

Entrei em meu quarto, caminhei até a janela e aguardei. Eu me sentia tão só! Era para Charlotte estar ali comigo, dividindo as suas frustrações, contando os seus desejos e criticando a perseguição do pai. Contudo não era a falta da minha irmã que estava me deixando naquele estado. Dentro de mim eu sabia que ela estava bem, que finalmente teria a sua grande noite com o homem que escolheu e amava. Eu estava feliz por ela.

Andei até a cama, deitei sem desarrumá-la ouvindo o silêncio da casa. Aos poucos tudo parecia dormir junto com os seus ocupantes, apesar de a chuva continuar caindo, contudo com menos força. A falta de energia era algo tão estranho que me fazia pensar em como as pessoas sobreviviam antes do fogo ser descoberto. Como suportavam o vazio opressor do escuro? E como aguentavam viver antes da energia elétrica ser inventada? Sem televisão, sem rádio, sem celular, sem qualquer coisa que pudesse criar uma distração decente para a nostalgia da noite.

Suspirei aborrecida. Era por isso que os casais tinham muitos filhos. Muitos. Pencas de filhos. Não havia nada mais interessante para se fazer à noite que não fosse... Sorri imaginando como era antigamente. Não que acreditasse que os casais eram mais decentes, como tentavam nos fazer acreditar. Não, não eram. A pornografia sempre fez parte do homem. Grande prova disso eram as histórias dos gregos, dos ingleses, dos franceses. Tudo o que acontecia nas cortes e fora delas.

Mas havia aquela parcela da sociedade que queria a todo custo acreditar que durante muito tempo o sexo só serviu para a procriação. Tudo bem que havia sim uma parte que não gostava do sexo, ou que fingia não gostar por ser algo combatido pelas religiões, e até porque a mulher nem sempre foi prioridade, mas nunca, e disso eu tenho certeza, usaram o sexo apenas para a procriação.

Outra prova foi a história da rainha Ana, da Grã-Bretanha, que engravidou dezessete vezes. E ninguém vai me dizer que todas as vezes em que tentou um filho foi apenas pelo desejo de deixar um herdeiro para o seu trono, o que nunca conseguiu.

O que me fez lembrar que Patrício ainda estava em algum lugar daquela casa, longe de mim, e assim percebi que ele era o responsável pelo vazio que ainda inflava meus pulmões como um balão de ar dificultando a minha respiração. Eu precisava vê-lo.

Abri a porta do quarto com toda delicadeza possível. O chão estava frio, mas eu não me atreveria a calçar um sapato. Encarei a porta do padrinho, fiquei imóvel ouvindo todos os ruídos da casa adormecida. Nada que indicasse que ele estava acordado. Já Lana e João...

Não precisei de muito para entender o que eles faziam. Gemidos baixinhos e risadas confidentes deixavam claro que aqueles dois se divertiam naquela noite escura. Sorri mordendo o lábio e segui em frente alcançando o quarto de Patrício. Pensei em bater, mas sabia que isso alertaria alguém, então testei a maçaneta e vi que a porta estava aberta, como se ele já estivesse esperando por mim.

Entrei sem chamar por ele, fechei a porta e andei conferindo seu corpo sobre a cama, coberto parcialmente, revelando o peitoral nu. Patrício estava com a cabeça apoiada nos braços cruzados sobre o travesseiro e ele olhava para fora, pela porta da varanda que estava aberta deixando a claridade fraca da noite revelar seu rosto.

Quando me aproximei ele me olhou sem nenhuma surpresa. Alguns segundos se passaram sem que disséssemos nada. Então ele sentou na cama, chegando para o lado, me dando permissão para avançar. Caminhei lentamente, deitei e puxei o cobertor voltando a olhá-lo. Ele permaneceu sentado, os braços nos joelhos e me olhando.

— Alex ligou e disse que eles estavam bem — falou baixinho.

— Eu sei — sussurrei encantada com a sua imagem na pouca luz. Patrício parecia um anjo com os cachos dourados refletindo a pouca luminosidade e o rosto desenhado, parcialmente escondido.

— Amanhã seu padrinho vai ter algo melhor para se preocupar do que com nós dois. — Não havia qualquer emoção em sua voz.

— É verdade. — Ele ficou em silêncio, aguardando por mim. Meu coração acelerou quando senti que o clima estava mudando entre nós dois. — Miranda...

Levantei o corpo apoiando o peso no cotovelo para que ficássemos mais próximos.

— Eu queria agradecer. — Patrício recuou surpreso.

— Pelo quê?

— Por você ter se dedicado a encontrar Charlotte. Por entrar nessa confusão comigo. — Ele riu baixinho e balançou a cabeça.

— Não se esqueça de que meu irmão também está envolvido nesta confusão. — Sua mão bagunçou os cachos claros e ele me olhou com carinho.

— Eu sei, mas Charlotte... — Ele colocou meu cabelo atrás da orelha e acariciou meu rosto com ternura.

— Charlotte é uma diabinha, Morena. Mas o que eu posso fazer se meu irmão tem um fraco por mulheres que usam óculos e são CDFs? — Seu sorriso ficou imenso. Confesso que eu acabei sorrindo também. Aquela era a forma que Patrício encontrava para não receber a admiração dos outros.

— O que eu posso fazer se Charlotte sofre de Complexo de Electra. — Ele ficou em silêncio e depois riu

— E o que seria isso? — Senti meu rosto esquentando.

— Quando a filha ama o pai. Quer dizer... psicologicamente falando, a filha nutre um amor carnal pelo pai, mas usando a linguagem coloquial, dizemos que é quando a filha busca em seus amantes a figura paterna, o que não deixa de ser um pouco do que realmente o complexo é. Então Charlotte se apaixonou por um homem mais velho, controlador e cheio de regras e normas.

— Putz! Você também é uma nerd?

— Eu? Não! — Fiz questão de desfazer rapidamente aquela imagem que eu tanto detestava. — Pelo amor de Deus! Eu sou só alguém que costuma ouvir termos médicos constantemente. — Ele hesitou, mas não disse mais nada. — Noite estranha, não?

Por alguma razão desconhecida eu não queria fazer com que parássemos de conversar. Era como se estivéssemos nos distanciando e um medo irracional insistia para que eu não deixasse acontecer.

— Eu gosto de noites assim. Sem qualquer tecnologia, sem distrações, só a mente funcionando. — Sorri imaginando o que poderia se passar em uma mente como a de Patrício.

— Às vezes eu preferia que a minha mente não funcionasse — divaguei ganhando a sua atenção.

— E às vezes eu queria ser capaz de entender esse mistério todo que te cerca, Morena — murmurou segurando meu rosto com as duas mãos. Não tive coragem de encará-lo.

Se havia algo que eu seria capaz de desejar naquela noite era que pudesse me mostrar a Patrício. Que conseguisse retirar a máscara que escondia toda a verdade sobre mim e deixar que ele pudesse me ver de verdade. Contudo eu não era uma candura de menina. Existia algo de muito feio em mim, algo podre que assustaria o mais depravado dos garotos.

Meu coração acelerou e minha garganta ficou seca. Patrício não estava preparado para me conhecer melhor. Ou eu não estava preparada para vê-lo partir ao se dar conta de que eu não era a mulher que ele buscava.

Céus! Eu estava realmente apaixonada?

Meus olhos ficaram úmidos e um nó se fechou em minha garganta. Sim, eu estava apaixonada. Não sabia o que podia ter dado tão errado que me enlaçou definitivamente àquele garoto, mas a verdade estava ali, na minha frente, nua e crua, e eu estava apaixonada como nunca estive antes.

Seus dedos acariciaram meu rosto espalhando a lágrima que desceu sem que eu tivesse lhe dado permissão. Espantada encarei seus olhos e estes estavam doces, gentis, carinhosos. E aquele sorriso... aquele sorriso encantador também estava lá me fazendo sorrir de volta, mesmo que estivesse chorando.

Patrício se aproximou com cuidado, seus lábios roçando os meus em um beijo leve e gostoso. Era algo que poderia passar despercebido por mim, que poderia significar somente algo que me excitava, mas naquele momento, sentindo a escuridão que nos cercava, a certeza de que eu estava apaixonada e a emoção que ele deixava transparecer, sentir seus lábios significava a perfeição, significava o fim daquele vazio que me oprimia.

Ele me beijou com cuidado, me experimentando como se nunca tivéssemos nos beijado antes. Minhas mãos subiram pelo seu corpo, tocando seu abdome, chegando ao seu peitoral, cercando seu pescoço enlaçando-o para mim.

— Patrício! — gemi seu nome com a voz fraca, me entregando completamente a ele. Seus lábios desceram até o meu pescoço e ali ficaram até que ele falou parecendo sofrer:

— Eu queria encontrar uma forma, a mínima que fosse, de colar os pedacinhos do seu coração. Porque ninguém no mundo merece conviver com uma mágoa tão grande, capaz de impedir que outro sentimento floresça.

— Patrício, não! — Uma tristeza profunda me atingiu fazendo-me recuar.

— Ele não merece isso de você, Miranda. — Seu rosto subiu até o meu, colando as nossas testas. — Ninguém neste mundo deveria te impedir de amar outra vez.

E por que existia um apelo tão forte em sua voz, eu desabei em lágrimas. Ele não entendia e eu não conseguia falar. Sem entender porque chorava ao invés de certificá-lo do meu amor, de poder levar alívio a sua dor, simplesmente me atirei em seus braços e beijei seus lábios sentindo as lágrimas descerem com mais força. Ele hesitou, mas logo em seguida seus braços me cercaram.

Eu não sabia falar de amor, ele aceitava me amar em silêncio.

CAPÍTULO 26

"Eu tenho febre. Eu sei!
É um fogo leve que eu peguei do mar,
ou de amar, não sei..."
CHARME DO MUNDO – MARINA LIMA

MEU CORAÇÃO ESTAVA TÃO ACELERADO QUE ME IMPEDIA DE PENSAR corretamente. Eu só conseguia entender que Patrício estava li, suas mãos em mim, seus lábios em mim, seu corpo em mim, e nada mais me pertencia, nem meu corpo, nem minha alma.

A noite fria tornou-se quente, os medos ficaram do lado de fora daquele quarto, qualquer resquício de sanidade desapareceu sem deixar rastros e eu me permitia sentir a pele arrepiar, a ansiedade me consumir, o ar faltar de forma prazerosa, meu corpo inteiro formigar e o desejo que me impulsionava.

Contudo nada era como antes. Os toques não eram, os beijos não eram e a urgência... ah, essa não era mesmo! Aliás, Patrício não tinha nada de urgência. Nada!

Ele me beijou deixando a emoção correr nossos corpos. Suas mãos em meu pescoço, me mantendo firme em seus lábios, mas sem qualquer cunho sexual, o que me excitava ainda mais.

Sim, excitava. Porque eu estava acostumada a ser tocada com desejo, a ser buscada por mãos afoitas, ansiosas, por sempre tentar fazer com que o desejo se tornasse algo real, carnal, concreto. Ali, sendo beijada por lábios quentes e cheios de sentimentos, eu sentia o desejo, mas ele não era o tempero principal.

Quando nossas bocas se afastaram ele me olhou com atenção, buscando respostas que não existiam. Eu não sabia como dizer. Estava dentro de mim, pulsando em minhas veias, roubando o meu ar, roubando os meus pensamentos, mas longe da minha boca, me calando por completo.

Eu não sabia explicar e era desesperador, porque eu sentia que precisava ser dito. Patrício me colocou em seu colo, de frente para ele, segurou em minha nuca, prendendo meus cabelos com apenas uma mão. Minha redenção foi imediata. Fechei os olhos e me permiti. Ele beijou meu pescoço, arranhou a minha pele com os dentes, provocando espasmos que repercutiram no centro das minhas pernas, em meu sexo.

A outra mão me buscou de forma mais instintiva, passando por dentro da camisa e subindo até os meus seios, onde se fechou com propriedade. Gemi estremecendo, sentindo uma corrente elétrica percorrer meu corpo a uma velocidade anormal.

Rebolei em sua ereção saboreando o doce prazer do atrito em meu clitóris, enquanto seus dedos exploravam meus seios, estimulando os bicos, me tornando sua, e apenas sua.

— Miranda! — gemeu em minha pele, me arrepiando com uma sensação gostosa que me aquecia. — Minha Morena! — rosnou correndo os dentes até que seus lábios estivessem em meus seios.

Quando senti sua língua no bico endurecido, meu corpo se contraiu, fazendo com que tudo em mim assumisse um único objetivo, conseguir o orgasmo. Ele fechou os lábios em meu seio, chupando-o com calma, usando uma paciência que há muito não me pertencia.

Enquanto isso, sua outra mão juntou nossos corpos me levando ao limite. Seus dedos atrevidos invadiram minha saia, me segurado pela bunda, conduzindo meu rebolado e me forçando a roçar em seu pau com mais vontade.

Ele voltou a buscar meus lábios, me beijando com sofreguidão. Meu coração estava acelerado sentindo tudo o que não podia sentir e desejando o que não poderia acreditar ser capaz, mas ali, tendo-o tão entregue, apaixonado, eu não podia me sentir diferente, então me deixei acreditar que era amada e permiti que ele tivesse tudo o que queria de mim.

Ele puxou a minha camisa por cima da cabeça, nos afastando minimamente, como se aquele pouco espaço fosse o suficiente para destruir tudo o que estávamos vivendo. Nossos olhos se encontraram, um minuto de hesitação e menos do que isso de reconhecimento e certezas. Ele sorriu acariciando meu rosto criando um encanto especial.

Não resisti e toquei o seu rosto também. Pela primeira vez desde que nos encontramos, eu via Patrício acima da sua beleza, do seu sorriso safado e da sua capacidade de me fazer perder a paciência. Meus dedos percorreram cada pedacinho do seu rosto como se quisesse decorá-lo, como se, de forma inimaginável, eu fosse acordar e perceber que foi tudo um sonho.

Então um medo sem explicação me abateu acelerando ainda mais o meu coração. Eu não queria que acabasse, não queria acordar e perceber que não foi nada daquilo. Eu não queria que seus braços me soltassem, que Patrício me deixasse, que nossos corpos nunca mais se juntassem.

Fechei os olhos encostando a cabeça na dele, puxando o ar com força. Cerquei seu pescoço com meus braços sentindo que seus dedos ainda tocavam meu rosto, respeitando o meu momento, a respiração tão inconstante quanto a minha.

— Patrício? — sussurrei de olhos fechados, atenta a todas as reações dele.

— Hum? — Seu resmungo não foi nada além do que um som baixo e grave.

— Faz amor comigo — supliquei como se só aquilo pudesse me salvar da confusão dentro de mim.

Ele alisou meu cabelo e levantou o rosto em busca da minha boca onde deixou um beijo rápido.

— Faço, Morena. — A rouquidão em sua voz deixava claro que ele também se entregava e que corroborava com as minhas emoções.

Sem mais uma palavra acariciou minhas costas com as duas mãos, abriu meu sutiã e tirou a peça, largando-a no chão do quarto. Depois me tirou do seu colo, deitando-me sobre a cama. Ele não deitou imediatamente sobre mim, mas seus olhos percorreram meu corpo com devoção, admirando as formas, a nudez... seus dedos traçaram linhas usando apenas as pontas, mas causando um alvoroço dentro de mim.

Queria que ele me beijasse, não apenas nos lábios, mas em todo o meu corpo, que suas mãos percorrem minha pele com ousadia, que me tocasse de maneira quente, que se deitasse sobre mim e me possuísse, contudo, mesmo com uma ansiedade crescente e incômoda, também queria aquela paciência, aquele olhar de admiração, aquela certeza de que nada precisaria ser adiantado, de que não precisávamos da pressa e que tudo estava acontecendo no seu tempo certo.

Ele se apoiou nos joelhos, as mãos em minha saia, retirando-a. Movimentei o corpo minimamente para ajudá-lo. Eu não conseguia reagir, não assumia as rédeas da situação e não queria. Patrício deixou que a saia caísse no chão. Ele não voltou a me olhar nos olhos, mas manteve a atenção em meu corpo.

Sua mão alisou meus pés, pressionando da forma correta, desfazendo qualquer tensão, massageando com calma. Saboreei cada carícia adorando a sensação das suas mãos em mim. Ele subiu para a panturrilha, aquecendo minha pele, alcançando os joelhos, apertando minhas coxas até chegar em minha calcinha, os polegares estrategicamente posicionados de forma a pressionar dois pontos chaves na junção entre minhas coxas e minha vagina.

Gemi manhosa, aceitando a energia revigorante que lambia meu corpo deixando em mim uma luxúria ardente. Então ele fez o caminho contrário com a boca. Beijos carinhosos saíam de seus lábios, tocando onde antes estavam seus dedos. Cada vez que eu os sentia pressionando minha carne e se afastando, pequenos espasmos me faziam estremecer.

Quando finalmente ele chegou aos meus pés outra vez, dois beijos encerraram o processo demonstrando toda a sua devoção. Fiquei emocionada deixando as lágrimas transbordarem, aproveitando a penumbra que escondia a minha fraqueza.

Ele se inclinou sobre mim, as mãos em minha calcinha, deixando alguns beijos ali antes de retirá-la e me deixar completamente nua. Prendi a respiração como se ele não tivesse retirado de mim apenas as minhas roupas, mas cada muralha que o impedia de me enxergar, cada máscara e véu. Pela primeira vez, eu estava completamente nua.

Percebi que ele também tinha consciência do quanto aquele momento era diferente, especial, quando o vi hesitar e seus olhos encontraram os meus mais uma vez. Ele viu as lágrimas que eu já não conseguia mais esconder. Patrício puxou o short para baixo ficando nu, sem deixar com que perdêssemos o contato visual.

Quando ele deitou sobre mim senti que ainda não conseguia respirar corretamente. Não houve a penetração imediata, nem o peso do seu corpo pressionando o meu. Ele apoiou o corpo com um braço e com a mão livre acariciou meu rosto, deixou que os lábios roçassem os meus sem aprofundar o beijo, tocou minha pele, meus cabelos, sussurrou palavras que, por estar embriagada pela emoção, não consegui entender.

Ele beijou meus olhos úmidos, limpou minhas lágrimas, acariciou meus lábios com o polegar e, depois, com a sua própria boca, mas antes de me beijar de verdade, uma promessa foi feita e eu senti todo o meu mundo se encaixando.

— Eu estou aqui — disse baixinho.

— Pra sempre?

— Enquanto você permitir — prometeu tomando minha boca em um beijo cheio de sentimentos que me deixou tonta, contudo, feliz.

O encaixe dos nossos corpos foi maravilhoso. Eu não tinha dúvidas, a verdade estava li, estampada desde o nosso primeiro encontro, éramos perfeitos juntos, o número exato. Patrício me beijou sem deixar que os gemidos escapassem, ele me mantinha em seus braços, o corpo sobre o meu, uma emoção que ultrapassava os nossos corações e se acumulava ao nosso redor, formando uma redoma, nos mantendo presos ao nosso pequeno mundo, onde mais nada existia.

— Estou aqui — repetiu quando abandonou minha boca, deixando beijos leves por onde passava e iniciando a dança dos nossos corpos.

Novas lágrimas deixaram meus olhos com a renovação da sua promessa, mas ele continuava a repetir "estou aqui" me assegurando que era real, que aquela sensação ameaçando explodir dentro de mim todas as vezes que seus lábios se fechavam em minha pele e seu corpo serpenteava sobre o meu, era verdadeira, única e nossa. Apenas nossa.

Abri os olhos enxergando um mundo iluminado, em mosaicos, enquanto meu corpo se contorcia de prazer, aceitando a maneira como Patrício me conduzia, subindo e descendo, entrando e saindo e me empurrando cada vez mais para aquela luz difusa que crescia fazendo meus olhos fecharem em delírio.

A promessa se renovava a cada investida, a cada beijo, a cada toque, ele me garantia que não acabaria, enquanto nossos corpos se entregavam sem limites. Eu sentia o formigamento em meu sexo, caminhando pela minha pele quente, se espalhando, transbordando em cada poro.

Estava quente, mas não era do ambiente, era dentro de mim, como um vulcão, uma massa de calor querendo sair, explodir e ganhar o mundo. E eu já não conseguia pensar em mais nada.

Patrício estremeceu no mesmo segundo em que o orgasmo começou a me dominar, puxando todo o ar dentro de mim, causando um prazer inexplicável, que lambia meu corpo me fazendo gemer alto.

Quando finalmente abri meus olhos, Patrício estava com o rosto entre os meus seios, respirando com dificuldade, recuperando as suas forças. Levei minhas mãos aos seus cabelos e deixei que meus dedos brincassem ali. Ele me deu alguns beijos leves e então levantou o rosto me encarando.

Sorri encantada com aquele rosto lindo, cansado, satisfeito. Patrício fechou os olhos, balançou a cabeça como se estivesse desistindo de algo que queria dizer. Então rolou para o lado e me puxou para o seu peito. Aceitei deitando sobre o seu corpo, me acomodando para que suas mãos se acoplassem em minhas costas.

O coração dele estava acelerado, exatamente como o meu e eu queria acreditar que não era apenas pelo esforço. Eu queria que aquela noite nunca acabasse.

Ele ficou em silêncio enquanto nossas respirações voltavam ao normal. A palma da sua mão continuava aquecendo a minha pele e seu corpo nu ainda junto ao meu me fazia relembrar a sua promessa. Aconcheguei-me melhor me sentindo feliz.

— Quer conversar sobre hoje? — ele perguntou.

— Hoje? Sobre Charlotte ou Alex? — Ele negou bocejando. — Você está cansado.

— Estou mesmo, gata. Mas eu quero saber se você descobriu alguma coisa.

— Ah! — Levantei o corpo me apoiando em seu peito para olhá-lo diretamente. — Sim. Eu ouvi uma conversa entre as duas.

— Foi mesmo? — Rapidamente Patrício estava interessado. Narrei para ele tudo o que ouvi, percebendo quando ele ficava irritado ou quando ficava intrigado com as coisas que Tiffany deixava entender. — Porra, Alex está com um problema. — Sua voz rouca e cansada me fez ter vontade de acalentá-lo. — E tudo porque não quis comer Anita.

— Patrício! — Ele me olhou com curiosidade, depois jogou um braço sobre o rosto tapando os olhos.

— Se ele tivesse comido Anita seria muito mais fácil, gata. Ela já estaria satisfeita e não entraria mais em seu caminho.

— Anita não é o único problema dele — rebati incomodada.

— Eu sei. — Ele tirou o braço do rosto e me encarou. — O maior problema dele é Charlotte — revelou.

Pensei em confrontá-lo, em me irritar e brigar, mas eu sabia que era verdade. Alex e Charlotte estavam apaixonados, mas isso não anulava todos os problemas que precisariam enfrentar. E o padrinho nem era o mais terrível deles.

— Vai dormir aqui? — Ele me puxou para os seus braços encerrando o assunto.

A pergunta me pegou desprevenida. Eu não dividia a cama com ninguém, mas não seria a primeira vez que passaria a noite com Patrício, e para ser honesta comigo mesma, não havia força que conseguisse me arrancar daquela cama.

— Posso? — Ele sorriu mostrando as covinhas e puxou o lençol para cobrir nossos corpos me beijando com carinho.

— Você pode tudo, Morena!

— E se o padrinho aparecer? — brinquei sentindo meus olhos pesarem. Ele riu.

— Você sabe como desarmar um homem. — Bocejou outra vez.

— Você ainda se lembra disso? — Ele sorriu me apertando ainda mais em seus braços.

— Eu nunca vou esquecer.

Levantei da cama enquanto ele se espreguiçava. Meu sorriso era imenso e não havia forma de escondê-lo. Patrício acordou carinhoso, romântico e cheio de tesão. Fizemos amor mais uma vez. Sim, fizemos amor, com calma, cuidado, deliciosamente, ele não parou de me beijar e me prometer o mundo.

E eu queria aquele mundo. Mas precisávamos levantar e fingir que nada aconteceu.

Quando eu estava entrando no banheiro alguém bateu na porta do quarto fazendo Patrício ficar nervoso. Ele levou o dedo aos lábios me mandando ficar em silêncio. Revirei os olhos e entrei no banheiro para melhor me proteger. Ele logo estava lá com as minhas roupas na mão e de short.

— Tenho certeza que é o seu padrinho — resmungou.

— Como pode ter certeza?

— Porque nada passa despercebido por Peter. Ele é alguma espécie de ninja, mago, alquimista, sei lá! Mas que ele sempre dá um jeito de saber, ele dá. — Respirou fundo ouvindo outra vez a batida para logo depois, ouvirmos a voz do padrinho chamando por ele. — Não falei? — disse com os olhos esbugalhados e saiu para abrir a porta.

Aguardei tentando ouvir a conversa.

— Ah, já de pé? — o padrinho disse desconfiado.

— O senhor me acordou. — Havia um tom falso de sono na voz de Patrício que me fez ter vontade de rir.

— Certo! — Alguns segundos constrangedores. — Nós vamos buscar Charlotte — anunciou.

— O quê? Como... mas ainda é muito cedo!

— Eu disse que iríamos cedo — Peter falou sem se abalar.

— Mas é muito cedo, Peter. O rio ainda pode estar...

— Não está. Eu fui até lá e vi que podemos passar. Charlotte vai precisar de um carro para voltar. Ela pode estar machucada.

— Ela está com Alex e eles disseram que estavam bem — Patrício gemeu inconformado. — Tudo bem, Peter. Deixa só eu tomar um banho.

— Seja rápido.

— Vou ser. — Eu podia jurar que a cara de Patrício era a de um menino birrento e inconformado.

Ouvi a porta fechar e saí do banheiro rindo. Ele me olhou sem achar graça, fez uma careta e entrou no banheiro.

— Eu disse que ele era um problema — resmungou ligando o chuveiro. — O que ele pensa que pode fazer? Colar a virgindade de Charlotte de volta?

— Hum! Algo deste tipo — brinquei. — Ele desconfiou de alguma coisa?

— Se desconfiou preferiu não perder tempo me matando.

— Ótimo! — Entrei no chuveiro abraçando-o. — E você vai resgatar a donzela?

— Que donzela? — Ri. — Preciso ser rápido, Morena. — Virou me abraçando para me beijar. — Muito rápido! Não quero correr o risco de encontrá-lo em minha porta outra vez.

— Tudo bem. Vá, não se meta em nenhum problema e volte. — Ele sorriu enquanto pegava o sabonete espalhando espuma nas mãos.

— Você não vai estar lá para me defender.

— Pois é — suspirei. — O padrinho não acredita na força das mulheres.

— Isso porque ele nunca te viu desarmando um ladrão. — Abri um sorriso imenso. — Nem dominando um homem na cama — ronronou se aproximando para me beijar.

Patrício entrou no chuveiro retirando a espuma, me deu um beijo rápido e saiu. Conferi seu corpo molhado, sua bunda durinha e perfeita, suas pernas malhadas, as costas largas. Ele era uma perdição.

— Vai ficar aí? — perguntou enquanto eu me ensaboava.

— Só mais um pouco.

Ele saiu do banheiro me deixando sozinha com as lembranças maravilhosas da nossa noite. Foi perfeita! Como eu nunca me permiti sonhar, ou me permiti viver. Meu coração voltou a acelerar, o estômago se contraiu fazendo meu sorriso aumentar. E eu que cheguei a cogitar estar com vermes.

Desliguei o chuveiro, alcancei a toalha, sequei meu corpo, escovei os dentes com a escova dele, lógico, sem esquecer que já me aborreci por ele fazer o mesmo com a minha, e saí para o quarto para encontrar um Patrício carrancudo encarando o meu celular entre as mãos.

Demorei alguns segundos para me dar conta da situação. Ele estava encarando o meu celular. O meu celular. Puta merda!

— O que está fazendo? — O receio estava nítido em minha voz. Assim como o tremor que assolou o meu corpo. Ele levantou os olhos e eu vi o quanto o que quer que ele tivesse visto havia nos afastado.

— Moisés está tentando falar com você. — Esqueci como se respirava. Vi o quarto girando arrancando o meu equilíbrio.

— O quê?

— Moisés. — Ele andou em minha direção parando à minha frente. Estendeu o celular para mim, peguei sem qualquer confiança. — Ele estava ligando, mas desistiu. — Aguardei, porque sabia que tinha mais. — Então ele mandou uma mensagem.

— Você... — Engoli com dificuldade constatando seus olhos frios.

— Sim, eu vi a mensagem. Eu estava levando o aparelho pra você quando ele perguntou quando colocaria as mãos em seu corpo gostoso outra vez. E avisou que era pra você não demorar porque ele estava ansioso e ninguém precisava perder por isso.

Fiquei em silêncio. O corpo inteiro tremendo, o coração acelerado de uma maneira inexplicável. Abri a boca para falar uma centena de vezes sem encontrar uma resposta. Eu queria conseguir uma desculpa, dizer que era engano ou que Moisés era um louco. Mas eu não queria mais mentir. Não mais.

— O que significa isso, Miranda? Por que ninguém precisa perder?

Nenhuma palavra chegava aos meus lábios. Eu não queria mentir, no entanto, a julgar pela forma como Patrício reagia àquela mensagem, contar a verdade não era uma opção. Ele nunca aceitaria a minha história, sentiria nojo do que já fui capaz de fazer.

Patrício acreditava que eu era uma menina com o coração partido, que se aventurava por não querer mais sofrer, mas a minha história era muito mais podre. Tudo o que fiz foi porque quis, porque queria conhecer, experimentar, me permitir. Eu não podia contar a ele a verdade.

— Preciso ir — anunciou deixando claro o quanto estava desiludido. — A gente se vê por aí.

— Patrício?

Mas ele se foi batendo a porta atrás de si sem voltar a me olhar outra vez, e o vazio que senti me sufocou.

CAPÍTULO 27

"Longe do meu domínio, cê vai de mal a pior.
Vem que eu te ensino como ser bem melhor."

COMO EU QUERO – KID ABELHA

A MADRINHA E DANDARA NÃO PARAVAM DE FALAR. ELAS ESTAVAM ansiosas, ao contrário das outras duas, do outro lado da mesa, que comiam em silêncio, trocando olhares estranhos todas as vezes que Mary e Dana falavam do namoro dos filhos. Lana estava na sala, conferindo se eles já estavam voltando, de cinco em cinco segundos. Eu nem falava e nem comia, ansiosa demais para conseguir disfarçar.

Só não sabia se minha ansiedade era pela volta de Charlotte ou se era pela de Patrício. Fechei os olhos e suspirei mais uma vez, ganhando a atenção da mãe do meu namorado.

— Logo ela estará aqui. — Acariciou minha mão sobre a mesa.

— E você e Patrício vão ter menos pressão — a madrinha brincou. — Tenho certeza que Peter vai devotar toda a sua atenção para o suposto envolvimento de Charlotte com Alex.

— Ora, Mary! Alex é um ótimo partido para Charlotte — Dandara defendeu a sua prole e a madrinha riu.

— Eu tenho certeza disso, e no fundo Peter também tem. Mas ele tem essa ideia de que precisa defender as nossas crianças do mundo.

— Sei como é — Dandara riu amistosamente. — Quando Lana começou a namorar o João Pedro foi um Deus nos acuda. Patrício não se conformava.

— Que ironia! — Anita provocou com uma risada cínica. Sorri em resposta imaginando como seria quando ela descobrisse o que armamos para ela.

— Eles chegaram! — Lana gritou da sala fazendo com que tanto Dandara quanto a madrinha levantassem, esquecendo o café da manhã.

Eu queria correr para a sala e abraçar Charlotte, depois brigar pelo susto que ela me deu, só para logo em seguida abraçá-la outra vez exigindo que me contasse tudo. Mas o medo de encarar Patrício me travava no lugar. Não queria olhar em seus olhos e perceber que o que vivemos não teve valor nenhum. Eu conhecia aquela sensação e não estava ansiosa para revivê-la.

— Não vai ver como Charlotte está? — Olhei para frente encarando uma Anita debochada. — Que foi? Está com medo que o seu padrinho descubra que você passou a noite no quarto do seu namoradinho?

Eu podia sentir medo do que ela dizia. Podia me permitir sofrer já que muita coisa me afligia naquele momento, mas eu não conseguia ser tão frágil assim. Patrício era um problema, Charlotte também, mas aquelas duas... eu sabia muito bem como lidar com ela.

— Está com inveja? — Sorri cruzando os braços na frente do peito. Ela riu alto.

— Do Patrício? Não!

— Ah, claro! Seu objetivo é o Alex. — Ela recuou e olhou rapidamente para Tiffany que ficou chocada. — Essa sua obsessão está passando dos limites, Professora Bezerra.

— Não seja ridícula, menina! — rebateu na defensiva e com medo de que a prima entendesse o seu real desejo.

— Vocês duas estão com medo de irem para a sala para conferir o quanto a noite do Alex com a Charlotte foi... — Estalei os lábios e sorri. — Interessante?

— Duvido muito que tenha sido interessante — ela atacou enquanto Tiffany se mantinha distante, observando e chegando a alguma conclusão. — Não esqueça que Alex é um homem experiente enquanto Charlotte... — Seu sorriso era escroto e eu tive vontade de cuspir nela.

— Engraçado que ele prefira uma garota inexperiente a duas mulheres cheias de confiança, não? O que será que Charlotte tem que falta a vocês duas? — Fingi pensar. — Hum! Já sei. Decência. Charlotte não é oferecida, nem maluca. — Olhei diretamente para Tiffany que se encolheu na cadeira.

— Como é que é? — Anita ia se levantar, mas a prima a impediu.

— Com licença. — Levantei, deixando as duas para trás. Johnny precisava agir o quanto antes. Aquelas duas estavam fora de controle.

Assim que cheguei na sala, encontrei Charlotte nos braços da mãe, Johnny e João rindo e conversando, Dandara, satisfeita, acompanhava a volta da garota que tinha conquistado o seu filho, enquanto o marido dela segurava a sua mão. Foi inevitável procurar por ele. Meus olhos varreram a sala o encontrando em um canto, mandando mensagens no celular, sem prestar atenção em nada e nem em ninguém.

Meu coração não se conformava, mas o que eu poderia fazer? Patrício precisava de espaço, dissolver a raiva. Só depois disso eu poderia me aproximar e conversar. No momento Charlotte deveria ser o meu foco.

Lana saltitava ansiosa para estar sozinha com a minha irmã e assim extrair dela todas as informações. Charlotte se explicava sem parar, contando que foi dar uma volta a cavalo quando foi surpreendida pela chuva forte, que perambulou pela mata até Alex aparecer e resgatá-la.

E onde estavam Alex e o Padrinho?

Oh, droga!

Mordi os lábios para não rir. Se a conversa com Alex fosse do mesmo nível da conversa com Patrício, então Charlotte corria um sério risco de perder o namorado.

Andei até a minha amiga e a abracei desejando que o aperto dos meus braços fosse capaz de dizer tudo o que eu sentia naquele momento, que eu estava ali por ela, que entendia os seus medos e a ajudaria a bater no Alex se ele se atrevesse a desistir só porque o padrinho o ameaçou.

Ela me olhou com carinho depois sorriu corando fazendo-me entender que estava vivendo um sonho encantado. Sorri de volta aceitando a sua escolha e me certificando de que ela seria feliz.

— Charlotte, você precisa de um banho — Lana falou pegando-a pelo braço.

— Preciso mesmo. — Minha irmã corou um pouco mais. — Mas eu queria esperar o papai...

— Seu pai está ótimo! Vamos, vamos! — Começou a puxá-la escada acima. — Ontem não tínhamos água quente e você tem muita sorte da energia ter voltado. Nada que um banho quente não resolva. — Charlotte me olhou buscando ajuda.

— Um banho seria excelente — colaborei. — Pelo menos vai te ajudar a não pegar um resfriado.

Ela subiu sem protestar, nos acompanhando com uma expressão preocupada. Entramos em nosso quarto, Lana fechou a porta e começou a falar sem esperar pelo tempo dela.

— Banho! E desembucha logo tudo. — Dei risada.

— Aconteceu? — Segui Charlotte até o banheiro. Ela se escondeu entre os cabelos que caíam no seu rosto.

— Como foi? Alex foi um bruto? Pelo amor de Deus, não me diga que ele não aprendeu nada do que eu ensinei!

Tive que rir imaginando um homem como Alex Frankli precisando dos conselhos sexuais da irmã mais nova. Contudo eu ainda temia as loucuras que Tiffany tinha dito, sem conseguir chegar a uma conclusão.

— Meninas, eu preciso tomar um banho. Vocês poderiam dar o fora?

— Tome seu banho, Charlotte! — Lana rebateu sem se preocupar com o nível de intimidade que Charlotte não queria dividir com ela.

— Preciso tirar a roupa. — Minha irmã abraçou o corpo, envergonhada, mas Lana não se intimidou.

— Você tem tudo o que eu tenho. Não tem nenhuma novidade aí. Ou tem?

A forma como Lana falou fez Charlotte corar de maneira absurda e arrancou uma gargalhada de mim. Lottie se incomodou nos encarando decidida a nos expulsar de lá. Eu sabia muito bem quando ela se sentia acuada, seu queixo se levantava e suas mãos se fechavam em punho como se ela estivesse tentando se impedir de atacar.

— Sem chances. Saiam as duas.

Mas eu não queria sair. Se tinha uma coisa que consegui aprender no meio daquela confusão toda era que às vezes era importante temer, e eu temia o meu encontro com Patrício, mesmo sabendo que seria inevitável.

— Eu já te vi nua um monte de vezes, Charlotte. Não tem nada de novo aí, ou tem? — brinquei fazendo Lana rir e Charlotte ficar ainda mais furiosa.

— Virem de costas. — Obedecemos.

— Conta logo. Aconteceu ou não?

Lana estava mais do que impaciente, mas eu a entendia. Muito sacrifício foi feito para que Charlotte e Alex tivessem a noite tão esperada.

— Aconteceu.

Gritamos juntas e viramos para comemorar como duas adolescentes, contudo toda a alegria sumiu assim que coloquei meus olhos na minha irmã. Que porra era aquela? Fechei os olhos com força, as palavras de Tiffany gritando em minha cabeça, fiquei zonza.

— Charlotte, o que ele te fez?

Minha amiga se olhou, conferindo os machucados em seu corpo. Não era nada como alguns apertos mais fortes ou mordidinhas e chupadas que poderiam deixar marcas. Charlotte parecia ter levado uma surra! Uma surra! Meu Deus!

Queria me convencer de que não era aquilo que se projetava em minha mente, até porque constatar que Tiffany era a louca da relação era muito mais fácil. Contudo eu sabia o que tinha acontecido naquela noite lá no clube e por mais que Alex não tivesse participado, ele tinha concordado, e assistido, até perceber que eu também estava naquele quarto.

— Não seja ridícula, Miranda! Alex jamais me machucaria. Aliás, ele nem mesmo viu. Deve ter sido por causa da queda — ela completou seu discurso se encolhendo envergonhada.

— Queda? — Eu e Lana falamos ao mesmo tempo, mas eu não estava no clima para rir.

Ok! Eu precisava acreditar no que ela dizia. E precisava acreditar que Charlotte jamais se submeteria a algo do tipo e ainda sustentasse uma felicidade tão plena. Respirei fundo me acalmando.

— Eu caí do cavalo. E depois escorreguei algumas vezes, sabe como é, estava molhado, lama para todos os lados, e eu não sou muito boa em correr na chuva — quanto mais ela falava mais coragem lhe faltava para continuar falando, sua voz ficava mais baixa, sem força.

A verdade era que Charlotte não era boa em correr em qualquer lugar sob qualquer condição climática. Ela era o desastre em pessoa, mas eu não precisava ressaltar esta parte.

— Por favor, não contem ao Alex. Ele é quase tão paranoico quanto meu pai em relação à minha segurança.

— Como assim ele não viu? — Eu quis saber. Porque não havia forma de entrar em minha cabeça que alguém conseguiria olhar para Charlotte nua e não perceber os seus machucados. Era impossível!

— Sei lá! Eu mesma não tinha visto até agora. Não havia luz e nós estávamos tão envolvidos...

Ah, claro! E Alex era um cretino que não deixaria de comer Charlotte nem mesmo se ela estivesse em uma cama de hospital completamente enfaixada. Que filho da puta! Talvez eu devesse lembrá-lo do que eu sabia, quem sabe assim ele teria mais cuidado com a minha irmã.

Elas conversaram sobre as consequências de uma queda de cavalo e eu só conseguia pensar no que o padrinho faria se conseguisse colocar os olhos na filha. E ele conseguiria. Porra! Seria a verdadeira novela mexicana.

— O padrinho vai ficar louco — pensei alto. — Que droga, Charlotte!

— Louca ficarei eu se não descer logo. Eu estou muito bem. Tive uma noite maravilhosa e nem me dei conta dos ferimentos. Agora o mais importante é tomar logo este banho e descer. Alex está conversando com o meu pai nesse momento e ele me pediu em casamento, então...

Lana gritou primeiro, mas eu gritei logo em seguida. Casamento? Puta merda! Puta merda! Porra, Alex conseguiu virar o jogo completamente, passando de filho da puta para cara mais fantástico da face da terra. Porra, casamento? Charlotte iria casar? Céus! Ela iria casar! Casar!

Então a madrinha entrou no banheiro, animada com a nossa alegria e viu os machucados da filha. Revirei os olhos me controlando. Começaríamos tudo outra vez.

Desci na frente de todas, pois precisava conversar com Patrício. A notícia do casamento me deixou tão eufórica que me fez esquecer todo o receio de procurá-lo. Aliás, eu estava com uma saudade absurda, dessas que você lê em livros quando a mocinha descreve como se sente quando o amado não está perto.

Sempre desdenhei daquela maneira infantil de viver uma paixão, contudo eu estava ali, sentindo saudade mesmo tendo passado a noite com ele. E ansiando pelos seus braços como se estes não tivessem me envolvido a noite toda.

Era frustrante me ver sentindo tudo o que recriminei a vida toda e ainda assim me sentir bem.

Patrício não estava na sala, mas eu não podia subir de volta sem chamar a atenção dos outros, então comecei procurando por baixo. Saí em direção à piscina, encontrando Johnny e João Pedro começando a arrumar tudo para um churrasco. Eu precisava conversar com Johnny sobre o nosso plano, mas Patrício era o meu foco.

Virei em direção à outra sala e voltei para dentro da casa alcançando facilmente o escritório do Dr. Frankli. Quando abri a porta e o encontrei, falando ao telefone concentrado, senti um alívio que relaxou todos os meus músculos. Ele levantou os olhos constatando a minha presença. Eu sorri, mas ele não retribuiu.

Respirei fundo entrando no escritório e fechando a porta. Patrício continuou falando ao telefone.

— Certo, docinho! Pode ficar tranquila, vou verificar ainda hoje. Vejo você em breve. Beijo! — Desligou me encarando aguardando pelo que eu diria.

— Docinho? — Estreitei os olhos.

Então ele podia falar melosamente com "docinho", mas eu não podia ter alguém que estivesse ansioso para me tocar? Tudo bem que Moisés era um idiota psicopata, mas Patrício não conhecia este detalhe.

— Já conversou com Moisés? Acalmou a fera?

— Você não pode me cobrar nada. Não com um "docinho" para te deixar todo meloso. — Ele riu sem muita vontade.

— O que você quer, Miranda? — Estremeci com a sua frieza.

— Moisés é um imbecil.

— Percebi.

Nós nos encaramos medindo forças. Ele umedeceu os lábios e estreitou os olhos. Um sorriso sacana se apresentou me enfurecendo. Quem ele pensava que era? Cruzei os braços, enfrentando-o.

— Ok, Miranda! — Deu um tapinha na mesa levantando. Meu coração acelerou. Ele não podia me deixar ali sozinha. — Eu vou ajudar o pessoal com o churrasco.

— Patrício, você é um idiota! — explodi. Ele me encarou surpreso para logo em seguida um sorriso torto miseravelmente lindo se apresentar.

— Devo ser — provocou. — Mas eu não fico te ameaçando — retrucou sendo severo.

Mordi os lábios querendo rebater à altura, mas sem encontrar argumentos. Como Patrício conseguia ser tão idiota? Como podia estragar tudo o que vivemos na noite anterior sem se importar com os meus sentimentos? Como ele podia ser tão cretino?

Respirei fundo sentindo meus olhos ficarem úmidos e me odiando por ter ficado tão chorona. Aquela merda tinha que acabar. Eu estava tão furiosa que avancei com o dedo em riste, acusando-o das coisas mais absurdas e que não podiam ser cobradas.

— Você prometeu que estaria comigo. Você prometeu!

Ele recuou e eu me dei conta da bobagem que fazia. Patrício me encarou buscando algo em mim que eu não fazia ideia do que era, então ele desviou a atenção fechando os olhos com força. Depois balançou a cabeça e voltou a me olhar, menos arredio.

— O que você quer de mim, Miranda?

— Eu?

Busquei as palavras que precisavam ser ditas. A verdade que implorava para ser revelada, sem conseguir. Patrício me encarou com atenção, aguardando até que se deu conta de que eu nada diria. Frustrado voltou a se afastar, mas não por muito tempo. Sem que eu esperasse por isso, ele avançou sobre mim e me agarrou me beijando com fúria.

Nossos lábios se chocaram, sua língua invadiu minha boca com urgência. Retribuí com a mesma fúria com que ele me procurava, deixando que toda dor, raiva e mágoa me conduzissem. Ele me levantou com facilidade me fazendo sentar sobre a mesa do escritório, se postando imediatamente entre as minhas pernas. Suas mãos afoitas abaixaram com força minha camisa deixando meu seio exposto, mas estes foram cobertos por seus lábios famintos, roubando de mim um gemido carregado de luxúria.

Agarrei seus cabelos enquanto meu corpo era deitado sobre a mesa, dando a ele mais facilidade para me tocar. E eu permiti.

Mas a porta abriu sem qualquer empecilho, um gritinho abafado nos impediu de continuar. Assustada, cobri o seio com a mão e tentei me recompor procurando em minha mente qualquer justificativa para o que estava acontecendo.

— Charlotte! — Patrício falou me dando um pouco mais de alívio.

— Ai, meu Deus! — gritei antes de me dar conta de quem havia entrado no escritório. — Charlotte... eu... nós...

Graças a Deus! Pensei com devoção. Charlotte era muito mais fácil de explicar do que se fosse o padrinho.

— Eu só quero chegar até a porta. Por favor, Miranda! Só me diga como eu faço para chegar até a porta.

Olhei para minha irmã, que estava de costas, encurvada, escondida atrás de alguns livros, enquanto tentava decidir desesperadamente para que lado ir. Depois olhei para Patrício, que umedeceu os lábios e soltou uma risadinha cínica. Não aguentei e gargalhei.

Porra! Charlotte era muito hilária!

— Dois passos para a direita, Charlotte.

— Ok! Saindo agora.

Ela abriu a porta e fechou com um baque forte. Depois ouvimos seus passos correndo para longe dali. Patrício me olhou e riu, não aguentando mais aguardar. Rimos juntos deixando a tensão anterior ir embora. Ele segurou meu rosto e me beijou com carinho.

— Onde estávamos?

— Hum! Acho que sua boca estava...

— Passeando por aqui. — Seus dedos tocaram meus seios sobre a camisa e seus lábios buscaram os meus.

O beijo foi sensual, nada mais de fúria, de mágoa ou qualquer coisa que nos lembrasse da discussão de poucos minutos antes. Patrício apertou minhas coxas, abrindo-as um pouco mais e me puxando para me apertar em sua ereção já evidente. Um calor intenso começava a se apossar de mim, aumentando a minha ânsia e fazendo minha vagina ficar úmida. Ah, Deus! Eu precisava dele.

— Morena! — rosnou mordiscando meus lábios. — Você me enlouquece!

Seus dentes desceram meu pescoço me punindo por enlouquecê-lo. Estremeci sentindo todo o meu corpo ficar arrepiado à medida que uma mão avançava entre as minhas coxas e a outra seguir para o meu seio. Ele voltou a me deitar, quase se deitando sobre mim, me apalpando com paixão.

Gemi abertamente, me permitindo aproveitar as sensações maravilhosas que aquelas mãos e aqueles lábios conseguiam me proporcionar. Ele esticou os dedos em minhas coxas, quase alcançando meu sexo, me deixando na expectativa. Por um segundo o tempo parou, o calor se intensificou e meu coração acelerou.

E então Patrício saiu de cima de mim com pressa, como ficar sobre mim o queimasse ou fizesse qualquer mal.

— Puta merda, Alex! — ele gritou e eu me dei conta do que estava acontecendo.

Levantei correndo procurando por qualquer parte do meu corpo que estivesse exposta indevidamente. Mas que merda! Alex estava ali e eu quase transei com Patrício na frente dele.

Não era para me sentir tão envergonhada, afinal de contas eu já tinha feito coisas piores na frente do noivo da minha irmã, mas, estranhamente, me sentia péssima por isso. Tanto que não consegui encará-lo.

— Faz algum tempo que estou assistindo à demonstração pública de afeto entre vocês dois — ele disse, me deixando ainda mais envergonhada. Droga! Eu queria encontrar uma forma de sumir.

— Filho da puta mentiroso! — Patrício brincou sem se preocupar com a situação. Céus, será que ele não percebia o que estava acontecendo? — Não faz nem quinze minutos que Charlotte saiu daqui com a cara vermelha que nem um tomate. Que casal mais empata foda!

Não aguentei e dei um tapa em seu braço fazendo-o cair na real. Patrício gemeu e me reprovou com o olhar.

— Charlotte esteve aqui? Estou procurando por ela.

Ah, droga! Só faltava começarmos tudo outra vez.

— Mal começou o relacionamento e já perdeu a garota de vista? — Tive vontade de socar Patrício só para que ele se calasse e Alex fosse embora. Mas ele sorriu e cruzou os braços em frente ao peito. — Sei não. Alguém precisa ensinar ao irmão mais velho a como entreter sua namorada.

— E alguém terá que ensinar ao irmão mais novo a correr de bala — Alex falou não se intimidando.

Não tinha como ficar pior. Eu só queria que ele saísse dali e me deixasse livre para ir embora sem precisar olhá-lo. Que merda!

— Esqueceu que Peter está aqui? Podia ser ele a surpreendê-los. Eu adoraria ver o seu risinho cínico e petulante diante da arma dele.

Puta merda! Ele tinha que citar a merda da arma? Porra, Alex conseguiu estragar tudo. Se existia algo que conseguia impedir Patrício era a ideia do padrinho com a sua arma. Olhei para Alex, furiosa. Ele não se intimidou.

— E você, Miranda, não tem medo do que pode acontecer? Não tiveram nem a decência de trancar a porta. Por que não escolheram o quarto, ou a cabana... — ele se deteve. Fiquei cheia de raiva do seu falso moralismo.

— Foi mal, mano. — Patrício já tinha se afastado o suficiente para deixar claro que nada mais aconteceria. — Estávamos de bobeira e acabamos nos empolgando.

— Vou procurar Charlotte.

Ele saiu batendo a porta e Patrício se afastou um pouco mais, passando a mão nos cabelos para se acalmar.

— Merda! Alex tem razão. Não podíamos ser tão descuidados.

— Alex é um idiota!

— Ele não é um idiota. Ele foi até legal nos alertando dos riscos.

— Claro, depois de ficar nos assistindo dar uns amassos. — Eu conhecia muito bem a sua facilidade de observar. Filho da puta tarado!

— Ele não ficou assistindo. Eu teria percebido. — Olhei para Patrício deixando claro que ele não teria percebido e aceitando que não aconteceria mais nada ali. — É melhor nós irmos. Eles logo vão sentir a nossa falta.

Que frouxo!

Levantei da mesa quando a porta abriu mais uma vez. Eu já estava a ponto de gritar para que nos deixassem em paz, mas o Dr. Frankli entrou e se surpreendeu quando nos viu.

— Ah, vocês estão aqui?

— Pai! Nós... Miranda estava... — Patrício olhou para mim buscando ajuda.

— Aproveitando um pouco o meu namorado — falei sem qualquer constrangimento. Eu estava muito puta da vida.

— Miranda! — ele me repreendeu, mas o Dr. Frankli riu.

— Eu estava procurando pelo Alex, mas foi bom encontrá-los aqui. — Fechou a porta nos encarando com uma expressão séria.

— Aconteceu alguma coisa? — Patrício perguntou com receio.

— Na verdade... — Dr. Frankli hesitou, deu a volta na mesa e assumiu a sua cadeira. — Aconteceu sim. Sentem-se, por favor. — Indicou as cadeiras à frente da mesa. Eu e Patrício trocamos um olhar cheio de medo.

— O que foi, pai?

— Dr. Frankli, eu estava brincando. Eu só estava...

— Adriano, Miranda, por favor. — Concordei ainda nervosa. — Não sei se vocês já sabem da novidade, mas Alex pediu Charlotte em casamento.

— O quê? — Patrício gritou. — Que porra é essa?

— Patrício! — Adriano o repreendeu.

— Puta merda! Alex está louco? Merda! Eu tinha certeza que essa brincadeira ia ter consequências pesadas.

— Patrício! — repreendi meu namorado não acreditando na sua reação. — Alex e Charlotte se amam! — Ele me olhou horrorizado.

— Você sabia disso? — O seu tom de voz me deixou preocupada. Era como se eu o tivesse traído.

— Ela me contou quando chegou.

— Ah, claro! Charlotte contou. Isso não tem limites? — perguntou diretamente ao pai.

— Do que você está falando? — Adriano retrucou mantendo a paciência.

— O abuso de poder do Peter.

— Não seja absurdo, Patrício! — interrompi a conversa deles dois. — Isso não tem nada a ver com o padrinho. Alex pediu Charlotte em casamento porque quis.

— Claro, claro! — desdenhou.

— Vamos ficar calmos — Adriano apaziguou. — Isso não tem nada a ver com o Peter, filho. Alex decidiu sozinho e nós vamos apoiá-lo.

Patrício se calou, mas eu percebi que não foi por vontade própria, e sim porque ele não teria como argumentar contra o que o pai acabara de dizer. Eu me senti magoada de uma maneira terrível. O que ele tinha contra o casamento deles dois? Como podia ser tão severo com acusações sem cabimento? O padrinho podia ser duro com a sua proteção com os filhos, mas jamais forçaria ninguém a casar. Eu sabia que ele nunca faria algo do tipo e Patrício estava sendo injusto.

— Eu quero que vocês dois pensem bastante sobre o que estão fazendo.

Alex pediu Charlotte em casamento porque quis, mas não podemos simplesmente ignorar o fato de que Peter quer o melhor para os filhos. Brincar com isso não seria muito interessante para a família, compreendem? — Ficamos em silêncio sem coragem para falar qualquer coisa. — Não podemos deixar que qualquer coisa que dê errado atinja o que eles dois estão construindo. Eu espero que vocês dois estejam em silêncio porque estão pensando no que estão fazendo.

— Pai, eu... eu e Miranda. — Ele me olhou buscando apoio. — Nós não pensamos em casamento.

— Ninguém está cobrando isso de vocês.

— Então o quê? — perguntei sem entender o que ele pretendia com aquela conversa.

— Então tenham ideia do que estão fazendo.

— Mas...

— Nós vamos ter sim, pai — Patrício me calou e eu tive a certeza da decisão que ele tinha tomado.

Merda!

CAPÍTULO 28

*"Você não entendeu o que eu queria.
Era te levar daqui para nunca mais ouvir dizer
que eu não servia pra te fazer feliz."*
PRA VOCÊ — ONZE:20

EU OLHAVA OS DOIS SORRIREM DISCRETAMENTE, SEM CONSEGUIREM esconder o quanto se amavam. Estava feliz pela minha amiga, por ela ter encontrado o seu caminho e por acreditar que Alex seria um bom marido.

Contudo eu lutava o tempo inteiro contra a tristeza que sentia. Patrício ficou ainda mais distante depois da conversa com o pai. Ele deu a desculpa de ajudar com o churrasco e praticamente não encostou mais em mim. Exceto quando precisou comer, mas se ocupou de conversar com Tiffany.

E eu estava apaixonada. Droga!

Forcei um sorriso no rosto quando brinquei com Charlotte sobre os seus machucados. Forcei a comida para dentro. Forcei um olhar apaixonado, só não consegui forçar a tristeza a me abandonar. Ela se alojava em mim deixando claro que eu era uma tola, que me permiti envolver apenas para constatar que nada havia mudado. Seria sempre a mesma coisa, eu me envolveria e sofreria.

Pelo menos não estávamos sofrendo a pressão que Charlotte e Alex sofriam. Com Patrício decidido a colocar um fim na nossa mentira o padrinho não precisava se preocupar com a gente. Coloquei mais um pedaço de carne na boca sem qualquer vontade de comê-la.

Eles começaram uma discussão sobre os machucados da minha irmã. Ela mantinha a sua versão, Alex estava de fato surpreso, o padrinho demasiadamente preocupado, Anita pirracenta como sempre, e Tiffany muito quieta para o meu gosto, conversando pacificamente com Patrício sem qualquer comentário inconveniente.

Eu me remexi na cadeira, incomodada.

Precisava de um pouco de ação ou enlouqueceria. Anita foi até a churrasqueira, iniciando uma conversa animada com Johnny e João. Olhei para eles sentindo que precisava agir. Eles três bebiam e riam animadamente. Olhei para o lado e Patrício realmente não me dava atenção, conversando com Tiffany sem qualquer preocupação. Charlotte colocou um pouco de salada na boca de Alex quase me fazendo revirar os olhos.

Amar era tão estranho!

Levantei, deixando Alex e Charlotte brincando de casal sob o olhar atento do padrinho e fui até o Johnny que conversava sobre técnicas de churrasco com João Pedro e Anita.

— E aí? — Aproximei-me do grupo sem que demonstrassem qualquer resistência a minha presença.

— Já acabou o que coloquei lá? — Johnny perguntou animado.

— Hum, não! Eu estou sem fome e o padrinho está pegando no pé da Charlotte. — Eles olharam na direção do novo casal fazendo uma careta.

— E Patrício?

— Está em uma conversa muito interessante com Tiffany sobre o poder do mercado alemão. — Revirei os olhos impaciente e Anita riu. Ela tinha bebido o suficiente para ficar mais alegre.

Que idiota!

— Johnny, preciso realmente falar com você — falei sem medo de que ela tivesse qualquer capacidade de pensar sobre o assunto. No entanto, ele me olhou com os olhos maximizados. — Agora!

Meu irmão suspirou derrotado, entregou a garrafa a Anita e saiu deixando-a com João.

— O que foi? — disse assim que ficamos distante o suficiente.

— Você precisa agir — fui direta.

— Miranda, não é tão fácil assim. A casa está cheia! — Estreitei os olhos sem acreditar em suas palavras. — O padrinho está mais atento.

— Com Charlotte — rebati fazendo-o respirar com mais força.

— Não é tão fácil quanto você imagina. Anita não está me dando mole, ou qualquer coisa parecida.

— Porque você não está se empenhando o suficiente.

— Porque ela é minha professora!

— E foi exatamente por isso que escolhi você e não o Patrício. — Ele riu com ironia.

— Até parece que você arriscaria a sua única carta.

— O que quer dizer... — Balancei a cabeça me negando a pensar no assunto. — Deixa pra lá! Você precisa fazer o que combinamos. Charlotte não tem mais tanto tempo. Hoje cedo Anita me deu algumas indiretas, então ou vamos ter algo para usar contra ela ou vamos deixar que ela destrua a vida de Charlotte.

Ele hesitou, olhou para os lados e me lançou um olhar de fúria, respirando com força, as narinas inflando, para logo em seguida concordar com o que eu dizia.

— Ótimo!

Saí, deixando-o sozinho. Assim que voltei a sentar ao lado de Patrício vi que João foi sentar com Lana, deixando Anita e Johnny sozinhos, e meu irmão tratou de fazer o que melhor sabia fazer: seduzir uma mulher.

O dia passou tão arrastado que quando finalmente todos começaram a se juntar do lado de fora da casa, conferindo que o tempo estava firme e que não seríamos atingidos por uma nova tempestade, a minha sensação era que tinha demorado um mês para que enfim anoitecesse.

E eu sabia muito bem onde estava o problema. Com certeza não estava em Charlotte e na forma como ela estava demonstrando descontentamento pela maneira como tudo estava acontecendo rápido demais no relacionamento dela com o seu professor. Apesar de se esforçar para esconder como se sentia, eu conhecia minha irmã e sabia que a qualquer momento aquilo explodiria.

Eu até já conseguia imaginar a fúria do padrinho.

Mas o meu problema estava a dois metros de mim, vestindo jeans e camisa polo de algodão na cor azul. Seus cachos sacudiam de leve com o vento e eu não tinha conseguido ver um sorriso verdadeiro em seus lábios.

Patrício continuava me ignorando. Não completamente, já que ainda interpretávamos o papel de namorados, contudo não importava se ele estava ao meu lado, se segurava a minha mão ou se fingia se importar com a conversa ao nosso redor, ele estava longe de mim, mesmo estando tão perto.

Uma parte da tarde, fiquei na sala, entretida com Dandara e Mary, mantendo Charlotte na conversa, mesmo contra a sua vontade, e animando Lana para que ela não deixasse de falar sobre a festa de casamento que pretendia organizar.

Tudo isso porque Johnny tinha desaparecido com Anita e eu contava com a falta de atenção de todos para que ele conseguisse concluir o nosso plano. Nem que para isso precisasse ficar ali, convencendo Charlotte de que um casamento às pressas poderia não ser algo absurdo, apesar de achar que era.

Sinceramente eu não sabia o que passava pela cabeça do Alex. Tudo bem que uma conversa com o padrinho era algo aterrorizante e que, se Patrício ficou tão impactado durante dias, por que deveria ser diferente para Alex? Contudo, pelo que eu tinha entendido, o meu professor queria um casamento para ontem e assim todos assumiram a tarefa impossível de realizar o casamento perfeito em tão pouco tempo.

Todas as vezes que eu olhava para Charlotte e via a sua apreensão, me questionava se aquilo estava correto. Eu até conseguia entender que um noivado longo com o padrinho a tiracolo não seria nada saudável para o relacionamento deles, porém não via a necessidade de ser tão curto.

E pensar em casamento me encantava na mesma medida em que me aterrorizava.

Casar com alguém que mal conhece, precisar dividir tudo, a vida, os problemas, a intimidade... realmente assustava.

Pela milionésima vez conferi se Johnny já tinha retornado, enquanto fingia prestar atenção no que elas afirmavam sobre o clima e que tipo de festa seria mais adequada. Se seria em lugar aberto, como Lana queria, ou fechado, como a madrinha defendia, ressaltando que teriam muitos convidados.

Charlotte se encolhia a cada detalhe discutido, seus olhos constantemente buscavam os do noivo. Neste momento eu acabava olhando também, e Patrício sempre estava lá, tenso, bebendo, envolvido em alguma conversa nada animada. Às vezes, só às vezes, nossos olhos se encontravam, mas era tão rápido que eu não conseguia sentir nada além de decepção.

Olhei mais uma vez para Charlotte conferindo a maneira como ela e Alex agiam e constatando que não parecia em nada com o que eu e Patrício vivíamos. Então não era amor. Uma pontinha de dor atingiu meu coração. Ninguém deveria se apaixonar se não fosse para ser verdadeiro, lindo e eterno. Suspirei.

Eu não entendia como as pessoas ainda podiam esperar com tanta ansiedade por isso. Como viviam buscando o amor, se apaixonando a cada beijo, a cada novo parceiro, se já conheciam a verdade: o amor doía, limitava e destruía.

Todos os seres com o mínimo de experiência na vida deveriam saber a máxima ensinada em Coríntios "bom seria que o homem não tocasse em mulher", que, para mim, era o mesmo que dizer "bom seria se nunca nos apaixonássemos", mesmo sendo uma versão deturpada e profana, já que eu não descartava a questão do toque. Então "bom seria se você tocasse, contudo, sem deixar que seus sentimentos estraguem tudo", esta seria a versão mais correta.

E eu não me envergonhava da minha forma de viver nada pudica. Em toda a minha educação religiosa, se houve algo que aprendi e aceitei era que cada um deveria ficar na vocação que foi chamado. A minha não era nada ortodoxa, mas tenho que admitir que era de fato uma vocação.

— Não acha, Miranda? — Lana perguntou me fazendo perceber que minha divagação estava colocando tudo a perder. — Devemos abusar da delicadeza, utilizando a simplicidade sem perder o luxo — ela disse me salvando do embaraço de nem fazer ideia do que estavam falando.

— Hum! — Olhei para Charlotte que não parecia estar nem um pouco interessada no assunto. — Delicado e simples, como Charlotte é. — Minha irmã sorriu e corou. — Ela merece um casamento lindo.

— Concordo! — Lana se animou voltando a olhar para Charlotte. — E então?

— Lana, eu...

— Por que não deixamos que ela pense um pouco, pesquise, converse com Alex, para então, só depois decidir? — Acabei cedendo e aliviando a barra para Lottie.

Era sempre assim. Eu queria conseguir sacrificá-la um pouco mais. Queria poder dizer a Charlotte que o mundo não era cor-de-rosa, que a vida era feita de decisões e das suas consequências, que, então, quando ela decidiu ficar com o seu professor deveria imaginar que algo do tipo corria o risco de acontecer.

Mas eu não era essa pessoa. Não com ela. Não quando fui criada para ser a sua melhor amiga, amá-la e ampará-la, conduzi-la da melhor maneira possível de forma a nunca deixar que aquela bolha estourasse.

Era ridículo, no entanto, era o que de melhor eu sabia fazer. Porque aprendi a amar Charlotte com tanta força que não importavam as circunstâncias da minha adoção. Não importava se eu fui o que os padrinhos acharam mais adequado para uma criança sem amigos, tímida ao ponto de não conseguir falar na presença dos outros na escola, e realmente não importava mais se durante anos eu me via apenas como a boneca comprada para uma garota rica e mimada.

Eu amava Charlotte e daria a minha vida para que ela fosse feliz. Mesmo que dar a minha vida naquele momento, conseguindo a sua felicidade, significasse fazer Lana parar de falar do casamento.

— Quando vamos estourar os fogos? — perguntei a Dana que olhou assustada para fora e depois procurou o marido pela sala.

— Ah, Deus! Eu esqueci completamente. Preciso verificar como estão os preparativos e nem coloquei a torta de camarão no forno. — Ela levantou imediatamente. — Preciso saber como as coisas estão funcionando na cozinha.

— Eu vou com você. — A madrinha levantou e quando passou por Charlotte fez um carinho em seu rosto com uma expressão de contentamento que acabou deixando Charlotte ainda mais constrangida.

Ficamos nós três, olhando uma para a outra sem saber o que poderíamos dizer para que não voltássemos à conversa do casamento. Eu podia até jurar que o olhar que Charlotte direcionou para mim era uma súplica silenciosa. Senti vontade de revirar os olhos, cruzar os braços e ficar calada até que Lana não aguentasse mais e recomeçasse, mas me vi falando.

— Nada de chuva hoje, não é mesmo?

— Graças a Deus! — Lana comentou entrando na conversa. — Patrício está estranho hoje. Aconteceu alguma coisa?

As duas voltaram a sua atenção para mim deixando-me sem palavras. Encarei aqueles quatro olhos curiosos e amigos e me perguntei o que eu poderia dizer?

Talvez fosse a hora de começarmos a direcionar aquela mentira para um possível fim, preparando todos para quando acontecesse. Mas eu não tinha coragem. Não conseguia dizer que não ficaríamos juntos quando a minha vontade era de ir até ele e consertar tudo.

— Posso roubar Charlotte de vocês? — A voz de Alex foi a minha salvação.

Minha irmã olhou para o noivo, a princípio surpresa, depois grata, para então deixar que aqueles olhos azuis expressassem um amor encantador. Sorri porque era só o que eu conseguia fazer quando percebia o quanto ela estava feliz. Todo sacrifício valia a pena quando a recompensa era um sorriso de Charlotte.

— Claro! Ela não aguenta mais me ouvir falar de casamento — Lana provocou, mas também sorriu.

— Vamos ter muito tempo para conversar, Lana — Lottie rebateu deixando clara a sua posição.

Aquela seria uma briga na qual eu não queria me meter. Busquei Patrício na sala, me dando conta de que ele tinha desaparecido. Suspirei resignada.

— Então vocês estão brigados, ou alguma coisa do tipo? — Lana falou ao meu lado me fazendo perceber que Alex tinha levado Charlotte para longe.

— Digamos que não estamos conseguindo encontrar um equilíbrio.

— E de que tipo de equilíbrio você está falando?

Eu não deveria conversar com Lana. Existiam limites socialmente estabelecidos e que deveriam ser respeitados, um deles é que cunhada não é parente, logo, não é confiável. Também não pode ser promovida ao cargo de melhor amiga, simplesmente porque em um embate, a melhor amiga fica do seu lado, mas a irmã fica do lado do irmão. E não adianta ninguém dizer que neste caso ela deve ficar neutra. Não. Uma melhor amiga tem que ter um lado muito bem definido, ou seja, Lana não poderia ser a minha confidente.

Por outro lado, a única amiga verdadeira que eu tinha era Charlotte e no momento ela estava muito bem entretida com o que conseguia de atenção do seu noivo. Sem contar que me abrir com minha irmã exigiria de mim toda a verdade, que abrangeria Moisés e a sua chantagem e o fato deste ser o motivo da minha briga com Patrício. Ou seja, eu não tinha ninguém para conversar.

— De um equilíbrio chamado "docinho". — Levei a conversa para um lado que ainda era seguro. Lana não entendeu o que eu dizia, depois seu rosto foi ficando estranho até que ela gargalhou. — O que foi? — ela continuou rindo.

— Se essa "docinho" é uma que conversa sempre com ele por telefone, eu posso te garantir que não há qualquer desequilíbrio.

— Eu não tenho como confirmar isso. E me irrita ainda mais saber que existe a possibilidade de existirem outras "docinhos" por aí. — Ela riu ainda mais. — Lana, você está me irritando.

— Certo! Desculpe! — Mas ela continuava rindo. — Eu vou explicar. A secretária do Patrício já estava lá quando ele assumiu o cargo e, lógico, ela continuou lá até porque os dois se dão muito bem.

— Bem a ponto de receber o apelido de "docinho", além de conversas melosas?

— Não me faça rir mais, Miranda. "Docinho" é a Socorro, a secretária dele, uma senhora com um pouco mais de sessenta anos. Tudo bem que ela está superconservada e tudo mais... — Fez um grande esforço para não rir outra vez. — Ele está tentando te colocar ciúmes com a Socorro?

— Não! — E eu já estava arrependida de ter iniciado aquela conversa. — Eu ouvi a conversa deles algumas vezes.

— Socorro e Patrício desenvolveram uma relação de mãe e filho. Ela é extremamente cuidadosa com ele. Acredita que até a vitamina que ele toma antes de ir para a academia ela faz e leva pra ele? E todas as manhãs eles tomam café juntos.

— Ah!

Mordi o lábio me sentindo ridícula. Por que inferno Patrício não me explicou quem era essa "docinho"? Custava aliviar a minha dor me dizendo que era alguém que fazia papel de mãe, mesmo ele já tendo idade para fazer a própria vitamina?

— Se era só isso, por que vocês não conversam e se resolvem?

Porque eu ainda guardava um segredo. Pensei incomodada.

— Vou fazer isso. — Eu não via como conseguir, mas sabia que não deixaria de tentar.

Do lado de fora, nos amontoando para acompanhar os fogos e dar início ao que parecia ser uma reunião muito alegre, com o cheiro da comida impregnando o ambiente e o barulho das garrafas de bebidas batendo uma vez ou outra, eu vi quando Johnny e Anita se juntaram ao grupo sem chamar muita atenção.

Anita tratou de passar para o lado da prima, fingindo não se importar com Johnny, mas pelo sorriso que ostentava tive a minha confirmação. Já meu irmão, por mais que eu tivesse a certeza de que tinha se divertido, estava estranho e carrancudo, além de me evitar também.

Por que tudo tinha que ser com dificuldade?

Patrício estava ao meu lado, mas estava calado, bebendo e sério. Charlotte estava com Alex e o padrinho tratava de supervisionar os dois de perto. E eu não conseguia parar de pensar no quanto aquele quadro era uma distopia. De longe éramos lindos e perfeitos, mas se olhasse de perto, se averiguasse todos os sinais, existia um podre a ser descoberto em cada um dos participantes, quebrando de vez com a ideia de família feliz.

O telefone de Alex tocou, ele entrou na casa para atender sem o barulho das conversas e da música. Charlotte mordeu o lábio acompanhando o noivo com os olhos. Ela, pensando que ninguém a olhava, saiu logo em seguida. Então Johnny, como se também estivesse observando, passou por mim indo atrás da nossa irmã.

— Johnny? — Meu irmão parou contra a vontade e me encarou. Ele estava aborrecido. — Precisamos conversar. — Dei um passo em sua direção, mas ele recuou.

— Agora não, Miranda. Eu preciso falar com Charlotte. — Sem esperar a minha resposta virou e entrou na casa.

Eu sabia que não havia qualquer assunto tão emergencial que ele precisasse discutir com Lottie, assim como sabia que aquela era a sua desculpa para não ter que conversar comigo sobre o que combinamos. Era tão frustrante ele resolver ser sexualmente correto naquele momento, justo quando precisávamos que ele fosse um filho da puta assumido.

Respirei fundo para manter a calma. Todas as pessoas que não podiam saber o que tramávamos estavam ali, então gritar, xingar e exigir as respostas que eu estava esperando estava fora de cogitação.

Olhei outra vez para Patrício que estava me olhando com a mesma expressão de antes, sério e aborrecido. Que merda! Ele levou a garrafa à boca, tomando um gole generoso da sua cerveja.

— Vai ficar só me olhando ou vai dizer logo o que quer dizer? — Surpreso pela minha pouca amabilidade, ele olhou para as outras pessoas e depois voltou a me olhar.

— Eu não quero te dizer nada.

— Ótimo! — rebati furiosa.

— Ótimo! — ele confirmou voltando a me ignorar. Só que eu já estava aborrecida demais para ser ignorada.

— Você não precisa ficar ao meu lado, Patrício. Eles estão mais preocupados com Charlotte e Alex do que com você sem falar comigo o dia todo.

— Eu não fiquei sem falar com você o dia todo. O que fizemos no escritório do meu pai não chega nem perto de não falar com você. — Não havia humor em suas palavras, apenas aborrecimento, o que me deixava cada vez mais furiosa. Mas Patrício era cauteloso, falava baixo, sem chamar a atenção de ninguém.

— Por que não me diz de uma vez por todas o que está pensando?

— Eu não sei o que você quer que eu diga, Miranda. — Ele se virou em minha direção, me encarando com intensidade pela primeira vez. — O que você quer que eu diga? — Meu ar ficou pesado demais para entrar e sair dos meus pulmões.

O que eu queria que ele dissesse? Deus! Eu queria que ele me abraçasse, que me dissesse que tudo ficaria bem, que ele estava sendo um babaca... qualquer coisa que não nos levasse para aquele caminho que rumávamos. Para o fim.

— Nada. Se você não quer dizer, então eu não posso te forçar a nada.

Patrício fechou os olhos, suspirou como se buscasse paciência e quando os abriu outra vez, estes estavam mais amáveis. Ele se aproximou, passou uma mão pelo meu pescoço entrando pelos meus cabelos e se alojando em minha nuca, me puxou para perto e me beijou. Foi um beijo casto, contendo apenas a junção dos nossos lábios, rápido e decente o suficiente para ser aceitável pelo padrinho.

Meu coração acelerou, meu corpo se aqueceu, minhas mãos ficaram geladas e suadas ao mesmo tempo. Todo o meu corpo amoleceu, a raiva simplesmente desapareceu. Quando ele se afastou, minimamente, correndo os lábios pelo meu rosto e alcançando meu ouvido, eu me senti estremecer.

— Você está chamando a atenção dos outros — sussurrou e meu coração pareceu ter se transformado em pedra. Quase pude ouvir o som dos cacos quando caiu, se espatifando no chão.

Mais uma encenação. Mais uma forma de desviar a atenção dos outros. E mais uma vez eu sentia a dor de ser apunhalada por quem eu amava.

— Vamos aos fogos! — Adriano anunciou e João Pedro começou a assoviar animando as pessoas.

Meus olhos ainda estavam presos aos de Patrício, até que ele desfez o nosso contato, virou de frente e voltou a me ignorar.

Respirei fundo de frente à porta dele.

As pessoas podem me acusar de ser infantil, de ser idiota, submissa, de permitir que ele me humilhasse tanto. Qualquer um diria que em meu lugar deixaria Patrício ir embora, que não se submeteria, que não aceitaria mais nada dele. Mas se havia algo em mim que eu bem conhecia era aquela sensação de fracasso que me impulsionava a agir.

Nenhum jogo acabava sem a minha permissão. Nunca!

E aqui podem me taxar de doida, de prepotente, de esquisita... qualquer coisa. Mas Patrício não podia entrar em minha vida, forçar a barra, fazer com que eu me apaixonasse e simplesmente me descartar, como quem descarta uma camisinha usada.

Eu não estava pronta para passar por isso outra vez. O relacionamento terminaria, sabia que era inevitável. Doeria, porque a dor também é inevitável, mas eu não sairia por baixo. Não mesmo.

Ficar parada à sua porta era um imenso risco. Qualquer pessoa poderia aparecer e me flagrar ali, vestindo uma camisola indecente. Mesmo sendo eu a dona de toda a segurança, me sentia reduzida a pó só de imaginar a possibilidade de a porta estar trancada.

Se colocasse a mão naquela maçaneta e a encontrasse fechada, eu seria capaz de derrubá-la, fazer um escândalo, acordar a casa toda e revelar todos os meus segredos. Ou, o que provavelmente aconteceria, voltaria para o quarto mais derrotada do que um time de última divisão, em último lugar no campeonato, e choraria a noite toda.

Qualquer uma das alternativas era uma droga.

Mas eu precisava decidir, e logo. Levantei a mão para segurar a maçaneta, parei antes de tocá-la e desisti. Era melhor assim. Charlotte já estava com Alex, o quarto seria só meu e ninguém precisava saber o quanto eu era uma idiota.

Respirei fundo acalmando o meu coração e me afastei para ir embora. Então a porta abriu revelando um Patrício ansioso, lindo, cabelos molhados, usando somente um short de moletom, pés descalços... perfeito!

Ele me encarou sem nada dizer, sem qualquer surpresa, sem qualquer dúvida e com toda determinação. Se movendo sem medo, Patrício me cercou pela cintura capturando meus lábios, prensando nossos corpos. Sem precisar de força ele me levantou, cruzei minhas pernas em seus quadris e ouvi a porta ser fechada.

Não paramos para conferir se estávamos mesmo fora de qualquer risco. Não paramos para dizer nada, não paramos sequer para respirar. Simplesmente porque a urgência que nos atingia cobrava cada segundo de tensão vivido durante o dia. A raiva que eu sentia se convertia para um tesão fulminante, que me impelia a continuar e arrancava de mim qualquer força que pudesse me afastar dos seus braços.

Patrício me forçou contra a parede, ganhando estabilidade para me explorar com as mãos. Ele me beijava mordiscando minha pele, suas mãos me apalpavam nos lugares certos, seu corpo roçava o meu com tanta pressão que me vi estremecer em diversos momentos, como se o orgasmo estivesse ali, dividido em pequenas partes, mínimas e contínuas, disparando em pontos diferentes, seguindo uma sequência indefinida, cada um no seu segundo correto, me impedindo de pensar adequadamente.

Ele me fez ficar de pé, mesmo com as minhas pernas moles, sem conseguir a consistência certa para me sustentar, quando seus lábios desceram pelos meus seios, mordendo a renda fina, saboreando-os, arrancando-os da camisola e deixando-os à mostra para o seu bel-prazer.

Gemidos escapavam dos nossos lábios, contudo os dele estavam sempre em alguma parte do meu corpo, que abafava os sons, já os meus estavam livres, incontroláveis, destemidos, confirmando como o meu corpo reagia a cada investida do meu parceiro.

Enquanto Patrício sugava um mamilo com avidez, sua mão livre adentrou minha calcinha sem qualquer cuidado. E quem queria cuidados naquela hora? O gemido que escapou de mim foi manhoso e arrastado, intercalando com o silêncio causado pelo arfar pesado, que me impedia de falar.

Seus dedos esfregaram meu clitóris com força, me fazendo chegar cada vez mais perto do orgasmo. Corri minhas mãos pelo seu abdome, a pele quente me estimulando, desci alcançando seu pau dentro do short, solto e duro. Estimulei o membro ainda sobre o pano adorando o seu estremecimento, mas foi quando minha mão ultrapassou a barreira, tocando sua carne, que ele demonstrou fraqueza e para compensar, nos igualando, enfiou dois dedos em minha vagina molhada.

Nossos olhos se encontraram e ficaram presos, um no outro, enquanto nossas mãos nos masturbavam incansavelmente. Era uma delícia não apenas receber seus dedos hábeis em meu sexo, mas poder assistir o quanto ele também gostava da minha mão em seu corpo, se entregando sem qualquer reserva, as pupilas dilatadas, a boca semiaberta, a respiração pesada e inconstante.

Eu queria ficar olhando, capturar cada segundo, cada detalhe. Eu queria não precisar desviar minha atenção dele, mas era impossível, porque Patrício me penetrava com os dedos, roçando minha carne sensível, exigindo a minha entrega, me convencendo a fechar os olhos e aproveitar. E foi o que eu fiz, já sentindo a angústia crescente em meu ventre, o acúmulo de energia que ameaçava explodir e pulverizar tudo ao nosso redor.

Choraminguei sem conseguir me controlar. Eu estava prestes a gozar. Tudo em mim caminhava para aquele desfecho enquanto sentia seu pau melado, o pré-gozo antecipando tudo, facilitando o trabalho da minha mão. Ele estava tão duro, tão quente que me fez ter vontade de chupá-lo, de sentir o seu gosto.

Umedeci o lábio inferior quando uma mão se espalmou em meu pescoço e seus lábios sugaram meu seio. Mas então seus dedos me deixaram. Abri os olhos para conferir um Patrício devotado, se ajoelhando aos meus pés, contudo sem qualquer cunho religioso.

Ele acariciou meus quadris, com beijos arrastados em minha pele, senti que a chama ainda estava ali, concentrada, aguardando a sua libertação. Sua mão puxou minha calcinha para o lado, prendendo-a para que eu ficasse exposta. Seus lábios sugaram meu clitóris arrancando um gemido alto, porém eu não queria pensar se alguém nos ouviria, eu queria a liberdade para gozar em paz.

Patrício me chupou com uma prática invejável, me fazendo pensar porque os homens não dominavam algo que era tão simples? O local fica visível, o tesão acumulado ali era nítido, o chupar não era nenhum mistério, e ainda assim, muitos homens não conseguiam fazer a mulher gozar usando apenas a boca.

Lastimável.

Só que aquela não era a realidade do garoto abusado entre as minhas pernas. Patrício me chupava com perfeição, usando tudo na medida certa, puxando e largando no momento exato, estimulando e amplificando cada sensação. Sua língua encontrava os pontos corretos, lambendo sem pudor, usando tudo o que tinha para me dar prazer.

Eu tinha muitos motivos para me questionar sobre os motivos que me levaram a me apaixonar por alguém como ele, mas o sexo era, com certeza, um dos motivos para me fazer desejar cada noite ao seu lado.

Patrício possuía a humildade de poucos. Ele não envolvia sexualmente uma mulher só para ter prazer. Pelo contrário, em seus olhos havia um prazer indescritível ocasionado pela satisfação em me fazer gozar, uma, duas, quantas vezes fossem necessárias. Ele não desejava o controle, não fazia questão de se impor. Patrício era a junção, o sexo na sua instância pura, uma troca justa e prazerosa.

Ah, Deus! Eu o amava! Eu o amava!

Senti vontade de gritar essas palavras enquanto ele me chupava incansavelmente, sugando meu orgasmo, forçando a sua explosão. Mas minha garganta ficou fechada e as palavras não saíam.

Contudo não fiquei incomodada como na outra noite. Existia em nossa relação muito mais do que simples palavras eram capazes de expressar. Naquele momento Patrício me amava com a boca, e eu o amava com a entrega.

Foi assim que gozei em sua boca, sentindo que quanto mais o prazer me dominava, mais ele correspondia, aprovava e se estimulava.

Minhas pernas fraquejaram um pouco mais, tremendo como se eu tivesse feito um imenso esforço, enquanto ele tratava de tirar a minha calcinha. Patrício levantou, me beijou passando para os meus lábios o meu próprio sabor. Era sexy! Então ele levantou uma perna minha, seu pau duro roçando a minha entrada, mas sem me invadir. Seus lábios deixaram os meus e ele tratou de me explorar com a boca e com as mãos.

Os bicos dos meus seios estavam doloridos e duros. Meu corpo ainda vibrava com uma carga de energia explosiva, como se eu não tivesse acabado de gozar. Era uma delícia me sentir daquela forma, como a antiga Miranda, só que em uma versão melhorada, porque cada gesto meu, cada toque, cada movimento tinha um amor pungente, uma certeza estranha de que, pela primeira vez em minha vida, eu sabia onde era o meu lugar no mundo, e este, com certeza, era na cama com Patrício, ou na parede, tanto faz.

Ele acariciou meus seios, mordeu os bicos e voltou aos meus lábios, enfiando a língua em minha boca no mesmo instante em que enfiava seu pau em mim. Gemi abertamente, sem qualquer medo de sermos flagrados. Ali, com Patrício entrando em mim devagar, seu corpo quente no meu, seus lábios me estimulando, eu entendia a verdadeira ideia de devoção.

Ele me invadia aos poucos, porém sem parar, sem hesitar, mantendo a constância e aproveitando cada centímetro conquistado em meu corpo úmido. O beijo ficou mais intenso, mais sensual, saboroso, então as estocadas começaram. Ele continuava sem pressa, aguardando que me recuperasse, para que o acompanhasse, e foi o que eu fiz.

Com uma perna presa em seu quadril acariciei seu corpo e me permiti ser acariciada de todas as formas. Ele entrava em mim, rebolava fazendo com que seu corpo perfeito se contraísse e relaxasse. Aquele "v" que eu adorava, se formava em seu baixo ventre todas as vezes que ele entrava e os gominhos do seu abdome se exibiam.

Eu tocava seu corpo com um sabor inexplicável. O prazer se apresentava em cada ponta dos meus dedos, fazendo com que choques corressem pela minha pele e se alojassem em meu sexo.

A dança sensual continuava, ele entrando, roçando e saindo sem nunca me abandonar por completo. Mas seu corpo implorava pelo meu demonstrando o seu limite. Eu queria e não precisava de muito para deixar acontecer. Rebolei em seu pau deixando que ele roçasse minhas terminações nervosas. Patrício gemeu tão gostoso que fez meu corpo estremecer.

Ah, o poder! Como alguém podia viver sem ele?

Rebolei outra vez adorando a sua entrega, a sua reação ao meu corpo, a sua aceitação. Ele se agarrou à minha bunda, me forçando a continuar, exigindo meus rebolados. O ritmo aumentou, as estocadas também. O calor nos inundava umedecendo nossas peles. Ele não parava, entrava e saía, apalpando meus seios, minha bunda, minha cintura. Os lábios em todos os lugares que conseguiam alcançar.

— Ah, meu Deus, Morena! — rosnou em meu ouvido arrepiando minha pele. — Que delícia!

Sim, era uma delícia. Tão delicioso que roubava minhas falas só permitindo os meus gemidos.

— Goza, Miranda! — ordenou se enfiando em mim com mais força. Suas mãos se fecharam em minha bunda. Ele me puxou em sua direção chocando nossos corpos. — Goza!

Agarrei seu corpo diminuindo a distância e impossibilitando as estocadas mais longas e profundas. Ele continuou entrando, roçando e saindo mesmo que minimamente. Rebolei no encontro dos nossos corpos e quando meus músculos se esticaram em uma liberação gostosa, eu gozei com o prazer escorrendo por todo o meu corpo, como se meu gozo se transformasse em luz e me invadisse, me cegasse e me incapacitasse.

Ele gemeu alto e se entregou, jorrando dentro de mim quando entrou pela última vez e me imprensou contra a parede prolongando a sensação ao se apertar em meu corpo da forma como podia.

Ainda sentindo os espasmos brincarem, envolvi sua cabeça com minhas mãos, acariciando seus cachos macios. Ele beijava lentamente meu torso, sem se afastar nem um milímetro.

— Isso precisa parar de acontecer — resmunguei.

— O quê?

— Transarmos sem camisinha.

Patrício levantou a cabeça e me olhou com um sorriso cínico para logo em seguida depositar um beijo em meus lábios.

— Você não permite que eu pense corretamente. — Ele se afastou e me puxou para a cama. — Relaxe, não corremos risco algum.

— Mesmo assim. Não é o correto.

— Nada entre nós dois é, gata.

Deitei ao seu lado me virando para conseguir enxergar o seu rosto. Ele era tão lindo!

— Foi por isso que me evitou o dia todo? — sussurrei não me sentindo bem por cobrar satisfações quando nem sabia o que seria de nós dois.

Ele ficou em silêncio. Algumas vezes pensei que falaria, que me daria uma desculpa aceitável, que aceitaria conversar e ajustar o que estava de errado, mas não foi o que aconteceu. Patrício ficou de olhos fechados, o maxilar travado e a respiração inconstante.

Pensei em levantar, recuperar a minha calcinha e sair dali. Antes que a ideia amadurecesse, ele se virou para mim, os olhos buscando os meus, a mão em meu rosto, o polegar acariciando meus lábios e eu não conseguia decidir mais nada.

— Vai dormir aqui? — Fiquei confusa, no entanto a doçura em sua voz foi o suficiente para me convencer.

— Você quer que eu durma? — Ele sorriu me mostrando as covinhas que eu adorava.

— Quero, Morena!

E me beijou, fazendo com que todas as dúvidas e incertezas evaporassem.

CAPÍTULO 29

"O coração dispara, tropeça quase para.
Me enlaço no teu beijo, abraço o teu desejo.
A mão ampara a calma, encosta lá na alma,
e o corpo vai sem medo. Descansa teu segredo."
AMEI TE VER — TIAGO IORC

DEIXEI O QUARTO DE PATRÍCIO COM ELE AINDA DORMINDO. O SOL mal tinha aparecido, a cama estava quente e convidativa, eu sabia que se ficasse, o começo do meu dia seria esplêndido, mas era arriscar demais. Eu só estava usando a camisola fina e ousada da noite anterior e o padrinho costumava acordar com as galinhas.

Atravessei o corredor, abri a porta do quarto e consegui respirar aliviada. Charlotte não tinha voltado ainda. Danadinha! Fui ao banheiro, tomei um banho rápido, coloquei uma roupa quente e aguardei até que a casa começasse a dar sinais de funcionamento.

Charlotte não voltava e eu já estava ficando preocupada. Saí do quarto, decidida a ir até o do Alex para alertá-la, mas o padrinho me encontrou no corredor fazendo meu sangue gelar.

— Bom dia! — Ele sorriu com uma satisfação que me deixou preocupada.

— Bom dia, padrinho! E a madrinha?

— Já vai descer. E Charlotte? — Lógico que ele perguntaria pela filha.

— No banho. — Ele estreitou os olhos, analisando a minha mentira. — Na verdade, ela está... — Fiz um gesto indicando a barriga. — Estômago fraco.

— Ah, claro! Como se já não bastassem os machucados, Charlotte agora vai precisar de mais um cuidado. — Começamos a andar em direção às escadas.

— Ah, não, padrinho. Ela vai ficar bem. Nem diga que te falei porque o senhor conhece a filha que tem. — Fiz uma careta para que ele acreditasse que eu estava mesmo querendo esconder o fato.

— Não se preocupe. Vamos ao café da manhã.

— Vamos.

Descemos para encontrar os outros. Dandara e Adriano já estavam sentados, Tiffany terminava de organizar seu prato, João Pedro mexia no celular enquanto Lana colocava uma xícara de café a sua frente. Além da falta de Charlotte e Alex, o que mais chamou a minha atenção foi a ausência de Anita e Johnny.

Eu não sabia se aquilo era bom ou ruim, já que meu irmão não me deu a chance de conversar com ele para saber como estava o nosso plano.

— Bom dia! — Dandara me cumprimentou com alegria e carinho. Ela era uma boa mulher e com certeza seria uma boa sogra. Sorte de Charlotte e, quem sabe, minha também.

— Bom dia! — respondi sorrindo, sendo a garota gentil e educada que o padrinho me criou para ser.

— E Patrício? — Lana perguntou interessada e, pelo visto, esquecida. Já João riu balançando a cabeça.

— Não sei. Pensei que ele já estivesse aqui.

— Patrício gosta de dormir até mais tarde. Venha, sente aqui. — Dandara me indicou o lugar ao seu lado e começou a me servir dois pedaços de bolo. — Coma. O bolo está uma delícia.

— E Alex? — O padrinho perguntou interessado. — Ele também gosta de dormir até tarde?

— Alex, não. Ele surfa — Adriano respondeu. — E gosta de organizar o seu dia antes de precisar sair de casa. — O padrinho pensou no que o amigo tinha dito. Eu não sabia dizer se ele estava satisfeito ou aborrecido, porque nem Alex nem Charlotte estavam ali, apesar da minha mentira.

— Alex acorda cedo porque gosta do prazer da manhã — Tiffany disse deixando Lana e João boquiabertos.

— Como surfar e correr na praia. — João salvou o cunhado de conhecer a arma do padrinho. Tive vontade de rir.

— Charlotte precisa de um pouco desta vida saudável. Ela não gosta de acordar cedo — provoquei para que a conversa seguisse outro caminho e o padrinho não começasse a cogitar a ideia de buscar a filha no quarto.

— Logo vemos que eles não são nada compatíveis — mais uma vez Tiffany destilou o seu veneno. — Mas, como dizem, os opostos se atraem.

— E se apaixonam — Dandara concluiu sem ser grosseira, contudo colocando Tiffany em seu devido lugar. — O que me faz lembrar... Lana, como estão as coisas para hoje à noite?

— Complicadas. Ninguém organiza um noivado tão rápido.

— Como assim? — perguntei sem fazer ideia do que eles discutiam.

— Alex pediu Charlotte em casamento. É normal que tenhamos uma festa de noivado — o padrinho esclareceu e eu fiquei boquiaberta.

Deus! Charlotte morreria.

— Bom dia, bom dia! — A voz estrondosa de Patrício preencheu a sala. Olhamos para as escadas e o vimos descendo com a madrinha, todo galanteador. — É um belo dia, não? — Seu sorriso era encantador.

— Com chuva — o padrinho quase rosnou. Pelo visto percebendo que se Alex acordava cedo e Patrício tarde, alguma coisa estava muito errada ali.

— E os dias de chuva são encantadores, Peter — meu namorado brincou dando um beijo na mão da madrinha, puxando a cadeira para ela. — Mãe, pai... — Deu um beijo na cabeça da mãe e veio em minha direção. — Miranda — suspirou como um homem apaixonado.

Eu já não sabia mais se estávamos fingindo mesmo ou se ele tinha decidido levar aquilo adiante depois da nossa noite.

— Dormiu bem? — Sentou ao meu lado me dando um selinho sem demonstrar qualquer medo do padrinho.

— Muito bem, obrigada. — Ele pegou o pedaço do bolo que estava em meu prato.

— Patrício! — a mãe o repreendeu, ele riu de boca cheia.

Eu ia servir uma xícara de café quando Alex atravessou a casa segurando Charlotte pelo braço. Ele parecia furioso e ela confusa. O que estava acontecendo?

— Alex?

— Agora não, mãe!

Eles saíram da casa sem se importarem com a presença dos padrinhos ali. Alguma coisa de muito séria estava acontecendo para que Alex tivesse aquela atitude. Se fosse Charlotte eu até entenderia, mas Alex? Não. Eu precisava saber o que estava acontecendo. Comecei a me levantar, mas Patrício colocou a mão em minha coxa, e quando o olhei balançou a cabeça negando.

Não sei dizer porque obedeci. Porque não levantei e fui mesmo com a sua negativa. Eu só sei que ele me pediu para ficar e eu acabei cedendo, mesmo com a culpa latejando em minha cabeça. Olhei para o padrinho, que sussurrava com a madrinha. Ele aborrecido e ela muito serena.

— Se tem uma coisa que eu odeio em um relacionamento é briga matinal — João Pedro falou quebrando o clima ruim. — Os casais deveriam fazer amor todas as manhãs, e não encontrar formas de começar o dia aborrecidos. Não é mesmo, princesa? — Lana ficou sem graça, mas sorriu. Dandara riu balançando a cabeça como se soubesse que o genro só falava bobagens, mas o padrinho... bom, ele pareceu relaxar mais com o comentário do João.

Patrício riu ao meu lado e apertou minha coxa me dando um olhar cheio de significados. Oh, sim, eu também preferia fazer amor pela manhã a brigar, no entanto... Anita desceu animada trocando um olhar com a prima, que não estava nada feliz.

— Onde estão todos? — ela perguntou já se servindo de pão e um pedaço de bolo, parecendo que nunca tinha visto comida na vida. — Estou morrendo de fome. — Justificou-se, rindo. Patrício me olhou mais uma vez e piscou.

— Alex e Charlotte foram brigar lá fora — Tiffany anunciou sem qualquer cuidado.

— Sério? — Anita disse com a boca cheia. — Tão cedo! — Pela primeira vez no dia vi Tiffany sorrir, e foi um sorriso perverso.

— O que é tão cedo? — Johnny apareceu do nada me fazendo lembrar que precisávamos ter uma conversa.

— Nada — o padrinho se adiantou antes que as imbecis continuassem falando de Charlotte. — Coma alguma coisa porque vamos precisar de você hoje.

Johnny me deu um olhar, perguntando qual era o problema e eu sorri de leve sabendo que a sua curiosidade me ajudaria a ter a minha resposta mais cedo e sem sacrifícios.

Apesar de todos os esforços para manter o clima leve o padrinho começou a se preocupar com a demora da filha. Deixamos a mesa e eu segui Johnny até a outra sala para abordá-lo. O que não o agradou muito.

— O que aconteceu? — ele quis saber me impedindo de falar primeiro.

— Conseguiu o que eu pedi? — Johnny engoliu com dificuldade, temeroso, tentando encontrar alguma saída, mas desistiu de me enrolar concordando. — Ótimo! Mande para mim. — Fiquei mais animada do que deveria.

— O quê? Não!

— Johnny, nós combinamos! — rosnei para a sua infidelidade.

— Eu disse que gravaria com a permissão dela e foi o que eu fiz, mas não vou colocar o vídeo em sua mão, Miranda.

— Mas ela tem que saber que nós...

— Anita não vai fazer nada.

— Como pode saber? Eu ouvi a conversa delas.

— Ela não vai fazer! — Ele se voltou contra mim, me encarando com raiva. — Pode deixar que eu vou manter Anita controlada e se alguma coisa der errado seguimos com o plano, mas o vídeo ficará comigo até que eu precise agir.

— Que droga! — gritei enfurecida. — Ela está te manipulando?

— Claro que não! Mas Anita confiou em mim, e ela... — ele recuou um pouco envergonhado. — Ela estava bêbada, por isso concordou. Não vou simplesmente ser um escroto.

— Tudo bem. Mas se ela prejudicar Charlotte a culpa será toda sua.

— Vou correr este risco.

— Idiota!

— Você deveria confiar em mim, Miranda. Eu sei o que estou fazendo.

— Eu gostaria de confiar, mas tudo o que vejo é um menino bobo, deslumbrado com a professora manipuladora. Anita não é Alex, ela não vai viver um relacionamento com você, e nem vai te pedir em casamento. Ela quer o Alex, não se esqueça disso.

Meu irmão recuou com as minhas palavras e eu me senti péssima por precisar ser tão dura. Johnny não era Charlotte. Não era inexperiente e muito menos um garoto bobo como eu havia falado. Porém eu não conseguia acreditar que ele estava envolvido com Anita ao ponto de se negar a me dar a prova que precisávamos para que ela recuasse.

— Desculpe! — falei por fim. — Desculpe, Johnny! Eu só...

— Eu sei. Mas eu estou no controle agora, Miranda. Então me deixe agir.

— Tudo bem. — Ele me encarou por um tempo, depois entortou a boca e me abraçou.

— Vamos voltar. O padrinho quer que eu ajude com a festa do noivado.

— Ah, droga! Ainda tem isso. — Ele riu.

— Toda decisão tem consequências, esqueceu?

— Não. Eu nunca conseguiria esquecer.

— Vamos para o meu quarto — ele ronronou me abraçando por trás na cama de solteiro que eu ocupava no quarto do rancho. — Essa cama é muito pequena para nós dois.

— Perdeu o medo do padrinho. — Ele rolou por cima de mim me deixando de costas no colchão. Seus olhos quentes desceram meu decote e sua mão conferiu o meu corpo.

— Eu adoro seu corpo, Morena linda! — continuou me cortejando com palavras ditas com doçura e desejo.

Era para ser um elogio, e se eu ainda fosse a antiga Miranda iria adorar, já que nada que eu vivia conseguia ultrapassar a barreira do carnal. Porém, ouvir de Patrício que ele adorava o meu corpo, naquele instante, estando eu tão vulnerável, chegou para mim como se ele estivesse afirmando que gostava apenas do meu corpo. Suspirei enquanto ele me dava beijos entre meus seios.

— O que foi? — perguntou baixinho chamando a minha atenção. Ele voltou o rosto para mim, se aproximando com cuidado. — Não gostou do que eu disse? — Um sorriso brincou em seus lábios.

— Gostei. — Encarei seu rosto lindo, seus lábios grossos e seu sorriso encantador. Passei meus dedos pelos cachos macios.

— E por que está me olhando assim?

— Assim como? — Ele passou o dedo entre as minhas sobrancelhas.

— Assim.

— Não é nada. É só que...

Fiquei olhando para ele sem conseguir falar o que eu deveria falar. Eu não sabia se era mesmo justo que uma pessoa tivesse que expressar com palavras como ela se sentia em relação a outra. Os gestos já diziam tudo, não? Era mesmo necessário repetir incansavelmente o "eu te amo", como se fosse um mantra para se convencer do fato e não a outra pessoa? E quando exatamente a pessoa saía da incerteza dos seus sentimentos para a certeza, se o que separava um do outro era uma linha tão tênue?

— Miranda?

— Nada. — Forcei um sorriso. — Eu só estou preocupada com Charlotte. É só isso.

— Por causa de Tiffany e Anita?

— Também.

Ele passou a mão pelos meus cabelos e acariciou meu rosto com um sorriso brincalhão. Depois beijou meus lábios demorando no colar das nossas bocas para logo em seguida pedir passagem com a língua delicada. Saboreei seu beijo, aproveitando a liberdade de não termos o padrinho nos vigiando o tempo todo.

Com a saída de Charlotte para o hospital, e a festa de noivado para organizar, ficamos livres para curtirmos um pouco um ao outro sem a obrigação de nos comportarmos. Patrício se refugiou no meu quarto, fugindo de Lana, mas não estava gostando da ideia de uma cama de solteiro para nós dois.

Enquanto nos beijávamos sem pressa, deixávamos que nossas mãos vagassem, explorando, desfrutando, tocando tudo o que lhe era permitido. Ele puxou minha perna correndo toda a sua extensão protegida por uma calça jeans colada que desenhava muito bem o meu corpo.

Alguns pequenos gemidos de aprovação escapavam de nossas bocas à medida que avançávamos nas carícias. Eu estava excitada, mas não somente porque ele me tocava e me beijava daquela maneira única, mas, e principalmente, porque estávamos namorando, como um casal de verdade que dá amassos no sofá, quando o pai sai para o trabalho.

Era emocionante. E era uma delícia.

Meu telefone tocou, ele gemeu protestando, eu ri tentando me afastar sendo impedida por uma mão forte que me segurou na cama aprofundando nosso beijo. Resolvi ignorar e aproveitar o tempo que ainda tínhamos sem que alguém aparecesse para nos atrapalhar.

Patrício girou para cima de mim, se acomodando entre as minhas pernas, sua mão apalpou um seio meu sem se atrever a tirar a blusa que eu estava usando. Em algum momento o telefone deixou de tocar. Minutos depois a música voltou a encher o quarto fazendo com que meu namorado deixasse de me beijar e procurasse pelo aparelho.

Brinquei com ele me agarrando ao seu corpo para impedi-lo de alcançar o objeto. Ele caiu no colchão rindo e voltando a me agarrar, me deixando por cima. O clima estava esquentando, ele também estava excitado, a sua ereção entre as minhas pernas. Rebolei em seu colo, forçando meu corpo contra o dele, ao mesmo passo que nossos lábios se devoravam.

O quarto voltou a ficar em silêncio, apenas nossos gemidos baixos podiam ser ouvidos, mas em seguida, diversas mensagens apitavam em meu aparelho, ganhando a nossa atenção. Fiquei preocupada. Quem faria tanta questão de falar comigo? Virei em direção ao aparelho, mas Patrício levantou me segurando em seu colo e exigindo minha boca outra vez.

— Só vou conferir as mensagens. Pode ser Charlotte — ronronei me enroscando em seu corpo e aceitando as suas carícias.

— Só pode ser esse casal empata foda. Quando não é um é o outro. — Ri acertando-o com um tapa fraco, mesmo assim Patrício brincou, se deixando cair no colchão fingindo dor.

Levantei e peguei o celular no momento exato em que ele voltou a tocar. O nome na tela do aparelho me fez estremecer. Moisés. Respirei fundo encarando o aparelho enquanto a música ecoava sem parar. O que eu poderia fazer?

— Não vai atender? — perguntou interessado.

Olhei para Patrício deitado em minha cama, o rosto tranquilo, um sorriso perfeito, as mãos atrás da cabeça demonstrando tranquilidade. O celular não parava de tocar.

— Miranda? — Neguei com a cabeça e mordi o lábio ciente de que ali eu colocava uma pedra sobre qualquer coisa que pudesse vir a acontecer naquele quarto. — Por que não? — Continuei calada, completamente culpada e sem coragem de inventar uma desculpa para me defender. — Quem é? — Ele levantou, sentando na cama, me encarando sério. Minha garganta secou.

— Moisés — revelei a meia-voz assistindo o rosto de Patrício se transformar.

O silêncio se fez quando o telefone parou de tocar e continuamos nos encarando. Não restava mais nada do clima gostoso que nos envolvia antes de ter levantado para atender o maldito telefone. Eu não sabia o que dizer, como me justificar, o que revelar daquela parte suja da minha vida.

As mensagens voltaram a apitar. Eu estremecia a cada alerta sabendo a merda que podia acontecer caso não respondesse imediatamente. Abaixei os olhos até a tela do celular e captei uma ameaça. Ele exigia que eu atendesse ou enviaria a mensagem. Logo em seguida o telefone voltou a tocar.

— Atenda — Patrício rosnou levantando. Por instinto recuei colocando o telefone atrás de mim. — Atenda, Miranda!

— Não.

— Por quê? — Não consegui responder. Meus olhos ficaram cheios de lágrimas, pois eu sabia que ali definíamos o que seria de nós. — Por quê? — repetiu dando mais um passo em minha direção. — O que esse cara é seu?

— Nada.

— Não minta para mim, Miranda! — suplicou sem ceder. — Decida agora o que você quer.

Meu coração acelerou, meu estômago embrulhou, minha garganta ficou seca, minhas mãos tremiam suadas, geladas e o ar parecia ter se petrificado em meus pulmões. Eu tinha que dizer alguma coisa. Qualquer coisa que não o deixasse colocar um ponto final.

Minha mente implorava para que Patrício confiasse em mim. Que me desse uma chance de modificar aquela história, mesmo sem fazer a mínima ideia de como resolver o problema com Moisés. Eu queria dizer qualquer coisa que ele quisesse ouvir e que fosse capaz de convencê-lo a não ir embora.

Mas eu nada disse.

Patrício se afastou ainda me olhando. A primeira lágrima desceu pelo meu rosto sem que eu tentasse impedi-la. Talvez fosse melhor assim. O que eu levava comigo era uma carga pesada demais para ser dividida ou esquecida. Patrício não merecia aquilo. Ele era um homem lindo, legal, engraçado, apaixonante. Ele merecia uma garota normal, que gostasse de coisas normais e que não precisava inventar uma mentira por minuto.

Às vezes não escolher é exatamente a escolha. Não havia como fugir, para onde correr.

A porta bateu sem que um barulho fosse feito, contudo dentro de mim foi como um baque capaz de quebrar tudo em pedaços irreparáveis. Solucei sem deixar que meu choro alertasse alguém do meu desespero. O telefone voltou a tocar.

— Diga. — Atendi mantendo a voz dura e fria.

— *Onde estava? Por que não atendeu?* — Moisés parecia um louco, falando como se tivesse direito de me cobrar alguma coisa.

— Não é da sua conta, Moisés. Eu disse que viajaria com a minha família. Não fique me ligando ou mandando mensagens com as suas chantagens.

— *Eu avisei que queria você o quanto antes. Não brinque comigo.*

Fechei os olhos e sentei na cama controlando a minha raiva. O que mais faltava acontecer em minha vida?

— Quando eu voltar te procuro — anunciei desligando o telefone.

Deus me ajudasse a superar aquilo tudo.

Quando cheguei à sala, a confusão já estava formada. Charlotte entre Alex e o padrinho falava alto e gesticulava, enquanto o restante do público acompanhava a conversa da forma como podia. Eu não entendia nada, porque minha irmã argumentava, o padrinho rebatia e o murmúrio confundia tudo.

— O que está acontecendo? — sussurrei para Johnny.

— Sua irmã — Patrício respondeu com sarcasmo. — Acabou de anunciar que não vai casar.

— Charlote fez o quê? — perguntei espantada esquecendo por completo o que havia acontecido minutos antes. — Mas ela disse o motivo? — Ele deu uma risada irônica.

— Claro que disse! Ela não tem maturidade para um casamento. — Estreitei os olhos pensando se seria muito ruim acertar um soco na cara dele, assim seriam duas irmãs desfazendo o relacionamento com os dois irmãos. Um problema só e duas soluções.

— Ela disse que não quer que seja tão imediato, como todos estavam acreditando que seria — Johnny me informou evitando assim uma briga maior entre mim e Patrício.

— Ah, meu Deus! E o padrinho?

— Provavelmente vai apresentar a arma dele a Alex e forçá-lo a casar mesmo assim — Patrício voltou a falar.

— Dá para calar a boca?

— Ih! Eu acho que vou preferir acompanhar a confusão de lá, ok? — Johnny saiu de perto nos deixando sozinhos.

— Qual é o seu problema com Charlotte? Ela nunca te fez nada!

— O meu problema não é com Charlotte, e sim com a forma nada correta que o seu padrinho tem de forçar os relacionamentos.

— Até onde eu me lembre ele não forçou o nosso. Ao contrário de você! — Cruzei os braços no peito sem me sentir intimidada pelo seu rosto feroz.

— Se não fosse pela perseguição dele, nós dois já teríamos encerrado esta etapa sem qualquer problema. — Doeu, mas nem assim eu recuei.

— Fique à vontade para fazer isso, Patrício! — Ele riu alto e olhou para o grupo que começava a se dispersar. — Eu te dei esta opção antes de chegarmos até aqui. Continuar foi a sua escolha.

— Continuar foi a nossa escolha — rebateu sem me encarar de volta. Ele riu e balançou a cabeça. — Mas o nosso caso não vai terminar em casamento. Eu não sou idiota a este ponto.

— Não. Você é um cretino! Você é um babaca que não merece a minha atenção e muito menos o meu tempo. — Ele me olhou assustado.

— Miranda...

— E o nosso caso não vai terminar em casamento porque eu jamais me casaria com um idiota como você.

O tempo pareceu parar neste momento. Nós nos encaramos enquanto uma muralha crescia entre nós dois. Cada segundo passando tão lentamente que eu podia enxergar as partículas de poeira se movimentarem.

— Ótimo! — ele disse com raiva.

— Ótimo! — rebati com a mesma intensidade.

Sem perceber estávamos tão próximos, tão perto de um beijo que minha pele ficou arrepiada. A raiva pulsava em meu ouvido, meu coração acelerou, mas tudo parecia perder o foco e a razão.

— Patrício, preciso de uma mão aqui. — João se aproximou sem perceber o que estava acontecendo. Ou, se percebeu, não se importou em atrapalhar. — Lana quer que a gente encontre flores. Vamos lá naquela floricultura porque se não tiver lá, nós vamos rodar o mundo atrás das benditas flores.

— Vou sim — Patrício respondeu sem desviar o olhar do meu.

Além da raiva e da dor, fui assolada pela tristeza. Ele estava indo embora mais uma vez, me deixando angustiada e ressentida. Por que inferno eu não conseguia entender que aquela era a única solução? Que o melhor para todos seria acabar de uma vez com aquela mentira?

Porque dentro de mim não era mais uma mentira. Dentro de mim nunca mais seria uma mentira.

Johnny tinha conseguido fugir durante uma parte da tarde. Ele estava com Anita, apesar de Tiffany também ter passado a tarde sumida. Charlotte tinha ficado um bom tempo com a madrinha em um momento só delas. Acompanhei de longe me sentindo tão só que parecia que iria me partir ao meio.

Por mais que lutasse contra a sensação de solidão, me forçando a acreditar que aquela era a minha família, sabia, bem lá no fundo, que eu era só. A madrinha não era a minha mãe. Nunca foi. Ela era o que era, uma madrinha amorosa que cumpriu com a sua obrigação, o seu juramento na igreja de que seria por mim caso minha mãe faltasse, e ela faltou.

Aquela família, que se amava, era bem verdade, tentava a qualquer custo remendar as partes que esporadicamente ameaçavam se soltar. O filho assumido por uma imposição da vida, a filha que não conseguia se virar sozinha, e a afilhada que ficou solta no mundo, à deriva, sem saber onde poderia se encaixar.

E a verdade era que eu não me encaixava em lugar nenhum. Eu fazia a minha parte, era grata com toda a minha alma, amava cada um deles, contudo faltavam partes de mim que nunca mais conseguiria ser remendada e eu precisava começar a aceitar isso.

E eu constatava cada vez mais esta verdade. Olhando para Charlotte e a sua felicidade ao lado do Alex, a maneira como ela escolheu um vestido, quando nunca se importava com qualquer coisa que fosse além de uma calça jeans, uma camiseta e tênis, como aceitou se produzir sem perder a própria essência, a maneira como eles se olhavam e se completavam, só me dizia que eu não tinha mais qualquer utilidade naquela família.

Meu trabalho estava cumprido. Eu fiz tudo o que fui criada para fazer. Fui a boa irmã, preservei Lottie, lhe ajudei como pude, e agora era hora de me afastar e deixá-la caminhar sozinha. Era o meu momento de mudar a minha vida e de fazer algo verdadeiramente por mim.

Eu iria embora do Brasil assim que me formasse. Aceitaria a proposta do padrinho de fazer uma extensão na Inglaterra, ou nos Estados Unidos, qualquer lugar onde pudesse recomeçar, que pudesse ser eu mesma, que conseguisse fazer as minhas escolhas sem culpa.

Depois de tantos erros, a minha ausência facilitaria a continuação daquela família. Charlotte se casaria com Alex, seria cunhada de Patrício e ele não seria obrigado a conviver comigo, me encontrando em cada reunião de família, em cada nascimento de filho, aniversário. Não. Eu precisava dar aquele espaço para ele. Eu já tinha errado demais.

— Posso sentar aqui? — o padrinho perguntou parando à minha frente.

Olhei para cima e sorri. Ele sorria para mim daquela maneira doce que me dava a sensação de paz. Era tudo o que eu precisava.

— Claro! — Cheguei para o lado deixando um espaço para ele no sofá em que eu estava sozinha.

— Está tudo bem? — Pigarreei para ter mais segurança na voz.

— Está sim, padrinho. Eu só estou... emocionada. Quem poderia imaginar que Charlotte noivaria tão cedo?

— Eu. Você sabe que sempre quis isso para ela. — Ele sorriu me fazendo rir um pouco. — Mas você está tão quietinha aqui. Algum problema com Patrício? — Fiz uma careta sabendo que nunca conseguiria esconder a verdade.

— Nós só não concordamos com as mesmas ideias. O senhor não precisa se preocupar comigo. Vai ficar tudo bem.

— Mas eu sempre vou me preocupar com você. É inevitável. É o que os pais fazem. — Sorri e mordi o lábio evitando que o choro voltasse. Odiava a Miranda chorona e sensível que tinha me tornado.

— Eu sei, padrinho. Obrigada!

— Bom... — Ele colocou uma mão em meu joelho. — Só queria dizer que eu e sua madrinha conversamos e resolvemos que vamos passar mais tempo com vocês.

Puta que pariu!

— Vão?

— Sim. Vocês estão se formando e precisando dar um rumo à vida. Charlotte está noiva, mesmo que eu não faça ideia do que passa na cabeça dessa menina com essa ideia de esperar um pouco mais para o casamento, mas ela vai precisar da mãe aqui. E você... — deu três tapinhas em meu joelho — você precisa decidir o que quer fazer.

— Vou começar a pensar nisso, prometo.

— Ótimo! Quando estiver preparada, me avise.

Ele saiu fazendo minha cabeça girar. Puta que pariu! Se o padrinho passaria mais tempo em casa eu precisava resolver dois problemas: Moisés e Patrício.

Levantei decidida a resolver a primeira parte, a segunda seria apenas uma consequência.

— *Miranda?* — Moisés atendeu no primeiro toque. — *Que sorte a minha.*

— Depois de amanhã, à noite! Não me ligue. Eu vou até a sua casa. — Desliguei antes que ele pudesse falar qualquer coisa, mas quando virei para voltar à sala dei de cara com Patrício.

Puta que pariu! Só piorava a cada segundo.

CAPÍTULO 30

"O que me dá meu coração, que eu canto pra não chorar?
O que é o amor? Onde vai dar? Por que me deixa assim?"
O QUE É O AMOR – DANILO CAYMMI

"— Você não é o foco principal desta família, não seja estúpida! — ele dizia nervoso, enquanto eu chorava copiosamente sem acreditar em suas palavras. — É a filha de uma empregada que morreu. O bichinho de estimação deles, ou uma espécie de segurança para Charlotte! — Thomas continuava com uma maldade que eu nunca o vi usar. — O que acha que vai conseguir com isso? Ninguém vai dar atenção a uma menina idiota que engravidou na adolescência só porque precisava de alguma segurança na vida.

— Não foi isso o que eu fiz! — rebati entre lágrimas tentando não gritar. — Você sabe que não foi o que eu fiz.

— Eu sei? Você é a garota mais rodada da escola!

Parei chocada com o que Thomas dizia. Ele estava nervoso, eu entendia. Éramos jovens demais para assumir uma responsabilidade como aquela e ele, assim como eu, não fazia ideia de como contar aos pais sem precisar arcar com consequências severas. Mas daí ele dizer que eu era aquela garota... logo eu? Thomas foi o único garoto que beijei na vida, e foi também o único que amei. Nós tínhamos errado, isso era um fato, mas eu sempre fui fiel, devotando o meu amor e meu corpo apenas para ele. Como podia me acusar de algo tão vil? Minhas lágrimas desciam e os soluços me impediam de falar.

— Eu não sou o pai dessa criança, Miranda! Com certeza você nem sabe quem é, então se livre dessa gravidez!

— Meu Deus, Thomas!

— Ou fique com o seu filho, não é um problema meu. Mas como seu amigo, tenho que dizer que Peter não vai ser tão gentil quando descobrir o que você fez. Uma coisa é ele se sentir responsável pela filha da empregada que morreu, outra é criar um bastardo, fruto das suas aventuras. Ele não vai te querer ao lado de Charlotte, ao lado de

ninguém da família dele. Não vai aceitar que suje o nome dele."

Acordei sobressaltada. Outra vez o pesadelo, outra vez aquelas palavras. Deus! Quando conseguiria esquecer? Com as mãos cravadas no lençol eu lutava para controlar os tremores. Respirei fundo e levantei. Mesmo com a noite fria eu sentia o quarto abafado.

Lutei contra as lágrimas. Minha promessa de nunca mais chorar por aquele verme ainda estava valendo. Apesar de ser quebrada a cada manhã. Fui até a janela decidida a deixar um pouco de ar entrar. A noite estava limpa, prometendo um tempo melhor para a manhã. Um som de vozes muito baixas chegou até mim como um zumbido. Eu me inclinei sobre o parapeito enxergando primeiro o padrinho e depois Alex.

Voltei assustada com medo de eles me verem. Lentamente me inclinei mais uma vez conferindo a presença deles. O que faziam ali? Olhei o relógio conferindo o avançado das horas. Convenhamos que não era um horário habitual para uma conversa entre o noivo e o pai da noiva.

Só se... não. Se o padrinho tivesse descoberto que Charlotte estava no quarto do Alex não teria sido algo silencioso a ponto de ninguém da casa ter percebido. Então era algo mais. O que poderia ser? Uma conversa sobre a necessidade de ele convencer Charlotte a casar logo? Era possível, contudo eu não acreditava que o padrinho escolhesse a madrugada para exigir uma postura do Alex.

Bom, eu jamais saberia apenas espionando pela janela. Era melhor relaxar e deixar minha curiosidade para o dia seguinte. Ainda havia uma batalha pela frente. Moisés e suas ameaças, a minha obrigação de entrar em seu jogo sujo e nojento, o fim oficial do meu namoro com Patrício. Meu coração apertou, mas preferi ignorá-lo.

Deitei na cama sabendo que dormir estava fora de questão. Eu estava agitada demais para ser assombrada por novos pesadelos, e magoada demais para ficar deitada pensando em meu sofrimento. Procurei minha bolsa e escolhi um e-book em meu leitor. Pelo menos os livros me ajudariam a manter minha alma longe da realidade por um tempo.

Dobrei mais uma camisa colocando-a na pilha pequena sobre a cama. Eu tentava acalmar a confusão dentro de mim e me concentrar na tristeza de Charlotte que arrumava a mala, fazendo de tempos em tempos uma careta de desânimo.

Ela tinha passado a noite com Alex mais uma vez, enquanto eu, disfarçadamente, voltei para o quarto e passei parte da noite acordada. A chuva constante e fina parecia completar o meu quadro depressivo. Na noite passada me recusei a procurá-lo. De nada adiantaria. Eu precisava colar os pedaços do meu coração.

Patrício tinha escutado a minha conversa com Moisés. Mesmo que não tenha dito nada, nem uma palavra, um pedido de explicação, eu sabia que as minhas palavras trancaram de uma vez por todas os portões que nos ligavam. Agora estávamos cada um de um lado daquele terreno, sem qualquer chance de nos ligarmos outra vez.

Suspirei me recusando a chorar. Precisava urgentemente recuperar parte da antiga Miranda.

— Você parece que está indo para um enterro — brinquei com Lottie. — Vocês já tinham um relacionamento antes do feriado. As coisas só vão voltar ao normal.

Eu sabia, e provavelmente ela também, que não voltariam. Nem Charlotte teria paz enquanto não casasse com Alex, nem eu voltaria a ter a liberdade que tanto prezava. Sem contar que não seria fácil recuperar o meu coração partido.

— O que você acha desse casamento? — Ela suspirou cansada. — Digo... o que pensa sobre essa pressão toda para que aconteça rápido?

— Casamento sempre é uma loucura.

Eu podia fazer um discurso sobre como aquilo tudo era ridículo, abusivo e absurdo. Onde já se viu, em pleno século XXI, um pai se achar no direito de exigir que a filha case o quanto antes para que ela não caia no pecado de transar com o noivo. Mas aquele argumento serviria para mim, a garota revoltada, que odeia regras e que se põe em perigo para quebrá-las.

Para Charlotte eu jamais poderia dizer que não era o correto ou que ela deveria fugir enquanto ainda era tempo. Ela amava Alex e ele, pelo visto, a amava demais. O casamento seria uma consequência daquele amor que pulsava e amarrava um ao outro como se eles fossem inseparáveis.

Para a história de Charlotte e Alex, um casamento imediato era tudo o que as pessoas poderiam esperar e eles deveriam desejar.

— Não sei se eu aceitaria algo tão rápido com o Patrício. — Meu coração acelerou. Era preciso continuar a fazer aquele teatro, principalmente se quisesse acrescentar um fim. — Mas o seu caso é muito diferente do meu — acrescentei rapidamente. — O padrinho vai realmente pegar no seu pé. Alex não parece alguém com tanta paciência, apesar de eu achar que para ficar com você ele vai realmente precisar disso.

Ri gostando de tratar tudo de uma forma mais leve. Charlotte ficou um pouco mais relaxada. A conversa misteriosa do padrinho com o noivo dela no meio da madrugada ainda era algo que eu precisava descobrir e me certificar de que não era nada que pudesse pressionar ainda mais a minha irmã.

— Também não sei se estou totalmente de acordo com você casar com o primeiro homem com quem foi para a cama. Isso é, no mínimo, estranho! — Ela sorriu.

Charlotte gostava da minha facilidade com o sexo e eu não me importava de dizer as bobagens que passavam pela minha cabeça, se o retorno seria aquele seu sorriso bobo com bochechas rosadas.

— Entretanto, Charlotte... esse é o seu faz de conta. Se fosse comigo estaria tudo errado. — E eu não podia ter dito nada tão verdadeiro. — Mas como é com você, não poderia ser mais adequado. — Encarei minha amiga para que ela pudesse se concentrar no que eu tinha para dizer. — Casar hoje, amanhã ou em um ano não vai fazer diferença. Alex é quem você quer e você é tudo o que ele mais sonhou. Ficar namorando só porque você acha estranho casar de repente vai ser uma tortura. Para os dois.

Ela mordeu o lábio inferior e levou as mãos ao rosto para ajustar a nova armação no rosto. Eu preferia a outra, porém a atual era adequada a Charlotte Mid dleton. Ela recuou fazendo uma careta estranha, típica de quando estava insegura, o que não era algo tão anormal.

E então começou a falar. Charlotte estava com medo e eu conseguia entender o lado dela. Se o casal se conhecesse, se apaixonasse e resolvesse dividir um apartamento, as pessoas não se importavam, mas se eles se conhecessem e resolvessem casar, tudo certinho, papel passado e com a benção do padre, isso sim era algo suspeito, digno da fofoca do século, das especulações constantes. Lottie nunca gostou de ser o centro das atenções, e, aceitar o casamento seria o mesmo que ser colocada sobre um palco, nua, com todos os holofotes virados em sua direção.

Para piorar, existia na personalidade da minha amiga a ideia de que não era justo se colocar em primeiro lugar. Ela sempre cedia, aceitava e seguia se forçando a acreditar que estava sendo boa e justa fazendo o melhor para todos. Muitas vezes eu me perguntava o quanto faltava para que ela finalmente explodisse. Para que seu mundo de aceitação virasse de cabeça para baixo, deixando-a perdida e confusa.

Charlotte não se via como realmente era. Ela acreditava que era uma garota de sorte por ter pais preocupados ao ponto de coordenarem a sua vida, de decidirem os seus passos. Ela achava que deveria ser grata por terem inserido eu e Johnny na família, facilitando a sua capacidade de se esconder do mundo. E finalizando, Charlotte não se via como alguém que merecesse o amor de Alex Frankli.

Que tola!

Ela não enxergava o prêmio que era. Uma pena!

— E Patrício?

Meu coração deu uma pontada. Eu queria continuar ignorando-o, mas estava cada vez mais difícil. Deitei na cama e encarei o teto.

— Patrício é... — Pensei no assunto. Patrício era incrível! — Sinceramente, não sei se ele é alguém que valha a pena.

— Como assim? Até alguns dias atrás ele era o príncipe encantado, o melhor homem da sua vida!

Que comece a descida rumo ao fim.

— Eu sei, eu sei. É que ele... como posso explicar? Patrício não parece querer levar a relação a sério.

— Então aquela conversa com o meu pai sobre ter passado a vida te esperando era tudo balela?

Era. Mas não da forma como ela estava pensado. Patrício não me iludiu, me usou e me descartou. Nós dois nos juntamos naquela loucura, aceitamos o acordo e, verdade seja dita, aproveitamos.

— Não sei se é, ou era. Eu pensei que estávamos vivendo algo legal. — Aquela era mais uma verdade, mas eu estraguei tudo.

— Eu também. Vocês vivem pelos cantos, aproveitando todos os momentos a sós.

— Sexualmente somos perfeitos. Só que ele anda estranho. — Eu precisava de alguma desculpa. Algo que justificasse a minha decisão. — Eu fico tão irritada com algumas colocações que ele faz, que às vezes tenho vontade de acertá-lo com um soco.

Charlotte riu, como sempre fazia quando precisava ouvir os desfechos que eu inventava para os meus namoros mentirosos. Ela gostava da ideia de que eu não me machucava, ou não me permitia sofrer por muito tempo. Eu só queria que ela aprendesse o melhor de cada mentira, que era justamente a ideia de não precisar se entregar à tristeza de um fim de relacionamento.

— Não faça isso. O que ele anda dizendo para te irritar tanto assim?

Bom, era a minha cartada certeira. Nenhum assunto faria com que Charlotte me apoiasse que não fosse ligado a ela e Alex. Eu sabia que se eu contasse uma parte daquela verdade, ela ficaria do meu lado e até apoiaria o fim do meu namoro.

Então contei a resistência de Patrício ao casamento dela com o irmão dele. Deixei claro que ele achava que Alex era um idiota por aceitar e que acreditava que ela, a minha irmã, fingia ser uma garota inocente para convencer Alex a fazer o que ela queria. À medida que contava as coisas que ouvi de Patrício nos últimos dias ela ia ficando mais vermelha, seus olhos se estreitavam, suas sobrancelhas se juntavam e suas mãos se fechavam de raiva.

— Talvez você devesse realmente acertá-lo com um soco — ela disse, enfurecida.

Eu tive que sorrir adorando aquela reação. Era o que me fazia acreditar que Charlotte conseguiria se safar em qualquer situação.

— Vou pensar no assunto.

— Ele é um babaca — ressaltou.

— Ele é sim.

Levantei para pegar a mala e vi que a dela ainda estava pela metade.

— O padrinho vai ficar aborrecido, Lottie. Você sabe que ele preza a pontualidade.

— Problema dele! — Cruzou os braços na frente do peito e não levantou para finalizar o seu trabalho. — Agora eu realmente quero ficar. O idiota do Patrício vai virar a cabeça do Alex.

— Ninguém nunca vai fazer com que Alex desista. — Pisquei para ela e resolvi terminar de arrumar a mala ainda aberta sobre a cama. — Mas se você quer ficar, a melhor estratégica é atrasar o padrinho. Ele vai ficar furioso, porém o TOC não vai deixar que ele simplesmente atrase a sua agenda para te convencer a buscar a mala e partir com ele. — Charlotte riu adorando a ideia. — Vamos fazer o seguinte: descemos em cima da hora, você não leva a sua mala, eu finjo que preciso me despedir do Patrício e você fica aproveitando para conversar com ele.

— Você me conhece, Miranda. Eu não vou saber confrontar o meu pai. — Ri. Charlotte era um ser interessante. Uma hora encarava o pai e gritava que não ia casar e pronto, na outra tinha medo de pedir para ficar um pouco mais com o noivo.

— Eu tenho certeza de que na hora você vai conseguir. Agora vamos. Precisamos terminar esta mala aqui.

Patrício estava colocando a mala no carro. Ele simplesmente resolveu sair mais cedo, sem nada me dizer e por isso quase perco a chance de me despedir. Droga! Não precisava ser daquele jeito. Quando ele se virou e me viu, ficou surpreso. Evitando me olhar diretamente, fechou o porta-malas e caminhou até a porta, mas aguardou pelo que eu tinha para dizer, afinal de contas, estávamos em um local aberto, onde qualquer pessoa poderia nos ver.

— Não sabia que ia tão cedo — comecei sem saber o que dizer. Aliás, eu nem sabia porque estava ali.

— Surgiram alguns problemas.

— Ah! — Eu não sabia o que fazer com as minhas mãos. — Como vamos fazer isso acontecer?

— Isso... ah, sim, você fala de como vamos fazer para terminar. — Concordei sem nada dizer. Patrício suspirou e encostou-se ao carro. — Vamos... não sei. Eu realmente preciso ir, então... podemos conversar à noite para acertar tudo?

— Onde?

— Na sua casa, ou na minha, ou em um restaurante. Você escolhe.

Eu não deveria me sentir feliz, nem esperançosa, mas confesso que meu coração acelerou e um sorriso ameaçou se expandir em meu rosto.

— Vejo você mais tarde — ele disse hesitante.

Patrício se aproximou devagar encostando o rosto no meu como se fosse me beijar. E eu queria ser beijada. Mas não podia. Eu não podia desejar ficar bem com ele quando sabia que no dia seguinte precisaria estar com Moisés. Não era justo. Por isso fechei os olhos e abaixei a cabeça, mas não consegui evitar a decepção ao perceber que na mesma hora em que desisti do beijo, ele também já tinha desistido, virando para beijar meu rosto, bem no cantinho dos meus lábios.

Eu me perguntei como algo tão mínimo, tão sem sentido, conseguia mexer de forma tão abrupta comigo. Porque no instante em que seus lábios encostaram-se aos meus, mesmo que naquela parcela mínima deles, eu senti minhas pernas tremerem e o coração galopar.

Então Patrício entrou no carro e partiu, levando com ele o que existia de mais puro em mim: o meu amor.

Eu tinha consciência de duas coisas. A primeira era que de nada adiantaria ficar tão abatida. Se tinha uma coisa que eu tinha aprendido era que o mundo não parava para aguardar que o seu sofrimento acabasse. A vida passava por cima de você sem dó nem piedade, por isso eu levantava a cabeça e seguia, sem nunca pensar duas vezes sobre a queda. Uma porrada era o suficiente para aprender, eu dizia.

A segunda era que eu jamais poderia esperar demais. O que não tinha remédio, remediado estava, e uma atitude errada permaneceria errada, pois não havia forma de voltar no tempo para ajustar o erro. Por isso eu deveria saber que Patrício não apareceria. E não me abalar tanto com aquela mensagem que lia e relia sem conseguir parar.

> Não vou hoje. Tenho um compromisso com alguns amigos. Eu ligo para marcar outro dia.

Só faltou ele dizer: não me procure, eu te procuro.

Que imbecil!

Fechei a tela, abaixei o celular e o escondi embaixo do travesseiro.

— Chega, Miranda! — rosnei com raiva da pena que começava a sentir de mim. — Pelo amor de Deus! Você já sobreviveu a coisas piores! — Rolei na cama e engoli com dificuldade. Eu não choraria. — Não vou chorar! — afirmei com os dentes cerrados e os braços ao redor do corpo em posição fetal, como se assim conseguisse impedir que algo em mim se partisse. — Não vou chorar! — Puta que pariu. Eu já estava chorando.

Decidi que poderia odiar Patrício sem problema. Ele não tinha feito nada demais. Tinha decidido finalizar o relacionamento que já era uma mentira mesmo, então, teoricamente, ele não podia ser culpado. Mas eu o culpava, e não por ter terminado, mas por ter insistido, por ter se imposto e me vencido até que eu estive completamente apaixonada.

Então eu o odiava.

Odiava!

Odiava!

Quando abri os olhos já era dia, eu tinha duas provas, uma puta dor de cabeça, o corpo todo dolorido e nenhuma vontade de sair da cama. Mesmo assim levantei, tomei um banho, escolhi um lindo vestido, me maquiei, peguei minha bolsa, meu material e desci disposta a dar um fim naquela autopiedade. Eu ainda precisaria enfrentar Moisés e toda a sua loucura, além de ter uma conversa com o padrinho.

Seria a conversa mais decisiva que teríamos em toda a minha vida. Mas eu não estava disposta a voltar atrás. Estava na hora de me refazer, de seguir adiante e não olhar para trás.

No café da manhã eu não estava muito atenta, precisava de um plano e de firmeza para sustentá-lo. Mas, acima de tudo, precisava de coragem. Então, depois de enrolar Charlotte sobre não necessitar de uma carona de volta após as provas, me vi dentro de um táxi para a primeira etapa daquela loucura toda, o escritório do padrinho. Depois seria Patrício e, por fim, Moisés.

No dia seguinte eu seria uma nova Miranda Middleton, e nada me impediria de continuar.

Estava com medo. Claro que estava. Eu sempre ficava com medo quando precisava conversar com o padrinho. Mas não era um medo insano como o que Charlotte sentia. Era um medo real, de quem sabia que poderia simplesmente desmerecer tudo o que ele já havia feito para o meu bem.

O padrinho não merecia minha rebeldia, minhas decisões erradas, meu comportamento equivocado. Ele merecia que eu fosse aquela garota que criou com tanto amor e carinho, fazendo questão de colocá-la em um mundo seguro, onde ela só pudesse ser feliz.

Mesmo assim eu precisava ter aquela conversa, e depois disso, era a minha vez de amadurecer e fazer tudo da forma correta. Aquela antiga Miranda teria que desaparecer, ou existir de uma maneira mais concreta. Era impossível continuar vivendo com tantas personalidades diferentes.

Eu estava esgotada.

Bati na porta do seu escritório e assim que ouvi a sua autorização para entrar, obedeci, fechando a porta imediatamente para que ninguém conseguisse nos atrapalhar. Ele levantou a cabeça e me olhou entendendo que eu estava pronta para sair, mas nada disse, só aguardou.

— Padrinho, eu preciso sair para encontrar o Patrício. — Ele arqueou uma sobrancelha me analisando.

— Não estou vendo ele aqui para pedir a autorização. — Quase revirei os olhos, mas não era hora de ser rebelde.

— Ele não vai pedir — fui firme. — É uma conversa que eu preciso ter com ele, então... — Dei de ombros. O padrinho largou a caneta que estava em suas mãos e cruzou os braços sobre a mesa.

— Sente. — Não havia qualquer imposição em sua voz, só a indicação de que precisávamos conversar de fato. — O que tem de tão importante para conversar com Patrício que não possa esperar até que ele apareça à noite? — Porque ele não apareceria, eu quis dizer, mas não era a hora.

— É um assunto nosso, padrinho. Desculpe! — Eu não podia recuar. Não podia me deixar intimidar porque sabia que precisava realmente ter aquela conversa.

— E que assunto de vocês é tão importante que não pode ser nosso, da sua família? — ele continuou. Respirei fundo para começar.

— Padrinho, eu sou grata por tudo o que fez por mim. Sou grata de verdade e daria a minha vida por vocês, por cada um de vocês. Sei que se não fosse o amor que têm por mim eu nada seria hoje, então devo cada segundo da minha vida a vocês.

— Não...

— Por favor, deixe-me terminar. — Ele concordou encostando-se à cadeira. — Eu sei que o senhor quis sempre o melhor para todos nós, mas eu já sou adulta, sou uma mulher e sou madura o suficiente para resolver a minha vida. Não estou dizendo que não quero a sua intromissão, eu seria muito injusta se te pedisse isso, mas estou pedindo... não, estou te implorando, para confiar em mim e me deixar resolver os meus próprios problemas. Sei que não sou exemplo de comportamento, mas não vou desapontá-lo. — Olhei em seus olhos com confiança. — Não mais — completei sentindo meus olhos marejarem.

Ele me analisou em silêncio, provavelmente relembrando cada palavra minha, deliberando e arquitetando o que poderia me dizer para que eu não insistisse mais. Pegou de volta a caneta, bateu a sua ponta na mesa algumas vezes depois voltou a me olhar com uma decisão tomada.

— Filha... — eu estremecia todas as vezes que ele me chamava assim. Não de medo, mas de emoção. — Eu confio em você — revelou. — De todos os seus irmãos, você é a que eu confio de fato, mas não porque acredito que você seja a mais sensata ou a que erra menos. E definitivamente não porque imagino que você siga as minhas regras.

Peter me olhou nos olhos me dando a certeza de que ele sabia. Ele sabia de tudo. Minha garganta ficou seca e começou a fechar me impedindo de respirar direito.

— Eu confio em você porque sei que as suas escolhas erradas, e foram muitas, criaram uma Miranda forte, capaz de se defender e não se deixar enganar. — Sorriu com doçura. — Algumas vezes — completou, me alertando sobre a ideia que eu tinha de Alex. Sim, ele sabia de tudo. Droga! — Mas eu preciso te dizer, Miranda, que você precisa saber que foi justamente a sua decisão errada que me fez ser assim. — Seus olhos ficaram menos calorosos. — Foi a sua escolha errada que exigiu de mim uma postura mais dura, mais severa. Depois de você, eu precisei ser mais duro com todos, porque não queria que sua irmã passasse pela mesma coisa.

Meus olhos ficaram cheios de lágrimas. Ele sabia. Ele sempre soube o que eu lutei a vida toda para esconder porque não queria que ele se decepcionasse comigo. Mas ele sabia. Uma lágrima desceu enquanto me sentia a mais tola de todas. Eu errei e todo mundo pagou comigo. Charlotte sofreu com a perseguição do pai, sem ter direito a sua própria vida, às suas decisões e tudo porque um dia cometi o erro de me apaixonar pela pessoa errada, de me entregar, engravidar e em um ato de desespero, abortar sozinha, em um país distante, em uma clínica clandestina onde eu poderia facilmente ter morrido.

E ele sabia, mas nunca me julgou. Nunca me questionou ou me mostrou a sua decepção. O padrinho ajustou tudo da forma dele, sem jamais ter me olhado sem amor. E eu não merecia o seu amor. Eu não merecia ninguém daquela família.

— Perdão, padrinho! — sussurrei entre lágrimas. Ele arrastou o braço sobre a mesa e segurou a minha mão me fazendo chorar ainda mais.

— Eu poderia ter ajudado — não havia qualquer reprovação em sua voz, o que só me deixava ainda mais triste.

— Eu sei. Eu... senti tanto medo!

— Você era uma criança, Miranda, e crianças sempre fazem besteiras. — Balancei a cabeça negando. — Não faça isso com você mesma. A culpa não foi só sua e Thomas deveria ter sido mais homem. — Levantei a cabeça encarando-o. Oh, Deus! Ele sabia tudo mesmo. — Por que você acha que ele foi mandado para uma escola interna?

— Ah, padrinho! — gemi chorando ainda mais. — Charlotte?

— Ela não sabe. Nem a sua madrinha, pode ficar tranquila.

— Mas eu...

— Você errou e eu tinha que protegê-los de alguma forma, Miranda. Não me culpe por amá-los demais. — Concordei sem conseguir falar. — E eu não estou te acusando agora. Só precisava que você soubesse que um passo errado pode refletir em muita gente. Às vezes isso não é nada justo, filha.

— Eu sei! — Funguei limpando as lágrimas. — Perdão! Eu não sei como encontrar uma forma de ser perdoada, mas...

— Você já se puniu demais. E eu preciso ser sincero. O que você fez quase me destruiu, porque eu não conseguia entender porque não me pediu ajuda, porque fez Johnny mentir para mim quando eu seria muito mais eficiente. Levei muito tempo para perceber que você cresceu com o seu erro e que, mesmo de uma forma torta, amadureceu. E você também percebeu que o que fez jamais poderia voltar a acontecer, nem com você nem com Charlotte, então, indiretamente você a protegeu também. Você se tornou uma mulher forte, Miranda. Decidida. Eu não tenho dúvidas de que vai conseguir resolver a sua vida, com ou sem a minha ajuda.

— Obrigada, padrinho! Eu não mereço a sua confiança, mas mesmo assim, obrigada!

— Talvez não mereça, mas conserte a besteira que você e Patrício estão fazendo e quem sabe assim consiga subir um pouco no meu nível de confiança. — Ele sorriu e eu soube que até aquilo, aquele acerto louco, ele sabia que existia.

— Pode deixar. Eu vou consertar esta bagunça.

— Faça isso. Agora vá! Eu tenho muita coisa para ajustar aqui.

Saí do escritório ainda chorando, mas com um alívio que nunca imaginei ser capaz de sentir. Agora eu precisava honrar a confiança que o padrinho depositava em mim e seguir com o plano. E assim, dar adeus a Patrício.

CAPÍTULO 31

"Que não seja imortal, posto que é chama.
Mas que seja infinito enquanto dure. "
SONETO DE FIDELIDADE — VINICIUS DE MORAES

NÃO FOI NADA COMPLICADO ACHAR O ENDEREÇO DA EDITORA, ASSIM como não foi difícil conseguir entrar e ser recebida por aquele que um dia interpretou o papel de meu namorado. Complicado mesmo foi aguardar do lado de fora da sala, encarando D. Socorro, a sua secretária, que sorria para mim como se imaginasse o que eu estava sentindo.

Se algum dia senti ciúme daquela mulher eu poderia me considerar uma idiota. A "docinho" do Patrício era uma senhora de sorriso fácil, pele bonita, apesar dos sinais da idade, corpo bem cuidado, mas não perfeito. Ela estava bem vestida, contudo nada que indicasse uma avantajada posição financeira, e completamente profissional.

Porém o que me fazia me julgar ridícula por ter sentido ciúme era a certeza do quão maternal ela era, confirmada pelo seu olhar doce e interessado, que eu já conhecia muito bem, pois era o mesmo que a madrinha tinha, e também, o mesmo que Dandara dedicava aos seus filhos.

Chegava a ser constrangedor imaginar que Patrício podia facilmente ter contado como eu me sentia em relação ao apelido que eles usavam.

— Ele só está finalizando uma conversa importante ao telefone — disse mais uma vez. — Tem certeza que não aceita nada? Um café. O daqui é muito bom.

— Não. Obrigada! — Sorri querendo ser amável. Ela não tinha nada a ver com os meus problemas. — Posso usar o toalete? — Ela sorriu.

— Certamente. É a quarta porta à direita.

Andei apressada esperando que Patrício não aproveitasse a deixa para fugir. Encontrei a porta sinalizada, entrei para lavar o rosto e salvar o que restava da maquiagem. Eu podia não ter mais nada com ele, o que não significava que poderia aparecer com o rosto destruído pelo choro compulsivo. Precisava estar inteira, nem que fosse apenas por fora.

Dei mais uma olhada no espelho, conferindo o lápis preto e a borda da boca. Eu era bonita, contudo nada do que tinha advinha da minha beleza. Pelo contrário. Naquele dia eu sofria e em todas as situações, a minha beleza foi a causadora. Ou seja, ela não valia de nada.

Peguei um pedaço de papel e tirei o batom vermelho, substituindo-o por um rosinha bem claro que a madrinha tinha me dado de presente e que nunca me dei ao trabalho de tirar da bolsa. No espelho a aparência me agradou um pouco mais, fazendo-me sentir preparada para o segundo *round*.

Voltei para a recepção encontrando a mulher atarefada, com uma pilha de pastas em uma mão e um café na outra. Aquilo não daria certo. Coloquei minha bolsa com o celular sobre a cadeira que antes eu estava sentada e corri para auxiliá-la. Peguei metade das pastas e consegui fazer com que ela encontrasse a mesa para colocar o café. D. Socorro riu e levou as pastas até um armário próximo.

— Que tola eu sou. Só vou aprender que me tornei secretária porque nunca consegui aprender malabarismo quando o café me causar uma queimadura. — Ela riu e pegou as pastas das minhas mãos. — Patrício sempre reclama por eu tentar fazer tudo ao mesmo tempo, mas sou muito agitada e acabo ultrapassando os limites.

O telefone sobre a mesa dela tocou, ela sorriu satisfeita indo atender a ligação. Ela me olhou e concordou com alguma coisa, depois desligou voltando a me dar atenção.

— Você já pode entrar. — Indicou com a mão a sala e não se deu ao trabalho de me guiar.

Peguei minha bolsa e respirei fundo sem sentir medo. A decisão estava tomada, eu só precisava colocá-la em prática.

Patrício estava atrás da mesa, sentado em frente ao computador, com vários papéis bagunçados demonstrando o quanto ele estava ocupado. Eu me perguntei se ele não tinha feito aquilo para que eu não demorasse realmente e me senti mal com a ideia.

— Miranda — falou com a voz calma e fria. — Eu não sabia que você vinha.

— Eu não quis ligar, e vou ser rápida, não se preocupe. — Olhei sugestivamente para a sua mesa bagunçada.

— Sente. — Indicou a cadeira, mas a ignorei.

— Só vim dizer que já resolvi tudo com o padrinho. Conversei com ele hoje pela tarde, expus os meus motivos e ele aceitou. Você está livre.

Pensei ver diversas emoções no rosto de Patrício. Pensei que ele respiraria aliviado, por ser poupado de mais uma conversa com Peter. Pensei que ele desdenharia, que faria uma piada, que sorriria ou dançaria de felicidade. Contudo ele continuou calado, seus olhos me avaliando, um leve pesar em seu rosto. Eu já não entendia mais nada.

— E ele aceitou tranquilamente?

— Eu te disse que o padrinho não obrigava ninguém a fazer nada. — Ele sorriu sem muita vontade. Senti aquela pontada de dor ao lembrar que eu era a única causa da sua perseguição. — Então... é isso. — Coloquei a bolsa sobre o ombro e tentei sorrir parecendo corajosa.

— Espere. — Ele levantou, me detendo. Olhei para Patrício me negando a ter esperanças. Eu não precisava mais disso. — Mas nós ainda vamos nos ver — afirmou parecendo implorar por uma resposta. — Alex e Charlotte vão se casar. — Colocou as mãos nos bolsos da sua calça social dando de ombros. — Praticamente vamos fazer parte da mesma família, vamos nos encontrar sempre.

— Nem sempre — anunciei ciente de que não deveria ter dito aquilo. O que eu queria? Atingi-lo? Mostrar a Patrício que não me importava? Quanta maturidade, Miranda! — Resolvi sair do país. Vou fazer um curso de extensão.

— Onde?

— Não sei ainda. Inglaterra, Estados Unidos, Irlanda...

— Irlanda? — Sorriu de verdade, mostrando as covinhas e derretendo o meu coração.

— Não sei ainda. Estou fazendo as provas finais, assim que estiver com tudo certo aqui, vou pesquisar sobre os cursos disponíveis.

— Você tinha falado sobre isso, eu só não sabia que era para agora.

— E não era, mas... — Ele respirou fundo e me deu um olhar de compreensão. — No momento acho que o Brasil é pequeno demais.

— E Moisés? — A pergunta me pegou de surpresa. — Ele também vai?

— Você não sabe nada sobre Moisés, Patrício. — O cansaço me abateu como se eu tivesse travado uma guerra, lutando e me esforçando para sobreviver durante o dia todo.

— Basta você me contar. — Pensei no assunto e me vi mordendo o lábio inferior, como se tivesse medo de deixar a verdade escapar sem querer.

— Eu não posso — falei por fim.

— Ou não quer?

Eu não podia, e não queria também. Se tinha uma coisa que realmente não queria, era que mais alguém soubesse das loucuras que fiz na minha vida. Patrício já tinha desistido de mim sabendo tão pouco, o que ele poderia dizer se descobrisse toda a verdade?

— Eu não quero — consegui dizer. Vi quando seu rosto assumiu traços duros e contrariados, mas ele nada disse. — Porque guardo meus segredos para o meu diário e se um dia alguém conseguir encontrá-lo, o mundo vai acabar. — Sorri. Ele acabou sorrindo também.

Ali instituímos o fim e a trégua. Seguiríamos firmes por caminhos distintos, evitando que nossas vidas se cruzassem novamente.

Levantei os travesseiros sem encontrar o celular. Olhei ao redor e nada. Voltei para o *closet* voltando a olhar cada detalhe, sem sucesso. No banheiro também não estava. Não estava em lugar algum, e eu precisava sair o quanto antes ou não conseguiria mais.

Merda! Eu precisava do celular para conseguir filmar a chantagem do psicopata do Moisés. Era a minha chance e não havia mais qualquer possibilidade de enrolá-lo ou então o padrinho conheceria mais uma face minha. Uma que ele nunca mais esqueceria e não perdoaria com tanta facilidade.

Puta. Que. Pariu!

Olhei ao redor na esperança de encontrá-lo. Era oficial, meu celular tinha sumido. Eu não fazia ideia se o tinha esquecido no táxi, se deixei cair, se ficou na faculdade, no escritório do padrinho ou na editora. Porra!

Conformada, desci correndo as escadas e deixei o apartamento. Se eu tivesse que aguardar mais dois minutos, eles chegariam e eu teria que inventar uma desculpa que justificasse a minha saída. Não tinha tempo para isso.

O jeito seria enfrentar Moisés sem qualquer artifício. Era chegar lá, dizer tudo o que eu pensava, aceitar os riscos e ir embora sem permitir que ele me tocasse.

Deus precisaria me ajudar.

Sem o celular precisei descer a ladeira para pegar um táxi na fila, dei o endereço e fiquei olhando o trânsito na esperança de me acalmar. De nada adiantava. Eu estava nervosa, com medo, com raiva.

Assim que o veículo parou na frente do apartamento de Moisés, abri a bolsa para pagar e a porta foi aberta me assustando. Patrício estava lá. Fiquei sem fala. Ele jogou o dinheiro para o motorista e me tirou de dentro do carro sem violência, mas com uma fúria contida que me arrepiou.

— O que está fazendo? — consegui dizer ao perceber que ele aguardava que eu dissesse alguma coisa.

— O que você está fazendo? Ficou louca? — Aturdida e sem entender o que ele fazia ali, comecei a tentar encontrar um motivo para a sua raiva. — Eu não vou deixar você subir sozinha! — rosnou.

— Como? — Pisquei sem entender. — Você...

— Eu já sei de tudo — revelou levantando o meu celular. O ar ficou preso em meus pulmões. — Você esqueceu esta merda em meu escritório. As mensagens não paravam de chegar.

— E você leu as mensagens? — Eu estava aterrorizada com esta possibilidade.

— E como você acha que descobri o que você faria hoje? — rebateu com um tom ameaçador.

— Patrício, você não sabe...

— Eu sei e não vou deixar aquele porco filho de uma puta usar de chantagem para te comer, entendeu? — Assustada acabei confirmando. — Ótimo! Eu vou subir com você.

— O quê? Não! Você não pode!

— Eu vou subir e fim de papo. Vou mostrar àquele doente como se resolve uma situação como esta. Tome. — Devolveu meu celular e eu, sem reação, deixei que ele fechasse minha mão no aparelho. — Você vai fazer o seguinte...

Se não estava com medo do que aconteceria dentro daquele apartamento quando eu entrasse, Patrício conseguiu colocar tudo a perder. Estava parada no elevador, aguardando chegar ao andar, o celular pronto e gravando na mão, com um homem ansioso para dar uma lição em Moisés.

E não vou mentir dizendo que não queria aquilo. Eu mesma estava pronta para dar uma surra naquele chantagista de merda. Contudo eu não queria que Patrício se envolvesse, que entrasse naquele jogo sujo e que, no final das contas, porque era o que aconteceria, enxergasse a Miranda que eu nunca quis revelar.

— Vai dar tudo certo — ele disse baixinho, o corpo inteiro fervilhando de raiva, a respiração acelerada. — Eu vou ficar aqui e fazer como combinamos. — Concordei sem nada dizer.

A porta do elevador abriu. Saí com a certeza de que Moisés já me aguardava do lado de fora. Caminhei em sua direção ansiosa para deixar Patrício longe das suas vistas. Ele mordeu a isca.

— Miranda, quanto tempo — me cumprimentou com cordialidade. — Eu estava ansioso por esta noite.

— Imagino que sim. Não deve ser todo dia que você consegue violentar uma mulher. — Ele riu.

— Você veio aqui por vontade própria. — Seus dedos roçaram meu ombro. Senti nojo.

— Eu vim por causa da sua chantagem. Do contrário nunca aceitaria que me tocasse outra vez.

— Há males que vêm para o bem, Miranda. Você gosta disso tanto quanto eu. Só precisa de um pouco mais de disciplina.

— Eu preciso de manicômios públicos onde pessoas como você possam ser jogadas e trancafiadas.

— Eu diria que o máximo que conseguiria para mim era um lugar de luxo onde me hospedaria para tratar a mente. — Senti raiva daquela realidade. Infelizmente no Brasil você consegue comprar o que quiser, até mesmo uma sentença mais apropriada. — Vamos entrar. Joana está nos aguardando.

E era ainda mais horripilante saber que Joana participaria daquilo tudo.

Como ela podia ser conivente com algo daquele teor? Aquilo era estupro e não uma punição do seu marido. Era muito diferente do que fizemos em nossos encontros, onde ela consentia e eu também. O que eles acreditavam que aconteceria ali era um abuso sexual e precisava ser impedido.

Passei na frente, me afastando da porta, meus olhos encontrando imediatamente Joana, sentada no sofá, usando o roupão que indicava que ela estaria presente. Quando Moisés estava fechando a porta um baque estrondoso fez com que ele fosse jogado longe, e então Patrício entrou.

— O que é isso? — Moisés gritou se posicionando para revidar qualquer ataque. — Essa casa é minha e isso é invasão de domicílio. Joana, chame a polícia.

— Joana, não se atreva — rosnei ameaçando-a. Mas, apesar da surpresa no rosto da mulher, pude ver contentamento. Ela não saiu do lugar.

— E isso... — Patrício avançou contra Moisés. — É estupro, seu filho da puta!

O primeiro soco atingiu Moisés com tanta força que ele não teve como revidar. Vi o meu algoz cair no chão com a boca sangrando. Gritei apavorada, mas gravei, como tínhamos combinado.

— Olhe para mim! — Patrício segurou Moisés no chão. — Olhe bem para mim, seu porco imundo! Nunca mais, entendeu bem, nunca mais você vai tocar em Miranda. — Outro soco e depois mais um, indo à desforra, quebrando o nariz do homem impotente no chão. — Cadê a porra do celular? — Moisés encarou Patrício com raiva.

— Você não sabe quem é ela — ele disse com os dentes vermelhos de sangue. — Ela é uma vagabundinha oferecida e... — Mais dois socos.

— A porra do celular! — gritou um Patrício explodindo de ódio.

— Aqui. — Joana levantou entregando o aparelho. — A foto está no aparelho, mas ele sempre faz *backup* de tudo... nas nuvens — acrescentou como um pedido de desculpas.

— Ah, você gosta de guardar lembrancinhas, não é mesmo? Então eu vou te dar uma lembrança que nunca mais vai esquecer.

Sem que eu conseguisse acreditar, Patrício girou Moisés no chão, prendendo sua cabeça com uma mão e com a outra levantando o roupão que ele vestia. O cretino começou a se debater quando se deu conta do que aconteceria.

— Miranda, não se atreva a não filmar — Patrício rosnou abrindo a calça e domando a fera embaixo dele. — Gosta de estuprar as garotas, não é mesmo? Vou te contar uma novidade, eu adoro uma bunda.

Porra, eu queria rir, dançar e cantar vitória. Eu queria abraçar Patrício, dizer o quanto o amava e prometer nunca mais fazer nada para perdê-lo.

— Por favor! — implorou Moisés em sua posição ridícula. — Não faça isso, por favor!

— Por favor? Mas você não ia fazer isso com Miranda? Adiantou ela te dizer não?

— Eu apago tudo. No celular tem o atalho, é só...

Patrício colocou o aparelho de frente para Moisés e libertou uma mão para que ele fizesse o prometido. Demorou pouco mais do que alguns segundos, mas meu coração pulsava desesperado, ansioso para pôr um fim naquele inferno. E quando acabou, quando Patrício constatou que nada mais poderia fazer com que Moisés tivesse algo contra mim, ele bateu o aparelho no chão espatifando-o até não restar mais nada para ser recuperado.

— Agora... — Segurou Moisés pelo cabelo, levantando seu rosto. — Quero que olhe ali para aquela morena linda que suas mãos nunca mais vão tocar. — Moisés fechou os olhos com força, mas logo em seguida obedeceu, me olhando, como Patrício tinha ordenado. — Repita comigo: eu sou um filho da puta estuprador.

— Eu... eu...

— Mais rápido! — Vi Patrício roçar na bunda nua de Moisés, como uma ameaça.

— Eu sou um filho da puta estuprador. — As palavras saíram com uma raiva capaz de intimidar qualquer pessoa.

— Ótimo! Agora diga: eu apanhei porque tentei estuprar a namorada do cara. — Estremeci com as suas palavras.

Ele disse "namorada" e meu coração se encheu de esperança. Moisés repetiu, Patrício fez mais algumas ameaças e então saiu de cima dele, que nem se atreveu a levantar.

— Vamos.

Ele estendeu a mão para mim e fui em sua direção, mas antes, porque eu não poderia passar por aquilo tudo como a princesa indefesa, aproveitei que Moisés ainda estava no chão e o chutei no saco com toda força que podia. Ele gritou de dor e se contorceu.

— Só para você saber que eu poderia ter feito tudo isso sozinha. — Ele gemia palavras desconexas. Olhei para Joana e acrescentei: — eu realmente espero que ele fique impotente. — Ela nada disse, mas parecia satisfeita.

Coloquei minha mão na de Patrício e deixei aquele apartamento jurando que nunca mais me meteria em uma loucura como aquela.

Descemos em silêncio, ele sem deixar a minha mão até chegarmos ao carro. Patrício abriu a porta me dando passagem. Assim que ele entrou reparei em sua mão machucada.

— Você precisa cuidar disso. — Ele olhou para a mão, abrindo e fechando como se quisesse testá-la.

— Está tudo bem.

Ligou o carro e dirigiu sem me dizer nada. Eu queria falar muitas coisas, queria conversar, queria abraçá-lo, queria que ele falasse alguma coisa e não que ficasse tão atento ao trânsito como se eu não estivesse ali. Minha alegria morria à medida que entendia que ele estava me levando para casa e eu sabia o que aconteceria.

Não demorou muito para chegarmos. Patrício parou o carro em frente ao *flat*, mas não fez nenhuma menção de descer ou de conversar. Meu coração ficou apertado, contudo eu já sabia que seria daquela forma, e se, por alguns minutos me deixei acreditar, foi porque me senti grata demais.

— Obrigada, Patrício — sussurrei na escuridão do carro.

— Você ia deixar que ele fosse até o fim? — Ele continuava olhando para frente, como se fosse perigoso me olhar. — Se eu não tivesse descoberto tudo, você deixaria que ele...

— Não. — Ri sem vontade, me lembrando do que pretendia fazer. — Bati em um ladrão com uma arma apontada para mim, lembra? — Ele mordeu o lábio e concordou. — Eu pretendia... argumentar.

— Argumentar? Sério?

— Talvez não como você, mas de uma maneira parecida. — Patrício soltou o ar preso nos pulmões.

— Puta merda, Miranda! Você não imagina como fiquei quando li aquelas mensagens. Por que não me contou?

— Porque eu resolveria. — Ele passou a mão pelos cachos e respirou fundo. — E porquê... eu não queria que você me visse desta forma.

— Ele é casado — afirmou esperando a minha confirmação.

— É sim. Aquela mulher que estava lá é a esposa dele.

— E vocês tinham um caso? Ela sabia? Como funcionava? — Eu podia ver a raiva ainda presente em seus olhos e já podia prever como ele me desprezaria depois que contasse a verdade. — Eu preciso saber, Miranda!

— Ele é casado, a esposa dele sabia e concordava. Nós não tínhamos um caso. Eram encontros esporádicos, não havia compromisso, só... sexo. — Minha voz saiu baixa e temerosa.

— Puta que pariu! — Ele escondeu o rosto entre as mãos buscando equilíbrio. Aquela reação era a que eu mais temia.

— Vocês transavam a três?

— Não. Ela não... ela não participava.

— Que porra de relação fodida é essa? — explodiu. — Explique como eu posso entender tudo isso?

— Eu poderia explicar, mas não vou, Patrício. Eu era uma pessoa livre, eles estavam de acordo. Algumas pessoas não são hipócritas, sabe? E o que cada um escolhe para si, dentro de quatro paredes e com a permissão de todos os envolvidos, não diz respeito a mais ninguém.

Ele respirou fundo, fechou os olhos, apertou o volante com as mãos e depois relaxou.

— Você tem razão — disse por fim. — Não me diz respeito. Fiz o que achei que deveria fazer. Nunca permitiria que ele colocasse as mãos em você e vou tratar de me certificar de que isso não vai realmente acontecer. — Meu coração amoleceu com a sua declaração.

— Por quê? Por que isso tudo? — Meus olhos ficaram úmidos quando os dele se fixaram em mim. — Por que você me afasta, mas não se afasta nunca? — Ele parecia querer dizer algo, sem conseguir.

— E você? Por que não se afasta nunca?

Eu queria dizer. Queria confessar que o amava e que deixá-lo abriria um buraco tão grande em meu peito que me impediria de continuar vivendo, mas eu não conseguia. As palavras não saíam. E para dizer a verdade, não achava justo envolvê-lo outra vez em minha vida completamente desestruturada e cheia de confusões.

Ele não conseguia ouvir o que meu coração gritava e minha boca não se sentia capaz de pronunciar? Mesmo que eu nunca conseguisse admitir em voz alta, mesmo que eu nunca chegasse a dizer as palavras, Patrício não conseguia enxergá-las em meus olhos, não conseguia senti-las em minhas mãos?

E como ele conseguia se manter surdo, quando meu coração gritava com tanta força que latejava em meus ouvidos?

Mas ele nunca ouviria, nunca entenderia que eu não conseguia dizer, que mesmo que cada poro do meu corpo exalasse aquele sentimento eu jamais conseguiria soletrá-lo.

— Então... — Seus dedos acariciaram meu rosto com delicadeza. — Se nem você sabe a resposta, Morena, não serei eu a estragar a surpresa.

Sorri aceitando a sua forma de colocar um fim.

E foi assim que eu permiti que Patrício fosse embora, sem ouvir de mim o que esperava, e colocando um ponto final em nossa história.

Era o fim de um relacionamento que nunca chegou a começar.

AGRADECIMENTOS

Minha página de agradecimento cresce a cada livro porque eu tenho a sorte de sempre encontrar pessoas incríveis e profissionais magníficos para somar e deixar meu trabalho cada vez mais bonito.

Vou começar agradecendo às minhas Maritacas. Amigas leais e verdadeiras que me fazem continuar me enxergando como eu sempre fui, a Tatiana alegre e brincalhona, que nunca se deixou vencer pelos obstáculos ou pelas adversidades da vida. Vocês são o meu centro de equilíbrio. Amo vocês!

Sempre agradecida a Mariza Miranda, minha revisora poderosa, que não descansa e aguenta a pressão que é entregar um livro à editora. Meu eterno muito obrigada!

À Janaina Rico, sempre, eternamente, por nunca deixar de acreditar em mim e por ter me ensinado a ser uma escritora.

Martinha Fagundes, eu não sei porque demorei tanto para te conhecer se minha alma está tão ligada à sua. Obrigada pela revisão linda, por me ensinar e tratar meu trabalho com um carinho louvável.

Agradeço com emoção às meninas do meu grupo do WhatsApp, por todos os dias alegres e tristes, por me apoiarem, pela compreensão, por me ajudarem a tornar minha agenda apertada em um peso mais leve. Começamos Miranda juntas e vocês fazem parte de cada detalhe deste livro. Obrigada!

Às minhas betas (sim, eu acabei cedendo à ideia) Winnie Wong, Kelly Fonseca, Gabriela Canano e Sheila Pauer.

A toda turma da Editora Pandorga. Provavelmente eu sou a escritora mais chata com quem eles trabalham, mas com certeza vocês são o Dream Team que toda escritora pode sonhar. Obrigada pela paciência!

À Silvia Naves, minha editora-chefe, por estar comigo das seis da manhã até as vinte e duas horas, aguentando todas as loucuras que passam em minha cabeça. Você é incrível!

Agradeço a minha mãe e meus irmãos por todo entusiasmo e por tentarem me convencer todos os dias de que estou no caminho certo. Vocês são a minha força. Amo vocês!

Meu marido, Adriano, pela paciência, apoio, amor, compreensão, pelas ideias malucas e ao mesmo tempo interessantes. Por viajar comigo porque sabe que eu tenho medo de avião e ele não quer que eu desista, porque sabe a importância de estar junto aos meus leitores. Amo você!

Para sempre aos meus filhos, meus 3Ds, meus amores, meu norte, meu objetivo e minha felicidade. Mamãe ama vocês!

E vocês, leitores amorosos que mais uma vez chegaram ao fim comigo. Minha eterna gratidão.

Obrigada, obrigada, obrigada!